मुक्ति

बंधन को बंधन तो जानो!

आचार्य प्रशांत

प्रकाशक
प्रभात प्रकाशन प्रा. लि.
4/19 आसफ अली रोड, नई दिल्ली–110002
फोन : 011–23289777 • हेल्पलाइन नं. : 7827007777
इ–मेल : prabhatbooks@gmail.com ❖ वेब ठिकाना : www.prabhatbooks.com

संस्करण
2026

पेपरबैक मूल्य
छह सौ रुपए

मुद्रक
श्री साई प्रिंटर्स, साहिबाबाद

★

MUKTI
by Acharya Prashant

Published by **PRABHAT PRAKASHAN PVT. LTD.**
4/19 Asaf Ali Road, New Delhi-110002

ISBN 978-93-5521-061-6

₹ 600.00 (PB)

आचार्य प्रशांत : एक परिचय

मनुष्य को ज्ञात सबसे प्राचीन शास्त्रों में वेद शीर्ष पर आते हैं और वेदांत वैदिक सार का परम शिखर है।

आज दुनिया ऐसी समस्याओं से जूझ रही है, जो इतिहास में पहले कभी नहीं देखी गईं। अतीत में हमारी समस्याएँ अकसर बाहरी परिस्थितियों के कारण होती थीं, जैसे कि भुखमरी, गरीबी, अशिक्षा, प्रौद्योगिकी का अभाव, स्वास्थ्य संबंधित समस्याएँ आदि। संक्षेप में कहें तो चुनौती बाहरी थी, दुश्मन चाहे सूक्ष्म जीव के रूप में हो या संसाधनों की कमी के रूप में—बाहर था। सीधे कहें तो मनुष्य अपनी बाहरी परिस्थितियों के दबाव में संघर्षरत रहता था।

परंतु बीते सौ वर्षों में बहुत से बदलाव हुए हैं। मनुष्य के संघर्षों ने इस सदी में एक बहुत ही अलग और जटिल रूप ले लिये हैं। पदार्थ को किस तरह से अपने उपभोग के लिए इस्तेमाल करना है, वह आज हम जानते हैं; परमाणु और ब्रह्मांड के रहस्य मनुष्य के अथक अनुसंधान के आगे ज़्यादा छिपे नहीं रह गए हैं। आज गरीबी, अशिक्षा और बीमारी अब वैसी अजेय समस्या नहीं रही, जैसी पहले प्रतीत हुआ करती थी। इसी के चलते अब हमारी महत्त्वाकांक्षा दूसरे ग्रहों में बसने और यहाँ तक कि मृत्यु को मात देने की हो गई है।

वर्तमान काल मनुष्य के इतिहास में सबसे अच्छा होना चाहिए था। इससे कहीं दूर, हम अपने-आपको आंतरिक रंगमंच में चुनौती के एक बहुत ही अलग आयाम पर पाते हैं। बाहरी दुनिया में लगभग हर चीज पर विजय प्राप्त करने के बाद मनुष्य पा रहा है कि वह आज पहले से कहीं ज़्यादा गुलाम है। यह एक अपमानजनक गुलामी है. सभी पर वर्चस्व ज़माना और फिर यह पाना कि भीतर से एक अज्ञात उत्पीड़क के बहुत बड़े गुलाम हैं।

मनुष्य भले ही प्रकृति पर अपना नियंत्रण बनाने में सफल हो गया हो, लेकिन वह स्वयं अपने आंतरिक विनाशकारी केंद्र द्वारा नियंत्रित है, जिसका उसे बहुत कम ज्ञान है। इन दोनों के साथ होने का मतलब है कि मनुष्य की प्रकृति का नाश करने की क्षमता असीमित और निर्विवाद है। मनुष्य के पास केवल एक ही आंतरिक शासक है—इच्छा, उपभोग करने और अधिक-से-अधिक सुख का अनुभव करने की अनंत इच्छा। मनुष्य सुख का अनुभव तो करता है, पर फिर भी स्वयं को अतृप्त ही पाता है।

इस संदर्भ में आध्यात्मिकता के शुद्ध रूप में वेदांत आज पहले से कहीं अधिक महत्त्वपूर्ण हो जाता है। वेदांत पूछता है—भीतरवाला कौन है? उसका स्वभाव क्या है? वह क्या चाहता है? क्या उसकी इच्छाओं की पूर्ति से उसको संतोष मिलेगा?

आज मानव जाति जिन परिस्थितियों में खुद को पाती है, उसकी प्रतिक्रिया के रूप में आचार्य प्रशांत वेदांत के सार को आज दुनिया के सामने लाने का महत्त्वपूर्ण कार्य कर रहे हैं। उनका उद्देश्य वेदांत के शुद्ध सार को सभी तक पहुँचाना और वेदांत द्वारा आज की समस्याओं को हल करना है। वर्तमान की ये समस्याएँ मनुष्य के स्वयं के प्रति अज्ञान से उत्पन्न हुई हैं, इसलिए उन्हें केवल सच्चे आत्म-ज्ञान से ही हल किया जा सकता है।

आचार्य प्रशांत ने दो तरीकों से वेदांत को जन-सामान्य तक लाने का प्रयास किया है—पहला, उन्होंने कई उपनिषदों और गीताओं पर सत्र लिये हैं और उनकी व्यापक टिप्पणियाँ वीडियो श्रृंखला और पुस्तकों के रूप में उपलब्ध हैं। (लिंक—solutions.acharyaprashant.org) दूसरा, वे लोगों की दैनिक समस्याओं को संबोधित करते हुए उन्हें वेदांत के प्रकाश में सुलझाकर उनका मार्गदर्शन करते हैं। उनके सोशल मीडिया चैनल्स ऐसे हज़ारों सत्रों के प्रकाशन के लिए समर्पित हैं।

संक्षिप्त जीवनी

प्रशांत त्रिपाठी का जन्म 1978 में महाशिवरात्रि के शुभ दिवस पर उत्तर प्रदेश के आगरा शहर में हुआ था। वे तीन भाई-बहनों में सबसे बड़े हैं, उनके पिता एक प्रशासनिक अधिकारी थे और माता एक गृहिणी। उनका बचपन

ज़्यादातर उत्तर प्रदेश में ही बीता।

माता-पिता और शिक्षकों ने उन्हें एक ऐसा बालक पाया, जो कभी शरारत करता तो कभी अचानक गहन चिंतन में डूब जाता। दोस्त भी उन्हें एक अपरिमेय स्वभाववाला याद करते हैं, अकसर यह सुनिश्चित नहीं होता था कि वे मज़ाक कर रहे हैं या गंभीर हैं। एक प्रतिभाशाली छात्र होने के कारण वे लगातार अपनी कक्षा में शीर्ष पायदान पर रहे और एक छात्र के लिए उच्चतम प्रशंसा और पुरस्कार प्राप्त किए। उनकी माताजी को याद है कि कैसे उन्हें अपने बच्चे के बेहतर शैक्षिक प्रदर्शन के कारण कई बार 'मदर क्वीन' की उपाधि से सम्मानित किया गया था। शिक्षक कहते हैं कि उन्होंने पहले कभी ऐसा छात्र नहीं देखा था, जो मानविकी में उतना ही प्रतिभाशाली हो जितना विज्ञान में, जो भाषाओं में उतना ही निपुण हो, जितना गणित में और अंग्रेज़ी में उतना ही कुशल, जितना हिंदी में। राज्य के तत्कालीन राज्यपाल ने उन्हें बोर्ड परीक्षाओं में एक नया मानदंड स्थापित करने और एन.टी.एस.ई. स्कॉलर होने के नाते एक सार्वजनिक समारोह में सम्मानित किया था।

वे पाँच साल की उम्र से ही एक जिज्ञासु पाठक थे। उनके पिता के विशाल पुस्तकालय में उपनिषद् जैसे आध्यात्मिक ग्रंथों सहित दुनिया के कुछ बेहतरीन साहित्य शामिल थे। लंबे समय तक वे घर के किसी शांत कोने में बैठ जाते और उन किताबों में डूबे रहते, जो केवल परिपक्व पुरुष ही समझ सकते थे। पढ़ने में खो जाने के कारण वे कई बार भोजन किए बिना ही सो जाते। दस साल का होने से पहले ही उन्होंने पिता के पुस्तक-संग्रह से लगभग सबकुछ पढ़ लिया था तथा और ग्रंथों की माँग कर रहे थे। उनमें गहराई के शुरुआती लक्षण तब प्रकट हुए जब उन्होंने ग्यारह वर्ष की उम्र में कविताएँ रचनी शुरू कीं। उनकी कविताएँ रहस्यमयी रंगों से ओत-प्रोत थीं और ऐसे प्रश्न पूछ रही थीं, जिन्हें अधिकांश वयस्क भी नहीं समझ पाते।

पंद्रह वर्ष की आयु में कई वर्षों तक लखनऊ शहर में रहने के बाद पिता के स्थानांतरण के कारण दिल्ली के पास गाजियाबाद में रहने लगे। बढ़ती उम्र और शहर के परिवर्तन ने उस प्रक्रिया को गति दी, जो पहले से ही गहरी जड़ें जमा चुकी थी। वे रात में जागने लगे और पढ़ाई के अलावा अकसर रात के आसमान को चुपचाप देखा करते। उनकी कविताएँ गहराई में उतरती गईं; उनमें

से बहुत सी रात और चाँद को समर्पित थीं। उनका ध्यान शिक्षाविदों के बजाय रहस्यवादियों की ओर तेज़ी से बढ़ने लगा।

फिर भी उन्होंने शिक्षा में अच्छा प्रदर्शन करना जारी रखा और प्रतिष्ठित भारतीय प्रौद्योगिकी संस्थान, दिल्ली में प्रवेश प्राप्त किया। आई.आई.टी. में उनका समय दुनिया को समझने और छात्र राजनीति में गहरी भागीदारी के बीच बीता। वे राष्ट्रव्यापी कार्यक्रमों और प्रतियोगिताओं में एक उभरते हुए डिबेटर और अभिनेता के रूप में सामने आए। वे परिसर में एक जीवंत व्यक्ति, एक भरोसेमंद छात्र-नेता और मंच पर एक भावपूर्ण कलाकार थे। उन्होंने लगातार राष्ट्रीय स्तर की वाद-विवाद और भाषण प्रतियोगिताएँ जीतीं और उत्कृष्ट नाटकों में निर्देशन तथा अभिनय के लिए पुरस्कार भी प्राप्त किए। एक बार उन्हें एक ऐसे नाटक में अपने प्रदर्शन के लिए 'सर्वश्रेष्ठ अभिनेता' का पुरस्कार मिला, जिसमें उन्होंने न तो कोई शब्द बोला था और न ही कोई कदम बढ़ाया था।

वे लंबे समय से यह महसूस कर रहे थे कि जिस नजर से अधिकांश लोग दुनिया को देखते हैं, जिस तरह से हमारे दिमाग ढल गए हैं, उसमें मूलभूत रूप से कुछ कमी है, और इस कारण हमारे आपसी संबंधों, वैश्विक संस्थाओं की संरचनाओं, समाज के कार्य करने के तरीके, मूल रूप से कहें तो हमारे जीने के ढंग में ही विकृति आ गई है। उन्होंने यह देखना शुरू कर दिया था कि मानव पीड़ा के मूल में स्पष्टता व समझ का अभाव है। वे मनुष्य की अज्ञानता, जनित हीनता, गरीबी की समस्या, उपभोग की बुराई, मनुष्य, जानवरों और पर्यावरण के प्रति हिंसा और स्वार्थ व संकीर्ण विचारधारा पर आधारित शोषण से बहुत व्यथित थे। उनका पूरा अस्तित्व ही इस घनी पीड़ा को चुनौती देने के लिए तैयार था, एक युवा के तौर पर उन्हें भारतीय सिविल सेवा या प्रबंधन की राह चुनना एक सही लगा।

उन्होंने उसी वर्ष भारतीय सिविल सेवा और भारतीय प्रबंधन संस्थान (आई.आई.एम.), अहमदाबाद में प्रवेश किया। प्रशासनिक सेवाओं के आवंटन में उन्हें आई.ए.एस. का इच्छित पद न मिल सका, साथ ही तब तक यह भी दिखने लगा था कि प्रशासन में रहते हुए क्रांतिकारी परिवर्तन नहीं लाया जा सकता, उन्होंने आई.आई.एम. जाने का चुनाव किया।

आई.आई.एम. में उनके दो साल शैक्षणिक दृष्टि से काफ़ी समृद्ध थे। वे

ऐसे नहीं थे, जो सदा ग्रेड और प्लेसमेंट की होड़ में ही लगे रहते, जैसा कि इन प्रतिष्ठित संस्थानों में सामान्यतया देखने को मिलता है। वे नियमित रूप से गांधी आश्रम के पास की एक झुग्गी में संचालित एक गैर-सरकारी संगठन में बच्चों को पढ़ाते, साथ ही इस संगठन के खर्चों को देखने के लिए स्नातकों को गणित भी पढ़ाया करते थे। इसके अलावा मानवीय अज्ञानता पर उनका गुस्सा थिएटर के माध्यम से आकार लेता था। उन्होंने 'खामोश! अदालत जारी है', 'गैंडा', 'पगला घोड़ा' और '16 जनवरी की रात' जैसे नाटकों में अभिनय के साथ-साथ इनका निर्देशन भी किया। एक समय ऐसा भी आया, जब उन्हें एक ही समय पर दो अलग-अलग नाटकों का निर्देशन एक साथ करना पड़ा। ये नाटक आस-पास और दूर-दराज से आए दर्शकों से खचाखच भरे आई.आई.एम. के सभागार में हुआ करते थे। परिसर के लाभ-केंद्रित और स्वार्थ-प्रेरित माहौल में उन्होंने खुद को एक बाहरी व्यक्ति पाया। इन अस्तित्ववादी और विद्रोही नाटकों ने उन्हें अपनी पीड़ा को अभिव्यक्ति देने में मदद की और आगे के बड़े मंचों के लिए तैयार किया।

अगले कुछ वर्ष, जैसा कि वे अपने शब्दों में कहते हैं, निर्जनता में व्यतीत हुए। इस अवधि को वे एक विशेष दुःख, तड़प और तलाश के रूप में वर्णित करते हैं। शांति की तलाश में वे कॉरपोरेट जगत् की नौकरियों और उद्योगों को बदलते रहे। इसी तलाश में वे समय निकालकर अकसर शहर और काम से भी दूर चले जाया करते थे। उन्हें धीरे-धीरे यह बात स्पष्ट होने लगी थी कि वे क्या करना चाहते हैं और वह जो उनके माध्यम से व्यक्त होने के लिए पुकार रहा था, वह किसी पारंपरिक मार्ग से प्रस्फुटित नहीं हो सकता। इस दिशा में उनका अध्ययन और संकल्प ज़ोर पकड़ने लगा। उन्होंने बोधग्रंथों और आध्यात्मिक साहित्य के आधार पर स्नातकोत्तरों और अनुभवी पेशेवरों के लिए एक नेतृत्व पाठ्यक्रम तैयार किया। पाठ्यक्रम कुछ प्रतिष्ठित संस्थानों में शुरू किया गया और वे कभी-कभी अपनी उम्र से बड़े छात्रों को भी पढ़ाते। कोर्स सफल रहा और उनके लिए रास्ता साफ़ होने लगा।

अट्ठाईस वर्ष की आयु में उन्होंने कॉरपोरेट जगत् को अलविदा कह दिया और 'इंटेलीजेंट स्प्रिचुअलिटी' (प्रबुद्ध आध्यात्मिकता) के माध्यम से 'एक नई मानवता के निर्माण' के लिए 'अद्वैत लाइफ-एजुकेशन' की स्थापना

की। प्रयोजन था मानव चेतना में गहरा परिवर्तन लाना। उनके प्रारंभिक श्रोता थे कॉलेज के छात्र जिन्हें आत्म-विकास पाठ्यक्रम का लाभ मिला। प्राचीन साहित्य की सीख को सरल शब्दों और मनोहर गतिविधियों के रूप में छात्रों तक पहुँचाया गया।

वैसे तो अद्वैत का काम अद्भुत था और सभी ने इसकी सराहना भी की, पर दूसरी ओर बड़ी चुनौतियों का सामना भी करना पड़ा। सामाजिक और शैक्षणिक व्यवस्थाओं ने छात्रों को केवल परीक्षाओं में उत्तीर्ण होने और नौकरी की सुरक्षा हेतु डिग्री प्राप्त करने के लिए तैयार किया था। आत्म-विकास की शिक्षा, मन के पार की शिक्षा, जीवन-शिक्षा जो अद्वैत छात्रों के लिए लाने का प्रयास कर रहा था, वह इतनी नई और इतनी अलग थी कि अकसर अद्वैत के पाठ्यक्रमों के प्रति उनका रवैया उदासीनता से भरा रहता और कभी-कभी तो आंतरिक विरोध का भी सामना करना पड़ता। अकसर कॉलेजों का प्रबंधन निकाय और छात्रों के माता-पिता भी अद्वैत के इस साहसिक प्रयास की महत्ता और विशालता को समझने में पूरी तरह विफल हो जाते थे। हालाँकि इन तमाम मुश्किलों के बीच भी अद्वैत ने अच्छा प्रदर्शन करना जारी रखा। मिशन का विस्तार जारी रहा और आज भी यह हज़ारों छात्रों को स्पर्श कर रहा है और उनका जीवन बदल रहा है।

लगभग 30 वर्ष की आयु में आचार्य प्रशांत ने अपने संवाद (बोध-सत्र) में बोलना शुरू किया। ये सत्र महत्त्वपूर्ण जीवन-मुद्दों पर खुली चर्चा के रूप में हुआ करते थे। जल्द ही यह स्पष्ट होने लगा कि ये सत्र गहन ध्यानपूर्ण थे, मन को एक अनोखी शांति दिलाते थे और मानस पर चामत्कारिक रूप से उपचारात्मक प्रभाव डालते थे। आचार्य प्रशांत के शब्दों और वीडियो को रिकॉर्ड कर इंटरनेट पर उपलब्ध कराया जाने लगा। जल्दी ही उनके लेखन और उनके व्याख्यानों के प्रतिलेखन को प्रकाशित करने के लिए एक वेबसाइट भी तैयार की गई।

लगभग उसी समय उन्होंने आत्म-जागरूकता शिविरों का आयोजन करना शुरू कर दिया। वे सच्चे साधकों को लगभग 30 लोगों के समूह में एक सप्ताह की अवधि के लिए अपने साथ हिमालय ले जाते। ये शिविर गहन परिवर्तनकारी घटनाएँ बन गए और शिविरों की आवृत्ति में भी बढ़ोतरी हुई। अपेक्षाकृत कम

समय में अपार स्पष्टता और शांति प्रदान करते हुए सैकड़ों शिविर अब तक आयोजित किए जा चुके हैं।

आचार्य प्रशांत का अद्वितीय आध्यात्मिक साहित्य मानवजाति द्वारा ज्ञात उच्चतम शब्दों के बराबर है। उनकी प्रतिभा वेदांत पर आधारित है। अपनी व्यापक वेदांतिक नींव के साथ उन्हें अतीत की विभिन्न आध्यात्मिक धाराओं के संगम के रूप में देखा जाता है, फिर भी वे किसी परंपरा से सीमित नहीं हैं। वे मन पर जोरदार प्रहार करते हैं, साथ ही उसे प्रेम और करुणा से शांत भी करते हैं। एक स्पष्टता है, जो उनकी उपस्थिति से निकलती है और उनके होने से एक सुकून मिलता है। उनकी शैली स्पष्टवादी, शुद्ध, रहस्यमय और करुणामय है। उनके सीधे और सरल सवालों के सामने अहंकार एवं मन के झूठ को छुपने की कहीं जगह नहीं मिलती। वे अपने श्रोताओं के साथ खेलते हैं—उन्हें ध्यानपूर्ण मौन की गहराई तक ले जाते हैं, हँसते हैं, मज़ाक करते हैं और समझाते हैं। एक तरफ़ तो वे काफ़ी करीब प्रतीत होते हैं, वहीं दूसरी तरफ़ यह भी दिखता है कि उनके माध्यम से आनेवाले शब्दों के स्रोत कहीं और ही हैं।

इंटरनेट पर उनके द्वारा अपलोड किए गए 10,000 से अधिक वीडियोज़ और लेख मूल्यवान आध्यात्मिक संकलन हैं और सभी के लिए निःशुल्क उपलब्ध हैं। यह संकलन इंटरनेट पर दुनिया का सबसे बड़ा आध्यात्मिक सामग्री-भंडार है, जिनमें से 50 लाख से अधिक मिनट प्रतिदिन देखे जाते हैं। वे आई.आई.टी., आई.आई.एम. और कई अन्य प्रतिष्ठित संस्थानों के साथ-साथ TED जैसे प्लेटफार्मों पर नियमित वक्ता रहे हैं। अभी हाल ही में पेंगुइन पब्लिशर द्वारा प्रकाशित उनकी पुस्तक 'कर्म' राष्ट्रीय बेस्टसेलर रही। प्रिंट मीडिया में उनके लेख राष्ट्रीय दैनिक समाचार-पत्रों में नियमित रूप से प्रकाशित होते रहते हैं। उनके प्रवचन और साक्षात्कार राष्ट्रीय टी.वी. चैनलों के माध्यम से भी प्रसारित किए जाते हैं। आज उनके आंदोलन ने करोड़ों लोगों के जीवन को प्रभावित किया है। लोगों के साथ अपने सीधे संपर्क और विभिन्न इंटरनेट-आधारित चैनलों के माध्यम से सभी के लिए स्पष्टता, शांति और प्रेम लाने का उनका यह अथक प्रयास निरंतर जारी है।

भूमिका

यह किताब पहले बोली और फिर लिखी गई है। वेदांत दार्शनिक और शिक्षक के रूप में आचार्य प्रशांत डेढ़ दशक से अधिक समय से विविध श्रोताओं के साथ संवाद करते रहे हैं। प्रत्येक संवाद आमतौर पर प्रश्नोत्तर के रूप में होता है। प्रश्नकर्ता विविध पृष्ठभूमियों से आते हैं और आचार्य प्रशांत उनकी विस्तृत जिज्ञासाओं का समाधान देते हैं। इस तरह की प्रत्येक बातचीत की लंबाई दस मिनट से एक घंटे तक होती है।

इस पुस्तक का प्रत्येक अध्याय ऐसे ही बातचीत-प्रसंगों पर आधारित है। प्रत्येक अध्याय यद्यपि एक ही केंद्र से आ रहा है, तथापि वक्ता की प्रतिक्रिया प्रस्तुत प्रश्नकर्ता और उनके विशिष्ट जीवन-प्रश्नों पर है। प्रश्नकर्ताओं में वे सभी भिन्नताएँ मौजूद हैं, जो एक व्यक्ति को दूसरे से अलग बनाती हैं, जैसे कि उम्र, लिंग, आयु, विचारधारा इत्यादि। परिणामस्वरूप जैसे-जैसे पाठक आंतरिक स्पष्टता की चाह से मानवीय परिस्थितियों की सीमा, उलझनों और प्रश्नों की ओर बढ़ते हैं, उनको एक समृद्ध बहुरूपदर्शक परिप्रेक्ष्य मिलता है। और इसी आंतरिक स्पष्टता की चाह में पाठक का सामना होता है अपने बंधनों से तथा संभावित समाधानों से।

मानव मन में अगर कोई सबसे आकर्षक शब्द रहा है तो वह है मुक्ति। प्रतिपल हम स्वयं को किसी-न-किसी बंधन में पाते हैं, और वहीं हमारी मुक्ति की तलाश शुरू होती है।

अकसर हम अपने बंधनों को खोजने पर पाते हैं कि वे बाहरी हैं, इसलिए हमारी मुक्ति की तलाश भी बाहरी ही होती है। यह तलाश, कहने की आवश्यकता नहीं, अपूर्ण ही रह जाती है। आज के जटिल जीवन में मुक्ति भी हमें जटिल लगने लगी है—इस जटिलता को आसान बनाने का प्रयास इस पुस्तक में किया गया है। यह पुस्तक हमें हमारे मूल बंधनों को देखने की दृष्टि प्रदान करेगी।

आचार्य प्रशांत कहते हैं कि बाह्य बंधनों से तो हमें मुक्ति चाहिए ही, परंतु आंतरिक बंधनों और कमज़ोरियों से मुक्ति और ज़्यादा आवश्यक है। हम जन्म से ही स्वयं को बद्ध पाते हैं; ऐसे में हमारा एकमात्र उद्देश्य होना चाहिए अपनी बेड़ियों को काटना।

भ्रमित जीवन जीना ही बंधन है और विवेकपूर्वक सत्य का साहसिक चुनाव करना ही मुक्ति है। यह चुनाव हमें ही करना है, तो स्वयं को एक मौका दें। स्वयं को असहाय और कमज़ोर मानकर बंधनों के साथ जीते रहने में कोई समझदारी नहीं। आपका स्वभाव है मुक्ति। अगर आप भी मुक्त गगन में उन्मुक्त उड़ान भरने के इच्छुक हैं, तो यह पुस्तक आपके लिए है।

अस्वीकरण : साधकों और उनके प्रश्नों के बीच बहुत सी विविधताएँ होती हैं, इसीलिए आचार्य प्रशांत के उत्तर भी प्रश्नकर्ता की स्थिति और प्रश्नों के अनुकूल ही होंगे। इन्हें मानकीकृत करना उचित नहीं होगा। कुछ जगहों पर एक अध्याय में दिए गए जवाब ऊपरी तौर से दूसरे अध्याय से विरोधाभासी प्रतीत हो सकते हैं। हमारी उम्मीद है कि हमारे विचारशील पाठक सराहने में सक्षम होंगे कि ऐसे सभी भेद एक ही मूल की ओर इशारा करते हुए पृथक् पत्र-पुष्प मात्र हैं।

अनुक्रम

कैसे मुक्ति?

क्यों मुक्ति?

1

जानते हो तुम सचमुच क्या चाहते हो?

शास्त्रकौमुदी, बोधस्थल, 2021

मुक्ति कुछ नहीं है, बंधनों के प्रति अरुचि ही मुक्ति है, बंधनों का ज्ञान ही मुक्ति है। तुम्हें बंधनों का ज्ञान नहीं है, इसीलिए तुम्हें बंधनों में रुचि है।

आचार्य प्रशांत : सब नाम, सब उपाधियाँ, सब रूप सीमित होते हैं। जो कुछ भी सीमित है, वह एक मामले में धोखा है। किस मामले में? वह तुम्हारी गहनतम अभिलाषा पूरी नहीं कर पाएगा, पर वह तुम्हारे सामने खड़ा इसी तरह से हो जाता है, जैसे वह बड़ा महत्त्वपूर्ण हो और महत्त्व उसका दो कौड़ी का नहीं।

नाम, रूप, रंग, आकार वाली सब चीज़ें संसार में मिलती हैं न और संसार की ही चीज़ें एकदम उछल-उछलकर ज़ोर से चिल्लाती हैं कि हम कीमती हैं, हम महत्त्वपूर्ण हैं, हमारी तरफ़ आओ, हमें पाओ, हमें गले लगाओ, हमारा पीछा करो, हमारी कीमत चुकाओ, हम तुमको अतीव सुख देंगी। संसार यही करता है न?

और अगर तुम दुःख में हो तो संसार की ही यह सब नाम-रूप, गुणमूलक चीज़ें क्या बोलती हैं? आओ, हमारे पीछे आओ, हमारी कीमत चुकाओ, हमें महत्त्व दो, हम तुम्हें तुम्हारे दुःख से मुक्ति दिलाएँगी। इसलिए ये सब धोखा हैं, इसलिए कहा जा रहा है कि जब तुम धोखा खाने की वृत्ति से रहित हो गए, दुनिया की नाम-रूपवाली चीज़ों से धोखा खाने की वृत्ति से जब तुम रहित हो गए, तब ब्रह्म है। समझ रहे हो बात को?

नाम–रूप, सब गुणों से आशय दुनिया के सब सीमित पदार्थों, व्यक्तियों, वस्तुओं, विचारों की तरफ़ है। ठीक है? तो ब्रह्म की कल्पना मत करने लग जाना कि ब्रह्म कोई ऐसी शय है, कोई ऐसी हस्ती ही है जो नाम नहीं रखती, जो रूप नहीं रखती, जो गुण नहीं रखती। लोगों ने यह खूब करा है, "वह है, पर उसका कोई चेहरा नहीं है।"

नहीं साहब, आप बातचीत ज़्यादा मत करिए, आप इतना भी अगर बोल देंगे कि वह है, पर उसका कोई नाम नहीं है, तो आपने उसको नाम दे दिया। आप यह भी कह देंगे कि वह है, पर उसका कोई चेहरा नहीं है तो आपने उसको चेहरा दे दिया। आप यह भी कह देंगे कि वह है, पर उसका कोई गुण नहीं है, वह निर्गुण है, तो भी आपने उसको गुण दे दिया। यह सब मत बोलिए। उसके बारे में कुछ भी मत बोलिए। न तो यह बोलिए कि वह अनाम है, न बोलिए कि अरूप है, न बोलिए कि निर्गुण है।

आप बस उन चीज़ों के बारे में बोलिए, जो सनाम हैं, जो स्वरूप हैं, जो सगुण हैं और वो सब चीज़ें आपको नचाए हुए हैं। उनकी बात आप करना नहीं चाहते, वह सबकुछ जो आपको नचाए हुए है ज़िंदगी में, आपके लिए दुःख का कारण है—उसका तो नाम है न, उसका रूप है, उसका रंग है, उसका गुण है, उसका आकार है। उनकी बात करो, ब्रह्म की बात मत करो।

ये जो तुमको परेशान करे हुए हैं, तुम्हारी ज़िंदगी को झंझट बनाए हुए हैं, ये असली नहीं हैं। ये असली इसीलिए नहीं हैं, क्योंकि ये झंझट बनाए हुए हैं और झंझट में रहना तुम्हारा स्वभाव नहीं।

झंझट में फँसे क्यों हुए हो? झंझट से मुक्त होने के लिए। अंततः तुम जिस भी परेशानी में फँसे हुए हो, फँसे ही इसीलिए हो, क्योंकि तुम्हें कहीं–न–कहीं लगता है या लगता था कि यह परेशानी मुझे मेरी दूसरी परेशानियों से मुक्ति दिला देगी। ऐसा कभी नहीं होता साहब। एक परेशानी दूसरी परेशानी का इलाज नहीं होती। अज्ञान दूसरे अज्ञान का इलाज नहीं होता। एक बीमारी दूसरी बीमारी का इलाज नहीं होती। हाँ, बीमारियों से पाँच और बीमारियाँ पैदा ज़रूर होती हैं। आपको एक बीमारी हो जाए, आप पाँच और बीमारियाँ पालेंगे। समझ में आ रही है बात?

ब्रह्म एक नई बीमारी नहीं, आखिरी, अंतिम समाधान है और वो समाधान इस तरीके से है कि वो तुम्हें मुक्ति दिला देता है, उन सब चीज़ों से जो समाधान की शक्ल में समस्या होते हैं। हमारी सारी समस्याएँ किस शक्ल में हैं? समाधान की शक्ल में। वे कहते हैं कि हम सब ठीक–ठाक कर देंगे। वे अगर समाधान की शक्ल में नहीं होतीं,

तो हमारी ज़िंदगी में ही नहीं होतीं; हमने उन्हें ज़िंदगी में प्रवेश ही इसलिए दिया है, क्योंकि हमें लगता है कि इनसे कुछ मिलेगा, पर उनसे मिलता तुम्हें सिर्फ़ झंझट है। जिसने यह बात समझ ली—ब्रह्मत्व हो गया। समझ में आ रही है यह बात?

यह सिर्फ़ मज़े के लिए या तुकबंदी के लिए या काव्यात्मकता के लिए नहीं कर दिया गया है कि जितनी भी उपाधियाँ हो सकती हैं, उन सबको नकार दो; कह दो कि जो सत्य है, वह अपरिमेय है, अज्ञेय है, अचिंत्य है, अनिकेत है, अरूप है, असंग है। ये क्यों किया गया है? जो भी बातें तुम सोच सकते हो, उनको कह दिया गया, "नहीं, यह भी नहीं, यह भी नहीं, यह भी नहीं है; निरवयव है, निष्कल है, निर्गुण है।" यह क्यों करा गया है? क्योंकि इन्हीं का जो विपरीत है, उसमें तुम फँसे हुए हो। तो इन शब्दों को बार-बार तुम्हारे सामने ला करके तुम्हें याद दिलाया जाता है कि सगुण में, साकार में, सरूप में, तुम गलत फँसे हुए हो; वहाँ तुम्हें वह नहीं मिलनेवाला, जिसकी तुमको तलाश है। इसलिए ब्रह्म को बार-बार नकार की भाषा में संबोधित करते हैं।

मुक्ति कुछ नहीं है, बंधनों के प्रति अरुचि ही मुक्ति है; बंधनों का ज्ञान ही मुक्ति है।

तो मुक्ति के केंद्र में भी बंधन बैठे हैं। सारी बात हमें बंधनों की करनी है भाई। जो मुक्ति की बात करने लग गया, वह बंधन में फँस गया, जो बंधनों की बात करने लग गया, वह मुक्त हो जाएगा और खेद यह है कि अधिकतर अध्यात्म में बात बंधनों की नहीं, मुक्ति की होती है। हमने कहा, "जो मुक्ति की बात करेगा, वह बंधनों में फँसा ही रहेगा और जो बंधनों की बात करेगा, वह मुक्त हो जाएगा।"

बंधनों की हम बात करना नहीं चाहते, हमें तमाचे जैसी लगती है। वह बात, बड़ा बुरा लगता है, बड़ा अपमान लगता है, क्योंकि स्वीकारना पड़ता है कि ज़िंदगी में चारों तरफ़ बेड़ियाँ-ही-बेड़ियाँ हैं। बंधन की बात हम करते नहीं, तो फिर हम अपने-आपको सुखी अनुभव कराने के लिए काल्पनिक रस चर्चा किसकी करते हैं? मुक्ति की, और जो मुक्ति की बात करेगा, हम कह रहे हैं, उसके बंधन यथावत् रह जाएँगे, बल्कि और सुदृढ़ हो जाएँगे।

मत पूछो बार-बार, "ब्रह्म क्या है? आत्मा क्या है? मुक्ति क्या है?" मैं तुमसे कह रहा हूँ, तुम यथार्थ में जियो, तुम अपनी असलियत देखो, तुम अपनी ज़िंदगी देखो, तुम सुबह से शाम क्या कर रहे हो, ये देखो। तुम अपने बंधनों को देखो भाई। बंधनों को देखना पर्याप्त है।

जो बंधनों को देख लेगा, बंधनों की प्रक्रिया का जिसको ज्ञान हो जाएगा, बंधनों में ज़ोर कहाँ से आता है, जो इस बात को समझ लेगा, वह मुक्त हो जाएगा और जो मुक्ति चालीसा ही पढ़ता रह जाएगा, वह बेईमान आदमी है, उसको सज़ा ये मिलेगी कि वह हमेशा बंधक रहेगा।

प्रश्नकर्ता : आचार्य जी, अभी समझाते वक्त आपने बंधनों का ज्ञान और बंधनों में अरुचि, दोनों को अलग-अलग कहकर संबोधित किया। तो क्या बंधनों का ज्ञान अपने आपमें अरुचि नहीं पैदा कर देता?

आचार्य : तुम्हें बंधनों का ज्ञान नहीं है, इसीलिए तो तुम्हें बंधनों में रुचि है; बंधनों का ज्ञान होगा नहीं कि तुम्हें अरुचि हो जाएगी। तुम जानते ही नहीं कि वहाँ जो मामला है, वह कितना सड़ा हुआ है, तभी तो तुमने उन बंधनों को पकड़ रखा है। देखो, बंधनों में कोई फँसता नहीं; हम अपने बंधन पकड़कर रखते हैं। ऐसा नहीं है कि हाथों में रस्सी बँधी है या हथकड़ी लगी हुई है; हमने हथकड़ी को अपने हाथ से, अपनी उँगलियों से, अपने पंजे के ज़ोर से ऐसे पकड़ रखा है (जैसे किसी ने जेल की सलाखों को पकड़ रखा हो, ऐसा इशारा करते हुए)।

हथकड़ी यहाँ नहीं है कलाई में, हथकड़ी कहाँ है? ऐसे हमने पकड़ रखी है हथकड़ी। हमारे बंधन ऐसे हैं। हमें उनमें रुचि बहुत है, क्योंकि हमें उनका ज्ञान नहीं है। हमें लगता है हथकड़ी नहीं है, कोई गहना है, कोई कीमती चीज़ है, इसको पकड़ने से कुछ मिल जाएगा, तो हम पकड़े हुए हैं। ऐसे हमारे बंधन हैं।

इसी से फिर यह भी समझ लेना कि तुम जो कुछ भी पकड़े हुए हो ज़ोर से, वही बंधन है, वही हथकड़ी है। हथकड़ी वह है जिसे ज़ोर से पकड़ा जाता है और जो ज़ोर से पकड़ा जाए, वही हथकड़ी है। जो ही चीज़ तुम ऐसे (मुट्ठी बंद किए हुए) पकड़कर बैठे हो, वहीं पर तुम्हारा खेल खराब हो रहा है।

***हमें लगता है, हथकड़ी नहीं कोई गहना है, कोई कीमती चीज़ है,
इसको पकड़ने से कुछ मिल जाएगा, तो हम पकड़े हुए हैं;
ऐसे ही हमारे बंधन हैं। हम जो कुछ भी पकड़े हुए हैं ज़ोर से,
वही बंधन है, वही हथकड़ी है।***

□

2

मैं कौन? एक अतृप्त चेतना

शास्त्रकौमुदी, बोधस्थल, 2020

शारीरिक सीमाएँ निश्चित रूप से हैं,
लेकिन शारीरिक सीमाएँ बहुत महत्त्व नहीं रखतीं, क्योंकि तुम शरीर नहीं, चेतना हो, और चेतना की संभावना अनंत है।

विश्वतश्चक्षुरुत विश्वतोमुखो विश्वतोबाहुरुत विश्वतस्पात्।
संबाहुभ्यां धमति सं पततैर्द्यावाभूमी जनयन्देव एकः॥

वह एक परमात्मा सब ओर नेत्रोंवाला, बाहुओं और पैरोंवाला है।
वही एक मनुष्य आदि जीवों को बाहुओं से तथा पक्षी, कीट आदि को पंखों से संयुक्त करता है, वही इस द्यावा पृथ्वी का रचयिता है।

—श्वेताश्वतर उपनिषद्, अध्याय 3, श्लोक 3

आचार्य प्रशांत : "वह एक परमात्मा सब ओर नेत्रोंवाला, बाहुओं और पैरों वाला है।" हमारे दो ही नेत्र हैं, हमारे दो ही बाहु हैं, हमारे दो ही पैर हैं और हमारे पास बड़ी व्यग्रताएँ और चिंताएँ हैं। समझो, सब हमारी बेचैनियाँ हमारी सीमाओं से आ रही हैं।

तुम्हारे पास जो कुछ है, सीमित है और तुम्हारे पास चिंता है और तुम्हारे पास शंका है और तुम्हारे पास भय है। संबंध साफ़ दिखाई दे रहा है?

तुम्हारे पास कुछ भी है क्या ऐसा जो असीमित हो?

आकार?

सीमित।

धन?

सीमित।

अनुभव?

सीमित।

स्मृति?

सीमित।

जीवन-काल?

सीमित।

बाहुबल?

सीमित।

बुद्धिबल?

सीमित।

ज्ञान?

सीमित।

और जीवन में चिंता और शंका और भय?

निरंतर।

इनमें संबंध है आपस में।

चूँकि हम सीमित हैं, इसीलिए हम आकुल रहते हैं। हमें पता नहीं न हमारी सीमाओं से आगे क्या है। क्या पता हमारी सीमाओं से आगे कोई बहुत बड़ा खतरा बैठा हो! क्या पता हमारी सीमाओं से आगे कोई ऐसा स्वर्णिम अवसर बैठा हो, जो हमें दिखाई नहीं दे रहा और हम चूके जा रहे हैं! तो हमें चैन नहीं आता।

तो इसीलिए जो परमात्मा का वर्णन है, वह यहाँ पर विशिष्ट तरीके से किया गया है।

"वह सब ओर नेत्रोंवाला, बाहुओं और पैरोंवाला है।" मतलब जितनी सीमाएँ तुम पर लागू होती हैं, उस पर कोई नहीं लागू होतीं। इसी बात को और विस्तार दिया जा सकता है। वह सब ओर बुद्धिवाला है, वह सब आयामों का दर्शन करता है, उसका शरीर अनंत है, उसकी बुद्धि, सामर्थ्य अनंत है, वह त्रिकालदर्शी है, वह सर्वज्ञ है। जो

कुछ भी तुममें क्षीण है, उसमें अनंत है। जो कुछ भी तुममें लघु है, उसमें महत् है।

यह जानना ज़रूरी क्यों है? क्योंकि तुम्हारी लघुता ही तो तुम्हारे प्राणों में शूल बनकर घुसी हुई है। जी नहीं पा रहे न उसी के मारे! तुम्हें याद दिलाया जा रहा है कि तुम इस लघुता के पार जा सकते हो। यह आवश्यक नहीं है कि तुम सब तरह के बंधनों में और सीमाओं में अपने-आपको बद्ध मानते ही रहो।

निश्चित ही इसका यह आशय तो नहीं है कि तुम्हारे दो ही हाथ की जगह तुम्हारे अनंत हाथ हो सकते हैं या दो पाँव की जगह तुम्हारे पचास पाँव हो सकते हैं, लेकिन मानसिक तौर पर तुमने अपनी जितनी सीमाएँ बाँध रखी हैं, वह सब सीमाएँ अनावश्यक हैं।

आप कहेंगे, मानसिक सीमाएँ अनावश्यक हैं, शारीरिक सीमाएँ तो हैं न?

शारीरिक सीमाएँ निश्चित रूप से हैं, लेकिन शारीरिक सीमाएँ बहुत महत्त्व नहीं रखतीं, क्योंकि तुम हो क्या, शरीर या चेतना?

प्रश्नकर्ता : चेतना।

आचार्य : अगर तुम चेतना हो और अगर तुम एक विकल चेतना हो, एक तड़पती हुई चेतना हो, तो तुम्हारे लिए प्रासंगिक ज़्यादा क्या है? महत्त्वपूर्ण ज़्यादा क्या है? शारीरिक तुम्हारी सब सीमाएँ और शारीरिक तुम्हारी सब अशक्तताएँ या मानसिक? मानसिक न। तो जब मानसिक सीमाएँ, मानसिक चुनौतियाँ ही ज़्यादा महत्त्वपूर्ण हैं, तो याद दिलाया जा रहा है तुम्हें कि मानसिक तौर पर छोटे बने रहना आवश्यक बिल्कुल भी नहीं है।

जैसे कि यह संभव है कि तुम्हारे दो हाथ हैं और परमात्मा के अनंत, वैसे ही यह संभव है कि फिलहाल तुम बुद्धि के, प्रज्ञा के, चेतना के सिर्फ़ दूसरे तल पर जी रहे हो और जो परमात्मारूपी अनंत संभावना है तुम्हारी चेतना की, वह अनंतवें तल की है, जैसे तुम्हारे दो हाथ हैं और कहा जा रहा है परमात्मा के अनंत हाथ हैं, वैसे ही समझ लो कि अभी अगर तुम चेतना के दूसरे तल पर हो तो चेतना के दस हज़ारवें तल पर हो जाने की तुम्हारी संभावना है, क्योंकि परमात्मा तुम्हारी ही तो संभावना का नाम है।

तुम व्यर्थ ही अपने-आपको मानसिक तौर पर भी संकुचित बनाए बैठे हो और मानसिक तौर पर जानते हो क्यों संकुचित बनाते हो? देहाभिमान के कारण। अपने-आपको देह बनाते हो और देह क्या है? सीमित। तो मन से भी क्या हो जाते हो? सीमित।

देह की ओर देखते हो और कहते हो, "यह मैं हूँ, यह मेरी देह है।" और देह को पाते हो कि यह तो हर तरीके से कमज़ोर है, छोटी है, निर्बल है, तो इसी बात को तुम आरोपित कर लेते हो अपने मन पर भी कि जैसे देह में तमाम तरह की निर्बलताएँ हैं, उसी तरीके से मेरा मन भी दुर्बल है।

जैसे कि यह संभव है कि तुम्हारे दो हाथ हैं और परमात्मा के अनंत, वैसे ही यह संभव है कि फिलहाल तुम बुद्धि के, प्रज्ञा के, चेतना के सिर्फ़ दूसरे तल पर जी रहे हो और जो परमात्मारूपी अनंत संभावना है तुम्हारी चेतना की, वह अनंतवें तल की है।

□

3

बंधन क्या है? मुक्ति क्या है?

शास्त्रकौमुदी, बोधस्थल, 2020

देह से आसक्त रहना, देह से तादात्म्य बैठाना और संपूर्ण जगत् का भोक्ता बनना—यही है बंधन।

आत्मेश्वरजीवः अनात्मनां देहादीनामात्मत्वेनाभिमन्यते
सोऽभिमान आत्मनो बन्धः। तन्निवृत्तिर्मोक्षः।

आत्मा ही ईश्वर और जीवस्वरूप है, वही अनात्मा शरीर में अहंभाव जाग्रत् कर लेता है ('मैं शरीर हूँ', ऐसा मानने लगता है), यही बंधन है। शरीर के प्रति इस अहं भाव से मुक्त हो जाना ही मोक्ष है।

—सर्वसार उपनिषद्, श्लोक 2

आचार्य प्रशांत : बंधन क्या है ? देह भाव ही बंधन है।

आत्मा एकमात्र और अनादि, अनंत सत्य है। अहं की, लेकिन रुचि आत्मा में नहीं होती, अहं की रुचि आत्मा के विविध रूपों में होती है। सब रूप आत्मा के कहलाते हैं 'संसार' और उस संसार का भोक्ता होने के लिए अहं सबसे ज़्यादा रुचि दिखाता है, जिस वस्तु में, उसको कहते हैं—'देह'। तो अहं प्रेम भले ही आत्मा से करता है, पर वो बड़ा गहरा और गुपचुप प्रेम है, रुचि तो वो देह में ही रखता है। इन दोनों बातों को समझना।

रुचि और प्रेम बहुत अलग-अलग चीज़ें हैं, इंटरेस्ट (रुचि) और लव (प्रेम)

एक नहीं होते। अहं का प्रेम है आत्मा, लेकिन अहं की रुचि है अनात्मा में। अखिल दृश्यमान विश्व ही अनात्मा मात्र है। इस विश्व में द्वैतात्मक प्रक्रिया से अहं किसके साथ तादात्म्य स्थापित करता है? देह के साथ।

अहं को चाहिए तो यह पूरा विश्व ही पर इस विश्व में वो द्वैतात्मक खेल खेलता है, कहता है, "विश्व के साथ तो रिश्ता तो मैं रखूँगा ही, पर वह रिश्ता द्वैत का होगा।" कैसे? उस रिश्ते में एक विषय होगा और एक विषयी होगा। अहं खुद क्या बन जाता है? विषयी। अहं देह धारण कर लेता है और संसार से वो रिश्ता रखता है संसार को विषय बना करके। तो रिश्ता उसने दोनों से रख लिया, किनसे? देह से भी और संसार से भी। पर इस रिश्ते में दोनों के नाम अलग-अलग हैं, संसार का नाम है 'विषय' और देह का नाम है 'विषयी' या 'मैं' या 'स्वयं' या 'अहं'।

और यह सारा खेल खेल रहा है जब अहं, तो इस दौरान उसे वास्तव में प्रेम किससे है? प्रेम है आत्मा से और खेल खेल रहा है वह संसार में और संसार में जब वो खेल रहा है, वह यह भी नहीं समझ रहा कि जिस आत्मा से वह प्रेम करता है, उसी आत्मा की माया है संसार, उसी आत्मा की अभिव्यक्ति है संसार।

संसार में ही अगर तुमको रुचि हो, तो बहुत गहरी और जिज्ञासु रुचि रख लो तो भी आत्मा तक पहुँच जाओगे।

ऐसा भी नहीं करना है कि संसार को छोड़ करके अपने प्रेम माने आत्मा की ओर जाना है। तुम्हें दोतरफ़ा लाभ हो सकता है, तुम्हें संसार के साथ ही आत्मा प्राप्त हो सकती है। जाननेवालों ने तो यहाँ तक कहा है, "आत्मा प्राप्त करने के लिए संसार के अलावा और कोई ज़रिया ही नहीं है और कोई माध्यम है नहीं आत्मा तक पहुँचने का संसार के अलावा।"

और माध्यम है कौन सा? अहं जहाँ रह रहा है, उसको क्या कहते हैं? संसार। तो अहं के पास और कोई विकल्प है संसार के अलाव? तुमसे मैं कह दूँ कि जाओ कहीं चले जाओ ऐसी जगह, जो संसार से बाहर की हो, जा सकते हो? तुम्हारे पास संसार के अतिरिक्त वैसे भी कोई विकल्प नहीं है, तुम्हें आत्मा इसी संसार में पानी है। हाँ, बस यह है कि इसी संसार में मूर्खों की तरह जिओगे तो कष्ट पाओगे और ध्यान से जिओगे, समझदारी से जिओगे, विवेक से निर्णय किया करोगे तो आत्मा पाओगे।

मूर्खतापूर्ण जीवन जीना ही बंधन है और विवेकपूर्वक आत्मा का चुनाव करना, सत्य का चुनाव करना, हृदय का चुनाव करना ही मुक्ति है।

जैसे उपनिषद् ने आरंभ में ही अंतिम बात कह दी हो, जैसे पहले प्रश्न में ही सब जिज्ञासाओं का समाधान कर दिया गया हो। बंधन क्या है ? मुक्ति क्या है ? देह से आसक्त रहना, देह से तादात्म्य बैठाना और संपूर्ण जगत् का भोक्ता बनना—यही है बंधन और देह के और संसार के खेल को पूरी तरह पहचानना, इस खेल को खेल ही जानना और इस खेल में फल की किसी भी लिप्सा से मुक्त रहना—यही मोक्ष है। इसके अलावा न कोई बंधन है और न कोई मुक्ति है।

मूर्खतापूर्ण जीवन जीना ही बंधन है।
विवेकपूर्वक आत्मा का चुनाव करना, सत्य का चुनाव करना,
हृदय का चुनाव करना ही मुक्ति है।

□

4

क्या मुक्ति ज़रूरी है?

अद्वैत शिविर, बोधस्थल, 2017

अक्ल मत लगाओ कि संसार में क्या-क्या रूप चल रहे हैं;
अनंत रूप हैं। तुम तो बस वहाँ जाओ,
जहाँ पर अरूप की बात होती हो।

प्रश्नकर्ता : आचार्य जी, क्या मुक्ति ज़रूरी है ?

आचार्य प्रशांत : तुम जानो। मुक्ति सिर्फ़ उनके लिए है, जिनको अमुक्त होने में ज़रा बेचैनी होती हो, थोड़ी खुजली होती है। जिनको यह लगता हो कि यार, कुछ बात बन नहीं रही है, कहीं दाँत में दर्द है। तुम दाँत के दर्द के साथ राज़ी हो गए हो, तुमने उसके साथ मौज-मस्ती स्थापित कर ली हो, तो फिर ठीक है। यह तो सिर्फ़ उनके लिए है, जिनकी नींद उड़ने लग जाए, जो ज़रा गंभीर हो जाएँ, जो इस बात को मुद्दा बना लें, जिनके लिए ज़िंदगी में यह एक प्राथमिकता बन जाए क्ि यार, कहीं दर्द है।

कृष्णमूर्ति बार-बार कहते थे, "आर यू सीरियस?" उनका यही आशय था कि तुम्हारे लिए यह बात अभी मुद्दा बनी है कि नहीं अगर तुम्हारे लिए अभी यह प्राथमिकता ही नहीं है कि मुझे खुजली के साथ नहीं जीना है, मुझे दाँत के दर्द के साथ नहीं जीना है, तो फिर अभी तुम बात मत करो। तुम जाओ।

मुद्दा बनना चाहिए, एक क्षण आना चाहिए, जब तुम यह कह दो कि गाड़ी आगे नहीं बढ़ रही, भाई। अगर इतनी ही खटपट कर रही है तो आगे नहीं बढ़ाएँगे, पहले इसका समाधान होना चाहिए। इतनी खटपट के साथ चलाना हमें नहीं मंज़ूर।

प्र. : बेहोश जीवन की जो अभी आप बात कर रहे थे, जिसमें आपने बोला था कि पता ही नहीं लगता, लेकिन मुझे इस बात का विश्वास हो ही नहीं रहा कि किसी को दाँत का दर्द होता है और पता नहीं चलता या फिर बेईमानी और आंतरिक षड्यंत्र जो है हमारा, वह साथ में चलता है ? क्योंकि लगता तो है कहीं-न-कहीं, सभी को लगता है कि दर्द होता तो है, पर उस पर शायद परत ढकने में हमारा ही अपना एक हाथ होता है। हम ही उस पर परत चढ़ा रहे होते हैं।

आचार्य : आप परत इसीलिए चढ़ा रहे हो, क्योंकि आपका जीवन ही सीख आपको यही दे रहा है। आपके दाँत में बहुत दर्द है और सामने वह लज़ीज़ खाना है, जिसकी आपको लत लगी हुई है, आप दाँत के दर्द के कारण उस खाने को अस्वीकार करते हो ? जबाव दो।

प्र. : नहीं।

आचार्य : आपकी टाँगों में बहुत दर्द है और लग जाए वह गाना, जिसकी आपको लत लगी हुई है, आप पाँव के दर्द के कारण थिरकना बंद कर देते हो ? बोलो, जबाव दो।

प्र. : नहीं।

आचार्य : और भी उदाहरण हो सकते हैं। आपके शरीर के अन्य अंगों में दर्द है और मौका आ गया है वासना की पूर्ति करने का, आप ठहरोगे ? और वासना के क्षण में उस दर्द का अंदाज़ भी होगा ? वह दर्द पीछे छूट जाता है।

प्र. : एक और समस्या है। दाँत का दर्द हो रहा है और इंसान यह मानता रहे कि यह तो सामान्य है, आसपास के लोग, क्योंकि यही कह रहे हैं। एक उदाहरण इस प्रकार है, "भाई, मेरे घर-परिवार में ऐसा हो रहा है, मेरे दांपत्य जीवन में ऐसा हो रहा है, शादीशुदा जीवन में ऐसा-ऐसा हो रहा है।"

"अरे भाई ! दो बरतन साथ में रहेंगे तो खटकेंगे ही न।" क्यों खटकेंगे ? जैसे कि यह सब सामान्य हो।

आचार्य : उदाहरण यह जो मिला कि यह तो होता ही है कि अगर चार बरतन हैं तो खटपट होती है, यह उदाहरण दूसरे से मिला न ?

प्र. : हाँ।

आचार्य : जो उदाहरण अपने जीवन से मिलता है, वह इस उदाहरण पर भारी पड़ेगा। उन्होंने तुमसे कहा कि "देखो, हमारे घर में भी खटपट होती है। तो तुम्हारे घर में जो

खटपट हो रही है, वह सामान्य बात है।" पर अगर तुमको झलक मिल जाए कि बिना खटपट का भी जीवन हो सकता है, तो अब तुम्हें एक ज़्यादा ऊँचा उदाहरण मिल गया, ज़्यादा करीब का, अपने ही जीवन का। अब तुम उनके उदाहरण को ठुकरा दोगी। पर वह उदाहरण मिलना चाहिए और अपने ही जीवन से मिलना चाहिए। वह झलक मिलनी चाहिए।

दूसरे बहाव की यही कमज़ोरी है, उसमें जो कुछ है, वह बाहरी है, दूसरों ने सिखाया है। पहले बहाव में जो कुछ है, वह आत्मीय है। उसको अपना कह सकते हो, वह स्वयं जाना गया है, मौलिक। समझ रहे हो?

जब तक तुमने स्वयं नहीं जाना प्रेम, तब तक कोई तुमको पढ़ा दे कि प्रेम वगैरह कुछ होता नहीं, यही जो चल रहा है, ऐसे ही चलती है ज़िंदगी, यही दांपत्य है। तुम मान लोगे पर तुमने अगर प्रेम जाना है और कोई तुम्हें पढ़ाने आए कि "देखो, प्रेम वगैरह कुछ होता नहीं," तो तुम उसको कहोगे, "तू यहाँ बैठ! बड़ा अभागा है तू। तुझे प्रेम नहीं पता!" वह पढ़ाना बंद कर देगा तुमको, बल्कि हो सकता है कि तुमसे कुछ सीखकर जाए।

प्र. : आशा कितनी बड़ी माया है? यह मैंने अपने साथ कई बार देखा है कि आपने कोई बात बताई है और वह पता है कि ज़िंदगी में मौजूद है, लेकिन क्योंकि हमें अपने ऊपर इतना विश्वास होता है कि हम उससे कभी-न-कभी बाहर निकल जाएँगे। अभी तो जवान हैं, अभी तो बच्चे हैं, अभी तो इनकी स्कूल की पढ़ाई है, ये सब विश्वास हमें मार देता है। हमें पता ही नहीं चलता कि कब गड्ढा हमारे ऊपर इतना गहरा हो गया कि अब हम उसमें से बाहर निकल ही नहीं सकते।

आचार्य : देखो, पहले बहाव के अंदर माया के हज़ार रूप हैं। उन रूपों में एक रूप आशा भी है। किसी विशिष्ट रूप की बात करना बहुत महत्त्व का नहीं है। तुम आशा से बचोगे तो कहीं और जाकर फँस जाओगे। तुम्हें फँसाने के लिए माया तो तुमसे हमेशा एक कदम आगे चलती है; तू डाल-डाल, मैं पात-पात। तो तुम कहीं-न-कहीं फँस ही जाओगे। अक्ल मत लगाओ कि वहाँ क्या-क्या रूप चल रहे हैं; अनंत रूप हैं। तुम तो बस वहाँ जाओ, जहाँ पर अरूप की बात होती हो।

एक रूप से दूसरे रूप पर आ गए तो तुमने कोई बहुत अक्लमंदी नहीं दिखा दी। एक से बचे हो, दूसरे पर आए हो, चार और तैयार हैं तुम्हें पकड़ने के लिए। तुम वहाँ जाओ, जहाँ रूपों के परे कुछ हो रहा हो। वह मौके दो अपने-आपको; तुम्हारी ज़िंदगी

में उनके लिए जगह होनी चाहिए और जितनी तुम उनको जगह देते जाओगे, उतना तुम्हें आश्वासन मिलता जाएगा कि यही है वह, जैसा जीवन होना चाहिए।

जितना पीते जाओगे, उतनी प्यास बढ़ती जाएगी और उतना पीने की तुम्हारी पात्रता भी बढ़ती जाएगी। यह वह कटोरा है, जिसको जितना भरो, वह उतना गहराता है। पीते जाओ, प्यास भी बढ़ती जाएगी और पीते जाओ, मिलता भी जाएगा। पर वह आगे की बात है, अभी बस एक बात आवश्यक है, क्या ? पीना शुरू तो करो, अपने-आपको झलक देना शुरू तो करो। दो मिनट की झलक दो घंटे की बनेगी, दो घंटे की दो दिन की बनेगी और धीरे-धीरे तुम्हारे पूरे जीवन पर छा जाएगी।

पर अभी अगर सुनते हो कि जीवन पर छा जाएगी तो दिल धक-सा हो जाता है, "अरे बाप रे बाप! पूरे जीवन पर छा जाएगी! कुछ खास है, जो छिन जाएगा।" तो अभी हम बात ही नहीं करेंगे कि पूरे जीवन पर छा जाएगी, क्योंकि बात डरावनी लगती है। अभी तो बस इतना कहेंगे कि दो मिनट से बढ़ाकर ज़रा दो घंटा तक की यात्रा कर ली जाए। जो जहाँ खड़ा हो, वह वहाँ से ज़रा एक कदम आगे बढ़ाए। जिसको दो मिनट ही अभी भारी पड़ते हों, वह दो सेकंड दे। जो दो मिनट देने का अभ्यस्त हो चुका हो, अब वह ज़रा प्रोन्नति करे, दो घंटे तक आए। जो जहाँ खड़ा हो, वहीं से आगे बढ़े।

प्र. : आप कह रहे थे कि गलत तल पर अगर आप खड़े हैं तो अपना तल बदल दें, लेकिन जब हम बाहरी संसार में व्यवहार कर रहे हैं तो हमसे जो लोग घिरे हुए हैं, वो तो उसी तल पर हैं न अभी। हमारा रोज़मर्रा का व्यवहार तो उन्हीं से है न, आध्यात्मिक न सही, भौतिक तो है ही। तो उस तल पर हम जो प्रतिक्रिया करते हैं, उसको बिल्कुल बदल दें तो वह उस माहौल में स्वीकार्य नहीं होगी।

आचार्य : हमने क्या कहा? बिल्कुल तो तुम बदल भी नहीं सकते। बिल्कुल का खयाल तो माया की साज़िश है तुम को डरा देने की कि "बिल्कुल बदल दोगे? और अगर बिल्कुल बदल दिया तो सारे दोस्त भाग जाएँगे, सारे ग्राहक भाग जाएँगे, परिवारजन भाग जाएँगे।" इसीलिए तुरंत खयाल आता है कि अगर बिल्कुल बदल दिया तो फिर क्या बचेगा! जीवन में भूकंप आ जाएगा।

मैं बिल्कुल बदलने की बात ही नहीं कर रहा, मैं कह रहा हूँ कि दिन भर में दो क्षण निकाल सकते हो, अगर अभी क्षण मात्र भी नहीं निकालते तो? और अगर दो क्षण निकालते हो पहले ही, तो क्या उसको बढ़ाकर दो घंटे कर सकते हो? बिल्कुल

का अर्थ तो हो जाता है पूर्ण, एब्सल्यूट और अहंकार जब भी एब्सल्यूट की बात करता है, अपने-आपको बचाने के लिए ही करता है।

'बिल्कुल' माने जानते हो क्या होता है? तुम्हारे पास बहुत कुछ है, अहंकार को ये शब्द मिल गए कि जिसे सत्य मिल जाता है, वह बाकी सबकुछ छोड़ देता है। जिसे परम मिला, उसने पदार्थ को छोड़ दिया। अभी तुम्हें पदार्थ से मोह है। अब तुम्हारे कानों में यह शब्द पड़े कि 'परम मिला तो पदार्थ जाएगा,' अब तुम इन शब्दों का क्या करोगी? तुम इन शब्दों का इस्तेमाल करोगी डर जाने के लिए। तुम कहोगी, "अच्छा, अच्छा! परम मिला तो फिर मुझे अपना प्यारा कुत्ता छोड़ना पड़ेगा। प्यारा कुत्ता मैं छोड़ नहीं सकती। भाड़ में जाए परम!" (हँसी)

तो अहंकार हमेशा एब्सल्यूट का नाम लेता ही इसीलिए है, ताकि अहंकार बचा रह सके।

प्र. : उलटा भी तो होता है न कि जैसे आपने यह भी उदाहरण दिया कि किसी को अहंकार होता है कि तीन लाख रुपए मेरी तिजोरी में पड़े हैं और उसने सुन लिया, तो उसने तीन लाख को तो ठोकर मार दी और बात करता है कि मैंने तीन लाख रुपए त्याग दिए।

आचार्य : तब उसको जो पसंद था, वह तीन लाख नहीं थे, प्रसिद्धि पसंद थी। तो उसने कोई ठोकर मारी ही नहीं। हम तो बात उन चीज़ों की कर रहे हैं न, जिनसे तुम्हारा मोह लगा हुआ है। उसका मोह तीन लाख से था ही नहीं, उसको तो ठोकर मार दी उसने; उसका मोह किससे था? प्रसिद्धि से। उसको तो उसने ठोकर मारी नहीं।

प्र. : आचार्य जी, जो लोग बाहरी तल पर त्याग करते हैं, तो वे मानसिक तल पर त्याग नहीं कर पाते?

आचार्य : त्याग होता ही नहीं न, झूठा त्याग है, क्योंकि आप उसको छोड़ ही नहीं रहे हो, जो आपको सर्वाधिक प्रिय है। आप उस तरीके का दान कर रहे हो, जैसे आप अपने फटे हुए और मेले-कुचैले कपड़े कामवाली को दे देते हो।

प्र. : वह बहुत ज़्यादा पैसा भी हो सकता है?

आचार्य : वह बहुत ज़्यादा पैसा भी हो सकता है। बात तो यह है न कि आपके लिए किसकी महत्ता है। कोई ऐसा हो सकता है, जो पैसे से ज़्यादा कीमत गर्व को देता हो।

प्र. : जैसे कि कोई किए गए त्याग की मीडिया रिकॉर्डिंग करवा रहा हो।

आचार्य : बिल्कुल करवाते हैं, तो आपने झूठी चीज़ का दान देकर वह बचा लिया

जो आपको वास्तव में सबसे ज़्यादा प्रिय है। तो यह तो दान भी नहीं है। इसमें आपने कुछ त्यागा थोड़े ही है। इसमें तो वैसा ही है कि जैसे घर में कुछ था, जो घर की जगह घेरे हुए था, आप वह कबाड़ी को दे रहे हो। आप दोनों हाथों लड्डू कमा रहे हो, कैसे ? पहले तो घर की जगह अब खुल गई, दूसरे, जो कबाड़ी को दिया, उसके दो-चार रुपए भी मिल गए और आपने यह भी कह दिया कि देखो, यह सब जो कूड़ा-कचरा था, यह तो हम दान कर आए।

प्र. : आचार्य जी, मैं आपसे एक चीज़ व्यावहारिक संदर्भ में पूछना चाहता हूँ। जो बड़े स्तर के व्यापारी या उद्योगपति हैं, जैसे जुकरबर्ग या स्टीव जॉब्स, उनके लिए बोलते हैं कि वो एक तरीके से आध्यात्मिक लोग थे। तो वे मतलब उस तल पर पहुँच चुके थे कि वे इस दुनिया में तो हैं पर इस दुनिया के नहीं हैं ?

आचार्य : क्या करना है ? उनको यह सवाल पूछने दीजिए न ?

प्र. : नहीं, मैं जानना चाहता हूँ।

आचार्य : आप क्या करेंगे जानकर ? उनको पूछने दीजिए न। उनको भी तो कहीं-न-कहीं दर्द हो रहा होगा दाँत में। हो रहा होगा तो खुद आएँगे पूछने और नहीं, तो फिर तेज़ाब की नदी तो शाश्वत है। अनंतकाल से बह रही है, बहुत बड़े-बड़े सिकंदर बह गए उसमें। ये आज के लोग क्या हैं ! आज तो बहुत बड़ी-बड़ी सल्तनतें हो भी नहीं सकती हैं। आज तो आप अगर प्रधानमंत्री बनते हो या राष्ट्रपति बनते हो तो चार साल, आठ साल में आपको उतर जाना पड़ता है। पहले तो हुए हैं शाहों के शाह, कोई तीस साल राज कर रहा है, कोई चालीस साल राज कर रहा है और उनकी सार्वभौम सत्ता है, एकछत्र राज्य है। उनको कोई चुनौती भी नहीं दे सकता, निर्णय कर दिया तो कर दिया।

प्र. : कॉरपोरेट भी आजकल ऐसे ही हैं।

आचार्य : अरे हो गया ! आप वहाँ पर चढ़े हो, चुनाव होगा, आप कुछ भी हो वहाँ पर, आपको पदच्युत तो करा ही जा सकता है, जेल में भी डाला जा सकता है। बहुत बड़े-बड़े कॉरपोरेट के प्रमुख जेलों में सड़ रहे हैं।

तो अब तो फिर भी ऐसा नहीं है कि आप जहाँ हो, वह जगह सार्वभौम हो। पहले तो जो आपकी सत्ता होती थी, जो सॉवरेनिटी होती थी, वह करीब-करीब पूर्ण होती थी, एब्सल्यूट होती थी। जब वो नहीं बचे, तो ये आज के लोग क्या चीज़ हैं !

प्र. : सर, कुछ दिन पहले मैं कुछ पढ़ रही थी, उसमें से दो प्रमुख शब्द निकलकर आए

थे—इंपैक्ट्स और कोडिपेंडेंट। कुछ लोग होते हैं, जो अंदर से ही सहानुभूति से भरे हुए हैं और सह-आश्रित भी होते हैं, जैसे कि अगर आसपास का माहौल खुशनुमा है, तो वे खुश रहते हैं, अगर माहौल में दुःख भरा है, तो वे भी दुखी हो जाते हैं। यह किस तरह से यह मनोवैज्ञानिक समस्या है और कैसे इससे अन्य मनोवैज्ञानिक समस्याएँ उत्पन्न होती हैं?

तो दो तरह के लोग होते हैं—पहले, विंसेंट वैन गॉग, हम सब जानते हैं कि उनके साथ क्या हुआ। उन्होंने दुःख देखा और वे उसे झेल नहीं पाए, जो उन्होंने आसपास देखा, बीमारी, मृत्यु इत्यादि और दूसरे हैं बुद्ध, वे भी संवेदनशील थे, लेकिन दोनों की संवेदनशीलता की गुणवत्ता में क्या अंतर था?

आचार्य : देखो, अंतर यह होता है कि बुद्ध ऐसे परिवेश में थे, जो ऋषियों का था, जो उपनिषदों का था। बुद्ध को भरोसा था कि समाधान हो सकता है कि एक बहाव ही नहीं, दूसरा भी संभव है। बुद्ध को पहले बहाव को त्यागते देर नहीं लगी। उसके बाद दस साल, बारह साल जंगल में रहे, उससे उनका भरोसा टूट नहीं गया।

वैन गॉग ने जो विक्षिप्तता का दौर देखा, वह बुद्ध को कभी नहीं आया, वह पागल नहीं हो गए। उन्होंने अपना अंग-भंग नहीं कर लिया। उन्हें कभी पागलखाने नहीं रखा गया।

पहले बहाव से दोनों ही रज़ामंद नहीं हैं, दोनों ही मान रहे हैं कि यह जो साधारण जीवन है, जिसे हम सामान्य ज़िंदगी वगैरह कहते हैं, यह तो ठीक नहीं है। दोनों ही इस बात से सहमत हैं। अंतर दोनों में यह है कि एक कलाकार है, एक ऋषि है; एक कलाकार है, वह बस कला के तल तक आकर रुक गया है, दूसरा ऋषि है।

पहला पहले बहाव से विद्रोह करता है, कलाकार पहले बहाव से विद्रोह करता है, पर अपने-आपको यह अनुमति नहीं देता कि दूसरे में जाकर घुल जाए। अपनी सत्ता को मिटने नहीं देता है। वह अपनी सत्ता में दैवीयता का अनुभव तो करता है और उसे यह बात बहुत अखरती है कि जब जीवन दैवीय हो सकता है तो फिर बीमार क्यों है। जब जीवन में सुंदरता हो सकती है तो इतनी कुरूपता क्यों है। उसको यह बात अखरती तो है, पर वह कभी उस सुंदरता में अपने-आपको नहीं खो जाने देता।

वह करता क्या है? वह करता यह है कि कुरूपता को इस सौंदर्य के संदर्भ में देख करके और छटपटाता है। इस छटपटाने में एक प्रकार का अहंकार है। जानते हो आप क्या कह रहे हो? आप कह रहे हो, "देखो मेरी कविता को, देखो मेरे चित्रों को

और देखो इस ज़माने को।" मैं बात को ज़रा स्थूल करके कह रहा हूँ, पर समझना बात को। जब कवि आक्रांत होकर चिल्लाता है कि जग इतना बुरा है और कविता लिखता है, तो वह सुंदर कविता लिख रहा है न! कविता का विषय क्या है ? संसार की कुरूपता, भद्दापन, पर कविता कैसी निखरकर आयी है ?

प्र. : सुंदर।

आचार्य : तुम देख नहीं रही हो, यह अपने आपमें कैसा विरोधाभास है! और इसमें अहंकार छुपा हुआ है। इसीलिए जो कवि ऋषि नहीं होगा, वह पागल हो जाएगा। जो चित्रकार संत नहीं बनेगा, उसका पाखंडी होना पक्का है, क्योंकि वह और, और और सुंदर चित्र बनाएगा जगत् की वीभत्सता को दर्शाते हुए। अब यह बड़ी अजीब बात है! तुमने देखा कि सड़क पर बलात्कार हो रहा है और तुमने चित्र बना दिया और उस चित्र की बहुत तारीफ़ हो रही है। वाह क्या बात है! वाह क्या बात है! तुमने एक फ़िल्म बना दी, जो दिखा रही है कि संसार कितना गंदा है, समाज, मान्यताएँ कितनी घटिया हैं और तुम ऑस्कर के दावेदार हो गए। यह तो बड़ी विद्रूपता है।

प्र. : यह तो ग्लानिभाव है उसके अंदर का, जो उसे पागल कर देगा।

आचार्य : जो भी कुछ हो रहा है, उसका नतीजा क्या निकल रहा है ? और जो नतीजा निकल रहा है, हो सकता है वह जान-बूझकर न निकल रहा हो, पर फिर भी अगर वह इतना अंधा है कि देख नहीं पा रहा कि क्या नतीजा निकल रहा है, तो परिणाम वही भुगतेगा। अगर सौंदर्य ही अनिवार्यता न होता, तो कुरूपता के दर्शन से भी सौंदर्य कैसे प्रस्फुटित हो जाता ?

कलाकार कभी यह नहीं कह पाता कि जो कुछ कुरूप है, वह मिथ्या है। इसी कारण जब आप कविताएँ पढ़ते हो तो आपको सौंदर्य के क्षणिक दर्शन तो होते हैं, पर आपकी वैसी सफ़ाई नहीं होती, जैसी आपकी ऋचा पढ़कर होती है। कविता पढ़ने में और उपनिषदों की ऋचाएँ पढ़ने में यही अंतर रह जाता है। कविता आपको इतना ही भर बता पाती है कि सौंदर्य है और सौंदर्य तुलनात्मक है। ऋचा आपको वहाँ तक ले जाती है, जहाँ एक अतुलनीय सौंदर्य है, जहाँ जगत् से पार की कोई बात है।

कवि जब अपने-आपको छोड़ देता है तो ऋषि हो जाता है। कवि जब अपने-आपको छोड़ने लग जाता है तो ऋषि होने लग जाता है। अपने-आपको छोड़ना मतलब उस केंद्र को छोड़ना, जहाँ सबकुछ तुलनात्मक है। अब न तो वह सौंदर्य को व्यक्तिगत नजरों से देखकर कहेगा कि वाह क्या बात है, न वह कुरूपता को

व्यक्तिगत नजरों से देखेगा। अब तो वह देखेगा कि यह देखने की पूरी बात ही क्या है—चाहे कुरूपता देखी जा रही हो, चाहे रूप देखा जा रहा हो—यह देखना ही क्या बला है, यह पूरी प्रक्रिया क्या है; अब वह ऋषि हो गया।

और जिस तरीके से मैंने बात कही, ऐसा लगता है कि ऋषि ज़रा रुखा आदमी होता है। नहीं, ऐसा नहीं है। ऋषि की बात में जो सौंदर्य होता है, वह किसी भी कवि की कल्पना से आगे का होता है। कवि को एक कदम और आगे बढ़ाना होता है। एक कदम और आगे बढ़ा देगा तो गहन शांति है। वह कदन आगे नहीं बढ़ाएगा तो कवि की नियति ही है विक्षिप्तता। कवि को पागल होना ही पड़ेगा।

प्र. : क्या यह ग्लानिभाव है?

आचार्य : यह सज़ा है जम जाने की। पुराने को छोड़ दिया है, तो नए का प्रादुर्भाव क्यों नहीं होने देते? यह ऐसी ही बात है कि खूब ठंड हो और तुम्हें पता चल जाए कि तुमने जो कपड़े पहन रखे हैं, वे जानवरों की खाल और जानवरों के फर से बने हैं, ठीक है? ठंड बहुत है। तुमने पुराने कपड़े तो उतार दिए, पर नई तुमने कोई छाया खोजी नहीं, क्योंकि तुम्हारे मन में नैतिकता खूब है। तुम जाकर किसी से जाकर आलिंगनबद्ध भी हो सकती थी, जान बच जाती, पर प्रेम को ले करके नैतिक धारणाएँ हैं। तो अब मरोगे, ठंड में अकड़-अकड़कर मरोगे।

यह कवि की हालत होती है। संसार तो उसे बुरा दिखने लग जाता है, पर परमात्मा की गोद में जाकर बैठ नहीं पाता। बीच में जमकर मर जाता है, विक्षिप्त हो-होकर।

प्र. : यह उसकी नियति है?

आचार्य : नियति तो किसी की भी नहीं है कि वह सड़-सड़कर मरे, हठ होता है हमारा।

मुक्ति सिर्फ़ उनके लिए है,
जिनको अमुक्त होने में ज़रा बेचैनी होती हो।

□

5

बात तुम्हारे हाथ की है

अद्वैत शिविर, बोधस्थल, 2019

वृत्तियाँ कितनी भी ताकतवर क्यों न हों,
माया कितना भी ललचाती क्यों न हो,
वे पूरी तरह कभी आप पर छा नहीं सकती हैं;
मुक्ति की संभावना हमेशा रहती है।

प्रश्नकर्ता : आचार्य जी, प्रणाम। पिछले कई महीनों से यूट्यूब के माध्यम से आपसे जुड़ा हूँ और मन को बहुत शांति मिलती है आपको सुनने से। जो भी वृत्तियाँ हैं मेरे अंदर, वो आपको सुनते वक्त दूर हो जाती हैं, पर जैसे ही सुनना बंद होता है, मेरे कर्मों में उन वृत्तियों की झलक फिर से दिखने लगती है, वे दुबारा आ जाती हैं। मुझे पता भी होता है कि ये वही वृत्तियाँ हैं, जो आचार्य जी को सुनते वक्त मुझे पता चली थीं, पर फिर भी वे अपना काम करके, मुझे पटककर चली जाती हैं। आचार्य जी, कृपया मदद करें।

आचार्य प्रशांत : देखो, कुछ मूल बातें समझो। वृत्तियाँ मौजूद होती हैं हममें एक संभावना की तरह और मुक्ति भी मौजूद होती है हममें एक संभावना की तरह। मनुष्य, जीव, हम जैसे हैं—इंसान, न तो वृत्ति में है, न पूरी तरह मुक्ति में है। न तो हम अपने-आपको कह सकते हैं कि वृत्ति में ही सीमित हैं और कैद हैं और न हमें अधिकार है यह कहने का कि हम तो मुक्त ही हैं। हम क्या हैं? हम जो चाहते हैं, हम वो हैं। जिधर को हमारा रुझान हो जाए, जिसको हम चुन लें, हम वो हैं।

तो वृत्तियाँ कितनी भी ताकतवर क्यों न हों, माया कितना भी ललचाती क्यों न

हो, वे पूरी तरह कभी आप पर छा नहीं सकती हैं; मुक्ति की संभावना हमेशा रहती है। इसी तरह मुक्ति कितनी भी अटल क्यों न हो, कितनी भी निश्चित और नियत क्यों न हो, मुक्ति से बचे चलने की संभावना हमेशा रहती है। वृत्ति भी हम पर कभी पूरी तरह हावी नहीं हो सकती और मुक्ति भी कभी पूरी तरह हम पर स्वामित्व नहीं ले सकती।

तो न वृत्ति बड़ी है, न मुक्ति, सबसे बड़े हैं हम। क्योंकि दोनों में से किसको चुनना है, यह तो हमारा ही निर्णय होता है। ठीक!

अब इन्होंने बात करी वृत्तियों की, कहा, "जब सामने होते हैं, वीडियो इत्यादि देख रहे होते हैं तो वृत्तियाँ शांत हो जाती हैं और बाद में पुन: उनका खेल शुरू हो जाता है।"

वृत्तियों से अगर किसी को मुक्ति नहीं मिल रही तो अभी तक हमने जो बात करी, उसके आधार पर क्या समझ में आता है? कि हमें वह मुक्ति चाहिए नहीं, हमें उसके पक्ष में निर्णय करना नहीं हैं, निर्णय क्यों नहीं करना? गौर से समझिएगा।

मुक्ति के पक्ष में वृत्ति में फँसा बदहाल आदमी भी निर्णय क्यों नहीं करता? कारण सुनकर थोड़ा चौंकेंगे आप। कारण यह है कि हमें भरोसा ही नहीं है कि मुक्ति जैसा कुछ होता भी है। यही वास्तविक नास्तिकता है।

नास्तिकता का वास्तविक अर्थ न तो यह है कि आपका वेदों में विश्वास नहीं, न यह है कि आपका ईश्वर में विश्वास नहीं; नास्तिकता का असली अर्थ यही है कि आपका आपकी मुक्ति में, आपके आनंद में, आपके स्वातंत्र्य में ही विश्वास नहीं।

जो अपनी सरल मुक्ति में श्रद्धा रखता हो, विश्वास रखता हो, वह ईश्वर को माने, चाहे न माने, वह नास्तिक नहीं हुआ और जो कहे कि वह ईश्वर को तो खूब मानता है पर बंधनों का पक्षधर है, बंधनों का आग्रही है, बंधनों में इसलिए बैठा रहता है, क्योंकि उसे यकीन ही नहीं आता कि बंधनों से आज़ादी जैसी कोई चीज़ हो भी सकती है, तो यह ईश्वर को मानते हुए भी पूरा-पूरा नास्तिक हुआ। समझ रहे हैं बात को?

हम फँसे इसीलिए बैठे रहते हैं—भले ही उसमें कितनी ही चोट लग रही हो, कितना ही कष्ट हो रहा हो—क्योंकि बस विश्वास ही नहीं आता कि जैसी हालत हमारी है, इससे हटकर भी कुछ हो सकता है, इससे ऊँचा भी कुछ हो सकता है। देखा नहीं न कुछ और; जब से पैदा हुए हैं, खुद को भी बँधा-बँधा और बदहाल देखा और अपने चारों ओर भी जिनको देखा, उनका एक सा ही हाल देखा। अब बताइए विश्वास आए कैसे कि जो अपनी हालत है, जो आसपास मानवता की हालत है, इससे हटकर भी कोई जीवन हो सकता है।

तो जो पूरी समस्या है, वह किसकी है? विश्वास की। हम बंधनों में इसलिए बँधे रह जाते हैं, क्योंकि बाहर कुछ है बंधनों के, यह भरोसा ही नहीं आता। कोई आ करके आपको लाख समझाए, कहे, "देखो, कितना कष्ट सहते हो; देखो, क्या हालत कर रखी है; देखो, शक्ल देखो अपनी; देखो, पिसे जा रहे हो; देखो, जीवन व्यर्थ जा रहा है।" आप कहेंगे, "ठीक कह रहे हो।" सहमत हो जाएँगे, बल्कि अच्छा लगेगा, कोई सहानुभूति दर्शा रहा है। जितना वो आपको बताता जाएगा कि आपकी हालत, दशा दुर्दशा है, आपको ज़्यादा तकलीफ़ होगी नहीं सहमत होने में, लेकिन सारी हालत बयान करने के बाद अगर वो कह दे, "चलो, तो फिर जब हालत इतनी बुरी है तो इस हालत से बाहर आते हैं। छोड़ दो अपने इस हालत को।" अब तनकर खड़े हो जाएँगे, कहेंगे, "न, न, यह नहीं।"

अब यह बात बड़ी विचित्र है!

"तुम्हारी हालत खराब है?"

"जी।"

"तुम ऐसे नहीं जीना चाहते?"

"जी।"

"जीवन और समय व्यर्थ जा रहे हैं?"

"जी।"

"तुम्हें खूब पता है कि तुम्हारा दम घुटता है?"

"जी।"

"चलो फिर छोड़ देते हैं ऐसी ज़िंदगी?"

"जी, नहीं।"

यह तो बात अजीब है!

"मान जाओ, छोड़ देते हैं।"

"जी, नहीं। बिल्कुल नहीं और आप यहाँ से रवाना हो जाएँ, हमारे सब्र की परीक्षा न लें। सहानुभूति तक ठीक है, साधना की बात मत करना।"

यह 'जी नहीं' कहाँ से आ रहा है? यह 'जी नहीं' आ रहा है अविश्वास से। "हाँ, मेरी हालत खराब है, पर अगर इस खराब हालत के अतिरिक्त कोई विकल्प ही न होता हो तो? इस खराब हालत का कोई विकल्प ही न हो तो?"

तो हम कहते हैं, "भाई, बुरी हालत में जी रहे हैं, पर जी तो रहे हैं न। आप हमसे

कह रहे हैं, 'बुरी हालत छोड़ दो।' कहीं इस बुरी हालत को छोड़ने के चक्कर में जीना ही छूट गया तो?" तो इसलिए 'जी नहीं।'

"फिर अभी हालत जैसी भी है, कम-से-कम हम उसे बर्दाश्त करे ले रहे हैं, आप बड़े शुभेच्छु बनते हैं, क्या आप प्रमाण के साथ कह सकते हैं कि अपनी इस हालत को अगर हमने छोड़ दिया तो इससे बेहतर ही हालत होगी हमारी, इससे और बुरी नहीं हो जाएगी? तो, जी नहीं; फिर अभी दुःख हैं. पर दुःख के साथ बीच-बीच में रसीले सुख भी तो हैं और आप न जाने क्या सलाह दे रहे हैं। अगर आपकी बात मान ली और ये जो थोड़े-बहुत सुख मिलते हैं जीवन में, ये भी मिलने बंद हो गए तो? तो जी नहीं।"

प्रमाण दिया नहीं जा सकता, कैसे प्रमाण दिया जाए? आप अभी जिस हालत में हैं, उसके तो प्रमाण उपलब्ध हैं, उसका क्या प्रमाण है? यही जो रोज़ के अनुभव हैं, कुछ सुख, कुछ दुःख, थोड़ा है, थोड़े की ज़रूरत है, खट्टा-मीठा, धूप-छाँव; वो सब प्रमाणिक रूप से आपको उपलब्ध हैं, आपको उसका अनुभव हो रहा है। आप जानते हैं कि अभी कितना नफ़ा है, कितना नुकसान है, क्या मिल रहा है, क्या खो रहे हैं, लेकिन जिस नए जीवन की तरफ़ आपको सत्य और अध्यात्म आमंत्रित करते हैं, उस नए जीवन में निश्चित रूप से आपको कुछ बेहतर ही मिल जाएगा, इसका कोई प्रमाण नहीं होता न? नहीं होता न? कि होता है? कोई प्रमाण दिया जा सकता है?

अब किसी ने अगर तनाव में ही ज़िंदगी बिताई हो और आप उससे कहें, 'शांति-शांति', तो वह कहेगा, "देखो भाई, दो अवस्थाएँ होती हैं ज़िंदगी की, ज़्यादा तनाव की और कम तनाव की। यह शांति क्या होती है? और हम जैसी ज़िंदगी जी रहे हैं, उसमें वो दोनों ही अवस्थाएँ उपलब्ध हैं, कभी तनाव ज़्यादा होता है और कभी तनाव कम हो जाता है और आप महोदय हमसे कह रहे हैं, 'नहीं, तनाव के बाहर भी जीवन है, शांति जैसा भी कुछ होता है।' कम तनाव जैसा कुछ होता है, यह तो हम मान सकते हैं, कभी-कभी हमारा तनाव कम हो जाता है, कोई चुटकुला सुना दे, थोड़े रुपए-पैसे का फायदा हो जाए, कोई फ़िल्म वगैरह देख आएँ, किसी सुख की प्राप्ति हो जाए तो हमारा तनाव थोड़ा कम हो जाता है तो अगर आप ये कहे कि हमारा तनाव आप कम कर सकते हैं, तो हम मान लेंगे, हमें कोई आपत्ति नहीं, लेकिन आप कह रहे हैं, शांति! इसका हमें आज तक कोई अनुभव नहीं है, इसका हमें आज तक कोई प्रमाण नहीं मिला, तो हम कैसे मान लें कि शांति जैसा कुछ होता

है?" और आपकी बात बिल्कुल ठीक है। भाई, बिना प्रमाण के कुछ मान लेना तो अंधविश्वास हो जाता है न?

तो आप यही कहते हैं, आप कहते हैं, "हम नहीं मानते कि सत्य और मुक्ति और शांति कुछ होते भी हैं। इसी तरह से आप बात करते हैं शुद्ध प्रेम की। हमने दो तरह के प्रेम जाने हैं, एक प्रेम जो पूर्णतया अशुद्ध है, बिल्कुल ज़हर है और एक प्रेम हमने जाना है, जिसमें कम-से-कम कारोबारी ईमानदारी है।" कारोबारी ईमानदारी समझते हैं? कि 10 रुपया दिया तो 10 ही रुपए का सामान मिल जाएगा, ये कारोबारी, व्यावसायिक ईमानदारी कहलाती है।

"तो हम दो तरह के प्रेम जानते हैं, एक प्रेम, जिसमें बिना कुछ दिए झपट लिया, ये एकदम ज़हरीला प्रेम। दिया कुछ नहीं और लूटने की आकांक्षा पूरी है, ये ज़हरीला प्रेम और दूसरा प्रेम हम जानते हैं व्यावसायिक प्रेम, जिसमें कि जितना देंगे, उतना ही पाएँगे, 10 रुपए दिए तो 10 रुपए का माल मिल गया, लेकिन अध्यात्म कहता है शुद्ध प्रेम, ये शुद्ध प्रेम का हमें आजतक कोई देखिए, अनुभव नहीं है, हमने इसका कोई किस्सा-कहानी नहीं सुना या फिर हमने इसके बस किस्से-कहानी ही सुने हैं। जीवन में तो कहीं नज़र आता नहीं, तो हम नहीं मानते कि शुद्ध प्रेम जैसा कुछ होता है।" तो घोर समस्या है, समस्या है प्रामाणिकता की।

कोई आपको कितना भी बताएँ कि बाहर आओ, आप कहें कि "बाहर जैसा कुछ होता ही नहीं, तो आए कहाँ?" समझ रहे हैं बात को? "और बाहर आ करके हालत बद-से-बदतर हो गई तो?" ये समस्या है। इसीलिए आध्यात्मिक बातें सुनने में अच्छी लगती हैं, पर उन पर अमल कोई नहीं करता। सुनने में बड़ा अच्छा लगता है—'ॐ शान्तिः शान्तिः शान्तिः', पर कोई नहीं बता पाएगा कि शांति चीज़ क्या है। क्यों नहीं बता पाएँगे? क्योंकि कभी अनुभव ही नहीं हुई।

अनुभव क्या हुआ है? कम तनाव। कम तनाव को ही हम कई बार कह देते हैं—'शांति'। पर शांति कम तनाव का नाम तो नहीं है, शांति कुछ और है, बिल्कुल किसी अन्य आयाम की चीज़ है। शांति का हमारा कोई अनुभव ही नहीं, तो हम सुन तो लेते हैं—'ॐ शान्तिः शान्तिः शान्तिः', पर जब मौका आता है शांति में जीने का, तो हम कदम वापस खींच लेते हैं, हम कहते हैं, "धोखा है, बहुत बड़ा धोखा हैं। हमसे किसी ऐसी चीज़ की बात की जा रही है, जिसकी कोई हकीकत, कोई वजूद, कोई अस्तित्व नहीं है।" इसी को कहते हैं नास्तिकता। हम कह रहे हैं, "उसका कोई अस्तित्व नहीं है,

वह अस्ति में है ही नहीं," यही नास्तिकता हैं।

तो हम सब सच्चे नास्तिक हैं, हमारा शांति में और मुक्ति में कोई विश्वास नहीं है और इसमें हमारी कोई भूल भी नहीं है। क्यों करें विश्वास किसी ऐसी चीज़ पर जिसका कोई प्रमाण ही उपलब्ध नहीं? ऐसा विश्वास क्या कहलाता है? अंधविश्वास। तो हमने कोई गलती नहीं कर दी; हम अंधविश्वासी लोग नहीं हैं, हम बस प्रमाण की तलाश में हैं। आप साथ हैं मेरे अभी तक? बात समझ में आ रही है? हम प्रमाण की तलाश में हैं, हमें कोई प्रमाण ही नहीं मिलता।

अब प्रश्न उठता है कि फिर ग्रंथों का और संतों की बातचीत का महत्त्व क्या है? उनका इतना ही महत्त्व है, वे थोड़ी देर के लिए आपको अनुभवग्राह्य प्रमाण दे देते हैं। इसी की बात इन्होंने अपने प्रश्न में करी है कि देखता हूँ वीडियो तो शांत हो जाता हूँ, 10 मिनट के लिए सबूत मिल गया कि शांति कुछ तो होती है, बिल्कुल होती है। कैसे सबूत मिल गया? वीडियो को सुनकर नहीं, इसलिए नहीं कि वीडियो का शीर्षक था—'शांति कैसे पाए?' न, वीडियो की, शीर्षक की या वीडियो में कही जा रही बात की बात नहीं है, बात उसकी है, जो आपके भीतर घट रहा है। आपके भीतर शांति उतरी, 10 मिनट के लिए ही सही, वीडियो में कुछ भी चल रहा हो। बहुत दफ़े मुझसे लोगों ने कहा है कि "वीडियो अंग्रेज़ी में होता है। हमारी अंग्रेज़ी उतनी साफ़ नहीं है, हमें आधी बातें तो समझ में भी नहीं आतीं, लेकिन फिर भी चित्त शांत हो जाता है।"

यहाँ बैठी हैं (एक श्रोता की ओर इशारा करते हुए), ये फ्रांस से आयीं हैं, इन्हें ज़रा नहीं समझ में आ रहा होगा कि यहाँ क्या बातचीत चल रही है, पर इतने गौर से देख रही हैं, सुन रही हैं जैसे···और अभी शांत हैं, समझ रही हैं कि इन्हीं की बात हो रही है। देखो।

तो बात इसकी नहीं है कि वीडियो ने क्या कह दिया, बात इसकी है कि उन 10 मिनटों में तुम्हें अपने भीतर एक अकाट्य और निर्विवाद प्रमाण मिल गया कि शांति होती है। तनाव अभी सिर्फ़ कम नहीं हुआ है, हम तनाव से दूर आ गए हैं। हमें तनाव का पता ही नहीं चल रहा कि कम है या ज़्यादा। अंतर समझ रहे हो?

तनाव ज़्यादा है, आपको पता चल जाता है न? जब तनाव खूब बढ़ता है तो जान जाते हो न? जब तनाव घटता है तो भी जान जाते हैं। शांति वह अवस्था है, जिसमें आपको खबर ही नहीं कि तनाव कम है कि ज़्यादा है। हो सकता है कि खूब हो, हमें पता नहीं है, ये शांति है। हो सकता है, बिल्कुल कम हो गया हो, हमें पता नहीं है, ये

शांति है। शांति का अर्थ यह नहीं होता कि तनावशून्य हो गए, शांति का अर्थ होता है कि तनाव निरपेक्ष हो गए, तनाव के प्रति उदासीन हो गए, तनाव से अब एकदम अस्पर्शित हो गए। यह अंतर समझिएगा।

शांति का मतलब यह नहीं है कि आप सदा के लिए एक तनावशून्य अवस्था में आ गए, शांति का अर्थ है कि अब तनाव की अवस्था जो भी हो, आपको उस अवस्था से कोई अंतर नहीं पड़ता। उस शांति की झलक मिल जाती है आपको जब आप वीडियो इत्यादि देखते हैं। ये सब चाहे वीडियोज़ हों, चाहे ये बातचीत हो, चाहे वे पुस्तकें हों, जो बाहर रखी हैं, इन सबका उद्देश्य बस इतना ही है, इससे ज़्यादा ये कुछ कर भी नहीं सकते। इनका उद्देश्य है आपको सबूत दे देना। क्या सबूत दे देना? 'वो' है। क्या सबूत दे देना? 'वो' है और हमारी समस्या क्या है कि हम कहते हैं? 'वो' है ही नहीं। इसी को कहते हैं नास्तिकता।

इस बातचीत का भी उद्देश्य इतना ही है। आप यहाँ बहुत देर के लिए तो आए नहीं हैं, थोड़ी देर के लिए आपको प्रमाण मिल जाए कि 'वो' है। अब 'वो' को शांति बोल लीजिए, मुक्ति बोल लीजिए, बोध बोल लीजिए, विशुद्ध चैतन्य बोल लीजिए, शुद्ध प्रेम बोल लीजिए और चाहे ईश्वर बोल लीजिए। जिस पर हमें आसानी से विश्वास होता नहीं, उस पर विश्वास आ जाए बिल्कुल पक्का, इसलिए यह सत्र है।

यह सत्र आपको शांति दे नहीं देगा, कोई इस उम्मीद में न बैठे यहाँ पर। यह सत्र बस आपको यह यकीन दिला देगा कि शांति होती है। होती है, उसको आप अगर न चुनें तो आपकी मर्ज़ी। अभी तक आपके भीतर मान्यता क्या थी कि शांति तो होती ही नहीं है। तनाव की न्यून अवस्था होती है, लेकिन शांति नहीं होती। ऐसा ही मानते हैं न हम?

सत्र इसलिए है कि आपको वहाँ पहुँचा दे, जहाँ तनाव की पहुँच ही नहीं है, जहाँ से तनाव दिखाई ही नहीं देता, जैसे बादलों के पार। अब वहाँ पृथ्वी पर हो क्या रहा है, पता ही नहीं। बम फट रहे होंगे पृथ्वी पर, हमें क्या पता! हम तो बादलों के पार हैं। तूफ़ान गरज रहे होंगे पृथ्वी पर, हमें क्या पता! हम तो बादलों के पार हैं।

सत्र का काम है आपको यकीन दिला देना कि बादलों के पार भी जिया जा सकता है, 10 मिनट के लिए ही सही। अब इससे ज़्यादा ये आदमी कर क्या सकता हैं? थोड़ी देर के लिए आपको झलक दिखा देता है कि हाँ, बादलों के पार भी जीवन है और 10 मिनट के बाद वीडियो खत्म। समझ रहे हो? 10 मिनट के बाद वीडियो खत्म। हाँ, 10 मिनट के लिए तुमको प्रमाणिक रूप से बता दिया था कि ये मत सोच लेना कि धरती

की मिट्टी और कीचड़ में ही लोटते रहने के अलावा जीने का विकल्प नहीं; बादलों के पार भी जिया जा सकता है। धरती पर जो होता है, होता रहे, हम उससे आज़ाद हैं, ऐसे जिया जा सकता है।

लेकिन इस सत्र की मजबूरी ये है कि ये एकाध-दो घंटे में समाप्त हो जाएगा, वीडियो की मजबूरी यह है कि 10-20 मिनट में समाप्त हो जाएगा। उसके बाद क्या बचेगी? उसके बाद बचेगी आपकी नीयत, आपकी मंशा।

वीडियो अपना काम कर गया, वीडियो का उद्देश्य आपको शांति या मुक्ति या सत्य दे देना नहीं था—दुनिया का कोई वीडियो ये काम नहीं कर सकता, दुनिया का कोई ग्रंथ ये काम नहीं कर सकता—वीडियो का उद्देश्य बस ये प्रमाणित करना था, सबूत के साथ कि 'वो' है। 'वो' है, अब उसे चुनोगे या नहीं चुनोगे, ये आपकी मर्ज़ी, साहब। आप नहीं चुनेंगे तो आपको मजबूर नहीं किया जा सकता। हाँ, न चुनने के लिए आपके पास जो बहाना था, वह बहाना मैंने छीन लिया। आपके पास बहाना क्या था? "उसे चुने कैसे, क्योंकि वह तो है ही नहीं?" मैंने कहा, नहीं, आपने जो बहाना बना रखा है उसे न चुनने का, वह बहाना मैं आपसे लिए लेता हूँ। 'वो' है तो और देखो अभी 10 मिनट तुम्हें मिला भी था या अभी 10 मिनट तुम उसे मिले थे। 'वो' है तो। अब उसे न चुनो तो फिर शिकायत मत करना, किसी और की गलती नहीं है, तुमने ही नहीं चुना। बात समझ में आ रही है?

दुबारा से, वीडियो खत्म हो गया, अब तुम जानो, तुम्हारा काम जाने। बस यह है कि अब यह मत कह देना कि चुनूँ कैसे जब 'वो' है नहीं। है तो सही और अब तुम जान चुके हो कि है, उसके बाद भी तुमको बंधन ही पसंद हों, तनाव ही पसंद हों, अँधेरा ही पसंद हो, तो ठीक है। जीव की स्वेच्छा में कोई विधान हस्तक्षेप नहीं करता।

शांति का मतलब यह नहीं है कि आप सदा के लिए
एक तनावशून्य अवस्था में आ गए, शांति का अर्थ है कि
अब तनाव की अवस्था जो भी हो,
आपको उस अवस्था से कोई अंतर नहीं पड़ता।

□

6

क्या वृत्तियों से पूर्ण मुक्ति संभव है?

अद्वैत शिविर, प्रयागराज, 2019

मुक्ति को एक बड़ी आनंदप्रद, अनंत यात्रा जानो।
वह यात्रा ऐसी नहीं है, जिसके अंत में मुक्ति है;
वह यात्रा ही मुक्ति है।

प्रश्नकर्ता : आचार्य जी, क्या वृत्तियों से पूर्ण मुक्ति संभव है?

आचार्य प्रशांत : एक भ्रांति है, जिसका निवारण आवश्यक है। भ्रांति यह है कि मनुष्य जीव कभी भी अपनी मूलवृत्ति से समूल मुक्त हो सकता है। हम सबकी इच्छा रहती है कि किसी ऐसी प्रक्रिया से गुज़र जाएँ, जो हमें एकबारगी ही सदा के लिए मुक्ति दे दे।

अभी, विशालजी (प्रश्नकर्ता) ने जैसे अपनी इच्छा अभिव्यक्त की कि एक बार में ही क्लींजिंग (सफ़ाई) पूरी हो जाए, वैसा नहीं हो सकता। कुछ है आपकी हस्ती में, कुछ है आपके देहयुक्त होने में जो देह के रहते बना ही रहेगा। देह है तो वह है। देह ही क्यों है? देही के बिना देह का होना संभव नहीं।

कोई तो है न, जो देहधारी है? कोई तो है न, जो देह से संयुक्त हुआ बैठा है? कोई तो है न, जो देह को पकड़े हुए है? कोई तो है न, देह की ओर उँगली करके, इशारा करके कहता है, "यह मैं हूँ?" तो जब तक देह है, तब तक वह भी है। वास्तव में वह पहले है, देह बाद में है। देह का होना उसकी उपस्थिति का सबूत है।

देह का होना ही उस 'मैं' वृत्ति के होने का सबूत है, जो देह को अपना नाम देती

है, जो देह को चोट लगने पर कहती है, "मुझे कष्ट हुआ," जो देह की सुरक्षा की खातिर शंकित रहती है। तो यह तो बात बड़ी मज़ेदार हो गई—अहं का सीधा संबंध देह से है। तो जैसे देह से संबंधित बहुत सारे काम तुम जीवन भर करते ही रहते हो—जीव है तो जीवन है, जीवन माने जीव की उपस्थिति—जीवन रहते बहुत सारे काम हैं, जो तुम लगातार करते ही रहते हो, इसी तरीके से जब तक जीवन है, तब तक तुम्हें आध्यात्मिक प्रक्रिया का भी पालन करना पड़ेगा; वह कभी निपट नहीं जानेवाली।

और देखो कि निपटाने की कितनी जल्दी है हमको। यह बात मीठी भी है और डरावनी भी। मीठी इसलिए है, क्योंकि आध्यात्मिक प्रक्रिया को जल्दी से निपटा देने की आतुरता यह बताती है कि मुक्ति के कितने प्यासे हो तुम। तुम कहते हो कि मुक्ति की प्रक्रिया को जल्दी से पूरा कर दीजिए, ताकि हम पूरी तरह मुक्त ही हो जाएँ।

तो मैंने कहा यह बात मीठी है और मैं यह भी कह रहा हूँ कि निपटाने की जितनी हड़बड़ी में हो तुम, वह बात डरावनी भी है। डरावनी क्यों है? डरावनी इसलिए है, क्योंकि तुम कभी नहीं कहते कि जल्दी से कुछ ऐसा कर दीजिए कि रोज़ भोजन करने की अनिवार्यता खत्म हो जाए। भोजन भी देह से संबंधित है न? तुम कभी नहीं कहते कि जल्दी से कुछ ऐसा कर दीजिए कि साँस लेने का बोझ खत्म हो जाए। साँस भी देह से संबंधित है न?

तुम कभी नहीं कहते कि देह से जुड़े हुए जितने रिश्ते-नाते हैं, जल्दी से कोई ऐसी प्रक्रिया कर दीजिए कि वो सारे रिश्ते-नाते चले ही जाएँ, कभी नहीं कहते न? तो देखो अपने चित्त को कि देह से जुड़ी बाकी जितनी बातें हैं, उनको तो तुम लिये-लिये फिरने के लिए खूब तैयार हो, इसलिए यह बात डरावनी है।

आध्यात्मिक प्रक्रिया को लेकर कहते हो, "गुरुवर, कृपा करिए कि एक बार में ही यह खत्म हो जाए।" और अध्यात्म का संबंध भी देहभाव के मिट जाने से ही है; अध्यात्म का संबंध भी इस तरह से देह से ही है। अध्यात्म को तो चाहते हो जल्दी से पूरा हो जाए और देह से जुड़े बाकी जितने काम हैं, उनको तुम मज़े में करे जाते हो, क्योंकि उनसे तुमने अब तादात्म्य बना लिया है, उनमें तुमको अब रस आने लगा है।

और इसीलिए तुम्हारी जो पहली माँग है, वह पूरी नहीं होगी, क्योंकि दूसरी का तुम्हारा कोई इरादा नहीं है। पहली क्या है? आध्यात्मिक मुक्ति, जिसको तुम कहते हो कि मुक्ति मिले और दूसरी बात क्या है? लोक (संसार), से मुक्ति। तुम लोक से मुक्ति नहीं चाहते, तुम किसी आध्यात्मिक तल पर, किसी आध्यात्मिक आयाम में

मुक्ति के आकांक्षी हो। यह कैसे होगा, बताओ मुझे?

तुम आध्यात्मिक मुक्ति के आकांक्षी हो, यह बड़ी मीठी बात है, बड़ा प्रिय लगा सुनने में, लेकिन आध्यात्मिक मुक्ति होती क्या है? आध्यात्मिक मुक्ति यही तो होती है कि देह के जो पचड़े-लफड़े हैं, ये जो पचास तरीके के संकट, झंझट हैं जिनमें तुम व्यर्थ सिर खपा रहे हो, इनसे आज़ाद हो जाओ। इनका नाम तुम कभी नहीं लेते। यह इच्छा कभी नहीं व्यक्त करी कि यह सब खत्म हो। हाँ, यह ज़रूर कह दोगे कि "गुरुवर, आध्यात्मिक मुक्ति, जो कुछ भी होती हो, कुछ होती होगी बड़ी हसीन सी चीज़, वह एक बार में मिल जाए, तीन दिन के शिविर में तुरंत प्राप्त हो जाए।"

बात समझ में आ रही है?

वह तीन दिन में प्राप्त नहीं होगी। जब तक शरीर है, तब तक व्यायाम करना पड़ता है न? बोलो। जब तक शरीर है, उसे भोजन देते हो न? देते हो न? तो जिस दिन तक शरीर है, उस दिन तक तुमको साधना भी करनी पड़ेगी। जल्दी फुर्सत नहीं पानेवाले बच्चू। तुम कोई जुगाड़ चाहते हो? वह नहीं मिलेगा और न तुम यह कह सकते हो कि हमने तो बड़ा व्यायाम किया है बीस साल, तो अब बिल्कुल नहीं करेंगे, अब हमारी पूर्ण निवृत्ति हो गई है व्यायाम से। अब तो हम बस बैठ करके खाएँगे।

तुम बीस साल के पहलवान हो सकते हो, बीस साल तक तुमने खूब वर्जिश की है, तन का खूब खयाल रखा है और बस दो-चार साल उसके बाद घर पर बैठ जाओ और खाओ, क्या होगा? किया होगा बीस साल जो किया होगा; शरीर मिट्टी हो जाएगा। यही बात आध्यात्मिक साधना पर भी लागू होती है, तुम ऐसा ही मानो।

वृत्ति का हमला, चूँकि प्रतिदिन है, इसीलिए साधना भी प्रतिदिन चाहिए। अरे! प्रतिदिन ही क्यों है! वृत्ति का हमला, चूँकि निरंतर है, इसीलिए साधना भी प्रतिपल चाहिए, अहर्निश चाहिए। इस प्रक्रिया का कोई पूर्ण विराम नहीं होता; उस पर तो पूर्ण विराम तभी लगेगा, जब तुम पर विराम लग जाए और तुम पर विराम नहीं लगनेवाला, जब तक तुम ज़मीन पर चल रहे हो, फिर रहे हो, साँस ले रहे हो, खा रहे हो।

मुक्ति को कोई बिंदु या पल मत मानो, मुक्ति को कोई पड़ाव मत मानो। मुक्ति को कोई मंज़िल मत मानो, कोई घटना मत मानो। उसे किसी विशेष शुभ दिवस का मोहताज मत बना दो। मुक्ति को एक बड़ी आनंदप्रद, अनंत यात्रा जानो। वह यात्रा ऐसी नहीं है, जिसके अंत में मुक्ति है; वह यात्रा ही मुक्ति है।

तो मुक्त कौन?

जो मुक्ति की यात्रा पर चल रहा है।

अमुक्त कौन? बद्ध कौन?

जो ठहर गया।

और तुम अक्सर बड़ी उलटी बात करते हो, तुम कहते हो, "काश कि मुक्ति मिल जाए, ताकि ठहर जाएँ!" न, जो ठहर गया, वह तो बंधन में फँस गया। ठहरना नहीं है, चलते रहना है। मुक्ति की ओर चलते रहना है, मुक्ति की यात्रा में; फिर समझना, मंज़िल नहीं है मुक्ति, यात्रा ही है मुक्ति। इसीलिए आनंद यात्रा में ही है। आमतौर पर तुमको आनंद मिलता है मंज़िल पा लेने पर, पर मुक्ति की यात्रा विशेष है, उसमें चलते रहने में आनंद है। जो चल रहा है, वह आनंदित है। जो किसी भी भ्रमवश रुक गया, जिसने यह मान लिया कि वह तो अब मुक्त हो ही गया, वही फँसा।

तो दो तरह के लोग हैं जो फँसते हैं, एक वो, जो यात्रा शुरू ही नहीं करते, क्योंकि कहते हैं कि "अरे! मंज़िल ही बड़ी दूर है, कैसे मिलेगी हमको, हम तो छोटे आदमी हैं।" और अब तुम्हें ताज्जुब होगा, लेकिन सुनो, वह भी बराबर के फँसते हैं, जो घोषणा कर देते हैं कि "हमें तो मुक्ति मिल गई और अब हम रुक जाएँगे।" अगर कभी भी तुम्हें यह धारणा हो गई, कभी भी तुमने यदि यह मान लिया, यह गर्व कर लिया कि तुम तो मुक्त हो ही गए, वही पल तुम्हारे सबसे कड़े बंधन का होगा।

मुक्ति उनकी है, जिन्हें मुक्ति प्यारी है, मुक्ति उनकी है, जो मुक्ति में चल रहे हैं लगातार मुक्ति की ओर। इस वाक्य पर बहुत गौर करो। आमतौर पर जब तुम किसी दिशा में जा रहे होते हो, तो जब तक पहुँचे नहीं, तब तक पाया नहीं, ठीक? तुम एक पेड़ की दिशा में जा रहे हो, जिस पर सेब लगा हुआ है, जब तक पेड़ तक पहुँचे नहीं, तब तक सेब पाया नहीं। मुक्ति की यात्रा दूसरी है। इसमें तुम प्राप्ति में चलते हो प्राप्ति की ही तरफ़। तुम कहोगे कि अगर प्राप्ति पहले से ही है, तो प्राप्ति की तरफ़ क्यों जा रहे हैं? यह यात्रा ऐसी ही है। गौर करो, ध्यान करो, विचार करो कि इस बात का अर्थ क्या है?

तुम मुक्ति में चलते हो, मुक्ति की तरफ़, तुम प्राप्ति में चलते हो, प्राप्ति की तरफ़, तुम अनंतता में चलते हो, अनंतता की तरफ़, तुम पूर्णता में चलते हो, पूर्णता की तरफ़, तुम आनंद में चलते हो, आनंद की तरफ़। बस रुकना नहीं है। न तो यह कह देना है कि अभी व्यस्त हूँ, यह यात्रा कर नहीं सकता, न यह कह देना है कि मेरी यात्रा पूरी हो गई। चलते रहना है, चलते रहना है।

जो कह देते हैं कि मैं व्यस्त हूँ, अभी चल नहीं सकता, वो संसारी कहलाते हैं। वह रोज़ के ही कामधंधों में ऐसे पचे हुए हैं कि कहते हैं कि "हमें इस यात्रा के लिए तो फुर्सत ही नहीं है।" उन बेचारों पर तो इल्ज़ाम लग जाता है कि तुम कैसे लोग हो, आत्मा-परमात्मा की तुम्हें कोई सुध ही नहीं है, तुम घर-दुकान में ही फँसे हुए हो। बराबर के ही दोषी वे भी हैं, जो कह देते हैं कि "बच्चा! हमारी यात्रा आज से दस वर्ष पहले समाप्त हो चुकी है।"

पर हम अजीब लोग हैं, जो यात्रा शुरू नहीं करते, उनको तो तिरस्कृत करते हैं और जो कोई आ करके दावा कर दे कि मेरी यात्रा तो समाप्त हो गई, उनको हम ब्रह्मज्ञानी बता करके सिर पर चढ़ा लेते हैं। नतीजा? नतीजा यह है कि हममें से हर कोई जल्दी-से-जल्दी अपनी यात्रा खत्म करने का इच्छुक है। बात को समझो।

तुमने देखा ही क्या आज तक? तुमने यही तो देखा है न कि जिन भी लोगों ने घोषणा कर दी कि हमारी यात्रा अब समाप्त हुई, वही लोग अब सम्मान के पात्र बने, पूजनीय हो गए? यही देखा है न? आज भी जब कोई आध्यात्मिक पदवी, स्थान, सम्मान हासिल करना चाहता है तो वह सर्वप्रथम क्या घोषणा करता है? "मैं मुक्त हो गया, मेरी यात्रा पूर्ण हुई, मेरा उद्‌बोधन हो गया, फलानी रात को मेरा एन्लाइटेनमेंट हो गया।" और जैसे ही उसने यह कहा, वैसे तुम कहने लगते हो, "आप पूज्य हुए, आप श्रद्धेय हुए। आपके चरण कहाँ हैं श्रीमान?"

तो फिर इसीलिए तुम्हारे मन में अपने लिए भी यही इच्छा उठती है कि जब यात्रा खत्म करना इतनी ऊँची बात है कि यात्रा खत्म करनेवालों की हम वंदना करते हैं, तो काश! मेरी भी यात्रा जल्दी-से-जल्दी समाप्त हो जाए और इसीलिए फिर सवाल आया है कि एक बार में ही अब फ़ारिग हो लें, निपटा ही दें। "गुरुदेव, इस शिविर में कोई ऐसा बाण मारो कि तीन दिन में ही काम हो जाए।"

बात पूरी समझ में आ रही है?

देख रहे हो तुम्हारी इच्छा कहाँ से उठ रही है? यह भी देखो कि तुम्हारी यह इच्छा कहाँ से आ रही है और यह भी देखो कि तुम्हारी यह इच्छा कितनी घातक है। माया जिनको सदा के लिए बंधन में रखना चाहती है, उनके कान में फूँक आती है कि तुम मुक्त हुए।

जिस दिन तुम्हें यह लगने लग जाए न कि तुम मुक्त हुए, उस दिन सिर पीट लेना अपना।

अब बताओ, "मुक्ति चाहिए कि यात्रा?"

प्र. : यात्रा।

आचार्य : ठीक, करते रहो फिर।

उदयपुर से आ रहा हूँ, प्रयाग पहुँचा हूँ, ऋषिकेश जाऊँगा। वहाँ से कहीं और का होगा। अभी पता भी नहीं। यात्रा है, हर तल पर यात्रा है। शरीर के तल पर यात्रा है, मन के तल पर यात्रा है। यात्री हो तुम, यात्री ही रहोगे।

आँखों में और नज़र में वह बसा रहे, जिसकी खातिर यात्रा है, जिसकी तरफ़ यात्रा है, जिसके होने से यात्रा है, जो भीतर बैठा है तो यात्रा है। मंज़िल को हृदय में बसाकर यात्रा करते रहो, तुम मंज़िल पर ही हो फिर!

मुक्ति को कोई बिंदु या पल मत मानो। मुक्ति को कोई पड़ाव मत मानो। मुक्ति को कोई मंज़िल मत मानो, कोई घटना मत मानो। उसे किसी विशेष शुभ दिवस का मोहताज मत बना दो।

□

7

प्रकृति रिझाए मुक्ति बुलाए, बुरे फँसे हम

अद्वैत शिविर, ऋषिकेश, 2020

मन की प्रकृति है असुरक्षा और मन का स्वभाव है सुरक्षा। वह अपनी प्रकृति और अपने स्वभाव के बीच फँसा हुआ है।

प्रश्नकर्ता : मन क्यों हमेशा सुरक्षा की तलाश में लगा रहता है? क्या हैं मन के सदा असुरक्षित अनुभव करने के कारण? मैं तो अध्यात्म में, आप में और शिविर इत्यादि में भी सुरक्षा की तलाश कर रहा हूँ कि संसार में सुरक्षा न मिली तो सत्य में मिल जाए। मैं असुरक्षित जीना नहीं चाहता। कृपया मदद करें।

आचार्य प्रशांत : मन सुरक्षा की तलाश करता है उसके दो बहुत सीधे कारण हैं। पहला, मन जानता है कि वो जैसा बना बैठा है, वह बड़ा कमज़ोर है, बड़ा असुरक्षित है। उसमें दम नहीं है, कोई स्थायित्व नहीं है। इतना तो उसे रोज़ ही दिखाई देता है न अपने बारे में कि मुझमें कुछ भी ऐसा नहीं है, जो खालिस हो, दमदार हो? 'मैं तो थाली का बैंगन हूँ, इधर से उधर लुढ़कता रहता हूँ। मैं तो बहुत जल्दी चोट खा जाता हूँ, मुझ में बहुत जल्दी दरारें पड़ जाती हैं।' सबको दिखाई देता है न इतना अपने बारे में?

तो फिर सबको पता है कि वे सुरक्षित नहीं हैं। कोई अंधा ही होगा, जो अपने बारे में यह माने बैठा होगा कि वह सुरक्षित है और अगर मान लिया किसी ने अपने बारे में कि वह सुरक्षित है तो फिर तो वह जो साधारण ज़िंदगी की दौड़ होती है, उससे बाहर ही न हो जाएगा? आम आदमी ज़िंदगी की जिस दौड़ में रोज़ाना लगा रहता है, इसीलिए तो लगा रहता है न क्योंकि वह खुद को असुरक्षित अनुभव करता है?

अभी पैसे कम हैं और इकट्ठे कर लूँ तो सुरक्षा हो जाएगी। मकान छोटा है,

बड़ा बनवा लूँ। दफ़्तर में अपनी हैसियत थोड़ी और मज़बूत कर लूँ, सुरक्षा हो जाएगी। रिश्तों में पकड़ और मज़बूत कर लूँ, अपना पलड़ा भारी कर लूँ, धाक जमा लूँ, सुरक्षा हो जाएगी। यही तो हम दिन-रात करते हैं न? हम ये दिन-रात करते हैं, इसी से पता चलता है कि हम जानते हैं कि हम असुरक्षित हैं। हम असुरक्षित हैं, तभी तो सुरक्षा की तरफ़ भागते हैं। तो यह पहली बात हुई।

दूसरी बात—ठीक है, हमें पता है हम असुरक्षित हैं, लेकिन उससे ये कैसे सिद्ध हो जाता है कि हम सुरक्षा की तरफ़ भागें ही? ये बात तो चलो हमने मान ली कि मन जानता है कि वह असुरक्षित है। वह अपने रोज़ाना बदलते रंग देखता है, अपने डरों को देखता है, अपनी तड़प को देखता है, अपने चौंक जाने को देखता है, अपने दहल जाने को देखता है। कोई खबर आयी नहीं कि कलेजा मुँह को आ गया, दिल दहल गया। ये सब रोज़ के अनुभव हैं न अपने? तो हम जानते हैं कि हम असुरक्षित हैं।

ये तो ठीक है। हम जानते हैं हम असुरक्षित हैं, लेकिन ये जानने भर से आप ये कैसे साबित किए दे रहे हैं कि मन सुरक्षा की ओर दौड़ेगा ही दौड़ेगा? तो उससे हम आते हैं फिर दूसरी बात पर। दूसरी बात यह है कि न सिर्फ़ हम असुरक्षित हैं, बल्कि हमें सुरक्षा से प्यार है। उसी सुरक्षा को अध्यात्म ने नाम दिया है सत्य का, अंत का, मुक्ति का, परम का, आत्मा का, जो नाम देना चाहो। वह इकलौती चीज़ जो प्रेम के, प्यार के योग्य है, वही अध्यात्म का लक्ष्य है।

असुरक्षित आदमी के लिए उस अंत का, परम ध्येय का नाम है सुरक्षा। भयाक्रांत आदमी के लिए उस परम ध्येय का नाम है निर्भयता। बद्ध आदमी के लिए उस आखिरी मंज़िल का नाम है मुक्ति। बिखरे, खंडित आदमी के लिए उस मंज़िल का नाम है योग। खोखले, टूटे हुए, अपूर्ण आदमी के लिए उस मंज़िल का नाम है पूर्णता। भीड़ से घिरे हुए और बौखलाए आदमी के लिए उस शिखर का नाम है—कैवल्य। हमें सुरक्षा से प्रेम है।

मन की प्रकृति है असुरक्षा और मन का स्वभाव है सुरक्षा। ये आदमी की पूरी कुंडली है। वह अपनी प्रकृति और अपने स्वभाव के बीच पिसा हुआ है।

'दो पाटन के बीच में साबुत बचा न कोय।' एक तरफ़ उसका घर और एक तरफ़ मैकदा, मैं कहाँ जाऊँ, होता नहीं फैसला। दो पाटों के बीच में हम फँसे हुए हैं। एक तरफ़ ये त्रिगुणात्मक प्रकृति है। इसके नाज-नखरे हैं, इसकी चकाचौंध है, इसका रूप-यौवन है, आहाहाहा! क्या आकर्षण है, क्या बात है। खींच ही लेती है, बाँध ही लेती है और दूसरी ओर क्या है? स्वभाव। बेटा, तुम रंगरसिया नहीं हो, तुम शुद्ध, बुद्ध, मुक्त हो।

कुछ है तुम्हारे भीतर, जो तुमको बनाए रखता है श्रीमान गुलछर्रा, और कुछ है

तुम्हारे भीतर जो किसी भी तरह की विलासिता से, अय्याशी से संतुष्ट नहीं होता। प्रकृति बुलाती है, वादा करती है कि संतृप्ति देगी, मिल जाती है संतप्ति। गए थे तृप्त होने, तप्त होकर आ गए। अरे, ऐसा होता है कि नहीं होता है? 'बड़े आज बेआबरू होकर तेरे कूचे से हम निकले'। गए थे उनके कूचे में कि आज तो तृप्ति मिल ही जाएगी और निकले बड़े बेआबरू हो के। 'बहुत निकले मेरे अरमां, लेकिन फिर भी कम निकले'। अरे, सबका यही हाल है, भाई।

तो ये दोनों हैं। अब फैसला तुम्हें करना है। मैं तुम्हारा हाथ पकड़ के उधर नहीं ले जा सकता, तुम मेरा हाथ पकड़ के इधर नहीं ले जा सकते। सबको अपनी यात्रा खुद करनी है, सबको खुद ही पार करना है। मैं सिर्फ़ तुमको बता सकता हूँ कि देखो भई, इलाका ऐसा है, रास्ते ऐसे हैं। थोड़ा नक्शा दिखा सकता हूँ, उस तरफ़ क्या है कुछ उसका किस्सा बता सकता हूँ और उधर क्या है, कुछ उसकी जानकारी दे सकता हूँ, लेकिन तुम इधर जाओगे कि उधर जाओगे, जाओगे कि नहीं जाओगे, जहाँ हो वहीं कुंडली मार के बैठ जाओगे, ये सब फैसला तो तुम्हारा ही है। तुम जानो।

एक बात अच्छे से याद रख लेना, ज्ञान कितना भी बढ़ जाए, कितना भी तुमने श्रवण, मनन कर लिया हो, अंततः बात नीयत पर, फैसले पर आती है। उसको प्रेम भी कह सकते हैं। वह जज़्बा होना चाहिए भीतर, वह परम भाव होना चाहिए। वह भाव ही नहीं है अगर जो मुक्ति की ओर ले जाता है, तो ज्ञान कर क्या लेगा?

ज्ञान माने नक्शा दे दिया, सब बता दिया, सब जानकारी दे दी। सारी जानकारी दे दी, लेकिन तुम्हारा इरादा ही न हो यात्रा करने का तो रास्तों की, वाहनों की, साधनों की और मौसम की जानकारी का क्या लाभ, या कुछ होगा लाभ?

तो भाव, वह भाव होना चाहिए। वह संकल्प पैदा करो। उसी संकल्प को और शुद्ध भाषा में कहा जाता है मुमुक्षा।

***ज्ञान कितना भी बढ़ जाए, कितना भी तुमने श्रवण,
मनन कर लिया हो, अंततः बात नीयत पर, फैसले पर आती है।
वह भाव ही नहीं है अगर जो मुक्ति की ओर ले जाता है,
तो ज्ञान कर क्या लेगा?***

□

8

अर्जुन की निरपेक्षता

शास्त्रकौमुदी, बोधस्थल, 2019

मुश्किल होता है तनाव के क्षणों में, उत्तेजना के क्षणों में इतनी निष्पक्षता, इतना संयम दरशा पाना।
ठीक इसी क्षण में अर्जुन ने दिखा दिया,
प्रमाणित कर दिया कि वह पात्र है गीता सुनने का।

अथ व्यवटस्थतान्दृष्टवा धातकराष्ट्रान्कटपध्वजः।
प्रवृत्तेशस्त्रसम्पातेधनुरुद्यम्य पाण्डवः।
हृषीकेशंतदा वाक्यटमदमाह महीपते॥
सेनयोरुभयोमकध्येरथंस्थाप्य मेऽच्श्यतु।
यावदेताटन्निरक्षेऽहंयोद्धुकामानवटस्थतान्॥
यावदेतान्निरीक्षेऽहं योद्धुकामानवस्थितान्।
कैर्मया सह योद्धव्यमस्मिन्रणसमुद्यमे॥

हे राजन्! इसके बाद कपिध्वज ने मोर्चा बाँधकर डटे हुए धृतराष्ट्र-संबंधियों को देखकर, उस शस्त्र चलने की तैयारी के समय धनुष उठाकर हृषिकेश श्रीकृष्ण महाराज से यह वचन कहा—हे अच्युत! मेरे रथ को दोनों सेनाओं के बीच में खड़ा कीजिए। और जब तक कि मैं युद्ध क्षेत्र में डटे हुए युद्ध के अभिलाषी इन विपक्षी योद्धाओं को भली प्रकार देख न लूँ कि इस युद्ध व्यापार में मुझे किन-किनके साथ युद्ध करना योग्य है, तब तक उसे खड़ा रखिए।

—श्रीमद्भगवद्गीता, अध्याय 1, श्लोक 20-22

प्रश्नकर्ता : आचार्य जी, प्रणाम। आज जब इसका स्वाध्याय कर रहे थे तो श्लोक संख्या 20 में अर्जुन को 'कपिध्वज' विशेषण से पुकारा गया है और पहले ही अध्याय के श्लोक 22 में अर्जुन कहते हैं कि दोनों सेनाओं के बीच में रथ खड़ा कीजिए, जिससे मैं दोनों सेनाओं का निरीक्षण कर सकूँ। उस श्लोक में कहते हैं कि "…इस युद्ध रूप व्यापार में मुझे किन-किन के साथ युद्ध करना योग्य है, तब तक उसे खड़ा रखिए।"

तो युद्ध का व्यापार और कपिध्वज का क्या आशय है ?

आचार्य प्रशांत : कपिध्वज तो इसलिए क्योंकि उनके ध्वज में वानर प्रतीक था। इसी बात को लोकमान्यता में ऐसे कहा जाता है कि अर्जुन के रथ पर हनुमान रहते थे, रक्षा करते थे। तो इस आशय से कहा कपिध्वज।

दूसरी बात आपने पूछी, युद्ध का व्यापार। व्यापार माने कामकाज, कारोबार। जो सेनाएँ आमने-सामने खड़ी हुई हैं, उनका और क्या कामकाज है ? युद्ध ही तो। तो इस अर्थ में व्यापार। तीर दिए जाएँगे, तीर लिये जाएँगे, घावों का आदान-प्रदान होगा, फिर पता चलेगा किसी को मुनाफ़ा, किसी को नुकसान हुआ। व्यापार, और क्या पूछा ?

प्र. : "दोनों सेनाओं के बीच में मुझे खड़ा कर दीजिए, जिससे मैं निरीक्षण कर सकूँ।" तो ये निरीक्षण वही तो नहीं है, आचार्य जी, जिसको आप बार-बार अपनी वृत्तियों का निरीक्षण करने के लिए कह रहे हैं—बाहर और अंदर ?

आचार्य : इतनी गहरी अर्जुन की मंशा थी या नहीं, इसमें तो संशय है, लेकिन हाँ, जो भी कोई कह रहा है कि "मैं देखना चाहता हूँ और मध्य में खड़ा करिएगा, ताकि किसी एक पक्ष विशेष की ओर से न देखूँ, पक्षपाती होकर न देखूँ; एक निरपेक्ष बिंदु से दोनों सेनाओं का अवलोकन कर पाऊँ", बड़ी बात है।

युद्ध, जहाँ आपकी पक्ष लेने की वृत्ति होती है, वो और प्रबल और सघन हो जाती है। वहाँ किसी का कह पाना कि मुझे किसी मध्यम स्थान पर, किसी निष्पक्ष जगह पर ले चलो, जहाँ मेरा किसी से तादात्म्य न हो, जहाँ से मैं कौरवों को भी वैसे ही देख सकूँ, जैसे पांडवों को, बड़ी बात है।

सामान्य स्थितियों में भी व्यक्ति के लिए धारणा शून्य होकर, पक्ष-निरपेक्ष होकर कुछ भी देखना बड़ा मुश्किल होता है और अर्जुन जिस स्थिति में है, वह तो निःसंदेह असाधारण है। वास्तव में अर्जुन ने ये प्रार्थना न की होती तो श्रीकृष्ण का अर्जुन को गीता कह पाना बड़ा मुश्किल होता।

मेरी दृष्टि में गीता की शुरुआत ही होती है अर्जुन की इस अद्‌भुत याचिका से। कौन सा योद्धा अपने सारथी को शंख फूँकने से ठीक पहले यह कहता है कि "ले चलो मेरे रथ को ऐसी जगह पर, जहाँ से मुझे दोनों सेनाएँ साफ़-साफ़ दिखाई दें। मैं एक ओर का हो करके दूसरी ओर नहीं देखना चाहता, मैं कहीं का न हो करके दोनों ओर देखना चाहता हूँ।"

गीता यहीं से शुरू होती है। अन्यथा इतने योद्धा थे, पांडव सभी प्रिय ही थे कृष्ण को और पांडवों में ही धर्मराज भी थे। धर्म की ही शिक्षा दी जानी थी तो धर्मराज को भी दी जा सकती थी। पर अर्जुन ने जो बात रखी, जो जिज्ञासा दिखाई, वो वास्तविक धर्म है। अर्जुन ने कहा, "सच्चाई जाननी है, किसी का होकर नहीं, सबसे विलग होकर, क्योंकि जुड़ा हुआ हूँ यदि किसी एक पक्ष से तो कुछ दिखाई नहीं देगा, मान्यताएँ, धारणाएँ, पक्षपात, यही हावी रहेंगे।"

देखा है, संघर्ष के, युद्ध के, लड़ाई-झगड़ों के क्षणों में प्रबल रूप से, सक्रिय रूप से, भीषण रूप से हम पक्षपाती हो जाते हैं? हमारी जितनी दलगत भावनाएँ, पक्षगत भावनाएँ होती हैं, हमारी सारी पेरोकियल (संकीर्ण) वृत्तियाँ, वे सारी युद्ध के, लड़ाई के क्षणों में अति सक्रिय हो जाती हैं।

आपके भाई से हो सकता है आपकी न बनती हो, हो सकता है आपके और आपके भाई के बीच रोज़ कहा-सुनी होती हो, मारामारी भी हो जाती हो कभी-कभार, पर आपको पता चले कि भाई की मोहल्ले के किसी लड़के से, किसी व्यक्ति से लड़ाई हो गई है, आप तत्काल वहाँ पर भाई का पक्ष लेने पहुँच जाएँगे। घटनास्थल पर पहुँचकर आप जानना भी नहीं चाहेंगे कि ये जो रस्साकशी चल रही है, इसमें गलती किसकी है। आप वहाँ न्याय करने नहीं पहुँचे हैं, आप वहाँ अपनों का पक्ष लेने पहुँचे हैं, बल्कि वहाँ पहुँच करके यह प्रतीत भी हो कि गलती तो इसमें भाई की ही थी, तो भी पक्ष आप भाई का ही लेंगे।

तो ऐसे में अर्जुन ने जो इच्छा प्रदर्शित करी है, वो असाधारण है। मुश्किल होता है तनाव के क्षणों में, उत्तेजना के क्षणों में इतनी निष्पक्षता, इतना संयम दर्शा पाना। ठीक इसी जगह पर अर्जुन ने दिखा दिया, प्रमाणित कर दिया कि वह पात्र है गीता को सुनने का। इसलिए मैं कह रहा हूँ कि गीता की शुरुआत यहीं से होती है। हर व्यक्ति गीता के श्रवण का, सेवन का पात्र नहीं होता। अर्जुन प्रमाणित कर रहा है कि वह है।

प्र. : आचार्य जी, मेरा सवाल यह है कि जब वह मध्य में गए अपने रथ को लेकर,

तो उन्होंने दूसरे तरफ़ ये देखा कि जिनसे वो लड़ने वाले हैं और जिनसे वो लड़ेंगे, वो सब उनके सगे-संबंधी हैं, जाननेवाले हैं और एक समय तक वह बहुत मानते भी थे उनको, इसीलिए उन्होंने लड़ने से मना कर दिया कि "मैं इनके खिलाफ़ नहीं लड़ सकता हूँ और पूरा राजपाट छोड़िए, अगर आप पूरे संसार की भी सत्ता देंगे तो मैं नहीं लेना चाहूँगा।"

तो मेरी सीमित दृष्टि से अर्जुन का विचार सही था, क्योंकि वह नहीं लड़ेगा तो हिंसा नहीं होगी और वह चाहता था कि वह चला जाए। तो एक तरफ़ श्रीकृष्ण तो सब जानते थे, सच जानते थे, दूसरी तरफ़ अर्जुन को भी वह मुक्त ही करना चाह रहे थे और उसे दिखाना चाह रहे थे सच को, लेकिन कहीं-न-कहीं वो उसको क्या और बंधन में नहीं बाँध रहे हैं हिंसा और लड़ाई-झगड़े में पड़वाकर?

बहुत से आध्यात्मिक गुरु कहते हैं कि अगर आप मुक्त होना चाहते हैं तो सबसे पहले आप हिंसा छोड़ो या उस तरीके के काम न करो, जिससे दूसरे लोगों को दुःख पहुँचता हो। तो इसके उलट श्रीकृष्ण अर्जुन को बंधनों में फँसा रहे हैं। वह तो भागना चाह रहा है, वह तो मुक्त होना चाह रहा है, कह रहा है कि "मैं इनमें नहीं पड़ना चाह रहा हूँ, मैं जा रहा हूँ।" लेकिन श्रीकृष्ण रोकते हैं और उसको लड़ने के लिए कहते हैं। तो बँधकर कैसे आज़ाद होगा, लड़कर कैसे आज़ाद हो सकता है कोई?

आचार्य : बिना लड़े किसने आज़ादी पाई है?

प्र. : अगर वे चले जाते और पहाड़ों पर ध्यान करते तो बाकी चीज़ों से मुक्त हो जाते?

आचार्य : उसमें आज़ाद हो जाता? मुक्ति किसके खिलाफ़ पायी जाती है? मुक्ति का क्या अर्थ है? मुक्ति शब्द अर्थहीन है बिना बंधनों के। बंधन नहीं तो मुक्ति कैसी? तो कह रहे हो कि अर्जुन कहीं चला जाता, अकेले रहता, ध्यान करता तो मुक्ति मिल जाती। अर्जुन का बंधन क्या है?

प्र. : मोह, आसक्ति?

आचार्य : तो ये लिए-लिए उसको मुक्ति मिल जाती? अगर उसका बंधन ही मोह है, तो ये बंधन लिए-लिए उसे मुक्ति मिल जाती? तो कैसी बातें कर रहे हो?

प्र. : आचार्य जी, हिंसा का क्या?

आचार्य : हिंसा माने क्या?

प्र. : वे लोगों को मारेंगे?

आचार्य : लोगों को मारना क्यों हिंसा है? किसने कह दिया कि हिंसा का अर्थ है

किसी को मारना? ये सब हिंसा की सस्ती, प्रचलित और बाज़ारू परिभाषाएँ हैं कि किसी ने किसी को मार दिया तो तुमने कह दिया हिंसा।

धर्म विरुद्ध जाना हिंसा है। अहं के दायरे में रह करके अहं के अनुसार ही कर्म करना हिंसा है।

कृष्ण अर्जुन से जो करवा रहे हैं, वह शुद्धतम अहिंसा है। पर दुर्भाग्य से होता यह है कि सूक्ष्मतम सिद्धांतों को हम स्थूल रूप में ले लेते हैं, क्योंकि हम स्थूल तलों पर ही जीते हैं न। शरीर के तल पर जीते हैं, इसीलिए अध्यात्म की बातों को भी हम यूँ सुनते हैं, जैसे वे शरीर के तल पर ही कही गई हों। तो अहिंसा का अर्थ हमने यही निकाल लिया कि किसी को मारो इत्यादि नहीं, यही अहिंसा है।

हिंसा शुरू ही तब हो जाती है, जब तुम अपने-पराए का भेद करते हो। और अहं का काम ही यही है, एक छोटी सी सीमा रेखा में अपने-आपको रखना और बाकियों को पराया मानना। उस छोटी सीमा रेखा के अंदर कुछ दो-चार, पाँच-दस लोग होंगे, वो अपने हैं, बाकी पराए हैं।

जो दूसरे को मानकर दूसरे को मार दे, उसको तुम कह दोगे कि हिंसक है और जो कुछ लोगों के अपने कुल को अपना माने, उसको क्या नहीं कहोगे कि हिंसक है? क्या तुम पूरी दुनिया को पराया मान सकते हो बिना मुट्ठीभर लोगों को अपना माने? पूरी दुनिया पराई क्यों लगती है? क्योंकि चंद लोगों को परिभाषित कर रखा है कि ये तो अपने हैं।

तो जहाँ तुमने किसी को अपना, किसी को पराया कहा, वहीं हिंसा शुरू हो गई न? अर्जुन क्या कह रहा है? "अरे, ताऊ हैं, वह चाचा हैं, वह मामा हैं, वह भाई हैं, वह दादा हैं, वह परदादा हैं, वह गुरु हैं और ये सब तो मेरे अपने हैं", यह हिंसा है।

अहं का काम ही यही है—अपने-पराए का भेद बाँटना।

अर्जुन क्या युद्ध से तब भी हटने को तैयार हो जाता यदि सामने जो लोग थे उनसे उसका कोई शारीरिक संबंध न होता? सामने जो लोग थे, अगर वो यूँ ही कोई होते, जिनसे अर्जुन का कोई लेना-देना नहीं, तो क्या तब भी अर्जुन कहता कि "युद्ध बेकार चीज़ है, मुझे जाने दो"? तो अर्जुन जो कर रहा है, वह पूरे तरीके से देह की बात हुई न? शरीर का रिश्ता है, खून का रिश्ता है इनसे। ये हिंसा है। देह के तल पर अपना-पराया बनाना, यही हिंसा है।

फिर तुम तर्क ही करना चाहते हो तो तर्क को आगे बढ़ा सकते हैं। तुम कह रहे

हो कि इतने लोग मारे गए, युद्ध हुआ; बड़ा बुरा हुआ; और दुर्योधन के हाथ में राज्य चला जाता तो क्या होता ? बड़ा अच्छा होता ? यूँ ही तो नहीं कुरुक्षेत्र को धर्मक्षेत्र कहा जा रहा। कोई वजह है। एक ओर धर्म है, एक ओर अधर्म है।

छोटा-मोटा राज्य नहीं था हस्तिनापुर, उस समय का एक अग्रणी राज्य था और हस्तिनापुर में जो होता था, वह पूरे भारत को प्रभावित करता था। महाभारत का युद्ध रोका जा सकता था। सम्यक् तरीकों से उसे रोकने की कृष्ण ने पूरी कोशिश भी की, पर रुका नहीं। फिर भी रोक सकते थे, युद्ध से भागकर भी रोक सकते थे, कह सकते थे कि "नहीं लड़ना, भाई!" उससे देश भर का कल्याण हो जाता ?

पर जब मन छोटा है और जब मन दुर्बल होता है तो वो धर्म की बात नहीं करता है, वह बस यह कहता है, "अरे, देखो, किसी की देह की हानि न हो।" अब देह की हानि बचा करके कितनी और तरह की हानियाँ करवा लीं, इसका विचार ही नहीं करना चाहते।

पृथ्वी पर जो कुछ भी होता है, द्वैत का ही खेल होता है, माने तुलनात्मक रूप से ही होता है; एब्सोल्यूट (पूर्ण) तो यहाँ कुछ होता नहीं। तो पृथ्वी पर तो जो भी निर्णय लिए जाएँगे, तुलनात्मक रूप से ही लिए जाएँगे। तुम कहोगे अगर इधर का निर्णय लूँ तो यह होगा, उधर का निर्णय लूँ तो यह होगा। दोनों ही तरफ़ जाने में कुछ-न-कुछ कीमत अदा करनी पड़ेगी। तो फिर तुलना करके देखते हो कि किधर जाने में लाभ ज़्यादा है, हानि कम है।

बिल्कुल ऐसा हो सकता था कि युद्ध रुकवा दिया जाता और जितने भी सैनिकों की, योद्धाओं की जानें गईं, वे बच जातीं। कुछ लाभ हो जाता और हानि कितनी थीं ? पर हानि व्यापक तौर पर थी। हानि तत्काल नहीं दिखाई देती, हानि तत्काल होती भी नहीं। हानि समय ले करके होती, तो हम उस हानि की उपेक्षा कर देना चाहते हैं।

और आम इंसान की कहानी ही यही है। वह बहुत सारा नुकसान झेल लेता है, बस नुकसान तुरंत नहीं होना चाहिए। अपने जीवन को देखिए, यही ढर्रा मिलेगा, तुरंत यदि छोटा नुकसान भी हो रहा हो तो हम चिहुँक जाते हैं और धीरे-धीरे करके अगर बहुत बड़ा नुकसान भी हो तो हम कहते हैं, "कोई बात नहीं।" अर्थात् हमें अपने नुकसान से मतलब नहीं है, मतलब हमें अपनी कमज़ोरी से है। हमारे पास वह सीना नहीं है, जो एकमुश्त नुकसान झेल जाए।

हम कमज़ोर लोग हैं। हम कहते हैं, "धीरे-धीरे करके मेरा खून बहता रहे,

कोई बात नहीं, पर एक बार में चिकित्सा करा लेने को मैं तैयार नहीं हूँ। सालों तक, शताब्दियों तक दर्द सहने को मैं तैयार हूँ, पर एक बार में यदि ऐसा इलाज मिलता हो, जो दर्द तो देगा पर उपचार कर जाएगा, वैसे इलाज के लिए मैं तैयार नहीं हूँ।" यह हमारी कमज़ोरी का ही लक्षण है न?

"अरे, अरे, अरे, रक्तपात, मत करो। समझौता कर लो, समझौता कर लो।" और उस समझौते की कीमत क्या है, ये देखी? और ऐसा नहीं है कि कृष्ण रक्तपिपासु थे या युद्धोन्मत्त थे; युद्ध रोकने की पूरी कोशिश की थी उन्होंने। अधिक-से-अधिक जितना झुका जा सकता था, झुके भी थे। दुर्योधन की सारी शर्तें मानने को तैयार थे कि न हो लड़ाई, न हो खून-खच्चर, अच्छा ही है। पर जब स्थिति यहाँ तक आ जाए कि दूसरा पक्ष अधर्म की सब सीमाएँ ही लाँघ रहा हो, पाँच गाँव भी माँगें जा रहे हों तो उतना भी देने को तैयार न हो, तो फिर?

और युद्ध सिर्फ़ पाँच पांडवों के हित के लिए नहीं है। ये कौरवों और पांडवों का कोई आपसी, निजी मामला नहीं है। जो सम्राट् बनेगा, वह लाखों, करोड़ों का भाग्यविधाता हो जाएगा। वह भारत का भविष्य निर्धारित करेगा, इसलिए महाभारत ज़रूरी है, अगर दुर्योधन का भारत नहीं चाहिए तो फिर महाभारत करनी पड़ेगी न?

नहीं तो फिर तुम्हारी तरह की अहिंसा, कि अर्जुन तो अच्छा करता कि जा करके किसी गुफा में बैठकर ध्यान करता, उसे मुक्ति मिल जाती। कौन सी मुक्ति है, मैं पूछ रहा हूँ तुमसे, जो गुफा में ध्यान करने से मिली है? वह तो बहुत पीछे का भारत था, अभी जो आज का भारत था, उसको मुक्ति क्या बिना संघर्ष के मिल गई थी, बिना युद्ध के मिल गई थी?

गुलामी के लिए कोई संघर्ष नहीं चाहिए। मुक्ति के लिए तो सदैव संघर्ष चाहिए ही होगा।

ये किन कल्पनाओं में हो कि इधर-उधर जाकर कहीं भाग गए, छुप गए तो मुक्ति मिल जाएगी? जिन्हें अपनी दासता बरकरार रखनी हो, वह भले ही संघर्ष न करें, पर जो मुक्ति के प्रार्थी हों, उनका संघर्ष के बिना कैसे काम चलेगा? उन्हें तो घोर संघर्ष करना पड़ेगा, भीतर भी और बाहर भी।

अर्जुन एक-एक तीर जो चला रहा है, वो कौरवों मात्र पर नहीं चला रहा है; अर्जुन का एक-एक तीर पुराने अर्जुन पर भी चल रहा है। हर तीर के साथ पुराना अर्जुन मिटता जा रहा है और एक नए अर्जुन का जन्म हो रहा है। पुराना अर्जुन कौन?

पुराना अर्जुन वह जो पांडु पुत्र था; पुराना अर्जुन वह, जो भीष्म के वंश का था; पुराना अर्जुन वह, जो द्रोण का शिष्य था। नया अर्जुन कौन? जो सिर्फ़ कृष्ण का है। ये मुक्ति है—अर्जुन स्वयं से मुक्त हो रहा है एक-एक तीर के साथ। इसको कहते हैं मुक्ति। दूसरों को नहीं मार रहा अर्जुन; दूसरों से पहले स्वयं को मार रहा है।

आज पहला अध्याय पढ़ा आपने। पहले अध्याय का जो अर्जुन है, वह अठारहवें अध्याय में कहीं मिलेगा? तो कहाँ गया पहले अध्याय का अर्जुन? कहाँ गया? अठारहवें अध्याय तक आते-आते पहले अध्याय का अर्जुन कहाँ गया? मर गया। किसने मारा उसे? अर्जुन ने ही मारा। यह मुक्ति है।

देह होकर देखोगे, स्थूल दृष्टि से देखोगे तो तुम्हें दिखाई पड़ेगा कि अर्जुन तो तीर चला रहा है दूसरों पर। वास्तव में अर्जुन तीर चला रहा है स्वयं पर। इस युद्ध को लड़ना अर्जुन की साधना भी है, वह अपने ही पूर्वग्रहों से, मोह से, बंधनों से मुक्त हुआ जा रहा है—ऐसे मिलती है मुक्ति।

जीव पैदा हुए हो, बेटा। लगातार कर्म तो करना ही है। एक कर्म है तीर चलाना, एक कर्म है भाग जाना। तुम कह रहे हो कि तीर चलाने से मुक्ति मिल गई भाग जाने से, अब भाग जाने से मुक्ति कैसे मिलेगी? कर्म तो तुमने दोनों ही दशाओं में किया ही न। तीर चलाना एक कर्म था और मैदान से भाग जाना भी एक कर्म होता। तीर चलाने से मुक्ति मिली भाग जाने से और अब ये जो भाग जाने का कर्म है, इससे मुक्ति कैसे मिलेगी, बोलो?

एक कर्म करके दूसरे कर्म से मुक्ति नहीं पायी जाती। कर्म से मुक्ति धर्म ही दिलवाता है।

और कर्म से तुम पीछा छुड़ा नहीं सकते, क्योंकि जीव हो। जीव चाहे, न चाहे, प्रतिपल कर्म तो कर ही रहा है। जब तक अहं है, जब तक अहं की केंद्रीय सत्ता है, तब तक जीव अपनी दृष्टि में कर्ता है और कर्म करेगा ही।

धर्म का अर्थ है—सही कर्म करना। इस बात की तो कोई गुंजाइश ही नहीं है, यह तो विकल्प उपलब्ध ही नहीं है कि तुम कर्म न करो।

बुरी खबर है उनके लिए जो सोचते हैं कुछ न करके बच जाएँगे। कुछ न करने का विकल्प इंसान को उपलब्ध नहीं है, हर स्थिति में तुम्हें कुछ-न-कुछ करना तो पड़ेगा ही। तुम युद्ध छोड़कर भाग भी जाओ तो यह भी एक कर्म हुआ। अब प्रश्न यह है कि क्या यह कर्म धर्मोचित है?

धर्मोचित कौन सा है? जो अपने खिलाफ़ किया जाए। अन्यथा हमारे पुराने संस्कार, हमारे ढर्रे, यही हमसे कर्म करवाते रहते हैं, यही कर्ता बने रहते हैं और इन्हीं के हाथों का खिलौना बनकर जीव कर्म करता जाता है। इनके खिलाफ़ जाना ही धर्म है।

तो अर्जुन के भी पुराने संस्कार उससे कुछ करवा रहे हैं और कृष्ण कह रहे हैं, "उनके खिलाफ़ जाओ—यही धर्म है।"

"अपनों को दुःख नहीं देना चाहिए", ये तो तुम धृतराष्ट्र का सिद्धांत बता रहे हो। क्या मिल गया धृतराष्ट्र को तुम्हारे सिद्धांत पर चलकर? दुःख से बचने की चेष्टा में महादुःख मिला कि नहीं मिला? फिर?

भीम गदा लगाए दुर्योधन को, उससे पहले धृतराष्ट्र ने ही दो-चार गदा लगा दी होतीं तो महाभारत की ज़रूरत पड़ती? और धृतराष्ट्र ख़ुद, कहानी कहती है कि बड़े सबल गदाधारी थे। महाभारत के बाद भीम को बुलाया और इरादा यह था कि बच्चू को भींच करके चूर-चूर कर दूँगा। वह तो कृष्ण ने भीम की जगह खंभा खड़ा कर दिया। तो उन्होंने खंभे का ही आलिंगन किया और खंभा चकनाचूर; ऐसे थे धृतराष्ट्र।

इन्हीं धृतराष्ट्र ने बेटाराम को बुला करके दो-चार बार गदा का पान करा दिया होता कि "खड़े होना दोनों, दुर्योधन, दुःशासन। क्या कर रहे थे बेटा आज? चीरहरण। लाओ हम सिखाते हैं चीरहरण।" और गांधारी गदा लेकर आती और दो-दो गदा दोनों को पड़ती, भाइयों को, सब सही चलता न? पर दुर्योधन भी तुम्हारी ही अहिंसा की परिभाषा से बच गया। धृतराष्ट्र भी तुम्हारी ही तरह अहिंसावादी थे कि अपनों पर हथियार नहीं उठाना चाहिए। मत उठाओ अपनों पर उँगली और फिर देखो अपने ही सौ पुत्रों को कटते हुए।

अध्यात्म साधारण मध्यमवर्गीय नैतिकता नहीं होता; धर्म का प्रचलित लोक संस्कृति से बहुत कम ताल्लुक होता है। तो सोच रहे हो तुम कि जो नैतिकता लेकर घूम रहे हो, यही तो धर्म है। नहीं, ये धर्म नहीं है। धर्म तो साधारण नैतिकता के परखच्चे उड़ा देता है। आमतौर पर जिनको तुम धार्मिक लोग बोलते हो, वे धार्मिक नहीं होते, वे बस संस्कारित होते हैं, वे बस एक तरह की संस्कृति का पालन कर रहे हैं, धर्म का नहीं। धर्म तो जब अपने नग्न रूप में सामने आता है तो संस्कृतिवादियों को बड़ी आफ़त हो जाती है।

संस्कृति चलती है सिद्धांतों पर और नैतिकता पर, परंपराओं पर और रूढ़ियों पर; धर्म चलता है सत्य पर।

तुम नैतिक अहिंसा की बात कर रहे हो, कृष्ण असली रूप में अहिंसक हैं, इसीलिए कृष्ण की और तुम्हारी बन नहीं रही। नैतिक अहिंसा कहती है—किसी का दिल मत दुखाना, किसी को मार मत देना। यह झूठी अहिंसा है, यह दो टके की अहिंसा है। असली अहिंसा आध्यात्मिक होती है।

असली अहिंसा तब उठती है, जब तुम आत्मा को एकमात्र सत्य जान लो, तब अहिंसा है। जब देहभाव से मुक्त ही हो जाओ, तब अहिंसा है।

तुम्हारी अहिंसा क्या कहती है? "सच मत बोल देना, क्योंकि सच कड़वा होता है। किसी का दिल दुःख जाएगा अगर सच बोल दिया" क्योंकि तुम्हारी अहिंसा तो केंद्रित ही इसी बात पर है कि किसी का, राजू, दिल मत दुखइयो, तुम्हारी कुल अहिंसा इतने में समा जाती है और सत्य तो सदा दिल दुखाता है, तो तुम्हारी अहिंसा सबसे पहले सत्य की दुश्मन होती है और कमज़ोरी की पक्षधर होती है; क्योंकि जिसका दिल दुखेगा, वह पलटवार भी करेगा न।

तो जिसको सच बोलना है, उसमें यह ताकत होनी चाहिए कि जिससे सच बोल रहा है, उसका पलटवार सह सके। दुर्बल लोगों के लिए न अहिंसा है, न सत्य है; क्योंकि जो भी सत्य को जीने निकलेगा, उस पर चोट और आघात तो होंगे ही।

दुर्बल आदमी हमेशा यही कहेगा, "नहीं, नहीं, नहीं, सत्य चाहिए ही नहीं। सत्य का मतलब होता है कि दूसरे को चोट लगेगी और दूसरे को चोट लगी तो वो पलटकर हम पर भी चोट करेगा।" अब हम ये तो स्वीकार कर नहीं पाएँगे कि हम घबराते हैं कि कहीं हमें चोट न लग जाए, इतनी ईमानदारी तो हममें है नहीं कि सीधे-सीधे मान लें कि बड़ा डर लगता है, कहीं हमें चोट न लग जाए। तो हम यह नहीं कहेंगे कि हम अपनी सुरक्षा की खातिर चिंतित हैं, हम कहेंगे, "अरे, हम अहिंसावादी हैं, हम दूसरे को चोट नहीं पहुँचाना चाहते।"

तुममें हिम्मत भी है दूसरे को चोट पहुँचाने की? दूसरे को चोट पहुँचाने के लिए बड़ा कलेजा चाहिए, क्योंकि जिसको चोट दे रहे हो, वह चुप नहीं बैठनेवाला। डरते हो।

कह रहे हो कि अर्जुन निकल जाता युद्ध से तो ज़्यादा अच्छा होता, क्योंकि उधर देख रहे हो दुर्योधन के बाजू तो पसीना छूट रहा है। स्वयं को अर्जुन की जगह रख रहे हो और कह रहे हो कि "उधर भीष्म खड़े हैं, द्रोण खड़े हैं, कृपाचार्य खड़े हैं और सौ कौरव। बाप रे! सौ!" जहाँ दुर्योधन के बाजू देखे और गदा देखी, तहाँ बोले, "अहिंसा

परमो धर्मः। अरे, लड़ाई बहुत बुरी बात है!" यहीं दुर्योधन की जगह कोई नौसिखिया खड़ा होता तो तुममें अहिंसा नहीं जगती।

दुश्मन बलवान हो तो सब अहिंसक हो जाते हैं तुरंत और पशुओं को काटकर खाते समय अहिंसा नहीं जगती? सड़क पर कुत्ते को पत्थर मारते वक्त अहिंसा नहीं जगती। सड़क के फेरीवाले, रिक्शेवाले, सब्ज़ीवाले के साथ दुर्व्यवहार करते हुए अहिंसा नहीं जगती, पर सामने पहलवान हो, "साहब, हम और हिंसा?"

अहिंसक होने के लिए बड़ी ताकत चाहिए। कमज़ोरों का काम नहीं है अहिंसा।

जो स्वयं देहभाव से मुक्त हो गया हो, जो देह और देह से संबंधित सब बंधनों को काट चुका हो, मात्र वही अहिंसक हो सकता है। बिल्कुल बाज़ आ जाइए इन सब सिद्धांतों से; आप जो फ़रमा रहे हैं, वो सब फ़िल्मी सिद्धांत हैं, फ़िल्मों में बताया जाता है और कुछ सस्ते शायर इस तरह की बातें करते हैं कि सब धर्म, सब मज़हब, इनका तो एक ही सार है—'किसी का दिल मत दुखाना'। ये बातें फ़िल्मों और सस्ते मुशायरों में अच्छी लगती हैं। असली अध्यात्म में इनकी कोई क़ीमत नहीं है।

सुना होगा आपने ये सब कि गीता हो कि कुरआन हो, सबका संदेश तो बस एक है, क्या? "किसी का दिल मत दुखाना।" ये वे लोग हैं, जो बर्दाश्त नहीं कर सकते कि इनका दिल कोई दुखाए। ये वे लोग हैं, जो अपनी धारणाओं, अपनी मान्यताओं, अपने पूर्वग्रहों, अपने अंधविश्वासों पर अड़े हुए हैं, ये चाहते ही नहीं कि कोई इन्हें चुनौती दे। चूँकि ये नहीं चाहते कि कोई इन्हें चुनौती दे, इसीलिए ये किसी दूसरे को चुनौती नहीं देना चाहते। इसी बात को वे बेईमानी के साथ ऐसे सामने रखते हैं कि किसी का दिल मत दुखाना।

सच्चाई तो जब भी सामने रखोगे, जो झूठ पर अड़ा हुआ है, उसका दिल तो दुखेगा ही। ये 'दिल न दुखाना' अहिंसा कब से हो गया और कैसे हो गया?

तुम्हारे हिसाब से चलूँ तो बड़ी हिंसा मैंने कर दी, इतना दिल तो तुम्हारा ही दुखा दिया। मैं तो पेशेवर दिल दुःखदायक हूँ, रोज़ यही काम है चार घंटा; जैसे कोई हाइड्रोलिक प्रेस हो, उसके नीचे एक-एक करके दिल रखे जाते हों और प्रेस से भट, भट, भट।

अगला दिल लाओ। अगला दिल किसका है, भाई, बताइए? हम तो हिंसावादी हैं, कृष्ण की तरह।

प्र. : मैं अपने निजी जीवन में अर्जुन की तरह सही निर्णय कैसे ले सकता हूँ?

आचार्य : अर्जुन की तरह अगर सही निर्णय लेना चाहते हैं तो यह देखिए कि अर्जुन ने सर्वप्रथम क्या निर्णय लिया। कोई भी और निर्णय लेने से पहले उसने यह निर्णय लिया कि कृष्ण के ही साथ रहूँगा, चाहे कितना भी नुकसान हो जाए। कृष्ण की सेना भी दुर्योधन को चली गई, उसने कहा, "कोई बात नहीं, मुझे तो श्रीकृष्ण के साथ ही रहना है।" और आप कह रहे हैं कि "हम स्वयं कैसे निर्णय ले लें?" यह अर्जुन जैसी बात तो नहीं लगती। अर्जुन ने क्या यह निर्णय लिया था कि वह स्वयं ही निर्णय ले लेगा या उसने अपने निर्णय कृष्ण को समर्पित कर दिए थे?

तो अर्जुन की तरह निर्णय लेना चाहते हैं तो सबसे पहले यह हठ, ये अहं छोड़ें कि "मैं खुद ही कर लूँगा; मुझे कृष्ण की कोई ज़रूरत नहीं।" किसने कहा था कि मुझे कृष्ण की कोई ज़रूरत नहीं, जबकि उसे कृष्ण पाने का विकल्प उपलब्ध था? दुर्योधन ने। ये तो बात दुर्योधन जैसी हो गई कि मैं खुद ही कर लूँगा।

अर्जुन बनना हो तो कहिए, "बाकी सब छोड़ करके कृष्ण चाहिए, बस।"

अर्जुन ने एक निर्णय किया—कृष्ण चाहिए; आगे के सारे निर्णय कृष्ण ने कर दिए। आप पहला निर्णय तो सही करिए न और वही निर्णय गलत कर दिया तो बाकी आप जितने निर्णय करते रहें, उनकी कोई हैसियत नहीं। एक सही निर्णय कर लीजिए, नफ़ा हो, नुकसान हो, कृष्ण के ही साथ रहना है।

और कृष्ण ज़रूरी नहीं हैं कि आपको उसी रूप में मिलें, जिस रूप में अर्जुन को मिले थे। पृथ्वी पर जितने पदार्थ हैं, जितने रूप, जितने रंग, जितने आकार, जितने नाम, सबमें संभावना है आपका कृष्ण हो जाने की। आप ढूँढ़िए कि आपके कृष्ण कहाँ हैं और जहाँ भी मिलें, फिर साथ रहिए।

धर्मोचित कौन सा है? जो अपने ख़िलाफ़ किया जाए। अन्यथा हमारे पुराने संस्कार, हमारे ढर्रे, यही हमसे कर्म करवाते रहते हैं, यही कर्ता बने रहते हैं और इन्हीं के हाथों का खिलौना बनकर जीव कर्म करता जाता है। इनके ख़िलाफ़ जाना ही धर्म है।

□

9

स्वयं की मुक्ति में सहायक है दूसरे की मुक्ति

शास्त्रकौमुदी, बोधस्थल, 2018

कई बार तुम्हारे प्रेमी के सामने, गुरु के सामने तुम्हें जगाने का, उठाने का और कोई तरीका ही नहीं रह जाता, यही तरीका बचता है कि तुमसे बड़े-से-बड़ा पाप करा दिया जाए।

और बड़े-से-बड़ा पाप क्या है? संत की हत्या, गुरु का वध।

प्रश्नकर्ता : आचार्य जी, प्रणाम! जीसस ने जब लोगों को उनके मन के घाव दिखाए तो वे लोग हिंसा से भर गए और जीसस को सूली दे दी। ऐसा बहुत संतों के साथ हुआ है। आप भी यही खतरा उठा रहे हैं। आपको लेकर मन में डर सा है और इसलिए कह रही हूँ क्योंकि जब भी मैंने किसी को आपके बारे में बताया तो मुझे विरोध ही मिला। अनजान लोगों से ही नहीं, विरोध उनसे भी मिला, जिन्हें मैं अपना समझती हूँ। इस कारण मेरी अपनों से दूरियाँ बढ़ती जा रही हैं। सोचती हूँ कि जब ये लोग आपकी बातें ही बर्दाश्त नहीं करते, तो आपको कैसे बर्दाश्त करेंगे?

अब मेरा मन ही नहीं करता कि इनके साथ कोई चर्चा करूँ। आप जिस भीतरी ताकत का एहसास कराते हैं, वह इन लोगों के सामने हारती-सी लगती है। मैं क्या गलती कर रही हूँ? कैसे अपने-आपको शांत रखूँ, धैर्य रखूँ?

आचार्य प्रशांत : तरीके होते हैं, हर समय के, हर युग के अलग-अलग तरीके होते हैं। जीसस को अगर सूली मिली तो तुम उसको जीसस का तरीका जानो। यह कोई

अन्याय या अत्याचार नहीं हो गया था जीसस के साथ। जो जानते हैं, समझते हैं, वे वैसे भी देह को बहुत महत्त्व देते नहीं। कुछ और होता है, जो उन्हें खींच रहा होता है, उन्हें प्रेरित कर रहा होता है। रोम-रोम पुकार रहा होता है—मुक्ति, मुक्ति, मुक्ति; रोम-रोम कह रहा होता है—एकत्व।

वे अपनी मुक्ति में जी रहे होते हैं और भलीभाँति जानते हैं कि अपने में और दूसरों में वास्तव में कोई भेद नहीं है। अपनी मुक्ति से वे प्रेरित होते हैं, दूसरों की मुक्ति के लिए वे संकल्पित होते हैं। जब अपनी मुक्ति से वे प्रेरित हैं, अर्थात् मुक्त हैं, तो वे देह से भी मुक्त हैं न? देह से मुक्त हैं, भविष्य से मुक्त हैं। एक ही संकल्प होता है—जो संभव है मेरे लिए, वह दूसरों के लिए भी तो हो सकता है।

और इस संकल्प के पीछे, इस परमार्थ के पीछे तुम कह सकती हो कि एक नटखट-सा स्वार्थ भी होता है। स्वार्थ यह होता है कि अपनों का और दूसरों का अनन्य होना वो जान चुके होते हैं, अभिन्नता समझ चुके होते हैं। जान चुके होते हैं कि एक तल पर, जहाँ फ़र्क नहीं पड़ता मुक्त पुरुष को कि दुनिया में क्या चल रहा है, क्या नहीं, वह दुनिया से आज़ाद है, वहीं दूसरे तल पर वह दुनिया से बँधा भी हुआ है। वास्तविक तल तो वही है, जहाँ वह आज़ाद है, लेकिन फिर भी जब तक देहधारी है वो, तब तक देह के माध्यम से ही सही, दुनिया से एक रिश्ता तो रखता ही है। वह दुनिया की आज़ादी कि लिए भी कृतसंकल्प होता है। वास्तव में उसके जीवन का और कोई मकसद ही नहीं होत।

जब तुम समझ लो कि किसी के पास कोई मकसद नहीं बचा, तो उसके पास यही एक अ-मकसद या आखिरी मकसद बचेगा—दूसरों की आज़ादी। जो स्वयं भविष्य से आज़ाद हो गया, इच्छाओं से आज़ाद हो गया, महत्त्वाकांक्षाओं से आज़ाद हो गया, हर तरह के उद्देश्यों और मकसदों से आज़ाद हो गया, उसका यह आखिरी मकसद होता है।

तो जीसस के साथ जो हुआ या बाकी अन्य संतों के साथ जो हुआ, वह तुम्हारी दृष्टि में बड़ी मर्मभेदक घटना है, जीसस की अपनी दृष्टि में नहीं। उन्होंने तो खरा सौदा किया है; वह भलीभाँति जानते हैं कि जिस मकसद के लिए वह अपनी देह की कुर्बानी दे रहे हैं, वह मकसद देह से बहुत-बहुत बड़ा है। जीसस सत्य के गुलाम हैं, अपने-आपको कहते हैं कि मैं सत्य का बेटा हूँ और संसार के प्रति, मानवता के प्रति प्रेम से भरे हुए हैं और प्रेम से उनका आशय यही है कि जो मुझे मिला है, वह तुम्हारे

लिए भी तो संभव हो सकता है न। संभव भर ही नहीं हो सकता, उसी के लिए तो तुम भी तड़प और तरस रहे हो न।

सुंदर वक्तव्य था न? "फादर, फोरगिव देम, फॉर दे डू नॉट नो व्हाट दे आर डूइंग" (हे पिता, ये लोग नहीं जानते कि ये क्या कर रहे हैं, इसलिए इन्हें क्षमा करना)। सतह-सतह पर मत रह जाना, यह मत सोच लेना कि एक साधारण घटना घट रही है कि किसी अच्छे आदमी को कुछ बुरे आदमियों ने मार दिया। वह घटना इससे आगे की है। विधि है जीसस की कुर्बानी, तरीका है, एक विधि है।

कई बार तुम्हारे प्रेमी के सामने, गुरु के सामने तुम्हें जगाने का, उठाने का और कोई तरीका ही नहीं रह जाता, यही तरीका बचता है कि तुमसे बड़े-से-बड़ा पाप करा दिया जाए, फिर उसी पाप की आग में तुम्हारा अहंकार भस्म होता है। तुम अगर चुटकी लेना चाहो, ज़रा मुस्कुराकर कहना चाहो तो तुम यह भी कह सकते हो कि जीसस ने एक खूबसूरत चाल चली है; जीसस स्वयं अपना वध करवा रहे हैं और कोई तरीका नहीं है। जो लोग इतनी बेहोशी में हैं, गहरे नशे में हैं, उन्हें कैसे जगाओगे? यही तरीका है। वे मानने को ही नहीं तैयार हैं कि उनके भीतर बहुत-बहुत बड़ा पाप बैठा हुआ है।

आज देखा न मुझे आधा-पौना घंटा लगा ज़ोर दे-देकर तुम्हें यह समझाने में, सिद्ध करने में, स्थापित करने में कि हमारे भीतर जानवर बैठा हुआ है और फिर भी कहाँ माने होगे तुम। जीसस कैसे बताएँ बार-बार, कैसे समझाएँ तुम्हें कि सिनर (पापी) हैं हम? और जीसस के पंथ में सिन (पाप) शब्द का बड़ा महत्त्व है। वे हमारे भीतर की ईविल (बुराई) को उद्घाटित करना चाहते हैं, पर हम मानेंगे थोड़े ही कि हमारे भीतर ईविल बैठा हुआ है। कैसे मानेंगे? हम तो अपनी नज़र में बड़े सुयोग्य, अच्छे और धार्मिक लोग हैं और जीसस हमसे कह रहे हैं कि बेटा, तुम्हारे भीतर बड़ी गड़बड़ है; हम मानने को ही तैयार नहीं।

तो कैसे साबित करें जीसस कि हमारे भीतर गहरा, काला पाप बैठा हुआ है? एक ही तरीका है, उस पाप को सामने लाना पड़ेगा, उस पाप को जग ज़ाहिर करना पड़ेगा, उस पाप को भरी भीड़ के सामने, ठीक चौराहे पर नंगा कर देना होगा। तब तो तुम्हें मानना पड़ेगा न कि तुम्हारे भीतर पाप बैठा हुआ था?

बड़े-से-बड़ा पाप क्या है?

संत की हत्या, गुरु का वध।

जीसस ने कहा कि तुम मान नहीं रहे हो न तुम पापी हो, तुम ढोंग ही किए जा रहे हो न? तुम अपने कलुष को, अपने विकार को, अपनी वृत्तियों को छुपाए ही जा रहे हो न? और उनको छुपा करके तुम मुक्ति से लगातार दूर बने हुए हो न? तुम अपने भीतर के पाप को जब तक छुपाते रहोगे, जब तक उसको स्वीकार नहीं करोगे, उसका सामना नहीं करोगे, तब तक तुम शैतान की गिरफ़्त में रहोगे। बहुत ज़रूरी है कि पहले तुम्हारे सामने यह प्रदर्शित किया जाए, यह खुलासा किया जाए कि तुम महापापी हो कि तुम्हारे भीतर शैतान का अड्डा है।

तो जीसस ने कहा, "ठीक है, मैं दिखाता हूँ कि तुम्हारे भीतर इतना पाप है कि तुम एक क्राइस्ट तक का वध कर सकते हो।" और जब क्राइस्ट का वध कर लिया लोगों ने, तब उनकी रूह काँपी, तब उन्होंने कहा, "क्या हम इतने बड़े पापी थे कि हमने इस आदमी को मार दिया?"

हाँ, बहुत ज़रूरी है कि एक नहीं, कई जीसस मरें, ताकि तुम्हें पता तो चले कि तुम्हारे भीतर जीसस के लिए कितनी घृणा है। जीसस के लिए तुम्हारे पास जो घृणा है, वह वास्तव में तुम्हारी अपने प्रति घृणा है और जब तक तुम अपने प्रति घृणा से भरे हुए हो, तुम्हारा जीवन घृणास्पद ही रहेगा। जीसस के लिए तुम्हारे पास जो घृणा है, उस घृणा का प्रकाशित होना बहुत ज़रूरी है, उस घृणा का खुलासा होना बहुत ज़रूरी है। तब तुम्हें चोट लगेगी, तब तुम झिंझोड़े जाओगे, तब तुम बदहवास, हक्के-बक्के रह जाओगे, तब तुम कहोगे, "नहीं-नहीं, नहीं-नहीं, मैं इतना बुरा आदमी तो नहीं हो सकता, मैं इतना बुरा आदमी तो नहीं हो सकता!"

जीसस का धर्म इसलिए तुम्हें बार-बार बताता है, 'रिपेंट' (प्रायश्चित्त)। "देखो कितने बुरे हो तुम, देखो शैतान बसता है तुम्हारे भीतर, देखो कितने पापी हो तुम।" और यह तुम मानते ही नहीं, अगर तुमने जीसस को सूली न दी होती। जीसस को तुमने जो सूली दी, वह तुमने अपने ही खिलाफ़ एक सबूत खड़ा कर लिया। अब उस सबूत के सामने तुम अवाक् हो, उस सबूत के सामने तुम निरुत्तर हो, नहीं तो न जाने कितनी ही शताब्दियाँ बीत जातीं और तुम मानते ही नहीं कि तुम पाशविक हो, दरिंदे हो और पापी हो। तुम कहते, "नहीं, साहब, हम तो अच्छे आदमी हैं।"

अब कैसे कहोगे कि अच्छे आदमी हैं?

पूरी दुनिया में हर चर्च में क्रॉस पर जीसस लटके हुए हैं और उनकी देह से खून बह रहा है, उनके सिर पर काँटों का ताज है। वह ताज तुमने रखा है, वह खून तुमने

बहाया है, जीसस की हत्या की पुरज़ोर कोशिश तुमने की है। इसलिए जीसस को बोलना पड़ा, "दे डू नॉट नो व्हाट दे आर डूइंग। उन्हें नहीं पता कि वह क्या कर रहे हैं और उन्हें पता चल सके कि वो क्या कर रहे हैं, इसलिए मैं अपनी हत्या करवा रहा हूँ। वो नहीं जानते कि वो क्या कर रहे हैं, पर मैं उन्हें मौका दे रहा हूँ कि वो मेरा वध कर दें, ताकि उन्हें पता चल सके कि वो कौन हैं और क्या कर रहे हैं।"

जब जीसस पर हाथ उठाओगे, जब जीसस से कहोगे कि काँटों का ताज पहनकर और सलीब को लेकर चढ़ पहाड़ पर और उतर, तभी तो तुम्हें पता चलेगा न कि कितनी घृणा और कितनी हिंसा भरी हुई है तुम्हारे भीतर? नहीं तो तुम्हें कैसे पता चलेगा?

तुम तो रहते हो अपने मन की सतह पर और वहाँ बस लीपापोती है। वहाँ तुमने अपने-आपको बिल्कुल सिद्ध कर रखा है, आश्वस्त कर रखा है कि हम तो सभ्य हैं, नैतिक हैं, धार्मिक हैं और तुम यह मानने को ही नहीं तैयार हो कि सतह से ज़रा नीचे पूरा जंगल दहाड़ता है तुम्हारे भीतर। तुम यह मानने को तैयार ही नहीं हो कि तुम्हारे मन की सतह से ज़रा नीचे जाएँ तो तुम किसी का भी खून पी सकते हो, किसी की भी हत्या कर सकते हो और वहाँ इरादे तुम्हारे यही हैं बिल्कुल, फ़र्क नहीं पड़ता कि तुम्हारे सामने जीसस हैं कि सुकरात हैं कि मंसूर हैं कि सरमद हैं। कोई फ़र्क नहीं पड़ता।

ये तो दो-चार नाम हैं, जो प्रख्यात हो गए, क्योंकि उनकी तुमने शारीरिक हत्या ही कर डाली। लाखों रहे हैं, जिनको तुमने खूब सताया है, सिर्फ़ इसलिए क्योंकि वे सच के साथ थे। सच के प्रति तुम्हारी घृणा इतनी तीव्र है। क्यों, दुर्योधन नहीं दौड़ा था कृष्ण को गिरफ़्तार करने के लिए? क्यों दुर्योधन के प्रासाद (महल) में नहीं रुके कृष्ण? बोले कि मैं जा रहा हूँ, विदुर के यहाँ रुकूँगा। जब शांति का संदेश लेकर गए थे, तो बोले कि दुर्योधन के महल में नहीं रुकूँगा, यह रात में ही कोशिश कर सकता है मेरा वध कराने की।

क्राइस्ट का ही नहीं, हमारा तो बस चलता तो हमने तो कृष्ण का भी वध कर दिया होता और बहुत थे कृष्ण के जीवन काल में ही जो कृष्ण का वध करने को बड़े तत्पर थे। कृष्ण हों, राम हों, बुद्ध हों, महावीर हों, कौन है हमने जिसका वध नहीं करना चाहा है?

और मैं तुम्हें बता दूँ, जो तुम्हें सच की राह पर ले चलेगा, तुम्हारे भीतर से घृणा

की प्रचंड लपट उठेगी उसके ख़िलाफ़। तुम बुरे-से-बुरे आदमी को माफ़ कर सकते हो, अच्छे आदमी को माफ़ नहीं कर सकते। जो तुमको नरक में, पाताल में गिराता हो, तुम उसे माफ़ कर दोगे, पर जो गुरु तुम्हें उठाता हो, उसको तुम बिल्कुल माफ़ नहीं कर सकते।

सर्वाधिक घृणा अगर तुम्हारे अंतर्मन में बसती है किसी के खिलाफ़, तो वह बसती है किसी क्राइस्ट के खिलाफ़, क्योंकि वह तुम्हें कुछ समझाता है, उपदेशित करता है, रास्ता बताता है और डाँटता है। क्राइस्ट से जितनी घृणा तुम करते हो, उतनी किसी और से नहीं कर सकते।

जो क्राइस्ट के सबसे प्यारे शिष्य थे, उन्हें किसलिए चुना था क्राइस्ट ने? उन्होंने कहा था कि मैं अपने वध का आयोजन कर रहा हूँ, तुम सहयोग दो।

तो तीन श्रेणियाँ हो गईं यहाँ पर लोगों की। एक वे, जो घृणा से इतने भरे हुए हैं कि मारने पर ही उतारू हैं कि आज मार ही देंगे जीसस को। दूसरे वे, जो कहते हैं कि हमें जीसस से प्रेम है, इसलिए जीसस की जान बचाना चाहते हैं। ये दूसरी श्रेणी वाले हैं, ये अभी जान को बहुत महत्त्व देते हैं; क्योंकि ये जान को बहुत महत्त्व देते हैं, इसलिए ये अभी जीसस के साथ एकाकार नहीं हो पाएँगे, क्योंकि जीसस कौन? जिसने जान को महत्त्व देना छोड़ दिया और जीसस का अगर कोई प्रेमी है, कोई शिष्य है, कोई हितैषी है जो जान को इतना महत्त्व देता है कि जीसस की ही जान बचाना चाहता है, तो अभी वह जीसस के साथ एक नहीं हो सकता। आप अभी इस मध्यम कोटि में हैं।

सबसे ऊँची कोटि के जीसस के शिष्य वे थे, जिन्हें जीसस ने चुना और कहा, "सहयोग करो, आयोजन करना है। अब वक्त आ गया है कि जान दी जाए। बाकी कुछ जो मैं कर सकता था, मैंने कर दिया। ऊँची-से-ऊँची बात मैंने लोगों से बोल दी, गाँव-गाँव घूम लिया, खूब उपदेश दे लिए। जिन्हें सुधरना था, वे सुधार गए; जिन्होंने मानना था, उन्होंने मान लिया। पर जिन्हें सुधरना था और जो लोग माने, वे लोग मुट्ठी भर थे। ये जो विराट जनसंख्या है, जो मेरी बात अभी नहीं सुन रही है, ये मेरी बात तभी सुनेगी जब मैं मरूँगा। मेरा मरना बहुत ज़रूरी है और अगर तुम वास्तव में शिष्य हो मेरे तो मरने में सहयोग करो मेरा।" और इन शिष्यों ने मुस्कुराकर कहा, "हाँ, ज़रूर। हम करेंगे सहयोग।"

और फिर जीसस ने आयोजन किया कि वे पकड़े जाएँ और आयोजन किया

कि उन्हें किसी भी तरह माफ़ी न मिले और फिर जब पुनर्जीवित हुए तो बस एक-दो ही लोग थे उनके पास, फिर चले गए जीसस। बोले, "काम पूरा हो गया। मैंने तुम्हें आइना दिखा दिया। मैंने दिखा दिया कि तुम्हारा जीवन कुछ और नहीं है, घृणा से भरी हुई बस एक बदहवास चीख है।" फिर वहाँ लौटे नहीं वे। तो अगर आप मध्यम कोटि से उच्चत्तम कोटि में आना चाहती हैं तो सहयोग करिए।

जो गुरु स्वयं अपने वध का आयोजन न करे, वह तो होगा कोई डरपोक, जिसे अपनी जान से अभी बहुत प्यार है; वह तो होगा कोई अज्ञानी, कामी जो अभी देहभाव में ही जीता है। आपको तो अगर दिखाई दे कि यहाँ घृणा पसरी हुई है और लोग गुस्से से भरे हुए हैं और गुरु का विरोध कर रहे हैं, गालियाँ दे रहे हैं, तो आप उन्हें ले जा करके हथियार दीजिए। बोलिए, "ये लो, इससे मारना।"

देखिए, समझिए। मेरी बात ऐसी नहीं है कि कोई भी उसे ठुकरा सके या काट सके। मुझे हराने के लिए लोग मेरी बात काटते नहीं हैं। काटना असंभव है, अगर कोई काटने की कोशिश करेगा तो हार जाएगा। मेरी बात अकाट्य है, क्योंकि वह मेरी बात है ही नहीं। मुझे हराने के लिए लोग मेरी उपेक्षा करते हैं। वे कहते हैं कि हमें सुनना ही नहीं, हम सुनना ही नहीं चाहते। वे कानों में उँगली डाल लेते हैं।

उपेक्षा से भली होती है घृणा। जब मैं कह रहा हूँ कि उपेक्षा से भली होती है घृणा, तो मेरा आशय है घृणा का प्रदर्शन, क्योंकि उपेक्ष के नीचे तो घृणा दब जाती है। वास्तव में घृणा है, इसलिए कर रहे हो उपेक्षा, पर दिखा यह रहे हो कि हम तो सिर्फ़ उपेक्षा कर रहे हैं, हमें कोई मतलब नहीं है। उपेक्षा हटनी चाहिए। अगर प्रेम के कारण हटती है उपेक्षा, बहुत अच्छी बात है, पर अगर प्रेम के कारण नहीं हटती उपेक्षा, तो घृणा के कारण ही हटे।

अब दो बातें होंगी—पहली बात, जो मेरे प्रति घृणा से भरे होंगे, उन्हें पता है कि बात मेरी अकाट्य है और सच है, साथ-ही-साथ उन्हें यह भी दिखेगा कि वे सच के खिलाफ़ घृणा से भरे हुए हैं। अब ज़रा लाज आएगी, अब ज़रा सिर झुकेगा, अब ज़रा प्रायश्चित्त उठेगा। उस घृणा का प्रदर्शन होने दीजिए। खून अगर बहता है तो बहने दीजिए। रंग लाएगा। खून तो वैसे भी बह ही रहा है।

ये लोग अगर मुझे प्रत्यक्ष तरीकों से नहीं मार रहे हैं तो छुप-छुपकर मार रहे हैं, परोक्ष तरीकों से मार रहे हैं। मेरा जीवन एक मकसद के लिए है, ये उस एक मकसद के रास्ते में रोड़ा बनकर मुझे मार रहे हैं। पर ये जिन तरीकों से मुझे मार रहे हैं, वे

दिखाई नहीं देते, तो इन लोगों को पाक-साफ़ बने रहने का बहाना मिल जाता है। ये मेरी उपेक्षा करके मुझे मार रहे हैं, उससे अच्छा है कि ये खुलेआम खून बहाकर मारें, फिर कम-से-कम इनके पास यह दलील तो नहीं बचेगी न कि ये पाक-साफ़ हैं।

मेरी बात ऐसी नहीं है कि कोई भी उसे ठुकरा सके या काट सके। मुझे हराने के लिए लोग मेरी बात नहीं काटते; मेरी बात अकाट्य है। मुझे हराने के लिए लोग मेरी उपेक्षा करते हैं।

□

10

मुक्ति उसका वादा है, पर बंधन तो तुम्हें ही काटने होंगे

अद्वैत शिविर, बोधस्थल, 2019

मुक्ति पाना तुम्हारा काम नहीं है,
तुम्हारा काम है स्वरचित बेड़ियों को काटना और गलाना।

मैं क्योंकर जावाँ काबे नूँ
औगुण देख न भुल्ल मियाँ राँझा, याद करीं उस कारे नूँ।
मैं अनतारू तरन न जाणां, शरम पई तुध तारे नूँ॥

मियाँ राँझा, अवगुण देखकर मुझे भूल मत जाना, बल्कि उस स्मरणीय काम को याद रखना कि सृष्टि रचना के समय सृष्टि में भेजते हुए वचन दिया था कि तुम्हें वापस लाने मैं स्वयं जगत् में आऊँगा। मैं अनाड़ी हूँ, मुझे तैरना नहीं आता, मैं भला यह भवसागर कैसे पार करूँ? मेरी लाज तुम रख लो। मुझे तैराकर पार कर दो और मुझे उबार लो।

—बाबा बुल्लेशाहजी

प्रश्नकर्ता : आचार्य जी, प्रणाम! यहाँ पर कौन से काम को स्मरणीय कहा गया है? "मेरी लाज रखना, मुझे तैराकर पार कर देना, मुझे उबार लेना," क्या यह विनती हमारी ओर से है? कृपया उक्त काफ़ी को स्पष्ट करने की कृपा करें, ताकि बाबा बुल्लेशाह को हृदय से पढ़ पाऊँ। बहुत-बहुत धन्यवाद।

आचार्य प्रशांत : संतों के अंदाज़ निराले होते हैं। 'मियाँ राँझा', ये अनूठा तरीका संबोधित करने का, किसको कह रहे हैं? निराकार रूप में कहो तो 'उसको' और साकार रूप में कहो तो गुरु को।

कह रहे हैं, अवगुण तो मुझमें बहुत हैं, पर इतनी-सी बात याद दिलाए देते हैं कि वादा तुमने एक करा था हमसे और वादा ये था कि हमें जहाँ भेज रहे हो, वहाँ से हमको वापस लिवाने तुम ही आओगे। पल्ला ही झाड़ लिया! कह रहे हैं, "हाँ, हम तो हैं ही गड़बड़, मिट्टी के लौंदे हैं।" जीव माने? मिट्टी का लौंदा, त्रुटियों का, विकारों का, वासनाओं का पिंड।

तो हम तो हैं ही ऐसे। अपनी तारीफ़ में या अपनी रक्षा में हमारे पास कहने को कुछ नहीं है। हम कुछ कहेंगे भी नहीं अपना समर्थन करने के लिए, अपनी हालत को जायज़ या वैध ठहराने के लिए। हम तो हैं ही ऐसे।

"मैं अनतारू तरन न जाणां।" तैरना नहीं आता हमको।

"औगुण देख न भुल्ल मियाँ राँझा," अवगुणों से भरे हुए हैं हम। तो हममें तो सारे दोष हैं ही, उसको हम सीधे-साधे तरीके से स्वीकार ही किए लेते हैं, ताकि हम पर कोई आक्षेप न करे। हमने पहले ही मान लिया कि हम तो गड़बड़ ही हैं, लेकिन थोड़ी आपकी बात भी करेंगे न।

और हे परमात्म! आपकी ओर की बात यह है कि एक वादा आपको भी रखना है। हमें आपने जहाँ भेजा है, वहाँ से हमें वापस लेकर आना भी आपकी ज़िम्मेदारी है।

यह भक्ति का परम लक्षण है। भक्त अपनी मुक्ति की ज़िम्मेदारी भी सौंप देता है। पर इससे यह न समझ लेना कि तुम भी कहो कि अब मुक्ति की ज़िम्मेदारी हमारी तो है नहीं। भक्त अपनी मुक्ति की ज़िम्मेदारी भी सौंप देता है तब, जब उसने बाकी सब ज़िम्मेदारियाँ भी सौंप दी होती हैं उसको।

तुम यह नहीं कर सकते कि बाकी सब ज़िम्मेदारियाँ तो अपने ऊपर रख लो कि कमाना है, पकाना है, वह सब तो हमारी ज़िम्मेदारी है। मुक्ति? "वह तो मियाँ राँझा की ज़िम्मेदारी है।"

नहीं, वह नहीं चलेगा। जब सारी ज़िम्मेदारियाँ छोड़ना, उसके बाद फिर तुम्हें ये अधिकार मिलेगा कि तुम कहो कि अब हमारी मुक्ति भी उसकी ज़िम्मेदारी हुई।

कह रहे हैं कि अब जहाँ भेज दिया है, वहाँ से वापस बुलाने के लिए तुम्हीं आओ। हम जो अधिकतम कर सकते थे, हमने किया। उससे ज़्यादा कर पाने की

सामर्थ्य हमें तुमने ही नहीं दी है तो हम और कैसे करें? अब तुम्हीं हो।

यह अहंकार का बड़ा स्पष्ट स्वीकार है और निवेदन है कि "मैं छोटा हूँ, मुझसे न हो पाएगा। छोटे-मोटे काम होते तो कर भी लेते, छोटे-मोटे काम हम कर भी ले जाते हैं, पर यही एकमात्र बड़ा और सार्थक काम है। ये हमसे नहीं होगा।"

पूछ रही हैं कनिका (प्रश्नकर्ता), "कौन से काम को स्मरणीय कहा गया है?"

एक ही काम है—'द वर्क', बाकियों को तो 'काम' कहना ठीक भी नहीं है। हम बड़े अद्भुत लोग हैं, जो काम करने लायक नहीं, उसको हम कहते हैं काम।

हर आदमी सुबह-सुबह निकलता है गाड़ी-घोड़े पर बैठकर, "कहाँ जा रहे हैं?"

"काम करने।" वह काम है ही नहीं। वह वर्क ही गलत है, उसे वर्क कहा ही नहीं जाना चाहिए। वो कुछ और है। उसे मूर्खता बोल लो, भ्रम बोल लो, गुलामी बोल लो; जो बोलना है, बोल लो। वो काम नहीं है।

काम एक ही है। जो एक काम है, जो करना जीवन में बहुत ज़रूरी है, वो हम कभी करते ही नहीं और जो काम करने योग्य नहीं, वो हम रोज़ करते हैं, बिना नागा करते हैं, बड़े अनुशासन के साथ करते हैं, पूरी गुलामी में करते हैं। कौन सा काम है वह एक, जो करने लायक है? भक्तों की भाषा में उसे कहेंगे 'प्रभुमिलन', भगवान् की प्राप्ति; ज्ञान की भाषा में उसे कहेंगे 'मुक्ति', अन्यथा उसे 'योग' भी कह सकते हैं। वो एकमात्र काम है, जो करने लायक है, बाकी सारे काम तो छिटपुट, चिल्लर काम और उनमें पूरा जीवन जाता है।

इतना हम देखते हैं अपने आसपास के समाज को व्यर्थ कामों में लिप्त कि अभी जो बात मैं कह रहा हूँ, उसको सुनना, समझ पाना, स्वीकार कर पाना, आपके लिए बड़ा मुश्किल पड़ेगा कि जीवन में करने लायक एक ही काम है, बाकी सब काम दो कौड़ी का। बात मानने जैसी ही नहीं लगेगी।

आप कहेंगे, "तो फिर ये इतने लोग क्या बेवकूफ़ हैं! बड़े-बड़े काम करते हैं, बड़ी-बड़ी गाड़ियों में जाते हैं, बड़े-बड़े ओहदों पर बैठे हैं।"

जी, वे सब बेवकूफ़ हैं। वे बहुत सारे हैं, तो वे बहुत सारे बेवकूफ़ हैं। पर बेवकूफ़ हैं तो हैं।

मैं नैतिकता रखकर, मर्यादा और शालीनता रखकर क्यों इस बात को और छुपाऊँ कि वो अपना जीवन बरबाद कर रहे हैं। उनका रोग छुपा करके मैं क्यों उन्हें

मौका दूँ रोग को बढ़ाने का? जब सब कह रहे हों कि रोग नहीं है, तब कोई एक तो चाहिए न, जो खुलकर बोल सके कि "तुम रोगी ही नहीं, महारोगी हो। तुम्हें पता ही नहीं है कि जन्म किसलिए है, जीवन किसलिए है और क्या काम करने लायक है।"

जब बात को छुपानेवाले इतने लोग पहले से ही मौजूद हैं तो मैं उनकी संख्या में एक का इजाफ़ा करके क्या कर लूँगा! तो भला है कि कोई एक तो हो, जो बात को छुपाने की जगह बात को उघाड़े। वह काम मैंने अपने ऊपर लिया है।

तो ये सब लोग जो बहुत काम करते हुए दिखते हैं, डंके की चोट पर कह रहा हूँ, मूरख हैं, नहीं जानते क्या करने लायक है, इसीलिए जीवन व्यर्थ काम में बरबाद कर रहे हैं। होंगे दो-चार अपवाद, उनकी बात नहीं कर रहे हैं। अपवाद हर जगह होते हैं।

बड़ा बुरा लगता है! "इतना समय दिया, इतनी मेहनत की, इतना काम किया, इतना सम्मान अर्जित किया, पैसा कमाया, वह सब व्यर्थ था? व्यर्थ था?"

जी, वह व्यर्थ था और व्यर्थ था, ये कोई बहुत बुरी बात नहीं है, बीता सो बीता। वो आज भी व्यर्थ है और आपका आज भी इरादा नहीं है सही काम करने का, ये बुरी बात है।

" 'मेरी लाज रखना, मुझे तैराकर पार कर देना, मुझे उबार लेना,' क्या यह विनती हमारी ओर से है?" पूछा है।

हाँ, ये विनती हमारी ओर से है। पर ये विनती मात्र तब की जा सकती है, जब पहले अहं को उसकी सीमा का ज्ञान हो जाए। इसीलिए बिना ज्ञान के भक्ति का प्रादुर्भाव बड़ा मुश्किल हो जाता है। ज्ञान आवश्यक नहीं है कि ग्रंथों इत्यादि से ही आए, पर कहीं से तो आना चाहिए। जब तक अहं को उसकी सीमा का ज्ञान नहीं होगा, तब तक वो नमन करेगा ही नहीं। उसको ये बता भी दिया जाए कि एक विराट् काम बचा हुआ है, तो वो कहेगा, "ठीक है, हम करके दिखाएँगे। बाकी सब काम निपटा लें, फिर उसमें लगते हैं; जैसे बाकी काम कर डाले, उसको भी कर डालेंगे।" ये भाव ही नहीं उठेगा कि वह काम अपने बूते का नहीं है।

तुम अधिक-से-अधिक ये कर सकते हो कि उस विराट् काम में बाधा न बनो। तुम अधिक-से-अधिक ये कर सकते हो कि उस काम के होने में तुमने जो अवरोध खड़े कर दिए हैं, उन अवरोधों को गिरा दो। तुम बाधाएँ हटाने का काम कर सकते हो, लक्ष्य पाने का नहीं।

ये बात भी उनको ही समझ में आएगी, जिन्होंने पहले मेहनत करके ईमानदारी के साथ बाधाएँ सारी हटाई हों। जो दिन भर मेहनत कर-करके बाधाएँ अभी और खड़ी ही कर रहे हैं, उनको कुछ नहीं समझ में आनी।

जो मुक्ति के मार्ग की बाधाएँ हटाते हैं, वे फिर प्रार्थना में उतरते हैं, वे कहते हैं, "बाधाएँ हमने सब हटा दी मुक्ति के मार्ग की, अब आइए आप। श्रीमन्! आइए, स्वागत है। आपके आने के लिए रास्ता हमने छोड़ दिया है, आपके आने के लिए आसन हमने तैयार कर दिया है, आइए आप। जो अधिक-से-अधिक हम कर सकते थे, हमने कर दिया है। अब आगे हम बस प्रार्थना कर सकते हैं। आइए आप!"

लेकिन इस प्रार्थना में भी वही प्रवेश करेगा, जिसने पहले बेकार के काम छोड़ करके सही काम करा हो अपनी पूरी सामर्थ्य से। सही काम क्या है? मुक्ति के मार्ग में उन सब बाधाओं को हटाना, जो तुमने खुद ही खड़ी करी हैं, अपनी उन बेड़ियों को काटना, जो तुमने स्वयं ही पहनी हैं। ये है तुम्हारा काम। मुक्ति पाना तुम्हारा काम नहीं है, तुम्हारा काम है स्वरचित बेड़ियों को काटना और गलाना।

और वो तुम्हारी बेड़ियाँ हैं, तो इसीलिए तुम ही गलाओगे, ये काम परमात्मा नहीं करेगा तुम्हारे लिए। वो बेड़ियाँ क्या उसने दी हैं तुम्हें? नहीं, वे बेड़ियाँ तुम्हारा चुनाव थीं, तुमने चुनी थीं। तो तुम ही अब उन्हें काटो, अस्वीकार करो। तुमने दस्तखत करा था समझौते पर न, परमात्मा ने तो नहीं करा था।

दुनिया में तुमने जो तमाम समझौते कर रखे हैं, एग्रीमेंट कर रखे हैं, इस पर किसके हस्ताक्षर हैं? तुम्हारे हैं। तो उस समझौते को रद्द करने के दस्तावेज पर भी किसके हस्ताक्षर होंगे अब? तुम्हारे। परमात्मा नहीं आएगा तुम्हारी जगह हस्ताक्षर करने; तुम करो। तुम काटो अपनी बेड़ियों को, फिर आगे का काम प्रार्थना का है।

"मेरी लाज रखना, मुझे तैराकर पार कर देना, मुझे उबार लेना," ये तभी कह पाओगे न किसी से जब उसके साथ ज़रा तादात्म्य हो? तुम किससे कह पाते हो, "मेरी लाज रखो?" उसी से न, जिससे तुम्हारी लाज संबंधित हो।

बात समझो। तुम अपने मित्र से कह पाते हो, "मेरी सहायता करो, नहीं तो मुझे बड़ी शर्मिंदगी उठानी पड़ेगी।" मित्र सहायता करता है, क्यों? क्योंकि अगर वह वास्तव में मित्र है तो तुम्हारी शर्मिंदगी उसकी शर्मिंदगी है। तो जब परमात्मा के साथ भी ऐसी ही नितांत मित्रता का भाव रहता है, एक बड़ी आत्मिक घनिष्ठता का भाव रहता है, तब तुम उससे कह पाते हो कि "देखो, अब लाज जाती है और हमारी लाज

गई तो तुम्हारी लाज गई। दुनिया कहेगी कि कैसे भगवान् हैं कि इनके भक्त की लाज जा रही है और कुछ करते नहीं!" तो फिर द्रौपदी पुकारती है, कृष्ण को आना पड़ता है साड़ी का पूरा थान ले करके कि इसकी लाज गई तो इसकी नहीं गई, मेरी गई।

लेकिन यह तभी हो पाएगा न, जब कृष्ण के प्रति प्रेम हो और घनिष्ठता का भाव हो, तब कह पाओगे कि "देखो, हमारी-तुम्हारी लाज एक है, क्योंकि हम और तुम एक हैं।" हम और तुम अगर एक हैं ही नहीं, तो तुम उससे कैसे बोलोगे कि मेरी लाज रखो?

प्र. : आचार्य जी, आपने बोला कि सभी लोग जो काम कर रहे हैं, वे सब मूर्खतापूर्ण काम कर रहे हैं, उनको सही काम पता ही नहीं है। तो सही काम मुक्ति का ही हो सकता है मेरे खयाल से। तो मुक्ति के लिए वे सही काम क्या कर सकते हैं?

आचार्य : जो बेड़ियाँ तुमने बनाई हैं, उन्हें गलाओ। मन में जो भी सामग्री है, वह यूँ ही नहीं है। तुमने उसे बोला है—'हाँ', तो वह है। तुम्हारी 'हाँ' से है, तो तुम्हारी 'ना' से ही वह जाएगी।

हमारे पास ऐसा कुछ भी नहीं है, जो अकस्मात् हो, संयोगवश हो। सबसे पहले ये ज़िम्मेदारी लो। ये ज़िम्मेदारी तुम्हें लेनी ही पड़ेगी, क्योंकि जिसने तुम्हें रचा है, उसका दूसरा नाम ही है 'मुक्ति'। मुक्ति की औलाद हो तुम और मुक्ति की औलाद को यह मुक्ति है कि वह जो चाहे चुने।

वो जैसा है, कुछ-कुछ तो वैसे तुम भी होओगे न। तो मुक्ति की संतानों को मुक्ति मिली हुई है। बस, वह पूर्ण है तो उसकी पूर्ण है मुक्ति और हम आंशिक हैं, साकार हैं, अपूर्ण हैं, तो हमारी बहकी हुई मुक्ति है। हमारी इतनी बहकी हुई मुक्ति है कि हम मुक्ति का इस्तेमाल करके गुलामी चुन लेते हैं। हम मुक्ति का इस्तेमाल करके गुलामी चुन लेते हैं।

सही काम यही है, 'द वर्क' यही है, क्या? बेड़ियाँ काटो। गौर से देखो, क्या-क्या है जो मन को पकड़े हुए है। मन ने जिसे पकड़ रखा है, उसी ने मन को पकड़ रखा है। तो तुम जो कुछ पकड़े बैठे हो, समझ लो उसी ने तुम्हें पकड़ रखा है; उसको काटो। जो भी कुछ तुम पकड़े बैठे हो, क्या पकड़े बैठे हो? जो भी कुछ मन में चक्कर काटता है, जो भी कुछ मन में सामग्री की तरह मौजूद है, जिस भी विषय पर तुम्हारा चिंतन चलता है, समझ लो उसी ने तुमको पकड़ रखा है।

तुम सोचते हो, तुम चिंतन कर रहे हो। नहीं, तुम चिंतन नहीं कर रहे; चिंतन ने

तुम्हें पकड़ रखा है। उसे काटो। यही है बेड़ियों को काटना। इतना ही तुम कर सकते हो। यही काम है, यही वर्क है। वह नहीं वर्क है कि गए और कार्ड स्वाइप किया और कह रहे है कि 'नाउ आई एम एट माय वर्क स्टेशन' (अब मैं अपने कार्यस्थल पर हूँ)।

वर्क तो तब है जब जीवन जिस काम के लिए हुआ है, उसको करो। तुम वहाँ बैठकर फाइलें निपटा रहे हो, ये कहाँ से वर्क हो गया भाई? पूरा अस्तित्व हँसता है आदमी पर; बादल, आकाश, चिड़िया, घास, सब हँसते हैं, कहते हैं, "ये वर्क कर रहे हैं! और वर्क ही नहीं कर रहे, इन्हें बड़ा गुमान है; आज फिर आ गए अकड़ करके, 'आई एम अ वेरी एबल वर्कर' (मैं एक बहुत निपुण कामगार हूँ)।"

आँखों से सब परदे हटाकर देखो, ये चल क्या रहा है? ये इतने लोग क्या करने जा रहे हैं इन इमारतों में? बड़ी-बड़ी बिल्डिंगों में घुस रहे हैं टाई पहनकर, कार्ड स्वाइप करते; कार्ड भी पहने ही होते हैं गले में पट्टे की तरह! यह चल क्या रहा है! तुम्हारा जन्म इसलिए हुआ था? गले में पट्टा डालकर कार्ड स्वाइप करने के लिए? और तुम ये रोज़ करते हो। तुमसे कभी-कभार भूल नहीं हो जाती, ये जीवन है तुम्हारा, तुम इसके लिए जी रहे हो?

कुत्ते-बिल्ली, सब हँसते हैं इंसान पर। पर दिक्कत बस ये है कि सब कर रहे हैं तो तुम्हें लगता है नॉर्मल (सामान्य)। सब कर रहे हैं न। पक्का जानो, सब न कर रहे होते, कुछ ही लोग कर रहे होते, तो तुम उनको पत्थर मारते और पागलखाने में डाल देते। सब लोग ये हरकत न कर रहे होते और दो-ही-चार होते, जो बड़ी-बड़ी गाड़ियों में जा रहे होते और रोज़ सुबह नौ बजे टाई पहनकर कि "मैं जा रहा हूँ, लॉगिन करूँगा और बोलूँगा, 'आई एम एट माय वर्क स्टेशन'।" तत्काल तुम पागलखाने फोन करते और कहते, इन्हें ले जाओ। पर चूँकि सभी वैसे हैं, तो इसीलिए कोई उन्हें पागल नहीं कह रहा।

इतना ही कर लेना, कोई अंदर घुस रहा हो बड़ी तेज़ी के साथ, सुबह नौ-साढ़े नौ बजे, उसको रोकना। ऐसे वह रुकेगा नहीं, पर रोकना, कहना, 'रुक!' सौ रुपया दिखा देना, रुक जाएगा। उसी लिए तो भाग रहा है अंदर, तो दिखा दोगे तो रुक जाएगा। तो कहना, "क्या करने जा रहा है?" जवाब देगा कुछ।

"उसका मतलब क्या?" जवाब देगा। तीसरे सवाल तक आते-आते हड़बड़ाने लगेगा, घबराएगा, बिदकने लगेगा, चिढ़ने लगेगा और अगर तुमने सवालों की श्रृंखला

पाँचवें–छठे सवाल तक पहुँचा दी, तो वह दो सौ रुपए तुम्हें देकर भागेगा, कहेगा, "ये सब सवाल मत पूछो, ये खतरनाक हैं! हम इनका जवाब नहीं देना चाहते।"

और इतना ही पूछना है तुम्हें कि "ठीक–ठीक बता, इग्जैक्टली, अंदर क्या करने जा रहा है ? तू कौन है ? तुझे अंदर जाकर क्या मिलेगा ?" वह इस छोटे–से, मासूम–से सवाल से इतना घबरा जाएगा कि तुम्हें धक्का देकर भागेगा और तुम चाहो तो तुम उसके प्रपंच में शरीक हो सकते हो, वह भी बहुत आसान है। तुम भी उसी की तरह गंभीर चेहरा बना लो, बोलो, "या! या! वैरी सीरियस! वैरी इम्पॉर्टेंट! या! या! (हाँ, हाँ, बहुत गंभीर! बहुत महत्त्वपूर्ण! हाँ, हाँ)।" ये भी कर सकते हो।

(प्रश्नकर्ता को संबोधित करते हुए) तुम तो कंसल्टेंट (सलाहकार) रहे हो, जानते हो। हम दोनों ही वहाँ से आ रहे हैं।

कुछ नहीं करना, ऐसे ही कोई गंभीर मीटिंग चल रही हो, उसमें एक चाहिए, जो ज़ोर–ज़ोर से हँसने लग जाए, सब बिखरकर चूर–चूर हो जाएगा। पूरा ताजमहल भरभराकर गिरेगा रेत की तरह। एक चाहिए, दस बैठे हों, बी.पी., सीनियर बी.पी., सी.ई.ओ., एम.डी. और दो स्ट्रेटेजी कंसल्टेंट, ए.पी.एम.जी. से भी हो सकता है एक, उसमें से और एक चाहिए कोई, जो लगे दाँत फाड़कर हँसने और जितनी सीरियस बात हो रही हो, उतना हँसे—सब उसी दिन खत्म हो जाएगा।

प्र. : आचार्य जी, ओशो साहब जैसे कहते हैं, 'जोरबा द बुद्धा'। तो 'द वर्क' तो बुद्धा का हो गया। जो प्रकृति की व्यवस्था है, जैसे शरीर को चलने के लिए, जो 'जोरबा' है, उसके कार्य तो करने पड़ेंगे या उसकी उपेक्षा की जा सकती है ?

आचार्य : नहीं, ये दोनों बातें, देखिए, जुड़ी हुई हैं। अगर आप यह नहीं जानते कि आप कौन हैं तो फिर आप काम भी बहुत उलटा–सीधा करेंगे, अगर आप अपने शरीर को ही जानते हैं तो फिर बहुत सारा काम आप करेंगे शरीर की देखभाल के लिए और शरीर का तो हो रहा है प्रतिपल क्षय; बहुत काम करना पड़ेगा, उसके रखरखाव के लिए और और भी ज़्यादा काम करना पड़ेगा, अगर आप अपने–आपको मन मानते हैं, क्योंकि शरीर की तो फिर भी भूख सीमित होती है, पर मन की सर्वाधिक होती है।

आप बहुत बड़े अमीर हों, पर आप दिनभर नहीं खाएँगे, खाएँगे तो दिन में दो ही बार, है न ? या चार बार खा लेंगे, ज़्यादा पैसा है तो। पर मन की भूख अनंत होती है, उसको कितना भी खिलाते रहो, उसका पेट नहीं भरता। माँगता शरीर भी लगातार है, पर रुक–रुककर माँगता है और इतना (सीमित) ही माँगेगा, उससे ज़्यादा ठुसोगे

तो विरोध करेगा। तो अपने-आपको मन मानते हैं तो फिर आपकी माँगें बहुत सारी बढ़ जाएँगी।

आप जो कह रहे हैं कि एक तो होता है 'द वर्क', मूल कार्य, जो जीवन को सफल बनाता है और बाकी छिटपुट काम भी तो करने पड़ते हैं न रोज़मर्रा के। वे जो छिटपुट काम हैं, वे यूँ ही आप नहीं तय कर लेते, वे छिटपुट काम भी इस पर निर्भर करते हैं कि आपने अपने-आपको माना क्या है। अगर आप अपने-आपको तन-मन मान रहे हो, तो छिटपुट काम बहुत बड़े हो जाएँगे और फिर वे छिटपुट नहीं रह जाएँगे, वे आपके जीवन को आच्छादित कर देंगे, वे आपके जीवन पर हावी हो जाएँगे, आप उन्हीं कामों को करते रह जाओगे।

कोई अपने-आपको शरीर मात्र ही मान ले और कहे कि "मुझे तो इसी को सुंदर रखना है, इसी की देखभाल करनी है।" तो दिन के आठ-दस घंटे भी कम हैं रोज़ देखभाल करने के लिए उसकी। अब ये छिटपुट काम रह गया क्या? कोई अहं में ही जीने लग जाए और कहे कि पैसा चाहिए, प्रतिष्ठा चाहिए, तो पाँच सौ साल भी कम हैं, जितनी प्रतिष्ठा और जितना धन चाहिए अर्जित करने के लिए। ये छिटपुट काम रह गया क्या?

तो जिनको आप कहते हो, जीवन के सामान्य काम, वे सामान्य काम भी यूँ ही कहीं से तय नहीं हो जाते, वे सामान्य काम भी आपको जो आत्म-परिभाषा है, जो 'हू एम आई' है, वह निर्धारित करता है कि आप जिसे सामान्य काम बोलते हो, वह कितना बड़ा हो जाएगा। नहीं तो खाना खाने जैसा सामान्य काम भी चार घंटे ले सकता है।

संत भोजन करेगा तो यह रखा है सामने, जो है. खाया, आगे निकले और आप कहो कि "नहीं, हम तो कुछ और हैं," तो फिर सेवन कोर्स डिनर होगा और चार घंटे लगाकर होगा। आप कहोगे, खाना तो छिटपुट काम होता है। जब सात चरण में भोजन हो, तो वह छिटपुट रह गया क्या?

पर अगर आपका अहं इरादा बना चुका है, एक व्यर्थ पहचान धारण कर चुका है, तो फिर आपको अगर न मिले वह सेवन कोर्स मील, तो आपको बुरा भी बहुत लगेगा। आप कहेंगे, "ये लो! एक ही बार में ये खिचड़ी और दाल और सब्ज़ी लाकर रख दी थाली में और कह रहे हैं कि खा लो। खत्म! ऐसे थोड़े ही होता है। खाना कम-से-कम चार घंटे का उपक्रम होना चाहिए, पूरा आयोजन, उत्सव होना चाहिए कि अब महाराज खाने बैठेंगे।"

आप दिन भर जिन कामों में समय लगाते हो, आवश्यक नहीं है कि उनमें उतना ही समय लगे, जितना आप लगा देते हो। पर चूँकि हमारा केंद्र गड़बड़ है, हिला हुआ है, विस्थापित है, तो इसीलिए हम ऐसे कामों को भी समय दे देते हैं, जो समय देने लायक ही नहीं हैं।

इधर लोगों ने खूब प्रचलित करा दिए हैं वासना, वृत्तियों और सेक्स इत्यादि से जुड़े मेरे दो-चार वीडियो। वह भी मज़ेदार बात है; सात हज़ार वीडियो हैं यूट्यूब पर, जिसमें से चार ऐसी वीडियो, जो लोगों के सेक्स इत्यादि विषयक प्रश्नों पर हैं, वे बड़े प्रचलित हो रहे हैं। अब उन वीडियोज़ पर नौजवानों के कमेंट (टिप्पणी) आते हैं, वे लिखते हैं कि "गुरुजी, इससे पीछा छुड़ाइए। दिन के दो-दो घंटे, चार-चार, छह-छह घंटे इसी में जा रहे हैं।"

छिटपुट काम छिटपुट नहीं रह जाते, अगर तुम काम बन गए, कामवासना ही बन गए, अहं ने अपना ताल्लुक कामवासना से ही जोड़ लिया, तो तुम्हारे छह-छह घंटे दिन के उसी में जाएँगे। पूरी-पूरी रात उसी में जा रही है, नींद नहीं आ रही और आपको लगे, "ये तो सामान्य बात है, इसमें तो समय जाना ही होता है न!"

समय यूँ ही किधर को भी नहीं जा रहा है। जो तुम बने बैठे हो, समय भी उसी के अनुसार व्यय हो रहा है। उन कामों को आवश्यक मत मान लेना। वे काम न सामान्य हैं, न आवश्यक हैं। वे काम नतीजा हैं, तुम्हारी झूठी पहचान का और अज्ञान का। उन कामों में जो समय जा रहा है, जो ऊर्जा जा रही है, जो धन जा रहा है, वो सब जाना बंद हो जाएगा, वे सारे काम व्यर्थ लगने लगेंगे, जिस दिन तुम्हारा अज्ञान छटेगा। जिस दिन तुम समझोगे कि तुम कौन हो और क्या तुम्हारा असली काम है, उस दिन इन सब व्यर्थ के कामों से पिंड छूटेगा, फिर बहुत ऊर्जा बचेगी।

समय यों ही किधर को भी नहीं जा रहा है।
जो तुम बने बैठे हो, समय भी उसी के अनुसार व्यय हो रहा है।
वे काम नतीजा हैं, तुम्हारी झूठी पहचान का और अज्ञान का।

□

11

सुनो क्या चाहते हो तुम

शास्त्रकौमुदी, बोधस्थल, 2021

जो कुछ भी आपके सहज स्वभाव में बाधक हो,
जो कुछ भी आपके अनंत स्वभाव को बाँधे,
सीमित करे, उसे बंधन कहते हैं।

केवलमोक्षा-पेक्षासङ्कल्पो बन्धः।

मोक्ष प्राप्ति का विचार करना भी बंधन रूप है।

—निरालंब उपनिषद्, श्लोक 27

आचार्य प्रशांत : कोई भी व्यक्ति किसी भी समय, किसी भी स्थान पर, किसी भी कर्म में, कुछ और करता ही नहीं मोक्ष की तलाश के सिवा। आपको और कुछ चाहिए ही नहीं है। आप कलम से कुछ लिख रहे हैं कागज पर, ये आप मोक्ष की तलाश कर रहे हैं। आप कैमरे के पीछे बैठे हैं, आप मोक्ष की तलाश कर रहे हैं। बाहर कोई घास पर चल रहा है, वह मोक्ष चाहता है। कोई साइकिल चला रहा है, कोई गाड़ी चल रहा है, कोई खा रहा है, कोई गा रहा है, जो भी किया जा रहा है, सब मोक्ष के लिए ही किया जा रहा है।

आप कहेंगे, "आचार्य जी, आपकी बात तो बिल्कुल साफ़ झूठी है, क्योंकि जब हम खाते हैं, गाते हैं, साइकिल चलाते हैं, तो हम तो मोक्ष के बारे में बिल्कुल भी नहीं सोच रहे होते हैं और आप कह रहे हैं कि दुनिया में जो भी कोई, कहीं भी, कुछ भी

करता है, मोक्ष के लिए ही करता है।" मैं जो कह रहा हूँ, उस बात पर कायम हूँ।

मोक्ष माने क्या? बंधनों से निवृत्ति ही मोक्ष है। बंधन माने कष्ट। जो कुछ भी आपके सहज स्वभाव में बाधक हो, उसे बंधन कहते हैं। जो कुछ भी आपके अनंत स्वभाव को बाँधे, सीमित करे, उसे बंधन कहते हैं। बंध माने? जो चीज़ सीमा बन जाए, उसे बंध कहते हैं।

जब आप कष्ट में होते हैं, तभी आप में कामना उठती है। जब आप में किसी तरीके की अपूर्णता का भाव होता है, तभी आप में कामना उठती है। तो हर कामना वास्तव में किसलिए है? फ़र्क नहीं पड़ता उस कामना का आकार-प्रकार, रंग-रूप, दिशा इत्यादि क्या है। हर कामना वास्तव में चाहती क्या है? बंधन से मुक्ति। अगर आप मुक्त ही हो, तो आपको कोई कामना उठेगी नहीं। आप में सौ तरीके के विकार हैं, अपूर्णताएँ हैं, हीनताएँ हैं, अपनी दृष्टि में कम-से-कम, इसीलिए आप में कामना उठती है।

कामनावश ही हम सारे काम करते हैं, जो कुछ भी कर रहे हैं। चाहे हम सोच रहे हैं, उसके पीछे क्या है? कामना। हम चल रहे हैं, हम गा रहे हैं, हम खा रहे हैं, हम कुछ नहीं भी कर रहे हैं तो उसके पीछे भी कामना है, क्या? आराम कर लेते हैं। हमारी हर स्थिति के पीछे प्रत्येक पल कामना ही है, हम कामना द्वारा संचालित हैं और कामना मूल रूप से होती बंधनों से मुक्ति, अर्थात् मोक्ष के लिए है।

तो हम जहाँ कहीं भी जो कुछ भी कर रहे होते हैं, मोक्ष के लिए ही कर रहे होते हैं। तो मोक्ष मिलता क्यों नहीं? अगर हम मोक्ष के प्रति इतने ही संकल्पित हैं, मोक्ष से इतना ही प्रेम है, मोक्ष के इतने ही दृढ़प्रतिज्ञ हैं, तो मोक्ष सबको मिल जाना चाहिए था। चौबीस घंटे हर व्यक्ति लगातार मोक्ष की ही कोशिश कर रहा है, तो मोक्ष मिल जाना चाहिए था न? क्यों नहीं मिलता?

क्योंकि कोशिश आपकी है। आप अपने तरीके से मोक्ष पाना चाहते हो। मज़ेदार बात ये है कि आपका तरीका ही बंधन है। हमने कहा, आपका तरीका ही बंधन है, फिर हमने कहा, आप अपने तरीके से ही मोक्ष पाना चाहते हो। तो हमने कुल मिलाकर क्या कहा? हमने कहा, आप बंधन से मोक्ष पाना चाहते हो। आप मोक्ष पाना चाहते हो बंधन के माध्यम से, तो आप बंधन ही और बढ़ाए जाते हो। आप अपने तरीकों से मोक्ष पाना चाहते हो और आपका तरीका ही बंधन है और अपने तरीकों पर खूब चले जाते हो, तो मोक्ष पाने की कोशिश में अपने बंधनों को ही और बढ़ाए जाते हो। समझ में आ रही है बात?

ऊन का गोला था आपके पास। आप जैसे हैं, आपने उसे उलझा मारा। आप कैसे हैं? आप लापरवाह हैं, आप असावधान हैं, आप अविवेकी हैं और इन सब वृत्तियों के साथ आप पैदा ही हुए हैं। तो एक साधारण-सा ऊन का गोला भी आपने उलझा दिया। अब चारों तरफ़ उसमें उलझने हैं और गाँठें हैं और आप जैसे हैं, वैसा रहते ही अब उसे क्या करना चाहते हैं? सुलझाना। थोड़ी देर में आप क्या पाते हैं? ऊन और उलझ गया। तो सुलझाने की कोशिश ही उलझाव हो गई न? यही बात ऋषि इस श्लोक में कह रहे हैं।

"मोक्ष की प्राप्ति का संकल्प ही बंधन है।" जैसे सुलझाने का संकल्प ही उलझाव बन गया। सुलझाने का संकल्प उलझाव क्यों बन गया? क्योंकि सुलझाने वाला वही था, जिसकी वजह से उलझाव पैदा हुआ था।

हमें लगता है कि मोक्ष हमारे किसी कर्म से मिल जाएगा। वास्तव में इसी भ्रांति से कर्मकांड का निर्माण हुआ था। सनातन धर्म में अभी भी कर्मकांड की बड़ी सशक्त परंपरा है। लोग सोचते हैं कि कुछ करके देवी-देवता, ईश्वर प्रसन्न हो जाएँगे, कुछ करके उनकी धार्मिकता आगे बढ़ेगी। तो वे यज्ञ, हवन, पूजन, दान, तप आदि करते रहते हैं।

कुछ देर पहले, निरालंब उपनिषद् में ही ऋषि क्या कह रहे थे? ऋषि कह रहे थे 26वें श्लोक में—"यज्ञ, व्रत, तप और दान के विधि-विधान तथा ज्ञान के संकल्प ही बंधन हैं।"

कर्म के साथ यही समस्या है—आप कर्ता पर ध्यान नहीं देते। आप कहते हो, कुछ और करूँगा तो बेहतर हो जाऊँगा। आप कहते हो, अभी एक नौकरी कर रहा हूँ, फिर दूसरी नौकरी करूँगा तो क्या पता जीवन आसान हो जाए।

आप भूल ही जाते हैं कि आप तो वही हो न जो यहाँ परेशान हो। आप जहाँ भी जाओगे, वहीं परेशान रहोगे, बल्कि स्वयं को बनाए हुए, बचाए हुए, आप कुछ और करना चाहते हो; ये करके आप अपनी परेशानी और गहरा रहे हो, क्योंकि आपने अपने-आपको झाँसा दे दिया है, आश्वस्त कर लिया है कि आप तो ठीक हो मूलतया, कर्म में कहीं कोई दोष या खोट है, तो जैसे ही कर्म बदल दूँगा या अपनी बाह्य परिस्थितियाँ बदल दूँगा, मेरी परेशानी हल हो जाएगी। आप समझ रहे हैं, आपने अपने-आपको क्या समझा लिया है?

आपने अपने-आपको क्या बताया है? मैं तो ठीक हूँ। मेरे कर्म में कोई दोष है,

तो मैं कर्म बदल देता हूँ। मेरी स्थितियों में कोई दोष है तो मैं स्थितियाँ बदल देता हूँ। मेरी संगत में कोई दोष है, मैं संगत बदल देता हूँ। मेरे स्थान में कोई दोष है, मैं स्थान बदल देता हूँ। मैं ये सब बदल देता हूँ तो मेरी हालत कुछ बेहतर हो जाएगी। आप स्वयं को ही झाँसा दे रहे हैं। जो एक केंद्रीय चीज़ गड़बड़ है, आप उसका नाम ही नहीं लेना चाहते हैं। क्यों? क्योंकि उस चीज़ का नाम है—आप।

अपने-आपको चोर कहना किसे अच्छा लगता है? इसी का नाम तो अहंकार है। सीधा-सीधा दोष अपना है, यह बात मानना कहाँ पसंद है हमें? और पसंद इसलिए नहीं है, क्योंकि हमने स्वार्थ पैदा कर लिये हैं, वैसा ही बना रहने में जैसे कि दुर्भाग्यवश हम बन गए हैं। ये माया की बड़ी घिनौनी चाल होती है। वह आपको सिर्फ़ घटिया बना नहीं देती, वह आप में घटिया बने रहने की आदत लगा देती है। काश कि आप स्प्रिंग जैसे होते कि आपको कितना भी दबाया जाए, जैसे ही छोड़ा जाएगा, आप फिर से उछल पड़ेंगे! नहीं, माया ये नहीं करती।

माया ये नहीं करती। माया आपको प्लास्टिक की तरह पिघला देती है और आप जिस नए आकार में आ जाते हैं, आप उसी नए आकार में स्थायी हो जाते हैं, आप ढल जाते हैं, जैसे पिघला प्लास्टिक या पिघला मोम; स्प्रिंग जैसे नहीं रह जाते आप। इसे मैं माया की घिनौनी चाल कह रहा हूँ।

काश कि स्प्रिंग जैसे होते! फिर तो कोई कुछ भी कर ले, हमारे भीतर की स्फूर्ति कायम रहती न? स्थितियाँ आयीं, यह हुआ, वह हुआ, पचास चीज़ें हुईं, हमें दबा दिया गया, हम बहुत समय तक दबे रह गए, लेकिन फिर भी जैसे ही हाथ हटा⋯(हाथों से ऊपर उछलने का इशारा करते हुए)। हम मोम जैसे हो जाते हैं; मोम या गीली मिट्टी जैसे।

आपको एक बहुत घटिया आकार दे दिया गया और आप उसी आकार में जम गए, बल्कि अब आपको बदलने की कोशिश की जाएगी तो आप विरोध करोगे। आप संतुष्ट हो गए हो। आपने विश्राम ले लिया है गलत जगह पर।

रात को कभी कहीं से लौटते हों आप सड़क से तो देखेंगे कि बारह बज रहा है, दो बज रहे हैं रात के और कोई नशेड़ी नाली में पड़ा हुआ है। देखा है? या फुटपाथ पर पड़ा हुआ है। वह वहाँ क्या कर रहा होता है? वह वहाँ कलप रहा होता है कि मैं गलत जगह पड़ा हुआ हूँ, मुझे उठा करके मेरे साफ़-सुथरे पलंग पर लिटा दो? ऐसा कह रहा होता है वह? वह वहाँ पड़ करके चैन की नींद सो रहा होता है। ये माया

की घिनौनी चाल है। वह आपको घटिया जगह लिटा देती है और आप उसके साथ अभ्यस्त हो जाते हो, अनुकूलित हो जाते हो।

शराबी की बात तो फिर भी थोड़ी ठीक है। नाला या फुटपाथ या गंदी जगह उसके बाहर है। हम अभ्यस्त हो जाते हैं अपने भीतर की ही गंदगी से और ये और ज़्यादा खतरनाक बात है। आपके भीतर टनों कचरा पड़ा हुआ है, आप उस कचरे के साथ न सिर्फ़ अनुकूलित हो चुके हो, बल्कि तादात्म्य बैठा लिया है। आप कहते हो, कचरा ही तो मैं हूँ। उस कचरे की सफ़ाई का कोई अवसर आता है तो आपके लिए खतरा आ जाता है, आप तुरंत प्रतिक्रिया में खड़े हो जाते हो, "नहीं, नहीं, नहीं, मेरा कचरा मत साफ़ करना, वह कचरा मैं हूँ। वह कचरा नहीं है, वह मैं हूँ।"

कोई कहे, "लेकिन तुम इतने बंधनों में हो, तुम इतने दुःख में हो, तुम्हारी शक्ल पर लिखा है कि तुम कष्ट में हो, तड़प रहे हो।" तो आप का उत्तर क्या आता है?

"मैं मुक्ति का उपाय कर तो रहा हूँ, अपनी तरह से।"

तो फिर ऋषि वेदना में ही सही, लेकिन थोड़ा मुस्कुरा देते हैं और कहते हैं, "मोक्ष प्राप्ति का संकल्प ही तो बंधन है।"

तुम्हें अपना वाला मोक्ष चाहिए; तुम्हें मोक्ष नहीं चाहिए। तुम्हें अपने-आपको बचाए रखते हुए अपना वाला मोक्ष चाहिए, इसीलिए तो तुम्हें मोक्ष माँगते-माँगते और बंधन ही मिलते जाते हैं। दुनिया में कोई नहीं होता न जो सीधे-सीधे बंधन माँगें? ऐसा कोई होता है जो बोले, मुझे तकलीफ़ दो, मुझे परेशान करो? लोग तो सब अपनी अच्छाई ही चाह रहे होते हैं।

जो भी कोई जो कुछ भी कर रहा होता है, उसमें वह क्या सोच रहा होता है? मेरा भला होगा। भला होता क्यों नहीं, बुरा क्यों हो जाता है? क्योंकि आप जो कुछ भी कर रहे हो, अपने तरीके से कर रहे हो, अपनी बुद्धि से कर रहे हो। अपना खोपड़ा ज़्यादा चला दिया।

तो क्या करें, किसी और के खोपड़े पर चलें? नहीं, नहीं, नहीं, दूसरे के खोपड़े पर चलकर क्या होगा, दूसरा भी तुम्हारे ही जैसा है। जितना खोपड़ा तुम्हारा खराब, उतना ही दूसरे का खराब। तो करना क्या है?

खोपड़े को खोपड़ा जानना है। खोपड़ा 'मैं' नही होता; न तुम्हारा खोपड़ा 'मैं' है, न दूसरे का खोपड़ा 'मैं' है। खोपड़ा खोपड़ा होता है और खोपड़ा एक मशीन की तरह होता है, वह यंत्रवत् चलता है। चाहे वो तुम्हारे विचार हों, चाहे दूसरे के विचार

हों, तुम्हें जानना है कि विचार विचार होते हैं; कि विचारों से हटकर तुम कुछ बहुत साफ़-साफ़ जान सकते हो, देख सकते हो और तुम्हें इतना कहने की भी ज़रूरत नहीं है, बस अपने भीतर इतनी विनम्रता रखनी है कि कह सको कि "अभी ऐसा लग रहा है मुझे।" और साथ में इतना और जोड़ दो तो बढ़िया बात, "आमतौर पर तो मुझे जो लगा है, उसमें मूर्खता ही रही है और अभी ऐसा लग रहा है मुझे।"

हम इस बात से इंकार नहीं कर सकते कि हममें भावनाएँ उठती हैं, हममें विचार आते हैं। कई बार कुछ चीज़ें इतनी सपाट दिखती हैं कि निष्कर्ष उठ आता है भीतर से कि ऐसा तो है ही। ये सब होता रहेगा। क्यों? क्योंकि हमारा शरीर इसी तरीके से है।

प्रकृति ने आपकी प्राकृतिक, आपकी भौतिक सुरक्षा के लिए आपके भीतर कुछ व्यवस्थाएँ तैयार कर रखी हैं। वे व्यवस्थाएँ व्यर्थ नहीं हैं, वे व्यवस्थाएँ न हों तो शरीर का जीना मुश्किल हो जाएगा, लेकिन हमें याद रखना है कि वे व्यवस्थाएँ शरीर की रक्षा के लिए थीं और आप चेतना हो। तो वे व्यवस्थाएँ अच्छी हैं, जब तक शरीर के पालन-पोषण की बात है, लेकिन वे व्यवस्थाएँ अच्छी नहीं हैं, जहाँ चेतना की मुक्ति की बात आती है।

तो उन व्यवस्थाओं को दबाना, मिटाना नहीं है, उन व्यवस्थाओं को बुरा नहीं बोलना है, बस ये जानना है कि वह व्यवस्था व्यवस्था मात्र है, कुछ प्राकृतिक चीज़ है। तो मैंने कहा, जानो कि खोपड़े का विचार खोपड़े का विचार मात्र है। उसका दमन या विरोध या निंदा नहीं करनी है। वह जो है, जान लेना है कि वह क्या है। पीठ की खुजली से मोक्ष मिल जाता है? तो खोपड़े की खुजली से मोक्ष कैसे मिल जाएगा?

है तो दोनों मांस की ही खुजलियाँ न? खोपड़े की खुजली को क्या बोलते हैं? संकल्प। पीठ की खुजली को तो कह देते हो कि बस पीठ में खुजली हो रही है। दो कौड़ी की चीज़, पीठ की खुजली, लेकिन तुम्हारे दिमाग में कुछ अफ़लातूनी बात आती है, तुम कहते हो, "मैंने ऐसा सोचा।" जबकि वह है क्या? वह एक ब्रेन वेव (मस्तिष्क की तरंग) है। वह तुम्हारे मस्तिष्क की खुजली है। पीछे क्या है? मांस। इसके अंदर भी क्या है (खोपड़े को इंगित करते हुए)? मांस और प्रकृति के आयाम पर मांस और मांस में कोई अंतर नहीं होता।

तुम अभी मर जाओ, तुमको कुत्ते और गिद्ध खाने आएँगे। वे बिल्कुल अंतर

नहीं करेंगे कि वे तुम्हारे शरीर के किस अंग का मांस खा रहे हैं। उनके लिए तुम्हारे मस्तिष्क का मांस, तुम्हारी नाक का मांस, तुम्हारी छाती का मांस, तुम्हारी जाँघों का मांस, तुम्हारे पेट की आँत, सब एक बराबर होंगे। तो पीठ के मांस को और मस्तिष्क के मांस को जाना करो कि एक ही तल के हैं लगभग। खुजली खुजली होती है, संकल्प संकल्प होता है। समझ में आ रही है बात?

इसका मतलब क्या है? इसका मतलब पीठ में खुजली हो तो खुजाना नहीं है? पीठ में खुजली है तो खुजा लिया, लेकिन हम उसको बहुत ऊँची बात तो नहीं मानने लग जाते न? हम उसके पीछे जीवन तो नहीं न्योछावर करने लग जाते न? हम उसकी दी हुई सीख पर तो नहीं चलने लग जाते न? खुजा लेते हैं, बात खत्म।

वैसे ही जब विचार उठे, भावनाएँ उठें, तो उनके पीछे-पीछे मत चलने लग जाओ, उनको अपना गुरु मत मान लो, उनको आखिरी मत मान लो। जान लो कि ऐसा लग रहा है। बस हो गया, लग रहा है। तो क्या उनका विरोध करना है? न, न उनके पीछे चलना है, न उनका विरोध करना है; उनके तथ्य से अवगत रहना है।

तो फिर करना क्या है? ये तुम्हारी खुजली है, जो तुम ये सवाल पूछ रहे हो, "करना क्या है?" बार-बार। देख नहीं रहे हो ये मस्तिष्क की खुजली होती है कि वह निष्कर्षों में जीना चाहता है। निष्कर्ष का मतलब है कि कोई अंत आ गया है, अब आगे ज़्यादा सोचने की ज़रूरत नहीं है। निष्कर्ष का मतलब होता है अब सत्य आ गया है। मस्तिष्क झूठे सत्यों में जीना चाहता है। तो इसीलिए वह कहता है, "निष्कर्ष बता दो, निष्कर्ष बता दो।" कोई निष्कर्ष नहीं है। बस सतत सावधानी है। क्या सावधानी? मुझे ऐसा लग रहा है; मुझमें ऐसी कामना उठ गई है; मुझमें ऐसा संकल्प उठ रहा है, ऐसी भावना उठ रही है। बस ऐसा है।

क्या ये सच है? पता नहीं। क्या ये झूठ है? पता नहीं। अनेकांतवाद। हमें क्या पता! जो चीज़ निश्चित नहीं है, उसके बारे में कैसे निश्चय से कुछ कह दे? न तो हम निश्चित रूप से ये कह सकते हैं कि जो विचार उठा है, वह बड़ा प्रबल है, बड़ा सुंदर है, बड़ा सत्य है। न हम निश्चित ही ये कह सकते हैं कि जो विचार उठा है, वह कुछ और है। क्या वह सच्चा है? पता नहीं। क्या वह झूठा है? पता नहीं। इस अनिश्चय की स्थिति में रहना बड़े वीरों का काम है। छोटा आदमी, कमज़ोर आदमी बहुत जल्दी निष्कर्ष निकालना चाहता है। वह कुछ-न-कुछ मान लेना चाहता है।

कोई सूरमा चाहिए ये कहने के लिए कि मैं कुछ नहीं जानता, लेकिन फिर भी

मैं झूठा निष्कर्ष नहीं निकालूँगा। कुछ न जानना कहीं बेहतर है किसी झूठे निष्कर्ष पर आकर रुक जाने से। जीवन भर किसी भी चीज़ के बारे में आश्वस्त न हो पाना कहीं बेहतर है झूठी आश्वस्ति से। पर हमने आदत डाल दी है कि हमें आराम, सुकून, चैन तभी मिलेगा, जब कोई चीज़ निश्चित हो जाएगी, है न?

जैसे हम कहते हैं न कि अभी कुछ पता नहीं, बेचैनी सी है। ट्रेन का टिकट कन्फर्म्ड नहीं हो रहा और जब कन्फर्मेशन आता है तो हमें बड़ा चैन मिलता है। ठीक उसी तरीके से हम जीवन जीते हैं। हमें कन्फर्मेशंस—कन्फर्मेशंस माने निष्पत्तियाँ—चाहिए। कुछ पुष्ट हो जाए, कुछ सत्यापित हो जाए, तो फिर हमें चैन मिल जाता है कि चलो भाई, अब ये मामला क्या हो गया? क्या शब्द हम प्रयोग करते है अपनी भाषा में आमतौर पर? 'सेटल' हो गया।

इसीलिए अध्यात्म कहता है, ये सेटलमेंट बहुत मूर्खता की बात है। तुम जहाँ भी सेटल होओगे, वह जगह गलत ही होगी। तुम उड़ते रहो लगातार। तुम खोजी रहो लगातार। कभी ये मत कह देना कि खोज पूरी हो गई। अपनी आखिरी साँस तक खोजते रहो, चलते रहो। कभी ये मत कह देना कि मैं पहुँच गया हूँ, मुझे तो मोक्ष मिल गया, मेरा इंलाइटमेंट हो गया, निर्वाण प्राप्त कर लिया मैंने। कभी मत कह देना।

जिन्होंने कह दिया कि उनको प्राप्त हो गया, उनका बड़ा बुरा हश्र हुआ और माया चाहती है कि तुम्हें यह भ्रम हो जाए कि तुम्हें मोक्ष हो गया है। पहला भ्रम ये कि मैं अपने तरीकों से, अपने कर्मों और अपने संकल्पों से मोक्ष पा लूँगा और उससे भी कहीं भयानक भ्रम यह कि मुझे तो मोक्ष मिल ही गया। "मैं हूँ, पर मुझे मोक्ष मिल गया। मैं मुक्त हूँ।"

अरे! 'मैं' है तो मुक्ति कैसी? "मैं मुक्त हूँ।" कैसे? या तो मुक्ति होगी या 'मैं' होगा। "मैं मुक्त हूँ," कैसे? यही अध्यात्म है, यही साक्षित्व है। यही सब उपनिषदों का मूल है।

प्रश्नकर्ता : आचार्य जी, अभी आपने कहा कि माया खेल खेलती है, इस तरह आप प्लास्टिक की तरह पिघल जाते हैं और एक आकार ग्रहण कर लेते हैं। आपने कहा कि हमें स्प्रिंग की तरह होना चाहिए कि कोई भी परिस्थिति आए, कोई भी समस्या आए, हम पुनः अपनी मूल स्थिति में पहुँच जाएँ। अब इस परिस्थिति में मोम से स्प्रिंग की तरह कैसे हुआ जाए?

आचार्य : याद रखना होता है। तुम मोम होकर फँस जाते हो, क्योंकि तुम अपने-

आपको मोम ही समझना शुरू कर देते हो। स्प्रिंग कहीं खो नहीं गई है। तुम्हें मोम को स्प्रिंग नहीं बनाना है, तुम्हें याद रखना है कि मोम और स्प्रिंग दोनों हैं और दोनों अलग-अलग हैं और ये तुम्हारे चुनाव की बात है कि तुम अपने-आपको मोम मानोगे या स्प्रिंग मानोगे।

तुम्हारे पास बहुत कुछ ऐसा है, जो बिल्कुल मोन जैसा है। तुम जीव हो, तुम्हारे पास बहुत कुछ ऐसा है, जो बिल्कुल मोम जैसा है, जिसको जो आकार दे दो, वह आकार बदलेगा नहीं और तुम्हारे पास कुछ ऐसा है, जो स्प्रिंग जैसा है, जो कभी मोम बन नहीं सकता। दिक्कत ये नहीं है कि तुम्हारे पास मोम है, दिक्कत ये है कि तुम मोम हो गए। तुम्हारे पास मोम होता तो समस्या नहीं थी, तुम मोम हो गए, यह समस्या है। जब तुम मोम हो गए तो तुमने स्प्रिंग को छोड़ दिया।

क्या है तुम्हारे पास मोम जैसा? उदाहरण के लिए, यह कान है, यह अभी कट जाए। यह वापस आ सकता है कभी? जल्दी बताओ, आ सकता है? यह मोम है। इसको जो रूप दे दिया, अब यह उसी में बैठ जाएग। बात समझ में आ रही है? उसमें कुछ भी ऐसा नहीं है, जो अपने पुराने रूप की माँग करे, क्योंकि उसके पास कुछ मौलिक है ही नहीं। उसको जो चीज़ बाहरी स्थितियों से मिल जाएगी, वह उसी चीज़ में अभ्यस्त हो जाएगा, वह उसी चीज़ के साथ समझौता बैठा लेगा।

तुम्हारी शारीरिक व्यवस्था पूरी तरह मोम है और शरीर से ही उठता है मन। मन भी मोम जैसा ही है, तभी तो वह संस्कारित हो जता है, प्रभावित हो जाता है।

एक छोटा बच्चा था। मैं उसको देख रहा था। उसको तेल लगाया जा रहा था। उसकी माँ उसको तेल लगा रही थी। छोटे बच्चों को तेल मालिश की जाती है काफ़ी। तो उसकी माँ उसको तेल मल रही है। तो उसकी दादी उसकी माँ से कहती है कि यहाँ सिर के पीछे तुम बार-बार थपकी दे करके तेल लगाती हो, पीछे से सिर चपटा हो जाएगा और वही दादी उसकी माँ को बोलती है कि यह जो बच्चा है, इसकी दोनों ही टाँगें घुटनों के नीचे थोड़ी सी घुमावदार हैं, टेढ़ी हैं। घुटने के नीचे उसकी जो पूरी हड्डी है, वह एकदम सीधी नहीं है। बच्चे पैदा होते हैं, कई बार होता है कि थोड़ी-सी उसकी ऐसी टेढ़ी है। तो वही माँ को उसकी दादी बोल रही है कि मालिश करते वक्त इस तरीके से दबाव बनाया करो कि उसकी हड्डी सीधी हो जाए। ये मोम है। समझ में आ रही है बात?

सिर को पीछे से, छोटे बच्चे के, ज़्यादा अगर तेल लगाते हुए करोगे, बार-बार

करोगे, बार-बार करोगे तो सिर ही पीछे से चपटा हो जाएगा। ये मोम है। उसकी डड्डियों को सही आकार दोगे तो वह सही आकार में आ जाएँगी, उसकी हड्डी को ज़्यादा मोड़ दोगे तो वह और मुड़ जाएगी, यह मोम है।

ये स्थूल मोम का उदाहरण हुआ। ऐसे ही मन सूक्ष्म मोम है, जैसे शरीर को आकार दिया जा सकता है, वैसे ही मन को आकार दिया जा सकता है और ये दोनों मोम रहेंगे।

तुम्हारे पास कुछ और होना चाहिए, जिसे बाहर किसी का भी हाथ कोई आकार न दे पाए। वह स्प्रिंग है। तुम्हारे पास कुछ ऐसा होना चाहिए, जो सब बाहरी हालातों से हमेशा अनछुआ रहे, वह तुम्हारा स्प्रिंग है। उसको अध्यात्म में आत्मा कहते हैं।

याद रखना स्प्रिंग और मोम एक-दूसरे के विरोधी नहीं हैं। जीव में वे दोनों एकसाथ पाए जाते हैं। विडंबना बस ये है कि अधिकांश जीव किसके साथ तादात्म्य करते हैं? मोम के साथ। मोम मोम ही रहेगा, तुम्हें बस याद रखना है तुम मोम नहीं हो।

तुम क्या हो? तुम स्प्रिंग हो? वह भी याद रखने की ज़रूरत नहीं। तुम बस इतना याद रख लो कि तुम मोम नहीं हो। तुम्हें यह चुनाव करने की ज़रूरत नहीं है कि तुम स्प्रिंग इत्यादि हो, तुम बस ये चुनाव कर लो कि मैं मोम नहीं हूँ। मोम अपना काम करता है।

क्या हमें मोम से घृणा है? नहीं। हम बस मोम को पराया मानते हैं। मोम अलग है, हम अलग हैं। हम भेद जानते हैं। हमें उससे कोई घृणा इत्यादि नहीं है। हम उसे बुरा भी नहीं मानते। वह अपनी जगह रहे। उसे प्रकृति कहते हैं। हम उसके दृष्टा हैं। समझ में आ रही है बात?

हर व्यक्ति की अपनी कुछ विशेष आदतें होती हैं, कुछ विशेष ढर्रे होते हैं, रवैये होते हैं, दृष्टि, नज़रिए होते हैं। ये रहेंगे। क्या कर लोगे? स्त्रियों का बरताव एक तरीके का होता है और पुरुषों का वैसा नहीं होता और आप कितनी भी कोशिश कर लो, आप कितने भी आधुनिक हो जाओ, आप पाओगे कि स्त्रियों और पुरुषों में सोचने में और भावनाओं में अंतर बना ही रहता है।

यह मोम की बात है। किसी का मोम ऐसा, किसी का मोम वैसा, लेकिन आत्मा एक होती है। जितने भेद होते हैं, जितने अलगाव होते हैं, जितनी विभिन्नताएँ हैं, वे मोम कहलाती हैं। प्रकृति है वह सबकुछ। वह रहेगा। उसको तुम लड़-लड़कर मिटा

नहीं सकते। उसका तुम कुछ नहीं बिगाड़ सकते। प्रकृति सबकी माँ है। तुम मिट जाओगे, प्रकृति रहेगी। उसका कोई कुछ नहीं बिगाड़ सकता, लेकिन तुम इतना कर सकते हो कि तुम याद रखो कि प्रकृति के आगे भी, प्रकृति से अतीत भी, तुम्हारी एक पहचान है, जो तुम्हारी असली पहचान है।

कोई क्रोधी ज़्यादा होता है, कोई कामी ज़्यादा होता है। कोई कम बोलता है बचपन से, कोई ज़्यादा बोलता है। कोई चंचल होता है, कोई गंभीर होता है। ये सब बातें जन्मजात होती हैं और बहुत सारी बातें होती हैं जो हम अपने जीवन में प्रभावित हो करके उतार लेते हैं। हम पर छाप पड़ जाती है परिस्थितियों की, शिक्षा इत्यादि की। ये सब मोम हैं। आत्मा पर कभी किसी की छाप नहीं पड़ती। मोम पर छाप पड़ जाती है न? ये सब मोम हैं।

और ये सब अनिवार्य रूप से होगा। तुम कितने भी सतर्क रहो, ऐसा हो ही नहीं सकता कि तुम पर समय की छाप न पड़े। समय के अनगिनत पंजे हैं। वे तुम पर अपने निशान छोड़ेंगे-ही-छोड़ेंगे, तुम दिखा लो जितनी भी सतर्कता दिखानी है।

मैं अभी जिस तरीके से हिंदी के शब्दों को उच्चारित कर रहा हूँ, इसमें कोई आत्मा का खेल थोड़े ही है। ये तो मोम की बात है। मैं जिन परिस्थितियों में पैदा हुआ, बड़ा हुआ, उनमें मुझे पता चला कि हिंदी का, किसी भी शब्द का, उच्चारण ऐसे करते हैं, तो मैं ऐसे कर रहा हूँ। मेरा जन्म कहीं और हुआ होता तो मेरा उच्चारण भिन्न होता। ये मोम है।

कोई भी ऐसा नहीं हो सकता, जिस पर परिस्थितियों की छाप न पड़े। तो उस छाप को हमें बुरा नहीं मानना है, बस हमें वह नहीं हो जाना, जिस पर छाप पड़ सकती है या पड़ती है। वे सब चीज़ें अपनी जगह हैं।

तुम्हारा अपना परिवार है, खानदान है; तुम्हारी कोशिकाओं में एक प्रकार की जैविक सामग्री है, मेरी कोशिकाओं में दूसरी सामग्री है। तुम एक जगह पढ़ाई करते रहे, मैं कहीं और से पढ़कर निकला। तुम्हारी उम्र अलग है, मेरी उम्र दूसरी है। जीव जीव में अनंत प्रकार के अंतर होते हैं। उनमें से किसी भी अंतर को बहुत गंभीरता और अपनेपन से नहीं ले लेना है। ये सब क्या हैं? पराए हैं और पराए के प्रति हिंसक थोड़े ही हो जाना होता है। कोई पराया भी हो तो उसे एक सम्मान दिया जाता है, बैठा करके चाय-पानी पूछ लिया जाता है, है न? तो शरीर के साथ वैसे ही ज़रा संबंध रखो। पराया है, पर दुश्मन नहीं है; पराया है, शत्रु नहीं है।

कोई पराया हो तो क्या उसको चोट पहुँचाई जाती है? कोई पराया भी हो और बोले कि भाई, मेरा सिर दर्द कर रहा है, तो उसको क्या बोलते हो? कि लीजिए, यह गोली लीजिए, आराम कर लीजिए; आपको शायद ठंड लग गई है। है न? वैसे ही शरीर भी जब बोले कि सिर दर्द हो रहा है, तो ये नहीं कहना है कि हह! धूर्त है! बुरा है, मर जा तू अच्छा है। ये सब नहीं करना है। पराए का भी सिर दर्द कर रहा होता है तो उसको कह देते हो न कि लीजिए, ये गरम पानी पी लीजिए, तो वैसे ही अपना शरीर भी अगर कह रहा है कि सिरदर्द हो रहा है, तो खुद को गरम पानी पिला दो।

ये महाराज हैं (शरीर को इंगित करते हुए), कभी इनको दर्द हो जाता है, कभी कुछ हो जाता है, तो जब ये सहायता माँगते हैं तो हम इनकी सहायता कर देते हैं, जैसे पड़ोसी की की जाती है। हम अपना पड़ोसी अपने भीतर लेकर घूम रहे हैं। खुद को अपना पड़ोसी मानना शुरू कर दो।

हम कौन हैं? अपने पड़ोसी। उनके साथ हमारा बड़ा शांतिपूर्ण सह–अस्तित्व है। अच्छे पड़ोसी हैं, लेकिन हैं देखिए अड़ोसी–पड़ोसी ही। बीच की दीवार नहीं गिरा दी हमने। हम अलग, वे अलग। कुछ बन रही है बात?

प्र. : आचार्य जी, क्या जीवन में निश्चितता ढूँढ़ना गलत है? मन हमेशा निश्चितता ढूँढ़ता है।

आचार्य : हाँ, पर मन स्वयं बने रह करके निश्चितता ढूँढ़ता है। निश्चितता माने अंत, सत्य। कुछ निश्चित हो गया मतलब वह बदलेगा नहीं। जो बदल नहीं सकता, उसे सत्य कहते हैं।

अब मन अपने आपमें चीज़ झूठी है और निश्चितता ढूँढ़ करके वह अपने–आपको क्या बताना चाहता है? मैं ही सत्य हूँ, क्योंकि मुझे सत्य मिल गया। तो मैं ही सत्य हूँ। तो ये हम सबकी बड़ी पुरानी चाल है कि जीवन में कुछ ऐसा पा लेने की, जहाँ तंबू गाड़ा जा सके। कह रहे हैं, "देखो, मुझे तो मंज़िल मिल गई। अब यहाँ मैंने तंबू गाड़ दिया है।"

आध्यात्मिक आदमी साहसी होता है। वह कभी भी गलत जगह तंबू नहीं गाड़ता। उसका काम है ठहराव से ज़्यादा अहमियत देना सच्चाई को, मुक्ति को। ये दोनों ही चीज़ें हमें मूल्यवान लगती हैं। ठहराव, ठहराव माने सेटलमेंट। सेटल हो गए, ठहर गए, रुक गए, एक स्थायित्व आ गया जीवन में। उसका एक मूल्य हमें लगता है न? कि इधर–उधर भटकते फिर रहे हैं, अब जा करके कहीं सेटल हो गए। तो एक ये चीज़

मूल्यवान होती है और दूसरी चीज़ मूल्यवान होती है सच्चाई और मुक्ति।

अब ये आप पर निर्भर करता है कि आप इन दोनों में से ज़्यादा महत्त्व किसको दे रहे हो। उथला आदमी, हल्का, सस्ता आदमी, महत्त्व दे देता है सेटल हो जाने को। वह कहता है, "अब चलो, रात ज़्यादा हो रही है। कोई बात नहीं, घटिया जगह मिल रही है तो भी वहाँ घुस जाओ और भीतर से दरवाज़ा बंद कर लो। रात बढ़ रही है, ठंड बढ़ रही है, सेटल हो जाओ कहीं पर।"

हम करते हैं न, जब कहीं गए हैं, वहाँ पर अब रात बहुत हो गई है। "चलो, जो भी जगह मिलती है, वहाँ घुस जाओ।" हम ज़िंदगी भी ऐसे ही जीते हैं। हमें हमेशा यही लग रहा होता है कि समय बहुत ज़्यादा हो गया, उम्र बहुत ज़्यादा बीत गई और माहौल, मौसम प्रतिकूल है। ठंड बढ़ रही है, तो जहाँ कहीं भी गरमी मिलती हो, वहीं घुस जाओ।

आध्यात्मिक मन दूसरे तरीके का होता है। वह सच के प्रति इतना वफ़ादार होता है कि बाकी पूरी दुनिया से बेवफ़ा होता है। उसे किसी से वफ़ा करनी ही नहीं है, क्योंकि वफ़ा करने का मतलब ही यही है कि रात बढ़ रही है, ठंड बढ़ रही है, स्थितियों ने किसी जगह पर घुसेड़ दिया और हमने वही घुसकर ताला लगा लिया कि अब तो हम यहाँ पर सेटल हो गए। अब ताला लग गया। वह ऐसा नहीं होता, वह चलता रहता है।

आध्यात्मिक आदमी साहसी होता है।
वह कभी भी ग़लत जगह नहीं ठहर जाता।
उसका काम है ठहराव से ज़्यादा अहमियत देना सच्चाई को, मुक्ति को।

□

12

मुक्त जीवन—न आसान, न कठिन

शास्त्रकौमुदी, बोधस्थल, 2017

सत्य कैसा है? कैसा भी नहीं है। इस पर निर्भर करता है कि तुम कौन हो। जीव हो तुम तो लाभप्रद है और विषाणु हो तो मौत समान है।

उत्तिष्ठत जाग्रत् प्राप्य वरान्निबोधत।
क्षुरस्य धारा निशिता दुरत्यया दुर्गं पथस्तत्कवयो वदन्ति ॥

उठो, जागो और श्रेष्ठ पुरुषों के समीप जाकर ज्ञान प्राप्त करो। जिस प्रकार छुरे की धार तीक्ष्ण और दुस्तर होती है, तत्त्वज्ञानी उस मार्ग को वैसा ही दुर्गम बतलाते हैं।

—कठ उपनिषद्, प्रथम अध्याय, तृतीय वल्ली, श्लोक 14

प्रश्नकर्ता : उपनिषदकार कहते हैं कि सत्य छुरे की धार जैसा है, 'छुरस्य धारा'। जो ध्यानस्थ हो, उसके लिए तो सत्य सहज और सरल भी है। तो क्यों उसको छुरे की धार जैसा कहा जा रहा है?

आचार्य प्रशांत : सबकुछ तुम्हारे ऊपर है। सत्य तो निर्गुण है। उसके साथ कोई संज्ञा, कोई विशेषण, कोई उपाधि जोड़ी नहीं जा सकती।

ये कहना कि उसे पाना आसान है, आखिरी बात नहीं हुई। ये कहना कि उसे पाना दुष्कर है, ये भी आखिरी बात नहीं हुई। ये सब तो बीच के वर्णन हैं। प्रसंगवश कह दिए गए, तुम्हारे संदर्भ में कह दिए गए। तुम जैसे हो, तुम्हें देखकर कह दिया गया कि आसान है। तुम जैसे हो, तुम्हें देखकर कह दिया गया कि कठिन है।

न आसान है, न कठिन है। सत्य तो बस है। जो है, उससे तुम्हें यदि इंकार है, तो सत्य बहुत कठिन है, अज्ञेय है, कोई संभावना ही नहीं उस तक पहुँचने की और जो है, उसका तुम्हें सहज स्वीकार है, तो फिर आसान कहना भी अतिशयोक्ति हो जाएगी। तुम पर निर्भर करता है, छुरे की धार भी हो सकता है और मक्खन जैसा भी हो सकता है।

विरोध में मत खड़े होओ, इतना काफ़ी है और विरोध में खड़े होने के लिए बड़ा दुस्साहस चाहिए, बड़ा मूढ़ हठ चाहिए, क्योंकि जो सत्य के विरोध में खड़ा है, उसके सामने जीवन रोज़-ही-रोज़ उसकी मूर्खता के प्रमाण लाकर रखेगा। उन प्रमाणों को अनदेखा करने के लिए बड़ी औंधी खोपड़ी चाहिए, बड़ा अंधा आदमी चाहिए। वे प्रमाण ऐसे हैं कि अंधे को भी दिख जाए। वे प्रमाण ऐसे हैं कि बधिर भी सुन ले उन्हें। पूरा अस्तित्व तुम्हारे कानों में चिल्ला रहा है। उसकी चीख तुम्हारे बहरेपन से ऊँची है। तुम्हें सुनना होगा।

और इतनी बार तुमको बात समझाई जा रही है कि तुम वज्र मूर्ख हो तो भी समझ में आनी निश्चित है। तो ये चमत्कार ही है कि बहुतों को समझ में आती कैसे नहीं, पर ऐसा होता है। बहुतों के लिए सत्य, सीधी बात जो प्रस्तुत, प्रत्यक्ष है, वही दूर की कौड़ी हो जाती है। वो दूर की कौड़ी ऐसे हो जाती है कि वो शुरुआत ही निष्कर्ष से करते हैं। प्रमाण देखने की ज़रूरत क्या है यदि आपने फैसला पहले ही कर रखा है?

निष्कर्ष पहले है। निष्कर्ष ये है कि मुझे तो अपने ही जैसा बने रहना है। मुझे तो अपने ही भीतर घूमते रहना है, अपने ही मन में कैद रहना है, अपने विचारों को, धारणाओं को, हस्ती को, अपने संसार को बचाए रखना है। फैसला हो गया, अब सबूत हाज़िर करो। अब उन सबूतों का तुम करोगे क्या? या तो उनकी अवहेलना करोगे या ऐसी पूर्वाग्रह दृष्टि से उनको देखोगे, पढ़ोगे कि कुछ-का-कुछ हो जाए।

तुम बीमार हो, तुमसे कहा जाए कि अस्पताल चलो। तुम प्रमाण हाज़िर कर सकते हो कि नहीं, मुझे अस्पताल नहीं जाना, भर्ती नहीं होना और प्रमाण तुमने क्या लाकर रखा? इस अस्पताल से पिछले साल सौ लाशें निकली थीं और बात तुम्हारी बिल्कुल ठीक है। अस्पताल में जितने लोग आए थे, उनमें सौ ऐसे रहे, जिनके प्राण नहीं बचे। वो इस हालत में आए थे कि चिकित्सा के लिए बड़ी देर हो चुकी थी। तुमने कहा, "देखिए, यह अस्पताल थोड़े ही है, यह तो कत्लखाना है, सौ लाशें निकली थीं यहाँ से। आप मुझे वहाँ भेज रहे हैं?"

खैर, किसी तरह घसीटकर तुमको अस्पताल ले जाया गया, तुम्हें बिस्तर पर लिटा दिया गया। निष्कर्ष तुमने पहले ही निकाल रखा है कि मुझे उपचार कराना ही नहीं। तुम्हें अब एक दूसरा साक्ष्य भी मिल गया। तुमने कहा, "पिछले साल जो सौ लाशें निकली थीं, वो सब की सब मरने से पहले बिस्तर पर ही लेटी थीं। ये बिस्तर खतरनाक हैं। इनसे सौ लाशें उठी हैं और तुम मुझे इन्हीं बिस्तरों पर लिटा रहे हो। सौ में से ऐसा एक भी नहीं था, जो बिस्तर पर लेटे बिना मरा हो। तुम देखो, ये बिस्तर नहीं हैं, ये तो अर्थियाँ हैं, बिल्कुल चिताएँ हैं। सौ में से सौ बार मरनेवाला मरते समय बिस्तर पर था। अब तुम देख लो कि कितना घातक बिस्तर है और तुम इस बिस्तर पर लेटकर कहते हो कि मेरा उपचार हो जाएगा?"

अपनी दृष्टि में तुमने अकाट्य तर्क दे दिया। तुम देख ही नहीं रहे हो कि तुम्हारा तर्क सत्य की दिशा में नहीं है, सत्य के खिलाफ़ खड़ा है। तर्क का अपना कोई वजूद नहीं होता। तर्क को तो जिधर तुम इस्तेमाल करना चाहो, कर सकते हो। असल में सत्य की तरफ़ चलने के लिए भी निष्कर्ष पहले ही निकाल लेना होता है। क्या है निष्कर्ष तब? तब निष्कर्ष ये है कि सत्य की दिशा चलना है। अब तर्क तुम्हारे काम आएगा।

तर्क स्वयं तुम्हें कहीं भी नहीं ले जा सकता। तुम निर्धारित करते हो कि वो तुम्हारे काम आएगा या तुम्हें नुकसान दे जाएगा। तर्क अच्छा है या बुरा, वितर्क है कि कुतर्क, ये जानने का तो बस एक ही तरीका है—वह सच के खिलाफ़ खड़ा है या सच की तरफ़ ले जा रहा है।

कितना भी मज़बूत लगता हो तर्क, अगर तुम्हें अशांति की तरफ़ ले जाता हो, अँधेरे की तरफ़ ले जाता हो तो जान लेना कि इसमें कोई खोट है। वह खोट मुझे अभी दिखाई नहीं दे रही, पर है ज़रूर। इस तर्क का मुझे समर्थन नहीं करना चाहिए।

जो सत्य के पीछे चलते हैं, उनके लिए सब सहज है, सब सरल है। जो मन, बुद्धि, तर्क, कारण के पीछे चलते हैं, उनके लिए तो जीवन ही छुरे की धार है।

बुद्धि पर चलकर सत्य तक नहीं पहुँचते, तर्क पर चलकर सत्य तक नहीं पहुँचते। सत्य प्रथम है। सत्य में स्थापित होते हैं तब बुद्धि सद्बुद्धि बन जाती है। बुद्धि, तर्क सत्य तक नहीं ले जाती। सत्य का स्पर्श बुद्धि को सद्बुद्धि बना देता है। बुद्धि को सद्बुद्धि बनने के लिए सत्य आरंभ में चाहिए। बुद्धि का अंत नहीं है सत्य में कि तुम कहो कि मैं बुद्धि का इस्तेमाल करके, बुद्धि की राह चलके अंत में सत्य तक पहुँच जाऊँगा। ऐसा नहीं होगा।

बुद्धि की शुरुआत होनी चाहिए सत्य से, तर्क की शुरुआत होनी चाहिए श्रद्धा से। अब तर्क ठीक बैठेगा, उसमें खुशबू रहेगी। पर तुम अगर श्रद्धाहीन हो और तुम तर्क का इस्तेमाल करना चाहो, तो ये तर्क तुमको बहुत भारी पड़ेगा। यह तर्क तुम्हारी अश्रद्धा को ही और गहरा कर देगा।

उपनिषद् हमसे कहता है कि ज्ञानियों की कृपा से, जाननेवालों की अनुकंपा से सत्य सुलभ है। पर वह कृपा भी दूसरे स्थान पर है, पहले स्थान पर है कृपा को ग्रहण करने के प्रति तुम्हारी रज़ामंदी। कृपावानों ने कृपा बाँध थोड़े ही रखी है, रोक थोड़े ही रखी है। तुम अपनी रज़ामंदी की परवाह करो। कृपा बरस रही है, तुम खोए कहाँ हुए हो?

चट्टान के नीचे रहनेवाले क्षुद्र जीवों के लिए धूप कभी निकलती है क्या? गहरी अंधी गुफा में जिस मकड़ी का जाला है, उस मकड़ी के लिए कभी धूप, उजाला, सवेरा है? तुम अपनी बात बताओ, तुम्हारी रज़ामंदी है? सारी बात यहीं से शुरू है, यहीं पर खत्म है।

'सत्य छुरी की धार जैसा है', यह सुनकर जो डर गया, उसे छुरी लग गई। वह छुरी लगती है उनको जो छुरी की धार से और वार से डरते हैं। सत्य जिनके लिए छुरी समान है, उन्हें काट देता है। इसीलिए बस बात यहीं पर आकर रुकती है। तुम कौन हो? तुम जहाँ खड़े हो, सत्य तुम्हारे लिए वैसा ही है। संतों के वचन दुर्जनों को देखा है न कि कैसे तीर से चुभते हैं।

कल्पना में कुछ वैंपायर बैट्स (मध्य और दक्षिणी अमेरिका में पाया जानेवाला एक जानवर) होते हैं, उन पर प्रकाश पड़ जाए तो वो जल उठते हैं। तो सत्य वचन बहुत लोगों पर वैसे ही पड़ते हैं, बात सुनी नहीं कि जलना शुरू हो गया। संसार, बाज़ार, वो सब झेल लेंगे। पर जैसे ही ब्रह्मवाक्य कान पर पड़ेगा, वो बिल्कुल चौंक जाएँगे। किसने किया आक्रमण? कौन है? उठकर भागेंगे या हथियार निकाल लेंगे कि मुझ पर आक्रमण हो रहा है, मुझे जवाब देना है।

सूरज की रौशनी सूरजमुखी के फूल को खिला देती है और सूरज की ही रोशनी कुछ कीड़े-मकौड़ों को मार देती है। जाड़े आ रहे हैं। रज़ाइयों को धूप दिखाई? दिखाई कि नहीं अभी? आपको धूप पड़ेगी, आपको विटामिन-डी मिलेगा। शरीर विटामिन-डी को सोखता ही धूप की उपस्थिति में है और रज़ाई में जो कीटाणु बैठे हुए हैं, उन पर धूप पड़ेगी तो?

तो सत्य कैसा है ? कैसा भी नहीं है। इस पर निर्भर करता है कि तुम कौन हो। जीव हो तुम तो लाभप्रद है और विषाणु हो तो मौत समान है।

बुद्धि पर चलकर सत्य तक नहीं पहुँचते,
तर्क पर चलकर सत्य तक नहीं पहुँचते। सत्य प्रथम है।
सत्य में स्थापित होते हैं, तब बुद्धि सद्‌बुद्धि बन जाती है।

□

13

सत्यं शिवं सुंदरम्

शास्त्रकौमुदी, बोधस्थल, 2017

असंतोष भी सुंदर है, संतोष भी सुंदर है।
सब कुछ सुंदर है सिर्फ़ तब, जब आप सुंदर हों।

नोद्विग्नं न च संतुष्टं कर्तृत्वमटवर्जितम्।
निराशं गतसंदेह: चित्तं मुक्तस्य राजते॥

मुक्त पुरुष के चित्त में न उद्वेग है, न संतोष और न कर्तृत्व का अभिमान ही रहता है। उसके चित्त में न आशा है, न संदेह। वास्तव ने ऐसे चित्त की ही शोभा है।

—अष्टावक्र गीता, अध्याय 18, श्लोक 30

आचार्य प्रशांत : उद्वेग तो उठता ही तब है जब खलीपन हो, खोखलापन हो और उसको भर पाने की आशा हो या उसको न भर पाने की निराशा हो। न हों ये सब तो आप क्यों होंगे उत्तेजित?

उत्तेजना का अर्थ समझते हैं न? उत्तेजना और आशा और उत्तेजना और निराशा बिल्कुल साथ-साथ चलते हैं। आशा ही उत्तेजित करती है, निराशा ही उत्तेजित करती है। अन्यथा क्या है उत्तेजित होने को? जहाँ चाहत नहीं, वहाँ उत्तेजना कैसी?

मुक्त पुरुष के पास न उत्तेजना है, न संतोष है और न ही कर्तृत्व का अभिमान। सतोष कहाँ से आएगा? संतोष तो आता ही लक्ष्य कि प्राप्ति पर है। जहाँ लक्ष्य चिर प्राप्त हो, वहाँ संतोष किस बात का होगा?

संतोष और पूर्णता दो बहुत अलग-अलग स्थितियाँ हैं। संतोष हुआ सैटिस्फेक्शन और पूर्णता हुआ कन्टेंटमेंट। संतोष कहता है कि अपनी निराशा को छुपा दो, अपनी कामना को मूर्ख, गलत घोषित करके उसको बल न दो और पूर्णता कहती है कि निराशा है भी, हार है भी, तो भी पूर्ण हैं। निराशा को छुपाने की ज़रूरत क्या? हार का गला घोटने की ज़रूरत क्या? हार है तो है, निराशा है तो है, अपूर्णता है तो है। अपूर्णताओं के रहते हुए भी हम पूर्ण हैं और संतोष कहता है, "न, अपूर्णता को अपूर्णता मानो ही मत।"

दोनों का अंतर समझिएगा। जो संतोषवादी है, वो जीवन का विरोधी हो जाएगा; क्योंकि जीवन तो आपको असंतोष के भी बहुत मौके देगा और जो पूर्णता में और आत्मा में जीता है, वो असंतोष से घबराएगा नहीं, वो असंतोष को सामने रखेगा। उसे असंतोष से कोई बैर नहीं। चूँकि वो पूर्णता में और आत्मा में स्थापित है, इसीलिए प्रकृति में अगर वो असंतोष पाता है, मन में अगर वो असंतोष पाता है, तो जानता है कि इससे उसका कोई गहरा नुकसान नहीं हो जानेवाला। अब असंतोष भी उसके लिए एक सुंदर, दर्शनीय वस्तु है। वह असंतोष को भी देख सकता है। वह असंतोष से अब डर नहीं रहा। उसे असंतोष का दमन करने की अब आवश्यकता नहीं है।

संतोषवादी मत बन जाइएगा। संत बड़े संतोष में जीते थे, पर उनका संतोष उनकी आत्मा से उठता था, एक मानसिक सिद्धांत नहीं था। संत तो कह देता है, "रुखी-सूखी खाय के ठंडा पानी पी।" सुना है फरीद का? "देख पराई चूपड़ी, मत ललचावे जी।" इसका यह नहीं अर्थ है कि उसने यह रट लिया है कहीं से। इसका अर्थ है कि रुखी-सूखी मिली, ठंडा पानी है, हमें पता चल रहा है कि रुखी-सूखी है।

फरीद अगर न जानते कि रुखी-सूखी विशिष्ट होती है कि रुखी-सूखी खास होती है, तो वो रुखी-सूखी के बारे में क्यों बोलते? उन्हें भी तो रुखी-सूखी में कोई संवेदना उठी न। उन्होंने भी रुखी-सूखी में कुछ ऐसा पाया न कि उसके विषय में टिप्पणी करनी पड़ी। तो उनको भी दिखता है रुखी-सूखी का रूखा-सूखापन, पर रूखा-सूखापन उनके भीतर की हरीतिमा को झुलसा नहीं पाता। रोटी रुखी है, आत्मा हरी है। बाहर सूखा पड़ा है, आत्मा में प्रपात है। आप बात समझ रहे हैं?

"देख पराई चूपड़ी, मत ललचावे जी।" और बाहर अगर चिकनी-चुपड़ी रोटी भी है तो भी वो हमें भीतर थोड़े ही घृत दे जाएगी। भीतर तो पहले ही सबकुछ चिकना है, भीतर कोई घर्षण नहीं, तो बाहर की चुपड़ी रोटी का क्या लोभ?

असंतोष भी सुंदर है, संतोष भी सुंदर है। सबकुछ सुंदर है, सिर्फ़ तब जब आप सुंदर हों।

आत्मा अकेली है, जो सुंदर है। सत्य और शिव अकेले हैं, जो सुंदर हैं, 'शिवं इति सुंदरम्'। सुना है न? "सत्यं शिवं सुंदरम्।" सब सुंदर है। असंतोष से भी कैसा बैर?

तो इसीलिए अष्टावक्र कहते हैं कि जो ज्ञानी पुरुष है, जो धीर पुरुष है, उसके लिए संतोष भी क्या? वह तो पूर्णता में जीता है, वह तो आत्मा में जीता है। संतोष बड़ी सतही बात है पूर्णता के आगे। संतोष में तो दमन निहित ही है।

"और न कर्तृत्व का अभिमान।" पागल थोड़े ही है वो कि रोग का अभिमान करे। कोई पगला ही होगा, जो इस बात का अभिमान करे कि वो बीमार है। कर्ताभाव तो स्वास्थ्य से हट जाना है। अभी उस पर फ़क्र भी करोगे? डींगे हाँकोगे कि हम पागल हैं, बीमार हैं?

"न आशा है, न संदेह।" हर बात एक ही ओर इशारा कर रही है। संदेह तो तब होगा न जब आशा हो। पहले तो तुम आशा करते हो कि लक्ष्य की प्राप्ति हो जाएगी, फिर संदेह होता है कि होगी कि नहीं होगी। जिसे प्राप्ति से बहुत लेना ही देना नहीं, वह क्या करेगा आशा का और क्या करेगा संदेह का? और इसीलिए अब वो आशा और संदेह कर पाने के लिए मुक्त है। उसकी आशा भी मुक्त है, उसका संदेह भी मुक्त है और जो मुक्त है, वो तुम्हारी मूल मुक्ति में कभी खलल नहीं बनेगा।

मुक्त आशा, मुक्त संदेह मुक्त आत्मा को कभी आच्छादित न कर पाएँगे। वास्तव में जो आत्मस्थ है, वही खुलकर संदेह कर सकता है। जो खुलकर संदेह कर रहा है, वह संदेह से मुक्त है, क्योंकि वह जानता है कि कैसा भी संदेह उसका कुछ बिगाड़ नहीं सकता, तभी तो खुलकर संदेह कर पा रहा है।

आप खुलकर संदेह कर पाते हो? हमारे संदेह भी छोटे-मोटे होते हैं।

कभी आपको अपने होने पर संदेह हुआ है? खुलकर संदेह हम नहीं कर पाते।

कभी आपको उस सब पर संदेह हुआ है, जिसको आप जीवन का स्थापित आधार ही मानते हों? जिन बुनियादों पर तुमने ज़िंदगी टिका रखी है, उन पर कभी शक कर पाते हो?

नहीं कर पाते। डर जाओगे, पागल हो जाओगे। यह काम मात्र एक अष्टावक्र कर सकता है। चूँकि संदेह उसका अब कुछ बिगाड़ नहीं सकता, इसीलिए वो संदेह

के साथ अब खिलवाड़ करता है। वो किसी पर भी अब सवाल उठा देगा। जो तुम्हारे लिए अकथनीय है और अचिंत्य है, वह यह भी कह देगा और उसका भी चिंतन कर लेगा। जो सोचना ही तुम्हारे लिए महापाप है, वह वह सोच भी जाएगा, कर भी जाएगा। जिस दिशा में जाने की तुम्हारे मन को वर्जना है, वह उस दिशा में जा करके, रेड़ा डाल करके सो भी आएगा।

"न आशा, न संदेह।" कोई नहीं है, जो आत्मा पर कोहरा बनकर छा जाए। कोई नहीं है जो हमारा कुछ बिगाड़ जाए। चूँकि वो हमारा कुछ बिगाड़ नहीं सकते तो हमें उससे बैर क्यों?

'न आशा, न संदेह' को गलत मत समझ लेना। आशा को दबाने मत लग जाना, संदेह को दबाने मत लग जाना। जब आशा इतनी बड़ी नहीं होती कि तुम्हें आत्मा दे जाए, जब संदेह इतना बड़ा नहीं होता कि तुम्हें आत्मा से ही हिला जाए, तब आशा सुंदर है, संदेह सुंदर है।

वास्तव में ऐसे चित्त की ही शोभा है। यही सुंदरता कहलाती है। इसी को कह रहा हूँ बार-बार, 'शिवं सुंदरम्।'

इसी के कारण कृष्ण को मोहन कहा जाता है कि वह मोह लेते हैं। यही शोभा है। जहाँ आत्मा है, वहीं मोहन है और वो साधारण मोह नहीं है, वो किसी विषय के प्रति मोह नहीं है, वह मन का खिंचाव है सत्य के प्रति, आत्मा के प्रति।

कृष्ण इसीलिए 'कृष्ण' कहे जाते हैं। कृष्ण का तो शब्द से ही नाता है, आकर्षण से। वह खींच लेते हैं। कृष्ण माने आत्मा, कृष्ण माने सत्य। वो खींच लेगा तुमको, वह मोहन है। उसकी शोभा है। वह सुंदर है, वह प्यारा लगता है। तभी बार-बार कबीर उसे साईं कहते हैं, पिया कहते हैं। देखा है बुल्लेशाह कैसे बुलाते हैं परमात्मा को? "मेरा राँझा।" वहाँ शोभा है फिर उससे ज़्यादा सुंदर कोई नहीं—वर्णनातीत सौंदर्य।

जब आशा इतनी बड़ी नहीं होती कि तुम्हें आत्मा दे जाए,
जब संदेह इतना बड़ा नहीं होता कि तुम्हें आत्मा से ही हिला जाए,
तब आशा सुंदर है, संदेह सुंदर है।

□

किससे मुक्ति?

14

बंधन का विवरण ही बंधन की काट है

अद्वैत शिविर, बोधस्थल, 2019

अपने बारे में अगर थोड़ा भी अज्ञान है, तो काफ़ी है आपको बंधनों में फँसाए रखने के लिए। हाँ, मुक्ति अगर चाहिए तो अपने बारे में सब पता होना चाहिए, सबकुछ।

प्रश्नकर्ता : आचार्य जी, मैं बहुत दिनों से भटक रही हूँ। अब पिछले छह-सात महीनों से आपको सुनना शुरू किया है। मैंने बहुत पूजा-पाठ किया है, मंदिर गई हूँ, पर फिर भी बंधन में ही हूँ। समझ में ही नहीं आ रहा है कि बंधनों को काटूँ कैसे?

आचार्य प्रशांत : बंधन का विवरण ही बंधन की काट है। बंधन के बारे में सूक्ष्मता से, विस्तार से, सच्चाई से जो जानती हों, कहती जाइए, छोटी-से-छोटी बात भी। जितनी बारीकी होगी, जितनी सूक्ष्मता होगी, जितना विस्तार और जितनी गहराई होगी आपके वर्णन में, बंधन समझिए कटता जा रहा है।

बंधन क्यों हैं? बंधन इसीलिए तो हैं, क्योंकि आपको बंधनों का कुछ पता ही नहीं है। आप बंधन को जानते नहीं हैं इसीलिए बंधन हैं; आपको बंधन का अज्ञान है, इसीलिए बंधन हैं—अज्ञान ही बंधन हैं। अगर अज्ञान बंधन है, तो काट क्या होगी?

तो बस बंधन के बारे में और ज़्यादा जानते चलिए, इसी को मैं कह रहा हूँ बंधन का नख-शिख वर्णन करते चलिए, बंधन का एक-एक रेशा आपके सामने खुल जाए, प्रत्यक्ष हो जाए, एक-एक रेशे पर आप अलग-अलग उँगली रख पाएँ। बंधन अगर कोई मशीन है, तो उस मशीन का एक-एक कलपुर्जा, एक-एक हिस्सा, एक-एक नट, एक-एक बोल्ट आपके सामने खुलकर अलग-अलग रखा हो, "ऐसे

फँसी हूँ मैं, फिर ऐसे होता है, फिर ऐसे होता है, फिर ऐसे होता है।"

जितना आपको बात विस्तार से पता होगी, बारीकी से पता होगी, डिटेल में पता होगी, उतना आप उस बात से मुक्त होते जाएँगे। फँसता वही है, जिसे बात मोटी-मोटी बस पता होती है; जैसे आप पूछें कि जयपुर जाना है, कैसे जाऊँ? और मैं कहूँ, ऐसे (हाथ से एक दिशा में इशारा करते हुए) और आप कहें, ठीक, ऐसे (हाथ से उसी दिशा में इशारा करते हुए)। पहुँचेगा कौन? जिसको एक-एक मोड़ पता होगा। हर मोड़ क्या है? वह सिर्फ़ रास्ता नहीं है, वह भटकने की संभावना भी है; सही मुड़ गए तो रास्ता है, अन्यथा वही मोड़ क्या है? भटकने की संभावना भी है और भटकने के लिए कितने गलत मोड़ चाहिए? एक और लक्ष्य पर सही पहुँचने के लिए कितने मोड़ों पर सही होना पड़ेगा? हज़ार मोड़ों पर। तो अगर एक हज़ार मोड़ हैं तो आपके सामने एक हज़ार तथ्य उपलब्ध होने चाहिए, नौ-सौ-निन्यानबे भी नहीं चलेंगे।

अपने बारे में, अपने बंधनों के बारे में एक-एक बात साफ़-साफ़ पता होनी चाहिए—कहाँ से आते हैं? कब उठते हैं? कहाँ से ताकत पाते हैं? क्यों बने रहते हैं? मिटते-मिटते भी क्यों बच जाते हैं?

न पहुँचने के लिए ज़रूरी नहीं है कि आप पाँच सौ गलतियाँ करें, न पहुँचने के लिए एक गलती ही पर्याप्त है, पर पहुँचने के लिए आवश्यक है कि आप पाँच सौ बार सही निर्णय लें। तो न पहुँचना ज़्यादा आसान है या पहुँचना? न पहुँचना। एक भूल काफ़ी है। अपने बारे में अगर थोड़ा भी अज्ञान है, तो काफ़ी है आपको बंधनों में फँसाए रखने के लिए। हाँ, मुक्ति अगर चाहिए तो अपने बारे में सब पता होना चाहिए, सबकुछ।

और सब पता करने के लिए बड़ी मेहनत लगती है, उतनी मेहनत कहाँ से आएगी? हम तो आलसी लोग हैं! उतनी मेहनत उठेगी कहाँ से? उतनी मेहनत के लिए प्रेम चाहिए, आज़ादी के प्रति प्रेम। जब उतना प्यार होता है मन में, तब आप इतनी मेहनत करने को राज़ी होते हो कि बारीकी से एक-एक चीज़ देखनी है कि ठीक रहे। फँसने की छोटी-से-छोटी, आखिरी-से-आखिरी संभावना का भी पहले से ही उपचार करके रखना है। यह बात प्रेम की होती है।

देखा है आपने कि जब प्रेम होता है तो आप किस तरह से हर चीज़ की गहराई में उतर जाते हो, सब आगा-पीछा सोच समझ लेते हो, तमाम तरह की संभावनाओं का यथाशक्ति विचार करके रखते हो?

कोई आ रहा है आपके घर पर जिससे बड़ा स्नेह है आपको, देखा है पहले ही जाओगे उसके रुकने की व्यवस्था करोगे, रसोई में जाओगे, देखोगे, खाने-पीने का सब सामान है कि नहीं और क्या पता कि वह कहे कि आजकल रोटी नहीं खाता, बस चावल खाता हूँ, तो रोटी के साथ-साथ चावल भी होना चाहिए और चावल भी मना कर दे अगर, कहे कि आजकल तो बस दाल का पानी पीता हूँ, तो दाल है? और दाल में भी अगर कहे कि सिर्फ़ उड़द की लेता हूँ, तो दाल भी चार-पाँच प्रकार की है कि नहीं? जितनी तरह की संभावनाएँ हो सकती हैं, पहले ही उनका विचार कर लोगे, कर लोगे न? ये इतने विस्तार में क्यों गए तुम? क्योंकि प्रेम था।

तो उतनी मेहनत आदमी कर ही तब पाता है, जब प्रेम होता है, नहीं तो करेगा नहीं; कहेगा, आएँ, बैठें, कुछ होगा तो रख देंगे सामने, लेना होगा तो लेंगे, नहीं तो स्विगी···।

बंधन का ज़रा भी एहसास हो रहा हो, तो जहाँ दिख रहा है बंधन, उसके निकट जाते जाएँ, पूरा उसका नक्शा उतार लें, गहरी जाँच-पड़ताल करें, गहरी सावधानी के साथ; जीवन-मरण का प्रश्न है। और जब मैं कह रहा हूँ 'सावधानी', तो आप फिर समझ ही गए होंगे कि ध्यान के मूल में भी प्रेम ही होता है। सावधान शब्द भी ध्यान से ही आया है, अवधान से। सावधानी भी तभी रख पाओगे जब प्रेम होगा।

ऐसा कोई नहीं होता कि जिसे ज़रा सा भी अंदाजा न हो कि उसके बंधन कहाँ है। ऐसा कोई है? अगर आपको ज़रा सी भी आहट है तो वहीं से शुरुआत कर लीजिए। आपको हो सकता है अपने शरीर के विषय में कुछ न पता हो, आप कुछ न जानते हों कि भीतर कौन सा रोग पल रहा है, पर चिकित्सक के पास जाते ही इतना तो बता ही देते हो न कि डॉक्टर साहब, इधर कही कुछ दर्द सा होता है। इतना तो एहसास सबको रहता है कि कहीं कुछ गड़बड़ है, इतना तो रहता है न? वहीं से शुरुआत करिए।

जहाँ लगता है कि कुछ गड़बड़ है, वहीं से शुरुआत करिए और गहरे घुसते जाइए। जानते जाइए, जानना ही रोग का निवारण बन जाएगा, डायग्नोसिस ही क्योर है। जानने में मज़ा बहुत आता है और जानना खतरनाक भी होता है।

प्र. : जैसे जान गई कि बच्चे मेरे बंधन हैं, अब इनको त्यागकर कहाँ जाएँ, क्या करें?

आचार्य : बच्चे बड़े दुबले-पतले और लचीले होंगे कि रस्सी की तरह बंधन बन जाते हैं!

प्र. : उनके ऊपर आधीन हैं।

आचार्य : 'बच्चे बंधन हैं,' यह तो बड़ा हैज़ी, बड़ा धुंधला वक्तव्य है। मैं कह रहा हूँ, बिल्कुल बारीकी से जाना है, एक-एक रेशा खोलकर रख देना है सामने। 'बच्चा बंधन है' माने क्या? बच्चा आकर पकड़ लेता है पीछे से, बच्चा रस्सी की तरह बाँध लेता है आपको?

प्र. : मोह-माया बंधन है।

आचार्य : मोह-माया माने क्या?

प्र. : जैसे हम आपके पास आ रहे हैं, आपको मेरी बेटी नहीं जानती, तो वह नहीं आती, कहती है नहीं जाना; तो मुझे यह बंधन लगा कि क्यों नहीं जाना।

आचार्य : क्यों नहीं जाना है? और आगे बढ़िए न उसमें।

प्र. : हाँ, तो उन्होंने बोल दिया न कि वहाँ कुछ खतरा है। आप नहीं जाओ।

आचार्य : क्या खतरा है? और वे क्यों बोल रहे हैं?

प्र. : उनको डर लग रहा है कि तुम्हारे साथ कुछ हो जाएगा।

आचार्य : क्या?

प्र. : कोई मारपीट कर देगा।

आचार्य : क्यों?

प्र. : (मौन)

आचार्य : नहीं, रुकिए नहीं, यहीं पर तो चूक हो जाती है।

प्र. : मैं तो पूछती हूँ कि क्यों डरते हो, मुझे जाने दो

आचार्य : आपको भी नहीं पता न?

प्र. : जी।

आचार्य : आपको यह नहीं पता कि वे जिसको 'डर' का नाम दे रहे हैं, वह वास्तव में क्या है।

प्र. : जी, यही जानना है। यह नहीं समझ आता है कि क्यों मना करते हैं।

आचार्य : उतने नीचे तक आप जा कहाँ रही हैं! 'क्या?' 'क्यों?' 'कैसे?', यही तो हथियार हैं आपके, इन्हीं का तो इस्तेमाल करके आपको और गहराई में उतरना है और जिस जगह पर कोई कह दे कि 'क्या पता?' समझ लीजिए कि वहीं कोई नई खोज होनेवाली है। कुछ ऐसा पता लगनेवाला है, जो आपको पकड़े हुए है और पता लगा नहीं कि आपको छोड़ देगा।

कोई कहे 'खतरा'। "खतरा माने क्या? खतरा किसको? तुम क्या समझते हो मुझे?"

साबुन से आप हाथ धोइए तो आपके जिस्म से ज़ोर से आवाज़ आती है 'खतरा-खतरा', क्यों? क्योंकि जिस्म पर बैठे हुए हैं बहुत सारे बैक्टीरिया (जीवाणु) और वो चिल्ला रहे हैं, "खतरा है, खतरा है।"

खतरा तो सही बोला, "खतरा है, खतरा है," पर किसको? तुम समझते क्या हो मुझे? तुम किससे बात कर रहे हो—जब मुझसे बात कर रहे हो—माँ से या बैक्टीरिया से? अगर माँ से बात कर रहे हो तो माँ को तो कोई खतरा नहीं है, पर अगर तुम मुझे बैक्टीरिया समझते हो, तो खतरा ज़रूर है, क्योंकि हाथ धुले नहीं कि कोई तो है, जिसकी जान जाएगी। वह कौन है?

मैंने देखा है, जो लोग अपने-आपको आध्यात्मिक साधक इत्यादि बोलते हैं, सत्संगों में जाते हैं, मुक्ति के प्रार्थी होते हैं, उनसे कहीं समझदार वे होते हैं, जो कभी किसी सत्संग में नहीं जाते, धर्म से जिनका कोई वास्ता नहीं, सत्य इत्यादि की उनकी कोई चाहत नहीं। घर से कोई चले सत्य की ओर, जो सत्य की ओर चला हो, उसको तो निश्चित ही कई तरह के संदेह रहेंगे, वह कुछ जानता नहीं होगा कि किधर को जा रहा है, किधर को नहीं जा रहा है, आगे क्या होगा, क्या नहीं होगा; वह तो बेचारा बस धुँधलके में टटोलते-टटोलते किसी तरह चल पड़ा है, यूँ ही, लेकिन उसके घरवालों को कोई संदेह नहीं होता। वो भलीभाँति जान जाते हैं कि खतरा है। वो बिना कोई धर्मग्रंथ पढ़े, बिना कोई सत्संग इत्यादि करे भलीभाँति जान जाते हैं कि यह जो हो रहा है, यह खतरनाक है।

तभी मैं कहता हूँ कि ऐसा कोई नहीं है, जो सत्य से अनभिज्ञ है, नहीं तो घरवालों को इतनी जल्दी कैसे पता चल जाए कि खतरा है? जानते तो वो हैं कि कोई बात है कि खतरा है। अगर वो बिल्कुल ही अनाड़ी होते, यहाँ क्या बातचीत होती है, इसका उनको ज़रा भी पता न होता, तो वो यही कहते कि माँ कहीं जा रही होगी, पता नहीं कहाँ जा रही है। वह जिस जगह जा रही है, हमें उसका कुछ भी पता नहीं है। पर मैं कह रहा हूँ, जितना आपको मेरे बारे में पता है मेरे सामने बैठकर, उससे ज़्यादा आपके घरवालों को पता है मुझसे दूर रहकर।

जितने लोग यहाँ बैठे हैं, वो तो थोड़ा-बहुत ही समझ पा रहे होंगे आचार्य जी को, जो यहाँ नहीं बैठे हैं, वो भलीभाँति समझते होंगे आचार्य जी को, तभी तो यहाँ

नहीं बैठे हैं। वे जानते हैं कि खतरा है। आप तो सीधे-साधे भोले लोग हो, बल्कि भोंदू हो; आपको पता भी नहीं है कि आपको खतरा है, तो आप तो अपने भोलेपन में खुद ही चल करके आ गए और यहाँ बैठ गए। आप जान भी नहीं रहे कि आप खतरनाक जगह बैठे हुए हो!

सच्चाई का आपसे कहीं ज़्यादा पता, यकीन मानिए, उनको है जो यहाँ आने से वैसे ही थर्राते और काँपते हैं, जैसे कोई ज़हर देख करके काँपता है। वे भलीभाँति जानते हैं, उन्हें अच्छे से पता है कि यहाँ प्रवेश नहीं करना है, यहाँ आए नहीं कि जो चीज़ जीवन भर बचाकर रखी थी, वह छूटेगी। तो आध्यात्मिक तो सभी होते हैं। कुछ सत्संग में आ करके आध्यात्मिक होते हैं, कुछ सत्संग से कन्नी काटकर आध्यात्मिक होते हैं, पर सच्चाई तो सबको पता है।

बेटा शराब पीने चला जाए, माँ-बाप हँसते-हँसते झेल लेंगे; दिनभर शॉपिंग मॉल में घूमता रहे, बाप का पैसा उड़ाता रहे, उन्हें कोई समस्या नहीं होगी; पहाड़ों पर जाकर गाँजा फूँके, माँ-बाप इससे भी सहमत हो ही जाते हैं, कहते हैं कि जवान लड़का है और क्या करेगा? जुआ खेल ले, तो भी कहेंगे, "अरे, आजकल का माहौल है, जुआ नहीं है, बिडिंग है।" सब चलेगा, हर चीज़ स्वीकार है, लेकिन अगर बेटा ग्रंथ और गुरु की तरफ़ आ रहा हो तो कान खरगोश की तरह खड़े हो जाएँगे सब घरवालों के, कहेंगे, "अरे! खतरा है। यहाँ नहीं जाना है। तुझे और जहाँ जाना है, जा।"

तो तुम्हें क्या लगता है, ये लोग जो तुम्हें कहते हैं कि खतरा है, कुछ नहीं जानते ग्रंथों और सत्य के बारे में? ये सबकुछ जानते हैं। ये सब जानते हैं और जानते-बूझते दूर बैठे हुए हैं।

इस प्रश्न को फिर से सुन लो; अगर किसी जगह के बारे में तुम्हें कुछ न पता हो, तो तुम क्या इतने विश्वास के साथ कह पाओगे कि वह जगह खतरनाक है? इतने विश्वास के साथ और बार-बार तुम कैसे कह पाते हो कि वह जगह खतरनाक है? क्योंकि तुम्हें उस जगह के बारे में बहुत कुछ पता है।

पास जाइए बंधन के, यूँ ही कह देने से कि "अरे, सब मोह-माया है, यही तो बंधन हैं," ऐसे नहीं कटते बंधन। मोह तो शब्द मात्र है, मोह माने क्या? मोह की शक्ल बनाइए, मोह का पूरा खाका खींचिए। मैंने कहा नक्शा उतार दीजिए पूरा। विस्तार चाहिए, विस्तार। द डेविल लाइज इन द डीटेल्स। डीटेल्स चाहिए, बात क्या है?

गणित के सवाल की तरह हल करिए इन समस्याओं को, एक-एक कदम आगे बढ़ाते हुए। यह थोड़े ही कि प्रश्न लिखा हुआ है, उसमें नीचे बस लिख दिया, 0 = 0, एल.एच.एस. = आर.एच.एस.। ऐसा थोड़े ही है। विज्ञान का सवाल लिखा हुआ है कि रॉकेट लॉन्च हो रहा है, इतना उसका पे लोड है, इतना उसका ईंधन है, ग्रेविटी इस तरीके से ऊँचाई के साथ कम होती है; अब बताओ कि वह मंगल ग्रह पर पहुँचेगा कि नहीं, और आपने उत्तर में लिखा, "सब मोह-माया है।"

ऐसे थोड़े ही काम चलेगा कि सब मोह-माया है। एक-एक बात की गहराई में जाइए, कितना ईंधन है, कितना आगे बढ़ेगा, प्रति सेकेंड कितना ईंधन जल रहा है, दूरी कितनी है, वज़न कितना है, तब जा करके बात का खुलासा होता है।

सत्य तो बहुत दूर का होता है, हम तो तथ्यों को भी उद्घाटित नहीं करते; छुपे-छुपे ही रह जाते हैं। हम तो सीधे-सीधे सवाल भी नहीं पूछते।

आप जाएँ चिकित्सक के पास, उसको बड़ी समस्या बताएँ कि यहाँ यह होता है, यहाँ यह होता है, फिर ऐसे होता है और वह यही बोल दे कि सब मोह-माया है! आपका उपचार करने के लिए वो देखा है आपके विषय में कितनी तरह की रिपोर्ट मँगवाता है, क्योंकि वह सब तथ्य जानता है। जब उतने तथ्य मिलते हैं, तब रोग की जानकारी होती है, फिर रोग हटता है।

आपके पास उतने तथ्य हैं? जब उतने तथ्य ही अभी आपने नहीं जमा करे, जब आप अभी इतनी मेहनत ही नहीं कर रहीं, तो उपचार कैसे होगा?

प्र. : आचार्य जी, जैसे आपने कहा कि आज़ादी के प्रति जो प्रेम होता है, वही हमें ऊर्जा देता है बंधनों को काटने के लिए। तो अगर मैं अपना जीवन देखूँ और अपने दोस्तों का जीवन देखूँ, तो उनकी तुलना में मेरे जीवन में बिल्कुल न के बराबर बंधन हैं, लेकिन फिर भी वह प्रेम उठा और मैं यहाँ पर आया, लेकिन उनके जीवन में तो बहुत ही ज़्यादा बंधन हैं, तो वह प्रेम उनके जीवन में क्यों नहीं उठता?

आचार्य : उनके भी जीवन में उठता है और बंधनों की तरफ़ मुड़ जाता है।

प्र. : तो यह आज़ादी के प्रति प्रेम कहाँ से आता है?

आचार्य : बंधन का नाम अगर आज़ादी दे दो, अब क्या होगा?

प्र. : उनको लगेगा कि आज़ादी के प्रति है, लेकिन वह बंधन है।

आचार्य : नामों में उलझ गया संसार। गलत नामकरण भारी पड़ जाता है।

प्र. : तो अगर उन्हें सही राह में लाना हो तो कैसे उनको बताएँ?

आचार्य : सही नाम। "आप जिसको मुक्ति कह रहे हो, वह मुक्ति नहीं है; आप जिसको सौभाग्य समझते हो, वह सौभाग्य नहीं है; आप जिसे जीवन कह रहे हो, वह मरण बराबर है; आप जिसको प्रसन्नता समझते हो, वह दुःख की छाया है।"

प्र. : वे देख नहीं पा रहे हैं।

आचार्य : ठीक है। तुम अपना काम करो जितना कर सकते हो।

प्र. : जैसे बंधन से मुक्त नहीं हो पा रहे हैं और इसके तथ्यों से वाकिफ़ नहीं हैं। जितना वाकिफ़ होते जाएँगे, उतना सच्चाई आती जाएगी और उससे मुक्त होते जाएँगे।

आचार्य : कह लो, ज्ञान ही मुक्ति है। ऐसा भी नहीं है कि ज्ञान मुक्ति देगा, ज्ञान ही मुक्ति है। बंधन को जाना नहीं कि बंधन कटा और अगर कहते हो कि बंधन का पता है, फिर भी बंधन मौजूद हैं, तो समझ लो कि अभी तुम्हें बंधन का कुछ पता ही नहीं है; जैसे उन्होंने कहाँ न कि पता तो है मुझे बंधन का—ये घर, ये बच्चे, ये मोह-माया और बंधन फिर भी सलामत हैं, तो इसका मतलब कि तुम्हें बंधन का ज्ञान वास्तव में है ही नहीं।

प्र. : जो आपने बताया, यह लिटमस टेस्ट है। अगर हम मुक्त हो गए, इसका मतलब हमारी खोज वहाँ पर पूरी हो गई, हम गंतव्य तक पहुँच गए। पर इसमें कई बार विशेषज्ञ चाहिए होते हैं, जो हमें अपने तथ्यों को जानने में मदद कर सकें। खुद से अपने तथ्यों को जानने में कई बार तो डर भी लगता है कि मैं ऐसा हूँ।

आचार्य : डर इसलिए नहीं लगता कि मैं ऐसा हूँ, समझिएगा कि डर किसमें लगता है।

प्र. : शर्म आती है···

आचार्य : न, शर्म वगैरह कुछ नहीं; डर इसलिए लगता है, क्योंकि ज्ञान आपको आपसे ही मुक्ति दे देता है। ऐसे ही तो वह आपको बंधन से मुक्ति देता है। तो डर लगता है स्वयं से मुक्त हो जाने में, जैसे मृत्यु से डर लगता है।

प्र. : इसलिए कदम रुक जाते हैं आगे अनुसंधान करने में।

आचार्य : इसीलिए हम तथ्य खोलते ही नहीं पूरे, क्योंकि तथ्यों को खोला नहीं कि हमें बदलना पड़ेगा।

जब हम कह रहे हैं कि ज्ञान मुक्ति देता है तो ज्ञान मुक्ति कैसे देता है? हम कह रहे हैं न कि ज्ञान और मुक्ति एक ही चीज़ हैं, कैसे हैं? क्योंकि ज्ञान आपको बता देता है कि आप अपने-आपको अब तक जो समझ रहे थे, वह आप हो नहीं। तो बंधन

अगर हैं भी, तो किसके लिए हैं? जो आप अपने-आपको अभी तक मान रहे थे, लेकिन अपने-आपको जो आप मान रहे थे, वो आप हो नहीं। तो बंधन कहाँ गया? बंधन तो गया, लेकिन बंधन के साथ आप भी गए।

तो बंधन तो जाएगा, लेकिन अपने साथ किसको लेकर जाएगा? आपको। आदमी कहता है, खुद को तो नहीं छोड़ेंगे और खुद को बचाने की अगर शर्त यह है कि साथ बंधन भी बचा रहेगा, तो बंधन भी बचा रह जाए, कोई बात नहीं। हथकड़ी है आपके हाथ में, आप तुरंत यही तो कहते हो न कि हथकड़ी लगी है तो लगी है, हथकड़ी हटाने के लिए हाथ थोड़े ही काट देंगे? खुद को बचाना है। खुद को बचाने की शर्त अगर यह है कि साथ ही बंधन भी बचा रहेगा, तो बचा रहे बंधन।

जो हमारी प्राकृतिक वृत्ति है, वह यह है कि हमें बचना है, किसी भी शर्त पर बचना है और अपने बचने के लिए अगर कीमत देनी पड़ रही है मुक्ति की, तो वह कीमत दे दो; बंधन स्वीकार कर लो। ज्ञान बताता है कि जिसको तुम बचा रहे हो, वह तुम हो नहीं, तो बचाकर क्या पाओगे? फिर जो छोड़ना है, वह सहज हो जाता है। मिल गई मुक्ति।

पर भूलिएगा नहीं, जैसे एक सूत्र आपने पकड़ा कि ज्ञान तभी है, जब ज्ञान के साथ-साथ मुक्ति है, अब दूसरा सूत्र समझिए, मुक्ति तभी है जब बंधनों से ही नहीं, स्वयं से भी है; अगर वास्तव में मुक्ति मिल रही है तो ऐसा नहीं होगा कि आपसे सिर्फ़ बंधन छूटेंगे, अगर वास्तव में मुक्ति मिल रही है तो आपसे आपा भी छूटेगा। तो ज्ञान अगर असली है तो उसके साथ आएगी मुक्ति और अगर मुक्ति असली है तो उसके साथ बंधन ही नहीं, आपा भी जाएगा।

अगर आपको ऐसी मुक्ति मिल रही है, जिसमें आप तो शेष हैं, आप बचे हुए हैं और सिर्फ़ बंधन छूट रहे हैं, तो समझ लीजिए कि वह मुक्ति नकली है। उसमें बंधन भी बचे ही हुए हैं, बस लग रहा है कि छूट रहे हैं। बंधन जब छूटेगा तो जो बद्ध था, जो बंधनों में था, जो 'मैं' था बंधनयुक्त, वह 'मैं' भी छूटेगा।

ज्ञान तभी है, जब ज्ञान के साथ-साथ मुक्ति है और मुक्ति तभी है, जब मुक्ति बंधनों से ही नहीं, स्वयं से भी है।

□

15

बेईमान को ज्ञान नहीं, डंडा चाहिए

अद्वैत शिविर, ऋषिकेश, 2020

कोई यह न सोचे कि सुख तभी है, जब कोई हँसता हुआ, मुसकराता हुआ नज़र आए; बहुत बड़ा सुख है, अपने आपको पीड़ित और शोषित बताने में।

प्रश्नकर्ता : मेरी दूसरों पर निर्भरता बहुत है। अगर दूसरे लोग मेरे प्रति अप्रिय व्यवहार करते हैं तो मुझे बहुत बुरा लगता है। यदि किसी का कहा न मानूँ तो वह व्यक्ति नाराज़ हो जाता है और इससे मैं बहुत प्रभावित हो जाता हूँ। तो ये जो दूसरों से बंधन हैं, इससे मुक्ति की शुरुआत कहाँ से करूँ?

आचार्य प्रशांत : ये बुरा लगेगा तो छोड़ दोगे। कोई ऐसा नहीं होता, जो अपनी दृष्टि में सुख के विपरीत कोई काम करे। हाँ, दूर से आप देखकर कह सकते हैं कि ये आदमी बेवकूफ़ी कर रहा है, ये जो करने जा रहा है उससे दुःख पाएगा, लेकिन जो आदमी आपके दृष्टि में बेवकूफ़ है, अपनी दृष्टि में तो सुख की तरफ़ ही बढ़ रहा है। बढ़ रहा है न? तो तुम भी अगर दूसरों से इस तरह उलझते हो, उनकी कही बात को इस तरह से लेते हो, आहत होते हो, तो इन सब में सुख पा रहे हो। जब इन सब में सुख मानना छोड़ दोगे तो अपने आप इससे मुक्त हो जाओगे। तुमने कोई मुझे पूरी बात थोड़े ही बताई है, यह तो बता ही नहीं रहे हो कि यह सब जो करते हो, इसमें मज़ा क्या मिलता है?

प्र. : उनकी संगति का एक सेंस ऑफ कंपैनियनशिप (साहचर्य की भावना), एक

सेंस ऑफ कंपनी (संगत की भावना) मिलती है।

आचार्य : जब दिख जाएगा ये जो मज़ा ले रहे हो, इसमें मज़ा कुछ नहीं है, इसमें मौत है, इसमें ज़हर है, इसमें सज़ा है तो खुद छोड़ दोगे। देखो तो सही उस बात को। ये अपने चुनाव की चीज़ें होती हैं। मैं इसीलिए बहुत विधियाँ आदि बताने का समर्थक नहीं रहता।

तुम्हारे सामने कोई चीज़ रखी हुई है, मान लो ये रुमाल। आँखें हैं तुम्हारे पास, मैं जानता हूँ, लेकिन तुम बेईमानी करके बार-बार मुझसे कह रहे हो कि "यहाँ रुमाल है नहीं, मुझे दिख नहीं रहा, यहाँ रुमाल है नहीं, मुझे दिख नहीं रहा।" ये मामला सीधे-सीधे बेईमानी, बदनीयती का है न? अब मैं कहूँ, "नहीं, देखो जब रुमाल दिखाई न दे तो बाईं आँख बंद करके, दाईं आँख को दस बार गोल-गोल घुमाओ, उसके बाद फलाना मंत्र पढ़ो, उसके बाद अपने दाएँ हाथ के अँगूठे से अपने भृकुटियों के बीच में चार बार दबा करके घिसो और इस तरह तुम छह महीनों तक करो तो तुम्हें रुमाल दिखने लगेगा।" तो मुझे ये बात बड़ी जड़ता की, बड़ी मूर्खता की लगती है।

तुम देख नहीं रहे हो, तुम्हें विधि नहीं चाहिए, तुम्हें डंडा चाहिए। तुम अंधे थोड़े ही हो, तुम बेईमान हो। जो अंधा हो उसका उपचार किया जा सकता है, उसको बैठा करके दवाई दी जा सकती है, उसकी सर्जरी की जा सकती है, लेकिन हज़ार में से नौ-सौ-निन्यान्वे लोग अगर देख नहीं रहे, तो इसीलिए नहीं वे नहीं देख रहे, क्योंकि उनकी आँख में कुछ समस्या है, वे देख इसीलिए नहीं रहे हैं, क्योंकि उनकी आँख नहीं नीयत खराब है। अब नीयत सुधारने के लिए कोई विधि नहीं होती भईया! बल्कि बदनीयती को छुपाने की हज़ार विधि होती है। अध्यात्म के नाम पर ये जो इतनी विधियाँ चलती हैं, ज़्यादातर बदनीयती को छुपाने की विधियाँ हैं।

(शिष्य) कह रहे हैं कि "लालच बहुत है, लालच बहुत है; कोई विधि बताइए कि लालच चला जाए।" तो (गुरु) कह रहे हैं कि "ऐसा किया करो कि शुक्रवार के दिन काले खंभे को पकड़कर, बाईं टाँग बिल्कुल उठाकर सूर्य देव की दिशा में कर दिया करो। शुक्रवार के दिन सूर्य का मैग्नेटिक फील्ड (चुंबकीय क्षेत्र) ज़्यादा प्रबल होता है, उससे कुछ-कुछ तुम्हारे भीतर होने लगेगा।" और यह तुम करे जाओ। ये बेईमानी को छुपाने के लिए और बड़ी बेईमानी की जा रही है। कुछ चेला बेईमान, चेले से ज़्यादा गुरु बेईमान।

अब इस विधि के साधक को बड़ी छूट मिल गई है, वो कह रहा है, "देखो, हम

कोशिश कर रहे हैं न अपना लालच हटाने की। हर शुक्रवार को हम फलाने तरीके की क्रिया किया करते हैं और ऐसे ही करेंगे हम दस-बीस साल तो धीरे-धीरे लालच कम हो जाएगा। दस-बीस साल तक हम लालच के मज़े लूटेंगे; लालच के ही नहीं मज़े लूटेंगे, अब हम इस बात का भी मज़ा लूटेंगे कि हम ल लची तो हैं ही और लालच को कम करने की देखो कोशिश भी कर रहे हैं। तो अपने ऊपर अब कोई नैतिक ग्लानि भी नहीं रखेंगे हम। किसी तरह की लाज भी नहीं आएगी कि देखो लालच हम करते हैं, पर हम क्या करें हम मजबूर हैं, हमें बीमारी लगी हुई है, इसीलिए लालच करते हैं। और तुम हमारी नीयत पर शक मत करना, देखो हम लालच हटाने की दवाई ले रहे हैं न! बीस साल से दवाई ले रहे हैं, तो तुम हमें सन्मान दो। हम तो लालच हटाने की दवाई लेते हैं, हमारी नीयत साफ़ है।" यह बेईमानी पर महा बेईमानी चल रही है।

यहाँ दवाई की नहीं ठुकाई की ज़रूरत है। दुनिया की सबसे बड़ी विधि है डंडा। हज़ार में से नौ सौ निन्यानबे लोगों के लिए वही विधि है—डंडा; क्योंकि मामला ही खुली बेईमानी का है। कोई आदमी सो रहा हो तो उसको प्यार से जगाया जाता है न? थोड़ा खयाल किया जाता है कि ये सो रहा है, तो भई झटके से न जगाओ, सिरदर्द वगैरह न हो जाए, चौंक न जाए। तो उसको जा करके धीरे से कंधे पर हाथ रखकर हिलाते-डुलाते हैं, "उठ जाओ भई उठ जाओ, सुबह हो गई है।" और उनका क्या करोगे, मक्कारों का, जो सात बजे से उठ चुके हैं, लेकिन अभी नौ बजे भी कभी दाईं आँख खोलकर देख लेते हैं, कभी बाईं आँख खोलकर देख लेते हैं और फिर कहते हैं, "मैं फलानि विधि, फलानि क्रिया कर रहा हूँ, इससे मुझे उठने में सहायता मिलेगी।" अगर ठंठ हो तो इन्हें चाहिए, बिल्कुल बर्फीला पानी और अगर गरमी हो तो इन्हें चाहिए खौलता हुआ पानी। इनके लिए यही विधि है।

जगे हुए को जगाने के लिए कौन सा ज्ञान दें? कोई ज्ञान नहीं काम आएगा। मैं पूछा करता हूँ—वाकई दुखी होते तुम तो तुम अपने दुःख छोड़ नहीं देते? तुम मेरे सामने आकर कह देते हो कि फलानी चीज़ से बड़ा दुःख है, हकीकत यह है कि जिस चीज़ को तुम मेरे सामने दुःख बताते हो, मेरे पीछे उसी चीज़ के तुम मज़े मारते हो। अब बताओ कौन सी विधि, कौन सी क्रिया, कौन सी मुद्रा बताऊँ तुमको? तुम तो मज़े मार रहे हो।

तुम्हें दुःख है कहाँ! क्योंकि तुम्हें अपने दुःख का कुछ पता ही नहीं है तो इसीलिए मेरा काम है तुम्हें दुखी करना। मैं तुम्हें वास्तव में दुखी करूँगा नहीं, मैं बस

तुम्हें तुम्हारे दुःख से अवगत कराऊँगा। उसके अलावा कोई विधि काम कर ही नहीं सकती भाई! या कर सकती है? बोलो।

और कोई आकर के पूरी बात बताता नहीं है। "आचार्य जी, यह समस्या है, वह समस्या है, बड़े परेशान हैं।" बेटा यह भी तो बता दो, इसमें सुख कितना लूट रहे हो। आचार्य जी को तुमने कचरे का डिब्बा समझ रखा है कि जितनी दुःख की बातें हों, जितना जीवन का मवाद हो, पस हो, वो सब तो आकर के आचार्य जी के ऊपर उड़ेल दो और जो जीवन में तुम मज़े मार रहे हो, वह बिल्कुल छुपा जाओ, वह बताओ ही मत। कभी आचार्य जी को तब भी याद कर लिया होता, जब मज़े मार रहे थे, तो अभी जिन समस्याओं में घिरे हुए हो, उनमें कम घिरे होते। वह मज़े तो बिल्कुल छुपा जाते हो, एकदम मौजा ही मौजा।

कोई आता ही नहीं है इस तरह का सवाल लेकर कि "मुझे न ऐसी-ऐसी चीज़ों में बड़ा सुख मिलता है और मैं बहुत खुश हूँ।" कोई आता ही नहीं है बताने, और दुःख है, परेशानी है ये बताने आ जाते हैं, जबकि दुःख और परेशानी बिना सुख की हवस के हो ही नहीं सकते। वह जो तुम सुख लूट रहे हो इधर-उधर, हो सकता है, वह सुख तुम्हें आँसुओं में मिलता हो। कोई यह न सोचे कि सुख तभी है, जब कोई हँसता हुआ, मुस्कुराता हुआ नज़र आए; बहुत बड़ा सुख है अपने-आपको पीड़ित और शोषित बताने में। अपने-आपको कहो, "मेरी फूटी किस्मत, मेरे साथ बड़ा अन्याय, अत्याचार हुआ है; मैं तो दुनिया भर में बड़ा उत्पीड़ित हूँ, दुनिया ने मेरे साथ बड़ा ज़ुल्म किया है," और लगो छाती पीट-पीटकर जार-जार आँसू बहाने। इसमें पूछो नहीं कितना सुख है, महा सुख है, महा सुख। "एक मैं ही हूँ, जो दूध का धुला हूँ, बाकी सब तो कुत्ते-कमीने हैं। इन्होंने तो मेरे साथ बड़ा ज़ुल्म किया है।"

भई, अगर आप अकेले हैं, जो भोले-भाले, सीधे-साधे हैं और पूरी दुनिया गई-गुजरी है, अन्यायी है, शोषक है, राक्षसी है तो आपकी श्रेष्ठता सिद्ध हो गई कि नहीं हो गई? हम कैसे हैं? सीदे-साधे साधु आदमी हैं और दुनिया कैसी है? कुत्ती कमीनी, तो हम कैसे हुए? श्रेष्ठ। तो ये रो-रोकर तुम अपने-आपको श्रेष्ठ बनाने का सुख ले रहे हो, अंदर की बात है—अंदर मक्खन-मलाई चल रही है, अंदर लड्डू-पेड़े फूट रहे हैं। वह तुम बात पूरी तरह से छुपा जाओगे। ऊपर ऊपर बताओगे, "अरे! मैं तो नीर भरी दुःख की गगरी।"

प्रकृति की ओर तुम सुख के लिए भागते हो। अहं वृत्ति सुख-धर्मा है, सुख ही

उसकी प्रेरणा है। उसको अगर दुःख भी मिल रहा है, तो शत-प्रतिशत मान कर रखो कि तलाश तो वो सुख की ही कर रही है और संसार का द्वैत का नियम है कि सुख-दुःख मिलते हमेशा अनुपात में हैं। जो जितना बताए कि उसे दुःख मिल रहा है, समझ लेना उतना ही उसने सुख भी भोग रखा है।

दुःख पानेवाला आवश्यक नहीं है कि सहानुभूति का पात्र हो, ठीक उस तरह सुख लूटनेवाला आवश्यक नहीं है कि घृणा का पात्र हो। आज सवाल करा न कि "अरे, दुनिया में जो लोग नाकाबिल हैं, वे भी नाजायज़ तरीकों से ताकत और सत्ता इकट्ठा करके सुख भोग रहे हैं।" अरे बाबा! तुम्हें दिख रहा है कि वो सुख भोग रहे हैं, अंदर की बात यह है कि उनको बराबर का दुःख मिल रहा है। तो फिर क्या बुरा माने? वो तो वैसे ही दुखी है। ऊपर का सुख पा रहा है, अंदर का दुःख पा रहा है। ठीक उसी तरीके से ऊपर-ऊपर से जो दुखी दिख रहा है, वह अंदर-ही-अंदर सुख लूट रहा है।

तो अध्यात्म इसलिए नहीं है कि आपको दुःख से मुक्ति दे दे, अध्यात्म तब है, जब दुःख-सुख के इस द्वंद्व से, इस खेल से, इस जोड़े से ही मुक्ति चाहते हो पूरी। जो लोग कहते हैं कि अध्यात्म इसीलिए है कि दुःख से मुक्ति मिल जाएगी और हैप्पीनेस (खुशी) खूब पाएँगे, उनको बहुत सारी बाज़ारें, दुकानें चल रही हैं, वहाँ चले जाना चाहिए, जहाँ हैप्पीनेस बिकती है। हैप्पीनेस के शिविर लगते हैं, हैप्पीनेस के कोर्स चलते हैं। उन्हें अध्यात्म की कोई ज़रूरत नहीं है, हैप्पीनेस के लिए तो बाज़ार हैं।

अध्यात्म उनके लिए है, जो समझ गए हैं कि सुख दुःख की छाया मात्र है, जिन्हें समझ में आ गया कि यह खेल ही गड़बड़ है, इसमें जीत भी गड़बड़ है, हार भी गड़बड़ है, इसमें सुख भी गड़बड़ है दुःख भी गड़बड़ है, अध्यात्म उनके लिए है।

अपने सुखों से सावधान रहो, दुःख अपने आप छँट जाएँगे।

अपने सुखों से सावधान रहो,
दुःख अपने आप छँट जाएँगे।

□

16

संसार : बस सुख की आस

शास्त्रकौमुदी, बोधस्थल, 2018

मन तो व्यापारी है, जिस चीज़ का मूल्य ज़्यादा आँकेगा, उस चीज़ को वरीयता दे देगा, वैसा जीवन जीने लगेगा।

आचार्य प्रशांत : रामकृष्ण कहानी कहते हैं कि क्या होता है जब तुम परिवारी हो जाते हो, तो उनके उल्लेखों में यह कहानी आती है, उसी से प्रश्न पूछा है। रामकृष्ण कहते हैं कि एक बार वे नाटक देखने गए थे और उनके बगल में कोई उच्च अधिकारी अपने छोटे बच्चे के साथ आकर बैठ गया, वह भी नाटक ही देखने आया था। रामकृष्ण उस दिन का अनुभव बताते हैं कि लगातार वह व्यस्त रहा उस बच्चे की ही देखभाल करने में, नाटक वह ज़रा भी नहीं देख पाया। कहते हैं कि बच्चा ऐसा जैसे नकबैठा बंदर। रामकृष्ण के शब्द हैं, कहते हैं, "ये होती है परिवारी की दशा कि उसे जीवन में फिर कुछ दिखाई नहीं देता, वह बस परिवार की ही खातिरदारी करता रह जाता है।"

प्रश्नकर्ता : आचार्य जी, रामकृष्ण ने उस अधिकारी के बारे में जो कहा, वह मेरी और बाकी सभी की कहानी है। परिवार, पैसा, माहौल, इनसे मुक्त कैसे रहें?

आचार्य : मुक्त तो तुम हो, अन्यथा मुक्ति की बात ही नहीं करते। मुक्ति से तुम्हारा परिचय बहुत गहरा और पुराना है, नहीं तो मुक्ति के लिए छटपटाते क्यों? मुक्त तो तुम इसी क्षण हो। मुक्त हो, बात खत्म। तुम मुक्त हो। पर देख रहे हो न, तुम्हें 'तुम मुक्त हो' के बाद का मौन कैसा पहाड़-सा लगता है, कैसा काटने को दौड़ता

है। मैंने कहा, "तुम मुक्त हो," और बात खत्म, खेल खत्म।

पर यहीं पर अगर खेल खत्म हो जाए, वह सारा खेल, तुम जिसे अमुक्ति कहते हो, तो तुम कैसे तड़पोगे? बस इसी बात से समझ लो कि तुम मुक्त होते हुए भी मुक्ति से वंचित क्यों हो? मुक्त जी क्यों नहीं पा रहे? क्योंकि तुम्हारी गणना में मुक्ति से ऊपर भी कुछ आ रहा है। तुम्हारे हिसाब में कुछ ऐसा है, जिसकी कीमत मुक्ति से ज़्यादा है, इसीलिए तुम मुक्ति भर से राज़ी नहीं होते, तुम मुक्ति के ऊपर कुछ बिठाना चाहते हो। तुम्हें मात्र, केवल पूर्ण मुक्ति मिल जाए, इस विचार से तुम्हें बड़ी तड़प उठती है, विचार भर से।

मुक्ति नहीं किसी को तड़पाती, पर जिसने अमुक्ति को बड़ा मूल्य दे दिया हो, उसे मुक्ति का विचार बहुत तड़पाता है। तो मैं तुमसे पूछता हूँ कि "यह कैसी गणना करी है? तुम्हें क्यों लग रहा है कि अमुक्ति से अधिक बड़ा मूल्य है किसी चीज़ का? तुम्हें क्यों लग रहा है कि मुक्ति से ज़्यादा मूल्यवान कुछ है?" इसका उत्तर अगर समझना है तो तुम्हें आदमी के मन को समझना पड़ेगा। मुक्ति सबसे ऊँची चीज़ है और मुक्ति की कल्पनाएँ हमेशा मुक्ति से नीचे की होती हैं, इसीलिए मैंने कहा कि मुक्ति की कल्पना की नहीं जा सकती और जब भी करोगे, वह कल्पना भ्रामक होगी।

हम कर ज़रूर लेते हैं, मुक्ति को भी कोई चीज़ बना लेते हैं, कोई सिद्धांत बना लेते हैं, कोई छवि दे देते हैं, उसकी भी कल्पना कर लेते हैं, पर मुक्ति वो चीज़ है जो चीज़ है ही नहीं। वो इतनी ऊँची है कि वह चीज़ है नहीं और उसकी कीमत बहुत-बहुत-बहुत ऊँची है। तो मुक्ति की जब भी कल्पना करोगे तो तुम कल्पना करके उसका वास्तविक मूल्य बिल्कुल शून्य कर दोगे, कचरा कर दोगे, क्योंकि अनंत को तुमने यदि करोड़ भी कर दिया, तो भी तुमने अनंत को कचरा कर दिया। कहाँ अनंत और कहाँ करोड़? करोड़ एक पैसे जैसा है अनंत के सामने।

पर यह भी तथ्य है कि तुम दुनिया को देखो तो ज़्यादातर लोग मुक्ति से ज़्यादा कीमती कुछ और ही समझते हैं। कौन दिखाई देता है मुक्ति को चुनता हुआ? लोगों को ये सब ज़्यादा कीमती लगता है—पैसा, माहौल, रिश्ते-नाते, कर्तव्य इत्यादि। ज़ाहिर-सी बात है कि मुक्ति का मूल्य कम आँका जा रहा है। मन तो व्यापारी है, जिस चीज़ का मूल्य ज़्यादा आँकेगा, उस चीज़ को वरीयता दे देगा, वैसा जीवन जीने लगेगा।

तो तराज़ू के एक पलड़े पर रखी है मुक्ति और मुक्ति कोई चीज़ नहीं है, जो तराज़ू के पलड़े पर रखी जा सके, तो वास्तव में वहाँ क्या रखा हुआ है? मुक्ति को

लेकर धारणाएँ, मुक्ति की छवियाँ और उनका कुछ वज़न है, मुक्ति की कहानियों का कुछ वज़न है। ठीक है। तराजू के दूसरे पलड़े पर क्या रखा है, जो मुक्ति की कहानियों पर भारी पड़ रहा है? मुक्ति पर न सही, पर मुक्ति की कहानियों पर, मुक्ति की छवि पर भी भारी पड़ना कोई छोटी बात नहीं।

हमें पूछना पड़ेगा कि "तराजू के दूसरे पलड़े पर क्या रखा है?" वहाँ कुछ ऐसा नहीं रखा, जो तुम्हारे हाथ में रखा हो, वहाँ कुछ ऐसा नहीं रखा, जिसका मूल्य तुम्हें अभी मिल रहा हो; वहाँ पर भी कल्पनाएँ रखी हैं। वहाँ कुछ ऐसा रखा होता, जिसको तुम वर्तमान में अनुभव ही कर पा रहे होते, तो भी कुछ बात होती।

तुम कहते, "मुझे वर्तमान में कुछ ऐसा रस मिल रहा है, कोई ऐसी तृप्ति, ऐसा संतोष जिसकी कीमत किसी से भी ज़्यादा है। मैं होऊँगा बंधन में, पर इन बंधनों में कोई बात है और इन बंधनों में जो बात है, उसका मूल्य मुक्ति से या कम-से-कम मुक्ति की छवि से ज़्यादा है तो इसीलिए मैं मुक्ति को नहीं चुन रहा, बंधन को चुन रहा हूँ," तो भी हम समझते। पर तुम्हारे पास जो है, उसमें हकीकत कुछ नहीं है। वादा बहुत सारा है और वादा तो कितने का भी किया जा सकता है, वादा तो अनंत का भी किया जा सकता है।

दुनिया तुम्हें कुछ दे करके नहीं फँसा रही है। तुम्हें दुनिया ने कुछ बहुत बड़ा दे दिया होता और तुम कहते कि दुनिया से मुझे जो मिला है, इसकी कीमत मुक्ति से ज़्यादा है या मुक्ति की छवि से ज़्यादा है, तो भी कोई बात होती। दुनिया तुम्हें फँसाने के लिए तुम्हें कुछ नहीं दे रही है। ये अजीब बात है। कोई है, जो बिना कौड़ी खर्च किए ही तुम्हें फँसा ले रहा है और कोई है जो इतना बुद्धू है कि कुछ पाए बिना भी फँसे जा रहा है।

किसी को अगर वास्तव में कुछ दिया गया होता कि यह लो, तुम जैसे जीवन जी रहे हो, यह उसका मूल्य है, तो मूल्य साफ़ हो जाता कि इतना मूल्य है उस जीवन का जो मैं जी रहा हूँ। मूल्य तुम्हारे सामने रख दिया जाता है कि तुम जो ज़िंदगी जी रहे हो, उसका यह मूल्य है। पर वह मूल्य तुम्हारे सामने कभी रखा नहीं जाता है, तुम्हें वादे दे दिए जाते हैं।

किसी को तुम कोई चीज़ दो, तो देने की सीमा होगी हमेशा, क्योंकि देने की चीज़ देनी है, पर तुम अगर किसी को वादे दो, तो देने की कोई सीमा नहीं होती, वादा तो कितने का भी हो सकता है, वादा तो किसी भी चीज़ का किया जा सकता है। तुम

वादों के मारे हुए लोग हो। तुम्हें मिला कुछ नहीं है, पर तुम्हें आस बहुत कुछ पाने की है और दुनिया की तो परिभाषा ही है कि ये वो जगह है जहाँ किसी को कुछ नहीं मिलता, पर ख्वाब सबको मिलते हैं।

तुम्हारे पास ख्वाब हैं। तुम कहोगे कि ये ख्वाब हैं हमारे पास, पर ख्वाब तो टूटते भी हैं। जब ख्वाब टूटते हैं तो फिर हम सचेत क्यों नहीं होते, जग क्यों नहीं जाते? जब तुम्हारे ख्वाब टूटते हैं, तो वो टूटने की घटना तत्काल क्या बन जाती है? अतीत, क्योंकि ख्वाब का टूटना तो तथ्य है और तथ्य घटित होता है मात्र वर्तमान में। तुम ख्वाब ले रहे थे, ले रहे थे, ले रहे थे, ऐसा होगा कि मुझे बहुत कुछ मिल जाएगा, वो तुम्हें नहीं मिला, जैसे ही तुम्हारा सपना टूटा, जैसे ही तुम्हारी आशा टूटी, वैसे ही वह न मिलने की घटना क्या हो गई? अतीत हो गई। अब तुम्हारे पास एक नया ख्वाब है कि अतीत में तुमने जो भी निवेश करे थे, वो डूबेंगे नहीं किसी तरीके से, तुम उनका फल, मूल्य, ब्याज उगाह लोगे।

तुम दोनों तरीके से फँसे हुए हो। जिन कर्मों का फल अभी तुम्हें आया नहीं है, उनको लेकर तुम्हारे पास ख्वाब हैं और आशाएँ हैं। "मेरा बच्चा अभी छोटा है, न जाने इससे मुझे कौन सा स्वर्णिम सुख मिल जाए," तो तुम डटे हुए हो। "आगे चल करके, अभी मैं जवान हूँ, मुझे पत्नी मिलेगी, मुझे नौकरी मिलेगी, मुझे घर मिलेगा, मुझे प्रतिष्ठा मिलेगी।" उसका बहुत बड़ा मूल्य है। वह अभी तुम्हें मिला नहीं है, तुम्हारे पास ख्वाब हैं और ख्वाबों में किसी भी चीज़ का मूल्य कितना हो सकता है? अनंत हो सकता है। वह तुम्हें अभी मिला नहीं है, पर आगे है कुछ जो मिलने की उम्मीद है, तो उसका मूल्य हो गया अनंत।

और अतीत में तुम्हारे पास ठोकरें हैं, चोट हैं, ख्वाबों के टूटे हुए टुकड़े हैं, क्योंकि अतीत में वही तो जाएँगे। ये ख्वाब पूरे होने के तो नहीं रहे, ये तो टूटेंगे और अतीत के जो टूटे हुए ख्वाब हैं, उनको लेकर तुम्हारे पास ये ख्वाब है कि वहाँ जो बुरा हुआ था, उसको या तो वसूल लूँगा या तो बदला ले लूँगा। बदले में कोई सुख नहीं, वसूलने में कोई सुख नहीं, पर उसको भी लेकर तुम्हारे पास छवि है। छवि में किसी भी चीज़ का मूल्य कितना हो सकता है? अनंत हो सकता है।

तुम हर तरीके से फँसे हो। तुम्हारे पास कुछ नहीं है, पर तुम्हारे पास विचार हैं, जैसे किसी की जेब में फूटी कौड़ी न हो, पर उसके पास आश्वासन बहुत सारे हों। कोई कह रहा है, "कल आना, तुम्हें पाँच लाख देंगे।" कोई कह रहा है, "परसों

आना, तुम्हें बीस लाख देंगे।" कोई कह रहा है, "बस एक हफ़्ते बाद ही तुम्हारे लिए करोड़ हाज़िर हैं।" और है क्या उसके पास? कुछ नहीं।

संसारी ऐसा जीवन जीता है। उसके पास कुछ नहीं होता, पर उसके पास ख्वाब बहुत होते हैं। उसके पास आशाएँ हैं और जितनी आशाएँ टूटती गई हैं, उनसे वो आज़ाद नहीं हो गया है। आशाओं के टूटने से अगर हम आशाओं से आज़ाद हो जाते तो हम कब के आज़ाद हो गए होते, क्योंकि आशाएँ तो हमारी खूब टूटी हैं। हमारी जब कोई आशा टूटती है, तब भी हम उससे बँधे रहते हैं। बँधे रहते हैं कि नहीं? तुम्हें जितनी चोट लगी है अतीत में, तुम उनसे बँधे हुए हो न अभी भी? कोई है, जिसका इस दुनिया में दुश्मन न हो? जैसे ही मैंने दुश्मन बोला, तुम्हारे मन में कोई चेहरा उभर आया, कोई नाम उभर आया और अगर तुम्हारे पास कोई दुश्मन है, तो तुम्हारे पास अभी ख्वाब हैं। क्या ख्वाब है? "इसको पछाड़ दूँगा, हरा दूँगा।"

तुम फँसे हुए हो। अब पछाड़ने में मूल्य कितना है? वास्तव में कुछ नहीं, पर पछाड़ने की कल्पना में कितना मूल्य है? अनंत मूल्य है और संसारी के पास बहुत लोग हैं, जिन्हें वह पछाड़ना चाहता है। संत के पास कोई नहीं जिससे उसे बदला लेना है। यही संत की पहचान है—तुम उससे कहो, 'दुश्मन', उसके जहन में कोई चेहरा नहीं उभरेगा। तुम संसारी से कहो, 'दुश्मन', उसके पास एक दुश्मन तैयार बैठा होगा। "हाँ, है मेरे पास एक दुश्मन, जिससे मुझे बचना है, जिसे मुझे पछाड़ना है, जिससे मुझे रक्षा करनी है, जिससे मुझे बदला लेना है।" और उस पूरी कल्पना में बहुत मूल्य है।

जैसे फिर कहता हूँ, तुम्हारे बैंक अकाउंट (खाता) में एक रुपया न हो और तुम्हारे पास अनंत चेक हों। अभी से ले करके अगले पचास साल तक के और हर चेक पर लिखा हुआ है, 'अनंत सुख'। तुम रोज़ जा करके एक चेक डालते हो और वह रोज़ बाउंस होता है और जब वह बाउंस होता है, तुम उससे आज़ाद नहीं हो जाते, तुम उसे रख लेते हो कि जिसने मुझे ये झूठा चेक दिया था, उससे मैं बदला निकालूँगा।

अब अतीत में जो कुछ है, वहाँ भी अनंत सुख है। पहले का भी तुम्हारी दृष्टि में अनंत सुख है और भविष्य में रोज़ क्या तैयार बैठा है? एक नया चेक। "मैं ये करूँगा तो सुख मिल जाएगा।" तुम बच कहीं से नहीं रहे; तुम स्मृतियों से भी फँसे हुए हो और आगे की कल्पनाओं से भी फँसे हुए हो। हममें से कोई ऐसा नहीं है, जिसके पास आगे को ले करके चेक नहीं हैं और उनमें से कोई चेक कभी भी कैश नहीं होता,

क्लियर नहीं होता, भुनाया नहीं जाता। तुमने जब भी, जो भी चेक डाला है, वह सदा बाउंस हुआ है, अनुत्तरित गया है।

लेकिन तुम बाज़ नहीं आते। चोट खाने का भी कायदा नहीं सीखते। तुम कहते हो कि ये चेक नहीं चला तो क्या हुआ? अरे! अभी इतने और हैं। जीवन ने हमें रोज़ के लिए एक चेक दिया है और किसी दिन कोई–न–कोई चेक तो लहेगा, कभी–न–कभी तो लॉटरी लगेगी। "छोटा बेटा जो सुख नहीं दे पाया, वह बड़ा वाला दे देगा। पहली पत्नी नहीं दे पाई, तो तीसरी पत्नी दे देगी। इस नौकरी में नहीं मिल रहा, तो किसी और नौकरी में मिल जाएगी। गाड़ी से नहीं मिला है, तो मकान से मिल जाएगा। चालीस की उम्र में नहीं मिला, तो क्या पता पचास आते–आते मिल जाए?"

अनंत संभावनाएँ हैं और कल्पना को कौन रोक सकता है? कल्पना तुम्हारी पक्की है कि इस दरवाज़े नहीं मिला तो इतने जो दूसरे दरवाज़े हैं, उनमें कहीं–न–कहीं तो मिल जाए।

तुम्हारे आगे भी अनंत चेक हैं, जहाँ पर सुख है तुम्हें प्राप्ति का और तुम्हारे पीछे भी अनंत चेक हैं, जहाँ पर सुख है तुम्हें अप्राप्ति का और पीछे जब तुम देखते हो, तो देखते हो कि इतना कचरा और मलबा चेकों का भरा हुआ है। तुम यह भी कहते हो, "जब यहाँ पर समय का इतना निवेश कर दिया तो अब क्या बुद्धू बन जाएँ और सब छोड़ दें? या तो पहले ही दिन सब छोड़ दिया होता।"

संसारी का मन ऐसे चलता है, वह कहता है, "इस जीवन में जब इतना निवेश कर दिया, अरे, चालीस साल दिए हैं, बीस साल दिए हैं, दो महीने दिए हैं। दो महीने भी बहुत हैं, मैंने दो महीने लगाए हैं इस पूरी प्रक्रिया में। अब इन दो महीनों को छोड़ दूँ, जाने दूँ? अरे, उगाहना भी तो है, वसूलना भी तो है, नहीं तो हम कच्चे व्यापारी कहलाएँगे।"

अब तुम्हारे पीछे, मान लो, पचास हज़ार झूठे चेक हैं और तुम लगे हुए हो कि जब इतनी मार खायी है तो आगे कम–से–कम एक तो जीत मिलेगी और कुछ समय बाद उस पचास हज़ार की संख्या कितनी हो जाती है? इक्यावन हज़ार की। अब तुम्हारे लिए छोड़ना और मुश्किल हो जाता है। तुम कहते हो, "यह देखो, इस काम में इतना लगा दिया, अब उसको छोड़ दें क्या?"

यह तुम्हारा कलेजा ही नहीं होता कि छोड़ दें और तुम्हारी बात में संसारी दृष्टि से दम है, क्योंकि जब भी छोड़ोगे, नुकसान तो झेलना पड़ेगा। ये अलग बात है कि

तुम जो छोड़ रहे हो, वो कोई नुकसान है ही नहीं, क्योंकि वह तुम्हारे हाथ में कभी था ही नहीं। वह तुम्हारे हाथ में भले कभी नहीं था, पर तुम्हारे हाथ में एक चीज़ तो थी न जब तक तुम लगे हुए थे—उस चीज़ की प्राप्ति की और आशा और कल्पना। तुम्हें लगता था कि जैसे मेरा है और छोड़ दोगे तो ऐसा नहीं कि वह चीज़ छिन जाएगी, क्योंकि वह चीज़ तो तुम्हें कभी मिली ही नहीं। छोड़ने से क्या छिनती है? कल्पना और कल्पना चूँकि है ही नहीं, इसीलिए उसका मूल्य कितना भी हो सकता है। कितना होता है?

तो तुम्हें जब वह छोड़ना होता है, जो है ही नहीं, जिसका कोई मूल्य नहीं है, तो वह सबसे मुश्किल होता है। तुम्हारे लिए यह प्याला छोड़ना आसान होगा। बताओ, क्यों? क्योंकि यह है और यह सीमित है, प्रकट है, हाथ में है, तो इसका जो मूल्य है, वह भी फिर सीमित है। तुम्हें पता है कि ये पचास रुपए का है, तो तुम इसको छोड़ सकते हो। पर जो सब मानसिक प्याले हैं, उन्हें कैसे छोड़ोगे? वो है नहीं हाथ में, क्योंकि वह हाथ में है नहीं, तो उनमें अमृत भरा हुआ है। जो प्याला तुम्हारे हाथ में है, वो या तो खाली होगा या उसमें पानी भरा होगा या चाय भरी होगी और उसका मूल्य कितना होगा? सीमित होगा, भाई। पचास होगा, पाँच सौ होगा, सब सीमित हैं।

पर जो प्याला तुम्हें कभी मिला ही नहीं, चूँकि वह मिला नहीं, इसीलिए तुम्हारे पास उसकी कल्पना है और कल्पना में तो उसमें अमृत होगा, क्योंकि तुम छोटी कल्पना क्यों करो? छोटी कल्पना करी है? छोटी कल्पना कौन करेगा? कल्पना का तो मतलब ही है कि वो आकाश तक जाएगी। उसमें तो अमृत होगा, वह नहीं छूटेगा।

ऐसा है आदमी का मन। वह हाथ की चीज़ छोड़ सकता है—जो कुछ है। उससे क्या नहीं छोड़ा जाता? जो है ही नहीं। तो अब तराजू के एक पलड़े पर रखी हुई थी मुक्ति की कल्पना, मुक्ति नहीं, क्योंकि मुक्ति वास्तव में अमूल्य होती है। मुक्ति का तुम्हें कुछ पता नहीं, तो तुम मुक्ति की कल्पना रखते हो और दूसरे पलड़े पर क्या रखी हुई है? मुक्त तुम क्यों नहीं हो? क्योंकि तुम्हें क्या लग रहा है कि क्या मिला हुआ है? हज़ारों-लाखों चेक हैं, जो क्लियर होने का इंतजार कर रहे हैं और उनमें सब एक-एक चेक पर कीमत क्या लिखी हुई है? अनंत। वे रखे हुए हैं तराजू के दूसरे पलड़े पर। यह है संसारी का तराजू।

अब तुम मुझे बता दो, इस तराजू में कौन सा पक्ष भारी बैठेगा? जहाँ चेक हैं बहुत सारे। तो इसलिए तुम मुक्ति को कहाँ—मुक्त तो तुम हो ही। मुक्ति अभी चुन लो।

पर तुम मुक्ति चुनोगे नहीं, क्योंकि तुम्हारे पास आशाएँ बहुत हैं।

दो ही चीज़ हैं तुम्हारे पास—आशाएँ और आशाओं से मिली हुई चोट। यही है संसारी की कुल संपत्ति। उसके पास आशा है और आशा के टूटने से मिली हुई चोट है। चोट का उसे हिसाब बराबर करना है और हिसाब बराबर करने में वो कहता है कि अनंत रस है और भविष्य के जो चेक हैं, वे उन्हें भुनाने हैं और हर चेक में वह कहता है कि अनंत मूल्य है।

अब जब इतना सारा अनंत तराज़ू के पलड़े पर बैठा हुआ है तो फिर मुक्ति तो हल्की बात हो गई न। हम मुक्त कैसे हो जाएँ, भाई? संसार में अभी इतना कुछ है, हमारे लिए और है क्या वास्तव में? जेब कैसी है?

प्र. : खाली।

आचार्य : पर क्या है अपने पास? दिल किससे भरा हुआ है हमारा? कोई तुमसे पूछे कि "मुझे बताओ, तुम्हें क्या मिला है?"

कोई मुझसे पूछे कि "बताओ, वास्तव में क्या है तुम्हारे पास?"

तो मैं फिर हाथ झाड़ूँ, "कुछ भी नहीं है, लेकिन तुम्हें क्या लगता है, रोज़ ऐसा ही रहेगा? अरे, जल्दी ही हमारा दिन आएगा। उस दिन की तैयारी हमने पूरी कर रखी है। देखो, हमने ये इकट्ठा किया, ये इकट्ठा किया है, ये इकट्ठा किया है, उसी दिन की तैयारी में जिस दिन हमें वह अनंत सुख मिलेगा।'

और फिर ये स्वीकार करने के लिए कि ज़िंदगी बिल्कुल ही बरबाद है, श्मशान है, नीरस है, खाली है, इसके लिए बड़ा दिल, बड़ी ईमानदारी चाहिए। हम झूठ भी बोल जाएँगे। बहुत लोग होंगे, जो बाद में ये वीडियो सुनेंगे या हो सकता है कि यहीं बैठे हों, वे कहेंगे कि "ये कैसी बातें कर रहे हैं कि वर्तमान में मेरे पास कुछ भी नहीं है? मुझे देखो, मेरे पास सबकुछ है—प्यारी का प्यार है, नन्हे का दुलार है, पड़ोसी का सत्कार है और पूरे मोहल्ले में सबसे लंबी मेरी कार है।"

"तो यह कैसे कह रहे हैं? यह लगता है कि कुछ जानते नहीं। इन्हें जीवन में न प्यारी मिली, न पप्पू मिला, न ऐसी लंबी कार मिली, इसीलिए कह रहे हैं कि अंगूर खट्टे हैं। मुझे देखो, मुझे कितना कुछ मिला है।" और इतना कह करके वीडियो को रोक देंगे और डिसलाइक बटन दबा करके कहेंगे, "जाने कहाँ फँस गया था। बताओ रे, वह अगला गाना कहाँ है? 'दारू पे डांस करेंगे आज रात भर', वह वाला लगाओ। ये बीच-बीच में मुँह कसैला करने को न जाने कहाँ से आ जाते हैं, बाबा,

पीर-फकीर ? सब बनावटी, सब नकली। मेरे पास तो इतना कुछ है।"

अब मैं तुम्हें बताता हूँ कि तुम कैसे जाँचो कि वास्तव में तुम्हारे पास क्या है। सूत्र सुनना है ? अगर जाँचना चाहते हो कि वास्तव में तुम्हारी जेब खाली है या नहीं है, तो सुनो। सूत्र यह है कि वह जो कुछ तुम्हारे पास है, जो तुमने इकट्ठा किया है, जिसको तुम अपनी संपदा कहते हो, उसको ज़रा परे रख दो, बिल्कुल नंगे खड़े हो जाओ। जो कुछ भी तुम्हें लगता है कि संसार से मिल गया है, तुमने अर्जित कर लिया है इत्यादि, वो सबकुछ जो तुमने इधर उधर-इकट्ठा किया है, उसको ज़रा किनारे करो और खड़े हो जाओ बिल्कुल नंगे और अब बताओ, तुम्हारे पास क्या है ? जो अब बचा है तुम्हारे पास, वह तुम्हारा है।

दिक्कत यह है कि मेरी यह वाली बात टंडन साहब तक पहुँचेगी ही नहीं, क्योंकि वो इससे पहले ही वीडियो बंद करके दूसरे वाले में जा चुके हैं। कहेंगे, "अजीब बात है, ये असंभव माँग कर रहे हैं। पहले तो खुद ही कह रहे हैं कि सबकुछ हटा दो, फिर कह रहे हैं कि सबकुछ हटाने के बाद जो बचे, वह तुम्हारा है। अगर हमने सबकुछ हटा दिया तो सीधी-सीधी गणित है, मेरे पास सौ था और मैंने सौ हटा दिया, तो मेरे पास क्या बचेगा ? शून्य। तो शून्य ही तो बचेगा। पर इनको देखो, ये कह रहे हैं कि सौ में सौ हटा दो, फिर जो बचे, वह तुम्हारा है।"

हाँ, वही तुम्हारा है। सौ माने सीमित, सौ माने सौ संख्याएँ। सौ माने सौ छोटी-छोटी वस्तुएँ जो तुमने इकट्ठा करी हैं। सौ माने वह सबकुछ जो गिना जा सकता है। वह सब हटा दो। उसके बाद जो बचता है, वह तुम्हारे जीवन का ऐश्वर्य है, धन है। मुझे बताओ, वह कितना है तुम्हारे पास ?

वह नहीं है और वह दरिद्रता तुम्हारे चेहरे पर और तुम्हारे आँखों पर दिखाई पड़ती है। तुम होगे कहीं के बड़े व्यापारी। तुम्हारे पैसे एक तरफ़ रख दिए जाएँ, तुम्हारा फूला हुआ अहंकार ज़रा किनारे कर दिया जाए, बताओ, क्या है तुम्हारे पास ? बताओ, क्या है ? ये जो जीवन जिया, इसमें क्या कमाया ?

इसी बात को संतों ने एक-दूसरे तरीके से भी बताया है, उन्होंने कहा है कि अगर जाँचना चाहते हो कि क्या है तुम्हारे पास, तो अपने आपसे पूछो कि क्या है, जो मौत साथ नहीं ले जा पाएगी या फिर क्या है, जो तुम्हारे साथ जाएगा मौत के समय, वही तुम्हारा है। फँस गए, बिल्कुल फँस गए। कह रहे हैं, "मौत के समय तो हम ही हमारे साथ नहीं जाएँगे, तो हमारा क्या है ?"

यही तो बात है। ये तो छोड़ दो कि तुम्हारे जेब में कुछ जो है, वह तुम्हारा है। वो जिसे तुम अपनी जेब कहते हो, वह भी तुम्हारी नहीं है, क्योंकि वह तुम्हारे साथ जाएगी नहीं। वह जिसे तुम अपनी बुद्धि और याददाश्त कहते हो, वो भी तुम्हारी नहीं, क्योंकि वह तुम्हारे साथ जाएगी नहीं। तो तुम हो दरिद्र से दरिद्रतर, भिखारी से महा भिखारी, लेकिन फिर भी तुम मानोगे नहीं, क्योंकि भिखारी अपने चीथड़ों में एक चीज़ छुपाए घूम रहा है, एक फटा झोला, जिसमें रखे हैं भविष्य के न जाने कितने चेक। कल कुछ हो जाए, परसों कुछ हो जाए और एक दूसरा झोला, जिसमें रखे हैं सारे बाउंस्ड चेक। सारे बाउंस्ड चेकों को रोज़ देखता है, कसम खाता है, "जिसने धोखा दिया, उसको मिटाकर रहूँगा।" और मिटाने में तो ऐसा रस है कि बिना मिटाए हम मर भी नहीं सकते।

एक तरफ़ वह देखता है आशा से भरी दृष्टि से और दूसरी तरफ़ वह देखता है क्रोध से भरी दृष्टि से और दोनों ही दृष्टि में रस बहुत है। बताओ, वो संसार कैसे छोड़ देगा? इतना रस पा रहा है वो संसार में! कभी इधर देखता है और यहाँ पर क्या पाता है? भविष्य के रसगुल्ले और उधर देखता है, वहाँ पर क्या है? अतीत में बहा हुआ उसका खून और दोनों ही चीज़ें उसे छुटकारा तो लेने नहीं देंगी और इतना इधर देखता है, इतना उधर देखता है कि ठीक सामने क्या है, वह कभी देखता नहीं। ठीक सामने क्या है? उसका टूटा हुआ भीख माँगने का कटोरा, जो कहानी बयान कर रहा है उसके जीवन की असफलता की, घोर असफलता की। उसको तो वह देख भी नहीं पाता कि वास्तव में मेरे पास क्या है। कुछ नहीं है, कुछ भी नहीं है। पर फिर भी तुम मुक्त नहीं होओगे, क्योंकि तुम्हें लग रहा है कि तुम्हारा कारोबार जारी है।

जिस व्यापारी को लग रहा हो कि अभी आठ बजे हैं और नौ बजे ग्राहक आ सकते हैं, मुनाफ़ा हो सकता है, क्या वो दुकान बंद करने को राज़ी होगा? तुम वही व्यापारी हो। तुम संसारी हो। तुम्हें हमेशा यह लगता रहता है कि अभी दुकान से मुक्त नहीं हो सकता मैं, क्योंकि अगले ही घंटे बड़ा मुनाफ़ा होनेवाला है। तो कैसे तुम दुकान से मुक्त होओगे?

तुम शटर गिरा ही नहीं पाते कभी भी। जब भी शटर गिराने को होते हो, कहते हो, "पाँच मिनट और। पक्का भरोसा है कि चंदू आ रहा है कम-से-कम छह सौ करोड़ लेकर। कैसे अभी शटर गिरा दूँ?" और शटर गिराने नें दूसरी बाधा यह है कि तुमने शटर गिरा दिया और तभी माखन, साखन, दोनों सामने से गुज़र गए तो मुझे पता कैसे

चलेगा? और माखन, साखन कौन हैं? जिन्होंने चेक बाउंस कराए थे।

तो तुम दोनों ओर से फँसे हुए हो—न तुम अपने दुश्मनों को छोड़ पाते, न तुम अपने स्वजनों को छोड़ पाते। दुश्मन तुम्हें जीने के लिए प्रेरित करते हैं, "जियो।" कुछ है न दिमाग में जो घूम रहा है। जो कुछ भी दिमाग में घूमेगा, वह भविष्य का निर्माण करेगा। काश! कि तुम देख पाओ कि तुम्हारे हाथ में कुछ नहीं है, तुम्हें वास्तव में कुछ नहीं मिला। तुम तत्काल कहोगे, "बंद करो ये दुकान, आग लगाओ इसमें। इसमें मिलता क्या है वादों के सिवा? पूरी कोठरी भरी हुई है वादों से, उम्मीदों से, आशाओं से। इसके अलावा यहाँ कुछ नहीं पाया मैंने और समय जितना बीतता जाता है, मैं उतना लज्जित अनुभव करता हूँ और उतना मेरे ऊपर अहंकार के कारण आंतरिक दबाव बढ़ता है कि कम-से-कम एक बार तो जीतकर दिखा दूँ।"

जिसने बस खेल अभी शुरू किया हो, वह तो फिर भी शायद आज़ाद हो सके—इसीलिए युवाओं के आज़ाद हो जाने की, उड़ जाने की संभावना थोड़ी ज़्यादा होती है, लेकिन जो खेल में गहरा उतर गया है, उसकी आज़ादी की संभावना न्यून हो जाती है। वह कहता है कि मैंने बीस साल इस खेल में लगा दिए, इतनी चोटें खाई, अब मुझे पक्का पता है कि कल ही मेरी जीत का दिन है। इतनी सारी हार के बाद कल ही मेरी जीत का दिन है। अब क्या इस वक्त मैं खेल को विदाई दे दूँ? दे ही नहीं सकता और जीत का दिन हमेशा लगता है कि बस कल ही है, बस इस बार तो हो ही जाएगा। पचास बार व्यापार में घाटा खाया है, लेकिन यकीन मानो इस बार जो धंधा शुरू किया है, इसमें हार नहीं है। इस बार तो दिखा ही देंगे कि हो जाएगा।

जैसे-जैसे उम्र अवस्था बढ़ती जाती है, वैसे-वैसे मुक्ति और मुश्किल होती जाती है। तुम कैसे मानोगे कि पचास साल तुमने बरबाद किए हैं? देखो, मुक्ति के लिए तो अनिवार्यता यह है कि पहले सिर झुकाकर स्वीकार करना होगा न कि अभी तक जैसे जीवन जी रहे थे, वो नासमझी थी, बेवकूफ़ी थी। कोई बीस साल का है, उसके लिए आसान है। वो आएगा, कहेगा, "हाँ, अभी तक जैसा जिया, वो बेवकूफ़ी थी, पर वो बेवकूफ़ी भी बहुत ज़्यादा हमारी नहीं थी, क्योंकि सिर पर शिक्षक और परिवार वाले चढ़े हुए थे कि उन्होंने ऐसा जीवन जिवा दिया। अब हमारी आँख खुली है, हमें दिख रहा है कि हमें ऐसा जीवन जीना नहीं है। पिताजी ने बीस साल तक हमें जैसा जीवन दिया, वह वही जीवन है जैसा उन्होंने जिया, पर हम वैसा जीवन नहीं जीना चाहते।"

युवाओं के लिए आज़ादी संभव है। साठ साल वाला क्या बोलेगा? वह तो स्वेच्छा से जी रहा था अपनी दृष्टि में। अब वह साठ साल तक स्वेच्छा से मूढ़ताएँ करता रहा। अब वह आकर क्या बोले कि मैं साठ साल तक अफीम चाटे हुए था? उसको तर्क ही नहीं मिलता। मैं स्वीकार कैसे करूँ कि मेरे साथ क्या हुआ साठ साल में? तो वह फिर कहता है, "नहीं, साहब, हमारा तो कुछ असफल वगैरह तो कुछ है नहीं। हमारी तोंद को देखिए, आपको क्या लगता है, यह खाली है? इतना कमाया है।"

बड़ी बेचारे की विकट स्थिति है। वह कैसे माने? क्योंकि यह तो महा बुद्धुओं का लक्षण है कि साठ साल तक लगे रहे बेवकूफ़ी में, लगे रहे बेवकूफ़ी में। अब वह यह कहेगा कि "न तो मैं मानूँगा कि मैं बेवकूफ़ था और न मैं किसी और को आज़ाद होने दूँगा, क्योंकि यदि कोई भी आज़ाद होता है तो परोक्ष रूप से यही सिद्ध होता है कि मैं तो बेवकूफ़ था।" तो अब वह एक बात पर बिल्कुल अड़ जाएगा, "न तो मैं आज़ाद होऊँगा और जहाँ कहीं भी दुनिया में आज़ादी के पर फूटते देखूँगा, आज़ादी का अंकुर फूटते देखूँगा, वहाँ ही पर कुतर दूँगा, अंकुर कुचल दूँगा।"

जो खुद आज़ाद होने की हिम्मत नहीं रखता, वह आज़ादी का घोर दुश्मन बन जाता है।

यह जो तुम्हारा तराजू है, इसका इस्तेमाल करो, पर ज़रा अच्छे व्यापारी की तरह करो। जो प्राप्य है, वह मत गिनो; जो हाथ में है, वह गिनो। देखो कि साल दर साल क्या पाया, कैसे जिए। डर में ही तो जिए, संदेह में ही तो जिए। पक्की नींद तक नहीं पाए। किसी संबंध में सुरक्षा नहीं पाए। हर किसी पर तुम्हें शक रहा। कोई है, जिस पर आँख मूँद करके भरोसा कर पाए हो? और जिस पर भरोसा नहीं किया जा सकता, उसको तो दुश्मन कहते हैं। तुमने अपने घर में भी दुश्मन ही भरे। घरवालों पर भी कहाँ भरोसा है तुम्हें?

क्या कमाया? असली कमाई से तो बरकत आती है। असली कमाई तो चेहरे का नूर बनती है। ज़रा अपना बुझा हुआ चेहरा देखो, ज़रा अपना शंकित, कंपित मन देखो। क्या कमाया? शक, संदेह, शुबह। यह सबसे बड़ा प्रमाण होता है एक दरिद्र जीवन का। चूँकि उसके पास कुछ है नहीं, इसीलिए सदा उसे शंका रहती है कि मैं लुट जाऊँगा।

यह विचित्र बात है। जिसके पास है, उसके पास न सिर्फ़ है, उसको ये शंका भी नहीं है कि मैं लुट जाऊँगा। उसको यह शंका हो ही नहीं सकती कि मैं लुट जाऊँगा,

क्योंकि जो है उसके पास, वह दौलत सच्ची है। सच्ची दौलत की निशानी ही यही है कि वह लुट नहीं सकती और जिसके पास नहीं है, उसकी निशानी ही यही है कि उसे हर समय यही लगेगा कि कुछ गड़बड़ न हो जाए, कुछ खतरा है। यह न भाग जाए, ऐसा न हो जाए, यह घटना न घट जाए, वहाँ से धोखा न मिल जाए, क्योंकि जिसके पास नहीं है, उसके पास काल्पनिक दौलत है, नकली दौलत और जो नकली दौलत है, वह तो कभी भी लुट सकती है।

देखो अपने जीवन में श्रद्धा है या संदेह। जिसके पास संदेह-ही-संदेह हैं, उसका जीवन व्यर्थ गया। कुछ कमाया होता तुमने अपने जीवन में तो तुम्हारे पास श्रद्धा होती, अटूट श्रद्धा। तुम कहते, "जो असली है, वह झूठा नहीं हो सकता, दुनिया चाहे लाख साबित कर ले।"

रामकृष्ण ने जो कहानी सुनाई, उस कहानी में यह जो व्यक्ति है, जो नाटक नहीं देख पा रहा, रामकृष्ण के बगल में बैठा है और नाटक नहीं देख पा रहा, यह वास्तव में क्या पा रहा है उस क्षण में? जब तक नाटक चला, इसने क्या पाया? क्या पाया? कुछ नहीं पाया। नाटक तो देख ही नहीं पाया। न सिर्फ़ यह नाटक नहीं देख पाया, बल्कि लगातार उपद्रव में उलझा रहा। इसने क्या पाया? तो यह बात तो ज़ाहिर है। यह बात बिल्कुल ज़ाहिर है कि संसारी कुछ नहीं पाता।

सुंदर नाटक चल रहा है। नहीं पाया। कुछ नहीं पा रहा है वह, लेकिन फिर भी वो उस बच्चे के साथ उलझा है, बताओ क्यों?

प्र. : आशा, कल्पना।

आचार्य : एक हिंदी फ़िल्म का गाना है, "आज उँगली थामकर तेरी तुझे मैं चलना सिखलाऊँ, तू बाँह पकड़ना मेरी जब मैं बूढ़ा हो जाऊँ।" आगे का चेक है। तो अभी जो मैं कर रहा हूँ, वो क्या है? निवेश। "आज उँगली थामकर तेरी तुझे मैं चलना सिखलाऊँ," तो मैं क्या कर रहा हूँ? निवेश है, इन्वेस्टमेंट है।

और उसका फल कब मिलेगा? "तू बाँह पकड़ना मेरी जब मैं बूढ़ा हो जाऊँ।" आज मैं तेरी मदद कर रहा हूँ, तू नहीं चल पाता, आगे तू भी तो करेगा। अभी तो तुम बस अपने-आपको दिए दे रहे हो, बरबाद कर रहे हो, तो इसीलिए तुम मुक्त हो ही नहीं सकते। बताओ, क्यों? तुम्हें जीना पड़ेगा। तुम्हें लगातार भविष्य में अपने-आपको खींचना पड़ेगा, क्योंकि आज तुमने जो कुछ भी किया है, उसका फल तुम्हें कब मिलना है?

प्र. : भविष्य में।

आचार्य : यह ऐसी-सी बात है कि तुमने किसी को सौ दिए हैं। उसने वादा किया है कि वह दो सौ लौटाएगा। अब तुम मर भी कहाँ जाओगे? तुम्हें जीना पड़ेगा तब तक, जब तक वो दो सौ लौटा न दे। तुम कैसे मुक्त हो सकते हो? क्योंकि आज तक तो तुमने बस दिया ही दिया है और बिल्कुल खाली बैठे हो। इसको दे दिया, उसको दे दिया, दिए ही जा रहे हो, संसार चूसे ले रहा है तुमको और तुम चुसे हुए हो अच्छे से।

और आगे के लिए क्या मिली है तुम्हें? उम्मीदें। तो तुम्हें तो जीना पड़ेगा। कैसी आज़ादी? तुम कहोगे, "इतना इनको दिया, इतना इनमें लगाया, वहाँ लगाया, अब मुक्त हो जाएँ? कैसे मुक्त हो जाएँ, भाई? यहाँ लगाया है, वहाँ लगाया है, वहाँ लगाया है, मुक्त हो जाएँ? हम मुक्त हो जाएँगे तो इनसे फिर जो फल आएगा, वह फिर कौन भोगेगा? फल भोगने के लिए ही तो लगाया था। सारा निवेश बरबाद जाएगा न।" तो इसीलिए संसारी नहीं छोड़ सकता। वह देख ही नहीं पाता कि जो डूबा, सो डूबा। ये वह कलेजा ही नहीं कर पाता।

दूसरी बात, तुम्हारा कुछ डूब रहा होता जो तुम्हारा होता तो बात थी, जिसे तुम कह रहे हो डूबा, वह तुम्हारा है ही नहीं और उसके चक्कर में तुम वो गँवाए दे रहे हो, जो तुम्हारा हो सकता था। बताओ, वह कहाँ है, जो डूब गया? तुम्हारे पास है? वह तो गया न, लेकिन उसके चक्कर में तुम क्या कर रहे हो? तुम वह गँवाए दे रहे हो जो अभी है।

ठीक है, तुमने दस साल लगा दिए कहीं पर। वह तो बीत गए न? पर उनको उगाहने के चक्कर में अब तुम आगे के दस साल भी खराब करोगे। तुम कहोगे, "दस साल लगाए हैं, छोड़ कैसे दें?" ये बात संसारी मन को समझ में ही नहीं आती कि अतीत को छोड़ो। तुम्हारा कुछ नुकसान हुआ होगा, अतीत में हुआ होगा, उस नुकसान की पूर्ति के लिए तुम अभी अपना और बड़ा नुकसान किए दे रहे हो।

अतीत के नुकसानों को बिल्कुल भूल जाओ, दुश्मनों को बिल्कुल भूल जाओ कि पीछे तुम्हें किसने चोट पहुँचाई थी। पीछे तुम्हें किसी ने चोट पहुँचाई, नहीं पहुँचाई, कौन जाने? लेकिन इतना पक्का है कि उस चोट को याद करके तुम आज का दिन तबाह किए ले रहे हो। ये संसारी मन को गणना घुसती ही नहीं है।

तुम हिसाब ही करते हो तो आर्थिक जगत के दो-तीन सिद्धांत होते हैं, उनको

तो याद कर लो। एक होता है 'संक कॉस्ट', वह सिद्धांत भी आसानी से समझ में ही नहीं आता। एक होता है 'जीरो बेस्ड बजटिंग , वह भी नहीं घुसता खोपड़े में।

'संक कॉस्ट' का मतलब समझते हो? कि वह डूब गई, अब उसके पीछे और मत डुबोना। वह अब डूब गई, अब उसे छोड़ो। वह डूब गई। अब यह मत कहना कि डुबो दिया है तो वहीं उसी गड्ढे में और डालेंगे। इतना कुछ डाला है मैंने उस गड्ढे में, उस गड्ढे को छोड़ कैसे दूँ? अभी उसी गड्ढे में और डालूँगा और डालूँगा और जब और डालोगे तो तुम्हें और तर्क मिल जाएगा, कहोगे, "देखो और डूब गया है इसमें, तो मैं अब इसमें और डालूँगा।" अभी-अभी मुस्कुरा रहे हो, लेकिन दुनिया जीवन ऐसे ही जीती है। यह 'संक कॉस्ट' की बात है।

इसी तरह से होती है 'जीरो बेस्ड बजटिंग'। जब वक्त आता है नवनिर्माण का, तब कहा जाता है कि हम यह नहीं देखेंगे कि अतीत में हमने कहाँ से कमाया और कहाँ को खर्च किया, हम सीधे देखेंगे कि अभी स्थिति क्या है और शुरुआत यूँ करेंगे, जैसे हमारे पास स्मृति हो ही नहीं, जीरो बेस और हम पूछेंगे कि अभी बताओ कि अभी पाने-गँवाने का क्या हिसाब-किताब है।

हम ये नहीं कहेंगे कि पिछले साल का बजट ले करके आओ और उसमें कुछ थोड़ा बढ़ा दो दस प्रतिशत और कुछ घटा दो दस प्रतिशत। हम बिल्कुल पिछला सब मिटा देंगे स्मृति से और अभी जो सामने है वस्तुस्थिति, उसको देखकर फैसला करेंगे कि हालत क्या है और क्या करना चाहिए। यह बात भी घुसती ही नहीं है संसारी मन में। वह कहता है, "कल जहाँ सौ लगाए थे, आज क्या वहाँ दो लाख लगा दें?" उसकी हैसियत तो सौ लायक ही है न। चलो सौ को बढ़ाकर डेढ़ सौ कर लो, पर सौ का दो लाख थोड़े ही हो सकता है।

हम अतीत को पैमाना बनाते हैं। हम अतीत को ले करके ही शुरुआत करते हैं। हम खाली नहीं होने पाते और जिसके पास अतीत है, याद रखना, उसके पास भविष्य होगा। भविष्य है तुम्हारे पास तो आज़ादी कैसी? अतीत छूटे नहीं छूटता, क्योंकि अतीत देह बनकर सदा साथ है। ये देह कहाँ से आई? अतीत से। तो अतीत छूटता ही नहीं। यह देह है न, इसके भीतर पूरा अतीत ही घुसा हुआ है।

तीसरा जो है, वह है 'अपॉर्चुनिटि कॉस्ट'। उसको भी याद रखना ज़रूरी होता है। तुम्हें यह तो दिखता है कि अभी जो तुम जिस दिशा जा रहे हो, वहाँ तुम्हें दो रुपया मिला, तुम्हें यह नहीं देखते कि उधर जाकर तुम दो लाख को गँवा बैठे। इसीलिए जब

भी कहीं कुछ मिलता हो तो पूछना कि "इसने मुझे क्या पाने से रोका है?"

कल मैं समझा रहा था स्टूडियो कबीर में कि किसी चीज़ की हैसियत ऐसे नापा करो कि वह तुमको सत्य के, गुरु के पास ले जा रहो है या दूर ले जा रही है। जो कुछ तुम्हें सत्य से दूर ले जा रहा हो, हो सकता है कि तुम्हें लगे कि तुम्हें दस रुपया दे रहा है और दस रुपया दे रहा है और नुकसान कितने का कर रहा है?

प्र. : अनंत का।

आचार्य : ये 'अपॉर्चुनिटि कॉस्ट' का सिद्धांत है कि यही मत देखो कि क्या मिल रहा है, ये भी देखो कि क्या मिल सकता था, जो मेरी हरकतों के कारण मुझे मिला नहीं, क्योंकि जब भी तुम्हें कुछ मिल रहा होता है, तो यह तो लगता ही है कि कुछ मिला। तुम कहीं बैठ गए और कोई बेवकूफ़ी करने में रस ले रहे हो, तो उस वक्त तो तुम्हें लग ही रहा है न कि रस मिला। पर तुम उस वक्त ये भुलाए बैठे हो कि इस क्षण में इस रस को लेने के लिए मैंने क्या गँवा दिया, किस चीज़ का सौदा कर बैठा यह दस रुपया पाने के लिए। अगर तुम्हें कोई पत्थर भी दे, तो उस पत्थर में भी कुछ मूल्य तो होता ही है। तुम ले लोगे, अगर मुफ्त का पत्थर मिले तो ले ही लोगे। मुफ्त का दो रुपया भी मिल रहा है, तो कौन न ले?

तो जब भी कुछ मिलता है तो अच्छा ही लगता है कि कुछ मिला, भले ही उसका मूल्य दो हो, बीस हो, दो सौ हो। जितना भी मिला, मिला। वह तुम्हें बुरा तब लगेगा जब तुम्हें ये समझ में आए कि उस पत्थर को पाने के लिए तुमने हीरा गँवा दिया। जीवन में पत्थर इसीलिए भरे हुए हैं, क्योंकि मुफ्त पत्थर भी मिले तो ठीक ही लगता है। वह पत्थर तुम्हारे दिल का बोझ तब बनेग, जब तुम्हें समझ में आएगा कि पत्थर के लिए मैंने हीरे का सौदा किया। तब तुम उन पत्थरों को फेंकने के लिए आतुर हो जाओगे। "ये तो मिल गया पर इसकी खातिर मैंने डुबो क्या दिया! ये तो मिल गया, पर डुबो क्या दिया मैंने!"

क्या हो सकता था, यह संभावना कभी आँखों के सामने से जाने मत दो। पूछा करो, "मैं यही होने के लिए पैदा हुआ था? और न मैंने की होती मूढ़ताएँ, तो क्या ऐसा जीवन बिता रहा होता? इतने सस्ते पर राज़ी हो जाता? इसी जीवन के लिए जन्म लिया था मैंने?" पूछा करो। तब तुमने जो कुछ अर्जित किया है, लगता है तुम्हारी संपदा है, वह बहुत फीकी मालूम होगी। तब तुम कहोगे कि "यार, ये सब तो पा लिया, पर इसको पाने में जीवन तबाह कर लिया। अभी मैं जैसा हूँ, ऐसा होने

के लिए तो नहीं पैदा हुआ था।" तब तुम्हें समझ में आएगा कि पत्थर तो मिले हैं, बिल्कुल मिले हैं और पत्थरों का कुछ मूल्य भी होगा, लेकिन हीरा खो दिया। बड़ा नुकसान का सौदा कर बैठे।

किसी भी चीज़ की हैसियत ऐसे नापा करो कि वह तुमको सत्य के, गुरु के पास ले जा रही है या दूर ले जा रही है।

□

17

जहाँ आसक्ति, वहाँ दुःख

शास्त्रकौमुदी, बोधस्थल, 2019

आपका अकेलापन दूर नहीं होता है, आप बेहोश हो जाते हो। बेहोशी में कौन सा अकेलापन? अकेलापन अनुभव हो, उसके लिए भी थोड़ा होश, थोड़ी चेतना चाहिए।

कर्म ब्रह्मोद्भवं विद्धि ब्रह्माक्षरसमुद्भवम्।
तस्मात्सर्वगतं ब्रह्म नित्यं यज्ञे प्रतिष्ठितम्॥

नियत कर्म का विधान वेद में निहित है और वेद को शब्दरूप से अविनाशी परमात्मा से साक्षात् उत्पन्न समझना चाहिए। इससे सर्वव्यापी परमात्मा ब्रह्मरूप में यज्ञ में सदा स्थित रहता है।

—श्रीमद्भगवद्गीता, अध्याय 3, श्लोक 15

प्रश्नकर्ता : प्रिय आचार्य जी, प्रणाम। श्रीकृष्ण उपरोक्त श्लोक में कह रहे हैं कि सर्वव्यापी परमात्मा ब्रह्मरूप में यज्ञ में सदा स्थित रहता है। इस यज्ञ, निष्काम कर्म की प्रेरणा परमात्मा है पर मेरे कर्म की प्रेरणा मोह है। सतही रूप से समझ आता है कि शरीर और उससे संबंधित वस्तुओं और व्यक्तियों से आसक्ति मोह है, परंतु मोह को और करीब से समझने में कृपया मेरी सहायता करिए।

क्या मोह मेरी मूल अनुभूति, अर्थात् परसेप्शन, दृष्टि को ही प्रभावित कर देता है? क्या मन की सूक्ष्म गति भी मन के कारण ही है, मन की गति भी क्या सूक्ष्म कर्म है?

आचार्य प्रशांत : मोह जब तक आपको कोई वस्तु लगेगी, जब तक आपको उसमें कोई वास्तविकता लगेगी, तब तक आप मोह के वश ही रहेंगी।

मोह क्या है?

मोह वास्तव में झूठ है। झूठ को वास्तव में काटना भी नहीं होता। एक रस्सी की छाया आपके ऊपर पड़ रही है, क्या आप बँध गई हैं? क्या आप चाकू ले करके उस रस्सी को काटने लगेंगी? और काटने लगेंगी तो क्या होगा? रस्सी तो क्या ही कटेगी, देह कट जाएगी।

मोह ऐसा ही है—किसी ऐसे के होने में विश्वास कर लेना जो है ही नहीं।

आप में एक भाव उठता है, वह भाव अकारण नहीं है। उस भाव से लड़िए मत, उसके कारण की जाँच-पड़ताल कर लीजिए। आसक्ति है आपको किसी से—छोटे से, बड़े से, बच्चे से, बुजुर्ग से, स्त्री से, पुरुष से, व्यक्ति से, वस्तु से, विचार से—किसी से आसक्ति है आपको, मैं कह रहा हूँ उस आसक्ति की कोई वजह है, उस वजह का थोड़ा अन्वेषण तो करिए। क्या सत्यता है उस वजह में? जायज़ है क्या वह वजह? जायज़ हो तो अपनी आसक्ति कायम रखिए।

आप यूँ ही किसी से संबंधित नहीं हैं, आप जिससे भी संबंधित हैं, आपके पास संबंधित होने के स्वार्थ हैं। कोई दिक्कत नहीं है स्वार्थी होने में। जिसको ज़रूरत हो, जिसकी मजबूरी हो, उसको अपने स्वार्थ, अपनी आवश्यकता देखनी पड़ती है न? पर आपकी जो भी ज़रूरत है, आपका जो भी स्वार्थ है, क्या वो मोह से पूरा हो रहा है? और मोह है इसीलिए कि वह आपकी कोई ज़रूरत पूरी कर देगा। कर पा रहा है क्या? मोह कहता है कि कर देगा, कर देता है क्या? अगर कर रहा हो तो आप मोहित रही आइए।

मोह और ममता और अहंता बिल्कुल साथ-साथ चलते हैं। जिसको मम कह दिया, 'मेरा है', उसके प्रति मोहित तो रहेंगे ही न और जिसके प्रति मोहित हो गए, समय नहीं लगेगा उसे 'अपना', 'मम' कह देने में और मोह हो या ममता हो—मोह होने के लिए, मम कहने के लिए, आपका, अहं का होना ज़रूरी है। जो कहे 'मेरा' सो अहं; जो मोहित हो रहा हो सो अहं। तो ये तीनों साथ-साथ चलते हैं।

इनमें सच्चाई कितनी है? और यह मत कहिएगा कि आपको इनकी सच्चाई से कोई मतलब नहीं है। मतलब आपको पूरा है। मतलबवश ही तो आप मोह करते

हैं न? कोई मतलब न होता आपको तो आप किसी की ओर आकर्षित क्यों होतीं? जिनसे मोह है, उनसे मतलब ही तो है, उनसे स्वार्थ ही तो है कुछ, उनसे कुछ मिल ही तो रहा है, उनके माध्यम से कुछ पाना ही तो है।

इसका प्रमाण यह है कि जब वह जीवन से जाते हैं तो ऐसा लगता है कि कुछ चला गया। अगर किसी के जीवन से हटने से लगता है कि कुछ चला गया, तो निश्चित रूप से जीवन में रहकर किसी आवश्यकता की पूर्ति कर रहा था न आपकी? कुछ पहन रखा है आपने, उसको उतारते ही अगर ठंड लगने लगती है, तो इसका अर्थ यह है वह जब आपने धारण करा हुआ था, तब वह आपकी किसी आवश्यकता की पूर्ति कर रहा था, है न?

तो मोह की वजह होती है, उससे कुछ मिल रहा होता है। जो मिल रहा होता है, मैं कह रहा हूँ, उसका परीक्षण कर लीजिए। कितना मिल रहा है और उसके बदले में कितना दे रहे हैं? जो मिल रहा है, उसमें सच्चाई कितनी है?

सच्चाई कोई शास्त्रों की ही बात नहीं होती, सच्चाई कोई नैतिकता की ही बात नहीं होती; सच्चाई बड़ी व्यावहारिक बात होती है। (पानी का गिलास उठाते हुए) मैं प्यासा हूँ, इन्होंने मुझे यूँ पानी दिया। मेरे लिए ज़रूरी है कि इसके भीतर जो है, वह सच्चा हो; क्योंकि मेरे लिए मेरी प्यास सच्ची है न, तो पानी भी सच्चा चाहिए। सच्चाई इसलिए आवश्यक है।

सच्चाई वह है जो आपकी प्यास को, आपकी अतृप्ति और अपूर्णता को मिटा दे।

क्या मोह में सच्चाई है? (पानी का एक घूँट लेते हुए) मैं इसको पीता हूँ, कुछ तो हुआ लाभ। आप मोह पीती हैं, आपकी अतृप्ति मिटती है क्या? मोह को पी तो किसी मतलब से ही रही हैं। कोई यह न कहे कि 'हम निस्स्वार्थ भाव से मोह रखते हैं', कोई यह न कहे कि 'हम तो निस्स्वार्थ रूप से ममता रखते हैं'। ममता, मोह, अहंता, इनमें सबमें स्वार्थ तो भरपूर है—ये स्वार्थ के ही दूसरे नाम हैं और मैं नहीं कह रहा कि स्वार्थी होना बुरी बात है, मैं सवाल दूसरा पूछ रहा हूँ, मैं पूछ रहा हूँ कि तुम्हारा स्वार्थ पूरा हो रहा है क्या? जिससे मोहित हो, उससे मोहित हो करके जीवन की तुम्हारी व्याकुलता, अपूर्णता मिट रही है क्या? और मिट रही हो तो मोहित रहे आओ।

जब ममत्व बैठा लेते हो किसी से तो वो तुम्हारे लिए शांति का कारण बनता है या अशांति का? बोलो।

प्र. : अशांति का।

आचार्य : आसक्त हो जाते हो किसी से, अब जीवन में तुमने शांति उतार ली या अशांति? माताएँ यहाँ आकर बैठती हैं सत्संग में, उनका जी नहीं लगता, उनको खटका बना रहता है, भीतर अशांति चलती रहती है। बाहर से ज़रा सी 'कूँ-कूँ' आयी नहीं कि उनको भागना पड़ेगा, है न? ये तुमने अपने लिए शांति पैदा करी है या अशांति? बताओ।

इसी तरीके से किसी को किसी वस्तु से बड़ा मोह हो। बड़े महँगे उपकरण आते हैं, जैसे मोबाइल फोन। तुमने दो लाख का मोबाइल फोन खरीद लिया और यहाँ पर स्वयंसेवियों ने कहा कि नियम है, इसे बाहर छोड़ना पड़ेगा। अब बैठे तो अंदर हो, शांत हो या अशांत हो? स्वार्थ पूरा भी हो रहा है? लिया किसलिए था? कि क्या पता इसी से शांति मिल जाए। मिल रही है क्या या जीवन में और अशांति आ गई?

इसलिए कह रहा हूँ कि मोह झूठ है। तुमको वह नहीं दे रहा, जो तुम उससे चाहते हो। तुम उसको जीवन में रखे हुए हो पर उस संबंध की बुनियाद ही झूठी है। ये जान लेना, ये साफ़-साफ़ अपने जीवन में देख लेना सीधे मुक्ति दिला देता है।

आप एक छोटी सी डिबिया ले करके भागे जा रहे हो, उसको बिल्कुल सीने से चिपका करके और कोई पूछे, "क्यों इसको सीने से लगा रखा है? क्यों इसके पीछे प्राण देने को उतारू हो?" आप कहेंगे, "इसमें हीरा है, हीरा। इस हीरे से मेरी सारी समस्याओं का समाधान हो जाएगा। बड़ा कीमती है, मेरी सारी दरिद्रता दूर कर देगा और तिलिस्मी हीरा है, नागमणि है, उड़ते हुए साँपों के माथे से निकाली गई है। ये मणि घर में रखूँगा तो बड़ी शुभ संपदा उतरेगी।" और ऐसे चिपका रखा है।

मैं नहीं कहूँगा कि आप उसको फेंक दीजिए। अगर वाकई उसमें वही हीरा है, जो आप बता रहे हैं तो उसको बिल्कुल छाती से चिपकाकर रखिए। पर मैं इतना तो कहूँगा कि उस डिबिया, उस पिटारी को थोड़ा-सा खोल करके देख लो, उसमें है क्या। इतने मोहित हो, एक बार जाँच तो लो कितने मोहित हो। क्या पता उसमें कुछ हो ही न? क्या पता उसमें कोई साधारण पत्थर हो?

तुम्हारी आशाएँ पूरी नहीं होनेवाली। मोह भाव झूठ है, तुम्हें निराश होना पड़ेगा, बड़ा दुःख होगा। जब तक उसे सीने से लगाए घूम रहे हो, तब तक दुःख है कि कहीं कोई चुरा न ले, कहीं कुछ छिन न जाए, कहीं ये जो नन्ही-सी चीज़ है मेरे पास, इसकी हानि न हो जाए, तब तक इस दुःख में जी रहे हो। घोर दुःख है न यह? चैन

से सो नहीं सकते, आराम की साँस नहीं ले सकते; लगातार अंदेशा बना रहता है हानि का, चोरी का, नुकसान का। आज इस दुःख में हो और कल जब असलियत खुलेगी तब पोल खुलने के दुःख में जीयोगे। तुम तो दोनों ही दशाओं में दुःख में जीयोगे।

जब तक हीरा समझकर छाती से चिपटाए हुए हो, तब तक चोरी का, सुरक्षा का दुःख है और जिस दिन खुली वो पिटारी और भीतर पाया कि कुछ नहीं है या बस कंकड़-पत्थर हैं, उस दिन पूरे जन्म के व्यर्थ जाने का दुःख सामने खड़ा हो जाएगा।

इतना तो समझा रहे हैं कृष्ण, सब कर्म प्रकृति के वशीभूत होकर हो रहे हैं। तुम व्यर्थ ही कर्ता बने बैठे हो। प्रकृति जीव को भरती है अहंता, मोह, ममता से। उसमें प्रकृति के अपने निहित उद्देश्य हैं, खासतौर अगर आप स्त्री हैं, तब तो पूछिए ही मत। जीव व्यवस्था चलाने के लिए ज़रूरी है कि स्त्री के रेशे-रेशे में मोह-ममता भर दी जाए।

पर क्या स्त्री हो आप? जो भीतर बेचैनी बैठी है, उसका लिंग है क्या कोई? बोलो। तो स्त्री हो नहीं तुम। मैं नहीं कह रहा हूँ कि आत्मा का कोई लिंग नहीं होता। तुम्हारे भीतर जो अतृप्त चेतना है, उसका भी तो कोई लिंग नहीं होता न? वह चैन माँग रही है, स्त्रैण चैन तो नहीं माँग रही? स्त्री और पुरुष का चैन तो अलग-अलग नहीं होता न? स्त्री और पुरुष की नींद अलग-अलग होती है क्या? हाँ, जग जाएँ तो अलग-अलग हो जाएँगे। दोनों जब सो ही गए हैं, आराम और विश्राम में प्रवेश कर गए हैं, तब स्त्री और पुरुष अलग-अलग होते हैं क्या? वही आराम चाहिए न तुमको? तो स्त्री कहाँ हो तुम?

ऊपर-ऊपर से स्त्री हो और प्रकृति तुमसे ऊपर-ऊपर के सारे काम करवाए जा रही है। नतीजा यह है कि तुम जो हो, उसकी माँगें पूरी करने के लिए तुम्हारे पास कोई वक्त ही नहीं, कोई ऊर्जा ही नहीं बची।

इतना समझाता है अध्यात्म कि प्रकृति नहीं हो तुम। प्रकृति तो अपना काम निपटाए ले रही है तुम्हारी देह के माध्यम से, तुम कुछ अपने हित भी तो देखो। प्रकृति तुम्हारा उपयोग भर कर रही है। एक तरह से बेवकूफ़ बना रही है प्रकृति तुमको और तुम बने जा रहे हो। अपना हित कब देखोगे?

बड़ा यह खतरनाक खेल चलता है भीतर। अकेलापन तुम हटाना चाहते हो। जब तक दूसरा तुम्हारे साथ नहीं है, तब तक अकेलापन खाए जाता है। जब दूसरा व्यक्ति साथ आता है, तब अकेलेपन के हटने की संभावना पैदा होती है, लेकिन वह

संभावना साकार तभी हो सकती है, जब दूसरे व्यक्ति के साथ तुम बेहोश हो जाओ। दूसरे व्यक्ति के साथ रहते हुए भी अगर तुमने अपनी चेतना थोड़ी भी जाग्रत् रखी तो तुम पाओगे कि दूसरे के साथ होते हुए भी तुम बड़े अकेले हो। यही वजह है कि हम अपने अकेलेपन में तो फिर भी थोड़ा होश बरकरार रख लेते हैं, जब दूसरे की संगत में आते हैं तो हमारे लिए बेहोश होना अनिवार्य हो जाता है; क्योंकि उस बेहोशी में ही तुम्हें अकेलेपन के मिटने की अनुभूति होगी।

तुम दूसरे की संगत कर ही इसीलिए रहे हो न कि अकेलापन मिटे? पर दूसरे की संगत अकेलापन नहीं मिटाती तुम्हारा; दूसरे की संगत में तुम पर जो बेहोशी छाती है, वह तुम्हारा अकेलापन मिटाती है। उस बेहोशी को अपने ऊपर छाने देना या न छाने देना चुनाव होता है।

दूसरे की संगत में तुम्हारे लिए और ज़रूरी हो जाता है कि तुम बेहोश हो जाओ, नहीं तो रिश्ता ही बना नहीं रहेगा। दूसरा तुम्हारे साथ है और उस वक्त तुम अपनी चेतना बरकरार रख लो, रिश्ता टूट जाएगा। जब तुम उसके साथ हो, खासतौर पर उसके साथ जो तुम्हारा अकेलापन मिटाने का साथी है, और तुम अपनी चेतना सुदृढ़ रख लो, तुम उससे बातचीत ही नहीं कर पाओगे।

तो यह मत कहो कि दूसरे के साथ रहने से अकेलापन मिटता है, यह कहो कि दूसरा जब निकट आता है तो एक परस्पर बेहोशी का मादक माहौल छा जाता है। उस मादक माहौल में सो जाते हैं, नशे में आ जाते हैं, लगता है अकेलापन मिट गया। एक सपना छा जाता है, लगता है अकेलापन मिट गया। अकेलापन मिटा नहीं है, बल्कि और गहरे गिर गए हो और गड्ढे में गिर गए हो।

कोई मिल जाए तुम्हें ऐसा, जिससे तुम होश का संबंध बना सको कि चेतना उठी हुई है और तब अकेलापन दूर हो, तो बात दूसरी है, वह बात अलग है। पर ऐसा कोई मिला तुम्हें तो उसके होने का परिणाम होगा तुम्हारे होश का खुलना। होश जितना खुलेगा, उतना तुम्हें दूसरे की ज़रूरत कम होती जाएगी।

तुम्हारी ज़िंदगी में दूसरा महत्त्वपूर्ण बना रहे, इसके लिए ज़रूरी है कि दूसरे के होने से तुम्हारे जीवन में बेहोशी बनी रहे। तो दूसरे का स्वार्थ ही इसमें है कि तुम्हें बेहोश रखे और तुम्हारा स्वार्थ इसमें है कि तुम दूसरे को बेहोश रखो। जितना दोनों बेहोश रहोगे, उतना दोनों को एक-दूसरे की ज़रूरत रहेगी।

इसीलिए ये जो जोड़ों के रिश्ते होते हैं, बड़े खतरनाक होते हैं। तुम्हारा जोड़ीदार

कभी चाहेगा ही नहीं कि तुम होश में आओ; क्योंकि होश में आने का मतलब है जोड़ा टूटा और न तुम कभी चाहोगे कि तुम्हारा जोड़ीदार होश में आए, बल्कि जहाँ दिखाई देगा थोड़ा-बहुत भी कि होश की किरण उतर रही है, वही खतरा छा जाएगा, घंटियाँ टनटना उठेंगी, "कुछ खतरनाक हो रहा है, कुछ खतरनाक हो रहा है। अरे, यह तो जाग रहा है! सुलाओ रे!" यह व्यवस्था प्रकृति ने दी है।

होश के उठने और होश के गिरने का अर्थ समझो। जितना तुम प्रकृतिस्थ होते जाओ, जितना तुम देहभाव में, वृत्तिभाव में लिप्त होते जाओ, तुम्हारा होश उतना गिर रहा है, होश का पतन हो रहा है, अधोगमन हो रहा है; और जितना तुम प्रकृति से छिटकते जाओ, दूर होते जाओ, उतना तुम्हारा होश चढ़ रहा है, ऊर्ध्वगमन हो रहा है।

जिसके होने से तुम और ज़्यादा शरीर ही अनुभव करो अपने-आपको, वो तुम्हारी ज़िंदगी में बेहोशी लेकर आया है। वो तुमसे संपृक्त ही इसीलिए है, क्योंकि तुम किसी विशेष लिंग के हो या रक्त इत्यादि से संबंधित हो। उस बेचारे की मजबूरी है कि वो तुम्हारी ज़िंदगी में बेहोशी ही ले करके आएगा—दोष नहीं दे सकते। यह व्यवस्था ही ऐसी बनी हुई है। किसी को दोषी ठहराने की कोई बात ही नहीं है। खेल ही गड़बड़ है, किसी खिलाड़ी पर क्या दोष रखें? खेल प्रकृति का है, हम क्यों बोलें कि उसमें कोई बड़ा खिलाड़ी है, जो अपराधी है?

तुम अपनी पत्नी के सामने अपनी प्रकृति को छोड़ सकते हो क्या? बड़ा मुश्किल है। उससे कहोगे क्या कि "मैं तो विशुद्ध चैतन्य मात्र हूँ?" क्योंकि विशुद्ध चैतन्य मात्र हो तो कौन किसका पति, कौन किसकी पत्नी? रिश्ता ही खतरे में पड़ जाएगा। तुम पति बने रहो इसके लिए आवश्यक है कि तुममें देह भाव बना रहे। "मैं कौन हूँ? मैं पुरुष हूँ।" और रिश्ता ऐसा है, जिसमें देह के आदान-प्रदान की पूरी गुंजाइश है। मामला गड़बड़ हो जाता है न और इसमें न स्त्री को दोषी बता रहे हैं, न पुरुष को, न पति को, न पत्नी को। बस मैं तुमको बता रहा हूँ कि यह व्यवस्था ही इस तरह से रची हुई है कि तुम इसमें फँसे रहोगे।

माँ की गोद में बच्चा है। वह कैसे कह देगी कि 'मैं तो चेतना मात्र हूँ, जिसको पूर्णता और मुक्ति की तलाश है'? वो बच्चा चिल्ला रहा है, उसका हाथ पकड़ रहा है, उसकी छाती पर हथेली मार रहा है, कह रहा है कि 'दूध पिलाओ!' पूरा रिश्ता ही देह का है। बच्चे की उपस्थिति में माँ चेतना कहाँ से बन पाएगी, भाई? बच्चा तो 'आ-आ' करके माँ को बोलता है, "तू देह है, तू देह है, तू देह है। तू देह है और तू मेरी देह का

खयाल कर।" और इसमें बच्चे के होने या न होने का, मैं फिर कह रहा हूँ, मैं अच्छा-बुरा नहीं ठहरा रहा। मैं बस आपको बता रहा हूँ कि यह व्यवस्था किस तरह से निर्मित है। मैं नहीं कह रहा हूँ कि बच्चा बड़ी बुरी चीज़ होता है। नहीं, मैं बस बता रहा हूँ कि बच्चा क्या चीज़ होता है।

आपका अकेलापन दूर नहीं होता है, आप बेहोश हो जाते हो। बेहोशी में कौन सा अकेलापन? अकेलापन अनुभव हो, उसके लिए भी थोड़ा होश, थोड़ी चेतना चाहिए न? किसी की उपस्थिति आपको एकदम ही बेहोश कर दे, अकेलापन मिट गया और अकेलापन मिट सकता है अगर किसी की उपस्थिति आपको उठा दे, आत्मा की तरफ़ बढ़ा दे, तब भी अकेलापन मिट सकता है। वैसा साथी हमें मिलता नहीं।

आमतौर पर जिनकी मौजूदगी में हमारा अकेलापन दूर होता है, वह वही होते हैं, जो हमारी चेतना को गिरा देते हैं।

कृष्ण के साथ है अर्जुन। अर्जुन का भी अकेलापन दूर हो रहा है, पर अब उसकी चेतना गिर नहीं रही है, उठ रही है। वैसी पत्नी मिल जाए, बात क्या है! वैसा पति मिल जाए, दोस्त मिल जाए, बात क्या है!

और हम प्रकृति विरोधी नहीं हैं। समझिएगा, प्रकृति जब तक बाहर-बाहर है, बड़ी प्यारी है। प्रकृति जब भीतर बैठ गई, बड़ी खतरनाक है। यह जो बाहर की प्रकृति है, इससे प्रेम करो, इसकी सुरक्षा करो। पौधे, जीव-जंतु, जंगल, नदी, पहाड़, झरने, रेगिस्तान बड़े सुंदर हैं, बड़े प्यारे हैं जब तक वो दृष्टि का विषय हैं, लेकिन जैसे ही तुमने प्रकृति से तादात्म्य किया, तुम कहीं के नहीं बचोगे। तुम कहीं के नहीं बचोगे और फिर बाहर जो प्रकृति है, तुम उसे भी आग लगा दोगे; जंगल काट दोगे, नदियाँ खराब कर दोगे, पौधों को खा जाओगे, जानवरों की हत्या करोगे।

इसी बात को सांख्य योग कहता है—प्रकृति और पुरुष का सम्यक् रिश्ता है कि प्रकृति अपना खेल करे, नाचे और पुरुष चुपचाप दूरी से बस देखे, निहारे, मौन रहे, मुस्कुराए। उसे देखो, उसके साथ लिप्त मत होओ। देखने भर में बड़ा आनंद है। लिप्त हो गए, कहीं के नहीं बचोगे।

सुंदर फूल खिला है, उसकी खुशबू है, खुशबू सूँघ लो, फूल को निहार लो। लिप्त मत हो जाना, तोड़ करके बालों में मत लगा लेना। अब तुमने प्रकृति का भी नुकसान कर दिया और अपना भी। दूर-दूर से फूल बड़ा सुहाना है; सब फूलों को दूर से ही निहारा करो और यह फूलों के बहिष्कार की बात नहीं हो रही है, हम फूल विरोधी नहीं हैं।

शुरू में ही कहा कि यह प्रकृति के विरोध की बात नहीं हो रही है, यह प्रकृति से उचित रिश्ता रखने की बात हो रही है। खरगोश खेल रहे हैं, देखो न। क्या करोगे ? उनके ऊपर कूदोगे, क्या करोगे ?

प्रकृति और पुरुष का सम्यक् रिश्ता है कि प्रकृति अपना खेल करे, नाचे और पुरुष चुपचाप दूरी से बस देखे, निहारे, मौन रहे, मुसकराए।

□

18

अगर पुराने बंधन बार-बार वापस लौट आते हों तो

अद्वैत शिविर, बोधस्थल, 2019

खड़े-खड़े इंतज़ार थोड़े ही करोगे कि एक दिन चामत्कारिक रूप से रस्सी कट जाए तो हम आज़ाद हो जाएँगे। वह नहीं होने का। जो हालत है, उसी हालत में आगे बढ़ो। ज़िंदगी ने बंधन दिए हैं, बंधनों के साथ ही आगे बढ़ो।

प्रश्नकर्ता : आचार्य जी, दिनचर्या में व्यर्थ चीज़ों को हटाने की कोशिश कर रहे हैं, लेकिन कुछ दिन सबकुछ ठीक चलने के बाद फिर वही गिरावट आ जाती है, फिर वही पुरानी स्थिति आ जाती है। इससे वापस आने में थोड़ा समय लग जाता है, तो यह सर्कल (चक्र) चलता रहता है। क्या हमेशा यह ऐसा ही चलता रहेगा या फिर बाहर आ सकते हैं?

आचार्य प्रशांत : ऐसे ही चलेगा। इसका जो कर्व (वक्र) होता है, वह ऐसा ही (तरंगनुमा) होता है। तुम्हें क्या करना है? इससे तुम मुक्ति नहीं पा सकते; यह जो ऊँच-नीच है, उतार-चढ़ाव है, यह मन का मूल द्वैत है, यह चलेगा। तुम यह कर सकते हो कि इसको ऐसे (सतत उर्ध्वगामी) कर दो। (हाथ से वक्र को ऊपर ले जाते हुए) समझ रहे हो यह क्या है? क्या है? ऊँच-नीच तो चल रही है, लेकिन कुल-मिलाकर आरोहण हो रहा है।

गिर भी रहे हैं तो भी उठ रहे हैं। ऐसे भी हो सकता है (हाथों से वक्र को नीचे

लाते हुए)। ज़्यादा ऐसे ही होता है। एक कहा जाता है अपवर्ड स्पाइरल (उर्ध्वगामी सर्पिल); कि हैं चक्र में ही फँसे हुए, जीवन के चक्र में ही फँसे हैं, पर कुछ ऐसे फँसे हैं कि ऊपर को जा रहे हैं और एक होता है स्पाइरल (अधोगामी सर्पिल) कि फँसे भी हैं और पतन भी हो रहा है।

मुक्ति ऐसे नहीं होगी कि यह जो चक्र है। वह बिल्कुल टूट गया, एक विस्फोट के साथ बिखर गया और तुम आज़ाद हो गए और···ऐसे नहीं होगी मुक्ति। मुक्ति ऐसे ही होगी (फँसे हुए भी ऊपर उठते हुए), कल जो बात कर रहा था आपसे। यह है (अपवर्ड स्पाइरल)।

हमें यह सुविधा ही उपलब्ध नहीं है कि एक झटके में विस्फोट हो और आज़ादी मिल जाए। हमें तो ऐसे ही जाना पड़ेगा ऊपर (अपवर्ड स्पाइरल), फँसे-फँसे ही, बंधनों के साथ ही।

बंधनों को भी ज़रा मज़ा चखाओ न! उनको बताओ कि तुम अपना काम कर रहे हो, वो अपना काम कर रहे हैं। ज़िंदगी ने हमें टट्टू बनाया है, ठीक है! लेकिन हम बढ़ फिर भी अपनी मंज़िल की ओर रहे हैं, टट्टू के जैसे। टट्टू देखा है, उसका क्या किया जाता है? उसके पीछे के भी दो पाँव बाँध दिए, आगे के भी दो पाँव बाँध दिए और उम्मीद की जाती है कि अब यह खड़ा रहेगा, आगे नहीं बढ़ेगा।

मैंने देखे हैं टट्टू, जिनका सबकुछ बाँध दो, तो भी वो अपना धीरे-धीरे, बँधे-बँधे ही आगे बढ़ते रहते हैं। तुम्हारे पास और कोई तरीका ही नहीं है—बढ़ते रहो बँधे-बँधे आगे, रस्सी भी तुम्हारा ज़ोर कब तक झेलेगी? रस्सी भी थोड़ा पहले फैलेगी, तुम्हें और आज़ादी देगी और फिर फैलते-फैलते टूट ही जाएगी।

खड़े-खड़े इंतजार थोड़े ही करोगे कि एक दिन चमत्कारिक रूप से रस्सी कट जाए तो हम आज़ाद हो जाएँगे। वह नहीं होने का। जो हालत है, उसी हालत में आगे बढ़ो। ज़िंदगी ने बंधन दिए हैं, बंधनों के साथ ही आगे बढ़ो। किसको नहीं दिए हैं बंधन भाई! जो जिस हालत में है, उसे वहीं से आगे यात्रा करनी है; कोई भी बंधनों का रोना न रोए।

जीवन माने? बंधन। बंधन नहीं चाहिए तो? मर जाओ। उससे भी बंधन टूटने के नहीं हैं, पर वह बात ज़रा दूसरे तल की है।

जी रहे हो तो बंधनों में ही जियोगे। पहला बंधन तो देह ही है न! कुछ बात जम रही है या ज़िंदगी के मसले बहुत गंभीर हैं? गंभीर लोगों को बड़ी बेइज़्ज़ती लगती है।

वे गंभीरतापूर्वक तुम्हें कुछ बताने आएँ और तुम हल्के में ले लो, बिल्कुल कलप जाते हैं। कहें, "हम इतनी बड़ी बात बोलने आए थे और तुम कुछ फिक्र ही नहीं कर रहे?"

"हाँ, फिक्र कर रहे हैं। बताओ, बताओ, क्या! अरे! क्या करें? दौड़ लगाएँ? चलो! कलाबाजियाँ खाते हैं दोनों। बात ही बहुत सीरियस है!"

जितनी बार तुम बोलते हो कि बात बड़ी सीरियस है, उतनी बार किसी कब्र में कोई ज़ोर का ठहाका मारता है। बोलो, बोलो, बात सीरियस है। कहीं कोई मुर्दा एकदम ठठाकर हँसेगा, "कह रहे हैं सीरियस है!"

प्र. : प्रणाम, आचार्य जी। मैंने आपका एक वीडियो देखा था 'कृष्ण-सुदामा प्रसंग' पर, तो उसमें आपने यह संदेश दिया था कि सुदामा ने अहंकारवश कृष्ण से कुछ माँगा नहीं। तो मेरे मन में यह प्रश्न है कि हमें क्या माँगना चाहिए और किससे माँगना चाहिए?

आचार्य : अभी तक हमने जो कुछ भी माँगा है, स्वयं से ही माँगा है। 'मैं' हासिल करूँगा, 'मुझे' संसार से मिलेगा। हम यह भी कहें कि संसार से माँगा है, तो संसार भी हमारी ही छाया है—माँग खुद से ही रहे हैं। अधिक-से-अधिक यह कह लो कि खुद अर्जित करेंगे और संसार में अर्जित करेंगे, ऐसी हमारी धारणा रही है।

मुझे जो चाहिए, वह 'मुझे' चाहिए और वह मुझे दुनिया में मिलेगा, ऐसी हमारी धारणा रही है। ठीक? इस तरह से हमने जो पाया सो पाया और जो पाया, क्या वह संतुष्टि दे पाया? नहीं दे पाया न। तो इसी से स्पष्ट हो जाना चाहिए कि अब क्या माँगना है और किससे माँगना है। वह सब तो नहीं माँगना है, जो माँगने का मन करता रहा है आज तक और उससे तो नहीं माँगना है, जिससे माँगा है आज तक।

आज तक तो जिसने माँगा है और जिससे माँगा है, वह प्रयत्न निष्फल ही गया है। निष्फल ऐसे नहीं गया है कि माँगी गई वस्तु मिली नहीं है; निष्फल ऐसे गया है कि जब मिल भी गई है तो संतोष नहीं दे पाई है। तो अब वह माँगेंगे, जिसको माँगने का मन कभी करता नहीं और उससे माँगेगे, जिससे आज तक कभी माँगा नहीं। न तो यह कहेंगे कि स्वयं अर्जित कर लूँगा, न यह कहेंगे कि संसार से मिल जाएगा।

मन तो हमेशा कुछ ऐसा ही माँगता है न, जो मन को बनाए रखे, अहंकार को बढ़ाए रखे, आपको उलझाए ही रखे। अब वह सब नहीं माँगना है। तो क्या माँगा? माँगों से आज़ादी, मन की माँगों से मुक्ति और वह मुक्ति कौन दिलाएगा? स्वयं पाने से रहे और यह दुनिया भी देने से रही। होगा कोई दुनिया के पार का, जो देगा वह मुक्ति।

मुक्ति चाहिए और उस मुक्ति का दाता कौन बनेगा? होगा कोई कहीं और का। वह हमारी समझ से बाहर का है, इस दुनिया का नहीं है। हम भी नहीं हैं, न वह इस दुनिया का कोई हो सकता है।

पहली बात तो हम अपने श्रम और साधना से अर्जित नहीं कर पाएँगे; हमारा मन वह दिशा तय नहीं कर पाएगा, जिस दिशा से मुक्ति मिलती है। दूसरी बात, दुनिया में जितने विषय दिखाई देते हैं, उनमें से कोई विषय ऐसा नहीं है, जिसको पा लेने से मुझे मुक्ति मिल जाएगी अपनी ही चाहतों से, अपनी ही माँगों से, अपने ही बौराए हुए मन से।

आगे क्या माँगना है, क्या यह स्पष्ट नहीं है कि निर्भर करेगा आपकी वर्तमान दशा पर? बोलिए।

हिरण क्या माँगेगा? घास। मछली क्या माँगेगी? पानी। चिड़िया क्या माँगेगी? दाना-पानी और शेर क्या माँगेगा? मांस। तो जब आप पूछते हैं कि क्या माँगू और किससे माँगू, तो क्या आवश्यक नहीं है पहले यह देखना कि आप कौन हैं, आपकी दशा क्या है? आपकी दशा यह है कि आप खाली तो नहीं हैं, आपके पास काफ़ी कुछ है। आप ऐसा तो नहीं हैं न कि चीज़ों से, वस्तुओं से, उपाधियों से, सफलताओं से बिल्कुल खाली हैं। यह सब आपको मिली हैं न ज़िंदगी में?

आपके पास अपना सामान होगा, अपनी धारणाएँ होंगी, अपना ज्ञान होगा, अपने संबंध होंगे, अपना घर, अपनी नौकरी, व्यवसाय, यह सब होंगे न आपके पास? और इन सबके होने के बावजूद आप कह रहे हैं कि क्या माँगें और किससे माँगें, इसका अर्थ क्या है बोलिए? कि जो कुछ आज तक आपने कमाया है, पाया है, उससे आप संतुष्ट नहीं हैं। तो यहाँ से शुरुआत करिए कि अभी तक जिसने माँगा है और जिससे माँगा है, वह संतुष्टि नहीं दे पाया है और बहुत साल हो गए हैं, ऐसा नहीं है कि थोड़ा और प्रयोग करके देखें, क्या पता मिल ही जाए! चालीस-पचास साल बीत गए। काफ़ी आज़माकर देख लिया न?

तो अब तरीके बदलने पड़ेंगे, कुछ नया प्रयोग करना पड़ेगा। वह नहीं माँगना जो आज तक माँगा। उस दिशा में नहीं जाना जिस दिशा में जाने का बार-बार मन करता रहता है और जिस दिशा में बार-बार गए ही हैं। ज़रा रोकना होगा अपने-आपको, अपने ही हित में रोकना होगा अपने-आपको। उन लोगों के याचक बार-बार नहीं बनना है, जिनके याचक आज तक रहे हैं।

जो कोई पैसा दे सकता है, उसके सामने याचक बने हैं न? गरजमंद बने हैं,

हाथ फैलाया है न? जो कोई किसी भी तरह का सुख दे सकता है, उसके याचक बने हैं न? और उनसे आपको कुछ मिला भी होगा, तभी बार-बार याचना की है। जो कुछ भी उनसे आज तक मिला, उसकी हैसियत बताइए, कितनी? थोड़ी-बहुत। कुछ तो होगी, तभी आप बार-बार उनके द्वार जाते रहे हैं। पर जो भी मिला, वह पूरा पड़ा क्या? पूरा पड़ा होता तो क्या आज यह प्रश्न पूछते कि "क्या माँगें और किससे माँगें?" फिर तो कहते, "माँगने की कोई ज़रूरत ही नहीं।" पूरा तो नहीं पड़ा न? अब इनसे मत माँगिएगा, जिनसे आज तक माँगा है; उन रास्तों पर मत चलिए, जिन पर आज तक चले हैं।

क्या माँगें? जैसे रहे हैं, उसकी ताकत बहुत तीव्र है। आचार्य जी कितना भी बता दें कि उन रास्तों पर मत चलना, जिन रास्तों पर आज तक चले हो, मन तो बार-बार यही करेगा कि उन्हीं रास्तों पर चलें। तो फिर क्या माँगें?

मन आपको बार-बार धक्का देगा कि उन्हीं रास्तों पर चलो और उन्हीं लोगों की तरफ़ चलो जिन पर आज तक चले हो, जिनकी तरफ़ आज तक चले हो।

तो फिर क्या माँगना चाहिए?

जीतना है इस मन से।

इसने अतीत तो खराब करा ही है, भविष्य के लिए भी इसने पूरी योजना बना रखी है। भविष्य के लिए इसकी योजना यह है कि भविष्य वैसा ही रहे जैसा अतीत था। तो मैं आज यहाँ वर्तमान में खड़ा हूँ, मुझे क्या माँगना है?

मुझे यह माँगना है कि मन मुझे बहुत धक्का देगा आगे भी, मुझे उसके धक्के में आना नहीं है। यह माँगना है। आज तक उसके धक्के में आता रहा और अपनी दुर्दशा ही कराई है, अब आगे मुझे उसके धक्के में नहीं आना है, यह माँगना है।

किससे माँगना है?

बस उनसे नहीं माँगना है, जिनसे माँगते रहे हैं।

मन आपको बार-बार धक्का देगा कि उन्हीं रास्तों पर चलो और उन्हीं लोगों की तरफ़ चलो, जिन पर आज तक चले हो, जिनकी तरफ़ आज तक चले हो। जीतना है इस मन को।

□

19

घर और कर्तव्यों का पालन करते हुए मुक्ति कैसे पाएँ?

अद्वैत शिविर, ऋषिकेश, 2020

चाहने से कुछ नहीं होता, जागने से होता है, समझने से होता है।

प्रश्नकर्ता : आचार्य जी, क्या मुक्ति की दिशा में प्रयास वैराग्य या संन्यास लेकर ही संभव है या फिर घर पर रहकर भी यह संभव है? मैं यह जानना चाहता हूँ कि कौन सा मार्ग सही है?

मेरे ऊपर घर और माँ-बाप की बहुत सारी ज़िम्मेदारियाँ हैं, तो मैं पहले अपना कर्तव्य देखूँ या मुक्ति की तरफ़ मुड़ूँ या मैं दोनों कर सकता हूँ, करते हुए भी मतलब न करता हुआ रह सकता हूँ?

आचार्य प्रशांत : जैसे हम कहते हैं न, "मनुष्य एक सामाजिक प्राणी है," वैसे ही हम यह भी कह सकते हैं, "मनुष्य एक घरेलू प्राणी है।" घर तो हमारा होना ही है; जहाँ भी हों हम, वहाँ घर तो बन जाना ही है।

आप एक होटल के कमरे में भी जाते हो दो-चार दिन के लिए, तो उसको भी थोड़ा तो सुव्यवस्थित करके रखते ही हो, बन गया न चार दिन के लिए घर? गाड़ी में भी बैठते हो दो घंटे के लिए, तो गाड़ी की भी थोड़ी सफ़ाई करके रखोगे, गाड़ी की भी सीट की सफ़ाई देखोगे, उस पर लिहाफ क्या चढ़ा है, उसका रंग क्या है, यह सब देखोगे; हो गई न घर जैसी बात? तो घर तो रहेगा ही, प्रश्न यह है कि उस घर के साथ आप संबंध क्या बना रहे हो?

समझना, बीमार के साथ एक संबंध यह हो सकता है कि तुम भी बीमार हो जाओ, बीमार के साथ एक संबंध यह हो सकता है कि तुम उसके यार हो जाओ और बीमार के साथ एक संबंध हो सकता है कि उसके मददगार हो जाओ। अगर मानोगे ही नहीं कि जिसके साथ हो, वह बीमार है, तो यही करोगे कि उसकी बीमारी अपने ऊपर भी ले लोगे। अगर कहोगे कि जो बीमार है, वह तो बहुत खुशहाल है, वह तो बिल्कुल वैसा ही है, जैसा उसको होना चाहिए, तो उससे मित्रता कर बैठोगे, यार हो जाओगे उसके।

अगर बीमार को आदर्श ही बना लिया, तो फिर बीमार के प्रति सम्मान से भर जाओगे, बीमार और उसकी बीमारी दोनों के पाँव छूना शुरू कर दोगे और अगर साफ़-साफ़ स्वीकार करते हो कि बीमार के साथ हूँ, बीमारों के मध्य हूँ, तो फिर उनके मददगार हो सकते हो और अच्छे से समझ लो, जैसा हमने शुरुआत में कहा कि तुम जहाँ भी रहोगे, तुम्हारे इर्द-गिर्द कुछ तो रहेगा ही।

तुम्हारे इर्द-गिर्द जो कुछ है, उसी को तुम एक तरह का तात्कालिक घर मान सकते हो। जो कुछ भी है तुम्हारे इर्द-गिर्द, उससे सही रिश्ता बनाना सीखो न और उससे सही रिश्ता बनाने में यह बात भी शामिल है कि उससे निकटता कितनी रखनी है और दूरी कितनी रखनी है और निकटता अगर रखनी है तो क्या बनकर रखनी है और अगर दूरी रखनी है तो किस प्रयोजन से रखनी है।

पर यह बात हो गई सूक्ष्म। हम इतनी सूक्ष्मता में, इतने विस्तार में जाना नहीं चाहते, तो हम फिर मोटे-मोटे अपने सामने दो चुनाव रख लेते हैं बस—क्या? कि या तो घर में रहो, जैसे सब रहते हैं, वैसे ही, घरवाले बनकर ही घर में रहना है या फिर हम संन्यासी हो गए, अब हम घर को छोड़ देंगे, घर-बार का जी हमने त्याग कर दिया। ये दोनों ही अतियाँ बड़ी स्थूल हैं और एक सोते हुए मन की निशानी हैं। इन दोनों ही कामों को करने के लिए कोई विशेष जागरूकता चाहिए नहीं, वास्तव में ये दोनों काम अपने आप हो जाते हैं।

किसी जगह पर एकदम लिप्त हो करके पड़े रहो, पड़े रहो, जब लिप्तता बहुत बढ़ जाएगी, तो अपने आप फिर एक दिन विस्फोट हो जाता है और वह बिंदु आ जाता है, जहाँ पर रिश्ते टूटने लगते हैं, तो फिर दूरी बन जाती है, फिर जब दूरी बन जाती है तो कहीं और जा करके बैठे हुए होते हो, वहाँ भी यही प्रक्रिया अपने-आपको दोहराती है, वहाँ से बिदक करके वापस पुरानी जगह पर आ जाते हो।

घड़ी का पेंडुलम जैसे होता है न? इधर से उधर, उधर से इधर और घड़ी के

पेंडुलम के पास तो दो ही सिरे हैं, क्योंकि वह एक ही आयाम में गति करता है, ऐसे-ऐसे (उँगली से गति के पथ को दर्शाते हुए); हम 360 डिग्री गति करते हैं, कभी ऐसे, कभी ऐसे, कभी ऐसे, कभी ऐसे, कभी ऐसे, कभी ऐसे (उँगली से सभी दिशाओं में अनियंत्रित गति को दर्शाते हुए)। घड़ी के पेंडुलम के पास अधिक-से-अधिक दो अड्डे हैं, हमारे आठ-दस होते हैं, बीस होते हैं; कहीं भी जा सकते हैं, लेकिन जहाँ भी जाते हैं, उस जगह को न तो समझते हैं, न उससे सही संबंध बनाते हैं। भागा-भागी से क्या होगा?

मैं इस बात का कायल नहीं हूँ कि जहाँ हो, वहीं चिपके पड़े रहो, पर मैं भागा-भागी के विरुद्ध थोड़ा सावधान रहने को इसलिए बोल रहा हूँ, क्योंकि एक जगह से भाग करके दूसरी जगह जहाँ आप जाते हो, वहाँ भी क्या चैन पाते हो? भाग लो भागना ही है तो, पर सही दिशा की ओर तो भागो। एक जगह से दूसरी जगह की अंधी दौड़ लगाने से, कूद-फाँद से क्या लाभ होगा?

यहाँ बहुत लोग बैठे होंगे, जिन्होंने कुछ जगहें छोड़ी होंगी, कुछ दूसरी जगहों पर जा करके अड्डा बनाया होगा, आवास किया होगा, उससे वाकई लाभ ही हो गया? आप एक रिश्ते में जाते हो, उसको तोड़ देते हो, फिर दूसरा रिश्ता बनाते हो; एक नौकरी में जाते हो, छोड़ देते हो, दूसरी में जाते हो। यह प्रक्रिया ठीक है, अगर इससे आपको लाभ हो रहा हो वाकई, पर लाभ नहीं हो रहा तो फिर तो हम अपने-आपको ही बस बहला-फुसला रहे हैं न?

अध्यात्म का मतलब यह नहीं है कि घर-बार छोड़ देना हैं। अध्यात्म को क्या लेना-देना घर-बार से, दुकान से—यह तो संसार है। अध्यात्म आपके बारे में है, भाई। वह कहता है कि आप जानते भी हो क्या कि आप जहाँ बैठे हो, वहाँ क्यों बैठे हो? जिनसे संबंधित हो, उनसे क्यों संबंधित हो? आपको पता भी है, आप क्या बन करके जी रहे हो, जहाँ भी जी रहे हो? ये हैं सवाल।

अब जिस तल पर आप पूछ रहे हो कि "मैं घर पर रहूँ या घर छोड़ दूँ?" उस तल पर अध्यात्म आपको कोई उत्तर दे ही नहीं सकता; आपको देखना है और किसने कह दिया कि यही दोनों विकल्प होते हैं? पहला विकल्प आपने कह दिया कि जैसी स्थितियाँ हैं, बिल्कुल वैसे ही चलती रहें, कुछ हिले नहीं, यथास्थिति बरकरार रहे, स्टेटस को। यह आपने पहला विकल्प पकड़ा है और दूसरा विकल्प आपने क्या पकड़ा है? कि सब छोड़-छाड़कर कहीं रफूचक्कर हो जाना है। इन

दोनों ही विकल्पों में कौन सी होशियारी है!

अध्यात्म में कुछ भी अनिवार्य नहीं, कुछ भी वर्जित नहीं कर्म के तौर पर। हाँ, एक चीज़ ज़रूर है, जिसकी ओर आपका ध्यान खींचा जाता है, वह यह कि "क्या बने बैठे हो?" "क्या कर रहे हो?" "और जो बनकर जो कुछ कर रहे हो, उससे तुमको चैन मिल रहा है क्या?" बहुत सीधा सा सवाल है। इस सवाल के बाद अगर आपको अपने रिश्ते वैसे ही चलाने हैं, जैसे चल रहे हैं, तो चलाइए। कोई ऋषि आपको बताने नहीं आएगा कि आपके भाई से या आपके पिता से या आपकी पत्नी से आपका रिश्ता कैसा होना चाहिए, ऋषियों का यह काम नहीं है, वे इन मामलों में नहीं पड़ते; वह आपको देखना है। न तो वे यह कहने आएँगे कि यथास्थिति चलती रहे, न वे यही कहने आएँगे कि सब तोड़ दो, मरोड़ दो, छोड़ दो।

सब विकल्प खुले हैं, छोड़ने का भी विकल्प है और रिश्ते जैसे हैं, उसकी अपेक्षा उन्हें बहुत सुधार देने का भी विकल्प है। यह तो निर्भर इस पर करता है कि वह रिश्ता बना ही क्यों है और यह निर्भर इस पर भी करता है कि वह रिश्ता किससे बना हुआ है। जिससे रिश्ता बना हुआ है, उससे ज़बरदस्ती तो नहीं की जा सकती। कोई सुनने-समझने, बदलने को यदि राज़ी हो, तो ही प्रगति संभव है और सबका समय एक साथ ही आ जाए, यह आवश्यक नहीं।

क्यारियाँ बना दीजिए, उसमें बीज छिड़क दीजिए, एक सी मिट्टी, एक से बीज, फिर भी अंकुर एक ही समय पर नहीं फूटते; सब का समय ज़रा अलग-अलग होता है। सब एक ही चाल से चलते भी नहीं, सब एक ही दिशा में बढ़ते भी नहीं। अब आप चाहें कि किसी का हाथ खींचकर ज़बरदस्ती करें, ऐसा हो नहीं पाता है।

एक तरफ़ तो कह रहे हो कि मुक्ति परम आवश्यक है, दूसरी ओर क्या किसी को ज़बरदस्ती मुक्ति दिलाओगे? वह इस बात के लिए भी तो मुक्त है न कि मुक्ति न चाहे। अब वह नहीं चाह रहा, तो क्या करोगे? या किसी से कहोगे कि यह एक बद्धता है कि तुम्हें मुक्त होना पड़ेगा?

जब मुक्ति में कोई अनिवार्यता नहीं होती तो मुक्ति स्वयं भी एक अनिवार्यता कैसे हो गई? जिसको नहीं चाहिए, उसको नहीं चाहिए; उसको अभी संसार भोगने दो भाई। अधिक-से-अधिक उससे कुछ बातें कर सकते हो, अधिक-से-अधिक कुछ प्रयोग कर सकते हो, अपनी ओर से प्रयास कर सकते हो।

सब व्यक्ति अलग-अलग होते हैं और सबके साथ अलग-अलग ही विधियाँ

काम करती हैं, कोई इसमें एक रास्ता नहीं बताया जा सकता। आपको अपनी चेतना का प्रयोग करना है, आपको देखना है इस क्षण पर क्या कहना, क्या करना उचित है। हाँ, एक बात निश्चित होनी चाहिए कि आप जो कुछ भी कर रहे हो, उसमें आपकी और दूसरे व्यक्ति, दोनों की भलाई निहित हो। जो कुछ भी आप कर रहे हो, दूसरे का शोषण करने के लिए मत करिएगा। बाकी कभी किसी की भलाई उसे बाएँ खींचकर की जा सकती है, कभी दाएँ खींचकर की जा सकती हैं, कभी उससे गले मिलकर की जा सकती है और कभी उससे दूर जाकर की जा सकती है, नहीं?

किसी का भला करने का कोई एक तरीका तो होता नहीं, कि होता है? किसी को समझाने के लिए कभी गले भी मिल सकते हैं और कभी डाँट-डपट भी सकते हैं, कभी बहुत बोलना भी ज़रूरी हो सकता है, कभी एकदम चुप रह जाना—प्रयोजन ठीक होना चाहिए बस, और फिर अलग-अलग समय होते हैं, और हर समय की अपनी एक माँग होती है।

एक दिन था, जब सिद्धार्थ गौतम ने ब्याह किया था, ठीक है न? बलात् तो नहीं करवाया गया होगा, उन्होंने भी सहमति दी होगी पिता को कि "हाँ, ठीक है, करनी है।" हो गया विवाह। फिर एक दिन था, जब पत्नी के साथ मिलन करा होगा तो संतान पैदा हुई, वह भी ज़बरदस्ती तो नहीं करवाया गया; स्वयं ही आकर्षित हुए होंगे, यौन क्रिया में उतरे होंगे, तभी संतान पैदा हुई। फिर एक दिन था, जब पत्नी सो रही है, साथ में बच्चा सो रहा है, रात में उठते हैं और महल छोड़कर निकल जाते हैं; और फिर एक दिन था, जब बुद्ध हो करके उस महल में वापस भी आ जाते हैं और फिर एक दिन था कि जिस लड़की को एक दिन पत्नी बनाकर लाए थे, उसको भिक्षुणी बनाकर ग्रहण कर लेते हैं।

तो क्या बताया जाए, क्या सही है, क्या गलत? बोलो।

जो संतान एक दिन सिद्धार्थ की कामोत्तेजना से पैदा हुई थी, उसी संतान को एक दिन अपना शिष्य बना लेते हैं। क्या बताया जाए, क्या सही है, क्या गलत? यह तो समय-समय की बात होती है; किसी समय पर कुछ सही, किसी समय पर कुछ और सही। पर अगर आप अपनी चेतना का इस्तेमाल नहीं करना चाहते तो फिर आप बँधे-बँधाए नियमों की माँग करते हैं कि "नियम बता दीजिए, नियम क्या है?" क्या नियम बता दें? न घर पर पड़े रहना नियम है, न घर को छोड़ देना नियम है; नियम तो इनमें से कुछ भी नहीं है। घर पर पड़े रहना भी बहुत गलत हो सकता

है और घर को छोड़ देना भी बहुत गलत हो सकता है, क्या बताएँ!

प्र. : प्रणाम, आचार्य जी। मैंने कई परिवारों में देखा है कि हम जिनको प्यार करते हैं, हम उनको अपने ऊपर निर्भर होने देते हैं और जिनसे प्यार कम होता है, उनको हम बोलते हैं कि आप खुद करो। तो यह विरोधाभास नहीं हो गया कि हम जिनको निर्भर होने देते हैं, हम उनकी तरफ़ दानव जैसा व्यवहार करते हैं और जिनको बोलते हैं कि खुद करो, उनकी तरफ़ हम अच्छे होते हैं। यह तो विरोधाभास हो गया।

आचार्य : जो हमारे प्यार से बच गया, वह बच गया! नफ़रत थोड़े ही भारी पड़ती है हमको, मारे सब प्यार के ही हुए हैं! मुझे बताइए, कौन ऐसा है, जो नफ़रत का शिकार हो? कारण है न, जो आपसे नफ़रत करता है, उसके पास आप टिकते ही नहीं ज़्यादा, तो बच जाते हो। जिसको जान गए कि नफ़रत करता है आपसे, उससे क्या हो जाओगे? दूर हो जाओगे। तो बच जाओगे। आपको तबाह करते हैं तो प्यार करनेवाले, क्योंकि उनसे दूर नहीं हो पाते न।

'आप क्या हैं', उसको बदलिए। अगर आप गलत हैं, तो आप कुछ भी करें, सामनेवाले पर प्रभाव गलत ही पड़ेगा। अगर आप ठीक ही नहीं हैं, अगर आप स्वस्थ ही नहीं हैं, अगर आप अच्छे ही नहीं हैं, तो आप एक अच्छी माँ भी कैसे हो सकती हैं? नहीं समझे? अगर आप अच्छे ही नहीं हैं, तो आप एक अच्छी माँ हो सकती हैं क्या?

हम जो हैं, उसको बदलना पड़ेगा न?

कैक्टस (नागफनी) आपको प्यार भी करने आएगा, तो क्या देगा? काँटे ही देगा! वह लिपट गया बिल्कुल आपसे तो बड़ी दिक्कत हो जाएगी। वो तो प्यार कर रहा है, वो मजबूर है और कुछ कर ही नहीं सकता। तो किसी को प्यार करने से पहले अपना कैक्टसपना तो छोड़िए। साँप किसी की चुम्मी भी लेगा तो बड़ी गहरीवाली उसने ली है अपनी ओर से!

हमारे भीतर ये सब बैठे हैं न, कैक्टस, साँप; इनको अगर हटाएँगे नहीं तो बड़ा खतरनाक हो जाएगा हमारा स्पर्श, हमारा आलिंगन, हमारा चुंबन। बहुत खतरनाक हो जाएगा! नीयत की नहीं बात है कि मैं तो उसका अच्छा ही चाहती थी न। अब कैक्टस चाह तो रहा है अच्छा, तो उससे क्या हो गया, चाहने से क्या हो गया? वह कैक्टस है!

इसीलिए फिर ऋषियों ने समझाया है कि दूसरे को प्यार करने से पहले खुद से प्यार कर लो, दूसरे को चाहने से पहले खुद को चाह लो, दूसरे को सुधारने से पहले खुद को सुधार लो। यह स्वार्थ ज़रूरी है, क्योंकि अगर तुमने अभी खुद को

सुधारा नहीं, तो तुम दूसरे को भी बरबाद ही करोगे।

अच्छा, एक बात बताइए, कोई माँ-बाप होते हैं, जो अपने बच्चों का अपनी तरफ़ से बुरा चाहें, वे विचार ही यही करके बैठे हों कि ये जो पैदा हुआ न, इसको बरबाद करना है? ऐसा विचार तो कम-से-कम कोई नहीं करता है या करता है? तो फिर भी ज़्यादातर बच्चे बड़े होकर क्यों बोल रहे होते हैं कि ये इन्हीं दो लोगों ने बरबाद किया है मुझे? ऐसा क्यों होता है? चलिए कुछ कह दीजिए कि वे बच्चे गलतफ़हमी में हैं या कि बड़े एहसान-फरामोश निकले, लेकिन कुछ हद तक तो उनकी बात तो सही होगी न?

अगर माँ-बाप बच्चों का भला ही चाहते हैं, तो बच्चों का बुरा क्यों हो जाता है? दुनिया बिगड़े हुए बच्चों से ही क्यों भरी हुई है? 90-95 प्रतिशत तो ऐसे ही हैं, न जिनको देखकर आपको यही सवाल आता है कि "इनके माँ-बाप कौन हैं?" या नहीं आता? 8-8 साल के लड़के ड्रग्स (नशीली दवा) लेकर घूम रहे हैं, 10-10 साल की लड़कियाँ गर्भवती हो रही हैं और तुरंत फिर आप क्या बोलते हो? "इनके पेरेंट्स (माँ-बाप) कौन हैं?" और पेरेंट्स कह रहे कि "हमने इनका बुरा तो कभी नहीं चाहा था।" भाई, चाहने से कुछ नहीं होता, जानने से होता है, समझने से होता है। उसी के लिए तो अध्यात्म है।

हम बड़ी गलतफ़हमी में जीते हैं, हमें लगता है कि "नहीं, नहीं, नहीं, चीज़ें तो हमारी इच्छा से चलेंगी।" चीज़ें तुम्हारी इच्छा से नहीं, तुम्हारी हस्ती से चलती हैं। बात समझ में आ रही है?

इन दोनों में बहुत अंतर है। आपकी इच्छा कुछ होती है, आपकी हस्ती बिल्कुल दूसरी होती है। जो होगा, वे आपकी इच्छा अनुसार नहीं होगा, आपके अस्तित्व, आपकी हस्ती के अनुसार होगा—इसलिए बच्चे बरबाद निकलते हैं।

अगर बीमार को आदर्श ही बना लिया, तो फिर बीमार के प्रति सम्मान से भर जाओगे, बीमार और उसकी बीमारी दोनों के पाँव छूना शुरू कर दोगे। और अगर साफ़-साफ़ स्वीकार करते हो कि बीमार के साथ हूँ, बीमारों के मध्य हूँ, तो फिर उनके मददगार हो सकते हो।

□

20

पता कैसे चले कि मुक्त हो गए?

अद्वैत शिविर, बोधस्थल, 2020

संभव है कि तुम्हें इस चीज़ में भी धोखा हो जाए कि तुम्हें प्यास लगी है कि नहीं लगी है, पर मुक्ति में धोखा नहीं हो सकता, क्योंकि धोखे से ही मुक्ति होती है।

प्रश्नकर्ता : आचार्य जी, आपने सत्य की और माया की हार-जीत की बात पर कहा है कि सौ बार माया जीतती है और एक ही बार सत्य जीतता है, तो उसमें मेरा प्रश्न यह है कि जो आखिरी जीत है, उसकी कोई निशानी होती है? क्योंकि कई बार ऐसा लगता है कि अब समझ आ गया, लेकिन फिर मेरा खुद ही नॉक आउट हो जाता है और फिर दोबारा यात्रा शुरू हो जाती है। तो कोई अंतिम बिंदु ऐसा आ जाएगा कि जब समझ आ गया है और अब रुकना है?

आचार्य प्रशांत : तुम पूछ यह रहे हो, "मुझे पता कैसे चलेगा कि मैं मुक्त हो गया?"

प्र. : बीच में लगता है कि अब थोड़ा शांत हूँ, लेकिन यह शांति क्षणिक होती है। तो वह आखिरी ठहराव कैसे पता लगता है कि अब आ गया?

आचार्य : ये सवाल नहीं उठता, जैसे किसी से पूछना नहीं पड़ता न कि "क्या मुझे प्यास लगी है?" वैसे ही। जैसे किसी दूसरे से नहीं पूछना पड़ता न, "क्या मैं ज़िंदा हूँ?" वैसे ही। वह चीज़ बहुत-बहुत स्पष्ट होती है। संभव है कि तुम्हें इस चीज़ में भी धोखा हो जाए कि तुम्हें प्यास लगी है कि नहीं लगी है, पर मुक्ति में धोखा नहीं

हो सकता, क्योंकि धोखे से ही मुक्ति होती है, अगर अभी तुम्हें धोखा ही हो रहा है, तो तुम धोखे से मुक्त कहाँ हुए?

और ऐसा नहीं है कि मुक्त पुरुष को किसी चीज़ के बारे में धोखा नहीं हो सकता। उसे धोखा हो सकता है, इस चीज़ के बारे में, उस चीज़ के बारे में। तुम बाहर—ये पीछे··· एक एसी (वातानुकूलक) लगा है—तुम बाहर-बाहर एसी का कवर (आवरण) रखो, अंदर हीटर (तापक) लगा दो, उसे धोखा हो सकता है; वह सोचेगा कि एसी है, अंदर हीटर लगा हुआ है।

उसे अपने बारे में, लेकिन तुम धोखा नहीं दे सकते; उसे उसके बारे में तुम धोखा नहीं दे सकते, बाहर की चीज़ों के बारे में तो धोखा हो ही सकता है।

प्र. : एक स्पष्टता आ जाती है?

आचार्य : शून्यता। अपने बारे में विचार करने की कोई ज़रूरत नहीं बचती। 'मैं' नाम का मुद्दा खत्म हो जाता है। उसके पास मुद्दे रहेंगे, पर वो सब बाहरी मुद्दे रहेंगे। ये मुद्दा ज़रूर हो सकता है कि वो एसी खराब है, उसको बनवाना है भाई। ये मुद्दा भी हो सकता है कि फलानी चीज़ पढ़ी नहीं, पढ़नी ज़रूरी है, उसकी जानकारी चाहिए, लेकिन एक मुद्दा हमेशा के लिए निपट जाता है, कौन सा? 'मैं'; 'मैं' संबंधित अब कोई अड़चन, जिज्ञासा, कलह-क्लेश नहीं रह जाता।

"मेरा क्या होगा? मैं कौन हूँ? मैं कहाँ जाऊँ? मैं क्या करूँ? मैं इतना छोटा क्यों हूँ? मेरे साथ ही बुरा क्यों होता रहता है? मैं बेहतर कैसे हो जाऊँ?" ये सब सवाल समाप्त हो जाते हैं। यही मुक्ति है।

मुक्ति, याद रखना, 'मैं' से होती है। बाकी इधर-उधर की चीज़ों से ये मत समझ लेना कि आदमी मुक्त हो गया है, तो ऐसा मत कहिएगा, "अच्छा! ये मुक्त होकर भी पानी पी रहे हैं! पानी क्यों पी रहे हैं मुक्त होकर?" पानी तो पिएगा, कुरता भी पहनेगा, मास्क भी लगाएगा। वायरस (विषाणु) से थोड़े ही मुक्त हो गया है, अहंकार से मुक्त हुआ है। तो मास्क तो तब भी लगाएगा। ठीक है?

और मुक्ति माने ये भी नहीं होता कि हवा में उड़ने लगोगे। कहे, "अब तो ये ग्रैविटी (गुरुत्वाकर्षण) से भी मुक्त हो गए होंगे! हवा में उड़ेंगे।" नहीं, हवा में नहीं उड़ेगा, वायरस भी लगेगा, बीमारी भी लगेगी, शरीर एक दिन मरेगा भी, काटोगे तो खून भी आएगा।

यह बात ही मुझे बहुत अजीब लग रही है कि यह सब भी कहना पड़ रहा है,

पर यह सब कहना इसलिए पड़ रहा है, क्योंकि इस तरह के अंधविश्वास खूब चल गए हैं कि जो आगे बढ़ जाते हैं, उनको काटो तो दूध निकलता है!

प्र. : नमन, आचार्य जी। मेरा इसी से संबंधित प्रश्न है कि क्या आखिरी एक पड़ाव होगा या फिर क्या एक आखिरी निशानी होगी, जिससे मुक्ति का पता चलेगा? आपने बताया कि ये उसको स्पष्ट पता होगा कि हो गया, तो हो गया।

आचार्य : नहीं, उसको पता भी नहीं होगा। उसे पता भी नहीं होगा, क्योंकि यह मुद्दा ही नहीं होगा। यह मुद्दा ही नहीं होगा कि "मैं मुक्त हूँ या नहीं हूँ?" सवाल ही खत्म हो गया। न तो वो यह कहेगा कि "मैं मुक्त हूँ", न वो यह कहेगा, "मुझे मुक्त होना है।" उसे इस तरह के न तो अब प्रश्न में रुचि है, न दावे में। न तो वो यह कहेगा, "मुझे मुक्ति चाहिए," और न ही वो यह दावा करेगा कि "मैं मुक्त हो गया।" क्योंकि इन दोनों ही दावों में अभी कौन सा शब्द मौजूद है? 'मैं'।

वह 'मैं' की ओर अब ध्यान ही नहीं दे रहा। 'मैं' अब एक नॉन इशू (गैर मुद्दा) हो गया है, 'मैं' नामौजूद हो गया है, वह उसके बारे में बात ही नहीं करना चाहता। जो चीज़ है ही नहीं, उसकी क्या बात!

प्र. : जी, तो मेरा प्रश्न यह था कि कामनाएँ तो तब भी रहेंगी?

आचार्य : हाँ, रह सकती हैं।

प्र. : रह सकती हैं? तब दिक्कत नहीं होगी कि वह गलत जी रहा है या सही जी रहा है?

आचार्य : कोई भी कामना फिर 'मैं' की पूर्ति के लिए नहीं होगी, फिर उनमें से कोई भी कामना इसलिए नहीं होगी कि मुझे फलानी चीज़ मिल जाए तो मैं बेहतर हो जाऊँगा। वे तो बाहरी-बाहरी कामनाएँ होंगी। अरे! वही सब, जो तुम कहते हो कि कर्म परमार्थ के लिए होगा, फिर स्वार्थ के लिए नहीं होगा। वैसे ही कामना भी होगी, परमार्थ के लिए होगी, स्वार्थ के लिए नहीं होगी, क्योंकि 'स्व' ही मिट गया। 'मैं' है नहीं, तो अब 'मैं' की कौन सी कामना!

और यह भी हो सकता है कि तुम पाओ कि वे बड़े-बड़े अभियानों में लगा हुआ है, यह कर रहा है, वो कर रहा है, यात्राएँ, इधर-उधर, पचास चीज़ें! सब हो सकता है। ये बात नहीं है कि "क्या बड़े-बड़े काम हो रहे हैं?" बात यह है कि वो बड़े काम किसके लिए हो रहे हैं? 'मैं' के लिए नहीं हो रहे होंगे और अगर छोटे भी

काम 'मैं' के लिए हो रहे हैं, तो वो बंधन में है और बहुत बड़े-बड़े काम भी हो रहे हैं, 'मैं' के लिए नहीं, तो मुक्त है।

तो ये नहीं देखना है कि बड़े काम कर रहा है, छोटे काम कर रहा है, ये है, वो है, यहाँ आ रहा है, जा रहा है, ऐसा कर लिया, वैसा कर लिया; ये देखना है, "किसके लिए? किसके लिए है यह सबकुछ?"

एक आदमी चार सौ करोड़ का घर बनाता है, ठीक है? और एक हो सकता है, जो चार सौ करोड़ का विश्वविद्यालय बना दे। अंतर समझना। यह अंतर है और एक आदमी हो सकता है, जो सिर्फ़ चालीस लाख का घर बना रहा है। इनमें से दो एक जैसे हैं और एक बिल्कुल अलग। दो एक जैसे कौन हैं?

क्या फ़र्क पड़ता है कि तुम्हारा घर चार सौ करोड़ का है या चालीस लाख का है! बना तो 'मैं' के लिए है और एक दूसरा आदमी है, जो हो सकता है चार सौ करोड़ इकट्ठा कर रहा हो, पर 'मैं' के लिए नहीं कर रहा है। यह अंतर है।

अगर छोटे भी काम 'मैं' के लिए हो रहे हैं, तो वह बंधन में है
और बहुत बड़े-बड़े काम भी हो रहे हैं,
'मैं' के लिए नहीं, तो मुक्त है।

□

21

हम पैदा क्यों होते हैं? क्या जीवन का कोई लक्ष्य है?

अद्वैत शिविर, बोधस्थल, 2021

आध्यात्मिक हर व्यक्ति जन्म से ही होता है,
बस आध्यात्मिक साधना तुम करोगे या नहीं करोगे,
क़ीमत चुकाओगे या नहीं, मेहनत करोगे या नहीं,
यह चुनाव तुमको करना होता है।

प्रश्नकर्ता : प्रणाम आचार्य जी। एक तरफ़ तो आप कहते हैं कि तुम इसलिए पैदा हुए हो कि तुमको मुक्ति मिले और प्रकृति भी चाहती है कि तुम मुक्त हो जाओ, लेकिन दूसरी तरफ़ आप कहते हैं कि प्रकृति तुमको बाँधकर रखना चाहती है। तो इन दोनों बातों में तो विरोधाभास है?

आचार्य प्रशांत : देखो, जब मैं कहता हूँ कि प्रकृति तुमको बाँधकर रखना चाहती है—अच्छा हुआ तुमने पूछ लिया—तो उससे बेहतर तरीका कहने का यह है कि तुम प्रकृति से बँधे-बँधे रहना चाहते हो। एक उदाहरण है, इसका उपयोग मैं पहले भी कर चुका हूँ, पर सुंदर रूपक है, इसीलिए उसका प्रयोग मैं दोबारा कर लूँगा। प्रकृति माँ है, हम कहते ही हैं माँ है। प्रकृति को हम माँ कहते हैं न; प्रकृति माँ है, हम सब उससे पैदा हुए हैं। तो प्रकृति माँ है, तुम बच्चे हो उसके।

तो प्रकृति ने तुम्हें जन्म दिया है, प्रकृति ने तुम्हें यह देह दी है, इस हद तक तुम प्रकृति से जुड़े हुए हो और आरंभ में प्रकृति से तुम्हारा जुड़ाव लाजमी है, होना ही

था, जैसे हर छोटे बच्चे का अपनी माँ से जुड़ाव होता है शुरुआत में, लेकिन प्रकृति एक अच्छी माँ है, उसने तुमको वे सारे औजार दिए हैं, क्षमताएँ दी हैं, उपकरण दिए हैं, जिनके माध्यम से तुम एक स्वस्थ युवक बन सकते हो, बड़े हो सकते हो। अब ये तुम्हारे ऊपर है कि तुम प्रकृति माँ द्वारा दी गई क्षमताओं का इस्तेमाल करते हो या नहीं करते हो।

अकसर लोग नहीं करते है, क्यों नहीं करते हैं? वजह है। प्रकृति के द्वारा दी गई क्षमताओं का इस्तेमाल अगर तुम करोगे तो तुम्हें प्रकृति से दूर जाना पड़ेगा और प्रकृति की गोद से दूर जाना हमें डरा देता है, क्योंकि हम उसी गोद में पैदा हुए हैं, वहाँ हमें सुरक्षा की अनुभूति होती हैं।

जैसे एक घर है, उसमें माँ है। घर क्या है? मान लो यह संसार है, वह घर है, जो यह भौतिक संसार दिखाई देता है, वो घर है और उसमें माँ है, माँ कौन है? प्रकृति है और तुम कौन हो? तुम बच्चे हो। अब जब तक तुम बच्चे हो, तब तक तो प्रकृति तुम्हारा पालन-पोषण कर रही है, लेकिन प्रकृति बहुत अच्छे से पालन-पोषण करती है। उसने तुमको बुद्धि दी है; तुम मनुष्य हो और उसने तुमको एक चेतना दी है, जो समझ सकती है, जो मुक्त हो सकती है। उसने तुमको ये सब दिया है।

अब उसके बाद ये निर्णय तुमको करना होता है कि जो तुमको सब उपहार मिले हैं प्रकृति से, जो औजार मिले हैं प्रकृति से, उनका इस्तेमाल करके तुम घर से बाहर निकल करके, आकाश पूरा उड़ोगे या घर की चारदीवारों की सुरक्षा में ही कैद रह जाओगे।

तुम जो भी फैसला करो, प्रकृति तुम्हारे फैसले का सम्मान करती है। भाई, होते हैं न कई ऐसे पूत, वे तीस साल के हो जाएँ, चालीस साल के हो जाएँ, वे तो भी माँ की गोद में ही घुसे रहते हैं। माँएँ उनको लात मारकर निकाल थोड़े ही देती हैं या निकाल देती हैं?

तुम्हारी उम्र बहुत बढ़ गई, लेकिन तुम अभी भी अपने पुश्तैनी घर में ही घुसे हुए हो, माँ का आँचल छोड़ ही नहीं रहे, तो माँ इतनी निर्मम तो नहीं हो जानेवाली कि माँ कहेगी, "चल निकल जा यहाँ से।" तुम अगर माँ का पल्लू पकड़कर बैठे हो तो माँ कहेगी, "ठीक है। बैठा रह भाई।" हालाँकि माँ को भी निराशा रहेगी तुमसे, लेकिन फिर भी वो तुमको रोटी-पानी देती रहेगी, जैसे कि इस देश के बहुत सारे नौजवान को तीस का, चालीस का होकर भी घर पर रोटी-पानी मिलता रहता है।

वो कुछ नहीं करते, बस वो माँ का पल्लू पकड़कर घर पर बैठे हुए हैं; लेकिन ये तो सोचो कि माँ की इच्छा क्या है। माँ की इच्छा क्या है, वह प्रकट हो जाती है माँ ने तुमको जो भेंट दिए हैं, जो उपहार दिए हैं उससे।

अगर मैं तुमको उपहार में एक कलम दूँ, तो मेरी इच्छा क्या है बताओ ? कि तुम लिखो। मैं तुमको उपहार में एक तलवार दूँ, तो मेरी इच्छा क्या है बताओ ? कि तुम लड़ो। तो प्रकृति ने तुम्हें जो उपहार दिए हैं, तुम्हारी माँ ने तुम्हें जो उपहार दिए हैं, उसी से तुम समझ लो कि माँ की इच्छा क्या है तुमसे।

प्रकृति ने तुमको उपहार किस चीज़ का दिया है ? खास उपहार सिर्फ़ मनुष्य को दिया है, जानवरों को नहीं दिया है। क्या उपहार दिया है ? बुद्धि का और बोध का, चेतना की ऊँचाई का, समझदारी का। तो माँ ने ही उपहार दे दिए हैं, पर हममें से ज़्यादातर लोग इतने नालायक बेटे होते हैं कि माँ ने जो उपहार दिए हैं, उनका हम कोई इस्तेमाल करते नहीं। हम कहते हैं, "मम्मी, मम्मी, मैं तो यहीं पर पला लहूँगा, मुझे कहीं नहीं जाना (बच्चे की नकल करते हुए)।" तो हममें से ज़्यादातर लोग प्रकृति से ही जीवन भर चिपके रह जाते हैं।

प्रकृति में चिपकने का क्या अर्थ हुआ ? कि यही जो घर है न—संसार—इसकी इस चीज़ से चिपक गए, इस चीज़ से चिपक गए, इस चीज़ से चिपक गए; जैसे छोटा बच्चा होता है, उसके सामने जो भी कुछ लाओ, वो हाथ बढ़ा देता है और ऐसे पकड़ लेता है। हममें से ज़्यादातर लोग ऐसे होते हैं, जो पूरा जीवन बिता देते हैं बस चीज़ों को ऐसे पकड़ने में। जिस चीज़ से डरना नहीं चाहिए, उससे डर जाते हैं; जैसे छोटा बच्चा, किसी दाढ़ीवाले को देखा, उसने रोना शुरू कर दिया; वैसे ही हम होते हैं, जिस चीज़ से डरना नहीं, उससे भी डर रहे हैं और जिस चीज़ की ओर आकर्षित नहीं होना चाहिए, हम वहाँ भी आकर्षित हो जाते हैं, जहाँ घुसना नहीं चाहिए, हम वहाँ घुस जाते हैं।

देखा है छोटे बच्चों को, यहाँ जाओगे, जहाँ प्लग पॉइंट होगा और वे उसमें ऐसे अपना उँगली दे देगा, वैसे ही हम करते हैं जीवन भर; जहाँ छेद देखा, उँगली देना शुरू कर दिया। हममें और छोटे बच्चे में कोई अंतर आया ? समझ में आ रही है बात ? हम ये करते रह जाते हैं। ये हमारी ज़िंदगी की कुल कहानी है।

प्रकृति भी हमें ऐसे देख करके ऐसे माथा पीटती है कि यह कैसा पैदा हो गया, "जितनी मैंने इसको नियामतें बख्शी थीं, जितनी मैंने इसको भेंटें दी थीं, इसने सब

बरबाद कर डालीं, कुछ इस्तेमाल नहीं किया। इसको कलम दी थी एक नई कहानी लिखने के लिए और यह कलम नाक में डाला करता है अपनी या उससे कान खुजाता है। इसको तलवार दी थी असली दुश्मनों का मुकाबला करने के लिए और ये तलवार ले करके सड़क के पिल्लों को दौड़ा रहा था कल।" हमने प्रकृति द्वारा दिए गए उपहारों का ऐसे ही तो इस्तेमाल किया है।

प्रकृति ने तुमको बहुत बुद्धि की भेंट दी थी न, तुमने बुद्धि से क्या किया? तुमने सारे जंगल काट डाले, नदियाँ खराब कर दीं, पहाड़ गंदे कर दिए। वही बोल रहा हूँ न, तलवार ले करके पिल्ले दौड़ा रहे हो और पिल्ले 'कुकू-कुकू' करके भाग रहे हैं और तुम्हारे पास एक ज़बरदस्त तलवार है, उस तलवार का क्या नाम है? बुद्धि, प्रज्ञा और तुम उसका इस्तेमाल पिल्लों को मारने के लिए कर रहे हो। वह तलवार तुमको दी गई थी षड् रिपु का संघार करने के लिए। तुम मान को मारो, तुम मद को मारो, माया को मारो, मात्सर्य को मारो, मोह को मारो, उसकी जगह तुम पिल्ले मार रहे हो और प्रकृति देख रही है और ऐसे बैठी हुई है (माथे पर हाथ रखे हुए) कि ये देखो, ये क्या पैदा हो गया। समझ में आ रही है बात?

तो ये चुनाव तुम्हें करना है, दोष प्रकृति पर मत डाल देना। ये चुनाव तुम्हें करना है कि तुम्हें जो कुछ मिला है प्रकृति से, तुम उसका उपयोग किसलिए करोगे? तुम्हें उसका उपयोग करना है प्रकृति से ही आगे जाने के लिए। जैसे माँ के लिए बड़ी खुशी की बात होती है कि जिस गाँव में वह रहती थी, पढ़-लिख करके उसका बेटा उस गाँव से आगे, कहीं दूर, किसी ऊँची जगह पर चला गया; वैसे ही प्रकृति चाहती है कि तुम भी अपनी बुद्धि का इस्तेमाल करके, अपनी क्षमता, अपनी चेतना का इस्तेमाल करके प्रकृति से ही आगे निकल जाओ। प्रकृति से आगे निकलने का क्या मतलब हुआ? कि तुम चिपको नहीं अब प्रकृति की चीज़ों से।

तुम्हारी चेतना मुक्ति माँगती है। किससे? इन्हीं सब चीज़ों से जो प्रकृति में पाई जाती हैं। तो एक ओर प्रकृति ने तुम्हें जन्म दिया है, दूसरी ओर उसी प्रकृति से तुम्हें आगे निकल जाना है, यही उस जन्म की सार्थकता है। ठीक? बात समझ में आ गई?

प्रकृति ने ही तुम्हें जन्म दिया है, लेकिन यह जो जन्मदात्री प्रकृति है, यह स्वयं भी यही चाहती है कि तुम जन्म ले करके अपनी माँ से आगे निकल जाओ, चिपको नहीं माँ से। माँ की खुशी इसमें नहीं है कि चालीस साल का पूत भी चिपका हुआ है

आ करके और पल्लू में मुँह दिए हुए है। माँ की खुशी किसमें है? कि पूत निकल करके दुनिया पर राज कर रहा है। दुनिया पर राज करो और दुनिया पर राज करने का क्या मतलब होता है? आध्यात्मिक अर्थ में बोल रहा हूँ, प्रधानमंत्री बनने की कोशिश मत करने लग जाना।

प्र. : बुद्ध पुरुष सबकुछ छोड़कर फिर साधना के लिए निकले थे, जैसे सिद्धार्थ गौतम या महावीर। अगर महलों की हर सुख-सुविधा में उन्हें सार दिखना बंद हो गया था, तो बाद में उन्हें साधना किस चीज़ की करनी पड़ी?

आचार्य : नहीं, ऐसा नहीं है कि सार दिखना बंद हो गया था, इतना समझ में आने लगा था बस कि जो वो जानना चाहते हैं, जो छुपा हुआ है, वह महल के भीतर रहते-रहते तो प्रकट या उद्घाटित नहीं होनेवाला। महल के बाहर क्या होगा, ये वो नहीं जानते थे, पर इतना उनको स्पष्ट हो गया था कि महल के भीतर घुटन है।

जैसे कि तुम एक धुएँ वाले कमरे में फँस जाओ, जो भी दरवाज़ा सामने दिखता है, उसको खोल करके भागते हो न बाहर? अब बाहर क्या मिलेगा, तुम बहुत साफ़-साफ़ जानते नहीं, पर भीतर रहा नहीं जाता। इस तरीके से उन्होंने गृह त्याग किया था। ये दिखने लगा था कि भीतर है जो कुछ झटपटा रहा है मुक्ति के लिए, ज्ञान के लिए और वो मुक्ति और वो ज्ञान राज महल में और गृहस्थी में संभव होता दिख नहीं रहा।

प्र. : आचार्य जी, कुछ लोग अध्यात्म की ओर नैचुरली इंक्लाइंड (प्राकृतिक रूप से प्रवृत्त) होते हैं, तो क्या प्रकृति यानी माँ ने कुछ लोगों को ऐसी खास भेंट दी है?

आचार्य : नहीं, ऐसा कुछ नहीं है। ऐसा कुछ भी नहीं है कि कुछ लोग खास भेंट ले करके पैदा हुए हैं। तुम कह रहे हो कि कुछ लोग स्प्रिचुअली इंक्लाइंड होते हैं, कुछ लोग किसी दूसरी तरफ़ भी तो इंक्लाइंड होते हैं न। जो जिधर को भी इंक्लाइंड है, तलाश उस इंक्लिनेशन (झुकाव) में मुक्ति को ही रहा है। इंक्लिनेशन का मतलब होता है डिजायर (इच्छा)। ठीक है? कुछ लोग, तुमने कहा, अध्यात्म की ओर झुके होते हैं, दूसरे लोग मान लो किसी और दिशा में झुके हैं; कोई पैसे की ओर झुका है, कोई शराब की ओर झुका है; वो जिधर को भी झुका है, माँग वही चीज़ रहा है, जो यह व्यक्ति माँग रहा है, जो तथाकथित तौर पर अध्यात्म की ओर झुका है।

आध्यात्मिक हर व्यक्ति जन्म से ही होता है, बस आध्यात्मिक साधना तुम करोगे या नहीं करोगे, कीमत चुकाओगे या नहीं, मेहनत करोगे या नहीं, ये चुनाव

तुमको करना होता है। तड़प और प्यास तो सबमें होती है, बचपन से होती है, पैदा होते से ही होती है। ये निर्णय करना तुम्हारे हाथ में है कि तुम्हें वह प्यास बुझानी है या नहीं बुझानी है। अपने आपसे प्रेम हो तो उस प्यास को बुझा लो, नहीं तो अपने-आपको और तड़पाओ।

तुम्हें लगी हो प्यास पानी की और उस दशा में तुम्हारा इंक्लिनेशन माने झुकाव शराब की ओर हो जाए, तो देख लो क्या होता है। पहले ही प्यासे थे, शराब और पी लोगे, गला, पेट, पूरा तुम्हारा जिस्म आग की तरह जलेगा। हममें से लोग ऐसे ही हैं ज़्यादातर। ऐसी दिशाओं में झुके हुए हैं जो दिशाएँ हमें वह नहीं दे सकतीं, जो हमें उस दिशा से चाहिए। तो चाहिए तो सबको एक ही चीज़, पर तलाशते उसको गलत जगहों पर हैं।

और अगर तुम्हारा सवाल ये है कि कुछ लोग ऐसे होते हैं, जो प्राकृतिक रूप से सही जगह तलाशने पहुँच जाते हैं, तो न। सही जगह कभी तुमको यूँ ही संयोगवश नहीं मिल जानी है, वो तो दाम दे करके पानी पड़ती है। जो भी पैदा हुआ है, उसका झुकाव किसी-न-किसी अंट-संट, अनर्गल दिशा में ही होगा। वो अनर्गल दिशा भौतिक भी हो सकती है और तथाकथित रूप से आध्यात्मिक भी।

तुम्हें धीरे-धीरे अपनी सब दिशाओं को, उन दिशाओं की ओर तुम्हारे झुकावों को हटाना पड़ेगा, नकारना पड़ेगा। यही अध्यात्म है। अध्यात्म किसी एक तरफ़ के विशेष झुकाव का नाम नहीं है, अध्यात्म अपने सारे ही झुकावों को तिरोहित करने का नाम है। जो आदमी धन-दौलत या वासना की ओर झुका हुआ हो, उसे धन-दौलत, वासना तिरोहित करनी पड़ेगी और जो आदमी कहता हो कि वह अध्यात्म की ओर झुका हुआ है, उसे अपना अध्यात्म तिरोहित करना पड़ेगा। समझ में आ रही है बात?

एक ओर प्रकृति ने तुम्हें जन्म दिया है, दूसरी ओर उसी प्रकृति से तुम्हें आगे निकल जाना है, यही उस जन्म की सार्थकता है।

□

22

असली लड़ाई अपने ही विरुद्ध लड़ी जाती है

शास्त्रकौमुदी, बोधस्थल, 2019

जो कुछ भी तुम्हें बाँध रहा है, रोक रहा है, अगर तुमने उसकी सही पहचान की है, तो वह तुम्हारे बहुत निकट का होगा—लड़ाई अपने ही विरुद्ध लड़नी होती है।

यदृच्छया चोपपन्नं स्वर्गद्वारमपावृतम्।
सुखिनः क्षत्रियाः पार्थ लभन्ते युद्धमीदृशम्॥

हे पार्थ! अपने आप प्राप्त हुए और खुले हुए स्वर्ग के द्वाररूप इस प्रकार के युद्ध को भाग्यवान् क्षत्रिय लोग ही पाते हैं।

—श्रीमद्भगवद्गीता, अध्याय 2, श्लोक 32

आचार्य प्रशांत : श्रीकृष्ण जितने साधनों का उपयोग कर सकते हैं, कर रहे हैं और साधन तो साधक की क्षमता के अनुसार ही प्रयुक्त होता है। साधक की जो स्थिति होती है, साधक की जो पात्रता होती है, उसी को देख करके साधन बताया जाता है। तो दूसरे अध्याय में जितने श्लोक अर्जुन को क्षत्रिय धर्म की याद दिलाते हुए कहे गए हैं, उनको साधन और उपाय की तरह ही जानना।

श्रीकृष्ण कह रहे हैं, "क्षत्रिय हो तुम, बड़ी नाक कटेगी तुम्हारी, बड़ी बदनामी होगी और सम्माननीय लोगों के लिए बदनामी से अच्छा होता है मर जाना।" बिल्कुल इन्हीं शब्दों में श्रीकृष्ण ने बात रखी है। यह बात अर्जुन के लिए रखी है, क्यों? क्योंकि दूसरे अध्याय में जो ज्ञान अर्जुन को दिया गया है, वो उच्चतम कोटि का है; ऊँची-से-

ऊँची बात, सीधी-से-सीधी बात और सरल-से-सरल और अर्जुन जब उस बात को नहीं समझ रहा है तो श्रीकृष्ण को दिख रहा है कि बहुत ऊँचे ज्ञान का अभी यह पात्र नहीं है, अधिकारी नहीं है; बात बन नहीं रही है।

तो फिर वो बात को बदलकर अर्जुन के तल पर ले आते हैं कि इससे कोई ऐसी बात बोलूँ, जो इस पर असर करे, जो इसको आकर्षक लगे। तो उसको कहते हैं, "देख, बदनामी होगी।" थोड़ी देर पहले बोल रहे थे, "तू आत्मा है, न जीवन है, न मरण है।" और अब बात को बदलकर इस तल पर ले आए कि "देख, तू क्षत्रिय है, लड़ेगा नहीं तो बड़ी बदनामी होगी।"

इससे समझना गुरुओं की और ऋषियों की विवशता को भी। सत्य नहीं कहते वे; वे कुछ ऐसा कहते हैं, जो तुम्हारे लिए उपयोगी हो जाए। उनका कथन तुम्हारी पात्रता और तुम्हारी सामर्थ्य पर आश्रित होता है। श्रीकृष्ण की बात उतनी ही ऊँचाई ले पाएगी, जितनी बात अर्जुन पकड़ पाए। ज़्यादा ऊँची बात कह दी, अर्जुन पकड़ ही नहीं पा रहा, तो श्रीकृष्ण को नीचे आना पड़ता है। वो कहते हैं कि ज़रा तेरे तल की बात करूँ, जो तुझे ज़रा सुहाए, जिसका तुझ पर असर हो, प्रभाव हो, जिसको तू समझ पाए। तो फिर इस तरह की बातें करते हैं कि "चल, अपने क्षत्रिय धर्म का पालन कर, नहीं तो लोग हँसेंगे।"

तो ये मत समझ लेना कि श्रीकृष्ण जाति इत्यादि दिखाकर अर्जुन को युद्ध की तरफ़ भेज रहे हैं या कि जन्मगत जाति में श्रीकृष्ण का बड़ा आग्रह है। न, अर्जुन के ऐसे संस्कार हैं, अर्जुन की ऐसी धारणा है, इसलिए श्रीकृष्ण को उसी के अनुसार उपदेश देना पड़ रहा है।

प्रश्नकर्ता : जीवन में स्वर्ग के द्वाररूपी युद्ध को हम कैसे जानें? वास्तव में जीवन में भाग्यवान कौन है?

आचार्य : श्रीकृष्ण श्लोक में कह रहे हैं अर्जुन से कि "देख, तुझे यह जो युद्ध का अवसर उपलब्ध हुआ है, यह बहुत बड़ी बात है। जो बहुत भाग्यवान क्षत्रिय होते हैं, उन्हीं को ऐसा युद्ध उपलब्ध होता है, जिसमें वो धर्म के पक्ष में और अधर्म के विरुद्ध जूझ जाएँ, लड़ मरें। तो यह तुझे उत्तम अवसर प्राप्त हुआ है, इससे चूकना मत, पूरा लाभ उठा। इस युद्ध में भाग ले।"

आप पूछ रही हैं कि "अर्जुन के लिए तो स्वर्गरूपी द्वार महाभारत का युद्ध था, हमारे जीवन में स्वर्ग का कौन सा युद्ध बनेगा, कैसे पता चले? और अर्जुन का भाग्य

यह था कि उसे महाभारत में उपस्थित रहने का, भाग लेने का मौका मिला। हमारा भाग्य किस युद्ध में जूझ जाने से जागेगा?"

हम सब लगातार युद्ध में ही हैं। कारण स्पष्ट है। स्वभाव है हमारा मुक्ति और यथार्थ है हमारा बंधन और हम दोनों को साथ-साथ लेकर चल रहे हैं। ये दोनों साथ-साथ हो नहीं सकते। तो लगातार एक अंतर्द्वंद्व मचा ही हुआ है। कोई व्यक्ति ऐसा नहीं है, जो आतंरिक तौर पर युद्धरत न हो। महाभारत का मैदान बाहर नहीं बिछा होता, सेनाएँ बाहर आमने-सामने नहीं खड़ी होतीं, सेनाएँ भीतर ही खड़ी हैं। एक तरफ़ कृष्ण हैं, एक तरफ़ कौरव हैं। हम सबके भी भीतर कृष्ण भी हैं, कौरव भी हैं।

मुक्ति की आकांक्षा का नाम है कृष्ण, मुक्त स्वभाव का नाम है कृष्ण और तमाम तरह की वृत्तियों, आग्रहों, विकारों, धारणाओं का नाम है कौरव, वह अधर्म है।

तो कौन सा युद्ध लड़ना है तुम्हें? अपने बंधनों के खिलाफ़ लड़ना है तुम्हें। उसी में अगर लड़ गई तो भाग्यशाली कहलाओगी।

सबका जीवन अलग-अलग है, सबके बंधन अलग-अलग हैं। अपने बंधनों को पहचानो और उठा लो धनुष। तुम्हें भी धनुष उठाने में ठीक वही अड़चन आएगी, जो अर्जुन को आई थी। मोह हाथ जकड़ लेगा, क्योंकि जिनसे संघर्ष करना है, उनको हमने 'अपनों' का नाम दे दिया है।

दूसरे अध्याय की शुरुआत में ही अर्जुन कहता है कि "ये कौन सा युद्ध है, जिसमें भीष्म और द्रोण पर मुझे बाण चलाने पड़ेंगे?" यही अड़चन अपने बंधनों के खिलाफ़ जाने में तुम्हें भी आएगी; सबको आती है।

कृष्ण का सान्निध्य चाहिए, मिल गया तो लड़ जाओगी। लड़ गईं तो भाग्यशालिनी हो। नहीं लड़ीं, जो अर्जुन के मंसूबे थे, तुमने उस पर अमल ही कर दिया, हथियार रख दिए, भाग गईं, संधि, समझौता कर लिया, तो सौभाग्य से हाथ धो बैठोगी।

अर्जुन के लिए तो फिर भी आसान है। सेनाएँ स्थूल रूप से समक्ष खड़ी हैं। हमारे लिए थोड़ा मुश्किल होता है, क्योंकि इतना साफ़-साफ़ दिखाई नहीं देता कि कौन सा मैदान है, कौन सी सेना है, कौन किसके पक्ष में है। युद्ध आंतरिक है न, भीतर है, सूक्ष्म है, तो पता नहीं चलता। पर पता करना ज़रूरी है। साफ़-साफ़ पता करो कि जीवन में कौन सी चीज़ है, जो बाँध रही है, रोक रही है। जो कुछ भी बाँध रहा है, रोक रहा है, उसके खिलाफ़ जूझना तो पड़ेगा।

एक सूत्र दिए देता हूँ—जो कुछ भी तुम्हें बाँध रहा है, रोक रहा है, अगर तुमने

उसकी सही पहचान करी है, तो वह तुम्हारे बहुत निकट का होगा—लड़ाई अपने ही विरुद्ध लड़नी होती है।

ऐसा नहीं होता है कि तुम लड़ भी जाओगी और बच भी जाओगी। मामला कुछ ऐसा है, जैसे खुद पर ही तीर चलाने पड़ते हों। अपना ही कुछ होता है, जो हमारे खिलाफ़ होता है—हम ही होते हैं, जो हमारे बंधन होते हैं। खुद को ही काटना पड़ता है। अगर तुम्हारी लड़ाई में तुम स्वयं को नहीं काट रहीं, तुम नही मिट रहीं, तो लड़ाई नकली है। अभी दुश्मन की पहचान ही नहीं हुई—असली लड़ाई खुद के खिलाफ़ ही लड़नी होगी।

सामने होंगे भीष्म और द्रोण, मोह तो अर्जुन का ही है न? तो अर्जुन को सर्वप्रथम किससे लड़ना है? अपने ही मोह से, अपने ही भ्रम और अज्ञान से।

प्र. : भगवान् श्रीकृष्ण अर्जुन से क्षत्रिय धर्म और स्वर्ग की बात कर रहे हैं। यह कौन सा क्षत्रिय धर्म है? कहा जाता है कि जब जवान लड़ाई में शहीद होता है तो उसे स्वर्ग की प्राप्ति होगी। कुछ ऐसी ही बात भगवान् श्रीकृष्ण अर्जुन से भी कह रहे हैं। कृपया स्पष्ट करें।

आचार्य : बिल्कुल वही बात कह रहे हैं, क्योंकि अर्जुन उसी तल की बात समझ पाने की योग्यता दिखा रहा है। ठीक पकड़ा। ये सारी बात सिर्फ़ अर्जुन को प्रोत्साहित करने के लिए कही जा रही है, क्षत्रिय धर्म से संबंधित जितनी भी बात कही गई है, क्षत्रिय धर्म का पालन करो, स्वर्ग की प्राप्ति होगी इत्यादि, इत्यादि। इस तरह की बहुत बातें तुम सुन चुके हो, सुनते रहते हो। ये योद्धाओं को प्रोत्साहित करने के लिए अकसर बोली जाती हैं। जीत गए तो राज्य मिलेगा और प्रतिष्ठा मिलेगी और मर गए तो स्वर्ग मिलेगा—तो लड़ जाओ।

निश्चित ही ये बहुत ऊँचा या सच्चा तर्क नहीं है पर करें क्या कृष्ण? अर्जुन न ऊँचाई दिखा रहा है, न सच्चाई दिखा रहा है, तो ऊँचा और सच्चा तर्क उसे दें भी कैसे? तो ऐसी बात करनी पड़ रही है।

मुक्ति की आकांक्षा का नाम है कृष्ण, मुक्त स्वभाव का नाम है कृष्ण।
और तमाम तरह की वृत्तियों, आग्रहों, विकारों,
धारणाओं का नाम है कौरव, वह अधर्म है।

□

23

जो दिख रहा है, जो देख रहा है और जो मुक्त है

शास्त्रकौमुदी, बोधस्थल, 2020

वास्तव में अज्ञान के अलावा और कोई बंधन होता भी नहीं है।
अज्ञान से आशय है : झूठा ज्ञान, मिथ्या ज्ञान।
यथार्थ ज्ञान अर्जित करना पड़ता है,
झूठा ज्ञान हम गर्भ से निःशुल्क लेकर के पैदा होते हैं।

क्षर प्रधानममृताक्षर हरः क्षरात्मानावीशते देव एकः।
तस्थाभिध्यानाद्योजनात्तत्त्वभावाद्भूयश्वान्ते विश्वमायानिवृत्तिः॥

प्रकृति नाशवान है, उसका भोक्ता जीवात्मा अविनाशी है, एक ही परमात्मा इसे अपने नियंत्रण में रखता है। उस परमात्मा का ध्यान करने से, चिंतन करने से, उसके तत्त्व की भावना करने से अंत में विश्वरूप माया से निवृत्ति होती है और आगे उसी परमात्म-तत्त्व की प्राप्ति होती है।

—श्वेताश्वतर उपनिषद्, श्लोक 10

आचार्य प्रशांत : प्रकृति की उपाधि, प्रकृति का यथार्थ याद रखना है, अपने भीतर जो अहं-वृत्ति है, उसका चरित्र याद रखना है और इन दोनों को जो याद रख लेगा, उसका मन इन दोनों से उचटकर के सत्य को याद करने लग जाएगा।

जिसको ये तीनों याद हैं, वह मुक्त हो गया, श्लोक कहता है—'विश्वरूपी माया

से उसकी निवृत्ति हो गई।' इन्हीं तीनों को जानना होता है। किन तीनों को? वो जो दिख रहा है, वह जो देख रहा है और वो जो इस दिखने-देखने के खेल से आगे कहीं मुक्त बैठा है।

या ऐसे कह लो—वह जो दिख रहा है, वह जो देख रहा है और वह मुक्ति, जिसमें आप दिखने के और देखने के खेल से, बंदिश से परे हो जाते हो—न मुझे दिखने में रुचि है, न मुझे देखने में रुचि है; ये तीन याद रखने हैं।

ज्ञात्वा देवं सर्वपाशापहानिः क्षीणैः क्लेशैर्जन्ममृत्युप्रहाणिः ।
तस्याभिध्यानात्तृतीयम देहभेदे विश्वैश्वर्यं केवल आप्तकामः ॥

उस परमात्मा को जान लेने पर संपूर्ण बंधनों (विकारों) से मुक्ति मिलती है तथा संपूर्ण क्लेश क्षीण होकर जन्म-मृत्यु के चक्र से मुक्ति मिल जाती है। उस परमात्म-तत्त्व का निरंतर ध्यान करने से शरीर त्यागने के बाद तृतीय लोक के संपूर्ण ऐश्वर्यों के भोग से पूर्ण कामना की प्राप्ति हो जाती है और फिर अंत में कैवल्य पद की प्राप्ति हो जाती है।

—श्वेताश्वतर उपनिषद्, श्लोक 11

"परमात्मा को जान लेने पर सब बंधनों (विकारों) से मुक्ति मिलती है।" वास्तव में अज्ञान के अलावा और कोई बंधन होता भी नहीं है। अज्ञान से यहाँ पर आशय है—झूठा ज्ञान, मिथ्या ज्ञान।

ज्ञान अर्जित करना पड़ता है और अज्ञान के बीज हम लेकर पैदा होते हैं; दोनों में अंतर यह है, समझना। दूसरे शब्दों में, यथार्थ ज्ञान अर्जित करना पड़ता है, यथार्थ ज्ञान पाने की साधना करनी होती है और झूठा ज्ञान यूँ ही मुफ्त मिला होता है, वो हम गर्भ से निःशुल्क लेकर के पैदा होते हैं।

एक बच्चा भी छोटा पैदा होता है तो इस भावना के साथ कि "मैं शरीर हूँ।" उसको ये ज्ञान है कि "मैं शरीर हूँ," उसको यह ज्ञान है कि इस शरीर की सुरक्षा के लिए अगर किसी का थोड़ा अपहित भी करना पड़े तो कोई बात नहीं; तो यह जो मिथ्या ज्ञान है, यही जीव का जन्म है, यही जीव का बंधन है।

फिर "संपूर्ण क्लेश क्षीण होकर जन्म-मृत्यु के चक्र से मुक्ति मिल जाती है।" जन्म-मृत्यु का चक्र उसी के लिए होगा न, जो इस ज्ञान में फँसा हुआ है कि "मैं वो

जो जनमा"? यही मिथ्या ज्ञान है, "मैं वो जो जनमा।" जो इससे मुक्त हो गया वो मृत्यु से भी मुक्त हो गया, क्योंकि जब जन्मे नहीं तो मरोगे कैसे?

"परमात्म-तत्त्व का निरंतर ध्यान करने से शरीर त्यागने के बाद तृतीय लोक के संपूर्ण ऐश्वर्यों के भोग से पूर्ण कामना की प्राप्ति हो जाती है और फिर अंत में कैवल्य पद की प्राप्ति हो जाती है।" ये उन पंक्तियों में से है, जिनका अर्थ तत्काल ही इस रूप में किया जा सकता है कि शरीर त्यागने के बाद कोई जीवात्मा होता है, जो अन्य किसी लोक पहुँचता है और अगर उसने पुण्य-कर्म करे हैं तो वहाँ उसे कई तरह के आनंदप्रद भोगों की प्राप्ति होती है। नहीं, इसका लेकिन ये अर्थ नहीं है। जीवात्मा एक वृत्ति है, जीवात्मा कोई वस्तु या इकाई नहीं है; अच्छे से समझिएगा। जीवात्मा कोई इकाई नहीं है, जो शरीर को त्याग करके निकलेगी और इधर कहीं आकाश में भ्रमण करेगी और फिर जाकर के किसी और गर्भ में, किसी और शरीर में प्रविष्ट हो जाएगी।

इसका अर्थ है—शरीर के प्रति आसक्ति की भावना का त्याग। जब कहा जा रहा है कि "जीवात्मा शरीर त्यागने के बाद आनंद का बड़ा भोग करता है।" क्या कहा जा रहा है? "जीवात्मा शरीर त्यागने के बाद आनंद का भोग करता है।" तो उसका अर्थ ये नहीं है कि मृत्यु हो गई, जीवात्मा शरीर से निकला और फिर कहीं और लोक में पहुँचा और वहाँ जाकर के उसने विभिन्न आनंदप्रद विषयों का भोग किया। नहीं, इसका अर्थ है—शरीर भाव त्यागने के बाद जीवात्मा की स्थिति सुख-दुःख से परे, आनंद की हो जाती है।

शरीर त्यागने का अर्थ हुआ—शरीर से तादात्म्य त्यागना। शरीर से तादात्म्य त्यागने के बाद जीवात्मा सुख-दुःख को भी त्याग देता है न, क्योंकि जब तक शरीर था तभी तक सुख-दुःख से भी आसक्ति थी। जैसे ही ये भाव गया कि "मैं शरीर हूँ," वैसे ही आपके लिए सुख-दुःख भी छोटी बातें हो गईं, हानि-लाभ भी छोटी बातें हो गईं, क्योंकि सब हानि, सब लाभ शरीर के लिए ही होते हैं; शरीर में स्थूल शरीर भी, सूक्ष्म शरीर भी; जिसको मन कहते हो, वह भी सूक्ष्म शरीर ही है। तो एक बार शरीर भाव को त्यागा, वैसे ही फिर हानि-लाभ भी आपके लिए महत्त्वहीन हो गया। अब आपका क्या कोई नुकसान कर लेगा या कोई आपको क्या दे देगा? और ये जो स्थिति होती है इसको कहते हैं—आनंद।

तो जीवात्मा किसी और लोक में जाकर के आनंद का सेवन नहीं कर रहा है, जीवात्मा बस जिस दुःख से बद्ध था उसने उस दुःख का त्याग कर दिया है; माने शरीर

का त्याग कर दिया है और अब मज़े में है, आनंद मे है।

"और फिर अंत में कैवल्य पद की प्राप्ति हो जाती है।" कैवल्य का अर्थ ही है कि आपको किसी से जुड़ने की ज़रूरत नहीं है; यही कैवलीय अवस्था है—आप अपने होने में, आप अपने एकांत में ही आनंदित हैं, कहीं संबंधित होने की कोई आपकी अनिवार्य ज़रूरत, आवश्यकता अब रही नहीं। जिसने शरीर से अपने-आपको जोड़कर देखना छोड़ दिया, वो अपने आप में ही संतुष्ट हो गया; ये कैवलीय अवस्था है।

एतज्ज्ञेयं नित्यमेवात्मसंस्थं नातः परं वेदितव्यं हि किञ्चित।
भोक्ता भोग्यं प्रेरितारं च मत्वा सर्व प्रोक्त त्रिविधं ब्रह्ममेतत्॥

अपने भीतर अधिष्ठित इस परमात्म-तत्त्व को जानना ही चाहिए, क्योंकि इससे श्रेष्ठ जानने योग्य तत्त्व दूसरा कुछ भी नहीं है। भोक्ता (जीवात्मा), भोग्य (जड़ प्रकृति) और परमात्मा, इन तीनों को जो मनुष्य जान लेता है वो सबकुछ जान लेता है; इन तीनों भेदों में वर्णित ये तत्त्व वस्तुतः एक ही ब्रह्म के रूप हैं।

—श्वेताश्वतर उपनिषद्, श्लोक 12

"अपने भीतर अधिष्ठित इस परमात्म-तत्त्व को जानना ही चाहिए, क्योंकि इससे श्रेष्ठ जानने योग्य दूसरा कुछ नहीं है। भोक्ता, माने जीवात्मा, भोग्य, माने जड़ प्रकृति और परमात्मा, इन तीनों को जो जान लेता है, वह सबकुछ जान लेता है; इन तीनों भेदों में वर्णित ये तत्त्व वास्तव में एक ही ब्रह्म के रूप हैं।'

और कुछ जानने लायक नहीं है, अगर तुमने जाननेवाले को नहीं जाना; न सिर्फ़ और कुछ जानने लायक नहीं है, बल्कि तुम प्रयास करके भी कुछ जान नहीं पाओगे, अगर तुमको नहीं पता कि जान कौन रहा है। तो ये दोनों जब भी जाने जाएँगे, एक-साथ ही जाने जाएँगे—ज्ञाता और ज्ञात वस्तु; इनको तुम जब भी जानोगे, एक-साथ ही जानोगे; इनको अलग-अलग कोई जान ही नहीं सकता, क्योंकि ये दोनों एक-दूसरे से बिल्कुल गुत्थम-गुत्था हैं, अंतर्संबंधित हैं; या तो एक का पता होगा तो कुछ नहीं पता होगा या अगर कुछ पता होगा तो दोनों का पता होगा और जिसको इन दोनों का पता हो गया वो इन दोनों से ही मुक्त हो गया, माने उसे तीसरे का भी पता हो गया; उस तीसरे का ही नाम मुक्ति है। तो मुक्ति के लिए एक बड़ा स्पष्ट रास्ता मिल गया है।

जानने की कोशिश तो हमारी देखो जीवन भर रहती ही है, बस हमारी जानने की कोशिश आधी होती है। यह अधूरी कोशिश कहती है, "बाहर जो कुछ है उसको जान

लो।" अध्यात्म कहता है, "नहीं, एक को जानोगे तो एक को भी नहीं जान पाओगे और दो को जानोगे तो तीन को जान जाओगे।"

एक को जानोगे तो एक को भी नहीं जान पाए और दो को जानोगे—दो माने किसको-किसको ? वो जो दिख रहा है और वो जो देख रहा है—इन दोनों को अगर जान लिया तो दो को तो जाना ही, साथ में तीसरे को भी जान लिया। उस तीसरे का नाम है—इन दोनों से मुक्ति।

ये दोनों जब भी जाने जाएँगे, एक साथ ही जाने जाएँगे—ज्ञाता और ज्ञात वस्तु; क्योंकि ये दोनों एक-दूसरे से बिल्कुल गुत्थम-गुत्था हैं, अंतर्संबंधित हैं और जिसको इन दोनों का पता हो गया, वह इन दोनों से ही मुक्त हो गया, माने उसे तीसरे का भी पता हो गया; उस तीसरे का ही नाम मुक्ति है।

□

24

झूठ झूठ को नहीं पकड़ सकता

शास्त्रकौमुदी, बोधस्थल, 2021

आत्मसाक्षात्कारी वह नहीं है, जिसे सत्य दिखता है,
आत्मसाक्षात्कारी को सर्वत्र पसरा हुआ झूठ-ही-झूठ दिखता है।

यथैव बिम्बं मृदयोपलिप्तं तेजोमयं भ्राजते तत्सुधांतम्।
तद्वात्मतत्तवं प्रसमीक्ष्य देही एकः कृतार्थो भवते वीतशोकः॥

जिस प्रकार मिट्टी से मलिन हुआ रत्न या आभूषण शोधित होकर प्रकाशमय होकर चमकने लगता है, उसी प्रकार देहधारी जीव आत्मतत्त्व का साक्षात्कार करके शोकादि से मुक्त होता है और अद्वितीय तथा कृतकृत्य हो जाता है।

—श्वेताश्वतर उपनिषद्, अध्याय 2, श्लोक 14

आचार्य प्रशांत : रत्न है, उसके ऊपर मिट्टी की परत चढ़ गई है, जब उसका शोधन हो जाता है, सफ़ाई हो जाती है तो कहा जा रहा है कि वह चमकने लग जाता है और वही उपमा दी जा रही है कि ऐसे ही जब तुम आत्मतत्त्व का साक्षात्कार कर लेते हो, तो फिर तुम भी शोकादि से मुक्त हो जाते हो और अद्वितीय और कृतकृत्य हो जाते हो। तो थोड़ा सा अंतर है, समझना पड़ेगा।

अंतर सूक्ष्म है, जो समझेंगे नहीं, वे धोखा खा जाएँगे। जब हम रत्न की बात कर रहे होते हैं और उसकी सफ़ाई करनी है, क्योंकि वह मिट्टी में पड़ा था, मैला हो गया है, कीचड़ जम गया है तो हम कीचड़ की बात ऐसे करते हैं, जैसे कि वह कोई

बात करने लायक चीज़ ही नहीं है, उसको जल्दी से हटाओ, फिर देखो, कैसे रत्न जगमगाएगा। बात का लहजा हमारा कुछ ऐसा रहता है।

उस पूरी बात में ध्यान कीचड़ पर बहुत ही कम दिया जाता है। सारा ध्यान किस पर दिया जाता है? रत्न पर दिया जाता है। कीचड़ को तो यूँ ही दो कौड़ी की अनावश्यक चीज़ मान लिया कि ये ज़बरदस्ती आ करके इसके ऊपर बैठ गई थी; हट गई, रत्न जगमगाने लग गया।

इस प्रकार की उपमा से प्रभावित होकर बहुत लोगों में छवि ये बैठ गई है कि भीतर कोई रत्न बैठा हुआ है, वो रत्न ही आत्मा है और वही असली चीज़ है, उसी की चर्चा करनी है। वही समस्त अध्यात्म की विषयवस्तु है, सब श्लोक उसी का प्रतिपादन करते हैं और जो बाकी बाहर की हमारी परतें हैं, माने मन और शरीर, वे तो कीचड़ हैं, उनकी चर्चा क्या करनी। भाई, जब आपने रत्न का उदाहरण लिया, उसमें आपने कीचड़ की कितनी बात करी? बस यही कहा कि कीचड़ कोई चीज़ है, जिसको जल्दी से झाड़ देना है, उसकी उपेक्षा कर देनी है, उसके बाद आप रत्न हाथ में लेकर आनंदित हो रहे हैं कि आ-हा-हा! क्या जगमग-जगमग!

तो वैसे ही जब आप एक आदर्श या नमूना अपने ऊपर लगा लेते हैं तो आप रत्न किसको बना देते हैं? भीतर की किसी आत्मा को और कीचड़ की परतें क्या हो गईं? मन और शरीर। तो अब आप सारी बात किसकी करते हैं? आत्मा की, क्योंकि आत्मा रत्न है और मन और शरीर की आप बात ही नहीं करते, क्योंकि ये कोई बात करने की चीज़ है! फूँक मारकर उड़ानेवाली चीज़ है। गंदी चीज़ें हैं, इन पर क्या ध्यान देना, क्या मन खराब करना इनकी चर्चा करके।

नहीं, उल्टा है। यहाँ तक ठीक है कि आत्मा के ऊपर मन और शरीर की परतें चढ़ी हुई हैं, लेकिन आत्म-साक्षात्कार का अर्थ आत्मा या हीरे का साक्षात्कार नहीं है, भाई। आत्म-साक्षात्कार का अर्थ है मन और शरीर का साक्षात्कार। ये भेद स्पष्ट होना बहुत ज़रूरी है।

जब आप उदाहरण ले रहे थे हीरे का, तो उसमें आपको किसका साक्षात्कार करना है? हीरे का। वह बात उदाहरण तक ठीक है, क्योंकि हीरा अधिक-से-अधिक क्या है? पदार्थ ही तो है, उसका साक्षात्कार किया जा सकता है। उदाहरण में आपने जिस वस्तु का इस्तेमाल करा है, वह एक पदार्थ है, भले ही बड़ा मूल्यवान पदार्थ हो। हीरा है, उसका साक्षात्कार किया जा सकता है, जैसे हर पदार्थ का।

आत्मा थोड़े ही पदार्थ है। उसका साक्षात्कार कैसे कर लोगे? साक्षात्कार फिर किसका करना होता है? साक्षात्कार करना होता है माया का, मन का। आत्म-साक्षात्कार का मतलब यह नहीं होता कि तुम अपने भीतर देखोगे और जगमग-जगमग आत्मा को पाओगे।

और बहुत ध्यानी लोग इस तरह का अनुभव बताते हैं, खुद को ही धोखा देते हैं। इस तरह का आडंबर और आत्म प्रवंचना अध्यात्म में बहुत प्रचलित है कि हम तो आत्म-साक्षात्कार करते हैं और भीतर से हमारे प्रकाश की किरणें उठती हैं। बल्कि कई तो आध्यात्मिक धाराएँ हैं, संगठन हैं, जो बाकायदा चित्र ऐसे बनाते हैं कि एक व्यक्ति है, जो किसी योगमुद्रा में बैठा हुआ है और उसके भीतर से प्रकाश की किरणें विकीर्ण हो रही हैं और तत्काल आपको लगता है कि ज़रूर हीरे जैसी कोई आत्मा यहाँ हृदय के आसपास कहीं स्थित है और देखो, उससे चारों तरफ़ प्रकाश विकीर्ण हो रहा है।

नहीं, ऐसा कुछ नहीं है। देखा है कि नहीं देखा है? वो ध्यानी बैठा हुआ है, ऐसे आसन मारकर, आँखें बंद करके और आँखें बंद कर रखी हैं और भीतर से प्रकाश उठ रहा है और जहाँ वो चित्र देखा नहीं कि बहुत सारे ध्यानियों को प्रकाश उठने ही लग जाता है, वे कहते हैं, "हाँ, हमें भी हुआ, एकदन सतरंगी था।" नहीं, खुद को देखने पर कभी आपको कोई हीरा, कोई रत्न दिखाई देने से रहा। जिनको खुद को देखने पर हीरे और रत्न दिखाई देते हैं, उनकी तो साधना की अभी शुरुआत ही नहीं हुई। वे तो अभी बच्चों के खेल खेल रहे हैं।

खुद को देखने का मतलब है अपने विकृत और कुत्सित रूप को देखना, अपनी वृत्तियों को देखना, अपने आतंरिक छल-कपट को देखना और क्या है देखने के लिए? खुद को देखने का कौन सा आप दिव्य अर्थ निकालकर बैठे हुए हैं?

और बड़े रूमानी तरीके से बात की जाती है; जब भी खुद को देखने का कोई प्रसंग आता है, तब ऐसे ही बात की जाती है कि "मैं जा रहा था, ऐसा हुआ, वैसा हुआ और फिर मैंने खुद से खुद को देखा," जैसे न जाने किसको देख लिया हो, कौन सी बड़ी सुंदर चीज़ देखने को मिल गई। तुम हो क्या खुद? खुद माने मल-मूत्र ही तो हो और क्या हो? टट्टी देखकर शायरी आ जाती है तुम्हें? तो फिर इसमें इतना ज़्यादा कवि भाव कैसे उठ आया कि मैंने खुद को देखा और आ-हा-हा-हा! क्या बात थी!

जो कोई खुद को देखेगा, वो भौचक्का रह जाएग, क्योंकि अपनी कारगुजारियों से, अपने भीतर के दानव से तो तुम खुद भी पूरी तरह से परिचित नहीं हो, भाई। जो

देखेगा खुद को, वो हैरान रह जाएगा। उसको समझ नहीं आएगा कि यह दिख क्या गया, क्या बैठा है मेरे भीतर। तुम्हें क्या लग रहा है कि तुम्हारे भीतर कोई अति सुंदर और प्रकाशित और दिव्य और शीतल और आनंदप्रद सत्ता बैठी हुई है? हाँ, आप ऐसा मानना चाहेंगे, क्योंकि ऐसा मानना अहंकार को बहुत अच्छा लगता है।

भीतर बैठा हुआ अहंकार है। समझो पूरा गणित, भीतर कौन बैठा है? अहंकार। अब आप जब कह रहे हो जो मेरे भीतर बैठा है, "आहा-हा-हा! मैंने आँख बंद करी और आत्म-साक्षात्कार किया और जो भीतर बैठा है, वह कितना सुंदर था, कितना पवित्र, क्या पावन था!" तो वास्तव में आप सुंदर और पावन किसको बोल रहे हो? अहंकार को बोल रहे हो, क्योंकि भीतर तो वही बैठा है। अहंकार खुश है, कह रहा है, बिल्कुल, आत्म-साक्षात्कार बहुत अच्छी बात होती है और करो, सबको कराओ।

जो सही में खुद को देखते हैं, उन्हें वितृष्णा हो जाती है, घिना उठते हैं, इसीलिए तो सचमुच खुद को देखनेवालों की तादाद इतनी न्यून है। कौन देखे अपने-आपको, अपने झूठे चेहरों और नकाब के बिना!

बाहर-बाहर आपको आदमी की जितनी विकृतियाँ और कुरूपताएँ दिखाई देती हैं, वे तो फिर भी नैतिक मापदंडों के कारण बहुत दबी हुई और छिपी हुई अभिव्यक्तियाँ हैं। भीतर जो बैठा है, वो बाहर तो पूरी तरह अभिव्यक्त होने भी नहीं पाता, क्योंकि बाहर सामाजिक वर्जनाएँ हैं, नैतिक कायदे हैं। आपको पूरी छूट मिल जाए, बाहर किसी किस्म के दंड का या वर्जना का भय न रहे, फिर देखिए अपना पाशविक रूप, फिर देखिए कि भीतर किस-किस तरह के जानवर बैठे हुए हैं, क्या-क्या निकलेगा भीतर से।

वो सबकुछ जो गड़ा बैठा है भीतर और बाहर निकलने की राह खोज रहा है, उसको देख लेना, बिना बेहोश हुए, बिना वमन किए, बिना भय के मारे कदम पलटे, यह कहलाता है आत्म-साक्षात्कार। जब तुम्हें दिखाई दे कि कितने घटिया आदमी हो तुम, तब समझना कि आज कोई आध्यात्मिक घटना घटी है तुम्हारे साथ और तुमको पता चले कि "आहा-हा! मैं तो प्रेम का पंछी हूँ, इश्क का जुगनू हूँ," और इस तरह की तुम्हारी धारणा बने अपने बारे में, तो समझ लेना कि अभी तुम्हारी टुन्नवाली शायरी ही चल रही है। अभी सत्य से बहुत दूर हो तुम, अभी शायरी कर लो पहले।

यह मैं बात दर्जनों बार पहले बोल चूका हूँ, आज फिर ज़ोर देकर बोल रहा हूँ, क्योंकि कितना भी मैंने बोला होगा, समझ में तो किसी को आ नहीं रही। आत्म-

साक्षात्कार का यह अर्थ बिल्कुल नहीं है कि आप खड़े हो गए—और आप कौन हैं? अहंकार—और आपके सामने खड़ी हो गई हीरे जैसी जगमग-जगमग आत्मा और आप उसको देख रहे हैं और आप कह रहे हैं, "वो मैं हूँ।"

अगर वो आप हैं तो इधर जो खड़ा होकर देख रहा है, वो कौन है? कितनी विचित्र बात है! पर आत्म-साक्षात्कार का, जो आपका मानसिक मॉडल है, वह कुछ ऐसा ही है कि "मैंने खुद को देखा, यह मैं हूँ और मैं खुद को देख रहा हूँ।" वहाँ मैं खड़ा हुआ हूँ, वहाँ मैं खड़ा हूँ और बिल्कुल ऐसे जैसे दीवाली में घर हो जाता है, एकदम जगमगा रहा हूँ, चीनी झालर लटकी हुई है मेरे ऊपर से लेकर नीचे तक।

अगर वह तुम हो, तो जो देख रहा है वह कौन है? आत्मा का अगर साक्षात्कार तुम कर रहे हो तो साक्षात्कार करनेवाला कौन है? ये सब सवाल हम नहीं पूछते, क्योंकि बड़ी असुविधा रहती है। "सवाल ऐसे पूछने ही नहीं चाहिए। ये आचार्य जी फँसाते रहते हैं। गड़बड़ सवाल पूछ देते हैं; सारा मामला सुलट गया होता है, ये आ करके बाल की खाल निकाल देते हैं। तभी तो हम इनको पसंद नहीं करते। हमें बिल्कुल पक्का भरोसा बैठ जाता है कि हम ही हैं वह झिलमिल-झिलमिल आत्मा जो मधुर गीत गा रही है; 'झिलमिल सितारों का आँगन होगा, रिमझिम बरसता सावन होगा', तभी ये बीच में आकर खड़े हो जाते हैं, सब बादल-वादल छँटा देते हैं और कड़वी बात बोल करके मज़ा ही किरकिरा कर देते हैं।"

ध्यानियों को, योगियों को और खासकर ऐसे लोगों को जिनका आत्म-साक्षात्कार हो चुका है, उनको तो मुझसे ज़बरदस्त दिक्कत है। कहते हैं, यह नमूना, "इसका खुद तो हुआ नहीं है, यह खुद ही बोलता है। जब इसका खुद हुआ नहीं है तो कम-से-कम जो हमारा हो चुका है, उस पर तो यह कीचड़ न उछाले।"

अब मैं क्या करूँ? मेरा तो काम ही यही है।

तो आत्म-साक्षात्कार में कभी आपको कुछ बहुत अच्छा-सा देखने को मिल जाए कि आपने आँख बंद करी और देखा कि भीतर आप ही ब्रह्मा बनकर बैठे हुए हैं, तो समझ लीजिएगा कि ये बचपन के किसी फैंसी ड्रेस कंपटीशन का कोई दृश्य अभी बसा हुआ है आपके दिमाग में, वो भी घटिया तरीके की फैंसी ड्रेस। ब्रह्मा बने हैं, यहाँ लगाए हैं एक मुँह, दो मुँह, तीन मुँह, एकाध गिरने को तैयार है—मंच पर ही गिर गया।

"देहधारी जीव आत्मतत्त्व का साक्षात्कार करके शोकादि से मुक्त होता है और अद्वितीय तथा कृतकृत्य हो जाता है।"

शोकादि से मुक्त कैसे हो जाता है? मैं तो बोल रहा हूँ कि जब अपने-आपको देखोगे तो शोक-ही-शोक दिखाई देगा, शोक के अलावा कुछ दिखाई ही नहीं देगा, तो फिर मुक्त कैसे हो जाओगे? मुक्त ऐसे ही हो जाओगे कि देख लिया। बात बहुत महीन है, जिस चीज़ को गौर से देख लिया, हटकर देख लिया, एक हाथ की दूरी बनाकर देख लिया, उससे मुक्ति तत्काल हो गई। इसका मतलब यह नहीं है कि दोबारा बंधन नहीं आ सकता, दोबारा बंधन आ सकता है, पर उस वक्त की मुक्ति पूर्ण है।

उससे ज़्यादा मुक्त कोई नहीं, जिसे साफ़-साफ़ दिख रहा है, तत्क्षण दिख रहा है, बंधन के पल में दिख रहा है कि वह कितना ज़्यादा बेड़ियों की गिरफ़्त में है—बाद में नहीं, अभी, कुछ करते ही, कुछ सोचते ही, बल्कि कुछ करने से भी आधा क्षण पहले, कुछ सोचने से भी आधा क्षण पहले; कि विचार आने ही वाला है, उसके पहले तुम्हें दिख जाए कि विचार कहाँ से आ रहा है; कि कर्म तुम करने ही वाले हो, उसके ठीक ज़रा सा पहले तुम्हें दिख जाए तुम कहाँ से करनेवाले हो, कौन करवा रहा है तुमसे, कर्ता कौन है, कर्ता का स्वामी कौन है। मुक्त हो गए तुम।

यही तो मुक्ति है—तुम कर जाते, तुम करने से बच गए। तुम बोल जाते, तुम सोच जाते, तुम बदल जाते, तुम वही हो जाते, जो तुम्हारे भीतर बैठा अहंकार तुम्हें कर देना चाहता था; तुम बच गए, क्योंकि तुमनें देख लिया; जैसे पटरी पर खड़े हो तुम और ट्रेन चढ़ी आ रही है, चढ़ी आ रही है और चढ़ जाए तुम पर, उससे आधा पल पहले तुमने देख लिया। बच गए न?

जिसने देख लिया, वह बच गया, जिसने नहीं देखा, वह पच गया। बचते हो या पचते हो, यह इसी पर निर्भर करता है कि आधा क्षण पहले भी ट्रेन को देख लिया कि नहीं देख लिया। पटरी से हटना कोई समय थोड़े ही लेता है या लगता है? एक झटके में फाँद जाओगे, बस दिखनी चाहिए कि आ रही है।

इसी तरीके से श्रवण होता है। जब तुम कहते हो आत्म-साक्षात्कार किया या आत्म-दर्शन किया, उसका मतलब ये नहीं है कि आत्मा को देख लिया, उसका मतलब ये है कि ट्रेन को देख लिया। ट्रेन क्या है? माया। इसी तरीके से श्रवण होता है, दर्शन माने ट्रेन को देख लिया, श्रवण माने भी यह नहीं कि भीतर से आत्मा की आवाज़ उठ रही थी, वह देख ली; श्रवण माने ट्रेन की सीटी सुन ली। ट्रेन को देख लो, तो भी फाँद जाओगे और आधा क्षण पहले ही कान में इंजन की सीटी पड़ गई, तो भी बच जाओगे।

तो दर्शन और श्रवण दोनों का मतलब समझ लो। ईश्वर का दर्शन कुछ नहीं

होता; माया है, जो दिखाई देती है और देख लेनी चाहिए। इसी तरीके से कोई आसमानों की आवाज़ नहीं है, कोई आकाशवाणी नहीं होनेवाली, जो तुम्हें सुनाई पड़ेगी। तुम्हें तो बस यह सुनाई पड़ जाना चाहिए कि गुरु चेता रहा है। इंजन की सीटी किसलिए होती है? चेताने के लिए। तो श्रवण इसी बात का करना होता है, गुरु की आवाज़ इंजन की सीटी जैसी है, "बेटा, अभी तुम कुचले जानेवाले हो।"

ऐसा थोड़े ही है कि और कोई बड़ी दिव्य बात है। यह उपनिषद् पूरा क्या है? ये सीटी ही तो है। माया का बस चले तो इंजन-ही-इंजन हो, उसमें सीटी न हो। गुरु कौन है? जो माया के माथे पर बैठ गया है सीटी बनकर कि तू जा रही है उसे कचरने, जब तक तू उस तक पहुँचेगी, उससे पहले ही मैं बज जाऊँगा, ताकि उस तक आवाज़ पहुँच जाए। क्यों? क्योंकि ध्वनि की गति इंजन की गति से ज़्यादा है।

तो माया पहुँचेगी, उससे पहले गुरु पहुँच जाएगा आवाज़ मारकर। माया को तो पूरा इंजन लेकर जाना पड़ेगा, गुरु इंजन पर ही चढ़कर बैठ गया है, माया पर ही और वो वहीं से आवाज़ मार देता है, "आ रही है, आ रही है।" अब तुम न सुनो तो तुम्हारी मर्ज़ी। यह श्रवण है।

श्रवण में इस चक्कर में मत रहना कि गुरु तुमको बहुत मीठी-मीठी और ऊपरी बात बताएँगे कि "आहा-हा! आकाशलोक है और वहाँ तुम्हें पहुँचना है और वहीं पर तुम्हारी असली आत्मा है और तुममें और आकाशलोक में जो संपर्क सूत्र है, वो तुम्हारी मुंडी से निकलता है और ऐसे यहाँ (सिर के ऊपर उँगली फेरते हुए) हाथ फेरो तो तुम्हें गड्ढा सा दिखाई देगा, बिल्कुल कमल की नाल है।" गुरुदेव ये सब बता रहे हों तो जान लेना कि अभी तो इनके मुँह से माया ही बोल रही है।

आत्मा का इस लोक में, समय में और स्थान में अस्तित्व नहीं होता; हम माने पड़े हैं कि होता है। यही समझाने के लिए तो बार-बार बुद्ध को बोलना पड़ा था, 'अनस्तित्व-अनस्तित्व, अनात्मा-अनात्मा, अनत्ता-अनत्ता'। हम जिन चीज़ों को बोलते हैं कि 'है', उन चीज़ों के अर्थ में आत्मा नहीं है, बाबा।

यह कलम है। यह कलम है, क्योंकि इसका आकार है, इसका वज़न है, स्थान में इसका अस्तित्व है, इस समय में इसकी मौजूदगी है। जिस अर्थ में यह कलम अस्तित्ववान है, उस अर्थ में आत्मा का कोई अस्तित्व नहीं है। तो अस्तित्व फिर किसका है, बाबा? माया का। जब भी तुम देखोगे तो किसको देखोगे? माया को, क्योंकि वही तो अस्तित्ववान है।

आत्मा का कोई अस्तित्व नहीं होता। आप कहेंगे, "यह क्या बात है? हमें तो बताया गया है कि आत्मा मात्र का अस्तित्व है, सिर्फ़ और सिर्फ़ आत्मा का अस्तित्व है, अंदर भी आत्मा है, बाहर भी आत्मा है।" वे बातें हटाओ न, उनको समझना हो तो अलग से आना कि 'अंदर भी आत्मा और बाहर भी आत्मा', इसका मतलब क्या है।

आत्मा का जब भी उल्लेख हुआ है, वर्णन हुआ है, अधिकांशतः नकार की भाषा में हुआ है, लेकिन तुम नकार की भाषा की जगह विधायक, साकार की भाषा का उपयोग करना चाहते हो। तुम नकारने में यकीन ही नहीं रखते, क्योंकि डर लगता है कि कुछ छूट जाएगा, कुछ कट जाएगा। तो तुम सकारात्मक भाषा का इस्तेमाल करना चाहते हो, तो तुम कहना चाहते हो, वहाँ भी आत्मा, यहाँ भी आत्मा, इसकी आत्मा, उसकी आत्मा, इधर भी, दाएँ-बाएँ, ऊपर-नीचे, सर्वत्र आत्मा-ही-आत्मा। यह सब बाद में कहना, इससे पहले यह कहो कि समय और स्थान ये दोनों आत्मा से उद्भूत हैं; ये आत्मा में हैं, आत्मा इनमें नहीं है।

कुछ याद आया? श्रीमद्भगवद्गीता—"हे अर्जुन! ये सब दिशाएँ, ये सब भूत, प्रकृति के ये सारे गुण, ये मुझसे हैं और ये मुझमें हैं, लेकिन अर्जुन, मैं इनमें किसी में भी नहीं हूँ।"

आत्मा से है सब विस्तार और सारा समय आत्मा से है। वह आत्मा से है और आत्मा में है, पर आत्मा उसमें नहीं है। यह खंभा आत्मा से है, पर इस खंभे में आत्मा नहीं है और यह बहुत सूक्ष्म अंतर है, जिसको यह नहीं समझ में आया, उसकी यात्रा आगे बढ़ेगी ही नहीं। तो जिस अर्थ में ये कलम हमें अस्तित्वमान लगती है, आत्मा अस्तित्वमान नहीं है। समझे?

बुद्ध जैसा ही कोई तत्त्वदर्शी होता है, जो इस राज को समझता है। मेरी दृष्टि में बुद्ध से बड़ा वेदांती ढूँढ़ना मुश्किल है। हम कहते यही हैं कि बुद्ध ने तो बहुत मायनों में वेदों का खंडन किया। बात उलटी है, बुद्ध वेदों को जितना समझे, उतना और समझने वाला दूसरा नहीं था और बिल्कुल सही बात कह रहे थे वे, वेदांत सम्मत बात कह रहे थे वे। लोगों ने आत्मा को नदी-पहाड़ बना रखा था, लोगों ने आत्मा को भी इधर-उधर की चीज़ बना रखा था कि वो भी तो कोई चीज़ ही है या मन का कोई विषय ही है आत्मा।

बुद्ध को फिर कहना पड़ा, "न बाबा! जो तुम सोच रहे हो वह, वह नहीं है।" तो फिर उनकी पूरी भाषा ही फिर नकार की रही, काटने की रही। वे बोलते थे, "मुझे

सत्य से मतलब नहीं, मुझे तो असत्य हटाना है। चिकित्सक हूँ मैं, स्वास्थ्य क्या होता है, स्वास्थ्य जाने; मेरा काम तो बीमारी हटाना है। बीमारी माने यही सब जो हमारी उल्टी-पुल्टी धारणाएँ हैं।"

तो अब समझो कि शोकादि दूर करने का क्या मतलब हुआ। तुम देखोगे जब, तो जिसको देख लिया, उससे मुक्त हो गए। कैसे मुक्त हो गए देखते ही? क्योंकि अगर माया देख रही होती तो माया को पहचान नहीं पाती। देखने का मतलब ही है न कि देखा, ठीक से देखा। देखने का यह मतलब थोड़े ही है कि खंभे को देखा और लगा कि पेड़ है।

तो अगर सच देखा तो देखने वाला कौन है फिर? जिस क्षण में तुम देख गए, उस क्षण में तुम कौन हो? जिस क्षण में तुम सच देख गए कि माया का सच क्या है, माया को चीर गए तुम; ठीक उस क्षण में तुम कौन हो? तुम सच ही हो गए। यह है देखने की कीमिया। वास्तविक दर्शन छोटी बात नहीं होता है, इसीलिए बार-बार कहा गया है, देखो, देखो, सीइंग।

झूठ झूठ को नहीं पकड़ सकता, यह सूत्र समझ लेना। अँधेरा अँधेरे को नहीं पकड़ सकता। किसी चीज़ को पकड़ने के लिए कुछ ऐसा चाहिए, जो उससे बिल्कुल अलग हो।

"अरे-अरे! पानी बह रहा है, चलो पानी को पकड़ते हैं।"

"किसका उपयोग करके?"

"पानी का।"

पकड़ लोगे?

इसको दृग-दृश्य-विवेक भी कहते हैं।

तो वास्तव में जब तुमने देखा, तो देखी जा रही वस्तु से तुम पूर्णतया भिन्न हो गए। दृश्य अलग है और दृग अलग है, दृग माने आँख। जिसने बिल्कुल साफ़-साफ़ देख लिया या सुन लिया, उसने देखी जा रही वस्तु या सुने जा रहे विषय से एक भिन्नता, आयामगत भिन्नता, स्थापित कर ली।

तो जिसने अपने भीतर के कचड़े को देख लिया, वो कचड़े से भिन्न हो गया। जिसने अपने भीतर के शोक को देख लिया—और हमारे भीतर शोक-ही-शोक है, तभी तो हमें इतना सुख चाहिए। कभी सोचा नहीं तुमने? हर आदमी क्या माँग रहा है, दुःख कि सुख? सुख माँग रहा है। सुख कब माँगेगा आदमी? जब दुःख में होगा।

हमारे भीतर बहुत शोक है, इसीलिए तो जो मुक्त हो जाता है, उसकी सुख की चाह बहुत कम हो जाती है या शून्य हो जाती है और यह मुक्ति का लक्षण होता है कि आदमी जैसे-जैसे मुक्त होने लगता है, वैसे-वैसे वो सुख माँगना या उत्तेजना माँगना या प्रसन्नता माँगना कम कर देता है। दुःख तुम्हारा जितना बढ़ेगा, सुख की तुम्हारी तड़प उतनी बढ़ेगी, तुम उतना ज़्यादा लालायित होकर भागोगे मनोरंजन की ओर।

अगला जो शब्द यहाँ पर प्रयुक्त है, वह है कि ऐसा व्यक्ति आत्म-साक्षात्कारी, अद्वितीय तथा कृतकृत्य हो जाता है। अद्वितीय से यहाँ पर जो अर्थ है कि अब उसकी आत्मा से दूरी नहीं रहती। प्रक्रिया सीधी नहीं है, देखा है तुमने माया को और एक हो गए तुम आत्मा के साथ। उलटा हिसाब मत बैठाना कि आत्मा के साथ एक होने के लिए आत्मा को देखना पड़ेगा। नहीं, आत्मा को नहीं देखना पड़ेगा, आत्मा देखी जा ही नहीं सकती। आत्मा के माध्यम से तुम देखोगे माया को। आत्मा आँखों के सामने नहीं है कि तुम उसे देख लोगे, आत्मा आँखों के पीछे होती है।

केन उपनिषद् याद है न, "कहाँ से आ रही हैं आँखें बाहर को जाने के लिए? कहाँ से आ रही है वाणी जगत् में फैलने के लिए?" आत्मा बैठी है पीछे, वहाँ से आ रही है। तो जब आत्मा आँखों के पीछे होती है, तब आँखों के सामने की माया को तुम पकड़ लेते हो और अगर आत्मा आँखों के पीछे है, माया को तुमने पकड़ लिया, तो तुम आत्मा से एक हो गए हो। इस वक्त तुम किसके कहने पर चल रहे हो? आत्मा के। वो तुमको पीछे से अनुशासित कर रही है, प्रकाशित कर रही है, इसी कारण सामने की माया को तुम साफ़-साफ़ कह पा रहे हो कि ये माया ही है और अगर आत्मा आँखों के पीछे नहीं होती तो मालूम है, तुम्हें कहाँ दिखाई देती? आँखों के आगे और आत्मा अगर आँखों के आगे दिखाई दे तो समझ लेना आँखों के पीछे कौन है? माया।

और बहुत लोग हैं, जिनको आँखों के आगे आत्मा दिखाई देती है, कहते हैं, "सत्य का अभी मैं दर्शन करके आ रहा हूँ।" ये जितने सत्य के दर्शन करनेवाले हैं, समझ लेना कि दृष्टा कौन है इनका, कौन है जिसने इनको सत्य का दर्शन करा दिया? माया।

और जब भीतर माया होती है न, तो बाहर आनंदस्वरूपा आत्मा को देखना तुम्हारे लिए ज़रूरी भी हो जाता है। पूछो, क्यों? क्योंकि भीतर तो है माया, माने भीतर क्या है? शोक, कष्ट। तो आनंद तुम्हें दिखाई ही कहाँ पड़ेगा? बाहर, भीतर तो है

नहीं। तो फिर तुम कहोगे, "आहा, वो रही आत्मा, कितनी सुंदर है, सच्चिदानंद है बिल्कुल!" मजबूरी है भाई; दूरी दिखाई देगी बाहर कहीं।

आत्म-साक्षात्कारी वो नहीं है, जिसे सत्य दिखता है, आत्म-साक्षात्कारी को सर्वत्र पसरा हुआ झूठ ही झूठ दिखता है।

लेकिन घबराइए नहीं, झूठ देखकर उसमें वो प्रतिक्रिया नहीं उठती, जो आमतौर पर हममें और आप में उठती है। हम और आप झूठ देखते हैं तो हमारी प्रतिक्रिया क्या होती है ? हम घिना जाते हैं, 'झूठ-झूठ', 'गंदा-गंदा', 'कचरा बदबू देता है।'

आत्म-साक्षात्कारी जब झूठ को भी देखता है तो मुस्कुरा देता है, वो कहता है कि लीला तो ये उसी की है, जो आँखों के पीछे बैठा है, वाह रे तुम्हारी करतूत! तो उसको झूठ से घिनाना नहीं पड़ता, क्योंकि वह आंतरिक रूप से स्वच्छ है। उसको पता है कि बाहर का जो कचरा है, जो गंदगी है, उसका कुछ अब बिगाड़ नहीं सकते, क्योंकि उसने देख लिया। "देख लिया हूँ तो मुक्त हो गया हूँ। अब ये मेरा बिगाड़ थोड़े ही कुछ सकता है। हाँ, जिसका ये अभी कुछ बिगाड़ सकता है, मैं उसकी रक्षा कर दूँगा। मेरा कुछ नहीं बिगाड़ सकता।"

इसका आशय समझते हो ? इसका आशय ये है कि आत्म-साक्षात्कारी माने वो जिसने माया का दर्शन कर लिया, अब वह कचरे में कूदने से घबराएगा नहीं, बल्कि वो अधिकांशतः कचरे में ही पाया जाएगा। क्यों ? क्योंकि उसे कचरे से अब डर नहीं लगता। वो अकेला है, अब जो अधिकारी हो गया है कचरे में प्रवेश करने का, वह अकेला है, जिसको अब मलिन नहीं किया जा सकता, क्योंकि वह भीतर से निर्मल हो गया है।

तो अब वह निडर हो करके हर तरह की गंदगी में प्रवेश कर जाता है। बाहर-बाहर से उसमें गंदगियाँ लग भी जाती हैं, दाग-धब्बे लग भी जाते हैं। जो मूरख लोग हैं, वे ये भी कहेंगे, "देखो, गंदा हो तो गया।" बाहर से गंदा हो गया है, भीतर उसके जो है, उसको तुम छू नहीं सकते। वो निर्दोष है बिल्कुल, कोई उसके भीतर विकार प्रवेश नहीं कर सकता। वो एक हो गया है। उसी बात को यहाँ पर अद्वितीय कहा गया है।

अगली बात कही गई है कि कृतकृत्य हो जाता है। कृतकृत्य माने वह, जिसके पास अब कुछ करने के लिए शेष नहीं बचा, उसको कहते हैं कृतकृत्य। जो करना था सब कर लिया, माने जो अपने लिए करना था, कर लिया। मेरे पास अब व्यक्तिगत

तौर पर करने के लिए कोई प्रयोजन शेष नहीं है, मैं कृतकृत्य हुआ। मेरे व्यक्तिगत कर्मों का बहीखाता अब बंद हो चुका है। तो माने क्या? वह कुछ करेगा नहीं?

अभी तो हम कह रहे थे, वह कचरे में लोटता है, अभी कह रहे हैं, कृतकृत्य हो गया है। ये दोनों बातें एक कैसे हुईं? अब उसके पास यही काम बचा है कि वो कचरे में लोटेगा, अपनी खातिर नहीं, दूसरों के लिए। ये तो अजीब बात है! जो अपनी खातिर काम करते हैं, वह खुद को बचाए-बचाए घूमते हैं और जिनको अब अपने लिए कुछ करना नहीं, वो कचरे में लोटते नज़र आते हैं। आप कहेंगे, "अजीब बात है! तुझे अब अपने लिए कुछ करना नहीं तो तू इतनी तकलीफ़ क्यों उठा रहा है? गंदा हो रहा है, यहाँ कचरे में लोट रहा है। तकलीफ़ होगी, बीमारी होगी, घाव लगेंगे, गाली और खाएगा, लोग कहेंगे, ये आ गया गंदा आदमी।"

वह कहेगा, "हम अब और करें क्या? हम तो हो गए हैं कृतकृत्य। अपने लिए तो हमें अब नहाना भी नहीं है, नहाएँगे भी तो अब दूसरों की खातिर कि भाई, दूसरों को कहीं हमसे इतनी दुर्गंध न आए कि वो हमारी बात ही सुनने को तैयार न हों। तो दूसरों के सामने जब पड़ेंगे, तब नहा लेंगे और कुछ वेशभूषा ऐसी कर लेंगे कि दूसरे भाग न जाएँ घिनाकर। अपने लिए क्या करना है? हमारा तो खेल खत्म हो गया, हम निवृत्त हो गए हैं, कहीं को भी चल सकते हैं, कहीं को भी जा सकते हैं। कुछ लेना-देना बचा नहीं है, सबका हिसाब चुकता कर दिया, सारे कर्मफल निपटा दिए हैं।"

इससे ज़्यादा मौज की हालत हो नहीं सकती जीने की कि कृतकृत्य हो जाओ और कृतकृत्य हो करके सब तरह के कृत्यों में डूब पड़ो। कृतकृत्य माने मुझे जो करना था, वह मैंने कर लिया। तो इसका मतलब क्या अब कोई कृत्य नहीं करूँगा? न, कर्ता अब बचा नहीं, अब तो कृत्य-ही-कृत्य है। जब तक कर्ता था, तब तक कृत्य करता था कर्ता को निपटाने के लिए। अब कर्ता निपट गया, अब क्यों कृत्य करता हूँ? अब वैसे ही जैसे इधर-से-उधर कोई जानवर डोले।

खरगोश आप छोड़ दें यहाँ हॉल में, वह इधर से उधर भाग रहा है, कोई उसके पास खास कारण नहीं है। खरगोश के पास तो फिर भी हो सकता है कोई कारण हो, कृतकृत्य के पास बिल्कुल ही कोई कारण नहीं होता है व्यक्तिगत; जैसे कोई बच्चा हो, वह कुछ नहीं कर रहा, नाच रहा है।

अभी ये केवल महाराज के साथ हफ़्ते भर पहले उधर पीछे वाले पार्क में गए थे, तो वहाँ छोटी-छोटी लड़कियाँ नाच रही थीं। कोई वजह नहीं, कुछ नहीं, ऐसे ही

अपना। उनके पास तो, मैं कह रहा हूँ, फिर भी कोई वजह हो छोटी-मोटी, कृतकृत्य आदमी तो नाचता है बिल्कुल बेवजह।

इसीलिए बड़ा खतरनाक होता है वह। अगर उसके पास वजह होती तो वजह का ही इस्तेमाल करके तुम उसको रोक लेते। जिसके पास कुछ भी करने के लिए कोई वजह है, तुम उसकी कलाई मरोड़ सकते हो। वजह माने जानते हो न क्या होता है? लालच। वजह माने उद्देश्य, कामना। तुम उसकी कामना पकड़ लोगे और कहोगे, "देख गड़बड़ करेगा तो तेरी कामना मसल दूँगा," और वह 'हाय-हाय!' कर रहा है, तुमने उसकी कामना भींच रखी है, ऐसे (मुट्ठी भींचते हुए)। कृतकृत्य आदमी के पास कुछ है ही नहीं, जिसे तुम भींच सको। वह हवा हो गया है।

मौज आ रही है? ट्रेन भी आ रही है। खबरदार रहना, बहुत मौज में मत आ जाना।

खुद को देखने का मतलब है—अपने विकृत और कुत्सित रूप को देखना, अपनी वृत्तियों को देखना, अपने आंतरिक छल-कपट को देखना।

□

25

जिसे भरम, उसे भरम, जिसे परम, उसे परम

शास्त्रकौमुदी, बोधस्थल, 2017

क्या है माया? सत्य कुछ और लगे तो
माया और कुछ और सत्य लगे तो माया।

तं दुर्दर्शं गूढमनुप्रविष्टं गुहाहितं गह्वरेष्ठं पुराणम्।
अध्यात्मयोगाधिगमेन देवं मत्वा धीरो हर्षशोकौ जहाति॥

उस दुर्दर्श (दर्शन में कठिन, जानने में कठिन), गूढ़ (छिपे हुए, अदृश्य), सर्वत्र विद्यमान (सर्वव्यापी), बुद्धिरूप गुहा में स्थित, हृदयरूप गह्वर में (अथवा संसाररूप गहन गव्हर में) रहनेवाले, सनातन देव (परमात्मा) को अध्यात्मयोग की प्राप्ति के द्वारा, मनन कर (समझकर), धीर पुरुष हर्ष और शोक को छोड़ देता है।

—कठ उपनिषद्, द्वितीय वल्ली, श्लोक 12

प्रश्नकर्ता : ऐसा कैसे है कि सत्य माया में छिपा नहीं, वरन् ज्ञात है?

आचार्य प्रशांत : क्या है माया? सत्य कुछ और लगे तो माया और कुछ और सत्य लगे तो माया—आवरण और विक्षेप। माया है क्या? जो नहीं है, सो माया। जिसका कोई अस्तित्व ही नहीं है, पर जो भासित होती है, प्रतीत होती है उसको जो बेहोश है, वह माया है।

'या मा सा माया'—जो है ही नहीं, उसे माया बोलते हैं। क्यों दिखता है, वह जो

है ही नहीं ? गलती दिखनेवाले की नहीं है, बात देखनेवाले की है। देखनेवाला डरा हुआ है; आशंकित है या आशान्वित है। कुछ है जिसने उसकी दृष्टि को धुँधला कर रखा है। कुछ है उसके भीतर जो धुँधलके से राज़ी है, कुछ है उसके भीतर जो धुँधलके को ही स्पष्टता मानना चाहता है।

माया वास्तव में कहीं है नहीं। जिधर देखो, उधर सत्य ही है—'जित देखूँ तित तू'। न देखने की हमारी जिद को माया कहते हैं; साथ-ही-साथ स्वप्न देखने की हमारी जिद को माया कहते हैं। आवरण और विक्षेप, न देखना और स्वप्न देखना, दोनों एक बात है और जिन्हें स्वप्न देखने हों, उनके लिए ज़रूरी हो जाएगा कि वो सत्य को न देखें और जो नहीं देखते सत्य को, उनकी नियति है कि उन्हें स्वप्न देखने ही पड़ेंगे। सत्य बहुत बड़ा है, उसका अभाव भी फिर उतना ही बड़ा होता है। उस अभाव के साथ जी नहीं पाओगे। तो कैसे भरोगे उस रिक्तता को ? सपनों से भरोगे और सपने जितने बढ़ते जाएँगे, सत्य उतना कटु, कंटकित, डरावना, भयावह होता जाएगा तुम्हारे लिए। क्यों ?

सत्य का स्पर्श सपनों को खंडित कर देता है, चूर-चूर। अब ये तुम बड़े दुष्चक्र में फँस गए। सत्य से अपने को दूर माना तो सत्य के विकल्प के रूप में सपने लाने पड़ें और सपने जब तुम लाते हो तो उन्हें सपना नहीं कह सकते, याद रखना तुम उन्हें लाए ही सत्य के विकल्प के रूप में थे, तो सपनों को नाम क्या दोगे ? सच! सपनों को तो सच माने बैठे हो।

सच वह है, जिसकी बुनियाद पर तुम जी सको। सच वो है, जिसकी बुनियाद पर तुम निर्णय ले सको, कदम आगे बढ़ा सको, साँस ले सको, जीवन का महल खड़ा कर सको। तो यह सब तुमने कर लिया, किसकी बुनियाद पर ? सपनों की। दुष्चक्र और आगे बढ़ा; पतन का, अधोगमन का कुचक्र है। अब सत्य तुम्हारे लिए और अस्पृश्य हो जाएगा। इतना बड़ा तुमने महल खड़ा कर लिया झूठ की बुनियाद पर, सच ला करके अपनी मेहनत बरबाद करनी है क्या ? ज़िंदगी भर जो महल खड़ा करा, अपने हाथों उसमें आग लगानी है ? तो सच से और दूर होते जाओगे, और सच से और दूर होओगे तो सच की स्थानपूर्ति के लिए क्या लाओगे ? और सपने। गिरते जाओ, गिरते जाओ, गिरते जाओ—पाताल। यह माया है।

एक छोटी सी गलती से शुरुआत हुई थी, जैसे बर्फ़ का ढेला किसी हिमशिखर से उतरता हुआ; स्नो बॉल। छोटी-सी शुरुआत हुई थी, यात्रा के दौरान ही गलती और बड़ी होती गई, होती गई; और जितनी बड़ी हो जाती है गलती, उस गलती की सामर्थ्य बढ़ती

जाती है और बड़ा होने की। छोटा सा ढेला कितना हिम अपने इर्द-गिर्द लपेटेगा? कुल उसका क्षेत्र ही छोटा सा है, उसकी सामर्थ्य ही। वह बड़ा होता जाएगा तो और खाता जाएगा और पहनता जाएगा, जैसे बड़े आदमी के वस्त्र भी बड़े होते हैं, जैसे बड़े आदमी की भूख भी बड़ी होती है। ऐसे हमारा जीवन चलता है। गलती पर गलती और हर गलती भूखी होती है, वह माँगती है और गलतियाँ।

'ब्रह्मचर्य' बड़ा सुंदर शब्द है, बात दूर तक जाती है। जो ब्रह्म में प्रतिष्ठापित है, उसे संतान नहीं होती। उसका आगे बढ़ना रुक गया। बर्फ़ का ढेला आगे बढ़ता जाता है; गलती-दर-गलती होती जाती है। झूठ का खानदान बहुत बड़ा है। उसके संतानें होती ही जाती हैं, होती ही जाती हैं। देखा नहीं है कि एक झूठ को छुपाने के लिए सौ झूठ बोलते हो और सच्चा अपने आप ब्रह्मचारी। सत्य और ब्रह्मचर्य इसीलिए एक हैं। वहाँ वासना नहीं है और पाने की, वहाँ पूर्ण विराम लग गया है। "हम पूरे हो गए, अब आगे और क्या चाहिए।" अब कुनबा नहीं बढ़ेगा।

तुम्हारी आँखों पर परदा न पड़ा हो—न, तुम ढीठ हो करके आँखों के आगे परदा पकड़े न बैठे हो, तो सत्य थोड़े ही तुमसे आँख-मिचौली खेल रहा है। बच्चे की तरह सरल और नग्न है, खुला हुआ है। हम आँखों पर स्वप्न चढ़ाए हैं, दिवास्वप्न। खुली आँखों से भी हमें कुछ दिखता नहीं। पगले हैं वो जो कहते हैं कि रात में सपना देखा। यहाँ तो दिन का सपना ज़्यादा खतरनाक है, वह टूटने में नहीं आता। रातवाला तो भोर हुए टूट गया, दिनवाला? रातवाला अगली रात आए, इसकी बहुत कम संभावना है। दिनवाला दिन-प्रतिदिन आता है और चूँकि वह लगातार बना रहता है, गौर करिएगा, इसीलिए लगता है कि वह नित्य है।

नित्यता की पहचान यही है न कि जो हमेशा है। कालजयी है सो नित्य है। दिन का सपना चूँकि लगातार बना रहता है या कम-से-कम ऐसा भासित होता है कि लगातार बना है, इसीलिए वह नित्य हो गया और जो नित्य हो गया, वह क्या लगेगा? सत्य। ये कारण है कि हम स्वप्न को सत्य का दर्जा दे देते हैं।

हम चीज़ों को बदलता हुआ देख नहीं पाते तो हम उन पर नित्यता आरोपित कर देते हैं, जबकि तथ्य ये है कि वे वास्तव में अनित्य हैं, बदल रही हैं। सूक्ष्म दृष्टि नहीं रहती। दिख भी जाता है कि बदल रही हैं तो हम बदलने को अवरुद्ध कर देते हैं या बदलने को अनदेखा कर देते हैं, क्योंकि बदलना बड़ा अखरता है। अहंकार पोषित कर लिया है, तो वो तो सच से दूर जाकर बैठा है न; वह तो बदलती हुई चीज़ों को मानना

चाहेगा कि शाश्वत हैं, कभी धोखा देंगी नहीं। तो सब दिखता है कि बदल रहा है।

अभी मैं शिविर से लौटा तो किसी ने मुझसे कहा, "कुछ और बाल सफेद हो गए आपके।" क्या नहीं बदल रहा? क्या नहीं दिख रहा? छोड़ो गहन अध्यात्म को, पुरानी अपनी तसवीर उठा करके देख लो। तुम्हें दिख नहीं रहा कि सब बदल गया। गुरुजन की वाणी भी नहीं चाहिए, मिट्टी-पत्थर का आईना चाहिए। वही बता देगा कि सब बदल गया। अरे, वह भी छोड़ो, पुराने कपड़े उठा लो, बता देंगे कि सब बदल गया।

हम बदलते हुए पर ठप्पा लगाते हैं नित्य का। ये बड़ा चुटकुला है, बड़ा मज़ाक और बड़ा पाप है। हम मौत पर ठप्पा लगा रहे हैं जीवन का। इसीलिए लगातार मृत्यु के डर में जीते हैं, क्योंकि पता है कि धोखा खेला है; जैसे किसी गाड़ी में लगा हो टाइमबम, जो काल के साथ फटेगा ही, उसमें बहुतों को बैठा रखा है। दुनिया को (बेवकूफ़) बना रहे हैं कि नहीं, साहब, सब ठीक है और खुद भी (उसी गाड़ी में) बैठे हुए हैं। कोई और काँपे-न-काँपे, आप ज़रूर काँपेंगे। दूसरों को कितना भी बता लो कि सब ठीक चल रहा है, तुम जानते हो कि कुछ ठीक नहीं चल रहा।

कोई छोटी सी खबर कँपा जाती है। कोई ज़रा सी बात मन में शक पैदा कर जाती है। सुबह उठो, गले में एक गाँठ रहे, देखना कैसे-कैसे विचार आते हैं और पंद्रह दिन अगर ठीक नहीं हुई गाँठ और बढ़ती ही गई रसौली, तो फिर तो देखो, नींद नहीं आएगी। हाथ लगातार उसी को छूता रहेगा, "बढ़ रही है, घट रही है।" कुछ तुरंत भागेंगे चिकित्सक के पास और कुछ कतराएँगे चिकित्सक के पास जाने से। दोनों एक जैसे हैं। एक डर के मारे भागा है, एक डर के मारे नहीं जा रहा। इसीलिए कठोपनिषद् विशेष है।

जिससे हम जीवन भर भागे हैं, उपनिषद् हमें उसके साक्षात् खड़ा कर रहा है। सत्य और कुछ नहीं है, सत्य बस यही है कि जो आँखों से दिखे सो नित्य नहीं है। एक बात नित्य है, क्या? जो आँखों से दिखे सो नित्य नहीं है। आँखों से सत्य नहीं दिखेगा। आँखों का सत्य जान लिया तो जान लो कि तुम सत्य में प्रतिष्ठापित हो। यही है नित्यता। कुछ जानने को नहीं होता। जाना हुआ सब यूँ ही है। ओस की बूँद क्षणभंगुर, ये ज्ञान है। ज्ञान की निस्सारता को जान लेना ही ज्ञान है। पहले ज्ञान को कहते हैं अविद्या, दूसरे ज्ञान को कहते हैं विद्या या फिर बोध। दोनों ज्ञान के ही प्रकार हैं।

इससे आप जीवन विरोधी या जीवन विमुख नहीं हो जाओगे। सड़क पर गड्ढे हैं, ये अगर आपने जान लिया तो क्या मंज़िल तक नहीं पहुँचोगे? मंज़िल तक कौन पहुँच

पाता है? जिसने जान लिया कि सड़क टूटी-फूटी है, सड़क पर कहाँ मोड़ है, कहाँ धोखा है या जो सपनों में खोया हुआ है कि सड़क नहीं है, फूलों की सेज है, फिसलो इस पर, लोटो इस पर, कुछ होगा नहीं? कौन पहुँचेगा मंज़िल तक? जो मार्ग को और मार्ग में व्याप्त धोखे को, छल को, भ्रांति को भलीभाँति समझता है।

पहाड़ी रास्ता देखा है न? तुम समझ गए रास्ते को तो रास्ता कितना खुशगवार हो जाएगा और समझते यही तो हो कि किधर नहीं जाना है और यही नहीं समझे रास्ते को, तो मृत्यु—यही जीवन है। रास्ते को समझ लो। रास्ते में बड़े धोखे हैं, लेकिन समझ लिया अगर रास्ते को तो उसी रास्ते पर सुंदर सूर्योदय है, सूर्यास्त है, झरने हैं, नदियाँ हैं, वृक्ष हैं, तमाम तरह की हरीतिमाएँ, नयनाभिराम झाँकियाँ, पक्षियों का कलरव, सबकुछ; और जिसको भेद करना नहीं आता 'है' में और 'नहीं' में, उसके लिए तो रास्ता मौत की राह है। वो चोट खाएगा। सब बदलता देखकर तुम मुस्कुरा सकते हो। सब बदलता देखकर तुम बदलनेवाली वस्तुओं से विमुख नहीं हो जाओगे, अपितु उनका यथार्थ जान जाओगे। अब तुम उनके द्वारा प्रयुक्त नहीं होओगे अपितु तुम उनका प्रयोग कर सकते हो, तुम उनसे खेल सकते हो। अब तुम मालिक हो, तुम जी सकते हो।

पर तुम्हारे भीतर से देखो कैसा विरोध उठता है, शायद अभी भी उठ रहा हो। तुम कहते हो, "न, कुछ बातें तो मेरे हृदय के बड़े करीब हैं। मैं कैसे मान लूँ कि वे झूठी हैं, अनित्य हैं, छल हैं।" तुम्हारे मानने, न मानने से क्या होता है। वह तो जो है, सो है। मत मानो। सड़क सड़क है और गड्ढा गड्ढा है, मत मानो। झटका गवाही देगा और गड्ढे से बड़ा होता है खड्ढा और खड्ढे से बड़ी होती है खाई। तुम कुछ मत मानो। तुम्हारे मानने से क्या होता है। टूटा हुआ कंधा गवाही देगा, टूटी नाक गवाही देगी और चार लोग जब कंधे पर ले जा रहे होंगे, पीछे चलती पूरी भीड़ गवाही देगी। तुमने धोखा खाया।

हम घबरा जाते हैं। अध्यात्म से लोग भागते हैं। उन्हें लगता है, "बाबा रे, यहाँ तो वैराग हो जाएगा।" वैराग नहीं हो जाएगा; या यह कहो कि वैराग हो जाएगा पर वैराग का तुम अर्थ नहीं जानते। तुम जिस वैराग की बात कर रहे हो, वो नहीं हो जाना है। तुम सोचते हो कि अध्यात्म का मतलब होता है कि जड़ हो गए। संसार के प्रति असंवेदनशील, मुर्दा, पत्थर। ऐसा नहीं है। मैं तो सीधी बात पूछ रहा हूँ। तुम एक अजायबघर में हो; तुम्हें वहाँ का कुछ पता ही नहीं; तुम्हें वहाँ क्या आनंद है? बोलो। तुम एक नया खेल खेलने गए—कोई ऐसा खेल बताओ, जो तुम बिल्कुल भी नहीं जानते, जिसका तुम्हें कुछ नहीं पता।

प्र. : बेसबॉल।

आचार्य : बेसबॉल। तैराकी ले लो। या और कोई खेल ले लो। तुम्हें उस खेल का कुछ पता ही नहीं है। "ये हाथ में क्या दे दिया? ये गेंद क्या है? इसे खाना है? चबाना है? सिर पर रखकर नाचना है?" तुम कुछ नहीं जानते। तुम करोगे क्या वहाँ पर? जवाब दो। खेल कौन खेल सकता है? जो जानता है, जो समझता है। अब तुम्हें समझाया जा रहा है कि ये गेंद है, लड्डू नहीं है, तो तुम्हें बड़ी दिक्कत हो रही है। तुम कहते हो, "लड्डू है, हम तो इसी को चाटे जा रहे थे बीस साल से। आज आपने बता दिया कि ये लड्डू है ही नहीं, ये गेंद है। इसको तो लात मारनी है। लात कैसे मार दें? हमने तो पूजा करी है, लड्डू है।" अरे भाई, वह फुटबॉल है। चाटना छोड़ो, उसे लात मारो। अब मज़ा आएगा।

हम सबके घरों में बहुत सारी ऐसी चीज़ें हैं, जिन्हें हम चाटे जा रहे हैं; उन्हें लात मारो, बहुत मज़ा आएगा, फिर खेल शुरू होगा, फिर गोल पर गोल बजेंगे। ये है माया से मुक्त खेलना। पर जैसे तुमने सत्य के विरुद्ध कल्पनाएँ खड़ी करी हैं, वैसे ही तुमने सत्य के बारे में भी कल्पनाएँ खड़ी करी हैं। गौर करो इस बात पर, तुम सत्य के खिलाफ़ ही नहीं कल्पनाओं को खड़ा करते, तुम्हारे पास कल्पनाएँ हैं सत्य के बारे में भी। तुम कहते हो, "सत्य यदि उतर आया जीवन में तो ऐसा हो जाएगा और वैसा हो जाएगा।" तुम क्या जानते हो कि कैसा हो जाएगा? बड़े होशियार हो!

कि जैसे कोई फुटबॉल से कँचे खेल रहा हो। बास्केटबॉल कैरम बोर्ड पर रखी हुई है और उसके ऊपर तुम बैठे हो। यह तुम्हारा खेल है, यह तुम्हारी समझ है और अपने सिर पर शतरंज का प्यादा रख लिया। यह खेल चल रहा है और दूर किसी को खड़ा कर दिया तीर-कमान लेकर कि अब इस प्यादे को मारो। कुछ तुम्हें पता है किसी खेल का? न कैरम जानते हो, न फुटबॉल, न बास्केटबॉल, न शतरंज, न तीरंदाजी। तो ऐसा विचित्र खेल चल रहा है। गुरुओं ने ग्रंथ लिखें—विचित्र नाटक।

जानो, फिर खेलो। जानने के बाद कुछ शेष नहीं रह जाता खेलने के अतिरिक्त, क्योंकि जान गए यदि तो गंभीरता से ले ही नहीं सकते। गंभीरता से तो उसे ही लोगे न, जिसका कोई अर्थ हो, जिसमें कोई सार हो, जिसका कोई जीवन हो। जानोगे तो यही जानोगे कि ये सब यूँ ही हैं। अब हँसोगे ही तो, और क्या करोगे? जैसे कोई पगला हो, जैसे कोई बच्चा हो, जैसे कोई पशु हो, जैसे हवा में काँपती कोई पत्ती, ऐसा जीवन इंसान का। क्या करोगे? इसे सिर पर ढोओगे? आँसुओं में डूबे गीत लिखोगे? आँसू

भी बेवफ़ा हैं, थोड़ी देर में गायब हो जाते हैं। किसी के रुके हैं? गाल ही सोख लेते हैं और बाकी हवा में उड़ जाते हैं, लो! बेवफ़ाई पर आँसू बहा रहे थे और आँसू भी बेवफ़ा निकले। अब क्या करोगे? हँसोगे ही तो और क्या? रोनेवाला अगर अपने आँसुओं का भी हश्र देख ले, तो हँस पड़ेगा।

ऋभु जैसे संतों से पूछो, तो वे कहेंगे, "अरे, माया तो झूठी है ही, सत्य भी झूठा है।"

कहेंगे, "तुम पकड़ो ही मत किसी भी चीज़ को। झूठ तो झूठ है ही, सच भी झूठ है। तुम आज़ाद रहो।"

वे कहेंगे, "द्वैत से तो मुक्त हो ही जाओ, कहाँ अद्वैत में फँस गए? तुम इसको भी छोड़ो।" इसीलिए ऋभु की गीता बड़ी प्रचलित नहीं हो पाई। वह तुमसे 'हाँ' तो छीनती ही है, 'नहीं' भी छीन लेती है। हक्का-बक्का, ऐसे खड़े हैं।

प्र. : सत्य का पथ बड़ा फिसलन भरा है। अभी-अभी अपने करीबी को फिसलते देखा, वापस पुरानी राहों पर फिसल जाते देखा। तो किस्सा कुछ ऐसा है कि पत्नी गर्भवती थी और किन्हीं बाबाजी की साधना-विधि से प्रतीत हुआ कि उसकी तबीयत ठीक हो गई, बच्चा असमय, प्रीमेच्योर जन्म से बच गया। बाबाजी की संजीवनी साधना ने बचा लिया।

तो जिन मित्र की बात है, उन्होंने कहा कि निसर्गदत्त महाराज, रमण महर्षि और अन्य संत होंगे बहुत अच्छे, लेकिन पत्नी की जान तो बाबाजी की साधना से ही बची न। यह सब सोचकर मैं मन-ही-मन दुखी हूँ। सोचता हूँ कि ऐसा क्यों हुआ?

आचार्य : क्या दुःख है? आपको दोनों हाथ लड्डू चाहिए? उनको एक तो एक बोझ मिल गया। अब ढोएँगे। तो कुछ उन्हें राहत की साँस भी मिलनी चाहिए कि नहीं मिलनी चाहिए? जीवन भर के लिए एक दायित्व इकट्ठा कर लिया है, सिर पर वज़न रख लिया है, तो थोड़ा उन्हें दो-चार घूँट पी लेने दो नशे के। नहीं तो ढोएँगे कैसे? अब आप चाहते हो कि वो रमण महर्षि को भी माने, निसर्ग दत्त को भी माने और साथ-ही-साथ संसार और परिवार भी वो उन्हीं रूपों में बनाए रखें, चलाए रखें, बढ़ाए रखें जिन रूपों में उनकी चाहत है; ऐसा तो नहीं हो पाएगा।

ये दोनों बातें हमेशा एक साथ चलती हैं—झूठ का प्रसार और झूठों में गहराती श्रद्धा। आपने विवाह के किस अवसर पर कबीर के भजन सुने? बोलिए। बच्चे के जन्मोत्सव पर, मुंडन पर, यज्ञोपवीत पर आपने कठोपनिषद् का पाठ सुना क्या? मौत

से मिलन? ये मौके ही ऐसे हैं, ये चीज़ें ही ऐसी हैं, ये वस्तु ही ऐसी है कि ये अपने साथ छलियों को, छलावों को खींच लाएगी। उम्मीद है कि आपको बात मेरी समझ में आ रही होगी।

जिसने दैहिक कर्म किया, जिसने अपनी पत्नी को गर्भ धारण कराया, जो संतति का इच्छुक है, वह कैसे चला जाएगा निसर्ग दत्त के पास? उसे निसर्ग दत्त के पास जाना होता तो उसने वह सब कर रखा होता, जो वह कर रहा है? आपका अफ़सोस तो ऐसा है कि कोई पूछे कि बच्चे के पैदा होने पर वो जो हिजड़े आएँ हैं, वे हाय-हाय करके उपनिषद् क्यों नहीं गा रहे? अरे, मौका ही ऐसा है कि हिजड़े ही आएँगे और वे उपनिषद् नहीं गाएँगे। आप किस बात का अफ़सोस कर रहे हो? ये होना-ही-होना है।

कोई उपनिषद् पेट की बीमारी नहीं ठीक कर देता। आपको बेटा चाहिए, कोई गीता आपको बेटा नहीं दे देगी। आपको पैसा चाहिए, न कबीर, न फरीद, न रूमी आपको पैसा लाकर दे देंगे। तुम्हारी पत्नी को गर्भ नहीं ठहर रहा, तुम कबीर के पास जाओ, कबीर लतिया देंगे तुमको। आशीर्वाद नहीं देंगे कि तथास्तु, आज ही। तो उसके लिए तो बाबाजी के पास जाना ही पड़ेगा न। वह बनी-बनाई जोड़ी है। एक बार तुम्हारे मन में इस तरह की इच्छाएँ उठीं तो फिर तुम्हें उसी तरह की इच्छाओं के अनुरूप किसी गुरु को तलाशना पड़ेगा। जैसे तुम, जैसी तुम्हारी अभीप्सा, उसी प्रकार का तुम्हारा गुरु। आप गलत कह रहे हैं कि अभी-अभी कोई फिसल गया। वो अभी नहीं फिसल गए, वह फिसले हुए ही थे। फिसलना अभी प्रकट हुआ है।

मिठाई की दूकान है मेरी और सोनपापड़ी ज़रा कम बिकती है। अब जाओ तुम बोधिधर्म के पास। जेन में डंडे की परंपरा है, तेल में भीगा हुआ। वहाँ आशीर्वाद नहीं मिलता। वह तुमको बैठाएँगे, कहेंगे, “बैठो, बिल्कुल आसन-वासन लगा लो और सिर झुका लो और पिछवाड़ा उठा लो।” बाबाजी के पास सुविधा है। बाबाजी बूटी देते हैं। कबीर से और बुद्ध से कोई बूटी नहीं पाएगा।

बुद्ध के पास गई थी एक महिला। बचपन में सबने वह कहानी सुनी है। कौन सी कहानी बता रहा हूँ मैं?

प्र. : वह महिला जिसका बच्चा मर जाता है।

आचार्य : तो बुद्ध ने बच्चा ज़िंदा कर दिया? करा क्या? बुद्धों के यहाँ ऐसे घटिया चमत्कार नहीं होते कि बच्चा पैदा नहीं होता तो पैदा करा दिया, मर गया तो ज़िंदा करा दिया, भैंस का पड़वा काला पैदा हुआ, उसको तीसरी आँख दे दी। संतों को यही काम

है, तुम्हारे गुप्त रोगों की चिकित्सा?

आप परेशान न हों। अरे, ये मृत्युलोक है। संसार क्या है? परमात्मा की गुदगुदी। वो अपने-आपको गुदगुदा रहा है। परमात्मा का चुटकुला है, वो अपने ऊपर। कोई और तो है नहीं गुदगुदाने को, तो किसको? अपने को ही गुदगुदी कर रहा है। ये सब चलता है, चलता ही रहेगा। बस इसमें आप एक चूक कर रहे हैं कि आप बीच में रमण महर्षि और श्री निसर्गदत्त का नाम ले आएँ। उनको इन झमेलों में न घसीटें। उनका इन बातों से क्या लेना-देना? इसके लिए तो आप ज्योतिषाचार्यों के पास जाएँ, हाथ देखनेवालों के पास, टैरो कार्ड वालों के पास, बहुत दुकाने हैं। विशुद्ध सत्य के उपासकों से इन बातों का क्या लेना-देना?

जिसे जो चाहिए, मिल जाता है। परमात्मा मेहरबान है, वह तुम्हारी बात रखता है; जो तुम चाहते हो, दे देता है। जिसे भरम, उसे भरम, जिसे परम, उसे परम। छोटी सी बात, छोटा सा मरम।

तुम्हें बच्चा चाहिए, मिल जाएगा। इसी घट में मूलाधार भी है और सहस्रार भी, तुम्हें जो चाहिए, मिलेगा। दोनों ही दिए हुए हैं। आप पूछ कुछ ऐसे रहे हैं, जैसे त्वरित निर्वाण हमारा हक हो, परमात्मा ने तत्काल सेवा शुरू करी हो और इनको बस मिलने ही वाली थीं पर ये सज्जन चूक गए। ऐसा कुछ नहीं है।

घनीभूत वृत्तियों का पिंड पैदा होता है। मुक्ति उसके लिए इतनी साधारण, इतनी सहज नहीं है। मुक्ति के लिए वह पैदा ही नहीं होता। आप अफ़सोस किस बात का मना रहे हैं? जो आपको मिलना ही नहीं था, वह नहीं मिला तो इसमें अफ़सोस क्या है? बच्चा मुक्ति के लिए नहीं पैदा होता, 'मुत्ती' के लिए पैदा होता है। माँ आकर क्या ये बोलती है कि बेटा, मुक्ति? या क्या बोलती है? उसको 'हु-हु' थोड़े ही बोलती है, क्या बोलती है? 'शु-शु'। तो हम इसलिए नहीं पैदा होते हैं कि बस अब पैदा होंगे और थोड़ी ही देर में देह परमतत्त्व में विलीन हो जाएगी, एक प्रकाशपुँज बचेगा बस। अरे, जो वे सज्जन कर रहे हैं, वही भाग्य है हमारा। उसी के लिए पैदा हुए हैं। हाड़-मांस का पुतला और किसलिए पैदा होता है? बढ़ेगा, सड़ेगा, गलेगा, अपने जैसा और हाड़-मांस पैदा करेगा। मल-मूत्र में लोटेगा, आग में जलेगा।

'नीम न मीठी होय, सींचो गुड़ घी से।' अरे, नीम पैदा हुई है, उसको गुड़ से सींचो कि घी से सींचो, मीठी थोड़े ही हो जाएगी। 'श्वान को यही सुहाए, गहे पुनि हाड़ को।' कुत्ता पैदा हुआ है, हाड़ को ही तो गहेगा। आप अफ़सोस किस बात का मना रहे हैं?

यह तो ऐसी ही बात है कि आप सुअर को नाली में लोटते देखें और कहें, "अरे, राम, राम, राम! गंगा से चूक गया।" उसे गंगा जाना कब था? उसके साथ वही हो रहा है जो बदा था। अफ़सोस की कोई बात नहीं।

मुक्ति सबके लिए है, पर सार्वजनिक फिर भी नहीं। याद रखना। परमात्मा सर्वव्यापक तो है, सर्वमान्य नहीं है। होगा हर जगह, तुम मानते कहाँ हो? लोकातीत है, पर उस बेचारे की त्रासदी यह है कि लोकमान्य नहीं है। लोक का आधार है, लोकमान्य तब भी नहीं है। तो किसी शराबी को कीचड़ में गिरा देखें तो अफ़सोस न करें, यह तो होना ही था। कोई ताज्जुब नहीं, इसमें कोई अचंभा नहीं हो गया। ताज्जुब तो करें जब कोई बुद्ध दिख जाए, तब पूछिए कि ये कहाँ से आ गया। इसका होना असंभावना है। यह आ कहाँ से गया? कौवों के बीच में हंस कैसे पैदा हो गया? जिस नाली में सुअर लोटते हैं, उसमें कमल कैसे खिल आया? तब ताज्जुब करिए। अभी क्या ताज्जुब करते हैं? अभी तो जो हो रहा है, वो समय की शुरुआत से जन-जन की कहानी रही है।

आपने मुक्ति को बहुत सस्ता मान लिया। आपके प्रश्न में यही भावना निहित है। आप यूँ कह रहे हैं कि जैसे बस मिलनी ही चाहिए थी, पर फिसल गए। फिसल क्या गए? मिलनी थी ही नहीं। इतना नहीं आसान है, बहुत कठिन है डगर पनघट की।

कामी क्रोधी लालची, इनसे भक्ति न होय।
भक्ति करे कोई सूरमा, जाति बरन कुल खोय॥

—कबीर साहेब

बार-बार तो संतों ने यही समझाया है कि सबके लिए नहीं है। 'संत गए सतलोक, बहुरि नहीं आवना।' संत जाते हैं सतलोक। अरे, सब थोड़े ही जाते हैं। आप अफ़सोस कर रहे हैं!

मुक्ति की ओर कोई जनरथ नहीं जाता। ट्रक भर-भरकर लोग नहीं पहुँचाए जाते स्वर्ग के दरवाज़े। वह तो बड़ी अकेली यात्रा है, बिरलों को संभव होती है। आप कहोगे क्या कि अरे, वह काराकोरम पर चढ़ाई कर रहा था, बेचारा बस फिसल गया। फिसला न होता तो पहुँच ही जाता शिखर पर। क्या बात है यह? हिमालय की चढ़ाई है, एवरेस्ट, कंचनजंघा। कितने पहुँचेंगे शिखर पर? बहुत कम, बाकी तो फिसल जाएँगे।

कृष्ण बार-बार अर्जुन से कहते हैं, "बेटा, ये बातें सबके लिए नहीं हैं। उनसे

कह भी मत देना। पहले जाँच लेना कि उनमें कृष्ण भक्ति है भी कि नहीं। मुँह यूँ ही मत खोल देना।" स्पष्ट कह रहे हैं, "पहले जाँचना, उनमें कृष्ण के प्रति श्रद्धा है कि नहीं, फिर यह बात कहना। उनमें कृष्ण के प्रति श्रद्धा नहीं, तुमने कह दिया तो गड़बड़ हो जाएगी।" आप देख नहीं रहे कि उस समय भी ज़्यादा लोग ऐसे ही थे, जो कृष्ण में श्रद्धा नहीं रखते थे। तो आज आपके सामने अगर कोई आ गया है, जो रमण महर्षि और निसर्गदत्त में श्रद्धा नहीं रखता तो इसमें अचंभा क्या?

कबीर के जीवन के बारे में इतनी कहानियाँ हैं, उतनी ही उनकी मौत के बारे में भी हैं। एक जनश्रुति यह भी है कि कबीर प्राकृतिक मृत्यु नहीं मरे थे, उन्हें भी मरवाया गया था; हालाँकि इस बात में बहुत दम नहीं लगता, लेकिन फिर भी यदि कहानी है तो कुछ तो उसका आधार होगा। भले ही दुश्मनों ने उनकी हत्या न करी हो, लेकिन कहानी से इतना तो पता ही चलता है कि दुश्मन थे ज़रूर। 'कबीर के दुश्मन', सुनने में ही बात कितनी अजूबी है।

ऐसे ही बनते हैं दुश्मन कि कोई पहुँच गया, "बच्चा दे दो।"

कबीर ने कहा, "रुकना, जाना मत बस। अभी लेकर आ रहे हैं अंदर से।" कबीर ठहरे कबीर, मस्त-मौला, बनारसी। दिया दबाकर। तो दुश्मन तो बनेंगे न और दुश्मन और बन जाएँगे जब कबीर से ही दस हाथ दूर बाबाजी बैठे हों, जो आम की गुठली देते हों, "इससे होगा, अष्टसिद्धि होगी।" अँगूठियाँ बेचते हैं वे, पत्थर बेचते हैं। तुमने सुना कि कबीर बता रहे हैं कि फलाना रत्न धारण करो कि फलानी माला पहनो, सुना है ये सब?

नंगे हैं कबीर, आकाश की तरह नग्न। फूल की तरह खिले हुए और सुंदर। वे कहाँ कोई हीरा कि पुखराज धारण करेंगे? वे तो धारणाओं को हटाते हैं, कुछ और नहीं धारण करते।

***जिसे जो चाहिए, मिल जाता है। परमात्मा मेहरबान है,
वह तुम्हारी बात रखता है; जो तुम चाहते हो, दे देता है। जिसे भरम,
उसे भरम, जिसे परम, उसे परम। छोटी सी बात, छोटा सा मरम।***

□

26

स्वयं को जानो, सत्य को जानो

शास्त्रकौमुदी, बोधस्थल, 2021

केंद्र पर हम आत्मा हैं और परिधि पर प्रकृति हैं। केंद्र पर तो शुद्धता है, लेकिन परिधि पर लगातार संसार से अशुद्धता का व्यवहार है।

सर्वाजीवे सर्वसंस्थे बृहंते तस्मिन्हंसो भ्राम्यते ब्रह्मचक्रे।
पृथगात्मानं प्रेरितारं च मत्वा जुष्टस्ततस्तेनामृतत्वमेति॥

सबके पोषण के आधार रूप, सबके आश्रय रूप इस विस्तृत ब्रह्मचक्र (व्यवस्था) में जीव भ्रमण करता रहता है। इस चक्र से पृथक् होकर जब वह आत्मा को और प्रेरक परमात्मा को सेवा द्वारा संतुष्ट करता है, तो वह अमृतत्व को प्राप्त होता है।

—श्वेताश्वतर उपनिषद्, श्लोक 6

आचार्य प्रशांत : तो जीव इसी चक्र में फँसा रहता है, इसी में वह भ्रमण करता रहता है। उस भ्रमण में सब शामिल है—जन्म, जीवन, ज़रा, व्याधि, मृत्यु, पाना-खोना, पाप-पुण्य, सुख-दुःख सब। मुक्त कैसे होता है इस चक्र से वह? मुक्त तब होता है, जब 'दो' को जान लेता है। कौन से दो? स्वयं को और सत्य को। यही दो ज्ञेय विषय हैं, क्या? स्वयं और सत्य।

तो कहा है, "जब वह आत्मा को और प्रेरक परमात्मा को सेवा द्वारा संतुष्ट करता है, तो अमृतत्व को प्राप्त होता है।" आत्मा माने स्वयं। परमात्मा माने? सत्य। इन दो को जानना है, तब मुक्ति मिल जाती है; उसी को कहा है—अमृतत्व की प्राप्ति; क्योंकि

जो कुछ भी इस चक्र के भीतर है, वो मृत्यु के ही भीतर है। इस चक्र में सर्वत्र क्या है? मृत्यु। तो अमृतत्व का मतलब ही हुआ इस चक्र से मुक्ति, चक्र के भीतर तो अमृत हो ही नहीं सकता और मुक्ति का रास्ता यही है—स्वयं को जानो, सत्य को जानो।

उद्गीतमेतत्परम तु ब्रह्म तस्मिस्त्रय सुप्रतिष्ठाक्षरं च।
अब्रान्तर ब्रह्मविदो विदित्वा लीना ब्रह्मणि तत्परा योनि मुक्ता:॥

वेदों में वर्णित यह परब्रह्म ही पावन प्रतिष्ठा से युक्त और अविनाशी है, इसमें ही तीनों लोक स्थित हैं। ब्रह्मवेत्ता महापुरुष अपने ही अंतस में अधिष्ठित उस ब्रह्म को जानकर उसी में निष्ठापूर्वक लीन होकर विभिन्न योनियों के जन्म-बंधन से मुक्त हो जाते हैं।

—श्वेताश्वतर उपनिषद्, श्लोक 7

"ब्रह्म ही पावन प्रतिष्ठा से युक्त और अविनाशी है।" यह कहने से पूर्व ऋषियों ने भलीभाँति दर्शा दिया कि प्रकृति में और संसार-चक्र में और संसार-सरिता में जो कुछ है, वो विनाशी ही है, कुछ नहीं है संसार में जिसका विनाश नहीं होनेवाला।

फिर कहा (ऋषियों ने), "ये सबकुछ जो विनाशशील है, इसका आधारभूत तत्त्व वह ब्रह्म है, जो स्वयं अविनाशी है।" फिर कहते हैं, "उसमें ही तीनों लोक स्थित हैं।" तीनों लोक प्रकृति के अंतर्गत ही हैं। तीन लोक हों, तीस लोक हों, एक संसार हो, पचास संसार हों, सब मन की परिधि के भीतर ही हैं; सब प्राकृतिक ही हैं।

"ब्रह्मवेत्ता महापुरुष अपने अंतस में अधिष्ठित उस ब्रह्म को जानकर उसी में निष्ठापूर्वक लीन होकर विभिन्न योनियों के जन्म-बंधन से मुक्त हो जाते हैं।" अपने ही अंतस में ब्रह्म कैसे अधिष्ठित है? समझिएगा बात को। अंतस में ही क्यों कहा जाता है ब्रह्म को? अंतस माने आपके अस्तित्व का केंद्र। आपके समूचे अस्तित्व को क्यों नहीं कह देते ब्रह्म? क्यों कहते हैं कि हृदय में आत्मा बसती है? क्यों नहीं कह देते कि हथेली में आत्मा बसती है? केंद्र पर ही क्यों कहा जाता है ब्रह्म या आत्मा को, परिधि पर क्यों नहीं कहा जाता?

समझ रहे हैं बात को?

आपके केंद्र पर है ब्रह्म और आपका जो बाकी समूचा अस्तित्व है, वह उस केंद्र से संचालित होते हुए भी उस केंद्र से ज़रा पृथक् है, अलग है। केंद्र है और परिधि है;

परिधि केंद्र के चारों ओर तो है, लेकिन केंद्र से फिर भी उसने क्या बना रखी है? दूरी। कभी देखा है कि परिधि केंद्र को छू ही जाए या परिधि केंद्र में समा ही जाए, ऐसा होता है क्या?

प्र. : नहीं।

आचार्य : तो हम ऐसे हैं। केंद्र पर हम आत्मा हैं और परिधि पर प्रकृति हैं। केंद्र पर क्या हैं? आत्मा। परिधि पर क्या हैं? प्रकृति। केंद्र पर तो शुद्धता है, लेकिन परिधि पर लगातार संसार से अशुद्धता का व्यवहार है।

तो ये जो जीवात्मा है, ये जो व्यक्ति है, इसको अगर ब्रह्म को जानना है तो ऋषि कह रहे हैं, "तुझे अपने अंतस पर जाना पड़ेगा।" अब वह अंतस कहने भर को ही अपना है, क्योंकि हम जीते कहाँ हैं? जीते तो हम परिधि पर हैं न? तो अंतस पर जाना हमारे लिए करीब-करीब ऐसा ही है, जैसे एक बिल्कुल किसी दूसरी दुनिया में जाना हो; वह यात्रा हमारे लिए बहुत लंबी है।

शब्दों से धोखा मत खा जाइएगा कि "अपने अंतस पर ही तो जाना है। हमें बताया गया कि ब्रह्म हमारे अंतस में बैठा है, खट-से अपने अंतस में पहुँच जाएँगे," नहीं, हम अपने अंतस से बहुत दूर हो गए हैं, जैसे पृथ्वी सूर्य का निरंतर चक्कर काटती हो फिर भी उससे बहुत दूर हो; प्रकाश सूर्य से ही पाती है, ऊर्जा सूर्य से ही पाती है, लेकिन सूर्य से उसके मिलन की संभावना बड़ी क्षीण है, जैसे कि मिलन पृथ्वी के लिए आत्मघाती हो जाएगा और होगा ही; सूरज और पृथ्वी मिलेंगे, तो एक ही बचेगा। हाँ, पृथ्वी दूरी बनाकर सूरज से, लगातार सूर्य की परिक्रमा कर सकती है; सूर्य द्वारा ही पोषित, सूर्य द्वारा ही संचालित, लेकिन सूर्य से ही दूर।

आ रही है बात समझ में?

तो ब्रह्मवेत्ता वो है, जो अपनी परिधि को छोड़कर के अपने केंद्र पर जाने को तैयार हो गया है। यहीं पर धोखा होता है। हमसे जब कहा जाता है कि "अपने हृदय पर जाओ, अपने केंद्र पर जाओ, वहाँ तुमको सत्य मिलेगा, परमात्मा मिलेगा, ब्रह्म मिलेगा।" हमको लगता है, "यह तो बढ़िया बात है, दूर कहीं जाना नहीं है। कहाँ जाना है? अपने ही केंद्र पर जाना है।" उसमें जो बात कही नहीं गई है, वो भी तो सुनो। जो बात कही नहीं गई है, वो यह है कि केंद्र पर जाने के लिए परिधि को छोड़ना पड़ता है; परिधि लिये-लिये केंद्र तक नहीं पहुँच पाओगे।

पर अगर सीधे-सीधे ये बता दिया जाए कि साहब सत्य मिलता है, जीवन की

परिधि का परित्याग करके, तो हम डर जाएँगे, आगे की बात हम सुनेंगे ही नहीं, क्योंकि बात किस भाषा में कर दी गई? त्याग की भाषा में कि "सत्य मिलेगा, जब यह जो तुम सतही जीवन जी रहे हो, यह जो तुम जीवन की परिधि पर, सतह पर जी रहे हो, इसको छोड़ दो तो सच्चाई मिल जाएगी," तो यह बात हमें बहुत स्वीकार नहीं होगी।

तो हमसे कहा जाता है कि सत्य मिलता है, जीवन के केंद्र पर जाकर के। लगता है, "यह ठीक है, यह वैसा ही तो है, जैसे लोग पर्यटन करने निकल जाते हैं, कहीं जा रहे हैं।" तुम कहीं पर्यटन करने जाते हो तो अपना घर छोड़ थोड़े ही देते हो, लेकिन इसमें जो छुपी हुई बात है, वो ये है कि केंद्र पर जाना है तो परिधि को छोड़कर ही जा सकते हो, पर्यटन जैसी बात नहीं है कि केंद्र पर जाओगे और घूम-फिरकर वापस आ जाओगे। यहाँ तो जो गया, सो गया; जो एक बार केंद्र तक पहुँच गया, वो फिर वापस नहीं आता। क्यों भाई? जहाँ फिर आना और जाना नहीं। हम सोचते हैं, "नहीं, अगर जाना है तो फिर वापस भी तो आना है।" वहाँ अगर गए तो वापस नहीं आते और जो वापस आने के लिए जाते हैं, वह पहुँच नहीं पाते।

तो जो न पहुँच पा रहे हों वह समझ लें कि क्यों नहीं पहुँच पा रहे। क्यों नहीं पहुँच पा रहे? वह वापस आने का कुछ प्रबंध करके जा रहे हैं। कहीं-न-कहीं ये उन्होंने तैयारी करी हुई है, कुछ सुरक्षा लगाई हुई है कि थोड़ा जाएँगे, घूमेंगे, फिर जब मन भर जाएगा तो, "लौटने का रास्ता भी खुला रखना भाई, लौट भी सकते हैं।" जिसने वापस लौटने का रास्ता खुला रखा, वह मंज़िल तक नहीं पहुँचेगा; अध्यात्म वह खेल है।

आगे अगर बढ़ रहे हो, नदियाँ पार कर रहे हो तो पीछे के पुलों को जलाते चलो, पुल अगर अभी खुला हुआ है तो वापस लौटने की पूरी संभावना है। वापस नहीं लौटना तो पुल का बस एक बार इस्तेमाल करना है, क्या करने को? उस पार जाने को। उस पार जाओ और प्रसन्न मत हो जाओ कि इस पार आ गए, अभी आ नहीं गए हो, अभी तो खतरा बना हुआ है पीछे; खतरे का नाम है पुल, उसको जलाओ।

जब तक पुल रहेगा, तब तक तुम सुरक्षित नहीं हो; पुल वापस खींचता है।

जीव मुक्त तब होता है जब 'दो' को जान लेता है। कौन से दो? स्वयं को और सत्य को। यही दो ज्ञेय विषय हैं, क्या? स्वयं और सत्य।

□

27

मुक्ति से भी मुक्ति

शास्त्रकौमुदी, बोधस्थल, 2017

फ़र्क नहीं पड़ता कि तुमने किससे तादात्म्य बैठाया, फ़र्क नहीं पड़ता कि तुम किसके साथ जुड़ गए, फ़र्क नहीं पड़ता कि तुम्हारे विचारों में क्या आने लग गया, फ़र्क नहीं पड़ता कि तुम्हारे मन में क्या घूमने लग गया, कहीं तो जा करके अटक गए न। जहाँ जा करके अटके, वहीं तुम्हारा नर्क है।

क्व मोहः क्व च वा विश्वं क्व तद्ध्यानं क्व मुक्तता।
सर्वसङ्कल्पसीमायां विश्रान्तस्य महात्मनः॥

जो महात्मा समस्त संकल्पों की सीमा पर विश्राम कर रहा है,
उसके लिए अज्ञान कहाँ, विश्व कहाँ, ध्यान कहाँ और मुक्ति भी कहाँ है?

—अष्टावक्र गीता, अध्याय 18, श्लोक 14

आचार्य प्रशांत : मन अद्वैत को भी द्वैत के एक सिरे की ही तरह लेता है। मन अद्वैत का भी ध्यान तब करता है, अद्वैत की भी बात तब करता है, जब उसे द्वैत से मुक्ति चाहिए होती है। तो द्वैत के तो दो सिरे होते ही हैं और अगर उन दोनों सिरोंवाले युग्म को हम एक इकाई मान लें, उस जोड़े को अगर हम एक इकाई मान लें तो मन उस एक इकाई के जोड़े की तरह अद्वैत को स्थापित कर देता है।

तो द्वैत को अगर आप एक इकाई माने तो मन कहता है कि द्वैत का द्वैत जोड़ा

हुआ अद्वैत। यह उसकी लाचारगी भी है, यह उसकी प्रकृति भी है, यही उसकी सीमा है और यही उसका कष्ट है। इसके अलावा वह और कुछ कर नहीं सकता। तो अष्टावक्र हमें उस सबसे भी मुक्ति दिला देना चाहते हैं, जो हमारे लिए मुक्ति का पर्याय है।

मन साधारणतया तो फँसा रहता है द्वैत में। द्वैत से मुक्ति चाहता है तो जाकर फँस जाता है अद्वैत में। अष्टावक्र द्वैत से तो मुक्ति दिला ही रहे हैं, पर उस मुक्ति के फलस्वरूप वह किसी और झंझट में फँसने की छूट नहीं दे रहे। वह ये नहीं कह रहे कि विचलन से छूटे तो जा करके ध्यान में फँस गए। वो ये नहीं छूट दे रहे कि संसार से छूटे तो संन्यास में फँस गए। नहीं तो मन मुक्ति के नाम पर बस पिंजड़ों के रूप बदलता जाता है, आकार बदलता जाता है, नाम बदलता जाता है। बड़ा पिंजड़ा पा जाने से मुक्ति थोड़े ही हो जाती है।

अष्टावक्र हमें बंधन से तो मुक्ति दिला ही रहे हैं, वह हमें मुक्ति से भी मुक्ति दिला रहे हैं। बंधन तो बंधन होता ही है, मुक्ति बंधन से ज़्यादा बड़ा बंधन हो जाती है और अगर ध्यान से देखा जाए तो कोई भी बंधन, बंधन तभी बन पाता है, जब उसने नाम मुक्ति का पहन रखा हो।

विशुद्ध मुक्ति है हर प्रकार की मुक्ति से भी मुक्ति। विशुद्ध मुक्ति है जब मुक्ति का नाम लेने की भी ज़रूरत न पड़े। विशुद्ध मुक्ति है जब आप ऐसे मुक्त हुए कि अपने-आपको इस उपाधि से भी मुक्त कर दें कि आप मुक्त हैं।

हर उपाधि एक सीमा होती है, हर उपाधि एक विशेषता होती है, हर उपाधि कुछ होती है। अष्टावक्र कुछ भी होने से आज़ादी दे रहे हैं। तो वे कह रहे हैं कि "जो महात्मा समस्त संकल्पों की सीमा पर विश्राम कर रहा है, उसके लिए अज्ञान कहाँ, विश्व कहाँ, ध्यान कहाँ और मुक्ति भी कहाँ है?"

जिसके लिए अज्ञान नहीं है, जिसके लिए विश्व नहीं है, वो करेगा क्या, अब ध्यान और मुक्ति ले करके? वह सबकुछ जो हमको अध्यात्म के नाम पर भाता है, वह सबकुछ जो हमको परमात्मा के नाम पर लुभाता है, वह हमें आकर्षक इसीलिए लगता है, क्योंकि हम डरे हुए होते हैं, हम भ्रम में होते हैं, हम अज्ञान में होते हैं।

अपने जीवन पर गौर करें, ध्यान की सुध आपको क्या शांति में आती है? शांति की तो याद ही तब आती है, जब आप क्रोध में होते हैं या भ्रम में होते हैं या बेचैनी में होते हैं या उत्तेजना में होते हैं। जो शांत है ही, वह शांति को क्यों याद करेगा? उसको

न शांति की स्मृति रहेगी, न मन में शांति का विचार। वास्तव में किसी भी चीज़ की स्मृति, विचार या ज्ञान के लिए उससे दूरी चाहिए। यह मन की हर गतिविधि की सीमा है, यह मन की प्रकृति है। जो है, वो मन में नहीं आ सकता। मन में वही उठेगा जो है नहीं।

समस्त चेतना द्वैतात्मक होती है। वह उसी को देख पाती है, जिससे दूरी है। जब आप डरे होते हो, जब आप मोह में या लालच में होते हो, तभी तो परमात्मा की याद आती है न? जब आप मौन होते हो, गहराई से संतुष्ट, क्या तब भागते हो मंदिर की ओर?

अष्टावक्र कह रहे हैं कि जिसके जीवन से ताप चला गया, उसके जीवन से तपस्या भी चली जाएगी। जिसके जीवन से पाप चला गया, उसके जीवन से परमात्मा भी चला जाएगा। क्या करेगा अब वह परमात्मा की याद करके? क्या करेगा, वह परमात्मा की सुध ले करके? पुण्य उसे अब करना क्यों है?

पुण्य तो तभी तक आकर्षित करता था, जब तक पाप था और पाप और पुण्य से मुक्ति तभी तक आकर्षित करती थी, जब तक दोनों में कोई सार्थकता प्रतीत होती थी। पुण्य से भागना होता था तो पाप की ओर आते थे, पाप से भागना होता था तो पुण्य कर आते थे। पाप-पुण्य दोनों से भागना होता था तो परमात्मा दिखाई देता था।

अष्टावक्र कह रहे हैं, "जो समस्त संकल्पों की सीमा पर जाकर बैठ गया है।" समस्त संकल्पों की सीमा हुई मन की सीमा। जिसने मन की सीमा को ही पहचान लिया है, अब वो क्या करेगा मन की सीमा के अंदर किसी गतिविधि का आसरा रखकर? आसरा तो अपने से बड़े वाले का रखा जाता है न। मन के भीतर जो है, उसका सहारा वो क्यों लेगा, जो मन की कगार पर खड़ा हो गया है? अब उसको ये सब बातें आकर्षित नहीं करती हैं।

जब जान लिया कि अज्ञान मात्र ज्ञान का घनीभूत रूप है, तो अब कौन ज्ञान की ओर भागेगा? जब जान लिया कि जैसे मानसिक विक्षेप पाप बन जाते हैं, पुण्य बन जाते हैं, ठीक उसी तरीके से तरंगें कभी-कभी परमात्मा कहला जाती हैं, मानसिक तरंगें, तो अब कौन परमात्मा की ओर भागेगा?

उसने स्पष्ट देख लिया है कि डरे न होते तो न ग्रंथ की ओर जाते, न गुरु की ओर जाते। ग्रंथ और गुरु और कुछ हैं ही नहीं, डर की प्रतिक्रियाएँ हैं, छाया हैं। जिससे लड़ रहे हो, उसी की छाया का सहारा ले करके लड़ोगे क्या? सहारा तो किसी ऐसे

का लेना होता है न जो मुक्त है। छाया का अर्थ समझते हो ? जो किसी वस्तु के साथ, व्यक्ति के साथ, छवि के साथ-साथ चलती हो।

मैं कह रहा हूँ कि हमारे लिए भगवत्ता, परमात्मा, सत्य, ये सब राग, द्वेष, लोभ आदि की छाया हैं। तुम्हें कुछ चाहिए होता है तो तुम्हें भगवान् याद आ जाता है, है कि नहीं ? तो भगवान् कौन हुआ ? लोभ की छाया। ज़्यादा ईमानदारी की बात तो ये होगी कि लोभ को ही खोज निकालो, लालच के ही साथ रह लो, उसी को समझ लो।

अष्टावक्र भागने के सारे रास्ते बंद किए दे रहे हैं। वे कहते हैं, न अज्ञान, न विश्व, न ध्यान, न मुक्ति। अज्ञान सताता है और अज्ञान जब सताता है तो जो कष्ट मिलता है, वह स्थूल होता है। जब विश्व सताता है, तब भी जो कष्ट मिलता है, वो स्थूल होता है। विश्व बाहर का है न। चोट लगती है, दर्द होता है, अज्ञान होता है तो बात ज़ाहिर हो जाती है, जग-हँसाई होती है। तो ये सब पकड़ में आ जाते हैं कि कहीं कोई कमी है।

संसार से बहुत बंधा, चोट लगी; कहीं कोई कमी है, आँखें पकड़ लेती हैं, अनुभव पकड़ लेते हैं, लेकिन जब कोई ध्यान से और मुक्ति से बंध जाता है, तब जो नुकसान हो रहा होता है, वो सूक्ष्म होता है, वो अकसर पकड़ में नहीं आता। चूँकि वह पकड़ में नहीं आता, इसीलिए वो भीतर-भीतर पलता रहता है, वो चलता रहता है।

अष्टावक्र के सामने जो हैं, वह स्थूल खतरों से तो स्वयं भी निपट लेंगे, वह जनक हैं। सूक्ष्म खतरों से अष्टावक्र उन्हें आगाह किए दे रहे हैं कि कहीं फँस न जाना। ये जो सूक्ष्म खतरे हैं, ये स्थूल वालों से कहीं ज़्यादा खतरनाक हैं। मुक्ति के पिपासु मत बन जाना, मुक्ति से तादात्म्य मत बैठा लेना।

फ़र्क नहीं पड़ता कि तुमने किससे तादात्म्य बैठाया, फ़र्क नहीं पड़ता कि तुम किसके साथ जुड़ गए, फ़र्क नहीं पड़ता कि तुम्हारे विचारों में क्या आने लग गया, फ़र्क नहीं पड़ता कि तुम्हारे मन में क्या घूमने लग गया, कहीं तो जा करके अटक गए न। जहाँ ही जा करके अटके, वहीं तुम्हारा नर्क है। छूटते, छूटते अंततः जहाँ जा करके तुम्हें अटकना है, अष्टावक्र तुम्हें उस जाल से भी आज़ाद किए देते हैं।

बंधन तो बुरा लगता ही है, तो वहाँ से छूटना और छूटने की अभिलाषा ज़रा सहज होती है। पर मुक्ति बड़ी गौरवान्वित होती है। मुक्ति के साथ बड़े किस्से जुड़े होते हैं, बड़ी आशाएँ जुड़ी होती हैं, बड़ी गरिमा जुड़ी होती है। मुक्ति का पूरा एक भव्य माहौल होता है। उससे छूट पाना मुश्किल बात है। जो कुछ आपको बाँध रहा

हो, अगर वह स्पष्टतया बंधन ही हो और वह भी कुरूप बंधन, ऐसा कि देखते ही जुगुप्सा जगे, तो कौन बँधेगा?

बँधते आप तभी हो न, जब जो बाँध रहा हो, वो आकर्षक हो, जब जो बाँध रहा हो, उसका सुंदर नाम हो, महिमामंडित हो, उसके गीत गाएँ हों गुरुओं ने, ग्रंथों ने उसकी स्तुति की हो। अब आप बता दीजिए कि अब आप बंधन में बँधोगे या मुक्ति में बँधोगे? बंधन में कौन बँधेगा? बंधन को तो आप देखोगे, कहोगे, "जा तू, तू बंधन है। हम तुझे जानते हैं, तू जा।"

मुक्ति आएगी और आप मुक्ति के लिए अपने सारे कपाट खोल दोगे। आप कहोगे, "तू बड़ी चीज़ है। हमें हमेशा से बताया गया है और उन्होंने बताया है, जो कभी किसी और की वंदना नहीं करते, जो कभी किसी और की अनुशंसा नहीं करते। उन्होंने हमसे कहा है कि पूरा ज़माना छोड़ देना, संसार की किसी चीज़ पर हाथ मत रखना, बस मुक्ति कीमती है। तो हमें मुक्ति का मूल्य ऐसों ने समझाया है, जिन्होंने बाकी सबकुछ मूल्यहीन समझा। हमारे पास कारण है उन पर विश्वास करने का। मुक्ति निस्संदेह बहुत बड़ी बात होनी चाहिए।" तो मुक्ति के लिए तुम अपने सारे दरवाज़े खोल दोगे और फँसोगे।

आप जब भी फँसे हैं, मुक्ति की आस में ही फँसे हैं, गौर से देख लीजिएगा। आप जिन भी बंधनों में हैं, वे बंधन नाम मुक्ति का ही लिये हुए हैं, देख लीजिएगा। अष्टावक्र कह रहे हैं कि मुक्ति कभी स्वयं मुक्ति का नाम ले करके नहीं आती, मुक्ति कभी कोई नाम ले करके नहीं आती। मुक्ति कभी आती ही नहीं। जब भी कोई मुक्ति का नाम ले करके आए, जान लेना कि बंधन है।

मुक्ति कभी आएगी ही नहीं, तो वह क्या नाम ले करके आएगी, यह प्रश्न ही निरर्थक है। मुक्ति आने-जानेवाली शय ही नहीं है। मुक्ति कभी कोई वादा करेगी ही नहीं, तो उसने क्या वादा किया, ये पूछना ही व्यर्थ है। जो वादा करे, उसी को बंधन जानना। जो आए, उसी को बंधन जानना। जिसका भी कोई नाम हो, उसे ही बंधन जानना। जो विकर्षक लगे, उसको भी जान लेना कि लग रहा है तो मानसिक है और जो आकर्षक लगे, उसको भी जान लेना कि लग ही भर रहा है, मानसिक है।

जो मुक्ति अपना एहसास कराती हो, वह मुक्ति नहीं है। जो मुक्ति कहीं से आई है, वह मुक्ति कहीं को चली भी जानी है, वह मुक्ति नहीं है। अष्टावक्र कह रहे हैं कि ऐसी मुक्ति को दूर से ही नमस्कार करो और विदा कर दो, हमें नहीं चाहिए।

फिर से ध्यान से सुन लेना, मुक्ति स्वयं कभी मुक्ति का नाम ले करके नहीं आएगी। बंधन ही आएँगे मुक्ति का जामा ओढ़कर। कौन बंधन गुरूर के साथ घोषित करेगा कि वह बंधन है? बंधन की इतनी औकात कहाँ?

बंधन मुक्ति का नाम लिये बिना एक कदम चल नहीं सकता और ये बात मुक्ति की शान के खिलाफ़ है कि वो अपना नाम ले। तुम्हें जिसने भी फँसाया है, उसने तुम्हें यही कहकर फँसाया है कि वह तुम्हें आज़ादी देगा। जो कुछ भी तुम्हें खींचता है, तुम्हारे मन में हावी हो जाता है, वह कहीं-न-कहीं तुमसे आकाश का वादा ज़रूर करता है, कभी बड़े आकाश का, कभी छोटे आकाश का, कभी नीले आकाश का, कभी गुलाबी आकाश का।

कान ही मत धरना कि वादे को कैसे कहा गया है, कैसे वर्णित है। वादे की भाषा पर गौर ही मत करना। विवरण क्या हैं, यह पढ़ने भी बैठे तो फँसे, क्योंकि लोभ न होता तो पढ़ने में भी रस क्यों पाते?

शैतान के तो पूँछ है, वह दूर से ही पकड़ में आ जाएगा। आप भगवान् से बचिएगा। आप जिसे भगवान् जानते हैं, वह बस शैतान ही है, जिसने पूँछ छुपा ली है। जो वास्तविक भगवान् है, वह तो न चिह्नित हो सकता है, न चित्रित। उसका तो कोई रूपरेखा, रंग हो नहीं सकता। उसकी तो बात ही व्यर्थ है। पर आप जिसे भगवान् जानते हैं, जान लीजिएगा कि वो शैतान मात्र है। गौर से देखेंगे तो पूँछ भी दिख जाएगी।

प्रश्नकर्ता : आचार्य जी, बंधन की बातें करने से बेहतर है न कि मुक्ति की बातें की जाएँ?

आचार्य : देखिए, ये जो शब्द हैं न, 'बेहतर', ये बड़ा धोखा हो सकता है। 'बेहतर' शब्द जानते हैं क्या है? 'बेहतर' शब्द आपको यकीन दिलाता है कि कुछ है, जो क्रमश: हो सकता है। क्रमश: का मतलब है कि कुछ है ऐसा जो टुकड़ा-टुकड़ा पाया जा सकता है, कुछ है ऐसा जिसकी ओर शनै:-शनै: बढ़ा जा सकता है। कोई सीढ़ी है और जब आप सीढ़ी के अगले पायदान पर पहुँच गए तो आप कहते हैं बेहतरी।

बेहतरी की बात करना एक ऐसे मानसिक प्रारूप में यकीन करना है, जो आपको समय की सत्यता में, स्थान की सत्यता में, श्रम की सत्यता में फँसाए रखता है। सारी बेहतरी की बात विकास की बात है, प्रगति की बात है। उसको थोड़ा समझना होगा।

प्र. : इट्स अ क्वांटम जंप (यह एक लंबी छलाँग है)।

आचार्य : इट्स नॉट इवन अ जंप (यह छलाँग भी नहीं है), क्योंकि जब आप कहते

हो कि क्वांटम जंप वगैरह है, तो भी आप इतना तो कहते ही हो न कि शून्य पर थे, एक पर आ गए, तो बेहतर हो गए। तो अभी भी आपने कुछ अलग नहीं कह दिया। अभी भी आपने बेहतरी की ही बात की।

वृत्ति में, व्यवहार में, जीवन में, आचरण में जो परिवर्तन आते हैं, वे लग सकते हैं कि क्रमिक हैं, लेकिन जो वास्तविक है, वे क्रमिक नहीं है, ग्रेजुअल नहीं है, इवोल्यूशनरी (विकासवादी) नहीं है और अकसर उसको क्रमिक बना करके हम उसे मन की ही कोई विषयवस्तु बना देते हैं।

मन में तो जो कुछ होता है, सब क्रमिक ही होता है न। मन में आप कुछ भी ऐसा जानते हैं, जो तात्कालिक है, पूर्ण है? मन में तो जो कुछ है, वो सबकुछ एक यात्रा पर है। मन में तो जो कुछ है, वह सब अपूर्णता की ही अलग-अलग श्रेणियों में है। कुछ है जो बहुत अपूर्ण है, कुछ है जो ज़रा कम अपूर्ण है, पर मन में जो कुछ है, वो सब अपूर्ण ही है।

क्रमिकता का मतलब ही यही होता है न—अपूर्णता से अपूर्णता तक की यात्रा और ये बहलाव, ये बहाना कि पहले ज़्यादा अपूर्ण थे, अब हम कम अपूर्ण हैं, इसी को तो कहते हो न कि तरक्की कर रहे हैं। तरक्की का यही तो मतलब होता है, पहले साठ पर थे, अब सत्तर पर आ गए। पूर्ण न साठ है, न सत्तर है। खेल वैसा है नहीं। वास्तव में सत्तर इत्यादि पर आना साठ पर होने से कोई बेहतर बात होती नहीं है।

क्यों नहीं होती है? क्योंकि अगर आप साठ और सत्तर की बात कर रहे हैं, तो अभी आप सिर्फ़ उसी की बात कर रहे हैं, जिसकी बात की जा सकती है। अभी भी आप वहाँ स्थापित नहीं हुए है, जो सदा से पूर्ण होता है और जिसकी बात की ही नहीं जा सकती।

जीवन, आचरण, मन, संसार, ये तो सदा अपूर्ण होंगे न? क्रमिकता यहाँ पाई जाती है, अपूर्णता यहाँ पाई जाती है, प्रगति यहाँ पाई जाती है। उत्तरोत्तर कुछ भी यहाँ पर होता है। अब आप इनमें अगर प्रगति की भी बात कर रहे हैं तो ये कोई प्रगति नहीं है, क्योंकि बात अंततः आप कर किसकी रहे हैं? नज़र कहाँ है? ध्यान किस पर है? उसी पर है न जो बदल सकता है, उसी पर है न जो छोटे से बड़ा हो सकता है, उसी पर है न जो पूर्णता की यात्रा पर है और चूँकि यात्रा पर है, इसीलिए अपूर्ण है।

अष्टावक्र होते हैं, उनका तो नाम ही अष्टावक्र है। आठ तरह के विकार तो बाहर-ही-बाहर उनमें दिख रहे हैं। लगातार अपूर्णता है। वे उस पर ध्यान ही नहीं देते,

उसकी बात ही नहीं करते और तरक्की तो सदा वहीं होती है, जहाँ कुछ बाहरी है। जो वास्तविक है, केंद्रीय है, वहाँ तो कोई तरक्की तो होती नहीं।

और जो बाहरी है, वहाँ आप कितनी भी तरक्की कर लीजिए, अभी उतनी ही और तरक्की शेष रह जाती है। आप अष्टावक्र के विकार दूर करके उनको तथाकथित रूप से सुंदर बना दीजिए। वे अभी जितने सुंदर हुए हैं, अभी उतनी ही और सुंदरता पानी शेष रह जाएगी। आप कुछ और करके उनको और मोहक और आकर्षक बना दें। वे जितने आकर्षक हुए हैं, अभी और पाना बाकी रह जाएगा। तो ये जो क्रमशः विकास की अवधारणा है, देखिए कि कितनी झूठी है। जितना आप इस पर आगे बढ़ते हो, अभी उतना ही पाना बाकी रह जाता है।

अष्टावक्र उसकी बात कभी करेंगे ही नहीं जो बदल रहा है; अब बदलते हुए चाहे बढ़ रहा हो, चाहे घट रहा हो, उसकी बात ही नहीं करनी है। बात उसकी करनी है, जो न बदलता है, न बढ़ता है, न घटता है, जो अपने-आपको कभी किसी भी चिंतन का विषय बनने नहीं देता। उसमें स्थापित जब होते हैं आप, तब बाहर बड़े-बड़े बदलाव होते हैं, भूचाल आ जाते हैं; आ सकते हैं, आवश्यक नहीं है कि आएँ। कई बार भूचाल का न आना ही बहुत बड़ा भूचाल होता है। कई बार कुछ न होना बहुत बड़ी घटना बन जाती है। बारात सजी हुई थी, दूल्हा नहीं आया, अब बनेगी घटना। कुछ न होना बहुत बड़ी बात हो गई।

जब केंद्रित होते हैं आप, तब बाहर बहुत कुछ होता रहता है। आप चाहें तो उसे तरक्की का नाम दे सकते हैं। पर यह आप चाहे ही क्यों? यह आपकी चाह ही दिखा देगी कि अभी आप चाह में ही फँसे हुए हैं।

एक अष्टावक्र हैं, वो यूँ ही नग्न घूमते हैं एक बेडौल शरीर लिये और फिर एक दूसरा क्षण है, जब वही अष्टावक्र हैं और एक राजा उनके सामने नमित हो करके चरण स्पर्श कर रहा है, उनसे कह रहा है, "गुरुवर, ज्ञान दें।" आप कहेंगे, "तरक्की हो गई, प्रगति हो गई।" अष्टावक्र कहेंगे, "क्या बदल गया? बेहतरी कहाँ हो गई? क्या बेहतर हो गया?"

आँख अगर संसारी है तो ही वह बात करेगी बेहतरी की और बदतरी की। आपकी आँख अगर संसारी है, तो आप निश्चित अष्टावक्र के पास पहुँच जाएँगे बधाइयाँ देने। कहेंगे, "पहले तुम छोटे गुरु थे, अब तुम बड़े गुरु हो गए। देखो, आज राजा आ करके तुम्हारे आगे झुका।" अष्टावक्र कहेंगे, "बदल क्या गया? क्या बेहतर हो गया?"

गलत लेकिन आपने भी नहीं कहा। आप संसार के प्राणी हैं और संसार में चीज़ें बदलती रहती हैं। अपनी दृष्टि से आपने ठीक कहा। प्रश्न लेकिन ये है कि ये दृष्टि रखने योग्य भी है या नहीं है। अष्टावक्र तो यही कहेंगे कि ये दृष्टि तो त्याज्य है। आपने यदि अष्टावक्र से कहा कि तुम्हारी बेहतरी हो गई कि अब तुम्हें जनक सुनने लगे, तो आप ये गलत थोड़े ही कह रहे हैं। जनक अगर दक्षिणा देंगे तो आश्रम भर जाएगा अष्टावक्र का। जनक अगर अष्टावक्र को सुनेंगे, तो बहुत बड़ी भीड़ आ जाएगी सुनने के लिए। संसार के तो सारे पैमानों पर ये बेहतरी के ही लक्षण हैं।

अष्टावक्र वह चित्त ही नहीं रखते, जो बेहतरी मापता हो। आप भी वह चित्त मत रखिए, जो बेहतरी मापता हो। बाहर बहुत कुछ चलता रहेगा। राजाओं ने आ करके अगर संतों की स्तुतियाँ की हैं, तो राजाओं ने आ करके संतों को प्राणदंड भी दिए हैं। एक राजा है, जो अष्टावक्र को गुरु बना सकता है, तो दूसरा राजा किसी अन्य अष्टावक्र को मौत के घाट भी उतार सकता है। ये सब अष्टावक्र चलने देते हैं। वो इसको कोई नाम ही नहीं देते, वो इसमें कोई रुचि ही नहीं रखते। ये चलता रहे।

हाँ, जो संसारी मन होता है, वो इसी में रुचि रखता है। वो कहता है, "देखो, देखो, कुछ अच्छा हो गया, बधाई हो।" और वही राजा आ जाए और कहे कि तुम ये सब क्या अनाप-शनाप बक रहे हो। कोई उम्र नहीं तुम्हारी, अभी बच्चे हो और ये बड़ी बातें! पंडितों से जुबान लड़ाते हो?

तो आप कहेंगे, "अरे-अरे! देखो, बड़ी मुसीबत टूट पड़ी बेचारे पर।"

अष्टावक्र कहेंगे, "काहे की मुसीबत? कौन सी मुसीबत टूट पड़ी?"

बेहतरी की बात करना ही बताता है कि आप अभी बेहतरी के ही खिलाड़ी हो, आप अभी बेहतरी के ही पिपासु हो; आपको अभी संसार की ही सीढ़ियों पर ऊपर चढ़ना है, आप अभी यात्रा में यकीन करते हो, आप अभी क्रमिकता में यकीन करते हो। आपका यकीन अभी उसी में है, जो बदल रहा है, क्योंकि जो बदलेगा, वही तो बेहतर होगा। आपका अभी उसमें मन ही नहीं जा करके बैठा, जो बदल ही नहीं रहा, क्योंकि जो बदल नहीं रहा, वहाँ आपको एक बड़ा खतरा है। क्या? वहाँ कोई बेहतरी तो हो नहीं सकती।

महत्त्वाकांक्षी मन के लिए आत्मा एक बड़ी नीरस चीज़ है। क्यों? क्योंकि महत्त्वाकांक्षा हमेशा क्या चाहती है? वृद्धि और आत्मा की कोई वृद्धि नहीं हो सकती। आप बेहतरी के पिपासु हैं और परमात्मा में आप बेहतरी कैसे करेंगे? आप जा करके

बैठ गए हो, हृदय में स्थापित हो गए हो, अब तरक्की के सारे रास्ते बंद हो गए आपके लिए, अब कोई तरक्की हो नहीं सकती और जहाँ आप तरक्की खोजते हो, वहाँ अब जो घटनाएँ घटेंगी, हो सकता है कि वह आपको तरक्की जैसी लगे नहीं।

संयोग की बात है कि कोई जनक मिल गया अष्टावक्र को। कोई और भी मिल सकता था, फिर आप तो नहीं कहते न कि जो अद्वैत जानता है, जो शास्त्रों को जानता है, वह बड़ी बेहतरी पाता है?

एक दिन कोई मुझसे पूछ रहा था कि "शास्त्र कहते हैं कि जो सत्य के साथ होते हैं, सत्य स्वयं उनकी रक्षा करता है तो फिर सत्य ने जीजस की रक्षा क्यों नहीं की?"

मैंने कहा, "तुम्हें कैसे पता रक्षा नहीं की?"

वह बोले, "वे सूली पर चढ़े, उन्हें दुःख मिला।"

मैंने कहा, "ऐसा तुमसे जीजस ने कहा?"

ऐसा तो तुम्हें लग रहा है न कि उनके साथ कुछ गलत हो गया। तो तुम अब उनके वकील बन करके फरियाद करने, अपील करने आए हो कि उनके साथ गलत हो गया। तुम्हारे पैमानो पर निश्चित रूप से ये बड़ी गलत बात होती है, जब किसी के प्राण छिन जाए। पर कोई और ऐसा हो सकता है, जिसको अब उन चीज़ों की परवाह ही न हो जो छिन सकती हैं।

आप परमात्मा की ओर भी बेहतरी खोजने जाते हो। बेहतरी के अलावा आप कुछ खोजते ही नहीं। 'बेहतर' तुलनात्मक शब्द है न। दो होने चाहिए, तभी तो एक को दूसरे से बेहतर कहोगे। अष्टावक्र वहाँ बैठे हैं, जहाँ दो होते नहीं, तो अब कैसे कहें कि कुछ किसी और से बेहतर हो गया?

तो आपने कहा कि बंधन की बातें करने से अच्छा है कि मुक्ति की बातें की जाएँ। ये सब तुलना है, ये सब। आप कोई बातें करो, कोई फ़र्क नहीं पड़ता; कहाँ से बात कर रहे हो, उससे फ़र्क पड़ता है।

शराबखाने में दो मेज़ लगी हों, एक पर बातें चल रही है, 'बंधन-बंधन' और दूसरे पर वे मेज़ बजा-बजाकर गा रहे हैं, 'मुक्ति-मुक्ति'। दोनों एक ही जगह से गा रहे हैं; क्या फ़र्क पड़ता है? नाम बदलते रहते हैं, केंद्र बदला हुआ है कि नहीं, वह देखिए।

एक आया, बोला, "मेरी प्रेमिका को सब गाय समझते हैं। यहाँ तक कि वो भी अपने-आपको गाय समझती है। बड़ी बेवकूफ़ है।"

मैंने कहा, "क्यों बेवकूफ़ है?"

बोला, "क्योंकि वह गाय तो है नहीं।"

मैंने कहा, "अच्छा! वो बेवकूफ़ है तो तुम होशियार होओगे?"

बोले, "हाँ।"

मैंने कहा, "तुम होशियार हो तो आज तक उसे समझा क्यों नहीं दिया कि वह गाय नहीं है?"

तो बोला, "इसलिए क्योंकि मैं गोबर की खाद का व्यापार करता हूँ, अगर वह गाय न रही तो मैं गोबर का व्यापार कैसे करूँगा?"

अब वह बेवकूफ़ थी, ये होशियार हैं। ये नाम का अंतर है। दोनों एक ही जगह बैठे हैं, कोई किसी से बेहतर नहीं है। हालत हमारी ऐसी है जैसे कोई पागल आए और हमसे बोले कि मैं डॉक्टर हूँ, मैं डॉक्टर हूँ।

हम पहले तो उसको थप्पड़ मारें और फिर उससे कहे, "भाई, ज़रा नब्ज देखना, हमें बुखार तो नहीं है?"

क्या फ़र्क पड़ता है, आप किसको पागल बोल रहे हैं और किसको होशमंद? देखिए कि दोनों वास्तव में क्या हैं। बातें बस बातें हैं। अष्टावक्र आपको बातों में नहीं रहने देंगे। बंधन की बातें, मुक्ति की बातें; कौन करता है बंधन की बातें? ज़रा बताइएगा। किसको आपने देखा जो जान-बूझकर बंधन की बातें करता हो?

आप होशियारी में दूर से देखते हुए कह देते होंगे कि ये बंधन की बातें चल रही हैं। जो बातें कर रहे हैं, उनसे पूछिएगा कि अपनी दृष्टि में वे किसकी बातें कर रहे हैं। आपने अपनी दृष्टि में होशियारी के अलावा और कुछ किया है? जब आप चरम बेवकूफ़ियाँ भी कर रहे होते हैं तो अपनी दृष्टि में आप क्या कर रहे होते हैं? समझदारी।

तो आप क्या कह रहे हैं कि बंधन की बातों से बेहतर हैं मुक्ति की बातें? बंधन की बातें करता कौन है? जो करता है, वह अपनी नज़र में तो मुक्ति की ही बातें करता है। "ऐसे आज़ाद हो जाऊँगा, ये कर लूँगा, वो कर लूँगा।" बेवकूफ़ दुनिया में है कौन? जिससे पूछिए, "तुम कौन हो?" तो सभी होशियार हैं।

बातें चलने दो। अष्टावक्र का बातों से बैर नहीं है, उनकी बस बातों से निर्लिप्तता है। इन दोनों में अंतर समझना। एंटागोनिज्म (विरोध) नहीं है, इंडिफरेंस (उदासीनता) है। उन्हें लेना-देना नहीं है। बातें चलती हैं तो चलती रहें, लहर उठती है तो उठती रहे, गिरती है तो गिरती रहे। उठती है लहर तो आप कहते हैं कि बेहतरी हो गई, गिरती है

लहर तो आप कहते हैं कि कुछ बुरा हो गया।

अष्टावक्र को लहर के उठने-गिरने से मतलब नहीं है और इसका यह मतलब भी नहीं है कि उनके जीवन में लहर उठती-गिरती नहीं है। वहाँ भी कुछ उठता होगा, कुछ गिरता होगा। उन्हें भी निंदा-स्तुति दोनों का सामना करना पड़ता होगा।

संसार तो संसार है, वह किसको छोड़ता है? शरीर तो शरीर है, वह किसको छोड़ता है? देखिए न आप प्रकृति का खेल; शरीर तो अष्टावक्र का भी दूषित है, मलिन है, विकारयुक्त है। प्रकृति किसको छोड़ देती है? कितनी यह अद्‌भुत बात है कि अष्टावक्र जैसे का शरीर टेढ़ा-टपरा है। तो जिसको आप ऊँच-नीच कहते हो, जिसको आप बेहतरी-बदतरी कहते हो, उसका सामना अष्टावक्र हों कि बुद्ध हों कि कृष्ण हों, सबको करना पड़ता है।

कैसे विदा हुए थे कृष्ण? तलवे में तीर लगा था। वह भी किसी योद्धा का नहीं, यूँ ही किसी साधारण धनुर्धर का जो कुछ शिकार-विकार खोज रहा था। कृष्ण का तलवा देखा, लगा कि पता नहीं क्या है, मार दिया।

संसार किसको छोड़ देता है? आप कृष्ण से क्या कहोगे? "अरे, अरे साहब! बड़ा अफ़सोस है, आपके साथ बड़ा गलत हो गया। आपको तो वीरगति भी न मिली। तलवे पर तीर खाया।" आपकी नज़र में तो यह कोई बेहतर घटना नहीं थी न।

कृष्ण वह जो बेहतर-बदतर की परवाह न करे। वहाँ आ गए हैं, जहाँ अब कुछ बदलता नहीं और बाहर-बाहर जो बदलना है, वह हर तरीके से बदलता है। कभी बेहतर होता है, कभी बदतर होता है। वही लहर उठती भी है, गिरती भी है। आपके लिए उठती-गिरती है, कृष्ण के लिए भी उठती-गिरती है।

बीमारी बुद्ध को भी लगती है, जैसे आपको लगती है। पर आप माथा पकड़कर बैठ जाएँगे, रोएँगे कि बुरा हो गया। बुद्ध कहेंगे, "यह तो शरीर है, इसके साथ तो यह लगा ही रहता है, होना था। यह शरीर है। मैं बुद्ध हूँ, मुझे कौन बीमार करेगा?"

विशुद्ध मुक्ति है, जब मुक्ति का नाम लेने की भी ज़रूरत न पड़े। विशुद्ध मुक्ति है, जब आप ऐसे मुक्त हुए कि अपने आपको इस उपाधि से भी मुक्त कर दें कि आप मुक्त हैं।

□

कैसे मुक्ति?

28

ऐसा कर्म जो आज़ादी दे दे

शास्त्रकौमुदी, बोधस्थल, 2019

कर्मों में जो अपवाद होता है, उसका नाम है यज्ञ।
सब कर्म प्रकृति के वशीभूत होकर होते हैं, यज्ञ नहीं होता।

न हि कश्चित्क्षणमपि जातु तिष्ठत्यकर्मकृत्।
कार्यते ह्यवशः कर्म सर्वः प्रकृतिजैर्गुणैः॥

कोई भी मनुष्य किसी भी समय में क्षणमात्र भी कर्म किए बिना नहीं रह सकता है; क्योंकि प्रत्येक मनुष्य प्रकृति से उत्पन्न गुणों द्वारा विवश होकर कर्म करता ही है।

—श्रीमद्भगवद्गीता, अध्याय 3, श्लोक 5

प्रश्नकर्ता : प्रणाम, आचार्य जी! कृष्ण यदि कह रहे हैं कि सब कर्म प्रकृति के गुणों से वशीभूत होकर ही होते हैं तो फिर वे अर्जुन को कर्म में क्यों भेज रहे हैं?

आचार्य प्रशांत : इनकी उलझन समझ रहे हैं? वह कह रही हैं कि आदमी जितने भी काम करता है, वह प्रकृति में गुणों में बँधकर, उनके प्रभाव में आकर करता है। जब सब कर्म प्रकृति के प्रभाव में आकर ही होते हैं तो फिर कृष्ण अर्जुन को क्यों कह रहे हैं कि 'कर्म कर'?

कर्मों में जो अपवाद होता है, उसका नाम है यज्ञ। सब कर्म प्रकृति के वशीभूत होकर होते हैं, यज्ञ नहीं होता। संपूर्ण अध्यात्म ही अपवाद तलाशने का ही तो अभियान है न।

आदमी ऐसा है, जैसे उसे कई दीवारों में कैद कर दिया गया हो, दीवारें-ही-

दीवारें हैं, जिनमें कोई दरार नहीं, कुछ नहीं। पर एक अपवाद मौजूद होता है, एक दरवाज़ा हमेशा होता है। अध्यात्म उस अपवाद को तलाशने का नाम है। चारों तरफ़ देखोगे तो क्या दिखाई देती हैं? दीवारें। किसी दिशा में मुक्ति की कोई संभावना नहीं; एक दिशा अपवाद होती है।

अपने-आपको देख लो, अपनी हालत को देख लो, मुक्ति का रास्ता मिल जाएगा।

तो अध्यात्म इसलिए अपनी ओर मुड़ता है, क्योंकि मुक्ति खुद से होकर जाती है। खुद से होकर जाती है माने मैं कोई आत्मा इत्यादि की बात नहीं कर रहा, अपनी हालत से हो करके जाती है।

"अर्जुन, तू बँधा हुआ है, अपनी हालत को देख। अर्जुन, अगर तुझे राज्य का लोभ होता और इस समय तू कह रहा होता कि हे 'केशव! मैं राज्य के लोभ से मुक्त हो गया, मुझे धन-संपदा, राज्य, कीर्ति, पद-प्रतिष्ठा नहीं चाहिए। मुझे जाने दो।' तो अर्जुन, मैं कहता, साधुवाद! जा, क्योंकि तूने स्वयं को जीत लिया। अगर तुझे राज्य का लोभ होता तो तेरा बंधन क्या था? राज्य। राज्य अगर बंधन होता और फिर तू कहता कि 'मुझे युद्ध नहीं करना है' तो मैं तेरा साथ देता, अर्जुन। फिर मैं निश्चित रूप से कहता कि अर्जुन, बिल्कुल ठीक कर रहा है।"

"ज़्यादातर लोग लड़ाई इत्यादि करते हैं लालच में और अर्जुन तूने अपने लालच को जीत लिया। क्या बात है! अब लड़ाई बिल्कुल मत कर, चला जा। मैं सहमति देता, मैं प्रशंसा करता तेरी, अर्जुन, लेकिन अर्जुन तेरा बंधन राज्य का लालच तो कभी था ही नहीं। लोभी तो तू बचपन से नहीं था, अर्जुन। मैं तुझे बचपन से जानता हूँ, बालसखा हूँ।"

"लेकिन मोह तुझमें रहा है। भाइयों का मोह भी रहा है, पत्नी का मोह भी रहा है, माता का मोह भी रहा है, पितामह का मोह भी रहा है। मुझसे भी तेरा बड़ा मोह है, अर्जुन और इसी तरह तेरा मोह अपने कुरु भाइयों से है और सामने गुरु खड़े हैं द्रोण जैसे, जिनसे तूने बहुत कुछ सीखा, उनका भी तू बड़ा प्रिय शिष्य था और कृपाचार्य खड़े हैं और अश्वथामा दिख रहा है और तेरे ही पक्ष के कितने सगे-संबंधी हैं। द्रौपदी के ही कुछ रिश्तेदार हैं, जो उस पक्ष में भी खड़े हुए हैं और कर्ण है।"

जब गीता की बात हो रही थी, तब कर्ण नहीं था, महाभारत के आरंभिक दिनों में कर्ण मैदान पर नहीं था। पर आना तो था ही, यह तो तय ही था कि कर्ण उतरेगा आज नहीं तो कल।

"तो तेरा बंधन राज्य नहीं है। तूने राज्य छोड़ा होता, मैं तेरी प्रशंसा करता। तेरा बंधन क्या है? मोह। उस मोह को काटना है, लड़ाई कर!"

बात समझिएगा। लोग अकसर कहते हैं कि "अर्जुन तो अहिंसा का रास्ता अपना रहा था तो कृष्ण ने उसको क्यों रोक दिया?" मोह में कौन सी अहिंसा हो सकती है, भाई? जो मोह से बँधा हुआ है, वह अहिंसक कैसे हो सकता है? तुम मोहवश दूसरे पर तीर न चलाओ तो ये अहिंसा हुई क्या? इसीलिए अर्जुन का हटना त्याग नहीं था, भगोड़ापन था, पलायन था।

तो कृष्ण ने कहा कि "तू राज्य नहीं त्याग रहा, तू मोह को त्यागने से इंकार कर रहा है।" अर्जुन दिखा यूँ रहा है कि जैसे वो राज्य त्याग रहा है। वह राज्य नहीं त्याग रहा, वो मोह को त्यागने से इंकार कर रहा है। तो कृष्ण कहते हैं, "न, मोह बंधन है और बंधन में तो तुझे नहीं जीने दूँगा मैं। लड़! तेरे लिए उचित कर्म यही है कि तू अपने बंधन काट।"

तो अपवाद कहाँ से पता चलता है? सब कर्म प्रकृति करवाती है। अपवाद कर्म कौन सा है? जिसमें तुम कर्म करनेवाले की जंजीरें काट दो। प्रकृति कर्म कैसे करवाती है आपसे? आपको जंजीरें पहना-पहनाकर।

माल ढुलाई के लिए जो जानवर इस्तेमाल होते हैं, देखा है, कभी उनका मुँह बाँध दिया जाता है, कभी उनके आगे के दो पाँव बाँध दिए जाते हैं, कभी उनका गला बाँध दिया जाता है। बाँध-बाँधकर काम कराया जाता है न? बाँध करके काम कराया जाता है। प्रकृति हमसे ऐसे काम करवाती है।

इन कामों का एक अपवाद है। वह जानवर अपनी ओर मुड़ जाए और कहे कि "अब एक आखिरी काम करूँगा। जो ये मेरे आका बने बैठे हैं, इनके लिए तो बहुत काम कर लिया, जीवन भर इन्हीं के लिए माल ढोता रहा, एक आखिरी काम मैं अपने लिए करना चाहता हूँ और इनके लिए इतना कुछ कर दिया तो थोड़ा अपने लिए तो कर ही सकता हूँ, ताकत तो है मुझमें।" वह क्या है आखिरी काम, जो अपने लिए करना चाहता हूँ? अपवाद कृत्य क्या है? "इतना बोझा ढोता हूँ तो इतनी ताकत तो मुझमें होगी कि ये जो बंधन बाँध दिए हैं, इनको तोड़ ही दूँ, काट दूँ, फाड़ दूँ।"

यह अध्यात्म है—काम तो कर रहे हो, एक वह काम कर डालो, जो आज़ादी दे दे।

तो जो संशय हुआ है, वो समझा जा सकता है, लेकिन कृष्ण कहीं नहीं कह रहे

हैं कि मात्र प्रकृति के वशीभूत होकर ही कर्म हो सकता है। कृष्ण के वशीभूत होकर भी तो कर्म हो सकता है न?

बड़े सुंदर तरीके से कृष्ण एक जगह पर कहते हैं, "या तो मेरी सुन लो या मेरी माया की सुन लो।" वह यह भी नहीं कहते कि या तो मेरी सुन लो या माया की सुन लो। वे कहते हैं कि या तो मेरी सुन लो या 'मेरी' माया की सुन लो। सुनोगे तो तुम दोनों स्थितियों में मेरी ही, पर मैं सामने खड़ा हूँ तो सीधे-सीधे मेरी ही सुन लो। वह आज़ादी का थोड़ा छोटा रास्ता है, आसान रास्ता है, सुविधा रहेगी।

काम तो कर रहे हो, एक वह काम कर डालो,
जो आज़ादी दे दे–यह अध्यात्म है।

□

29

इंद्रियों पर विजय कैसे प्राप्त करें?

शास्त्रकौमुदी, बोधस्थल, 2019

साधनों की कोई विशेष उपयोगिता है नहीं, क्योंकि साध्य के लिए, जो चाहिए, जो लक्ष्य है, उसके लिए अगर प्रेम होगा तो प्रेम स्वयं साधन ढूँढ़ लेता है।

श्रद्धावान् लभते ज्ञानं तत्परः संयतेन्द्रियः।
ज्ञानं लब्ध्वा परां शान्तिमचिरेणाधिगच्छति॥

जितेंद्रिय, साधनापरायण और श्रद्धावान मनुष्य ज्ञान को प्राप्त होता है तथा ज्ञान को प्राप्त होकर वह बिना विलंब के तत्काल ही भगवत्प्राप्तिरूप शांति को प्राप्त हो जाता है।

—श्रीमद्‌भगवद्‌गीता, अध्याय 4, श्लोक 39

प्रश्नकर्ता : आचार्य जी, प्रणाम। शत-शत नमन। इस श्लोक में श्रीकृष्ण कहते हैं कि जो मनुष्य जितेंद्रिय, साधनापरायण और श्रद्धावान है, उसी को ज्ञान प्राप्त होता है और उसके बाद तत्काल ही भगवत्प्राप्तिरूप शांति को प्राप्त हो जाता है, लेकिन हम संसारी भौतिक सुख में इतने उलझ जाते हैं कि इंद्रियों को जीतना मुश्किल सा हो रहा है। तो कृपया मार्गदर्शन करें, ताकि अपनी इंद्रियों पर विजय प्राप्त कर सकें।

आचार्य प्रशांत : श्लोक ही मार्गदर्शन है। श्लोक क्या कह रहा है? श्लोक कह रहा है—जितेंद्रिय हो तो ज्ञान प्राप्त करोगे। साधनापरायण हो तो ज्ञान प्राप्त करोगे। तो श्लोक ने साध्य और साधन दोनों बता दिए न। क्या पाने योग्य है, यह भी बता दिया

और किस साधन के द्वारा उसे पाया जा सकता है, यह भी बता दिया।

जो पाने योग्य है, उसका क्या नाम दिया यहाँ पर?

प्र. : सहजता से भगवत्प्राप्तिरूप शांति।

आचार्य : ठीक है और साधन क्या है उस साध्य को पाने के, वह साधन क्या बता दिए?

प्र. : श्रद्धावान होना, साधनापरायण और जितेंद्रिय।

आचार्य : तो बात सीधी है। जिसे ज्ञान पाना है, जिसे सहज ही भगवत्प्राप्ति करनी है, उसके लिए ये तीन साधन हैं। अब आप अगर पूछेंगे कि इन साधनों पर चलने के लिए क्या साधन है, तो कोई उत्तर नहीं हो सकता। ये साधन ही तो बताए गए हैं, यह उपाय ही तो बताया गया है। कहा गया है कि अगर इंद्रियगत सुख से कृष्ण ज़्यादा प्यारे हों तो इंद्रियों को छोड़ो, बंधन बुरे लगते हों तो साधनापरायण हो जाओ, साधना करो।

साधन तभी काम आता है, जब सर्वप्रथम साध्य के लिए प्रेम हो आपके पास, नहीं तो कोई साधन काम नहीं आएगा।

इसीलिए जानने वालों ने यह तक कह दिया है कि साधनों की कोई विशेष उपयोगिता है नहीं, क्योंकि साध्य के लिए, जो चाहिए, जो लक्ष्य है, उसके लिए अगर प्रेम होगा तो प्रेम स्वयं साधन ढूँढ लेता है। प्रेम है तो साधन उभर ही आता है। कोई बड़ी बात नहीं है और प्रेम नहीं है तो आप अपनी सारी ऊर्जा साधन खोजने में, साधनों के विकास में, आविष्कारों में लगाते जाएँगे, एक-से-एक साधन तैयार होते जाएँगे, लेकिन जो चाहिए, वह मिलेगा नहीं; क्योंकि वह आपको वास्तव में चाहिए ही नहीं।

यह श्लोक उत्तम उदाहरण है। एक वह है, इंद्रियातीत है, एक वह है, इंद्रियगत है। तो श्रीकृष्ण कहते हैं कि तुम जितेंद्रिय हो जाओ। अगर वह चाहिए, जो हाथ से पकड़ में नहीं आना, आँखों से दिखाई नहीं देना, जिसका चिंतन-मनन नहीं किया जा सकता, जिसको पकड़ करके घर में नहीं रखा जा सकता—उसी का नाम इंद्रियातीत है न, वो इंद्रियों के आगे की बात है—अगर वह चाहिए, तो उन सबसे अपनी ऊर्जा हटानी पड़ेगी, जो विषय इंद्रियों के ही दायरे में आते हैं।

इंद्रियों के दायरे में क्या-क्या चीज़ें आती हैं? सब चीज़ें आती हैं। तो बहुत सीधा हिसाब, बड़ा स्पष्ट गणित रख रहे हैं। ये चाहिए तो इससे मुक्त हो जाओ, इसी को कहते हैं इंद्रियों को जीतना, जितेंद्रिय होना।

अब आप पूछेंगे कि "इंद्रियों को जीतने का क्या तरीका है?" इंद्रियों को जीतना

ही तो तरीका है। अब आप पूछ रही हैं कि "तरीके के क्या तरीका है?" तरीके का तरीका नहीं होता, उपाय का कोई उपाय नहीं होता।

तो इसीलिए सर्वप्रथम और सर्वश्रेष्ठ उपाय तो प्रेम ही है और यही प्रेम जब छटपटाहट के साथ मिल जाता है तो कमाल का विस्फोट होता है। कृष्ण के प्रति प्रेम। कृष्ण का ही दूसरा नाम है मुक्ति।

मुक्ति के प्रति प्रेम और बंधनों से उठनेवाली छटपटाहट, जब ये दोनों मिल जाते हैं तो फिर कहना ही क्या। यही तो उपाय है।

अगर अभी अपने बंधनों से छटपटाहट ही नहीं और अगर अभी मुक्ति के प्रति प्रेम ही नहीं तो कितने उपाय, कितनी विधियाँ आविष्कृत करते रहिए, आज़माते रहिए, कोई लाभ नहीं होगा।

वर्तमान समय में विधियाँ-ही-विधियाँ हैं। ये समय बड़ा अनूठा है, जैसे भौतिक आयाम में हम एक-से-एक नई ईजाद, खोज, आविष्कार होता देख रहे हैं, वैसे ही लोग लगे हुए हैं अध्यात्म के क्षेत्र में भी एक-से-एक नई खोज करने में और वो बड़ी आकर्षक खोजें हैं। ये विधि निकली है, ये मेडिटेशन निकला है, ये साधना निकली है, ये तरीका निकला है, फलाना योग निकला है, एक-से-एक उपाय निकलते जा रहे हैं, उन उपायों से हासिल क्या हो रहा है? कुछ भी नहीं, क्योंकि वास्तव में हम उन उपायों का आविष्कार कर ही इसीलिए रहे हैं ताकि वे उपाय सफल न होने पाएँ।

(मेज़ पर रखे तौलिए को उठाते हुए) यह सामने पड़ा है तौलिया। एक तो है कि इसको उठा लो। कोई उपाय लगा क्या? उपाय कुछ नहीं लगा और एक तरीका यह है कि ऐसा करते हैं, (ऊपर की ओर इशारा करते हुए) वहाँ पर एक पुली लगाते हैं और एक रस्सी बाँधते हैं, रस्सी में होगा एक हुक। रस्सी का एक सिरा मेरे हाथ में होगा, हुक जा करके तौलिए में फँसेगा और ऐसे-ऐसे खींचेंगे तो तौलिया उठ जाएगा।

एक तरीका हो सकता है कि वहाँ सामने से ज़बरदस्त तरीके से कंप्रेस्ड एयर फेंकते हैं, इतनी ज़ोर की कि ये तौलिया सीधे मेरी गोद में आ करके गिरे और तरीका हो सकता है कि इस कमरे में कहीं वाइब्रेटर लगाते हैं, जो खास किस्म के वाइब्रेशन फेंकेगा और फिर ये तौलिया वाइब्रेट करते-करते-करते इतना एंपलीच्यूड पा लेगा कि उछलेगा और सीधे मेरे पास आ जाएगा।

अब दस, बीस, चालीस साल आप लगा सकते हैं तरह-तरह के आविष्कार करने में, तरह-तरह के उपाय बनाने में और करना क्या है? जो करना है, वो अति

सहज है। करना यही है कि तौलिया उठाना है, लेकिन नीयत नहीं है न। नीयत नहीं है तो हम फिर ध्यान की नई-नई विधियाँ खोजते हैं, योग के नए-नए तरीके खोजते हैं। जो करना है वो बड़ा आसान है। करना यह है कि अहं छोटी और कष्टदायक चीज़ है, उसे छोड़ देना है, पर छोड़ने का इरादा ही नहीं है।

हम कहते हैं कि अब कुछ नया करते हैं; फूड योगा, मूड योगा। कोई ऐसा शब्द नहीं है, जो अब योगा के साथ नहीं जोड़ दिया गया है। नई-नई क्रियाएँ निकल रही हैं, नई-नई प्रक्रियाएँ निकल रही हैं। ये मुद्रा, ये आसन, ये करते हैं, वो करते हैं और करना कुल कितना है? (तौलिया उठाते हुए) करना यह है, लेकिन बेईमान हैं, यह करने का इरादा ही नहीं है। न अपनी वर्तमान स्थिति के प्रति पीड़ा है और न ही मुक्ति से प्रेम है। तो यह नहीं करना चाहते। आडंबर करना है, ताकि अपने-आपको यह दिलासा दिए रहें कि हम भी आध्यात्मिक हैं, हम भी देखो न मुक्ति के लिए कुछ कर ही रहे हैं।

तो एक बड़ा ज़बरदस्त निशानेबाज़ मँगाया गया है। वह वहाँ से गोली चलाएगा और कुछ इस तरह से गोली चलाएगा कि गोली तौलिए में लगेगी ऐसी गति से, ऐसे कोण से जैसे बिलियड्र्स खेला जाता है। गोली इसमें लगी नहीं कि तौलिया उछलेगा और ऐसे आकर गिरेगा। अब वह अभ्यास कर रहा है, ज़बरदस्त साधना कर रहा है वहाँ से गोली चलाने की कि गोली इसमें कैसे मारूँ।

तुम क्या-क्या नहीं कर सकते? पचास तरह की यात्राएँ कर सकते हो, एक-के-बाद एक विधियाँ कर सकते हो। जो न्यूनतम विधि संभव हो सकती थी, वह कृष्ण ने बता दी। उसके आगे अब हम और विधि माँगेंगे तो आत्मप्रवंचना है। हमारा इरादा ही नहीं है कृष्ण को पाने का। हमारा इरादा है जीवन को बस तरह-तरह की विधियों में बिता देने का और ये बड़ा अच्छा तरीका है।

और ये समय कुछ ऐसा चल रहा है, आज का युग कुछ ऐसा चल रहा है कि नए के प्रति हममें बड़ा आकर्षण है तो जैसे ही बाज़ार में कोई नई विधि आती है, फलाने नए तरीके का मेडिटेशन आता है, तुरंत हम कूदकर पहुँच जाते हैं। डांसिंग मेडिटेशन, करसिंग एंड अब्यूजिंग मेडिटेशन, ये सब चल रहे हैं। मेडिटेशन के नाम पर एक कमरे में बंद हो जाओ और गाली-ही-गाली दो, दीवार पर सर पटको। काम सीधा है, लेकिन सीधा काम करने के लिए दिल में प्यार चाहिए। जब वो प्यार ही नहीं तो फिर नौटंकी काहे कर रहे हैं हम इतनी?

बात बहुत सीधी है, उसको उलझाने की कोशिश मत करो। उसको उलझाने की

कोशिश करके हम बस यह कहते हैं, "अभी बात समझ में नहीं आयी न, इसलिए हम मुक्ति की तरफ़ कदम नहीं बढ़ा रहे।" बात को न समझना हमारी साज़िश है; क्योंकि अगर हमने ये कह दिया कि बात समझ में आ गई है, तो फिर हमें उत्तर देना पड़ेगा कि बात समझ में आ गई है तो आगे क्यों नहीं बढ़ रहे, रुके क्यों हुए हो?

तो हम कहते हैं, "अध्यात्म तो बड़ा गूढ़ है न, रहस्यमयी है।" और जो ग्रंथ जितना तिलिस्मी लगे, जो गुरु जितनी बेसिर-पैर की, समझ-बूझ से बाहर की बात करे, वह हमें उतना आकर्षक लगता है।

"बढ़िया है, सुरक्षा है, इनकी बात ऐसी है कि समझ में तो आ नहीं सकती। जब समझ में नहीं आ सकती तो फिर उसको प्रयोग में उतारने का खतरा भी नहीं है; क्योंकि अगर सीधी बात पता चल गई तो बड़ा खतरा उठाना पड़ेगा, उसको लागू करना पड़ेगा, भाई। लागू न करना पड़े इसके लिए अच्छा है कि वे वहाँ बैठकर ब्रह्मज्ञान देते रहें, हम यहाँ बैठकर कहें, 'ठीक, तुम अपनी दुनिया में ब्रह्मज्ञान दो, हमारी दुकान अलग चल रही है'।"

कोई विधि नहीं है वैसी, जैसी अखबारों में, वेबसाइट पर और विज्ञापनों में आती है, 'यह नया जादुई फल आया है। बैठे-बैठे एक सप्ताह में दो-सौ किलो वज़न कम करें।' और हम बिल्कुल बावले हो जाते हैं, "वाह, वाह, वाह, वाह!" वज़न घटाना है तो साधना करनी पड़ेगी, दौड़ लगानी पड़ेगी। पर जब हम कहते हैं, "गुरुजी, कोई विधि दे दीजिए", तो हमारा इरादा वैसा ही होता है।

विज्ञापन आते हैं, 'खा करके वज़न कम करें'। नहीं, अगर वज़न कम करना है तो खाना भी कम करना पड़ेगा, शारीरिक गतिविधि भी बढ़ानी पड़ेगी। ये जो हमारी माँग है, यही माँग फिर हमें दुनिया के बाज़ार में लुटवाती है। "और आसान विधि दो न और आसान विधि दो न", तो लोग आ जाते हैं और आसान विधियाँ ले करके। 'बैठे-बैठे खाइए और वज़न अपने आप कम हो जाएगा!' ऐसे विज्ञापन देखे हैं कि नहीं? और खूब चलते हैं।

वैसे ही गुरुओं का बाज़ार गरम है, जो आपके पास आते हैं और कहते हैं, "न, ज़िंदगी जैसी चल रही है, मस्त है। बस ऐसा किया करो कि ताँबे के लोटे में पानी पिया करो और सुबह साढ़े चार बजे उठकर फलानी क्रिया कर लिया करो, सब ठीक हो जाएगा।" न रिश्ते बदलने हैं, न मन बदलना है, न आमदनी का स्रोत बदलना है, न घर बदलना है, न दफ़्तर बदलना है; तुम्हें बस ताँबे के लोटे में पानी पीना है और हम कहते

हैं कि "अब ठीक उपाय मिला, अब बढ़िया है।" कोई श्रम ही नहीं और भगवत्प्राप्ति भी हो जाएगी।

जहाँ श्रम नहीं, वहाँ प्राप्ति नहीं। मूल नियम समझ लीजिए, बतानेवाले बता गए, बिना मरे बैकुंठ नहीं मिलता। जो लोग सस्ते उपायों और शॉर्टकट्स की तलाश में हों, अध्यात्म उनके लिए नहीं है।

पर आप सस्ता उपाय माँगोगे, शॉर्टकट माँगोगे तो बाज़ार में उसकी उपलब्धता हो जाएगी। कल हम कह रहे थे न, आप जो कुछ भी माँगते हो, बाज़ार उसकी आपूर्ति कर देता है, वहाँ तो सप्लाई (आपूर्ति) और डिमांड (माँग) का खेल है।

आपने कहा कि "मुझे हाथ-पाँव नहीं हिलाना, कोई साधना नहीं करनी, कोई चोट नहीं खानी, कोई कष्ट नहीं सहना, कोई पीड़ा नहीं सहनी और उसके बाद भी मुझे मुक्ति चाहिए" तो कई दुकानें आपको खुली मिल जाएँगी, जो आपसे कहेंगी, "आओ, आओ। कुछ बदलना नहीं पड़ेगा, कोई चोट नहीं खानी पड़ेगी। सब तुम्हारे सुख-सुविधाएँ पहले की तरह ही चलेंगे, पूर्ववत् और उसके बाद भी तुमको सत्य भी मिल जाएगा, मुक्ति भी मिल जाएगी, अध्यात्म का तमगा मिल जाएगा, सब मिल जाएगा। आओ, आओ।"

वैसी चीज़ हो नहीं सकती। बार-बार और नए-नए उपाय मत माँगिए। अभी कल ही एक वीडियो मेरा पब्लिश (प्रकाशित) हुआ है, उसका शीर्षक है, 'अध्यात्म में नए आविष्कार नहीं होते, तुम पुरानी ही सीखों पर चलना'। अध्यात्म में कुछ भी नया नहीं होता। यहाँ नए आविष्कार थोड़े ही होंगे प्रयोगशाला में कि गुरुजी अभी-अभी हिमालय से उतरे हैं और वे नए किस्म का योग ले करके आए हैं और आजकल चल रहा है, बिल्कुल नई कहानियाँ प्रचारित-प्रसारित की जा रही हैं। योग की ही नई-नई परिभाषाएँ आ रही हैं। शिव के बारे में ही नई-नई कहानियाँ फैला दी गईं कि शिव वे नहीं हैं, मैं बताता हूँ शिव कौन हैं। हिमालय पर एक आदमी रहा करता था, उसका नाम शिव है।

पुराने ग्रंथों को पढ़ो, उपनिषदों के पास जाओ, अगर ज्ञान चाहते हो; और संतों के पास जाओ, भक्त कवियों के पास, भक्त संतों के पास जाओ, अगर प्रेम मार्ग चाहते हो। इतना मैं तुमको आश्वस्त किए दे रहा हूँ कि जो तुमको अष्टावक्र के पास नहीं मिल रहा और जो तुमको कबीर साहब के पास नहीं मिल रहा, वो झूठा ही होगा।

कोई बात अगर ऐसी है कि न अष्टावक्र ने कही है ज्ञान मार्ग में और न कबीर साहब ने कही है प्रेम मार्ग में तो उस बात को जान लेना कि फर्ज़ी है। ये किसी का

नया-नवेला आविष्कार है, बिल्कुल झूठा, बिल्कुल फर्ज़ी।

तो अध्यात्म के नाम पर आप कितनी भी बातें सुनते हों, उनको इन दो कसौटियों पर कस लीजिएगा, यही तराजू है, इन पर तौल लीजिएगा। वह बात अष्टावक्र ने कही क्या? वह बात कबीर ने कही क्या? और जब मैं कबीर कह रहा हूँ तो मेरा आशय वो पूरी धारा है, जो कबीर के रूप में प्रकट होती है; जब मैं कबीर कह रहा हूँ तो इसका मतलब यह नहीं है कि मैं तुलसीदास से या फरीद से या नानक साहब से या रूमी से इंकार कर रहा हूँ। मेरा कहना यह है कि वह जो पूरी धारा ही है, जो गोरखनाथ से शुरू होती है, आज तक चल रही है, बीच में उसमें बुल्लेशाह भी आते हैं, उस पूरी धारा के सबसे सशक्त प्रतिनिधि कबीर हैं।

सैकड़ों संतों ने जो कहा, वह कबीर साहब की वाणी में समा जाता है और सब ज्ञानियों ने जो कहा वह अष्टावक्र की वाणी में समा जाता है और विधियाँ न कबीर साहब बताते हैं, न अष्टावक्र बताते हैं; वह ज्ञान बताते हैं, वह प्रेम बताते हैं। यही तो विधि है, ज्ञान विधि है, प्रेम विधि है। ज्ञान किसका? अपने बंधनों का ज्ञान और किसका ज्ञान होगा? आत्मा का कोई ज्ञान नहीं होता और प्रेम किसके प्रति? मुक्ति के प्रति।

बंधनों का ज्ञान होता है, मुक्ति से प्रेम होता है। इन दो के अलावा कोई और ज़रिया, कोई और रास्ता होता नहीं।

तुम लगा लो नए-नए रास्ते, उससे कुछ नहीं होगा; वॉमिटिंग योगा, शहनाई योगा। ये मैं मज़ाक भर नहीं कर रहा हूँ, ये वाकई हैं, अभी चल रहा है ये सबकुछ और आप में से कुछ लोग हो सकता है, कभी-कभार फेरे लगा आते हों।

बात को सीधा रखिए, सरल रखिए, ईमानदार रखिए। जो सीधा है, वह टेढ़े-मेढ़े रास्तों से चलकर नहीं मिलेगा।

प्र. : इसी संसार में रहते हुए बंधनों से मुक्त हुआ जा सकता है कि नहीं?

आचार्य : संसार माने क्या?

प्र. : घर-परिवार, कामकाज।

आचार्य : वही संसार है? वही है? कभी-कभी होटलों में जाइए तो वहाँ एक घड़ी लगी रहती है बड़ी लंबी सी, वह कम-से-कम छह-सात जगह का समय एक साथ बता रही होती है। इस वक्त अमेरिका में बहुत लोग नाश्ता कर रहे होंगे सुबह का, यूरोप में लोग दफ़्तर का काम खत्म करके घर आने के लिए निकल रहे होंगे, जापान में अब मज़े में सो चुके होंगे।

आप जिन जगहों पर गए हैं और वे जगहें आपको बड़ी प्यारी लगी हैं, वे जगहें आपके चले जाने से खत्म तो नहीं हो गईं। अभी आप यहाँ मौजूद हैं, इस वक्त आपका घर भी है और वहाँ कुछ हो रहा है। जिन होटलों में आप रुके हैं पिछले दस सालों में, वे होटल भी हैं, वहाँ भी कुछ चल रहा है। जिस कमरे में आप थे, वह कमरा आज भी होगा। आप कमरा नंबर 106 में रुके थे, वो कमरा आज भी होगा। आप कहीं गए थे घूमने, आप किसी बीच (समुद्र तट) पर बैटकर आए थे, जिस जगह आप बैठे थे, वह जगह आज भी होगी, लहरें वहाँ अभी भी आ रही होंगी। संसार माने क्या?

आठ-सौ करोड़ लोग हैं संसार में और आठ-सौ करोड़ जगहें हैं संसार में। किसने आपसे कह दिया कि संसार का मतलब है आपका 'दो बाय दो'? ये बोल किसने दिया आपसे कि "आचार्य जी, संसार में रहते हुए भी क्या आध्यात्मिक साधना हो सकती है?"

अध्यात्म का मतलब ही है कि तुम्हें संसार का वास्तविक अर्थ समझाए। तुम संसार के नाम पर एक दो बाय दो की सेल में रह रहे हो, वह संसार नहीं है। उसमें रहना कहलाता है कुएँ का मेढक होना, वह बोलता है, "संसार संसार", और उससे पूछो, "संसार माने क्या?"

तो वह बोलता है, "यहीं कुआँ, वही है संसार।"

और फिर बार-बार, "नहीं देखिए, यही संसार है, इसमें रह करके बताइए मैं विश्व विजेता कैसे हो सकता हूँ?"

आज शनिवार है न? अभी समय क्या हुआ? डिस्को थेक्स में म्यूजिक (संगीत) शुरू हो गया होगा। शनिवार है आज, सवा दस पर धीरे-धीरे शुरू हो जाता है। कितने संसार हैं। तुमसे किसने कह दिया कि वही संसार है, जहाँ तुम रहते हो? कि दस बजे सो गए, शनिवार हो कि शुक्रवार हो, डाली चादर और सो गए।

ठीक जब तुम सोने जा रहे हो, कदम थिरकने शुरू होते हैं, नाच शुरू होता है। तुमसे किसने कह दिया वो जो तुम्हारा दो बाय दो बेडरूम है, वही संसार है? हो सकता है कि जहाँ तुम सो रहे हो, उससे पाँच सौ मीटर दूरी पर ही डिस्को थीक हो, पर तुम कह रहे हो, "संसार तो यही है न मेरा दो बाय दो।" तुमसे किसने कहा उस दो बाय दो में अपने-आपको कैद रखो, बताओ न मुझको?

तुम कहीं भी हो सकते हो। अपनी संभावना को पहचानों तो सही। आज का अखबार ही खोल लो, न जाने क्या-क्या चल रहा है। तुम कहीं भी हो सकते थे न?

तुम कश्मीर में भी हो सकते थे, तुम ईरान में भी हो सकते थे, तुम मालदीव में हो सकते थे, तुम अमेरिका में हो सकते थे, तुम किसी अंतरिक्ष यान में हो सकते। बताओ संसार माने क्या, किस संसार की बात कर रहे हो?

पर हम घुटने टेक चुके हैं, हमने हार मान ली है। हम कहते हैं संसार माने मेरा?

प्र. : घर।

आचार्य : दो बाय दो। बिल्कुल ठीक-ठीक बोलो ताकि चुभे। अपने दो बाय दो को संसार बोलते हो, फिर पूछते हो, "आचार्य जी, इसका क्या करें?" मैं क्या बताऊँ क्या करें? बारिश के मौसम में गोवा बड़ा सुंदर हो जाता है। एक बार आँख बंद करो, वहाँ भी संसार है। तुम वहाँ क्यों नहीं हो सकते? बोलो।

आते हैं, "आचार्य जी, आपकी बातें तो ठीक हैं पर रहना तो हमें इसी संसार में है न।" किस संसार में, बेटा? दो बाय दो। ये बात ही बड़ी निराली है! "आचार्य जी, मुक्ति की बातें बड़ी अच्छी हैं पर रहना तो हमें इसी काल कोठरी में है न।" क्यों रहना है, बेटा? दरवाज़ा खुला हुआ है। खुद भी निकलो, औरों को भी निकालो।

तुम अपनी स्वेच्छा से बंद हो और तुम्हारी स्वेच्छा तुम्हारे अज्ञान के पीछे-पीछे चल रही है। तुम क्यों एक ही जगह पर बार-बार पहुँच जाते हो? बाध्यता क्या है? कभी बैठकर सोचो तो। तुम एक ही तरह का जीवन क्यों जी रहे हो, बाध्यता क्या है? पूछो तो। बिगड़ क्या जाएगा?

कोठरी से बाहर आ जाओगे, नए संस्कारों में प्रवेश करोगे, एक जीवन में हज़ार जीवन जी लोगे। बिगड़ क्या जाएगा तुम्हारा? तुमने एक घिसा-पिटा जीवन पकड़ लिया है और उसी को दोहराते जा रहे हो रोज़-रोज़। एक घिसा-पिटा जीवन, उसको रोज़ दोहराते हो। वही नाश्ता करते हो रोज़, वह भी नहीं बदलते और गृहिणियाँ इस बात पर बड़ा फ़क्र करती हैं, कहती हैं, "पोहा मैं जैसा बीस साल पहले बनाती थी, आज भी बनाती हूँ।" तभी तो अपने पति की शक्ल देखो कैसी हो गई है!

(श्रोतागण हँसते हैं)

यह बात बड़े फ़क्र की होती है, "देखो, बदली मैं बिल्कुल नहीं हूँ, जैसा पोहा बीस साल पहले बनता था, वैसा ही आज भी बनता है।" मार डाला, बिल्कुल मार डाला। "और तुम भी वैसे ही रहना जैसे तुम बीस साल पहले थे। न मैं पोहा बदलने दूँगी, न तुम बदलना।" उनको बोलो, "देवीजी, मैं भी बदलूँ, तुम भी बदलो। साड़ी प्यारी है, सलवार सूट भी प्यारा है, पर और भी परिधान आते हैं, आज़माने में हर्ज क्या

है ? ससुराल–मायका, ससुराल–मायका यही करती रहोगी ? चलो थोड़ा कहीं और भी हो आएँ।" नहीं, साहब अनुशासन के बड़े पक्के हैं। ठीक दस बजे दुकान में गद्दी पर आकर बैठ जाते हैं, पिछले चालीस साल से।

मैं दसवीं में था आई.सी.एस.ई. में, वहाँ पर एक कहानी हमें पढ़ाई गई थी मदुरई के सुबैया, द राइस ट्रेडर (चावल का व्यापारी) की। उसके बारे में यही बात, वह साठ साल जिया और साठ में से पचपन साल वह ठीक एक समय आ करके अपने गल्ले पर, अपनी गद्दी पर बैठ जाता था, वही गद्दी और मौत भी जानते हो उसकी कैसे हुई ? गोदाम अपना बड़ा करता गया, बड़ा करता गया, बड़ा करता गया। ये लंबे–लंबे चावल के बोरे। एक दिन गोदाम में घूम रहा था, बोरा आकर सर पर गिरा, भप्प। वहीं मर गया, मरा भी चावल से ही। ज़िंदगी भर चावल बेचा, मरा भी चावल से ही और फिर तुम कहते हो, यही तो संसार है, सुबैया द राइस ट्रेडर। कहानी का शीर्षक कुछ और था, अभी मुझे याद नहीं है, खोजोगे तो मिल जाएगा।

एक बार को ठीक सोचो कि इस वक्त दुनिया में क्या–क्या नहीं हो रहा होगा। जो कुछ भी तुम सोच सकते हो, दुनिया में इस वक्त वह कहीं–न–कहीं हो रहा है और एक जगह नहीं हज़ारों जगह हो रहा है। जितनी देर में हमने बात करी है, इतनी देर में हज़ारों शिशुओं का जन्म हो गया। जितनी देर हमने बात करी, उतनी देर में हज़ारों मौतें हो गईं। क्या–क्या नहीं है, जो हो गया ? यही संसार है बस जितना तुम्हें दिखाई देता है ?

और अभी मैं उस पारलौकिक संसार की बात नहीं कर रहा हूँ। मैं कह रहा हूँ कि यह जो दृष्टव्य जगत् है, यह जो लौकिक संसार है, यह जो फिजिकल वर्ल्ड है, तुम्हें इसका भी कहाँ पूरा पता है ? तुम तो इसमें भी छुप–छुपकर रहते हो अपने कबूतरखाने में। तुम इस भौतिक जगत् को पार करके उस पार क्या जाओगे, जब तुम इस भौतिक जगत् में भी घूमने–फिरने से भी घबराते हो ?

यह तो छोड़ दो कि तुम इस संसार को लाँघ जाओगे, ट्रांसेंड कर जाओगे और उस संसार में पहुँच जाओगे, जिसका नाम है सत्य, जिसका नाम है अमरपुर, वह तो बहुत दूर की बात है। तुमने इस दुनिया को भी कहाँ देखा ? इस दुनिया में भी बस दो बाय दो।

बहुत लोग होते हैं, जो अपना घर ही पूरा नहीं देखते। घर में भी उनका एक कमरा होता है, कमरे में भी उनका एक कोना होता है, कोने में एक कुरसी होती है, वहीं जाकर बैठ जाते हैं और ज़िंदगी वहीं बैठे–बैठे गुजारते हैं।

अंदर की बात बता रहा हूँ, पता नहीं बतानी चाहिए कि नहीं। ये जो एम.टी. एम. (मीट द मास्टर) होते हैं, उसमें मैं शुरुआत करा करता हूँ कि पहले आप अपनी कहानी सुनाएँ। पूछता हूँ, "दिनचर्या बताओ अपनी, करते क्या हो?" वो जब अपनी दिनचर्या बताने लगते हैं तो मुझे नींद आने लगती है। मेरे लिए वे बड़े मुश्किल पल होते हैं। जिन्होंने मुझसे मुलाकात करी है अकेले में, उन्होंने देखा होगा, टेबल पर मेरे लिए हमेशा बहुत गरम चाय रखी जाती है। जब भी मैं आप लोगों के सवाल वगैरह लेता हूँ तो देखा है कुछ पीता रहता हूँ? बताओ क्यों पीता रहता हूँ?

(श्रोतागण हँसते हैं)

भाई, ये एडिट कर देना सब। कभी सोचा नहीं कि आचार्य जी को ज़रूरत क्या पड़ती है पीते रहने की, पीते रहने की? क्यों पीते रहते हैं? क्योंकि तुम अपना जो हाल भेजते हो, वह इतना उबाऊ, इतना नीरस, इतना बोरिंग होता है कि झेला नहीं जाता। ये बोल क्या रहे हैं? क्या सुना रहे हो तुम? ये ज़िंदगी है तुम्हारी, ऐसे जी रहे हो? बर्दाश्त कैसे कर रहे हो ऐसे जी लेना? तुम्हारा हाल सुनने में मैं अधमरा हो गया, तुम दिन में कितनी बार मरते होओगे!

अब से कभी पाओ किसी वीडियो वगैरह में कि किसी प्रश्न का उत्तर दे रहा हूँ, मान लो तुम्हारे ही प्रश्न का और उसमें बहुत बार चाय पीनी पड़ी है तो समझ लेना तुम्हारा सवाल कैसा था। मुझे कोई शौक नहीं है चाय इत्यादि का।

अब होता नहीं है। नहीं तो पहले शिविरों में होता था कि जो लोग आते थे, उनको पिटाई लगाई जाती थी। स्वीमिंग पूल वगैरह होते थे, स्वीमिंग पूल में डाल करके कहते थे कि आओ बॉल-बॉल खेलेंगे। खासतौर थुलथुल, मोटे और ऐसे लोग आते थे, जिन्होंने जीवन ही बंद कमरों और दुकानों में बिताया है। उनसे कहते थे कि अब बॉल-बॉल खेलेंगे और बॉल ली जाती बढ़िया भारी। तो उनको उधर खड़ा कर देते थे और फेंककर देते थे, लो। पट्ट से पड़ती थी। (एक श्रोता की ओर इशारा करते हुए) इसको पड़ी हुई है।

कुछ उठो तो, कुछ जगे तो, तुम्हारे साथ कुछ अलग तो हो। उनमें से बहुत सारे तो ऐसे होते थे, जो स्वीमिंग पूल में ही उतरने को तैयार नहीं हैं। बोलते थे, "लोग देख रहे हैं।" हम कहते थे कि तुम्हारे पास ऐसा कुछ नहीं है, जो कोई देखना चाहे। हालत देखो, किसको अपना मन खट्टा करना है कि तुम्हें देखेगा?

(श्रोतागण हँसते हैं)

तो उनको धक्का दिया जाता था, "उतरो नीचे।" फिर उनको कुछ करके गिराओ, पड़ाओ, कुछ करो। पहले थोड़ा नया-नया कार्यक्रम था। लोगों में ऊर्जा भी ज़्यादा थी। सब तरह के यत्न कराए जाते थे। दंगल कराया जाता था। जो लोग दो-एक साल पुराने शिविरों में आए होंगे, उन्होंने देखा होगा। हुआ है किसी का दंगल?

(दो श्रोता 'हाँ' बोलते हैं)

इनका, इनका। चलो लड़ो, दंगल करो। कुछ जगो तो, कुछ तुम्हारे साथ नया तो हो। एकाध के हाथ टूटे, बड़ा अच्छा हुआ। मुस्कुराते थे, बढ़िया।

ले जाते थे नदी के पास। कभी कहते थे कि बाहर सो जाओ अँधेरे में पहाड़ पर। हिमालय पर ले गए थे, वहाँ पता था कि रात में आज बर्फ़ गिरेगी। वहाँ सब बाहर सोए। बर्फ़ गिरने भी लगी तो पड़े रहो। वे शिविर भी दूसरे होते थे, उनकी बात दूसरी होती थी।

अभी मस्त बारिश हो रही है, तुम यहाँ क्या बैठ करके सुन रहे हो? नाचो बाहर जा करके, कुछ अलग तो करो। पर मेरी बात सुनते ही एकदम देखो कैसे सहम गए। "अध्यात्म में ये तो कहीं बताया नहीं गया कि बारिश में नाचो। अध्यात्म तो सम्मानीय, भद्रजनों का काम होता है न? हम तो साधना करने आए थे, इन्होंने तो नचा दिया बारिश में।"

मत पूछिए कि उसी संसार में वापस जाना है तो क्या करें, पूछिए "उस संसार को बदलें कैसे?" वह उचित प्रश्न है। घुटने मत टेकिए कि "मुझे तो उसी संसार में वापस जाना है।" वह संसार आपको आनंद दे रहा है? जब नहीं दे रहा तो उसी में बार-बार क्यों जाना है? प्रश्न यह होना चाहिए न कि "मैं उस संसार को बदलूँ कैसे?" यह पूछिए।

ज्ञान विधि है, प्रेम विधि है।
बंधनों का ज्ञान होता है, मुक्ति से प्रेम होता है।
इन दोनों के अलावा कोई और ज़रिया, कोई और रास्ता होता नहीं।

□

30

मोक्ष की प्राप्ति कैसे होती है?

अद्वैत शिविर, भोपाल, 2018

मुक्ति किससे होती है? बंधन से ही न? जिसे बंधनों से कोई विरोध या समस्या ही न रह गई हो, उसके लिए 'मुक्ति' शब्द व्यर्थ हो जाता है। सबसे पहले तो बंधनों के प्रति विरोध होना चाहिए, आक्रोश होना चाहिए।

प्रश्नकर्ता : आचार्य जी, मोक्ष की प्राप्ति कैसे होती है?

आचार्य प्रशांत : किसकी प्राप्ति?

प्र. : मोक्ष की।

आचार्य : वह क्या है? (हँसते हुए)

प्र. : कहते हैं न कि जीवन के बाद परमात्मा से मिलते हैं, वहीं जाना है सबको। तो परमात्मा की कैसे प्राप्ति होगी? धरती पर अगर आए हैं, तो कोई-न-कोई उद्देश्य होगा सबका।

आचार्य : आपको मिल भी जाए परमात्मा, आप उसका करेंगे क्या? आपकी इच्छाएँ क्या हैं? आपकी इच्छा यह है कि आज खाना बढ़िया मिले, नई गाड़ी आ जाए, पतिदेव इधर-उधर ताका-झाँकी न करें, अपना घर पड़ोसी के घर से ज़रा एक मंज़िल ऊपर का हो, बच्चा परीक्षा में अच्छे नंबर ले आए। आपको तो यह सब चाहिए न, परमात्मा का करेंगे क्या? आ गया परमात्मा, क्या करेंगे उसका?

प्र. : जैसे गुरु एक सीढ़ी रहते हैं पहुँचाने के लिए···

आचार्य : कहाँ पहुँचाने के लिए?

प्र. : भगवान् के समीप पहुँचाने के लिए।

आचार्य : आपको तो शॉपिंग मॉल जाना है, आप भगवान् के पास जाकर क्या करेंगे?

प्र. : उनके निकट पहुँचेंगे तो पता रहेगा न।

आचार्य : किसके निकट?

प्र. : भगवान् के।

आचार्य : कौन है वह?

प्र. : अभी तो छवि बस यही है, जैसे कि हम संसार के नाम लेते हैं, मूर्ति दिखती है। कहीं तो हम जाते हैं न।

आचार्य : भई! आपको शॉपिंग करनी है, अपनी रोज़मर्रा की इच्छाओं पर ध्यान दीजिए। बात को थोड़ा ज़मीन पर लेकर आते हैं, थोड़ा व्यावहारिक बनाते हैं। आपके पास कुछ इच्छाएँ हैं क्रमांक एक से लेकर दस तक, उन इच्छाओं में परमात्मा कहीं आता है? आता है क्या? ग्यारहवें पर आएगा और अगर मैं कहूँगा कि बीस इच्छाओं की सूची बनाएँ, तो फिर 21वें नंबर पर आएगा।

तो इच्छाएँ तो कुछ और हैं, परमात्मा मिल भी गया तो क्या लाभ होगा? और जो आपको चाहिए, वह परमात्मा देने में इच्छुक नहीं होता।

प्र. : परमात्मा कैसे मिलेंगे?

आचार्य : चाहिए कहाँ है?

प्र. : अगर चाहिए?

आचार्य : अगर की बात नहीं होती, चाहिए क्या?

बात यह थोड़े ही है कि अगर मैं चाहूँ तो परमात्मा कैसे मिलेगा, प्रश्न पहले यह आता है कि "चाहिए भी है क्या?" जब आप चाहते हैं कि परमात्मा मिले, तो समझिए कि उसके मिलने की शुरुआत हो गई। सारी दिक्कत है शुरुआत में ही, सारी दिक्कत है उसको चाहने में ही।

हम पचास चीज़ें चाहते हैं, उन पचास चीजों में परमात्मा कहाँ है? और परमात्मा कोई छवि नहीं है। जो पचास चीज़ें आप चाहते हैं न, उनसे मुक्ति का नाम परमात्मा है।

परमात्मा को चाहने का मतलब है यह चाहना कि मैं जो चाहता हूँ, न चाहूँ, क्योंकि मैं जो चाहता हूँ, वो चाह-चाहकर मेरी कौन सी चाहत पूरी हो गई?

प्र. : आचार्य जी, फिर परमात्मा को भी चाहना चाहिए या नहीं चाहना चाहिए?

आचार्य : बँधे हुए को तो मुक्ति चाहनी ही चाहिए। बँधा हुआ अगर मुक्ति नहीं चाहेगा, तो फिर तो वह अपनी वर्तमान स्थिति को ही स्वीकार कर चुका है।

प्र. : चाहने में भी तो कहीं-न-कहीं कष्ट होता है कि हम चाह रहे हैं और नहीं मिल रहे हैं या सटीक पता नहीं है कि वो···

आचार्य : और फिलहाल जो चाहते हो, वह चाहने में कष्ट नहीं होता है?

प्र. : फिलहाल तो अभी नहीं चाहना कुछ भी, इसलिए···

आचार्य : अभी दो-चार मिनट बात होगी, चाहतों की झड़ी लग जाएगी।

प्र. : नहीं है, आचार्य जी। नहीं है।

आचार्य : क्या काम करते हो?

प्र. : मैं पोस्ट ऑफिस में हूँ, पोस्टल असिस्टेंट।

आचार्य : चार महीने तनख्वाह न मिले तो?

प्र. : नहीं पता।

आचार्य : बिल्कुल नहीं जानते क्या करोगे? जाकर फरियाद नहीं करोगे? "मुझे मेरी तनख्वाह चाहिए।"

प्र. : वहाँ तो देखिए सर, अब देखा जाए जैसे कि जीवन चलाने के लिए चूँकि··· ?

आचार्य : करोगे या नहीं करोगे? उसका जस्टिफिकेशन (स्पष्टीकरण) मत दो। करोगे या नहीं?

प्र. : जीवन चलाने के लिए तो···फरियाद नहीं करूँगा, लेकिन कहीं-न-कहीं कुछ तो···

आचार्य : तुम क्यों देख रहे हो कि जीवन कैसे चलेगा? जिसने जीवन दिया है, वह देखेगा। तुम जा करके फरियाद करोगे या नहीं कि चाहिए?

प्र. : चाहिए।

आचार्य : चाहिए न?

प्र. : जी।

आचार्य : तो यह मत बोलो कि नहीं चाहिए, पचास चीज़ें हैं, जो तुम्हें चाहिए। हाँ, यह हो सकता है कि वह तुम्हें मिली हुई हों अभी, तो तुम्हें लग रहा है कि नहीं चाहिए। ठीक वैसे, जैसे कि जिसने पानी पी रखा हो, उसे लगता है कि उसे पानी नहीं चाहिए। दो-चार चीज़ें अगर छिनने लग गईं, तब तुम्हें लगेगा कि चाहतों की सूची कितनी लंबी है और जो कुछ भी छिनने लगेगा, उसके छिनने में क्या अनुभव होता है? कष्ट।

तुमने कहा, "परमात्मा को चाहने में कष्ट है कि चाह रहे हैं, मिल नहीं रहा है।" फिलहाल भी जो तुम चाह रहे हो, उसको चाहने में बहुत कष्ट है। हाँ, कभी वह कष्ट खुला हुआ है, कभी छुपा हुआ है। जब तक वह कष्ट छुपा हुआ रहता है, लोग कहते हैं 'सुख'—छुपे दुःख का नाम सुख हो जाता है और जब वह दुःख उघड़ जाता है तो तुम कह देते हो 'दुःख'।

प्र. : सर, परमात्मा ने इसीलिए तो हमें वेतन दिया है, पैसे दिए हैं कि उन सबकी चाह हम छोड़ दें और परमात्मा को चाहें।

आचार्य : ठीक है। कितने पैसे में परमात्मा की चाह करोगे? कितने में? अभी कह रहे हो कि परमात्मा ने तनख्वाह इसीलिए दी है कि बाकी चाहतें छोड़ करके बस भजन-कीर्तन करो, परमात्मा का नाम लो, परमात्मा की चाहत करो, यही कहा न?

प्र. : बंधनों से मुक्ति हो।

आचार्य : बंधनों से मुक्ति हो, ठीक है। तय कर लो कि इतने पैसे अगर मिलते रहे, तो और कुछ नहीं माँगेंगे। ये तय कर लो। ठीक है?

और फिर अडिग रहना कि आसपास वालों की तनख्वाह बढ़ती जा रही है साल-दर-साल, उनको इंक्रीमेंट मिलता जा रहा है, हमें कुछ नहीं मिल रहा; हमने तो तय कर लिया था कि इतना बस मिलता रहे। यह तय कर लो।

बेटा, यह सबकुछ यथास्थिति बनाए रखने के बहाने हैं। यह सबकुछ अपनी सुरक्षा का तंत्र कायम रखने के उपाय हैं। तुम्हारी बात तथ्य के तल पर सही हो सकती है, लेकिन तात्त्विक तल पर नहीं। मुक्ति की इच्छा, मुमुक्षा किन्हीं भी शर्तों का पालन नहीं करती। जहाँ उस पर कोई भी शर्त रख दी गई, वह भ्रष्ट हो जाती है, उस पर दाग लग जाता है।

"परमात्मा, महीने का चालीस हज़ार मिलता रहे तो तेरा रहूँगा।" यह तुम सौदा कर रहे हो? शर्त रख रहे हो? यह प्रेम निवेदन है या हेकड़ी है?

मुक्ति उनके लिए है, जो सर्वप्रथम ज़रा ज़िद्दी हों, संवेदनशील हों और छोटी-से-छोटी गुलामी भी बर्दाश्त करने को तैयार न हों। जो छोटी भी गुलामी बर्दाश्त करने को तैयार नहीं होता, उसके साथ सबसे पहले तो यह होता है कि वह तन-मन से प्रकृति से स्वयंमेव एक दूरी बना लेता है, क्योंकि शरीर लगातार गुलाम है, मन लगातार गुलाम है और तुम कह रहे हो कि तुम्हें गुलामी चाहिए नहीं। जिसे गुलामी चाहिए नहीं, वह गुलाम से तादात्म्य कैसे कर लेगा?

तन-मन तो गुलाम है लगातार और जिसने घुटने टेक दिए या समझौता कर लिया कि थोड़ी-बहुत चलेगी, तो ठीक है, उसकी थोड़ी-बहुत चलती रहती है। जब भीतर एक कसमसाहट उठती है कि जो बंधन जीवन में पकड़ रखा है, वह क्यों पकड़ रखा है, तब आदमी कहता है कि मेरी सर्वोपरि इच्छा है मुक्ति।

मुक्ति किससे होती है ? बंधन से ही न ? जिसे बंधनों से कोई विरोध या समस्या ही न रह गई हो, उसके लिए 'मुक्ति' शब्द व्यर्थ हो जाता है। सबसे पहले तो बंधनों के प्रति विरोध होना चाहिए, आक्रोश होना चाहिए।

मुक्ति उनके लिए है, जो सर्वप्रथम ज़रा ज़िद्दी हों, संवेदनशील हों और छोटी-से-छोटी ग़ुलामी भी बर्दाश्त करने को तैयार न हों।

□

31

क्या मोक्ष का कोई विशेष क्षण या अनुभव होता है?

अद्वैत शिविर, बोधस्थल, 2019

समय और संसार एक हैं, समय और पदार्थ एक हैं; समय और आत्मा एक नहीं हैं।

प्रश्नकर्ता : आचार्य जी, जैसा कि अभी आपने कहा कि हम अपने काम में अपने-आपको जानते हैं, लेकिन दुनिया में हर कोई काम करता है, लेकिन तब भी इतनी परेशानी है, अवसाद है, वह अध्यात्म की ओर भाग रहा है। उसमें क्या कमी रह जाती है कि वह अपने-आपको नहीं जान पाता है?

आचार्य प्रशांत : वह जो काम कर रहा है, वह काम उसे करना ही नहीं चाहिए। काम करने भर से अध्यात्म थोड़े ही हो जाएगा। अध्यात्म कर्म भर का नाम नहीं है, अध्यात्म सम्यक् कर्म का नाम है।

तुम्हारा हाथ टूटा हो और तुम पाँव की एक्सरसाइज (कसरत) करो, तो कोई लाभ थोड़े ही मिल जाएगा। करने भर से नहीं होता न, सही काम करना होता है; कर तो सभी रहे हैं। सब कर रहे हैं, सब पसीना बहा रहे हैं, सब मेहनत कर रहे हैं, खून भी बहा रहे हैं, परेशान भी हो रहे हैं, लेकिन पा कुछ नहीं रहे हैं, क्योंकि जो कर रहे हैं, वह करने योग्य नहीं है; जो कर रहे हैं, वो उन्हें करना ही नहीं चाहिए। जो करना चाहिए, वो करने की उनको कुछ खबर ही नहीं है या डर रहे हैं या कुछ और। आम आदमी जितनी मेहनत करता है, उतनी मेहनत की तो जीवन में ज़रूरत भी नहीं होती।

उसकी चौथाई मेहनत भी अगर उसने सही दिशा में कर दी होती तो तर जाता।

प्र. : आचार्य जी, आपने अभी कहा कि मन को जानते रहना ही अध्यात्म है। तो फिर जो ऐसी बातें सुनने में आती हैं कि इंलाइटनमेंट (निर्वाण) हो गया किसी विशेष समय पर, तो ये सब अर्थहीन बातें हैं? कोई विशेष समय पर कोई इंलाइटनमेंट नहीं होता है?

आचार्य : अच्छे से समझना, समय और पदार्थ एक ही चीज़ है। किसी समय पर किसी पदार्थ में कुछ हो सकता है, गौर करना, किसी समय पर जो होगा, उसका ताल्लुक हमेशा पदार्थ से होगा। समय का संबंध सत्य से नहीं होता, समय का संबंध हमेशा संसार से होता है और संसार माने पदार्थ। तो जिसे तुम इंलाइटनमेंट कहते हो, वो अगर किसी खास समय पर घटने वाली कोई घटना है, तो वो भी फिर कोई पदार्थ संबंधित घटना ही होगी, कोई मटेरियल हैप्पेनिंग होगी। ये तो हो सकता है कि किसी खास समय पर तुम्हारे मस्तिष्क में कुछ हो जाए, पर ये नहीं हो सकता कि तुम ये कहो कि मन का आत्मा से संयोग इतने बजकर इतने मिनट पर हुआ। ये नहीं हो सकता, क्योंकि आत्मा पदार्थ नहीं है, मस्तिष्क पदार्थ है। तो मस्तिष्क में अगर कोई घटना घटी, ये तो तुम बोल सकते हो कि ये घटना घटी; ब्रेन स्ट्रोक आया था इतने बजे। अब ब्रेन स्ट्रोक बिल्कुल हो सकता है कि तुम बता पाओ कि दो बजकर अठारह मिनट अठारह सेकंड पर आया था।

इंलाइटनमेंट अगर ब्रेन स्ट्रोक जैसी कोई चीज़ है, तो फिर तो वो हो सकती है किसी खास समय पर। अब ब्रेन स्ट्रोक ही होगा फिर। पर अगर अध्यात्म का ताल्लुक आत्मा से है, तो फिर उसका कोई समय निर्धारित नहीं हो सकता, क्योंकि समय का संबंध मात्र उन चीज़ों से है, जो सांसारिक है।

समय और संसार एक हैं, समय और पदार्थ एक हैं; समय और आत्मा एक नहीं हैं। तो जो कोई बोले कि इतने बजकर इतने मिनट पर फलाने दिन मेरा बुद्धत्व हुआ था, संबोधि हुई थी, जागरण हुआ था, कुछ हुआ था, उद्‌बोधन हुआ था, इंलाइटनमेंट हुआ था, मोक्ष, मुक्ति, निर्वाण हुआ था, उसके पास कोई और वजह होगी तुम्हें बुद्धू बनाने की। आवश्यक नहीं कि तुम्हें ठगने के लिए ही बुद्धू बना रहा हो, हो सकता है कि वो अपनी नज़र में तुमको लाभ देने के लिए तुमको बुद्धू बना रहा हो, पर बना तो बुद्धू ही रहा है।

प्र. : आचार्य जी, एक और बात कही जाती है, जैसे कि शरीर से बाहर निकलने का अनुभव, शरीर अलग पड़ा है, मैं अलग खड़ा हूँ।

आचार्य : तो इसमें खास क्या है?

प्र. : तो क्या ऐसा हो सकता है?

आचार्य : हाँ, 31 मार्च को पंजाब में ठेका खाली करने का दिन होता है, उस दिन पुराना जितना स्टॉक, माल, इन्वेंटरी होता है, वह खाली किया जाता है, तो 2,500 रुपए वाली बोतल उस दिन 500 में मिलती है। तो हम लोग अभी 31 मार्च को पंजाब में ही थे। जहाँ सत्र चल रहा था, उसके आसपास मैं समझता हूँ कि कम-से-कम तीन-चार सौ लोगों को ऐसे आउट-ऑफ-बॉडी एक्सपीरियंस (शरीर से बाहर के अनुभव) हो रहे थे।

(श्रोतागण हँसते हैं)

बल्कि ऐसा कोई मिल ही नहीं रहा था, जो यह न कह रहा हो कि मैं अपने देह से अलग हूँ और मेरी देह अलग पड़ी हुई है और मैं अलग घूम रहा हूँ, मैं पहाड़ पर चढ़ा हुआ हूँ, मैं पत्थर हो गया, मैं पेड़ हो गया, मैं झरना हो गया, मैं नदी हो गया। सब कुछ-न-कुछ हुए जा रहे थे। कई तो बेचारे रो रहे थे डर के मारे, कह रहे थे, बाहर आ गए, अब अंदर कैसे जाएँ? पासवर्ड भूल गए हैं। कोई दूसरे को धमका रहा है, कह रहा है कि अपनी में ही घुसना, मेरे में नहीं, बाहर तो आ गए हो।

इस तरह के काम नशे में होते हैं।

जो कोई बोले कि ये मेरे साथ हुआ, जान लो कि वो पुराना खिलाड़ी है और इस तरह की बातों में भी जो यकीन करे, उसको भी जान लो कि वो खिलाड़ी बनने को उत्सुक है। तुम सोचते नहीं, कुछ विचार ही नहीं करते न?

देखती तो आँखें हैं, आँख अगर झपका भी दो तो कुछ दिखाई नहीं देगा। तुम कह रहे हो कि तुम शरीर से बाहर निकल गए, तो देख कौन रहा है फिर? तुम कह रहे हो, "मैंने बाहर निकलकर शरीर को देखा।" देखने का काम किसका है? शरीर का। शरीर से तो तुम बाहर निकल गए, तो अब देख कौन रहा है?

यह तो छोड़ दो कि आँखें होने भर से देख लोगे, आँखें अगर बंद भी हो जाएँ, तो दिखाई नहीं देता न? और यहाँ तुम कह रहे हो कि तुम तो आँखों वाले शरीर से ही बाहर निकल गए, अगर आँखों वाले शरीर से बाहर निकल गए तो आँखें तो पीछे छोड़ आए। आँखोंवाले शरीर से तुम बाहर निकल गए, अब आँखें कहाँ हैं? शरीर में। तुम तो बाहर निकल आए, तो तुम्हें अब कुछ दिखाई कैसे दे रहा है या ऐसा भी है कि आँखों के बिना भी देख रहे हो संसार को? या ऐसा है कि बिना आँखों के तुम

अपनी आँखों को देख रहे हो, बिना आँखों के अब तुम आँखों को भी देख रहे हो ?

पर किसी ने इस तरह के दावे किए नहीं और तुम बिल्कुल भक्तिभाव में खड़े हो जाते हो करबद्ध होकर, "आहा-हा! क्या बात बोली है! और सुनाए, एक और सुनाइए, इरशाद!" बेचारे और चिढ़ जाते हैं, "तुम ही तो पाप कराते हो हम सबसे ये।" जहाँ कोई इस तरह की बात करनी शुरू करे, तुम वहीं उसको डाँट दो कि "देखो गुरु, बहुत हो गया। ध्यान-ज्ञान की बातों तक ठीक था, ये आउट-ऑफ-बॉडी पर मत जाओ। परमात्मा नहीं हो, सीमाओं का अपना कुछ खयाल करो।" तो वो बेचारा रुक जाए सहम करके।

तुम्हीं तो हो जो गुरुओं से पाप कराते हो, जहाँ उन्होंने दो-चार बहकी हुई बातें बोली नहीं, तहाँ तुमने उनको और अतिशय आदर-सम्मान दे दिया, लगे बोलने, "इरशाद इरशाद! एक और सुनाइए।"

उपनिषदों में कहीं-कहीं पर ऋषियों को कवि कहकर भी संबोधित किया गया है, तो ऋषि में भी एक कवि बैठा होता है और कवि को जानते हो न क्या चाहिए ? "वाह, वाह, वाह!" और तुमने जहाँ ऋषि बहादुर को 'वाह-वाह!' देना शुरू किया, तहाँ वे आउट ऑफ बॉडी क्या, आउट ऑफ मिल्कीवे (आकाशगंगा से बाहर), यूनिवर्स (ब्रह्मांड) सब सुना देंगे कि मैं एक बार किसी दूसरे ब्रह्मांड में हो करके आया, वहाँ ब्रह्म, विष्णु सब खड़े थे ऑटोग्राफ लेने के लिए, मैंने भाव नहीं दिया किसी को।

(श्रोतागण हँसते हैं)

गुरु सत्य का प्रतिनिधि होता है, वह तभी तक सम्मान्य है, जब तक वह प्रतिनिधित्व कर रहा है। जब वह अपनी ही उड़ाने लगे, अपना ही गुणगान, अपना ही महिमामंडन करने लगे, अपना ही पर्सनालिटी (व्यक्तित्व), कल्ट (पंथ) चलाने लगे, तो जान लेना अब यह सत्य का प्रतिनिधि नहीं है, अब यह अपने अहंकार का पुतला बन गया है, बहुत बड़ा पुतला, रावण जितना बड़ा पुतला, दशहरा के रावण जितना बड़ा। पर दशहरा का रावण कितना भी बड़ा हो जाए, सत्य थोड़े ही हो जाता है, थोड़ी देर में क्या होता है ? 'फट-फट-फट-फट-फट'।

तो ठीक है, कहा है, "गुरु गोविंद दोऊ खड़े काके लागू पाव, बलिहारी गुरु आपने, गोविंद दियो मिलाय," बलिहारी गुरु जब तक गोविंद से मिला रहे हैं। तो यह पूछना मत भूला करो, "गोविंद से मिला भी रहे हैं ?" अगर वो गोविंद से मिलाने की जगह तुमको आउट ऑफ बॉडी एक्सपीरियंस सुना रहे हैं, तो कहो, "भक्क! नीचे

उतरो स्टेज (मंच) से। बहुत हो गया। हमने वाह-वाह क्या कर दी दो-चार बार, तुम तो लगे अलीबाबा और चालीस चोर सुनाने।"

ये हमेशा देखा करो, गुरु गोविंद से मिला रहा है? तुम्हें सत्य से मिला रहा है या अपने व्यक्तित्व के तले दबा रहा है? कहीं उलटी गंगा न बह रही हो, कहीं ये न हो रहा हो कि वो तुम्हें तुम्हारे अहंकार से मुक्त करने की जगह अपने अहंकार तले दबा रहा हो। गए तो थे गुरु के पास इसलिए कि अपना अहंकार बहुत भारी पड़ता था और उसने क्या करा? उसने कहा, "अच्छा! तुम्हें तुम्हारे अहंकार का बहुत बोझ है, तो ऐसा करो, तुम मेरा अहंकार भी ले लो और दब जाओ।" और अधिकांश शिष्यों के साथ यही होता है, वह अपने गुरु के अहंकार के तले खूब दबे होते हैं, मुक्ति तो दूर की बात है और फँस गए।

इसलिए सवाल-जवाब ज़रूरी होता है, इसलिए मैं अपने ऊपर ये अनुशासन रखता हूँ कि तुम अगर मुझे कुछ लिखकर भी दे दो, तो भी मैं कोशिश करता हूँ कि सीधी-सीधी बात करूँ। इसलिए जब तुम सवाल पूछना बंद कर देते हो, तब भी मैं तुमको कोचता रहता हूँ और पूछो और पूछो, जिज्ञासा करो। गुरु पर लगातार सवाल करते रहना बहुत ज़रूरी है और ज़्यादा ज़रूरी है उत्तर को यूँ ही स्वीकार न कर लेना। जो उत्तर मिला, नहीं समझ में आयी बात, संतुष्टि नहीं हुई, प्रतिप्रश्न करो।

ये संवाद बहुत ज़रूरी है, ये संवाद विवाद बन जाए तो भी चलता रहना चाहिए, रुकना नहीं चाहिए। हम यहाँ इसलिए नहीं इकट्ठा होते हैं कि तुम मेरी बात सुनो, हम यहाँ इसलिए इकट्ठा होते हैं, ताकि तुम अपने भीतर के संदेहों से मुक्त हो सको। इतना तो साफ़ है न?

हम यहाँ इसलिए नहीं आए हैं कि मैं कुछ खास बोलने जा रहा हूँ, जो आप सुनेंगे; हम यहाँ इसलिए आए हैं, क्योंकि हमारे भीतर कुछ जाले लगे हुए हैं, कुछ भ्रम हैं और हम उन भ्रमों को काटना चाहते हैं। तो ये उद्देश्य साफ़ होना चाहिए। मैं यहाँ अपना गौरव गीत सुनाने लगूँ, तो इसमें आपको क्या मिल रहा है? लेकिन मैंने जैसा कहा, गुरुओं से पाप भी चेले ही कराते हैं।

कोई सत्र नहीं होता जब कोई-न-कोई ये न पूछे कि "आप बताइए न कि आपका कैसे हुआ था?" (श्रोतागण हँसते हैं) और मैं कहूँ, "नहीं हुआ मेरा, भाई और न ही होने की कोई संभावना है।" तो या तो उसको लगता है कि मैं झूठ बोल रहा हूँ या फिर वो निराश हो जाता है, कहता है, लगता है कि गलत जगह आ गया हूँ,

इनका तो अभी हुआ ही नहीं और अगर मैं मना भी कर दूँ कि नहीं हुआ है, तो मैंने देखा है, वहाँ बाहर जाकर यहाँ के किसी वालंटियर (स्वयंसेवक) को पकड़ लेंगे, उससे कहेंगे, "ये खुद तो बता नहीं रहे, तुम बताओ इनका कैसे हुआ था?"

तुम्हें रुचि क्या है यह जानने में? तुम्हें मेरा कुछ जानना है या अपने भ्रम काटने हैं? नहीं समझ में आ रही है बात? अपने भ्रम काटने हैं न?

प्र. : जैसे अभी बात चली कि आत्मा जानने की बात नहीं है, हम अपने मन को और अहंकार को जानते हैं इस रास्ते पर। अगर मन और अहंकार पूरा डिजाल्व (विगलित) हो गया, तो फिर बचा क्या? फिर तो आत्मा बची न? और उसको तो जानना नहीं है। थोड़ा कन्फ्यूजन (भ्रम) है इस बात को लेकर।

आचार्य : वह भी नहीं बचा फिर। जब मन ही नहीं बचा तो कन्फ्यूजन कहाँ है, आत्मा में?

प्र. : नहीं, जैसा अभी आपने समझाया कि आत्मा जानने की बात नहीं है, हमें अपने अहंकार को जानना है, उसको हम रोज़ जानते चल रहे हैं ज्ञान से।

आचार्य : ज्ञान से नहीं दर्शन से।

प्र. : हाँ, हम विवेक-विचार से जानते चल रहे हैं रोज़ अपने अहंकार को और धीरे-धीरे वो डिजाल्व होता जाता है, फिर लास्ट (अंत) में क्या बचा?

आचार्य : लास्ट में ये सवाल भी नहीं बचा, लास्ट में लास्ट भी नहीं बचा; न सवाल बचा, न ये अंदाज़ बचा, न अनुमान बचा कि यही अंतिम बात है। कुछ भी नहीं बचा, बचने की धारणा भी नहीं बची। जो नहीं बचा, वह भी नहीं बचा।

उपनिषद् कितना सुंदर कहते हैं, 'परात्पर'; कहते हैं मन से परे ही नहीं है परमात्मा, वो परे से भी परे है, क्योंकि इतना ही कह दिया कि मन से परे है तो ये हो सकता है कि ये (मेज़ की लंबाई को इंगित करते हुए) विस्तार हो समस्त ज्ञान का, इसमें से आपको इतना (एक हिस्सा) ही पता चला हो, तो आपने कह दिया इससे (उस हिस्से से) परे है, तो अभी जो ज्ञात है, उससे परे है; अज्ञात में है, पर जाना तो जा ही सकता है। तो वो कहते हैं, नहीं, सिर्फ़ परे नहीं है, वे जो परे हैं, उससे भी परे है। अज्ञात भर नहीं है, अज्ञेय है। तो ये नहीं कह सकते कि तब कुछ नहीं बचता, तब कुछ नहीं भी नहीं बचता। वे परे से भी परे हैं।

आदिशंकर बड़े सुंदर तरीके से कहते हैं, वे कहते हैं, अद्वैत के विषय में बोलते हुए—"क्या सत्य एक है?" किसी ने पूछा—कहते हैं, "एक भी नहीं है।" किसी ने

पूछा कि अद्वैत का क्या अर्थ होता है, क्या यह कि सत्य एक है। बोले, नहीं, यह नहीं होता है कि सत्य एक है, अद्वैत का मतलब होता है एक भी नहीं है। दो होना तो छोड़ दो, एक भी नहीं है। यह तो दूर की बात है कि दो होंगे या पाँच होंगे या पचास होंगे, एक भी नहीं है। वे परे से परे है।

तो मुक्ति की जो आपने धारणा बनाई है, मुक्ति वो भी नहीं है। हमारे पास बंधन हैं और हमारे पास है मुक्ति की धारणा। तो हम सोचते हैं कि लिबरेशन (आज़ादी) का मतलब होता है बंधन से मुक्ति की ओर जाना। नहीं, लिबरेशन का मतलब होता होता है न बंधन बचेंगे, न मुक्ति बचेगी। मुक्ति भी नहीं बचेगी—अब मिली मुक्ति। जब मुक्ति भी न बचे, तब जानना मुक्त हुए।

प्र. : जैसे अष्टावक्र भी बोलते हैं कि मुक्ति की कामना भी नहीं होनी चाहिए।

आचार्य : नहीं, मुक्ति की कामना तो चाहिए ही।

प्र. : मतलब वह आगे के चरण की बात है, जहाँ मुक्ति की कोई आवश्यकता ही नहीं बचती।

आचार्य : उपनिषद् के ऋषि समझाते हैं, कहते हैं, तुम सत्यकामा हो जाओ। बहुत सुंदर नाम है। ऋषि कहते हैं कि जब तक तुम शरीर बनकर घूम रही हो, तब तक कामना तो रहेगी ही, तो एक काम करो, तुम अपना नाम रखो 'सत्यकामा', कि कामना तो है, पर सिर्फ़ सत्य की।

कोई बच्ची हो छोटी, तो उसके लिए इससे अच्छा नाम नहीं हो सकता और छोटे बच्चे का सत्यकाम। सुंदर भी है, सत्य भी है और व्यावहारिक भी है।

यह नहीं कहा जा रहा कि कामना का गला घोट दो, कहा जा रहा है कि कामना को सत्योन्मुखी बना दो कि कामना तो करूँगी, पर सिर्फ़ सत्य की। तो ये कहना ठीक नहीं होगा कि मुक्ति की कामना मत करो, मुक्ति की कामना बहुत ज़रूरी है; सत्यकामा होना बहुत ज़रूरी है। मुक्ति की कामना नहीं करेगी तो पचास और कामना करेगी फिर।

अष्टावक्र ने जो कहा कि अंत में मुक्ति की कामना नहीं बचती, वो अंत में ही नहीं बचती, उससे पहले तो जीवन में मुक्ति की प्रबल और ज्वलंत कामना होनी चाहिए, सशक्त कामना होनी चाहिए मुक्ति की। सत्यकामा होना चाहिए आपको, मुक्तिकामा होना चाहिए आपको, "मुक्ति चाहिए ही चाहिए।"

प्र. : जो मेरे अंदर चलता है रात-दिन, भाव चलते रहते हैं, अज्ञान है, उसी से तो

मुक्ति की बात है न ?

आचार्य : हाँ, उन सारे भावों को मोड़ देना है मुक्ति की ओर।

मुक्ति की कामना बहुत ज़रूरी है; सत्यकामा होना बहुत ज़रूरी है। मुक्ति की कामना नहीं करोगे तो फिर पचास और कामना करोगे।

□

32

ज्ञानी वह जो ज्ञान से मुक्त हो

शास्त्रकौमुदी, बोधस्थल, 2017

चाह तो इसीलिए रहे थे न कि छूट जाओ,
तो तुम चाहने से ही क्यों नहीं छूट जाते?

नाप्नोति कर्मणा मोक्षं विमूढोऽभ्यासरूपिणा।
धन्यो विज्ञानमात्रेण मुक्तस्तिष्ठत्यविक्रियः॥

अज्ञानी मनुष्य कर्मरूप अभ्यास के द्वारा मुक्ति नहीं पा सकता
और ज्ञानी कर्मरहित होने पर भी केवल ज्ञान से मुक्ति पा लेता है।

—अष्टावक्र गीता, अध्याय 18, श्लोक 36

आचार्य प्रशांत : जो बेहोश है, वो किधर को भी चलेगा, अपनी बेहोशी में ही चलेगा। कर्म का उसका सारा अभ्यास ऊपरी-ऊपरी रहेगा, नीचे-नीचे, गहराई में तो उसके बेहोशी ही रहेगी न। वह चल रहा है, यह छोटी बात है, बड़ी बात यह है कि वह बेहोशी में चल रहा है। जो बेहोशी में चल रहा है, उसके चलने को संचालित कौन कर रहा है? उसकी बेहोशी।

तो कर्म का अभ्यास तो छोटी बात है। कर्म के अभ्यास के नीचे जो कर्ता बैठा है, वह बड़ी चीज़ है और वह बेहोश है। बेहोश है, तभी तो कर्ता है, वरना अकर्ता होता। कर्म का अभ्यास सदा विफल ही जाना है, क्योंकि कर्म का अभ्यास सदा कर्ता पर परदा डाल देता है। तुम कर्म में रत हो जाते हो और तुम्हें और सुविधा हो जाती है

कर्ता से अपरिचित रहने की, रहे आने की।

और जो ज्ञानी होता है, वह मात्र ज्ञान से मुक्ति पा लेता है, उसे कर्म का अभ्यास नहीं करना है। अष्टावक्र के ज्ञानी को हम जानते हैं। उसका ज्ञान मानसिक नहीं है। उसने कुछ धारण नहीं कर लिया है, उसने कुछ पा नहीं लिया है। वो किसी चीज़ को ले करके दावा नहीं करता है कि मैंने जान लिया है। वो सिर्फ़ अपने न होने से (न होने के द्वारा) मुक्ति पा लेता है, उसकी यही विधि मात्र है।

ज्ञान, जैसा साधारण ज्ञान होता है, वह तो कर्ताभाव को और सबल करता है। वह तो आपको यह बताता है कि कुछ और पाओ। ज्ञान तो सदा सीमित होता है न, तो वह कहता है कि असीम के लिए अभी और कुछ हासिल करो।

अष्टावक्र का ज्ञानी वह है, जिसने ज्ञान से मुक्ति पा ली है। ज्ञानी की वास्तविक परिभाषा ही यही है—जो ज्ञान से पिंड छुड़ा चुका हो। तो ज्ञानी वह जो न जानता हो, जो जानने को अब गंभीरता से न लेता हो। न जानने के कारण वह अब जानने से और हासिल करने से मुक्ति पा चुका है।

हासिल करने से मुक्ति पायी तो हासिल करने से पीछा छूटा, पर पा क्या लिया? मुक्ति तो पा ली और चाहिए ही क्या था? हासिल कर भी तो इसीलिए रहे थे कि मुक्ति पा लो, तो तुम हासिल करने से ही मुक्ति पा लो।

चाह तो इसीलिए रहे थे न कि छूट जाओ, तो तुम चाहने से ही क्यों नहीं छूट जाते?

भाग तो इसीलिए रहे हो न कि अंततः रुक जाओ, तो तुम भागने से ही क्यों नहीं रुक जाते?

ज्ञानी वह है, जिसने ज्ञान से मुक्ति पा ली है;
ज्ञानी वह जो न जानता हो, जो जानने को अब गंभीरता से न लेता हो।

□

33

सत्य का निरंतर अभ्यास कैसे करें?

शास्त्रकौमुदी, बोधस्थल, 2017

जिनके पास असली कुछ होता है, वे बाकी सब कुछ गँवा देने को तैयार हो जाते हैं। अगर तुम पाओ कि तुम छोटी-छोटी बातों पर चोट खा जाते हो, ज़रा-ज़रा से नुकसान पर तिलमिला जाते हो, तो जान लेना कि तुम्हारे पास कुछ असली नहीं है।

असली सत्य को यदि तुम जान भी गए हो तो भी तुम्हें निरंतर अभ्यास करना पड़ेगा। कटक फल शब्द के उच्चारण से पानी साफ़ नहीं हो जाता।

—योगवासिष्ठ सार

प्रश्नकर्ता : आचार्य जी, निरंतर अभ्यास से क्या अभिप्राय है?

आचार्य प्रशांत : दो बातें हैं, जिन्हें ठीक-ठीक समझ लेना बहुत ज़रूरी है। पहली बात यही कि समस्त ज्ञान, समस्त आध्यात्मिकता का उद्देश्य आपको कुछ जनवा देना इत्यादि नहीं है, आप में कोई भावना संचारित कर देना भी नहीं है, आपको किसी विशेष मानसिक स्थिति में ले जाना भी नहीं है, उद्देश्य मात्र एक है—आपकी ज़िंदगी को बेहतर बनाना।

जीवन के उत्थान के अलावा आध्यात्मिकता का कोई उद्देश्य नहीं है।

आपने जो कुछ भी ज्ञान इकट्ठा करा है, जो कुछ भी आप मानसिक रूप से, भौतिक रूप से, बौद्धिक रूप से जान गए हैं, अगर वो आपके जीवन में नहीं

परिलक्षित हो रहा, तो पूर्णतया व्यर्थ है और आपके जीवन में जो कुछ भी परिलक्षित हो रहा है, वह आपका वो ज्ञान है, जिससे आप आज़ादी नहीं प्राप्त कर पा रहे।

एक तो वह ज्ञान होता है, जिसका हम दावा करते हैं कि हम जानते हैं और दूसरा वो ज्ञान होता है, जिसका हम बहुधा दावा नहीं करते, पर जिसको हम न सिर्फ़ जानते हैं, बल्कि जिसमें हमारा बड़ा ज़िद्दी और गहरा विश्वास होता है। हमारा जीवन ऊपरी ज्ञान से नहीं चलता, हमारा जीवन हमारे गहरे ज्ञान से चल रहा है। यह जो गहरा ज्ञान है, यह भी बहुत गहरा नहीं है, पर यह जो उथला ज्ञान है, उसकी अपेक्षा तो गहरा है ही। आत्मा नहीं है ये, लेकिन चैतन्य मन से ज़्यादा गहरा है, यह हमारे जीवन को संचालित करता है।

तो आप वास्तव में क्या जानते हैं? वास्तव में आपकी धारणा क्या है और आपके मूल्य क्या हैं? ये यदि परखना हो तो अपने चैतन्य मन से मत पूछिए। वह जो जवाब देगा, वे झूठे होंगे, किताबी होंगे। उसके लिए अपनी ज़िंदगी को देखिए, ईमानदारी से अपनी ज़िंदगी को देखिए, ऐसे जैसे किसी दूसरे की ज़िंदगी को देख रहे हों। उसमें दिख जाएगा आपको कि आप क्या मानते हैं। जिसको आप मान रहे हो, वास्तव में वही आपका गहरा ज्ञान है और वही आपके मूल्य हैं। अपने जीवन को देखकर आपको पता चल जाएगा कि आप मानते क्या हो, आपकी धारणा क्या है, यह पहली बात।

जिस ज्ञान का तुम दावा कर रहे हो, उसको ज़रा छोड़ो और अपनी ज़िंदगी की ओर देखो। तुम्हारी ज़िंदगी तुम्हें बताएगी कि तुम्हारे मूल्य क्या हैं। जिन मूल्यों का तुम दावा करते हो और जिनकी कसमें खाते हो, उन मूल्यों पर तुम चलते नहीं हो; उन मूल्यों में वास्तव में तुम्हारी कोई आस्था नहीं है। जिन मूल्यों पर तुम चलते हो, वो बहुत दूसरे हैं, उनका पता सिर्फ़ परोक्ष रूप से चल सकता है।

सीधे पूछोगे अपने मन से कि "बता मन, क्या तेरी बेईमानी में आस्था है?" तो मन कभी 'हाँ' नहीं बोलेगा। अपने मन से पूछो कि "क्या उसका विश्वास बेईमानी में है?" तो वह कभी 'हाँ' नहीं बोलेगा, क्योंकि बुरा लगता है सुनने में ही। नैतिक लोग हैं न हम? कैसे अपने-आपको यह बता दें कि हाँ, मेरी बेईमानी में आस्था है? पर बेईमानी में तुम्हारी आस्था है या नहीं, ये जानना है तो ज़िंदगी को देखो। अपने रोज़ के कर्मों को देखो, तुम्हें पता चल जाएगा कि तुम्हारी वास्तविक आस्था, वास्तविक मूल्य, वास्तविक धारणा क्या है—ये पहली बात है।

दूसरी बात यह है कि हम इस कदर घिरे हुए है प्रभावों से कि न सिर्फ़ हमारे नकली मूल्य हर समय बदलते रहते हैं, बल्कि बदल–बदलकर सत्य को आच्छादित करते हैं। समझना इस बात को, आकाश सिर्फ़ बादलों से घिरा हुआ नहीं है, एक बादल के ऊपर दूसरा बादल है। किसी एक दिशा में देखोगे तो अभी सूरज एक बादल के टुकड़े के पीछे छुपा हुआ था, थोड़ी देर में वो दूसरे बादल के टुकड़े के पीछे छुपा हुआ है। तुम्हारे मूल्य निरंतर बदलते रहे हैं और निरंतर बदलते हुए ये सारे मूल्य झूठे हैं। पर एक खुराफ़ात तो ये कर ही जाते हैं—बादल कैसा भी हो, सूरज को ढक ही लेता है।

आज तुम किसी की सच्चाई इसलिए नहीं जान पा रहे हो, क्योंकि तुम्हें बड़ा मोह है उससे। उसे तुम अपना समझते हो, इसीलिए तुम उसकी आत्मा देख ही नहीं पाए। बहुत दिनों तक साथ रहे, उठे–बैठे, खाए–पिए, पर उसे अपना माने बैठे थे और अपना से हमारा क्या अर्थ होता है, हम जानते ही हैं। कुछ ऐसा, जो हमारी शर्तों को पूरा करेगा, कोई ऐसा जो हमें सुख देगा, कोई ऐसा, जिससे हमारे अहंकार को बढ़ावा मिलेगा और अंततः कोई ऐसा, जिसका हम शोषण कर पाएँगे। जो इन सब शर्तों को पूरा करे, उसको हम कह देते हैं, "यह तो मेरा है।"

कल तक वो मेरा था, मैं उसे इसलिए नहीं जान पाया और आज वह बेगाना है, पराया है, दुश्मन है, इसलिए मैं उसे नहीं जान पाऊँगा। बादल का टुकड़ा बदल गया, सूरज छुपा–का–छुपा है। धोखे का नाम बदल गया, धोखे के पीछे की सच्चाई आवृत्त की आवृत्त है। इसलिए निरंतर अभ्यास।

दो बाते हैं—निरंतरता और अभ्यास। अभ्यास इसलिए क्योंकि ज्ञान फ़िज़ूल है। "वो जीवन में कैसे उतर रहा है?" हम तो ये पूछेंगे, क्योंकि आध्यात्मिकता का उद्देश्य क्या है? जीवन का उत्थान।

तो हमें न बताओ कि तुम कितने ग्रंथ पढ़ आए, हम नहीं जानना चाहते। हमें न बताओ कितने श्लोक रटे हुए हैं, कितने दोहे गाते हो, ज़िंदगी बताओ ज़िंदगी। इन आँखों में क्या है, द्वेष, जिद, कपट, झूठ, अहंकार, पीड़ा, मूर्खता? इस चेहरे पर क्या है, शांति या क्लेश? ये बताओ, 'हनुमान चालीसा' मत सुनाओ।

उपनिषद् बहुत प्यारे हैं, तुम्हें है किसी से प्यार? कबीर महान् हैं, तुम्हारे जीवन में कुछ है महत्, उठा हुआ, ऊँचा? या सब पाताल का ही है, ग्रहित? फ़िज़ूल बातें छोड़ो न।

कोई आ गया अचानक तुम्हारे सामने, तब तुम्हारी जो प्रतिक्रिया होती है, वो तुम्हारे बारे में सबकुछ बता जाती है। अनायास के सामने तुम कोई योजना नहीं बना सकते न। योजना चैतन्य मन से बनती है। अनायास जब कुछ होता है तो उसमें तुम्हारे जो वास्तविक मूल्य हैं, जो छुपे हुए मूल्य हैं, वो सामने आ जाते हैं, वृत्तियों का पर्दाफाश हो जाता है। बता दिया जाए कि अभी तुम्हारी वीरता का परीक्षण हो रहा है तो कुछ करके, खुद को कसम दिलाकर, दवाई खाकर, कुछ करके छाती चौड़ी करके खड़े हो जाओगे। दम साधे वीरता का प्रदर्शन करते ही रहोगे। हाँ, रात में जब पानी पीने जाते हो, तभी कोई अचानक कंधे पर हाथ रख दे, तब पूछेंगे, "वीरता कहाँ गई?" तब सूरमाई गायब। तब तो मामा याद आते हैं, सूरमा नहीं।

अनायास जीवन है; जीवन में सबकुछ ही तो अनायास है। वहाँ पर पता चलता है, जीवन में पता चलता है कि अभ्यास किसका कर रहे हो, कर्मों में क्या परिलक्षित हो रहा है, जी किसमें रहे हो। किस्से तुम्हें स्वर्ग के पता हैं और जी कहाँ रहे हो? नर्क में। ये तो बड़ी मज़ेदार बात है। तो शिष्य राम को सीख दी जा रही है कि "बेटा, यह मत परखना कि किसको कहाँ के किस्से पता हैं, तुम तो यह पूछना कि तुम जी कहाँ रहे हो?"

दुनिया के दस अग्रणी विचारकों की सूची तुम्हें पता है; दुनिया के दस महानतम संतों की सूची तुम्हें याद है; दुनिया के दस प्रबलतम सूरमाओं का नाम तुम्हें बिल्कुल पता है; और तुम्हारी सूरमाई और तुम्हारी विचारणा और तुम्हारी संतई? उसका तो कुछ बताओ। इसलिए अभ्यास।

फिर 'निरंतर' शब्द, वह दूसरी बात है। निरंतर इसलिए, क्योंकि जिसका तुम अभ्यास कर रहे हो, जैसा हमने कहा, वो परिवर्तनशील है। तुम एक भ्रम से लड़ोगे, कॉफी संभावना है कि दूसरे भ्रम का उपयोग करके ही लड़ोगे। तुम एक ऐसे गड्ढे में गिरे हुए हो, जिसमें साँप ही साँप हैं। तुम उस गड्ढे से निकलने के लिए रस्सी का इस्तेमाल कर रहे हो। वह रस्सी भी, कॉफी संभावना है कि साँप ही है। इसलिए निरंतरता चाहिए। एक बार बचे हो, इसका मतलब यह नहीं है कि बच गए। बचते रहो।

जीवन प्रतिपल है, मृत्यु प्रतिपल है। लगातार मर रहे हो, लगातार पैदा हो रहे हो, हर साँस के साथ माया का खतरा है। जिसको तुम अपना बच जाना कहते हो, वह बच जाना नहीं है। 'झूठे सुख को सुख कहे, मानत है मन मोद।' तुम बच नहीं

गए हो, तुम बस ज़रा किसी दूसरे पचड़े में फँस गए हो, इसीलिए निरंतर जीवन को देखते रहो। नेति-नेति निरंतर करनी होगी; अपने-आपको निरंतर काटते रहना होगा। रक्तबीज हैं हम; मर जाते हैं तो भी जहाँ-जहाँ रक्त गिरता है, ऐसी सौ जगहों पर खड़े हो जाते हैं। मरकर हमारा मात्र पुनर्जन्म नहीं होता, सौ और रूपों में पुनर्जीवित हो जाते हैं।

तो बातें दोहराओ। पहली बात—ज्ञान न बताओ, धारणा न बताओ; बात न करो, काम दिखा दो; बात हटाओ, काम बताओ। तुम अपने-आपको क्या सोचते हो, क्या मानते हो, अरे, दो कौड़ी की बात, हटाओ। हम तो यह जानना चाहते हैं कि जी कैसे रहे हो; हम तो यह जानना चाहते हैं कि कर्म कैसे हैं; हम तो ये जानना चाहते हैं कि विचार कैसे हैं; हम तो यह जानना चाहते हैं कि सुबह से शाम तक करते क्या हो, क्या खाते हो, क्या पीते हो, कैसे हँसते हो, कैसे रोते हो, गले कैसे मिलते हो; दोस्ती करते हो तो कैसी, दुश्मनी करते हो तो कैसी!

और दूसरी बात—निरंतरता। जीवन को भी एक बार देख लेना काफ़ी नहीं है। दृष्टि सदैव पैनी रहे। पैदा होना ऐसे है, जैसे बर्र के छत्ते में हाथ दे दिया हो, मधुमक्खियों का पूरा झुंड चला आ रहा है तुम्हारी ओर। एक से बच गए तो दावत दोगे? मधुमक्खियों के पूरे झुंड ने हमला बोला है। एक से बच गए तो फिर दूसरी से बचो, फिर तीसरी से बचो। बचते रहो, यही आदमी का जन्म है।

इस बचाव के आगे क्या है, यह मत पूछो। इस बचाव के आगे की बात कर रहे हो तो मतलब बचे नहीं हो तुम। जो आदमी अभी मधुमक्खियों से जूझ रहा हो, उसे आगे की बात नहीं करनी चाहिए। उसे तो बस जूझना चाहिए, बचना चाहिए। अगर वो आगे की बात कर रहा है तो मतलब पाँच-सात जगह तो काम हो चुका है उसका। आगे की बात पूछने की तुम्हें फुरसत नहीं होनी चाहिए, अभी में बहुत कुछ है, जिससे तुम्हें बचना है। अभी से बच लिए तो शायद आगे निस्तारण अपने आप हो जाए।

माया सिर्फ़ वार नहीं करती, पलट-पलटकर वार करती है। कबीर ने कहा है, "ऐसा जानवर है, जिसके तुम आगे पड़ गए तो सींग मारेगा और किसी तरह उसके पीछे हो लिए कि अब वह जा रहा है और हम उसके पीछे हैं, तो दुलत्ती मारेगा, जाते-जाते भी दुलत्ती मारेगा।" इसलिए निरंतरता।

जब तुम्हें लगेगा कि आज़ाद हो गए, जीत लिये, मुक्ति ही हो गई, ज्ञान प्राप्त हुआ, अब आज़ादी, अब निर्वाण, ठीक तभी पड़ेगी दनदनाती हुई दुलत्ती। सींग के

वार से तो शायद बच भी जाओ, क्यों बच जाओ? क्योंकि तुम सतर्क थे, सावधान थे, पशु तुम्हारे सामने था। दुलत्ती से बचना बड़ा मुश्किल है, छुपा हुआ बैकहैंड है। तुम्हें उम्मीद ही नहीं थी, तुम्हें लगा था कि काम हो गया। इसलिए निरंतरता।

ज़िंदगी को देखना है और लगातार देखना है। एक फल होता है कटक। वसिष्ठ कह रहे हैं कि उसके नाम लेने भर से पानी की सफ़ाई नहीं हो जाती। गुण होता है उसका पानी की सफ़ाई कर देना। किसी भी चीज़ का नाम लेने से कुछ हो थोड़ी जाता है। जीवन हम ऐसा जीते हैं, जिसमें नाम वस्तु का विकल्प बन जाता है, बड़ा धूर्त विकल्प। चीज़ नहीं है तो चीज़ का नाम रख लो।

दो ही तरह के लोग होते हैं दुनिया में—एक वह जिनके पास चीज़ आ जाती है। जब चीज़ आ जाती है तो कहते हैं कि अब चीज़ आ गई है तो कुछ नाम भी दे दें। उन्हें नाम से बहुत मतलब नहीं, चीज़ मिल गई है, इसलिए कई बार वह नाम देते भी नहीं हैं, चीज़ तो है। तो पहले तरीके के लोग वो होते हैं, जिन्हें जब चीज़ मिल जाती है, तब नाम देते हैं। चीज़ आ गई है तो उसकी ओर इशारा करने के लिए, संकेत देने के लिए कुछ नाम भी होना चाहिए। तो कोई राम बोल देगा, कोई ब्रह्म बोल देगा, कोई मुक्ति बोल देगा, कोई प्यारा बोल देगा, कोई साईं बोल देगा, कोई सत्य बोल देगा, कोई शून्य बोल देगा।

दूसरे तरह के लोग बड़े मज़ेदार होते हैं। एक तो वे होते हैं, जिन्हें दीवार दिख जाती है तो उसकी ओर इशारा करने के लिए बोलते हैं 'दीवार' और दूसरे वे होते हैं जो सोचते हैं कि 'दीवार-दीवार' बोलकर दीवार खड़ी कर देंगे। उनको नाम पहले मिलता है, चीज़ कभी नहीं और वो नाम का उपयोग करते हैं, चीज़ के विकल्प के रूप में।

पहले वर्ग के लोगों को नाम से बहुत प्यार नहीं होता, इसलिए उनमें एक तरह की बेखुदी आ जाती है। वे हज़ार नाम देने को तैयार होते हैं, उनका किसी एक नाम से मोह नहीं होता। चीज़ तो है ही उनके पास, बदल दो नाम, क्या फ़र्क पड़ता है? ऐसे ही लोग रहे होंगे, जिन्होंने परमात्मा के हज़ार नाम गिनाए, क्योंकि उन्हें किसी एक नाम से मोह ही नहीं था। जब तक हर नाम उस एक चीज़ की ओर इशारा कर रहा है, तब तक हर नाम बढ़िया है। तो एक वे लोग थे, सहस्र नामवाले।

एक दूसरे तरह के लोग होते हैं, जिनके पास चीज़ है नहीं बस नाम है। नाम ही भर है, वही कमाई है जीवन भर की। क्या? नाम, शब्द। तो वे नाम को ले करके

बड़े आक्रामक रहते हैं। चीज़ उनके हाथ में है नहीं, इसीलिए चीज़ छूटी जा रही है कि चीज़ का अभाव है कि चीज़ का अपमान हो रहा है, इससे उनको कोई फ़र्क नहीं पड़ेगा, क्योंकि पता ही नहीं चलेगा। पर नाम को अगर तुमने उँगली दिखा दी, नाम की अगर ज़रा सी तौहीन हो गई, तो वो तुम्हारी जान ले लेंगे।

उनके जीवन में प्रेम न हो तो चलेगा, बस कोई उन्हें ये बोल न दे कि तुम्हारे जीवन में प्रेम नहीं है। असली चीज़ तो उनके पास है ही नहीं। असली चीज़ की जगह क्या है उनके पास? नाम। तो अब जब भिखारी के पास पाँच ही रुपए हैं तो उन पाँच रुपए को लेकर वह बड़ा शंकित और सतर्क रहता है कि ये पाँच रुपए छिनने नहीं चाहिए, पाँच रुपए पर कोई बट्टा न लगा दे।

बहादुर को बोल दो, "तू बड़ा डरपोक है," तो वह ठट्ठा मारेगा और डरपोक को बोल दो, "तू डरपोक है," तो पहले तो वो कूदेगा-फाँदेगा, अपने बाल नोंचेगा, तुम्हारा मुँह नोचने की कोशिश करेगा और फिर रोएगा ज़ोर-ज़ोर से, "डरपोक बोला।" क्योंकि उसके पास जीवनभर की कमाई है क्या? एक शब्द, वीरता, 'मैं वीर हूँ'। तुम उससे वो नाम भी छीन लोगे तो बेचारे के पास बचेगा क्या? असली तो उसके पास कुछ है नहीं, नकली-ही-नकली है सब।

जिनके पास असली कुछ होता है, वे बाकी सबकुछ गँवा देने को तैयार हो जाते हैं। अगर तुम पाओ कि तुम छोटी-छोटी बातों पर चोट खा जाते हो, ज़रा-ज़रा से नुकसान पर तिलमिला जाते हो, तो जान लेना कि कुछ असली नहीं है तुम्हारे पास।

जिनके पास असली होता है, वे तो बाकी सबको बहा देने पर, स्वाहा कर देने पर, तिरोहित कर देने पर तुरंत राज़ी हो जाते हैं। वे कहते हैं, "हमें फ़र्क क्या पड़ता है? क्या फ़र्क पड़ता है? झूठी बातें, दो कौड़ी की बातें हैं। चाहे बदल दो, चाहे ले जाओ, चाहे रखे रहने दो, सब बराबर है। असली चीज दूसरी है और वह सुरक्षित है, उसका कोई बाल नहीं बाँका करेगा।"

नकली आदमी की पहचान यही है, वह छोटी-छोटी बातों पर तिलमिलाएगा, क्योंकि उस बेचारे के पास कुल जमा छोटी बातें ही हैं। चवन्नी, अठन्नी, एक रुपया, दो रुपया, वह भी छीनोगे? वह भी छीनना चाहते हो? इतने निष्ठुर न बनो। तुम्हारे पास राम है, उसके पास नाम है। रहने दो, मत छीनो, दया करो। नाम भी छीन लोगे तो फिर वो क्या झूठ बोलेगा अपने आप से? क्या खाएगा? क्या पीएगा? सारे भ्रम ले लोगे उसके तो जिएगा कैसे? एक भी भ्रम नहीं बचा। अभी मर जाएगा।

असली आदमी के साथ तुम ज़रा निष्ठुर हो सकते हो, कड़े। उसके साथ तुम्हें कोई मोह, ममता, दया नहीं दिखानी है। उसका सब छीन लो, क्योंकि उसका कुछ छिन सकता नहीं। यह ऐसी बात है कि किसी आदमी ने अपनी सारी जमापूँजी, करोड़ों, अरबों किसी सुरक्षित ताले में रख छोड़ी हो और जेब में चिल्लर लेकर घूमता हो। अब तुम उसके सामने खड़े हो जाओ, "जो कुछ है सब दे दे।" तो वह जेब झाड़कर सब दे देगा, जेब की धूल भी दे देगा, "ले जाओ।" क्यों दे देगा? जो असली है, वह तुम लेकर जा सकते नहीं।

जिस आदमी को तुम ऐसे पकड़ो कि "दे दे मुझे सबकुछ," और वह तुमको अपने दो रुपए-चार रुपए देते हुए भी घबराए, तिलमिलाए, लड़े, रोए, गुस्साए, उसको जान लेना कि महागरीब है। इसके पास इतना ही है कुल, उससे कुछ मत लेना। बोलना, "तू जा, तेरे साथ तो विधि ने ही अन्याय किया है, तेरा और क्या छीनें हम?"

समझ रहे हो या स-म-झ रहे हो? वसिष्ठ कह रहे हैं, "कटक फल के नाम लेने भर से सफ़ाई नहीं आ जाती।" निर्मलता है या नि-र्-म-ल-ता है? क्या है?

कैसे पता करें कि राम में जी रहे हैं या नाम में? आसान है। जब भी कुछ बाहरी होता है, उससे तुम्हारा रिश्ता होता है कुछ। वो रिश्ता हो सकता है आस्था का हो, मैं नहीं कह रहा कि द्वेष का ही हो, लेकिन उस रिश्ते में तुम बचे रहते हो, तुम हो वो रिश्ता बनाने के लिए।

'मुझे राम से बड़ी भक्ति है।' 'मुझे कृष्ण से बड़ा प्रेम है।' 'मुझे गुरुजी में बड़ी आस्था है।' तुम हो, तुमने संबंध बनाया है और संबंध बनाने में तुम्हारी मालकियत भी रही है। तुमने तय किया है, तुम कैसा संबंध बनाओगे और जब कुछ बाहरी नहीं रह जाता, नाम मात्र नहीं रह जाता, बिल्कुल केंद्र पर पहुँच जाता है, एकदम आतंरिक हो जाता है, तो फिर तुम उससे रिश्ता नहीं बनाते; वह तुम्हारे सारे रिश्ते निर्दिष्ट करता है।

समझो बात को। झूठे आदमी की पहचान ये होगी कि उसका परमात्मा से कोई रिश्ता होगा। ये बात सुनने में अटपटी लगेगी पर समझो। झूठे आदमी की पहचान यह होगी कि उसका परमात्मा से कुछ रिश्ता होगा, सच्चाई से कोई रिश्ता होगा, ग्रंथों से कोई रिश्ता होगा, गुरु से कोई रिश्ता होगा।

असली आदमी का न ग्रंथ से कोई रिश्ता होता है, न गुरु से कोई रिश्ता होता है, न परमात्मा से कोई रिश्ता होता है। उसके रिश्ते दुनिया से होते हैं। उसका रिश्ता उस

दीवार से हो सकता है, उस व्यक्ति से हो सकता है, उस आदमी से हो सकता है, उस औरत से हो सकता है, उस जगह से हो सकता है, उस स्मृति से हो सकता है। जितनी भी चीज़ें होती हैं, जिनसे रिश्ते बनाए जा सकते हैं; यह जो असली आदमी है, इसके रिश्ते उन सबसे होंगे। इसका बस एक से रिश्ता नहीं होगा। किससे? परमात्मा से।

नकली का परमात्मा से रिश्ता होगा, असली का परमात्मा से कोई रिश्ता नहीं होगा। असली के सारे रिश्ते निर्देशित होंगे परमात्मा द्वारा। वह परमात्मा से रिश्ता नहीं बनाएगा, परमात्मा के सामने तो वो लोट गया ज़मीन पर। अब रिश्ता क्या बनाए उससे? उसे कुछ पता ही नहीं, वह तो नशे में ज़मीन पर लोट रहा है। हाँ, उसके जो बाकी सारे रिश्ते होंगे, वो किससे होंगे और कैसे होंगे? ये तय करनेवाला वह स्वयं नहीं होगा अब, वह तय करनेवाला परमात्मा होगा।

जो पहली कोटि का आदमी होता है, वो अपने जीवन का नियंता खुद रहना चाहता है। हम खुद अपने मालिक हैं। हम अपनी समझ के अनुसार और सुविधा के अनुसार और स्वार्थ के अनुसार रिश्ते बनाते हैं। ये पसंद आया, इससे रिश्ता बना लिया, थोड़ा मुनाफ़ा दिखा, उससे रिश्ता बना लिया। परमात्मा की क्या बात है, क्या शान है और कई तरीके के लाभ भी हैं! तो परमात्मा से भी रिश्ता बना लेते हैं। परमात्मा से भी जब वह रिश्ता बनाने निकलेगा तो अपनी पसंद के परमात्मा से बनाएगा। ज़रा मारपीट में उसका विश्वास है, तो अस्त्र-शस्त्र धारण किए परमात्मा से उसका रिश्ता बनेगा। जो वीरों के वीर देवता होंगे, उनके चरण पर आकर लोटेगा। मन, मोह-ममता से ज़रा ज़्यादा आसक्त रहा है तो वह किसी ममतामयी देवी को चुनेगा, "हम तो देवी के उपासक हैं।"

यह व्यक्ति रिश्ते बना रहा है। यह व्यक्ति अभी मालिक है, यह व्यक्ति अभी मालिक होना छोड़ना नहीं चाहता। बहुत डरा हुआ है, तो इसको सबकुछ अपने नियंत्रण में चाहिए। ये सबसे रिश्ते बना रहा है।

असली आदमी परमात्मा से कोई रिश्ते बनाता नहीं, परमात्मा के सामने लोट जाता है। सारे अधिकार परमात्मा को दे देता है; सारे अधिकार हृदय को दे देता है। परमात्मा माने हृदय, परमात्मा माने विशुद्ध चेतना तुम्हारी, परमात्मा माने तुम्हारा अंतर्तम। सारे अधिकार उसको दे देता है, "अब तुम सारे रिश्ते बनाओ, हम नहीं अवरोध डालेंगे। हम सलाह देने भी नहीं आएँगे।" यहाँ से तुम तय कर लेना कि तुम्हारे पास राम है या नाम है।

अगर तुम कहो कि "मेरे जीवन में कई लोग हैं, उनमें से एक है गुरु।" तो अभी तुम अपने जीवन के अभियंता खुद हो। तुमने कई लोग जीवन में शामिल किए और उनमें एक है गुरु और अगर हालत ये आ जाए कि तुम कहो कि "जीवन में कौन-कौन हैं, यह अब मैं तय ही नहीं करता, यह तो गुरु तय करता है।"

पूछना अपने आप से कि जीवन में तुम्हारे कोई शामिल होता है तो गुरु के माध्यम से होता है या उसके शामिल हो जाने के बाद तुम गुरु को सूचना देने जाते हो। नकली आदमी सूचना देने जाएगा। सूचना देना ज़रूरी भी होगा, क्योंकि गुरु को तो वास्तव में पता ही नहीं। तुम्हारे कारनामों की गुरु को क्या खबर? खबर हो ही नहीं सकती, क्योंकि खबर हो भी रही होगी तो तुम छुपा जाओगे। तुम्हारे कारनामे तो तुम्हें करने ही उसकी पीठ पीछे हैं, तो तुम छुपा जाओगे।

नकली आदमी के साथ यह सब होगा। वह ईश्वर का धन्यवाद देने जाएगा, "ईश्वर, तेरी बड़ी अनुकंपा, तूने मुझे ये सबकुछ दिया।" जैसे कि वह तुम्हारे धन्यवाद की प्रतीक्षा कर रहा हो। पर तुम उसे वैसे ही औपचारिक धन्यवाद देते हो, जैसे कि जब तुम्हें कोई अन्य व्यक्ति इत्यादि उपहार दे जाता है तो तुम उस उपहार के लिए एक झूठी सी मुस्कान और कृतज्ञता बता देते हो।

राम को तुमने अपने जीवन की परिधि पर रखा है या राम को केंद्र पर आने दिया है और खुद हट गए हो? यह पूछो अपने आपसे। बहुत हैं जो परिधि पर रखते हैं। परिधि पर रखने से लगता है कि दोनों हाथों में लड्डू हैं—हम भी बचे हुए हैं और जीवन में राम भी हैं। यह दोनों हाथों में लड्डू नहीं है, यह तुम्हारा प्रबलतम दुर्भाग्य है कि राम प्रवेश कर रहे थे जीवन में और तुमने उन्हें दरवाज़े पर रोक दिया है। इससे भला तो यह है तुम उन्हें चलता कर दो, पर तुम कहते हो, "नहीं, दरवाज़े पर रहने चाहिए। घर के भीतर हम रहेंगे और घर की परिधि पर राम रहेंगे।" तुमसे बड़ा अभागा कौन होगा?

उसका दुर्भाग्य कम है, जिसको कोई मिला ही नहीं ऐसा जो उसे राह दिखा सके और सच बता सके। पर जिसको कोई मिले ऐसा जो राह दिखा सके और सच बता सके और वह उसको घर के दरवाज़े पर रोक दे, उससे बड़ा अभागा कोई नहीं होगा।

पर तुम रोकते क्यों हो? यह जानते हो, वही—दोनों हाथों में लड्डू; हम भी बचे रहें और हम यह दावा भी कर सकें कि हमारे नवरत्नों में से एक राम भी हैं। हमारे पास नौ हैं बड़ी-बड़ी चीज़ें, आठ तो सांसारिक हैं; हमारा खजाना ज़रा पूरा दिखाई

दे, तो इसीलिए हमने नौवाँ हीरा क्या जड़ा है? राम, अब हमारी शान देखो, अब हम बघारते हैं शेखी। "मेरे पास बड़ा घर है, मेरे पास बहुत सारी इज़्ज़त है, पचास लीटर दूध देनेवाली गाय है और मेरे पास राम हैं," ये चाहते हो तुम।

एक सज्जन आए थे, ऐसे ही मेरे पास। जितना पैसा कोई कल्पना कर सकता है पाने की, उतना था उनके पास। तो आए, इधर-उधर की बातें, यह चाहिए, वह चाहिए। कुछ देर सुनता रहा, फिर मैंने कहा, "बात क्या है? असली बात बताओ।" बोले, "बाकी सब चीज़ों में तो मैं छाया ही हुआ हूँ। कोई हमारे सामने खड़ा नहीं हो सकता, दबदबा है हमारा, सिक्का चलता है। पर कहीं गए दावत वगैरह में या रात में पीने-वीने बैठे तो दोस्तों यारों की बात चल गई, तो उसमें कभी-कभी लोग ये आध्यात्मिक बातें शुरू कर देते हैं। ऐसे शब्द आ जाते हैं, जिनका कुछ पता नहीं, इज़्ज़त सी गिरती है। सोचा, आप कुछ बता देंगे।"

यह बात उन्होंने इतने स्पष्ट तरीके से नहीं कही थी। इतना स्पष्ट तो उनके जीवन में कुछ भी नहीं था। बात तो वह घुमा-फिराकर ही रहे थे। बाकी सब हटाकर मैंने कहा, "तो यह है!"

तो बोले, "यह तो नहीं हो सकता।"

"क्यों?"

"सुनने में ही बड़ा बुरा लगता है।"

मैंने कहा, "करने में कैसा लगता है?"

यह विडंबना है हम में से ज़्यादातर लोगों की। हम जो काम करते हैं, वह हमें करने में बुरे नहीं लगते, सुनने में बुरे लगते हैं; क्योंकि हमारे पास सिर्फ़ नाम है और नाम सिर्फ़ सुना जा सकता है। जिसके पास राम होता है, वह जो करने जा रहा होता है, उसे वह करना बुरा लगता है और जिसके पास राम नहीं होता, वह जब कर चुका होता है और उसे बताया जाता है कि "देख, तूने यह किया," तो उसे अपने कृत्य का नाम बुरा लगता है।

"तुझे पता है, तू झाँसेबाज़ है," अब उसे बहुत बुरा लग जाएगा। बुरा उसे कब नहीं लग रहा था? जब वह झाँसा दे रहा था। हाँ, उसके कृत्य के लिए तुम एक शब्द दे दो तो उसे बहुत बुरा लग जाएगा, "तुमने हमें ऐसा बोला।" इसीलिए हममें से ज़्यादातर लोग चोरी करने से कम और पकड़े जाने से ज़्यादा घबराते हैं, क्योंकि पकड़े गए तो कृत्य को नाम मिल जाएगा। जब तक पकड़े नहीं गए हैं, तब तक सिर्फ़

कृत्य है, कृत्य से हमें कोई समस्या नहीं।

कृत्य से समस्या उनको होती है, जिनके पास राम होते हैं। वह गलत हरकत करते हुए घबराते हैं। हम गलत हरकत करते हुए नहीं घबराते, हम गलत हरकत पकड़ी जाए और उसको गलत का नाम मिल जाए, इससे घबराते हैं।

प्र. : कबीर, तुलसी, नानक, मीरा, शंकराचार्य आदि महान् संतों के समय में न तो आज के समान संचार के साधन थे, न ही इतनी सुविधाएँ, फिर भी उनके द्वारा दिया गया अलौकिक ज्ञान आज तक प्रकाश फैला रहा है। क्या आज भी ऐसे गुरु, संत हैं, जो ऐसा अलौकिक ज्ञान और प्रकाश फैला रहे हैं, क्योंकि आज के ज़्यादातर गुरु उसी ज्ञान की विवेचना और व्याख्या करते ही प्रतीत होते हैं?

ब्रह्मज्ञान इतना सशक्त है तो उस पर कार्य करने से उतने ही योग्य ऋषि और संत क्यों नहीं बन पाए? आज वैसे अलौकिक ज्ञान प्रकाश के स्तंभ कहाँ मिलेंगे? संसार को देखते हुए, माया की, ईश्वर की लीला को देखते हुए मेरी ईश्वर से प्रार्थना है कि ब्रह्मज्ञान जन-जन तक आत्मसात् हो और चारों ओर सत्य, प्रेम और आनंद का ही अस्तित्व हो। धन्यवाद, गुरुजी।

आचार्य : आपसे किसने कह दिया कि कबीर, कि नानक, कि मीरा जो कुछ भी कह रहे हैं, वो उनका अपना था? आपका मूल प्रश्न यह है कि जो उस वक्त हो पाया असली काम, वैसा असली काम करनेवाले योग्य संतजन आज क्यों नहीं हैं? आप कह रहे हैं कि आज के संतजन तो बस जो बातें पुराने लोग कह गए, उन्हीं बातों की विवेचना कर रहे हैं, दोहरा रहे हैं।

आप मीरा, कबीर और नानक की बात करते हैं। वह तो फिर भी बड़े समसामयिक हैं। उपनिषदों की तुलना में तो मीरा और कबीर और नानक तो आज के हैं। मैं आपको उपनिषदों तक ले चलता हूँ। जानते हैं कि वहाँ ऋषि क्या कह रहे हैं? वहाँ ऋषि कह रहे हैं, "हमने 'जानने वालों' से सुना कि···।" वहाँ ऋषि कह रहे हैं, "नहीं, मेरा इसमें कुछ मौलिक नहीं है।" मौलिकता पर उनका ज़ोर ही नहीं है, मौलिकता पर ज़ोर अहंकार का होता है। जिसको वास्तव में मूल से कुछ मिल जाता है, उसका व्यक्तिगत मौलिकता पर ज़ोर नहीं रह जाता।

आप शायद इस धारणा में फँसे हुए हैं कि एक संत से दूसरे संत को कुछ मिलता है। नहीं, ऐसा कुछ नहीं होता है; सबको एक साझे स्रोत से मिलता है। उपनिषदों के ऋषियों ने भी सुना था और कबीर ने भी सुना था। आप समय के फेर में न फँसे कि

कबीर बाद के हैं और उपनिषद् पहले के हैं—दोनों बिल्कुल एक साथ सुन रहे हैं।

जैसे याज्ञवल्क्य सुन रहे हैं, वैसे ही अष्टावक्र सुन रहे हैं, वैसे ही बुद्ध सुन रहे हैं, वैसे ही कबीर सुन रहे हैं। सब सुन रहे हैं और एक-दूसरे की नहीं सुन रहे, एक-दूसरे को माध्यम भले बना लें। मीरा ने रैदास को माध्यम बनाया, रैदास ने कबीर को माध्यम बनाया, ये माध्यम बनानेवाली बात ठीक है, पर सुन सब किसी 'एक' को रहे हैं।

उपनिषदों और कबीर में जो फासला है, उसकी अपेक्षा उपनिषदों और आज में बहुत कम फासला है। कबीर और उपनिषदों में दो हज़ार-ढाई हज़ार साल का अंतर है और आप में और कबीर में कुल छह सौ साल का अंतर है। कबीर आपके ज़्यादा करीब हैं उपनिषदों से और उपनिषदों की ही बात कबीर कह देते हैं। कोई पक्का नहीं है कि कबीर ने उपनिषद् पढ़े-ही-पढ़े थे। कबीर ने फिर भी पढ़ लिए हों, दुनिया के तमाम अन्य हिस्सों में न जाने कितने संत, ज्ञानी, मनीषी हुए, आपको क्या लगता है उन सबने जो प्राथमिक शास्त्र हैं, वे कभी पढ़े थे ? नहीं।

सब एक जगह से सुनते हैं; सब एक जगह से पाते हैं। बीच में जो कुछ होता है, वह बहाना होता है। दीये से दीया जलता है, पहले दीये की रोशनी थोड़े ही दूसरे दीये में जाकर समा जाती है। निकटता प्राप्त होने पर दूसरे दीये के भीतर छुपा हुआ प्रकाश प्रकट हो जाता है।

कृपया दो ज़माने न बनाएँ कि एक पुराना ज़माना था, जिसमें सब संतजन थे और उनके भीतर अद्वितीय आभा थी और एक आज का ज़माना है। आपको अगर दो ज़माने बनाने हैं तो कबीर को आपको आज के ज़माने में रखना पड़ेगा, क्योंकि जैसा मैंने कहा कि कबीर उपनिषदों की अपेक्षा आज के समय के ज़्यादा निकट हैं। तो आप अगर समय को दो हिस्सों में बाँटेंगे—पूर्वार्ध और उत्तरार्ध, तो आपको कबीर को पूर्वार्ध में नहीं उत्तरार्ध में रखना पड़ेगा। उपनिषद् उस तरफ़ होंगे तो कबीर इस तरफ़ होंगे, कबीर आज के ज़माने के होंगे।

तो जब कबीर उपनिषद् से इतनी दूर हैं और नानक कबीर से भी ज़्यादा दूर हैं और बुल्ले शाह नानक से भी ज़्यादा दूर हैं और उनके भीतर लौ जल सकती है, लगातार जलती ही रही, हर युग में जलती ही रही, तो जाहिर सी बात है, आज भी जल ही रही है। तो फिर सवाल यह उठता है कि जल रही है तो महेशजी (प्रश्नकर्ता) को क्यों नहीं दिख रही ? वरना महेशजी यह सवाल नहीं पूछते।

तो फिर सवाल यह उठता है कि जब कबीर की जली थी तो क्या सबको दिखी थी? जब कबीर थे, क्या पूरा भारतवर्ष, अच्छा छोड़िए, क्या पूरा उत्तर भारत कबीर की महिमा गा रहा था? बुद्ध थे तो क्या समस्त ब्रह्मांड बुद्ध के चरणों में लोट गया था? महावीर को अपने जीवनकाल में कितने अनुयायी मिल गए थे? जीसस को अपने जीवनकाल में कितने अनुयायी मिल गए थे?

आप कह रहे हैं कि आजकल बुद्धों का अभाव है। बुद्धजन फूलों की तरह होते हैं; वह हर काल में होते हैं। हाँ, हर काल में खिलनेवाला फूल अलग होता है। आपको दिखाई इसीलिए नहीं देता, क्योंकि आप एक काल के फूल की तुलना दूसरे काल फूल से करके सोचते हो कि अभी वैसा ही खिलेगा।

कबीर के ज़माने के लोग कबीर को नहीं मान पाए, क्योंकि कबीर संस्कृत नहीं बोल रहे थे। लोगों ने कहा, "अभी तो छह सौ साल पहले शंकराचार्य होकर गए हैं और इतने ग्रंथ बोल गए संस्कृत में और यह कबीरा आया है। वह शंकराचार्य थे और यह कबीरा है, कबीर दास। वे ब्राह्मण थे, इसकी कुल, जात का कुछ पता नहीं, जुलाहा और है। तो क्यों माने कबीर को?"

कबीर को तो कुलीन वर्ग में, प्रबुद्ध वर्ग में, सवर्णों में बहुत-बहुत समय तक मान्यता नहीं मिली थी। कबीर को मानते थे किसान, देहाती जो पढ़े-लिखे नहीं थे, जिन्हें संस्कृत क्या, खड़ी बोली का भी कोई ज्ञान नहीं था, जिन्हें आप निचली जातियों के लोग बोलते हैं, वे मानते थे कबीर को। ये तो अभी पिछले सौ-दो सौ साल की बात है, बल्कि और निकट की कि कबीर को एक सर्वव्यापक मान्यता मिलनी शुरू हुई है। पहले हममें इतनी बुद्धि नहीं थी कि कबीर को उतने आदर का स्थान दे पाएँ, जिसके वे अधिकारी हैं।

उतनी बुद्धि हममें कभी भी नहीं रही है। वह तो जब संत दैहिक रूप से चला जाता है, तब उसके जाने के पचास-साठ साल बाद हमें ज़ोर का झटका लगता है, "कुछ हुआ था क्या?"

सुपरसोनिक विमान जानते हैं क्या होता है? जिसकी गति ध्वनि की गति से ज़्यादा तेज हो। तो आप अगर ऐसे हैं, जो विमान का ज्ञान पाते हैं उसकी आवाज़ से, तो आपके साथ बड़ी दुर्घटना हो जाती है। सुपरसोनिक विमान आया, निकल गया और जब वो दूर निकल गया, तब आपको उसकी आवाज़ आती है, फिर आप कहते हैं, "अरे, कहाँ है? कहाँ है?" और आवाज़ ही नहीं आती, तब जो आती है, उसे

कहते हैं—सोनिक बूम। साधारण आवाज़ नहीं आती, वो ऐसा आता है कि खिड़कियों के शीशे टूट जाते हैं। पर जब आता है तब तक वो तो विमान दूर जा चुका है। तो संत का आगमन और प्रस्थान ऐसा होता है। वह जब दूर निकल जाता है, तब सोनिक बूम आती है।

ठीक वैसे जैसे आकाश में बिजली कौंध जाए, ऐसी गड़गड़ाहट कि पूछो मत। वो ध्वनि जब तक आप तक पहुँचती है, तब तक बहुत देर हो चुकी है। आपके पास अगर आँखें हैं, आपने बिजली का कौंधना पकड़ लिया, तब तो आपने घटना को पकड़ लिया। पर आप अगर इन कानों से इंतजार कर रहे थे, सुनी-सुनाई बात से इंतजार कर रहे थे, तो बिजली के कौंधने के तो बड़ी देर बाद आवाज़ पहुँचती है, आपके कानों तक। जानते हो आप यह? बिजली कौंध जाती है, उसके पल, दो पल, तीन पल, चार पल बाद आप तक आवाज़ पहुँचती है।

हम ऐसे ही जीते हैं, आवाज़ पर जीते हैं। "हाँ भाई, तू बता। फलाना बड़ा संत है।" आवाज़ आते-आते तो देर लगेगी। आँखें तुम्हारे पास हैं कि बिजली का कौंधना देख पाओ? तो वह सुपरसोनिक है। वह निकल गया, तुम आवाज़ का इंतजार करते रहे कि श्रुति फैले, जनमानस में लोकप्रियता मिले, सब एक स्वर में कहें कि फलाना था ज्ञानी। तो करो इंतजार। इंतजार करने के बाद तुम देखते रह जाना, ढूँढ़ना कि "कहाँ हैं, कहाँ हैं?" वह गया और जिनकी आँखें होती हैं, वे देख लेते हैं। बिजली कड़की, अभी थी, अभी हमने देखा, देखा और प्रकाशित हुए।

संत को देख पाना कोई मामूली बात है? आपने देखने को क्या समझ रखा है? कि आप बाज़ार जाते हो तो वहाँ टिंडा भी दिख जाता है, मूली भी दिख जाती है, आलू भी दिख जाता और गाजर भी दिख जाती है। ऐसे ही आप सोचते हो कि किसी टोकरी में दो-चार संत भी बैठे हुए दिख जाएँगे और कोई बेच रहा होगा, 'ढाई रुपए पसेरी-ढाई रुपए पसेरी। ये ज़रा बासी वाला है, पुराना है। उधर वाला माल दस रुपए पसेरी, वह नया-नया संत है, ताज़ा आया है अभी मार्केट मे'।

आपकी आँखें जैसे आलू-टिंडा देखती हैं, वैसे ही बुद्ध और कृष्ण को देखेंगी? कुरुक्षेत्र में गीता ज्ञान दिया जा रहा है। दुर्योधन को आ रहा है समझ में? दुर्योधन छोड़ो, भीम और युधिष्ठिर को भी आ रहा है समझ में? जो ऊँची-से-ऊँची बात हो सकती है, वो कितने ही लोगों के सामने, कितने ही लोगों के बीच में अर्जुन को कही जा रही है। क्या ज़माना आकर कृष्ण के पाँव पकड़ रहा है कि हमें भी बता दो, हमें

भी बता दो? मैं तो कह रहा हूँ आपको, इतना समय लग रहा था अर्जुन को समझाने में, उधर कौरव व्याकुल हो रहे होंगे। दो-चार के मन में तो ज़रूर आया होगा कि जितनी देर ये समझा रहे हैं, उतनी ही देर में कर दो काम तमाम।

कृष्ण को तो दुर्योधन बंदी बनाने भी चला था। राम को मारनेवाले बहुत थे और सब-के-सब राक्षस नहीं थे, कुछ तो उनके अपने ही परिवार के थे, ये मंथरा और कैकेयी कोई भूतनियाँ थीं? एक माँ है, एक महल की परिचारिका है, ये दुश्मनी नहीं रखे थीं राम से? इन्होंने राम को देखकर कहा कि "अरे महाप्रभु! इनके तो चरणों में लोट जाना चाहिए"?

संत को देख पाना, भगवत्ता को पहचान पाना हल्की बात नहीं है। बोधिधर्म ने कहा है कि संत की परिभाषा ही यही है, जो संत को समझ ले और आप कह रहे हैं कि संत आजकल कहीं दिखाई नहीं देते। बोधिधर्म ने कहा है कि जिसको संत दिखाई देने लग जाएँ, उसी को तुम संत जानना। तो ये तो ज़ाहिर सी बात है कि आपको संत नहीं दिखाई देंगे, निन्यानबे प्रतिशत लोगों को नहीं दिखाई देंगे। जिस दिन दिखाई देने लग गए, उस दिन आप भी संत हो गए—यही शर्त है, यही अनिवार्यता है। आप संतत्त्व को प्राप्त हो जाएँ, आपको दिख जाएगा कि कौन संत है और कौन नहीं।

आप सोए पड़े हैं, आपको पता है कि कौन सोया है, कौन जगा है? आप स्वयं यदि सो रहे हैं तो आपको दूसरों का कुछ पता होगा क्या कि कौन जग रहा है, कौन सो रहा है? कौन जग रहा है, कौन सो रहा है ये जानने के लिए सबसे पहले आपको जागना होगा। आप सोए पड़े हो और सपने में आपको दिखाई पड़ रहा है कि पूरी दुनिया ही सो रही है। क्या फ़र्क पड़ता है? सपना है। इसी सपने में आपको यह भी दिखाई दे सकता है कि पूरी दुनिया जगी हुई है। क्या फ़र्क पड़ता है? वह भी सपना है। बहुत लोग घूम रहे हैं, जिनको आज भी बहुत-बहुत संत दिखाई देते हैं। वो यही सपना ले रहे हैं कि सब जग गए।

ऐसे दावा करनेवाले तो हैं ही, कहते हैं, "हम मुक्त हैं, ब्रह्मलीन हैं, कब का मोक्ष मिल गया हमें।" ऐसे भी घूम रहे हैं, जिनसे पूछिए तो कहेंगे, "हाँ, मैं अड़तीस एनलाइटेंड लोगों को जानता हूँ," ये वे हैं जो सपने में देख रहे हैं कि बहुत सारे लोग जग गए। क्या फ़र्क पड़ता है?

अहंकार बहुत ज़ोर देता है इस बात पर कि "मैंने जो कहा, मैंने जो रचा, वह कहनेवाला, वह रचनेवाला मैं ही पहला हूँ। मुझसे पहले किसी ने किया नहीं।" और

एक बुद्ध होता ही इसीलिए है बुद्ध, क्योंकि वह कह रहा होता है, जिसमें कुछ भी नया नहीं है। एक अर्थ में बुद्ध के पास जो है, सब पुराना है।

सत्य में तुम कुछ जोड़ना चाहते हो क्या? तुम उसे नया कैसे कर दोगे? दूसरे अर्थ में, सत्य प्रतिपल नया है, क्योंकि उसकी अभिव्यक्ति मौलिक होगी। अभिव्यक्ति बदल जाएगी, बात तो वही रहेगी न? बात में तुम क्या जोड़ दोगे? सत्य कुछ अधूरा था क्या कि उसमें जोड़कर तुम पूरा करोगे? तुम कहोगे कि पाँच सौ साल पहले अधूरावाला सत्य था और अब उसमें गोंद लगाकर पूरा बना रहे हैं। जोड़ोगे क्या उसमें? एक ही बात है।

जो कहेगा, जहाँ कहेगा, भारत में कहेगा कि चीन में कहेगा, अरब में कहेगा कि यूरोप में कहेगा, उसको वही बात कहनी पड़ेगी, उसकी विवशता है। हाँ, बदलते युगों के साथ, बदलते संदर्भों के साथ, बदलती भाषाओं के साथ अभिव्यक्ति ज़रा बदल जाएगी। अभिव्यक्ति बदलनी चाहिए, क्योंकि अभिव्यक्ति नहीं बदल रही तो फिर तोते हो, फिर तो रट के आ गए हो और दोहरा रहे हो।

यह खयाल मन से बिल्कुल निकाल दीजिएगा कि कुछ नया सुनना है। आप तो पुराने में जाएँ, आप तो पुराने से पुराना उपनिषद् उठाएँ और वह जो कह रहा है, उसको पी जाएँ। कालजयी बातें हैं वहाँ; उनमें कुछ नया जोड़ने की ज़रूरत नहीं, वे नई सदैव हैं।

आप जिसको नया कहते हैं, वो नए-नए भ्रम होते हैं। सागर बहुत पुराना है, नए-नए बुलबुले उठे। बुलबुलों से बड़ा मोह है। सागर का तो कमोबेश एक ही रंग होता है। बुलबलों में आप देखिए, एक किरण पड़ती है और उनमें पूरा इंद्रधनुष उतर आता है। क्या बुलबुले हैं! संसार के सारे रंग एक बुलबुले में! सागर में आप इतने रंग नहीं पाएँगे, बुलबुले में सारे रंग हैं।

"पुराने ही ज्ञान की विवेचना आज के गुरु करते प्रतीत होते हैं।" अरे भाई, अगर कोई वास्तव में गुरु है तो वह ज्ञान की विवेचना इसीलिए करेगा, ताकि ज्ञान का खंडन कर सके। तो विवेचना करके यह नहीं बताएगा तुमको कि ये है असली ज्ञान, अब इसको पकड़ लो।

गुरु और ज्ञान का तो छत्तीस का आँकड़ा होता है। तुम उसके पास ज्ञान ले करके आते हो, वह लट्ठ लेकर तोड़ता है। तुम ज्ञानी ठहरे, तुम मानते नहीं, तुम और उलीच-उलीच, माँग-माँगकर लेकर आते इधर-उधर से और ज्ञान, और वह और

तुम्हारा घड़ा तोड़ देता है, फिर जब तुम मानते ही नहीं, इधर-उधर से तमाम जगहों से चीज़ें या ज्ञान लेकर आते हो तो फिर वह तुम्हारा खोपड़ा ही तोड़ देता है कि इसी खोपड़े से ही ये सारी खुराफ़ात निकलती है—न रहेगा बाँस, न बजेगी बाँसुरी।

गुरु का काम है—तुम्हें सारे ज्ञान से मुक्ति देना। सारी बातें बोली इसलिए जाती है, ताकि जिन बातों में तुम उलझे बैठे हो, उनकी निरर्थकता तुम्हें दिख जाए। कोई बात तुमको इसलिए नहीं बोली जाती कि तुम उसको पा लो, पकड़ लो, उसको सत्य समझ लो।

दवाई इसलिए थोड़ी दी जाती है कि उसको रोटी के साथ खाओ? यह अच्छा हिसाब है। "भाग्यवान, अब से घर में सब्ज़ी नहीं बनेगी, डॉ. साहब ने दवाइयाँ लिखी हैं। तो सब्ज़ी की जगह दवाई।" ऐसा करते हो क्या कि थाल सजाया, उसमें आठ-दस तरीके की दवाइयाँ खा रहे हो?

गुरु का ज्ञान ऐसा ही होता है। पहले तो वह ज़रा सा होता है, तंदूरी नान नहीं होता कि इतना बड़ा, बहुत सारा ज्ञान दे दिया और तुम्हें ज्ञान कितना चाहिए? जितना तंदूरी नान। गुरु का ज्ञान गोली बराबर और उसका काम होता है भीतर जो अंट-संट चीज़ें जमा हैं, उनको निकाल बाहर करे। उसके बाद तुम गोली नहीं खाओगे।

पर नान और ज्ञान दोनों पसंद हैं, खासतौर पर मक्खन मारकर। दाल मखनी, खूब बखानी। मेरा ज्ञान, तंदूरी नान। नान के साथ क्या चलती है? दाल मखनी। तो ज्ञान के साथ क्या चलेगी? बखानी। अब ज्ञान है तो बखान तो होगा ही। दाल मखानी, खूब बखानी।

अगर आपका वास्ता अभी तक ऐसे गुरुओं से पड़ा है, जिन्होंने आपको खूब ज्ञान दिया है, तो बचें। मैदा होता है, पेट में जम जाएगा, सुबह तकलीफ़ होगी। नान कहाँ जम जाता है? पेट में। ज्ञान कहाँ जम जाता है? दिमाग में।

"संसार को देखते हुए और माया को और ईश्वर की लीला को देखते हुए मेरी ईश्वर से प्रार्थना है कि ब्रह्मज्ञान जन-जन तक पहुँचे और चारों ओर सत्य, प्रेम और आनंद का ही अस्तित्व हो।" ये क्या हैं चीज़ें, जो आप जन-जन तक पहुँचाना चाहते हैं? जो आप कह रहे हैं, इससे तो किसी को भी इंकार नहीं होगा। आप यह वक्तव्य ले करके करोड़ों, अरबों लोगों के पास चले जाएँ, बिना अपवाद के एक-एक आदमी आपकी बात से सहमति जता देगा। कौन नहीं कहेगा कि सत्य चाहिए, प्रेम चाहिए, ज्ञान चाहिए, आनंद चाहिए? पर ये हैं क्या जो आप इधर-उधर फैलाना, बाँटना चाहते

हैं? आप ही नहीं चाहते, सब ही चाहते हैं, लेकिन ये चीज़ें क्या हैं? ये क्या हैं?

जिसको देखो, उसी को सत्य चाहिए, जिसको देखो, उसी को प्रेम चाहिए। अपने लिए ही नहीं चाहिए, वो दूसरों के लिए भी प्रार्थना कर रहा है कि उन्हें भी मिले। बड़े अच्छे ये नाम हैं। दूसरों के लिए प्रार्थना मत करिए, पा लीजिए, सबको मिल जाएगा। ये सब हैं कौन, आपको स्पष्ट हो जाएगा। किनको आप चाहते हैं कि सत्य मिले, किसको आप कहते हैं जन-जन, किसको आप दूसरे का नाम देते हैं, सब खुलासा हो जाएगा।

देखिए, झूठ कभी नहीं कहता कि वो झूठ है। झूठ का भी दावा यही होता है कि वो सच है। कोई कभी नहीं कहता कि उसने बुरा किया। सबका दावा यह होता है कि उनके साथ बुरा हुआ और जितना बुरा हुआ, उसकी अपेक्षा उन्होंने कुछ कम ही बुरा किया, तो वे तो बेचारे पीड़ित थे, शिकार थे।

अच्छाई का दावा, अच्छाई का नाम सबके पास है। आप जो ये प्रार्थना कर रहे हैं, ऐसी प्रार्थना सभी कर रहे हैं, रोज़ हो रही हैं, 'सर्वे भवन्तु सुखिन:।' ये खोखली प्रार्थनाएँ हैं। प्रार्थना करनेवाला जानता भी नहीं कि वह दूसरे को क्या दे रहा है।

आपकी हालत ऐसी है कि आप किसी को भोजन कराने ले जाएँ और भोजन कराने आप ले गए हैं, उसे एक अफ्रीकी रेस्त्राँ में। मीनू आपको सामने आया, आपको कुछ नहीं पता उसमें क्या लिखा हुआ है। पर आपके दिल में मीठी भावनाओं का उदात्त आवेग है। आप सामनेवाले का बड़ा भला चाहते हैं, उसका पेट भरना चाहते हैं। बोध कुछ नहीं है आपके पास, सामने क्या है, इसका कुछ नहीं पता। कहाँ ले आए उसको, ये क्या प्रचंड मूर्खता की, इसका आपको कुछ नहीं पता। पर आप कह रहे हैं, "आज तुझे कुछ ऐसा खिलाऊँगा कि आज का दिन तू कभी नहीं भूलेगा।" और फिर आप करते हैं 'अक्कड़-बक्कड़ बंबे बोल, अस्सी नब्बे पूरे सौ' या कि आप देखते हैं कि बगलवाला क्या मँगा रहा है। बगलवाले ने मँगवाया सत्य, प्रेम, आनंद तो आप भी कहते हैं, मैं भी सामनेवाले को देना चाहता हूँ सत्य, प्रेम, आनंद और आप उस मीनू से सत्य जलफरेजी—अब ये तो अफ्रीकन नहीं हुआ, लेकिन मैं अफ्रीकन जानता नहीं तो मैं ऐसे ही कुछ बता सकता हूँ—और कबाबी आनंद और टंगड़ी प्रेम। 'कैन आई हैव वन चिकन प्रेम ब्रैस्ट?'

अब यह उसके लिए मँगवा देते हैं। आपको कुछ पता भी नहीं है कि आपने उसके लिए क्या मँगवा दिया। आपके पास अपनी सुरक्षा के लिए, अपने पक्ष में तर्क

देने के लिए बस एक बात है, "मेरी भावना शुद्ध है। मैं तुम्हारा बुरा नहीं चाहता, हमें दोष न देना।" हो सकता है कि तुम शाकाहारी हो और तुमने जो उनके लिए मँगा दिया, उसमें उनके सामने एक ज़िंदा उबलता हुआ सूअर लाकर रख दिया कि लो खाओ। पर ये तुम्हारा प्रेम है, भाई।

मैं फिर पूछ रहा हूँ, यह क्या है जो आप दूसरे को देना चाहते हैं? आनंद माने क्या, आप जानते हैं? आप जीते हैं इस आनंद में? सच पूछिए तो आपके प्रश्न से नहीं लगता कि आप बोध में जीते हैं, पर दूसरे के लिए आप कामना कर रहे हैं, जैसे कि कोई सपने में प्रार्थना करे, जैसे कि कोई प्रार्थना का सपना देखे। सपना तो झूठा है ही, वह प्रार्थना अगर सफल हो गई तो वह सफलता और बड़ा झूठ है।

अभी दो-तीन दिन पहले एक सत्र ले रहा था तो उसमें एक अभिभावक थे। दूर कहीं से उन्होंने सवाल फेंका और उसकी पहली पंक्ति थी, 'आई वांट द बेस्ट फॉर माय चाइल्ड' (मैं अपने बच्चे के लिए उत्कृष्टतम चाहता हूँ)।

तो मैं हँसने लग गया। मैंने कहा कि ये क्या है? यह 'बी-ई-एस-टी', यह क्या है? आप अपने बच्चे के लिए या बीवी के लिए या पड़ोसी के लिए या भाई के लिए या अखिल विश्व के लिए जो उत्कृष्टतम है, वे चाहते हैं, पर ये उत्कृष्टतम है क्या? वह तो वही होगा, जो आप अपने लिए उत्कृष्ट समझते हैं और आप अपने लिए क्या उत्कृष्ट समझते हैं, वो जानना है तो आपके जीवन को देख लिया जाए।

शराबी को तुम पर बहुत प्यार आ गया। तुम्हारे लिए लाल फीते में बाँधकर और खूब सजाकर, बहुत सारे पैसे खर्च करके दिए जानेवाले उपहार को सौ बार चूमकर, कहो क्या लाया? बोतल। तुम उसकी भावना पर उँगली मत उठा देना। भावना पूरी है, महँगी-से-महँगी बोतल लाया है, बहुत प्यार करता है तुमसे। दूर से लाया है, बड़ी मेहनत से लाया है। देखो, कितना सजाया है उसने बोतल को। बोतल नहीं दुल्हन है, घूँघट उठाना पड़ेगा, तब भीतर से छर्रा उठेगा। अपमान न करना, प्यार का तोहफ़ा है।

कौन सा तोहफ़ा देना चाहते हो दुनिया को? यह क्या प्रार्थना है? देखा है अभिभावक अपने बच्चों को क्या दे रहे हैं? देखा है पति पत्नियों को क्या दे रहे हैं? और यह सब किसके नाम पर हो रहा है? यह सब सद्भावना के नाम पर हो रहा है, यह सब प्रेम के नाम पर हो रहा है।

अभी आत्मघाती हमला हुआ। तो उसमें जिन्होंने किया था, वे तो गए और अपने साथ लेकर गए बहुतों को। जो उनके सहायक थे, समर्थक थे, वे दो-चार जने धरे गए

तो उनसे पूछा गया, "ये क्या कर रहे हो?"

तो बोलते हैं, "भला कर रहे है।"

"क्या भला कर रहे हो? इतने तो मार दिए।"

"जिनको मारा, वो सब पाप की ज़िंदगी जी रहे थे। अब हमने मार दिया तो भला किया कि नहीं किया? जैसे वे जी रहे थे, वैसे उनको घोर जहन्नुम मिलता। तो हमने मारकर भला किया कि बुरा किया, बताओ?"

भला करने के नाम पर तुम कुछ भी कर देते हो। इधर-उधर की बातें छोड़िए, अपनी ज़िंदगी को देखिए और वे आप नहीं करना चाहेंगे, उससे बचने के लिए आप कोई भी बहाना लगाएँगे। जीवन से बचने के लिए बड़े-से-बड़ा बहाना यह होता है कि "हम तो ब्रह्म प्राप्ति में लगे हुए हैं। जिये कौन? जीवन का अवलोकन कौन करे, अपने-आपको कौन देखे? हमारी निगाहें तो परमात्मा पर हैं।"

आदमी को उसकी ज़िंदगी तक लाने के लिए कितना घुमा-फिराकर लाना पड़ता है, देख रहे हो। इतनी बातें बोलनी पड़ती हैं, ताकि वह वहीं आ जाए, जहाँ वह है और खेल उसमें यह चलता है कि आपको घुमाने इसलिए ले जाया जा रहा है कि बहाने से घुमा-घुमाकर आपको वापस वहीं लाया जाए। पर जब आपको घुमाने ले जाया जाता है तो आप रास्ते में बहक भी लेते हो, तो और दूर हो लिए।

प्र. : घुमानेवाला गड़बड़ हुआ तब तो…

आचार्य : हाँ, घुमानेवाला गड़बड़ हुआ, तब तो पूछो ही मत। दोनों बाते हैं, घुमानेवाला गड़बड़ हुआ या जो साथ चला था घूमने के लिए, उसका अगर विश्वास पूरा नहीं है तो फिर रास्ते में ही छिटक जाएगा और दूरी बढ़ गई।

हमेशा से ही यह खेल जनमानस के लिए नहीं रहा है। गुरु पर धब्बा लगता था, इल्ज़ाम लगता था अगर बहुत सारे शिष्य ले ले तो और नहीं है बस कि सामाजिक मान्यता की बात थी, वास्तव में उसके लिए बड़ी सिरदर्दी थी। जब आप किसी को शिष्य ग्रहण करते हैं तो उसका सारा कर्मफल आपके ऊपर आ जाता है। वो अब आज़ाद हो गया, उसने अपनी बागडोर आपको सौंप दी। तो अभी तक उसने जितनी गंदगी इकट्ठी की हुई है जीवन भर की, जितना उसका संचित कर्मफल है, वह अब उसका नहीं है, वह अब गुरु का हो गया।

बहुत शिष्य कभी बनाए ही नहीं गए, ये बातें बहुत लोगों से कभी बोली ही नहीं गईं। बाद में जो वर्णव्यवस्था थी, जो जाति व्यवस्था थी, उसमें एक जड़ता आ गई।

आरंभ में तो खेल यही था कि जो ब्रह्म को समझे सो ब्राह्मण। आप कृष्ण से पूछिए गीता में वो यही कह रहे हैं, "ब्राह्मण वही है, जो ब्रह्म को समझ रहा है।" तो जो ब्रह्म को समझने की काबिलीयत रख रहा है, जिसमें ब्रह्म को समझने की घोर मुमुक्षा उठी है, मात्र उस मुमुक्षु को ही धर्मशास्त्रों के काबिल समझा जाता था, मात्र उसको ही आश्रमों में प्रवेश मिलता था, बाकियों को सबको हटा दिया जाता था।

ये जात-पाँत की बात नहीं है। ये किसी की जाति की बात नहीं है, ये उसकी योग्यता की बात है। तुम इस काबिल ही नहीं हो कि तुमको आश्रम में आने दिया जाए। तुम बात सुन नहीं पाओगे, क्योंकि सुनने के लिए बड़ी श्रद्धा चाहिए, गुरु में अखंड विश्वास चाहिए। न तो तुममें काबिलीयत है, न इच्छा है। इच्छा तब उठती है, जब जगत् से तुम्हारा यकीन बिल्कुल उठ गया हो।

प्र. : यह दृढ़ विश्वास मन को आता कैसे है कि कुछ अनंत भी है, जबकि अनंत की बात ही यही है कि वह अज्ञेय है और अचिंत्य है। जब वह अज्ञेय है और अचिंत्य है तो मन को उसमें विश्वास कभी भी आ कैसे जाता है? न उसका पता चल सकता है, न उसकी कल्पना हो सकती है।

इसी तरीके से ग्रंथ तो कहता है कि जीव और जीव का समूचा तंत्र, उसकी इंद्रियाँ इत्यादि जो भी आत्मा के संपर्क में आते हैं, वह आत्मा तुल्य ही हो जाते हैं। उनमें आत्मा के जैसा कुछ आ जाता है, उनमें जैसे आत्मा की खुशबू आ जाती है। ये क्या बात है?

आचार्य : ये कभी भी नहीं पता चलता कि कुछ अनंत है, अगर आप जीवन ईमानदारी से जी रहे हैं तो आपको यह पता चलता है कि जो अनंत नहीं है, जो सांत है, उसमें दुःख है, उसमें छटपटाहट है, बेचैनी है। उससे आप राज़ी नहीं हो पा रहे। आपकी छटपटाहट सबूत बन जाती है अनंतता का; अनंतता का और कोई सबूत नहीं है।

छोटे से आप तृप्त नहीं होते। बड़े-से-बड़े के मिल जाने पर भी और बड़े की आस बची ही रहती है, ये प्रमाण है इसका कि अनंत से कम में आप राज़ी नहीं होंगे। अनंत से कम में आप राज़ी नहीं होंगे, ये इस बात को कहने का दूसरा तरीक़ा है कि आप कभी राज़ी हो ही नहीं सकते, क्योंकि जिन चीज़ों से आप राज़ी होना चाहते हैं, उनमें से कोई भी अनंत है ही नहीं। राज़ी होने की आपकी इच्छा ही छोटी सी इच्छा है, क्योंकि उसके पीछे आपका छुटपन बैठा हुआ।

सारे छुटपन जब आपको दिख जाते हैं कि व्यर्थ हैं, तब आप कहते हैं कि जब

छोटा, छोटा, छोटा, छोटा कुछ भरोसे काबिल ही नहीं, मेरे जीवन में बचा ही नहीं, तो और चारा क्या है मेरे पास यह कहने के अलावा कि अब अनंत से प्रेम है मुझे, अनंत में जीना है मुझे?

छोटा अगर कुछ हो तो वह छोटे से राज़ी हो जाता है। इतने बड़े हैं आप कि आप नहीं छोटे से राज़ी हो पाते। परमात्मा अचिंत्य है, अकथ्य है, अगम्य है, अज्ञेय है। आपकी ज़िंदगी में तो जो कुछ है, वह चिंतन के भीतर भी है, ज्ञान के भीतर भी है, गमन के भीतर भी है। वहाँ तो हो आए न? वहाँ जाने पर जो तृप्ति नहीं मिलती, जो आपको तृप्ति नहीं लेने देता, उसका नाम परमात्मा है।

जो आपको छोटे से सहमत नहीं होने देता, उसका नाम है अनंत और वह आपके भीतर बैठा है। भीतर बैठा है, इसका यह प्रमाण है कि बाहर आपको बहुत मिल जाएँगे, जो आपसे कहेंगे कि यह छुटपन ही तुम्हारी नियति है। आप थोड़ी देर के लिए हो सकता है कि मान भी लो, फिर आप नहीं मानोगे।

परमात्मा का सबूत क्या है? तुम्हारी पीड़ा सबूत है परमात्मा का। तुम्हारी पीड़ा के अलावा परमात्मा का कोई सबूत नहीं है।

फरीद को इसीलिए कहना पड़ा कि विरह ही सुलतान है। विरह के अलावा उस परम प्रेमी का कोई सबूत नहीं। उसका सबूत ही यही है कि जब तुम उसकी अनुपस्थिति में जीते हो तो तड़पते हो। अब तुम तड़प रहे हो तो कोई तो होगा न जिसके लिए तड़प रहे हो? और वो कौन है? छज्जूमल के पास तुम हो आए, घुग्घूमल का पास तुम हो जाए, कंचालाल, बंचालाल, जितनों से तुम प्रीत जोड़ सकते थे, तुमने जोड़ी। कुछ बचा नहीं है, जिसके साथ तुमने किस्मत आज़माकर न देख ली हो और ये तुम्हारी विरह-वेदना को शांत नहीं कर पाए। जितने हैं दृष्टिगोचर, प्राप्य, वे कोई नहीं कर पाते। तो फिर इसलिए तुम्हें कहना पड़ता है कि मुझे तो अनंत की प्यास है।

अगर आप बहुत लोगों को आज परम तत्त्व से विमुख देख रहे हैं—सदा ही थे, आपको आज दिखेंगे, क्योंकि आप आज के हैं—तो उसका कारण यह है कि आज वेदना से बचने के उपाय बहुत हैं। वे उपाय कभी भी सफल होंगे नहीं, पर उपाय इतने हैं कि आपका जीवन बीत जाता है एक असफल उपाय से दूसरे असफल उपाय तक जाने में। सब असफल होने हैं, पर उनकी संख्या बहुत ज़्यादा है।

तो आप कहते हो, "अच्छा, ये उपाय असफल रहा, पर कोई बात नहीं, अभी छह सौ उपाय और हैं।" आप दूसरा आज़माते हो, तीन महीने लग गए। फिर एक

उपाय आज़माते हो, दो साल उसमें भी लगा दिए। तो ऐसे ही उपाय आज़माते-आज़माते आदमी की ज़िंदगी कट जाती है।

पहले मन को भगाने के, झूठा बहाना बनाने के इतने साधन नहीं थे, तो आपके यत्नों की निष्फलता आपको ज़रा जल्दी और आसानी से दिख जाती थी। आज आपकी उम्मीद बची रह जाती है। आप कहते हो, "अभी ये दो-चार आज़माई नहीं, क्या पता इन्हीं में सुख मिल जाए? अभी उस जगह तो होकर आए नहीं, अभी वह वाला खेल तो खेला नहीं, अभी ऐसा उपभोग तो किया नहीं। क्या पता इसी में संतुष्टि मिल जाए?"

वेदना दबा दी गई है। वेदना जब दब जाएगी तो आप परमात्मा की ओर जाओगे नहीं। परमात्मा आपके सामने तो वेदना ही बनकर आता है।

'विद' धातु कितनी प्यारी है! 'विद' का अर्थ जानना भी है और वेदना का प्रचलित अर्थ पीड़ा भी है। जानने के लिए रोना ज़रूरी है। जिसको अभी रोना ही नहीं आ रहा अपनी हालत पर, जिसको वेदना ही नहीं उठ रही, उसको वेद क्या मिलेगा? वेद उनके लिए हैं, जो रो पड़े हों, फिर वो वेद की ओर जाएँगे और रो ऐसे नहीं पड़े हों कि किसी एक आदमी ने दिल तोड़ दिया तो रो पड़े, उसका दिल ऐसा टूटा हो कि चूर हो गया है, बिल्कुल चूरमा बन गया है। जहाँ गया है, वहीं टूटा है, अब कोई आसरा, कोई उम्मीद बाकी नहीं रही, तब आप जाते हो वेद की ओर।

जिनको 'कौन बनेगा करोड़पति?' खेलना है, वे थोड़ी वेद की ओर जाएँगे। उनके लिए तो अभी रोज़ रात का मनोरंजन है, वेद का क्या करोगे? वो आ गए वहाँ पर और खेल चालू हो गया लालच का, वासना का, मध्यम वर्ग के शोषण का, मदारी द्वारा बंदर का और बंदर को पता भी नहीं है कि उसको नाच नचाया जा रहा है रुपए दिखा-दिखाकर। उस मौके पर आपको वेद याद आएँगे?

अगला प्रश्न एक करोड़ रुपए का है। तो उदितजी, जो मुरादाबाद से आए हैं, अगला सवाल खेलेंगे एक करोड़ रुपए के लिए। इनको वेद याद आएँगे? वह सामने जो बैठा हुआ है महानायक, वह तुम्हें वेद याद करने देगा? लालच याद आ जाएगा। बहुत इसी तरह फँसे हैं।

कितने चैनल हैं टी.वी. में? सैकड़ों। एक से ऊबे तो दूसरा, तीसरा। ज़िंदगी बीत जाएगी चैनल ही बदलने में। कितनी दुकानें हैं बाज़ार में? और हर दुकान में कितना माल! दुकान के अंदर माल, दुकान के बाहर माल। जगत् मालामाल, करना क्या है

वेद का? किसको शिव याद आने हैं? किसको शक्ति याद आनी हैं?

'हाई हील में नच्चे, ता तू बड़ी जच्चे', पूछो इनसे (एक श्रोता) बाल कहाँ गए? एक समय इन्होंने भी खूब गाया था, 'हाई हील में नच्चे', तब उपनिषद् याद आए थे? पूछो, तब उपनिषद् याद आए थे? अब खोपड़ा खुजाओ।

दुनिया से दिल इसलिए भी नहीं उचटता, क्योंकि हम दुनिया के भी पूरे करीब जाते नहीं। हम अजीब लोग हैं! तुम्हें जो चाहिए, तुम जी-तोड़ प्रयत्न करके उसके भी निकट चले जाओ तो तुम्हें विरक्ति हो जाएगी। तुम उतने निकट भी नहीं जाते हो, तुम उससे भी ज़रा दूरी बनाकर रखते हो, ताकि कल्पना कर सको। रस तो कल्पना में है न।

न वस्तु में रस है, न कपड़े में, न लत्ते में, न गहने में, न धन में, न मकान में, "आपसे अच्छी आपकी यादें हैं।" यादों में हम आपको चाहे जैसा बना सकते हैं। यादों में आपको आपके बिल्कुल प्राकृतिक रूप में याद कर सकते हैं, कृत्रिमता हमें वैसे ही पसंद नहीं है।

जिसके पीछे-पीछे भागे, उस तक पहुँच ही गए होते अगर—मैं भौतिक चीज़ों की बात कर रहा हूँ, लोगों की वस्तुओं की—तो भी तुम्हारा दिल उचट गया होता। तुम तो ऐसे हरंते हो कि जगत् में भी जिस चीज़ के पीछे भागते हो, उस तक पहुँच नहीं पाते, तो लार ही टपकाते दूर रह जाते हो। ऑल्टो में बैठते हो, ऑडी के सपने लेते हो, तो तुम्हारी उम्मीद बची रह जाती है, आखिरी दम तक। तुम्हें लगता है कि वो मिल गया होता तो तृप्ति हो जाती। उपनिषद् कैसे याद आएँगे?

कहीं तक तो पहुँचकर दिखाओ। परमात्मा तक नहीं पहुँच सकते तो संसार में ही कहीं तक पहुँचकर दिखाओ। साफ़ बता रहा हूँ, जो संसार की छोटी-छोटी चीज़ें भी नहीं हासिल कर सकते, वह परमात्मा क्या खाक हासिल करेंगे? कहीं तक तो पहुँचकर दिखाओ, तुम्हें उपलब्धि का कुछ तो पता हो। तुमसे तो कुछ नहीं हासिल किया जाता।

जो कुछ भी हासिल करेगा, वो हासिल करने के यथार्थ को जान जाएगा। तो दो बातें एक साथ जानेगा—कुछ भी हासिल करने के लिए कीमत अदा करनी पड़ती है और दूसरी बात, कीमत अदा कर-करके मैं जो हासिल कर रहा हूँ, वह पूरा नहीं पड़ रहा तो और बड़ी कीमत अदा करनी है। कुछ राज़ खुल जाएँगे उसको। तुम तो छोटी-से-छोटी चीज़ की कीमत नहीं अदा करते। कहीं तुम सफल नहीं होते,

कोई छोटा सा उपक्रम करने निकलते हैं, उसी में भड़ाम से गिरे, लो खत्म। ट्रेन नहीं पकड़ी गई, खाना नहीं मिला, तुझे मोक्ष क्या मिलेगा?

कुछ तो ज़रा जिगरा दिखाओ, थोड़ा तो जलवा दिखाओ। ये जगत क्या है इसको जानो और क्या जानोगे, जगत् के पीछे-पीछे जो चेष्टा कर रहे हो, उन चेष्टाओं को ही तो जानोगे? जगत् से तुम्हारा रिश्ता कोई दृष्टा या साक्षी का तो है नहीं, जगत् से तुम्हारा रिश्ता गुड़ और मक्खी का है। यह मक्खी कभी तो गुड़ पाए, थोड़ा तो इसे मिठास का पता चले। अभी तो बस ये मिठास की कल्पना करती रहती है। मिठास की कल्पना में जो डूबा हुआ है, उसे उपनिषद् कहाँ याद आएँगे?

मैं आपसे फिर कह रहा हूँ, जाननेवालों ने बड़ी शर्तें रखीं, बड़ी पाबंदियाँ लगाईं, साफ़ कहा उन्होंने कि ब्रह्मज्ञान सबके लिए नहीं है। 'गीता' में एक मौके पर कृष्ण अर्जुन से कहते हैं कि "अर्जुन, जो लोग अभी सुनने को तैयार न हों, उन्हें सुनाकर परेशान मत करना।" और आगे जा करके अंतिम अध्यायों में अर्जुन से कहते हैं, "अर्जुन, जो पूरे तरीके से मुझमें भक्ति नहीं रखता, अगर तूने उसे इस गीता का ज्ञान दिया तो तुझे पाप लग जाएगा।"

तुम्हारे भीतर पहले आग तो उठे। उस आग में तुम्हारा जीवन ज़रा जले, ज़रा तपे, ज़रा निखरकर सामने तो आए। जीवन बचाए जाते हो, फिर कहते हो परमात्मा नहीं मिलता। जो ये तुम्हारे रोज़ के ढर्रे हैं, उनको बचाए जाते हो, फिर कहते हो परमात्मा नहीं मिलता। तुम्हें चाहिए कहाँ? तुम्हें टिंडा, तोरई चाहिए, वे मिल जाते हैं न? मिल रहे हैं तो खुश रहो, 'परमात्मा-परमात्मा' क्यों करते हो? जो चाहिए वह मिल रहा है, बढ़िया सब्ज़ी बनी है, धनिया और डालो और बाज़ार में एक नया गरम मसाला आया है, वह खरीदकर लाओ। तुम इन सब चीज़ों की फिक्र करो, तुम कहाँ व्यर्थ के चक्करों में फँस रहे हो?

और अगर आग उठ रही है तुम्हारे भीतर तो फिर बात दूसरी है। तुम ऐसे हो, जिसने टूटकर चाहा है और चाहकर टूटा है, तो फिर तुम्हारे पास परमात्मा के अलावा कोई विकल्प नहीं बचेगा। जिन्होंने जीवन में कभी किसी व्यक्ति को, वस्तु को, लक्ष्य को, ध्येय को ही न चाहा हो, वह क्या परमात्मा को चाहेंगे? तुम्हें कभी किसी आदमी, औरत से भी प्यार हुआ है? तुम्हें परमात्मा से क्या प्यार होगा?

तुमने जिसकी ओर भी देखा है, उसको चीथड़े फाड़ने, भोगने के लिए ही देखा है। प्रेम तुम्हें कभी किसी से भी हुआ है, एक छोटे से बच्चे के लिए भी? मैं उसकी

कसौटी बताए देता हूँ। जिसके लिए प्रेम होता है, आदमी उसका हित आगे रखता है और अपने-आपको पीछे कर देता है, बड़ी ज़ाहिर सी बात है। ऐसा किया है? तेरा भला हो, उसमें भले हम मिट जाएँ, ऐसी भावना आयी कभी?

ये सब लक्षण होते हैं परम सत्ता के। इसके बाद निराकार परमात्मा उठता है, क्योंकि अब साकार से लौ लगी तुम्हारी, साकार से प्रेम हुआ तुमको। साकार से प्रेम हुआ, दो बातें हुईं—पहली बात, प्रेम का अंकुर फूटा, दूसरी बात, निराश होओगे, क्योंकि प्रेम साकार से हुआ है।

दोनों बातें एक साथ हुई हैं। तुम चल पड़े हो, लेकिन जहाँ को जा रहे हो, वो मंज़िल नहीं है। पर चलना तुमने सीख लिया है। किसी के लिए तो सही, तुम्हारे भीतर हसरत उठी। तुम में हसरत है? हसरत का मतलब समझते हो? कुछ ऐसा, जो दीवाना कर दे, पागल कर दे कि इसको पाना है। तुम छोटी सी चीज़ के लिए भी पागल होते हो पाने के लिए? तुम यह भी कहते हो कि फलाना हीरा नहीं मिला तो पगला जाएँगे? तुम किसी भी चीज़ के पीछे कहाँ पड़ते हो शिद्दत से? तुम्हें तो हार मिलती रहती है जगत् में और तुम पर कोई फ़र्क नहीं पड़ता है। तुम कहाँ कहते हो कि जीतना है और जीता नहीं तो जान चली जाए?

चाहे तुम खेल रहे हो, चाहे तुम लड़ रहे हो, चाहे तुम किसी काम में उद्यत हो, तुम कभी कहते हो कि यह काम या यह इंसान या यह विचार या कुछ भी लक्ष्य मुझे जान से ज़्यादा प्यारा है? यह जो बात होती है न कि 'जान से ज़्यादा प्यारा', यह परमात्मा की आहट होती है। अब तुमने देह से ऊपर कुछ समझा। अब तुमने तन-मन से ऊपर कुछ है, यह जाना; अब तुम कह रहे हो तन-मन देने को तैयार हूँ किसी के लिए। अभी जिसको देने के लिए तैयार हो, वो इस काबिल नहीं कि उसे दिया जाए। यह तुम्हें पता चल जाएगा, उसको हासिल करने के बाद कि ये इस काबिल नहीं था कि इसको तन-मन सब सौंप दिए जाएँ, लेकिन तुम निकल तो पड़े न, तुमने ये जान तो लिया कि हसरत इतनी तगड़ी भी हो सकती है कि आदमी जान देने को तैयार हो जाए।

जब तक तुम्हें कुछ ऐसा मिला नहीं, जिसके लिए जान दे दो, तब तक कहाँ तुम मुक्ति की बात करोगे? कबीर बार-बार बोलते हैं कि जब तक तुम्हें अभी प्राणों का मोह है, तुम मुक्ति-भक्ति की बात मत करो। प्राण कहाँ देना चाहते हो किसी भी चीज़ के पीछे? कौन सा ऐसा लक्ष्य है, जिसके लिए तुमने अपनी रातों की नींद गँवा

दी हो, तुमने कहा हो कि सोऊँगा ही नहीं। चार-चार घंटे सोऊँगा दिन के, पर पूरा करके दिखाऊँगा। महीनों तक, सालों तक जगा ही रहूँगा। कौन सा ऐसा लक्ष्य है, जिसके पीछे तुमने कहा हो कि सब गँवा दूँगा पर तुझे पाना है? तुमने कहाँ मेहनत करी है? तपस्या परम मेहनत है, तुम छोटी मेहनत भी नहीं जानते।

अपने भीतर वे इंद्रियाँ जाग्रत् करो, जो ले जाती हैं परमात्मा की ओर। पहली इंद्रिय की बात करी मैंने—प्रेम, तड़प, विरह, वैराग्य, अतृप्ति और असंतोष की आग। ऐसी ही एक दूसरी इंद्रिय है—विवेक।

तुम आलू खरीदने जाते हो, तुम्हें आलू आलू में अंतर पता होता है? तुम नहीं जानते। तुम्हें आदमी आदमी में अंतर पता है? तुम नहीं जानते। तुम्हें कपड़े कपड़े में अंतर पता है? तुम नहीं जानते। तुम्हें बात बात में, शब्द शब्द में अंतर पता है? तुम नहीं जानते।

पहले संसार में काले और सफेद के बीच भेद करना सीखो, तब तुम भ्रम और सत्य के बीच भी भेद कर पाओगे।

पहले संसार में तो भेद करना सीखो। तुम्हें पता है, कौन तुम्हारा दोस्त है, कौन तुम्हारा दुश्मन है? तुम्हें नहीं पता होता। तुम दुश्मनों को दोस्त बनाते हो, दोस्तों को आँख दिखाते हो। सच्चे-झूठे का दुनिया में तुम्हें कोई ज्ञान है? तुम्हें दुनिया में ही नहीं पता कि क्या सच्चा है, क्या झूठा। तुम पूरी दुनिया को परमात्मा के लिए कैसे झूठा ठहरा दोगे? परमात्मा की ओर जाना परम विवेक की बात है कि "पूरी दुनिया ही अनित्य है। जो एक है भरोसे काबिल, जो कभी धोखा नहीं देगा, जिसकी सत्ता सदैव है, अब मैं उसकी ओर चला।"

दुनिया में तमीज़ से जीना सीखो, ये तमीज़ ही तुम्हें परमात्मा तक ले जाएगी। तमीज़ माने कायदा, कायदा माने व्यवस्था, ऑर्डर। परमात्मा वह, जो हर प्रकार की सुव्यवस्था का कर्ता है। जहाँ कुछ भी सुव्यवस्थित देखना, कह देना कि यह परमात्मा का हाथ है, यह आदमी ने नहीं करा होगा। सुंदरता है तो परमात्मा का करा हुआ, सुव्यवस्था है तो काम परमात्मा का करा हुआ है। तुम अपने जीवन में किसी तरह की तो कुछ तो व्यवस्था लाओ, कुछ तो ऑर्डरली लाओ। आने दो उसको, वह परमात्मा उतर रहा है।

यह मुझे बहुत अजीब बात लगती है कि ज़िंदगी बिल्कुल विक्षिप्त, एकदम अराजक और हम बात करते हैं, वहाँ की, सुदूर गगन की। यह क्या है? यह कैसे

हो पाएगा? तुमको दुनिया ही नहीं समझ में आती, तुम्हें दुनिया के पार वाला कैसे समझ में आएगा?

कबीर ने इतनी बातें कही हैं, कहते ही रहे, कहते ही रहे; मैं बताता हूँ तुम्हें कि राम के बारे में जितनी बात कही हैं, दुनिया के बारे में उससे दो बातें ज़्यादा कही हैं। गौर से देख लेना, कबीर ने परमात्मा के बारे में जितनी बातें कही हैं, संसार के बारे में उससे दो बातें ज़्यादा कही हैं। मुक्ति के बारे में जितनी बातें कही हैं, माया के बारे में उससे दो बातें ज़्यादा कही हैं।

कबीर माया जानते हैं, इसलिए मुक्ति की बात कर पा रहे हैं; कबीर संसार को जानते हैं, इसलिए सत्य की बात कर पा रहे हैं। तुम माया को जानते हो? तुम माया को जानते नहीं, माया चढ़ी हुई है तुम्हारे ऊपर और 'मुक्ति-मुक्ति' तुम चिल्ला रहे हो। किससे मुक्ति? तुम्हें पता भी है तुम्हें किसने पकड़ रखा है? बस यूँ ही है, प्रचलित है, फैशन है मुक्ति बोलना। माया को जानो, तब न बोलोगे इससे मुक्ति चाहिए। माया को अपने घर बैठाते हो, माया को तो सीने से लगाए घुमते हो, फिर चिल्ला रहे हो 'मुक्ति-मुक्ति'। जान तो लो; संसार को जान लो, सत्य की प्यास अपने आप उठेगी।

'जानना' बड़ा सुंदर शब्द है, जानना, बोध। परमात्मा ही बोध है। संसार को जब तुम जान रहे हो तो परमात्मा के सामने झुके हुए हो। बिना परमात्मा के कुछ जाना नहीं जा सकता। परमात्मा वह तत्त्व है, जिसके होने से समस्त बोध संभव हो पाता है। (यदि वह न होता तो) न दुनिया के बारे में पढ़ते, न आँख खोलकर देखते, न दुनिया में डूबते। कुछ होता ही नहीं है, तुम उबलते ही नहीं हो; गुनगुने से हो बस।

तुम जिसके पीछे भी भागते हो, जिसके नाम पर मरते हो, उसके बारे में तुम क्या जानते हो? तुम जिसके पीछे जान भी कई बारे देने को तैयार हो जाते हो, कहते हो, "पंखे पर आज ही लटकूँगा," तुम उसके भी बारे में क्या जानते हो? "नंबर कम आ गए, लटक जाऊँगा; बेरोज़गार हूँ, लटक जाऊँगा; इज़्ज़त चली गई, लटक जाऊँगा, कोई लड़की नहीं मिली, लटक जाऊँगा।" तुम्हें इज़्ज़त का क्या पता? तुम्हें सफलता का क्या पता? तुम्हें शिक्षा का क्या पता? और तुम्हें लड़के-लड़की का क्या पता? तुम किसी भी चीज़ के बिल्कुल करीब जाते ही नहीं।

आप पतियों-पत्नियों को देख लीजिए, दिल से दिल की बात नहीं कर पाते, बाकी सारी बातें कर लेंगे। बच्चों को देख लीजिए, माँ-बाप से बात नहीं कर पाएँगे,

जाकर अपने दोस्तों को बता आएँगे। बच्चों के बारे में बच्चों के दोस्तों को बहुत पता है, माँ-बाप को कुछ नहीं। पति आएँगे, मुझसे कहेंगे यह बात है, ऐसा है, पत्नी को लेकर ये जटिलता, यह समस्या और मैं विचारता हूँ कि यह बात इसने ऐसे ही पत्नी से ही बोल दी होती तो सालों से क्यों पिट रहा होता, क्यों रो रहा होता?

तुम देखो कितनी सारी बातें हैं, जो तुमने करी नहीं, गिनो उनको। गिनो कि कितनी सारी बातें हैं, जो होनी चाहिए थी, लेकिन तुमने करी नहीं, क्योंकि बात करने के लिए निकटता बनानी पड़ेगी और निकटता तुम्हारी किसी से भी बनी तो परमात्मा से भी बनेगी। तुम उसी से तो डरते हो, अहंकार उसी से तो खौफ़ खाता है। किसी व्यक्ति के भी बहुत निकट चले गए तो निकटता तो जान गए न और निकटता अंततः परमात्मा के निकट ले जाएगी; मरना पड़ेगा। तुम किसी के करीब नहीं जाते, तुम सबसे दूर-दूर रहते हो। इसी को तो जीवन का सूनापन, अकेलापन कहते हैं, लोनलीनेस। हम किसी के भी करीब नहीं हैं।

तुमने अपनी माँ से, अपने बाप से कभी दिल खोलकर बात करी है? गिनो कितनी बातें हैं, जो तुम सोचते हो, कभी करते नहीं और दो-चार जाते हैं यहाँ से प्रेरित होकर, उत्साह लेकर, वे कर देते हैं तो भूचाल आ जाता है, फिर उनका संदेश आएगा कि यह क्या हो गया? "कभी कुछ बातें करने की नहीं होती, वे दबी रहें तो ज़्यादा अच्छा है।"

एक लड़का था, रहा होगा बाईस-चौबीस साल का, तो ऐसे ही मैं कुछ बोल रहा था। वो जिस पृष्ठभूमि से आता था, वो पृष्ठभूमि ज़रा खुद्दार लोगों की थी, तगड़े लोगों की, मज़बूत लोगों की। उसके कुनबे-कुटुंब में तरलता को, प्रेम को, मिठास को बड़ा अपराध माना जाता था। कोई रो पड़े तो उसके पौरुष में कोई खोट होगी। तो आया, बैठा यहाँ पर, ये सब बात सुनी; फिर गया, उसने बाप को फोन लगाया, कुछ बातें करीं, वे बातें जो उसने कभी करी नहीं थीं, साधारण बातें, पर बातें जो उसने कभी करी नहीं थीं और उसने सारी बातों के बाद बोल दिया, "पापा, यह बोलना चाहिए, कभी बोला नहीं, मैं तुमसे बड़ा प्यार करता हूँ।"

हरियाणा से पापा चार जीप भरकर-भाई, ताऊ, चचे, दस-पंद्रह तो ताऊ थे, हरियाणा है न-उन सबके सबने उसके कमरे पर धावा बोल दिया। एक पी.जी. में रहता था, रात में घुस गए, बोले, "ये आत्महत्या कर रहा है। ऐसा तो हमारे पूरे जिले में कभी किसी ने किसी को नहीं बोला। लानत है उस बेटे पर जो बाप को 'आई लव

यू' बोल दे।" बेटे ने बाप को कह दिया सीधे-सीधे कि प्यारे लगते हो। आऊँ, बैठूँ साथ में? घूमने चलोगे? चलो खेलें, तो दूरी मिट जाएगी न।

रिश्ते का तो मतलब ही होता है—दूरी। बाप-बेटे के रिश्ते का मतलब होता है कि बाप बाप की तरह रहेगा, बेटा बेटे की तरह रहेगा। बस बन गई दूरी, क्योंकि तय हो गई मर्यादाएँ, वर्जनाएँ बन गईं न उसी समय।

भीतर कोई बैठा है, जो बेटे का भी वास्तविक सामीप्य बर्दाश्त नहीं कर सकता, वह परमात्मा का सामीप्य कैसे बर्दाश्त करेगा? एक हद से ज़्यादा जब तुम्हारे कोई करीब आने लगता है, तुमने देखा है, तुम कैसे घबरा जाते हो? एक सीमा से ज़्यादा निकट किसी को नहीं आने दोगे तुम। परमात्मा कोई सीमा मानता नहीं तो इसीलिए तुम निकटता का काम ही बंद कर देते हो, छोड़ो।

तुम घोर प्रेमियों को देख लो, वे भी दूरी बनाकर रखते हैं, कुछ ऐसा है, जो छुपाकर रखते हैं; एक नहीं होने पाते। हम तुमको अपनी छवि देंगे; अपना यथार्थ नहीं देंगे।

"अच्छा, अभी तुम कमरे से बाहर जाओ।"

"क्यों?"

"अभी मैं टाँगों की वैक्सिंग कर रही हूँ।" अब तू टाँगों की वैक्सिंग कर रही है, वह देख लेगा तो तू सोच कि तू क्या छुपाना चाहती है? तुम उसको छवि देना चाहते हो, तुम उसे स्वयं को नहीं देना चाहते। छवि को देने में अच्छा है न, उसे छवि मिल गई और तुम दूर रहे आए, निकटता का खतरा बचा। अब उसके मन में तुम्हारी प्यारी छवि है, 'चिकनी टाँगोंवाली है मेरी प्रेयसी'।

"अच्छा, चलो बत्ती बंद कर दो।"

"नहीं, बत्ती क्यों बंद कर दें?" यह सवाल पाँच सौ करोड़ का है, 'बत्ती क्यों बंद करें?' तुम अपना नग्न शरीर दिखाने में इतना लजाते हो, तुम अपनी आत्मा क्या दिखाओगे किसी को? और परमात्मा तो आएगा तो शरीर-वरीर एक तरफ़, वह तो सीधे आत्मा में घुसेगा, वहीं पर संयोग करता है, वहीं मिलन होता है। तुम तो शरीर भी दिखाते लजाते हो, 'बत्ती बंद करो रे'।

जीवन पर ध्यान दे लो। ज़िंदगी को देखो, हरकतों को, अपने वाक्यों को, प्रतिपल के अपने कर्मों को देखो। परमात्मा बड़ी बात नहीं है, मिल जाएगा। बहुत आसान है, सामने खड़ा है तैयार मिलने को, एकदम करीब; वह कोई चुनौती ही

नहीं है। चुनौती दूसरी है, चुनौती है तुम्हारी तैयारी, चुनौती है तुम्हारी पात्रता। अपनी ज़िंदगी को देखो, वहाँ से पात्रता तैयार होगी।

दो बातें दोहराओ। पहली बात—ज्ञान न बताओ, धारणा न बताओ। बात न करो, काम दिखा दो; बात हटाओ, काम बताओ। और दूसरी बात—निरंतरता। जीवन को भी एक बार देख लेना काफ़ी नहीं है। दृष्टि सदैव पैनी रहे। माया सिर्फ़ वार नहीं करती, पलट-पलटकर वार करती है।

□

34

मुक्ति स्थितियों पर नहीं, तुम्हारे चुनाव पर निर्भर करती है

शास्त्रकौमुदी, बोधस्थल, 2017

आत्मा की और मुक्ति की लौ जल रही है। संसार की कोई ताकत इतनी बड़ी नहीं कि उसको पूर्णतया बुझा दे किसी के भी भीतर। तुममें भी जल रही है, सबमें जल रही है।

यः सेतुरीजानानामक्षरं ब्रह्म यत्परम्।
अभयं तितीर्षतां पारं नाचिकेतं शकेमहि॥

जो यज्ञ करनेवालों के लिए सेतु के समान है, उस नचिकेत अग्नि को तथा जो भयशून्य है और संसार को पार करने की इच्छावालों का परम आश्रय है, उस अक्षर ब्रह्म को जानने में हम समर्थ हों।

—कठ उपनिषद्, प्रथम अध्याय, तृतीय वल्ली, श्लोक 2

प्रश्नकर्ता : आचार्य जी, यह पता कैसे लगे कि यज्ञ आदि और शुभ कर्म कौन से हैं? जब परिस्थितियों में मन विचलित ही रहता हो तो उचित या शुभ कर्म का पता लगेगा कैसे?

आचार्य प्रशांत : इतना अभागा कोई नहीं होता। ऐसा अन्याय अस्तित्व किसी के

साथ नहीं करता कि चौबीसों घंटे और सब जगह, सदैव और सर्वत्र वह विचलित ही रहता हो। ऐसा होता नहीं।

मन के मौसम बदलते हैं, जैसे ज्येष्ठ मास की गरमी में भी रात के तीसरे पहर कुछ तो राहत मिल ही जाती है और सावन में भी आकाश सदा मेघ आच्छादित नहीं रहता, बीच-बीच में बादल छटते हैं, आसमान साफ़ हो जाता है; पुनः आ जाते हैं बादल। सावन हो, आषाढ़ हो और पुनः छा जाता है ताप, यदि ग्रीष्म ऋतु हो, लेकिन भूलना मत कि राहत के, चैन के कुछ पल तो सदा उपलब्ध होते ही रहते हैं और उन पलों का विशेष महत्त्व है।

जब आसमान से सूरज कोड़ों की तरह बरस रहा हो, तब साँझ ज़रा पुरवाई चल जाए तो जो अनुभव मिलता है, वह अन्यथा कभी हवा के चलने पर थोड़े ही मिलता है। देखा है न जाड़ों की धूप को तुम कैसे याद रखते हो और जाड़ा जितना हाड़ कँपाता हो, धूप का खिलना उतना ही मंगल उत्सव जैसा बन जाता है। उस धूप में कुछ विशेष दम नहीं होता, जाड़े की धूप है। बस कुछ देर को सहलाकर चली जाती है, लेकिन उसकी बड़ी कीमत है, वैसी ही कीमत जैसी रेगिस्तान में पानी की होती है। कितना पानी होता है रेगिस्तान में? थोड़ा सा। आप कहोगे, थोड़ा सा पानी है, इसकी क्या कीमत होगी? पर उसकी कीमत है ही इसीलिए, क्योंकि थोड़ा सा है। अब आप उसकी उपेक्षा नहीं कर सकते।

तुम्हें भी तुम्हारे जीवन में थोड़ा सा तो चैन मिलता होगा। चौबीस घंटे हैं दिन के, उनमें दस-पंद्रह मिनट तो शांत हो पाते होओगे? सैकड़ों लोगों के संपर्क में आते हो, कोई एक-दो तो ऐसे होंगे न, जिनके सानिध्य में शांत हो जाते होओगे? वहीं से शुरुआत करनी है। उसके अलावा तुम्हारे पास उपाय भी क्या है? डूबते को तिनके का सहारा।

जो बिल्कुल ही अँधेरे में हो, उसको तो जहाँ ज़रा सी रोशनी दिखे, उधर ही बढ़ना ही होगा। तुम यह कह करके रुके नहीं रह सकते कि मैं तो मजबूर हूँ, अँधेरा बहुत बड़ा है, बहुत घना, बड़ा व्यापक और रोशनी ज़रा सी है बस टिमटिमाती। जितनी भी है, तुम्हें उसी का सहारा लेना पड़ेगा। जाड़े की धूप जितनी भी होती है, तुम तो उसी से लाभ ले लेते हो।

जो थोड़ा सा मिल रहा है, तुम्हें तुम्हारी वर्तमान अवस्था में, उसी की ओर बढ़ो, उसका मिलना भी बढ़ जाएगा। सबसे पहले तो होश और ईमानदारी से ये देखो कि

जितनी भी बँधी हुई या गिरी हुई तुम्हारी हालत है अभी, उस हालत में भी मुक्ति और शांति के दो-चार पल तुम्हें कब और कहाँ उपलब्ध होते हैं। गौर से देखो।

मैंने आरंभ में ही कहा कि इतना अभाग किसी का नहीं होता कि उसका संताप सदा एक-सा रहे और चरम पर रहे। राहत के क्षण आते ज़रूर हैं। उन्हीं क्षणों में मौका है तुम्हारा। चूको मत उनसे।

कारागार में कैदी एक बंद है और बंधन तोड़कर भागना चाहता है। सामने उसके सिपाही पहरा दे रहे हैं। कहाँ है मौका उसके लिए? वह कहता है, "चौबीस घंटे में कुछ क्षण तो ऐसे आते हैं न, जब पहरा टूटता है। लगे हैं ये सारे सिपाही मेरे इर्द-गिर्द बंधन बुनने में। मैं जहाँ कैद हूँ, वहाँ का चक्कर लगाते ही रहते हैं, लगाते ही रहते हैं। पर बीच-बीच में क्षण आते ही हैं, जब इनका चक्र टूटता है। वे क्षण बहुत छोटे से होते हैं। क्षण भर को ऐसा होता है कि मेरे सामने से मेरे बंधनों का रक्षक गुज़र गया और उसकी पीठ है, मेरी ओर और अभी उसका ध्यान नहीं मुझ पर। अगले ही क्षण दूसरा संतरी आ जाएगा गश्त पर। पर पहला बाएँ को गुज़रा और दाएँ की दिशा में दूसरा आया गश्त पर, उसके बीच में एक क्षण है ऐसा, जिसमें मेरे लिए आशा है।"

उसी एक क्षण को परमात्मा की भाँति पकड़ लो। यह मत कह देना कि मेरी कैद बहुत गहरी है, बेड़ियाँ बहुत मज़बूत हैं, सलाखें बहुत मोटी हैं और आज़ादी के लिए जो पल मिला है, वह बहुत छोटा है। यह मत कह देना। यह कह करके तुम अपनी मुक्ति कि संभावना को दरकिनार कर रहे हो। तुम मुक्ति की संभावना का अपमान कर रहे हो। वह जो क्षीणतम, न्यूनतम अवसर मिला है, उसको भुनाओ; बहाने बनाकर मत गँवाओ।

तो सबसे पहले तो यह कहने से बाज़ आओ कि मन तुम्हारा सब परिस्थितियों में ही विचलित रहता है। नहीं, यह बात झूठ है। ऐसी हो नहीं सकता। मन तुम्हारा यदि सब परिस्थितियों में ही विचलित रहता होता तो तुम यह प्रश्न भी सीधे-सीधे लिख नहीं पाते। यह प्रश्न भी विचलित हो जाता। इन प्रश्न की मौजूदगी बताती है कि अभी तुम पर परमसत्ता की अनुकंपा शेष है। अभी पूरी तरह से ही विचलित, विक्षिप्त, पागल नहीं हो गए तुम।

गौर करो अपने समय पर और अपने संसार पर। किसी-न-किसी समय और संसार के किसी-न-किसी कोने में तुमने आज़ादी का अनुभव किया ज़रूर होगा। उसको क्यों भुला देते हो? गौर करो और याद करो। जब भी और जहाँ भी तुमने पंख

पसारे थे, वही तो जगह थी तुम्हारी। उस जगह पर तुम्हें उड़ान मिली थी, पर तुम बड़े बेअदब निकले। तुम उस उड़ान का दुरुपयोग करके उस जगह से ही उड़ गए। जिस जगह तुमने पंख पाए, तुम उन्हीं पंखों पर सवार होकर उस जगह से ही छूमंतर हो गए।

तुम कहीं ऐसी जगह पहुँच गए, जहाँ अब जाड़ों में धूप खिलती नहीं। ऐसे घोर रेगिस्तान में जहाँ पीने को एक बूँद पानी नहीं। पानी में मीन प्यासी। किसी कवि ने कहा है, 'वॉटर वॉटर एवरीवेयर बट नॉट अ ड्रॉप टू ड्रिंक'। ऐसी गहरी तृष्णा, असीम पानी के मध्य असीम प्यास। ये तुमने अपने ऊपर आमंत्रित किया।

पर अभी भी जहाँ हो, वो जगह पूर्णरूपेण तुम्हारे लिए कारा नहीं बन पायी है। प्रमाण है उसका ये प्रश्न। तुम्हारे मन को अगर पूरे तरीके से कैद ही कर लिया गया होता तो तुम मुक्ति की बात भी नहीं पूछ पाते। तुम्हारे मन को अगर पूरे तरीके से जकड़कर यंत्रवत् संस्कारित ही कर दिया गया होता तो तुम कैसे पूछ पाते कि बताइए यह उचित कर्म क्या?

आत्मा की और मुक्ति की लौ जल रही है। संसार की कोई ताकत इतनी बड़ी नहीं कि उसको पूर्णतया बुझा दे किसी के भी भीतर। तुममें भी जल रही है, सबमें जल रही है। इंसान और इंसान में फ़र्क बस इतना होता है कि किसी की लौ लपट बनकर निखरती है, एक पूर्णरूपेण अभिव्यक्त महाज्वाला और किसी की बस टिमटिमाती रह जाती है और एक तीसरी श्रेणी के भी होते हैं, जिनके प्रकाश के इर्द-गिर्द इतनी प्रकार की धूलें और राखें इकट्ठी हो जाती हैं कि उनका प्रकाश मृतवत् ही प्रतीत होता है कि जैसे अब टिमटिमाने को भी कुछ अब शेष न बचा हो।

पर ऐसा होता कोई नहीं, जिसका प्रकाश मर गया हो। यह संभव नहीं है। वह कितना अभिव्यक्त है, इसमें अंतर हो सकता है। तुमने उसका कितना समर्थन किया है, इसमें अंतर हो सकता है। अपनी ही आत्मा, अपनी ही आज़ादी, अपनी ही मुक्त अभिव्यक्ति के सामने तुमने कितने अवरोध खड़े किए हैं, इसमें अंतर हो सकता है, लेकिन ऐसा नहीं हो सकता कि आग बुझ गई हो; और आग यदि है अभी तो उसे भड़ककर फैलते कितनी देर लगेगी?

छोटी सी चिंगारी तत्काल महादाह बन जाएगी। सब जला देगी। वो चिंगारी है, उसका समर्थन करो। उसके सामने झुको, उसके साथ चलो, उसकी सुनो, उसकी उपेक्षा मत करो। उसे प्रेम दो, आदर दो।

जब रोशनी छोटी सी हो जाती है तो अँधेरे की सत्ता हो जाती है। हम सत्ता

के सामने झुकनेवाले लोग हैं। सत्ता के साथ रहने में बड़ी सुविधाएँ हैं। वे सुविधाएँ अगर तुम्हें इतनी ही भा रही होतीं तो तुमने क्यों पूछा होता कि शुभ क्या है और उचित क्या है? फिर तो अँधेरे से जो आराम मिला है, अंधकार से जो सुविधा मिली है, वही शुभ है, वही उचित है।

तुमने उस सत्ता के साथ हो करके देख लिया है. कई बार देखा है। वह ललचाती है, लुभाती है। ज़रा चैन का, आराम का एहसास कराती है और फिर धोखा दे जाती है। धोखे खाने से बाज़ आओ। उन क्षणों को पकड़ लो, जिन क्षणों में तुम्हें आश्वस्ति है कि धोखा नहीं खा रहा हूँ। कह दो मिल गया घर। यही है मंज़िल। अगर यहाँ धोखा नहीं खा रहा तो कहीं और क्यों जाना है?

पकड़ लो वैसे ही जैसे बँदरिया का बच्चा माँ को पकड़े रहता है। वह देख ही नहीं रहा, वह जाँच ही नहीं रहा कि माँ जा कहाँ रही है और कर क्या रही है। उसे बस पकड़ने से मतलब है। माँ जो करती हो, वही शुभ, माँ जहाँ जाती हो, वही उचित। मुझे ये विचार करना ही नहीं है कि मेरा क्या होगा। मेरा जो होता हो, वही उचित, जब तक मैंने पकड़ रखा है माँ को। वह पकड़े रहना बहुत आवश्यक है।

निराशा अपने ऊपर इतनी हावी मत हो जाने दो कि बीच-बीच में प्रकाश के और मुक्ति के जो अवसर आएँ, तुम उनको भी निराशा में अनदेखा कर दो। ये हम करते हैं। हम हथियार ही डाल देते हैं। हम गलत जगह घुटने टेक देते हैं, फिर कोई सहारा भी देने आता है तो हम कहते हैं, "कोई फायदा नहीं, हमारा खेल खत्म हो चुका है। अब सहारा देकर क्या होगा?"

जैसे तुम्हारा पुराना सच्चा, गहरा पर खोया हुआ प्रेमी एक दिन तुमसे मिलने आए और तुम कहो, "अब क्या फायदा? मेरा तो विवाह किसी और से हो गया।" किसी और से तुम्हारा विवाह हो ही नहीं सकता। हुआ है तो झूठा है। इतने भी निराश मत हो जाओ।

मुक्ति का मौका, मुक्ति का पल जब सामने आए तो कोई बहाना मत बनाओ। अपनी स्थितियों का रोना मत रोओ। ये सब बातें छोड़ो कि अब बहुत देर हो गई, अब तो हम बहुत फँस गए। अगर मौका सामने खड़ा है तो देर कैसे हो गई? क्या विक्षिप्तों जैसी बात करते हो। जीवन यदि सामने खड़ा है तो तुम्हारी मौत कैसे हो गई?

तुम डूब रहे हो, किसी ने बचाने के लिए हाथ बढ़ा रखा है और तुम कह रहे हो, "रहने दो अब देर बहुत हो गई।" ये कैसी बात है? तुम यदि कह रहे हो अभी, कुछ

भी, तो अर्थ यही है कि अभी तुममें प्राण शेष हैं और यदि तुममें प्राण शेष हैं तो प्राणों को बचाने के लिए जो हाथ सामने बढ़ा है, उसे थामते क्यों नहीं?

निराशा अश्रद्धा का दूसरा नाम है। श्रद्धा रखो कि मुक्ति तुम्हारा स्वभाव है और तुम्हारी नियति। तो कोई-न-कोई आएगा ही बचाने, भीतर से तुम्हारे प्रेरणा उठेगी ही बचने की। तुम प्रकाशित होना भी चाहोगे और प्रकाशित होने के अवसर भी कहीं-न-कहीं से आएँगे। ये श्रद्धा है कि जो अनिवार्य है, वह तो होगा न।

'अनहोनी होनी नहीं'; यह अनहोनी है कि तुम अपने अपरिहार्य नियति से चूक जाओ, यह होगा नहीं। तो तुम सदा तैयार रहो। आज़ादी का मौका, मुक्ति का मसीहा कभी भी आ सकता है। उसे आना ही है, क्योंकि मुक्ति तुम्हें मिलनी ही है। दुर्भाग्य यह नहीं होगा कि वह आया नहीं, दुर्भाग्य ये होगा कि वह आया और तुमने उसे पहचाना नहीं। तुम अपने ही अवसाद में इतने डूबे बैठे थे कि तुमने मौका जाने दिया।

तैयार रहो, वह कभी भी आ सकता है। हो सकता है, वह मौका प्रस्तुत ही हो, अभी हो, सामने हो। तुम सजग रहो। बार-बार चूके हो, अब मत चूक जाना।

आज़ादी का मौका, मुक्ति का मसीहा कभी भी आ सकता है। उसे आना ही है, क्योंकि मुक्ति तुम्हें मिलनी ही है। दुर्भाग्य यह नहीं होगा कि वह आया नहीं, दुर्भाग्य यह होगा कि वह आया और तुमने उसे पहचाना नहीं।

□

35

मुक्ति क्या? उसके तरीके क्या?

अद्वैत शिविर, बोधस्थल, 2020

वह साधना होती है कि एक बार अब बोल दिया कि मैं शरीर नहीं हूँ, तो अब मैं ज़िंदगी शरीर के तल पर नहीं जीऊँगा, भले ही उसके लिए मुझे कितनी असुविधा उठानी पड़े, कितनी ही क़ीमत अदा करनी पड़े। यह असली साधना है।

प्रश्नकर्ता : आचार्य जी, नमस्कार। अध्यात्म की ये जो पूरी दुनिया है, उसको यदि देखा जाए यूट्यूब पर और यूट्यूब के बाहर और उससे पहले भी, तो हमेशा से वहाँ पर एक भारी प्रभाव रहा है चमत्कारी कहानियों का, गुरुओं के अनुभवों का और बहुत सारी क्रियाओं का, लेकिन दूसरी ओर आपने हमेशा यह कहा है कि संबोधि या मुक्ति किसी प्रकार का अचीवमेंट (प्राप्ति) नहीं है, कोई ऐसी बात नहीं है, जो आप एक समय पर जाकर प्राप्त कर लोगे। वह एक सतत क्रिया है, एक कॉण्टिन्युअस प्रोसेस है, जो हमेशा जीवन भर चलती रहेगी। तो इन दोनों बातों में से सही बात क्या है?

साथ में एक चीज़ और थी कि हमेशा से मुक्ति को एक तरह का प्रोसेस बेस्ड (प्रक्रियागत) चीज़ दिखाई गई है कि आपको कुछ महीनों के लिए ये प्रक्रिया करनी है, आपको व्रत रखने हैं, आपको फलाने आसन में बैठना है, तो यह जितनी भी चीज़ें हैं, इनकी क्या उपयोगिता है?

आचार्य प्रशांत : देखो, क्या ठीक है, क्या नहीं, क्या उपयोगी है, क्या नहीं, यह समझने के लिए यह तो पूछ लो कि मूलभूत समस्या क्या है। जो समस्या है, उसी के समाधान के लिए तो कुछ तरीका लगा रहे होगे न।

हम इस बात पर बहस करना चाहते हैं कि कौन सा तरीका सही है और कौन सा तरीका सही नहीं है, पर वह तरीका हासिल क्या करना चाहता है, इसकी भी तो कुछ बात करनी पड़ेगी न। क्या हासिल करना चाहते हैं हम? इस विधि से, उस विधि से, किसी विधि से, सहजता से, जो भी आप मार्ग या तरीका चुन रहे हैं, उससे आप पाना क्या चाहते हैं? यह जो पूरा क्षेत्र है अध्यात्म का, इसका लक्ष्य क्या है? क्या लक्ष्य है?

प्र. : अकसर देखा यह गया है कि कोई भी व्यक्ति जब अपने निजी जीवन में किसी प्रकार की दुविधा से गुज़र रहा होता है या किसी तरह का दुःख उसे होता है, तो वह कोशिश करता है कि अध्यात्म से शायद उसका कुछ निवारण हो सके और जब वह उस ओर बढ़ता है, तो वहाँ पर फिर इस तरह की प्रक्रियाएँ दी जाती हैं।

आचार्य : तो माने ये पूरी चीज़ आती है आदमी की आंतरिक बेचैनी से, परेशानी से, है न? वह अगर बेचैनी हो ही न, तो फिर तो किसी तरह की आध्यात्मिक क्रिया-प्रक्रिया की कोई ज़रूरत ही नहीं है या बची कोई ज़रूरत? नहीं न! तो ये बात भूलनी नहीं है। ये बात अगर याद है तो आगे की चीज़ें बहुत आसानी से स्पष्ट हो जाएँगी। क्या बात? कि अध्यात्म के पूरे क्षेत्र का लक्ष्य है मन की बेचैनी को शांत करना; मन ही है जिसको शांति चाहिए। अब उसके लिए तुम हज़ार तरह की विधियाँ लगा लो, तुम ग्रहों की पूजा करो, तुम नक्षत्र की बात करो, तुम इधर-उधर की जितनी चाहे, उतनी बात करो, लेकिन ले-देकर जो मामला है, वह तो मन का ही है।

सहमत हो इससे?

तुम यह भी कहो भले कि कोई आसन लगा रहे हो, जिसमें पेट की बड़ी उपयोगिता है या जिसमें जाँघों की जो मांसपेशियाँ हैं, वे खिंचती हैं, तो भी तुम्हारा लक्ष्य क्या पेट और जाँघें हैं? भले ही जब तुम उस प्रक्रिया में लगे हुए हो तो तुम्हारा सारा ध्यान चला गया हो पेट पर और जाँघों पर, और हो सकता है कि जो तुम्हारे शिक्षक हों उस वक्त, जो तुम्हें आसन या क्रिया सिखा रहे हों, वे तुमसे कहें कि ध्यान दीजिए, पेट पर ध्यान दीजिए, अपनी जाँघों पर ध्यान दीजिए या किसी और हिस्से पर या मांसपेशियों पर ध्यान दीजिए। वे बार-बार ये कह रहे हों, लेकिन उस वक्त भी याद क्या रखना है? कि बात पेट की है ही नहीं, बात मांसपेशियों की है ही नहीं, भले ही उस विधि में मांसपेशियों का बड़ा महत्त्वपूर्ण स्थान हो या प्रक्रिया के उस विशेष चरण में आपके पेट की क्या हालत है और इन सब चीज़ों का बड़ा विशेष महत्त्व हो गया

हो, लेकिन लक्ष्य पेट तो नहीं है न, लक्ष्य मांसपेशियाँ तो नहीं हैं न? क्योंकि तकलीफ़ न पेट को है, न मांसपेशियों को है। तकलीफ़ किसको है? मन को है।

तो सारी आध्यात्मिक विधियों का लक्ष्य है एक शांत, प्रकाशित, सुलझा हुआ मन। मन की कौन सी स्थिति है सारे अध्यात्म का अंतिम लक्ष्य? मन की हल्की स्थिति, बहुत तरीके से उसको बताया जा सकता है। कुछ तरीकों का मैं उदाहरण दिए देता हूँ—प्रकाशित स्थिति, जिसमें मन भ्रम में नहीं है, अँधेरे में नहीं है; प्रेमपूर्ण स्थिति, जिसमें मन हिंसा से भरा हुआ नहीं है; सरल स्थिति, जिसमें मन जटिलताओं में उलझा हुआ नहीं है; हल्की स्थिति, जिसमें मन पर तमाम तरीके के विचारों का, अतीत का, भविष्य का बोझ नहीं है। तो ऐसा मन चाहिए होता है, शांत मन, जिसमें चंचलता कम है, जिसमें आवेग कम है। ऐसा मन चाहिए और मन की इस हालत तक पहुँचने के लिए सारी आध्यात्मिक विधियाँ हैं।

अब उनमें से कोई विधि यह भी कह सकती है कि चलो आँखें बंद करके बैठ जाओ। ठीक है? आँखें बंद करके बैठ जाओ। आप आँखें बंद करके भी बैठ जाइए भले, लेकिन आपकी आँखों में तकलीफ़ थोड़े ही थी या आँखों में तकलीफ़ थी? भई! आपकी आँखों में तकलीफ़ हो और आप आँखों के चिकित्सक के पास जाएँ और आपसे वह बोले कि आँखों में फलानी दवाई डाल लो और आधे घंटे के लिए आँखें बंद रखो, तो ये तो एक बात है। यहाँ पर तो प्रक्रिया भी आँखों से संबंधित है और लक्ष्य भी आँखों से संबंधित है। अंतर समझिएगा।

प्रक्रिया भी आँखों से संबंधित है। प्रक्रिया में क्या किया? आँख में दवाई डाली और लक्ष्य भी आँखों से संबंधित है। लक्ष्य क्या है? कि आँख ज़रा ठीक हो जाए, लेकिन जब आप किसी आध्यात्मिक विधि में आँख बंद करके बैठते हैं तो प्रक्रिया भले ही आँख से संबंधित है, लेकिन लक्ष्य का आँख से कोई संबंध नहीं है। लक्ष्य का संबंध किससे है? मन से है।

हम यह बात भूल जाते हैं, हमारे लिए आँख ही सबकुछ हो जाती है। वह लक्ष्य जिसको याद नहीं है, मैं समझता हूँ उसकी आध्यात्मिक तड़प में अभी कोई जान नहीं है। उसको बहुत कुछ हासिल नहीं होगा, क्योंकि कोई भी चीज़ आप पर काम तो तभी कर सकती है न, जब आप बहुत ज़्यादा आतुर हों, आग्रही हों कि ये चीज़ काम करे। नहीं तो एक स्थिति तो आपकी पहले से चल ही रही है, जिसमें आप फँसे हुए हैं और वह स्थिति बिल्कुल जमकर बैठ गई है आपके भीतर। वह स्थिति क्यों

बदलेगी? वह जमी हुई स्थिति है आपके भीतर की। उस स्थिति को बदलने के लिए बड़ा ज़ोर लगाना पड़ता है। उसी को साधना बोलते हैं, उसी को अनुशासन बोलते हैं। समझ रहे हैं बात को?

वैसे ही और भी बहुत विधियाँ हो सकती हैं अध्यात्म की। पर वह जितनी विधियाँ हैं, उन सबका जो आखिरी उद्देश्य है, क्या वह हमें याद रहता है? या कहीं ऐसा तो नहीं कि हम विधि में ही उलझ गए और आखिरी उद्देश्य भुला दिया या भूल गए, हो सकता है जान-बूझकर ही भुला दिया हो। जान-बूझकर अपने खिलाफ़ जाने को ही तो माया कहते हैं न।

पता है भीतर से कि बाहर-बाहर जो कर रहे हैं, वह बाहर-बाहर का ही है, आंतरिक असर उसका कोई हो नहीं रहा, क्योंकि हम चाहते ही नहीं कि आंतरिक असर हो। हम बस यह चाहते हैं कि बाहर-बाहर कार्यक्रम चलता रहे, ताकि हमको यह दिलासा भी बनी रहे कि हम कुछ तो कर ही रहे हैं। हम नैतिक दृष्टि से अपने-आपको बरी भी करते रहें कि "साहब! देखिए, हम अपराधी नहीं हैं। हमने यह करा, हमने वह करा, हमने ऐसा करा, हमने वैसा करा।" और भीतर-ही-भीतर जो अहं है, उस पर कोई चोट भी न पड़े, उसमें कोई परिवर्तन भी न आए, यह हम करते रहते हैं।

तो कोई भी विधि वास्तव में गलत या बुरी नहीं होती और कोई एक विधि हो नहीं सकती। अलग-अलग लोगों के लिए अलग-अलग विधियाँ चाहिए और हर आदमी के लिए अलग-अलग परिस्थितियों में अलग-अलग विधियाँ चाहिए। समझ रहे हो?

हर आदमी के लिए अलग-अलग परिस्थितियों में अलग-अलग विधियाँ चाहिए, क्योंकि मन की शांति तुम्हारा उद्देश्य है। समझो! और मन कोई एक इकाई तो है नहीं, मन ऐसा है जैसे चंचल बच्चा तुम्हारे घर का। ठीक है? तुमको उसको लाकर बिस्तर पर सुलाना है और उसकी चंचलता तुरंत शांत होने नहीं वाली; वह बहुत इधर-उधर भागेगा, ये करेगा, वो करेगा। अब वह चंचल बच्चा छत पर चढ़ गया है, तुम्हें उसे लाकर बिस्तर पर सुलाना है, तो तुम्हें कैसी विधि चाहिए? तुम्हें सीढ़ीवाली विधि चाहिए।

दो घंटे बाद तुम पाते हो कि वह जो चंचल बच्चा है, वह इधर-उधर भी घूम रहा है, तुम आवाज़ भी देते हो 'आ-जा, आ-जा, आ-जा', वह आने को तैयार नहीं है। ठीक है? तुम कहते हो, रात का समय हो रहा है, खाया इसने छह-सात घंटे पहले था, भूखा होगा, तो अब तुम उसको स्वादिष्ट भोजन दिखाकर ललचाते हो, तो यह कौन

सी विधि हो गई? भोजन वाली विधि हो गई।

तो ऐसे ही वह बच्चा है, वह बैठकर टी.वी. देख रहा है। तुम चाहते हो, जाए बिस्तर पर लेटे, सोए, विश्राम पर पहुँचे। यही तो उद्देश्य है न अध्यात्म का कि मन विश्राम में पहुँचे? वह टी.वी. देखने में लगा हुआ है, तो तुम कहते हो, इसे मुझे कुछ ऐसा देना पड़ेगा, जो टी.वी. से भी ज़्यादा आकर्षक हो इसके लिए, तो तुम उसको एक सुंदर गीत सुनाते हो। ये भजनवाली विधि हो गई। तुम कहते हो, तू टी.वी. में गाने ही तो देख रहा था न, मैं तुझे ऐसा गीत सुनाऊँगा, जो टी.वी. के गानों पर भारी पड़ेगा, ऐसी उसमें गहराई, ऐसा सौंदर्य होगा कि तू टी.वी. भूल जाएगा, तो यह भजनवाली विधि हो गई अध्यात्म की और तुम उसे टी.वी. से छुड़ा करके बिस्तर की ओर ले आए। तुम उसके बिस्तर पर बैठ करके गीत गा रहे थे, वो उठकर तुम्हारी ओर आया और तुमने सुला दिया।

तो मन की लगातार अलग-अलग स्थितियाँ हैं और हर स्थिति के लिए अलग विधि चाहिए। कोई विधि अपने आप में गलत नहीं होती है; गलत होती है उस विधि का प्रयोग करनेवाले की नीयत। तुम चाहते भी हो क्या कि तुम विश्राम में पहुँचो या विधियों का इस्तेमाल तुम बस अपने-आपको धोखा देने के लिए कर रहे हो? समझ रहे हो बात को?

और यह भी तो हो सकता है कि कोई विधि तुम पर सफल हो जाए, तुमको बिस्तर तक पहुँचा दे और तुम कहो, बस, विधि का काम पूरा हो गया। विधि का क्या काम था? मुझे बिस्तर तक पहुँचाना। विधि ने तुमको मान लो बिस्तर पर पहुँचाकर सुला भी दिया, इससे ज़्यादा तो बेचारी क्या करेगी? लेकिन तुम फिर उठ बैठे; नींद से उठ बैठने का हक भी तो तुम्हारे पास है ही और फिर तुम इधर-उधर घूमने लग गए और फिर जब तुम इधर-उधर घूमने लग गए तो फिर विधि लगाई गई, ताकि तुम फिर बिस्तर पर आ जाओ। तुमने अच्छा अपने लिए सुरक्षा-चक्र बना लिया कि घूमने के मज़े लूँगा; मन इधर-उधर बहकने के खूब मज़े लेगा, फिर विधि लगाएगा, विधि लगाएगा तो विश्राम में आ जाएगा, विश्राम में सोएगा, उठेगा, फिर इधर-उधर घूमने निकल जाएगा, फिर विधि लगाएगा।

ज़्यादातर जो लोग विधियों का इस्तेमाल करते हैं, वे ऐसे ही हो जाते हैं। वे विधि में और अपने बहके हुए जीवन में एक सामंजस्य बैठा लेते हैं। वे कहते हैं, "बहको, फिर विधि लगाओ, ताकि शांत हो जाओ।" बहकने से अशांति मिलेगी, तो बहको

ताकि अशांत हो जाओ; अशांति के भी तो मज़े है न! अशांति में जो मज़ा आता है, वो लोगों को शांति में कहाँ मिलता है? तो बहको और अशांति के मज़े लो। फिर अशांति जब बहुत बढ़ने लगे, पीड़ा ही देने लगे, तो विधि लगा लो, विधि लगा करके थोड़ा शांत हो जाओ। जब शांति मिल जाए, तो फिर अशांति के लिए तैयार हो जाओ और अशांति के मज़े लो। यह ज़्यादातर लोगों की हालत है, जोकि आध्यात्मिक साधना या विधियों का इस्तेमाल करते हैं। मैं इसलिए उनके विरुद्ध बोलता हूँ।

और जब मैं बोलता हूँ कि सबसे सही विधि है जीवन का ईमानदार अवलोकन, तो उसका मतलब ही यही है। कोई भी चिकित्सक रोगी का इलाज बाद में करता है, रोगी का असली इलाज रोगी स्वयं करता है। रोगी न तैयार हो तो कौन सा चिकित्सक रोगी पर सफल हो पाएगा? बताओ? चिकित्सक तो बस मदद कर सकता है, असली काम तो रोगी को स्वयं करना है और जब शरीर की चिकित्सा होती है, तब तो फिर भी थोड़ी संभावना है कि तुमको बेहोश करके तुम्हारा इलाज करा दिया जाए और कम-से-कम कुछ समय के लिए तुम ठीक हो जाओ, भले ही बेहोशी से फिर जब उठो, तुम फिर अपने-आपको बीमार कर लो; बीमारी में मज़ा आता होगा, लेकिन वहाँ तुम्हें कम-से-कम बेहोश करके तुम्हारा कुछ समय के लिए इलाज रखा जा सकता है। चेतना के इलाज में तो ये भी संभव नहीं है न कि तुम पर बेहोशी डालकर ज़बरदस्ती कर दी जाए, तुम्हारा ज़बरदस्ती इलाज कर दिया जाए। वहाँ तो यह भी संभव नहीं है।

तो जब चेतना के और मन के इलाज की बात आती है, तब तो तुम्हारी नीयत ही सबसे प्रभावी विधि है। मैं बार-बार बोला करता हूँ कि सबसे ईमानदार विधि ईमानदारी स्वयं है। सबसे प्रभावशाली विधि ईमानदारी स्वयं है। उससे ज़्यादा कुछ प्रभावी नहीं है, लेकिन इसका यह मतलब नहीं है कि तुम्हें किसी विधि का इस्तेमाल करने से मैं रोक रहा हूँ। मैं कह रहा हूँ, आप करिए विधियों का इस्तेमाल, लेकिन अपने आपसे पूछते चलिए कि इस विधि का जो उद्देश्य है, मैं उस उद्देश्य के प्रति समर्पित भी हूँ या बस विधि के चक्र में ही फँसा हुआ हूँ; यह विधि, यह क्रिया, यह प्रक्रिया लगाए जा रहा हूँ, लगाए जा रहा हूँ, सोच रहा हूँ कि यही काफ़ी है। बात समझ में आ रही है?

प्र. : अभी जो आपने पूरी बात बताई, उसमें एक चीज़ मेरे खुद के लिए बहुत ज़रूरी थी। आपने कहा कि आपके मन को कभी भी, किसी भी प्रकार की विधि की ज़रूरत हो सकती है। हो सकता है कि कभी आप ध्यान में बैठे हों, हो सकता है कभी आप

ग्रंथों के पास हैं, कभी आप भजन कर रहे हैं।

पर अकसर होता यह है कि कोई भी साधक जब अपना थोड़ा समय किसी एक विधि की तरफ़ लगा देता है, वह साल भर से उसकी प्रैक्टिस (अभ्यास) कर रहा है या डेढ़ साल से कर रहा है, उसको लगने लगता है कि शायद मैं इसी की मात्रा और बढ़ा दूँगा तो शायद वहाँ पहुँच जाऊँगा। उसके मन में शायद वो प्रश्न ही नहीं आता कि हो सकता है कि मुझे दूसरी विधि की अभी ज़रूरत हो, हो सकता है कि अभी मैं ध्यान में बैठा हूँ, शायद मुझे ग्रंथों के पास जाने की ज़रूरत हो और वह अपने बारे में सोचता है कि मैं तो एक योगी हूँ, तो योग में ही आगे जाऊँगा तो शायद मेरा कुछ हो जाएगा।

आचार्य : हाँ, और इससे यही पता चलता है कि उस विधि के साथ उसके अहंकार ने अब एक सामंजस्य बैठा लिया है। अहंकार कह रहा है. "यह विधि बढ़िया है, क्योंकि यह विधि मुझ पर अप्रभावी है।" नहीं समझे?

मैं फलानी विधि का पालन कर रहा हूँ पिछले पाँच साल से और मुझे कोई और विधि बताई जाती है, तो मैं उस विधि के बिल्कुल खिलाफ़ हो जाता हूँ, सुनना ही नहीं चाहता, एकदम उखड़ जाता हूँ। कहता हूँ, "मैं योगी हूँ, योग के अलावा और कोई बात मत करना। या मैं तो तंत्र में यकीन रखता हूँ, उसके अलावा कुछ नहीं सुनना मुझे या भई, मैं तो भक्तिवाला हूँ, ज्ञान की तो मुझसे चर्चा भी मत कर देना।"

इसका मतलब क्या है? इसका मतलब है कि भीतर असुरक्षा है, कुछ है भीतर जो डर गया है बिल्कुल। कौन है जो डर सकता है? अहंकार। वह डर क्यों गया? क्योंकि जो विधि तुम चला रहे हो, वह तुम पर असफल रही है, इसलिए वह खुश है अभी तक। वह डर इसलिए गया कि कहीं कोई दूसरी विधि आकर सफल न हो जाए। ये जो अभी विधि चल रही है, ये असफल रही है।

असफल से अर्थ क्या है? असफल से अर्थ है कि ये तुम्हारे लिए उतनी ही सफल रही है, जितना तुम चाहते हो, उससे ज़्यादा सफल नहीं रही है। अहंकार चाहता है कि उसे ध्यान की विधियाँ मिलें, क्यों? क्योंकि अगर उसे बिल्कुल ध्यान नहीं मिलेगा, तो वह अपनी ही बेचैनी और मूर्खता की आग में जलकर मर जाएगा; निर्वाण हो जाएगा।

तुम अगर किसी के जीवन को सत्य से, बोध से, ध्यान से, ज्ञान से बिल्कुल रहित कर दो, तो उसको तत्काल मुक्ति, मोक्ष, निर्वाण सब मिल जाएँगे, अगर किसी के जीवन में बस झूठा अहंकार बचे, ज़रा भी प्रकाश न हो, तो उसको तुरंत मुक्ति मिल

जानी है, क्योंकि अहंकार इतनी झूठी चीज़ है कि वह अपनी ही आग में जल जाएगा, उसका झूठ उसे ही खा जाएगा; वह बचेगा ही नहीं। तो अहंकार जीवित रहे, चलता रहे, इसके लिए बहुत ज़रूरी होता है कि अहंकार को थोड़ा-बहुत अध्यात्म का सहारा मिलता रहे। तो इसीलिए अहंकार सबसे प्रबल उनका हो जाता है, जो थोड़े-बहुत आध्यात्मिक लोग हैं और हम सभी थोड़े-बहुत आध्यात्मिक हैं।

ऐसा कोई भी नहीं होता, जिसके जीवन में अध्यात्म थोड़ा भी न हो। कुछ मानते हैं कि उनके जीवन में थोड़ा-बहुत अध्यात्म है, कुछ नहीं मानते, पर उनके जीवन में भी होता है, अप्रत्यक्ष तरीकों से होता है। वह थोड़ा सा अध्यात्म तुम्हें इसलिए नहीं चाहिए कि तुमको मुक्ति प्यारी है, वह थोड़ा सा अध्यात्म तुमको इसलिए चाहिए, क्योंकि तुमको अहंकार प्यारा है। बात समझ रहे हो ? वह थोड़ा सा!

भई, मान लो तुम शराब के दीवाने हो। तुम शराब के दीवाने हो, बिल्कुल अहंकार ऐसा ही है, वो शराब का दीवाना है, शराब माने बेहोशी। पर उसे तब भी खाना तो चाहिए न ? अन्न तो उसे तब भी चाहिए। सवाल यह उठता है कि जब यह शराब का दीवाना है तो यह अन्न क्यों खाता है दिन में ? कोई शराबी देखा है, जो दिन में कभी अन्न का सेवन न करे ज़रा भी। उसे अन्न चाहिए, ताकि वह और शराब पी सके। अगर उस पर ये शर्त रख दी जाए कि तू शराबी है, तू सिर्फ़ शराब पीएगा, हफ़्ते भर में उसकी शराब छूट जाएगी।

शराब चलती रहे, इसके लिए ज़रूरी है कि उसे शराब के अलावा भी कुछ मिले। ठीक इसी तरीके से अहंकार चलता रहे, इसके लिए ज़रूरी है कि अहंकार को थोड़ा-थोड़ा अध्यात्म मिलता रहे। लोग शराब भी पीने बैठते हैं तो साथ में थोड़ा नमकीन, मूँगफली और मुर्गा और इस तरह की चीज़ें रख लेते हैं। भई, शराब पीने बैठे हो, तो खाने-पीने की ये चीज़ें क्यों रखीं तुमने और दूसरी चीज़ें क्यों रखी हैं तुमने ? वे दूसरी चीज़ें ज़रूरी है, ताकि शराब चलती रहे, वैसे ही अहंकार के लिए थोड़ा सा अध्यात्म ज़रूरी है, ताकि अहंकार चलता रहे। समझ में आ रही है बात ?

ज़्यादातर लोग ध्यान की, अध्यात्म की जितनी विधियाँ होती हैं, उनका इस्तेमाल ऐसे ही करते हैं, जैसे शराबी शराब के साथ मूँगफली का, चने का और नमकीन का इस्तेमाल करते हैं। थोड़ा सा ले लो, इससे शराब का, अहंकार का स्वाद और बढ़ जाता है। थोड़ा सा अध्यात्म ले लो, उससे अहंकार का बल और जीवन और बढ़ जाता है।

अब ये जो विधियाँ हैं, ये सब आश्रित हैं, तुम्हारी ईमानदारी पर। हर विधि का काम होता है तुमको एक बार बिस्तर तक पहुँचा देना। अभी हम चंचल मन बच्चे की बात कर रहे थे न। अब विधि का काम है, उसने तुमको पहुँचा दिया बिस्तर तक। अब मैंने कहा, बिस्तर से उठने का तो तुम्हारे पास अधिकार बचा ही रहता है। अब सवाल यह है कि अहंकार उस बिस्तर से प्रेम में पड़ा कि नहीं पड़ा। वह तुमको एक नमूना दिया गया है, एक झलक, एक झाँकी दी गई है। देख लो भई, अब यहाँ पर तुम्हारी ईमानदारी को फैसला करना है कि मुझे विधि ने अभी-अभी जो झलक दिखलाई है, मुझे वो सदा के लिए, निरंतरता के साथ स्वीकार है या नहीं या बस तुम्हें झलक से ही संतुष्टि मिल गई?

ज़्यादातर लोगों को बस झाँकी से ही संतुष्टि हो जाती है। उन्हें पूरी चीज़ चाहिए ही नहीं। वे कहते हैं, बस इतना-सा विश्राम दे दो कि इस विश्राम के बाद हम अपने भोग की चर्या को, अपने बेचैन जीवन को, अपनी पागल ऊर्जा को और आगे बढ़ा सकें।

भई, आपको अगर इधर-उधर बहुत दौड़ लगाने का मन है, तो ज़रूरी होता है न कि थोड़ा सा आराम कर लो। उसके बाद फिर इधर-उधर बदहवास दौड़ लगाने में मदद ही मिलती है। तो आप वो आराम इसलिए नहीं कर रहे कि आपको दौड़ से उकताहट या ऊब हो गई है; वह आराम आप इसलिए कर रहे हो, ताकि उस आराम के बाद आप और ज़ोर से दौड़ सको। ज़्यादातर लोग अध्यात्म का इस्तेमाल इसी तरह करते हैं।

और ज़्यादातर गुरु भी यही करते हैं, वह बताएँगे कि देखो, इस तरह की विधि लगाओ तो तुम्हारी सारी मनोकामनाएँ पूरी हो जाएँगी। यह कर लोगे तो तुम जो चाहते हो, वह मिल जाएगा, फलाना पानी पी लो तो तुम्हारी शक्तियों में वृद्धि हो जाएगी। उन शक्तियों से तुम करने क्या वाले हो, इसका फैसला करेगा अहंकार। हाँ, शक्तियाँ बढ़ जाएँगी तुममें, सिद्धियाँ मिल जाएँगी, उन सिद्धियों का करोगे क्या? भूलो नहीं कि उद्देश्य तो मन की तड़प को शांत करना था, तुम सिद्धि के चक्कर में क्या कर रहे हो? उस सिद्धि से तुम्हारे मन की तड़प शांत हो जाएगी क्या? तड़पते सिद्ध कहलाओगे और क्या। सिद्ध हो गए, लेकिन अभी भी तड़प ही रहे हैं भीतर से, तो पाया क्या? समझ में आ रही है बात कुछ?

सब विधियाँ किसी-न-किसी पर सफल ज़रूर होंगी किसी-न-किसी समय।

सब विधियाँ कभी-न-कभी और किसी-न-किसी पर सफल ज़रूर होंगी, लेकिन कोई भी सफलता किसी भी विधि की आखिरी नहीं होती। विधि का काम है, भूलो नहीं, तुम्हें बस झलक दिखला देना, अंततः विधि सफल होगी या नहीं होगी, यह तुम पर निर्भर करता है। तुम्हें झलक दिखला दी गई है एक चीज़ की, तुम कहो कि मुझे जिस चीज़ की झलक दिखाई गई है, अब मुझे उसी के साथ रहना है, मुझे वापस लौटकर नहीं जाना। तुम वापस लौट आओ, विधि तुम्हें रोकेगी नहीं। हाँ, विधि इतना ज़रूर कर देगी कि तुम वापस लौट आओ तो तुम्हें फिर से झलक दिखा देगी, तुम फिर वापस लौट आओ, विधि तुम्हें फिर से झलक दिखा देगी।

तुम रोज़ सुबह बैठो ध्यान में, तुम्हें शांति की झलक मिल जाएगी। तुम रोज़ सुबह ध्यान में बैठने के बाद दुबारा अपने रुग्ण, बेकार, भ्रष्ट धंधों में लग जाओ, विधि थोड़े ही रोकेगी तुमको और उन भ्रष्ट धंधों में लगने के बाद जब मन बिल्कुल काला, कड़वा, दूषित हो जाए, तो तुम शाम को फिर बैठकर ध्यान कर लो, थोड़ी शांति मिल जाएगी और जैसे ही थोड़ी शांति मिली, तुम फिर अपने भ्रष्ट जीवन में डुबकी मार दो, विधि तुम्हें रोकने थोड़े ही आएगी।

विधि तो यह कहती है कि भई, तुमको थोड़ी झलक दिखला दी, अब तुम आगे का जीवन ऐसे जियो कि जिस चीज़ की तुम्हें झलक मिली है, वह तुमसे दूर न हो जाए। तुम्हें शांति का थोड़ा स्वाद चखा दिया, अब तुम आगे के अपने घंटे ऐसे जियो कि शांति से दूर न हो जाओ। तो तुम्हारी ईमानदारी ही आखिरी विधि है। वह ईमानदारी नहीं तो कोई विधि काम नहीं करेगी और वह ईमानदारी है, तो शायद किसी और विधि की ज़रूरत नहीं।

प्र. : आपने पूरा जो एक घटनाक्रम बताया कि कोई व्यक्ति पहले तो कोशिश करता है कि दिन भर में जो वो कर रहा है, वह करता रहे। शाम को आकर या सुबह उठकर अपनी विधि अपनाए और फिर उसके बाद अपने-आपको रीचार्ज कर ले कि दिन भर में फिर से वो काम कर सके, जो वह अभी तक करता आ रहा है।

पर ऐसा भी तो हो सकता है, जैसे कि मैं देख रहा था, आजकल बहुत सारी ऐसी विधियाँ होती हैं, जिसमें बताया जाता है कि आपको बार-बार किसी विशेष वाक्य का या किसी विशेष मंत्र का जाप करना है कि आपको आठ मिनट तक, दस मिनट तक बोलना है कि मैं शरीर नहीं हूँ, मैं मन नहीं हूँ या मुझे बस अच्छे विचार आएँ, बुरी चीज़ें मुझसे दूर रहें, तो ये भी एक तरह का शायद हिप्नोटिज्म

(सम्मोहन) बन सकता है, किसी व्यक्ति के लिए कि वह दिन भर तो जो करता है, करता है, रात को आकर यही बार-बार दोहराता है।

आचार्य : नहीं, अच्छी बात है। मैं खिलाफ़ नहीं हूँ इसके। आप बेशक दोहराइए कि आप शरीर नहीं हैं, आप मन नहीं हैं, कितनी देर तक दोहराएँगे? काश कि आप इसको चौबीस घंटे दोहरा सकते! आप ये सब दोहराएँ और उसके बाद आपने अपने लिए निश्चित कर रखा हो कि आप ऐसे कामों में लग जाएँगे, जिनमें आपको देह बनकर ही लगना है, उसको दोहराने का लाभ क्या हुआ? क्या फायदा है?

आप फिर इस जप को मौका दीजिए न कि वह आपके पूरे जीवन पर छा जाए, आपके सब निर्णयों को संचालित करे। आप ये नहीं कर सकते कि आप विधि का इस्तेमाल करें; आपको विधि को अनुमति देनी होगी कि वह आपका इस्तेमाल करे।

आपकी कपड़े की दुकान है, आप सुबह-सुबह आधे घंटे जप करते हैं, "मैं शरीर नहीं हूँ, मैं शरीर नहीं हूँ, मैं शरीर नहीं हूँ।" लेकिन उस आधे घंटे के बाद आप कह रहे होते हैं, "आइए, आइए भाभीजी, आपकी ही दुकान है। हाँ, ये पहनिए, ये पहनकर तो बिल्कुल आपका रूपकमल खिल उठेगा। क्या लग रही हैं आप! हाँ, भाभीजी और ये वाली···ये ज़रा···ये ट्राई करिएगा।"

तुम अगर शरीर नहीं हो, तो ये जो सामने खड़ी हैं देवीजी, वह भी तो शरीर नहीं हैं न। उनमें तो तुम देह भाव बढ़ा रहे हो, जब उनमें देह भाव बढ़ा रहे हो, तो तुम शरीर कैसे नहीं हुए? बोलो और जो ईमानदारी से ये मानता होगा कि मैं देह नहीं हूँ, वो क्या दूसरों में भी देह भाव बढ़ाना चाहेगा? उसको पता है न फिर कि देह भाव बढ़ने से कष्ट मिलता है। उसी कष्ट की शांति के लिए ही तो तुम बार-बार जप रहे थे न कि मैं शरीर नहीं हूँ, मैं शरीर नहीं हूँ।

अगर शरीर बने रह करके ही मस्ती होती, शांति होती, तो तुम जपते ही क्यों कि मैं शरीर नहीं हूँ? ज़रूर देह भाव में कष्ट निहित है। जब देह भाव में कष्ट निहित है, तो देवीजी में क्यों देह भाव बढ़ा रहे हो? इसलिए बढ़ा रहे हो, क्योंकि तुमने अपने साथ एक मजबूरी बाँध रखी है, क्या? कि मैं तो कपड़े की दुकान चलाता हूँ और मुझे पैसे चाहिए, अब अगर ये तुम्हें जप करना है ईमानदारी से, "मैं मन नहीं, मैं तन नहीं, मैं शरीर नहीं," तो इस कपड़े की दुकान का तुम्हें पुनर्मूल्यांकन करना पड़ेगा। तुम्हें अपने आपसे पूछना पड़ेगा कि "क्या यह जप करते हुए मैं अपने कपड़ों का धंधा वैसे ही चला सकता हूँ, जैसे आजतक चलाया है?"

दुनिया की बड़ी-से-बड़ी इंडस्ट्रीज (उद्योगों) में से है मीट इंडस्ट्री (मांस उद्योग), डेयरी इंडस्ट्री (डेयरी उद्योग)। सुबह-सुबह जप कर रहे हो, "मैं तन नहीं, मैं मन नहीं," उसके बाद जा करके कोई नौकरी कर रहे हो, जिसका अंतिम परिणाम ये होगा कि जानवर काटे जाएँगे, तुम्हारी कंपनी काम ही उसी क्षेत्र में करती है। जो तन नहीं, क्या वो तन की प्यास को बुझाने के लिए किसी और के तन को काटेगा? तो कीमत अदा करनी पड़ती है न। विधियों से काम कैसे चलेगा, अगर तुमने कीमत नहीं अदा करी।

'साधना' शब्द का बड़ा दुरुपयोग हो गया है भाई। हम सोचते हैं कि साधना का मतलब है कि कहीं बैठ गए, कोई माला फेर ली, कोई क्रिया कर ली और बहुत सारे गुरु लोग हैं, जो साधना शब्द का इस्तेमाल ही इस तरह से करते हैं। वे पूछेंगे, "सो हाऊ इज योर साधना गोइंग?" (तो आपकी साधना कैसी चल रही है?) उनका मतलब ये होगा कि सुबह आधे घंटे वाला ठीक से कर रहे हो कि नहीं कर रहे हो? या पाँच सौ बार फलाना नाम जपना था, पाँच सौ बार जपा कि नहीं जपा? साधना ये नहीं होती।

साधना का मतलब होता है कि जीवन के तल पर कीमत अदा करना। वह साधना होती है कि एक बार अब बोल दिया कि मैं शरीर नहीं हूँ, तो अब मैं ज़िंदगी शरीर के तल पर नहीं जिऊँगा, भले ही उसके लिए मुझे कितनी असुविधा उठानी पड़े, कितनी ही कीमत अदा करनी पड़े। यह असली साधना है। उस साधना का कोई नाम नहीं लेना चाहता, क्योंकि वहाँ पर असुविधा हो जाएगी, वहाँ पर हमारे स्वार्थों पर चोट पड़ेगी। जब तक स्वार्थों की रक्षा कर रहे हो, तब तक समाधि की बात क्यों? बात समझ में आ रही है?

प्र. : आपकी बात को जितना सुन रहा हूँ, उससे बार-बार मुझे यह लग रहा है कि शायद इस वक्त या सामान्य तौर पर किसी भी समय में जो विधि सबसे ज़्यादा लोकप्रिय होती जा रही है, शायद वह विधि वही है, जो अहंकार पर सबसे कम काम कर पा रही है।

आचार्य : शराब के साथ की मूँगफली।

प्र. : पर इसके साथ मैं अगर दूसरी ओर एक ऐसे व्यक्ति को देखता हूँ, जिसने अध्यात्म की ओर बिल्कुल अभी थोड़ा अपना रुझान दिखाना शुरू किया है, तो उसके लिए तो बड़ी अजीब परिस्थिति है, क्योंकि इस वक्त जो दुनिया में सबसे लोकप्रिय

चीज़ें हैं, वो शायद हो सकता है कि उतनी कारगर न हों जितनी होनी चाहिए। पर क्योंकि उसने अपने जीवन में हमेशा, कपड़ा कैसे खरीदना है, फोन कैसे खरीदना है, हर चीज़ का निर्णय हमेशा इसी तरह से किया है कि लोकप्रिय ज़्यादा क्या है। किसके लिए ज़्यादा लोग कह रहे हैं कि हाँ, यह अच्छा है, तुम भी करो। तो वह अपने-आपको उसी ओर बढ़ता हुआ पाता है और बहुत बार फिर ये भी होता है कि उनके फिर कभी-कभार मैंने देखा है कि आपके यूट्यूब वीडियो पर कॉमेंट्स (टिप्पणियाँ) आते हैं कि इतने सारे लोग कहते हैं कि यह विधि काम करती है, फिर आप कैसे कह रहे हैं नहीं करती?

आचार्य : जो लोग कहते हैं कि यह विधि काम करती है, वह खुद प्रमाण हैं कि वो विधि काम नहीं करती है! (हँसते हुए) एक बहुत मोटा आदमी आकर बोले कि वज़न घटाने का फलाना तरीका काम करता है, तो तुम तुरंत लिख लो। "हाँ, बताओ कौन सा तरीका है? बताना।" पूरा विस्तार में लिख लो तरीका। लिख लो और उसके नीचे लिख लो, "यह तरीका कभी नहीं इस्तेमाल करना है।"

तुम उस आदमी को तो देखो, जो उस तरीके की वकालत कर रहा है। तो जो लोग कह रहे हैं, "फलानी विधि ने मुझ पर काम किया," लोलू, झूठा, तुझ पर काम किया होता, तो तू ऐसा होता? लेकिन विधि ने काम नहीं किया, फिर भी तू बहुत उत्सुक है, मुझे भी यह जताने में कि विधि ने काम किया है, इसका साफ़ मतलब है कि तू उस विधि का इस्तेमाल अपने मज़े के लिए कर रहा है। तू इतना खुश है उस विधि से कि तू दूसरों को भी उसी विधि की ओर लाना चाहता है। इस विधि के साथ तूने बिल्कुल समझौता कर लिया है, ये विधि अब तेरे काम आ रही है। काम ऐसे नहीं आ रही है कि तुझे अहंकार से आज़ादी दिला रही है, काम ऐसे आ रही है कि तेरे अहंकार को और पोषित कर रही है। तभी तो तू सबको बताता फिर रहा है, "ऐसे करो, ऐसे करो, बहुत अच्छा रहेगा।"

समझना। अच्छे से देखो। फिर से मूलभूत बात समझो। इससे बिल्कुल भ्रम हटाने में मदद मिलेगी।

एकदम मत भूला करो कि अध्यात्म की ज़रूरत ही क्यों है। मत भूला करो, बिल्कुल मत भूला करो। कपड़ा थोड़े ही है अध्यात्म कि नहीं पहनोगे तो ठंड लग जाएगी या चोट लगेगी इधर-उधर। खाना भी नहीं है अध्यात्म कि नहीं खाओगे तो भूख लगेगी। ज्ञान भी नहीं है अध्यात्म कि नहीं पता होगा तो दुनिया ही नहीं समझ

में आएगी कि बीज से पेड़ कैसे आ गया, पेड़ पर फल कैसे आ गया, कार कैसे चलती है, मोबाइल फोन कैसे चलता है, समझ में ही नहीं आएगा। यह सब तो नहीं है अध्यात्म। अध्यात्म की ज़रूरत क्या है भई? उसके बिना भी तो मज़े में काम चल सकता है न? क्यों जाएँ अध्यात्म की ओर? फैशन है, क्या है?

अध्यात्म की ओर इसलिए जाना होता है, क्योंकि हमारी ज़िंदगी में वो नहीं है, वो जिसको कभी तरलता कहते हैं, कभी माधुर्य, मिठास। वह नहीं है, जिसे जीवन का पानी कहा जाता है, जिसे कभी जीवन का नमक कहा जाता है—एक सहजता, एक शांति, सहज अपनापन, सत्यनिष्ठा, निर्भयता। वह नहीं है, इसलिए जाना है न अध्यात्म की ओर? अध्यात्म की ओर इसलिए थोड़े ही जाना है कि देवी-देवता मिल जाएँगे, स्वर्ग मिल जाएगा, ये हो जाएगा, वो हो जाएगा; क्या बातें कर रहे हो?

इस बात पर अच्छे से एकमत हो जाओ, बिल्कुल ठहर जाओ इस बात पर कि अध्यात्म की ज़रूरत इसलिए है ताकि दिमाग को शांति मिले, दिल को चैन मिले, ये जो ज़िंदगी में कड़वाहट घुली रहती है, यह हटे। यह लक्ष्य है अध्यात्म का। ठीक है न?

अब तुम देखो कि जो लोग आध्यात्मिक हैं, उनके जीवन में ये सब बातें आयी हैं क्या? अगर आयी हैं, तो फिर वे तुम्हें जो भी सलाह वगैरह दे रहे हैं, थोड़ा उनको सुनना। नहीं आयी हैं, तो मत सुनना। इस तरह के जुमले आएँगे तुम्हारे सामने, आध्यात्मिक यात्रा, आध्यात्मिक विकास, लोग कहते हैं न, 'माई स्पिरिचुअल जर्नी' (मेरी आध्यात्मिक यात्रा), 'माई स्पिरिचुअल डवलपमेंट' (मेरा आध्यात्मिक विकास), इसका अर्थ क्या है? 'स्पिरिचुअल डवलपमेंट' माने क्या? डवलपमेंट ऑफ अ सिटी (एक शहर का विकास) होता है कि वहाँ पर इमारतें खड़ी हो गईं, सड़कें आ गईं, पार्क आ गए। ठीक है। ये सब। 'स्पिरिचुअल डवलपमेंट' क्या होता है? स्पिरिचुअल डवलपमेंट का मतलब है कि अब तुम सच्चे आदमी हो कि नहीं हो या अभी भी झूठे, धोखेबाज और क्रूर आदमी ही हो। ये होता है आध्यात्मिक विकास। समझ में आ रही है बात?

क्या तुम पर भरोसा किया जा सकता है? नहीं किया जा सकता, तो आध्यात्मिक विकास नहीं हुआ। क्या तुम अभी भी किसी को कष्ट पाता देख करके चुप रह जाते हो? जहाँ सच और झूठ की बात हो रही होती है, तुम अभी भी वहाँ निष्पक्ष रह जाते हो, तो अभी तुम्हारा आध्यात्मिक विकास नहीं हुआ। आध्यात्मिक विकास यही है कि

इंसान एक पूरा इंसान बन पाए और कोई 'मंबो-जंबो' नहीं। ऐसा नहीं कि इधर-उधर तुम्हारे फूल खिलने लगेंगे।

आध्यात्मिक विकास का मतलब यही है कि आदमी एक पूरा आदमी बन पाए, बस यही है आध्यात्मिक विकास कुल मिला करके, कोई इसमें जटिलता नहीं है। तो जब कोई 'अध्यात्म-अध्यात्म' बहुत ज़्यादा करे तो देखो कि इसके जीवन में ये सब हैं क्या? सत्य, करुणा, प्रेम, अहिंसा अगर हैं, तो उसकी बात सुनने लायक है और पाओ कि यह आदमी अभी धोखेबाज़ है, मक्कार है, झूठा है, यह तो खुद अपने ही डरों और असुरक्षाओं में फँसा हुआ है, इसे तो खुद अभी ताकत की प्यास है, इसका तो मन अभी कुटिलता छोड़ ही नहीं पा रहा, तो कौन सी अभी उसकी आध्यात्मिक उन्नति हुई है? कोई आध्यात्मिक उन्नति नहीं हुई है, फिर उसकी बात सुनने से कोई मतलब नहीं, भले ही वह कितनी ही लंबी-चौड़ी विधियाँ क्यों न बता रहा हो।

तुम्हारे सामने एक गुरुजी बैठे हैं, मान लो मैं ही हूँ और बड़ी लंबी-चौड़ी बातें, ऐसी विधि बताई, वैसी विधि बताई और क्या विधि बताई! यह कर लो, वो कर लो, यह खाओ, यह न खाओ, फिर शरीर को ऐसे करो, फिर साँस को ऐसे करो, फिर यह करो, फिर वह करो। तुम देखो कि जो तुमको ये बातें बता रहा है, वह सरलमना है क्या? शांत, सरल मन का है वह क्या? नहीं है, तो ये विधियाँ उसके अहंकार का ही विस्तार है।

विधि उपकरण है, हर उपकरण के पीछे, हर करण के पीछे—करण माने माध्यम—एक कर्ता होता है, उस कर्ता को नहीं भूलना चाहिए। अपने ऊपर जब तुम विधि लगाते हो तो कर्ता तुम हो, इसीलिए मैं कह रहा हूँ, तुम्हारी ईमानदारी ज़रूरी है। जब तुम किसी दूसरे से कोई विधि सुनो, तो सुनानेवाला कर्ता वह व्यक्ति है। उस व्यक्ति का जीवन तो देखो पहले, उसकी आँखें तो देखो। उसकी आँखों में अभी तुम्हें निर्मलता दिख रही है क्या? निर्दोष हैं उसकी आँखें या उसकी आँखों में तुम्हें हिंसा, क्रूरता दिख रही है, चालाकी दिख रही है? दिख रही है, तो क्यों सुनोगे कोई विधि? और याद रखना, इसमें विधि की कोई गलती नहीं है। मैं कह रहा हूँ, हर विधि कभी-न-कभी किसी-न-किसी पर उपयोगी हो सकती है। विधि की कोई गलती नहीं, हर विधि कभी-न-कभी उपयोगी है।

प्र. : आचार्य जी, जितनी भी बात आपने बताई, उसके मूल में यही था कि अध्यात्म का उद्देश्य तो मन को शांत करना है, सरल करना है। आज का जो

अध्यात्म है उसका उद्देश्य मन की शांति और सरलता नहीं, बल्कि कुछ और ही है और क्योंकि उद्देश्य बदल चुका है, तो विधियाँ भी बदल गई हैं। तो इस विषय में आप क्या कहना चाहेंगे, जो नई विधियाँ निकल रही हैं ?

आचार्य : देखो, मन के साथ कुछ भी करने का एक ही उद्देश्य हो सकता है—मन को बढ़िया करना, मन को बेहतर करना, बाकी आप जो कुछ भी करना चाहते हो, वह मन के क्षेत्र में आएगा ही नहीं या मन के क्षेत्र में आएगा भी तो वह ऐसे आएगा कि वह मन को और संस्कारित करेगा, कंडीशंड करेगा; या फिर वह आएगा तन के क्षेत्र में या आएगा वह संसार के क्षेत्र में। आप जो कुछ भी करना चाहते हो, अगर वह मन के क्षेत्र में है तो उसका एक ही सही लक्ष्य हो सकता है कि वह मन को शांत, सरल करे।

मन के साथ आप कुछ कर रहे हो, तो उसका एक दूसरा और गलत उद्देश्य हो सकता है कि आप मन को और ज़्यादा कुटिल और संस्कारित बनाना चाहते हो। एक तो ये हो सकता है कि आप जो कुछ कर रहे हो, वो इसलिए ताकि मन और ज़्यादा कुटिल हो जाए और ज़्यादा कंडीशंड हो जाए। या ये हो सकता है कि आप अध्यात्म के नाम पर मन के क्षेत्र पर कुछ कर ही न रहे हो, तन के क्षेत्र में कुछ कर रहे हो। कह तो रहे हो कि मैं आध्यात्मिक आदमी हूँ और काम सिर्फ़ तन पर कर रहे हो या ये हो सकता है कि आप सिर्फ़ न मन पर काम कर रहे हो, न तन पर काम कर रहे हो, आप बस संसार को प्रभावित करने के लिए काम कर रहे हो। बात समझ रहे हो ?

उदाहरण के लिए, अध्यात्म के नाम पर आप अगर और ज़्यादा कट्टरपंथी हुए जा रहे हो और कहते हो, "मैं तो आध्यात्मिक आदमी हूँ," और नारा लगाते हो। इस तरह के भी बहुत आध्यात्मिक लोग मिलेंगे न। ये खूब छा रहे हैं आजकल मीडिया में और सोशल मीडिया में। ये अपने-आपको आध्यात्मिक या धार्मिक बोलते हैं और अध्यात्म और धर्म के नाम पर इन्होंने अपना मन भी खराब कर रखा है, दूसरों का मन भी खराब करते हैं; तो ये काम तो मन के क्षेत्र में ही कर रहे हैं, पर ये मन को साफ़ करने का काम नहीं कर रहे, ये मन को खराब करने का काम कर रहे हैं।

अध्यात्म है मन को साफ़ करने का काम।

ये बिल्कुल मन पर ही काम कर रहे हैं, यह जो बेकार वाला धार्मिक संस्करण है, यह भी मन पर ही काम करता है कि आप कोई चीज़ पढ़ रहे हो, सुन रहे हो, लेक्चर्स (व्याख्यान) दिए जा रहे हैं, तकरीरें हो रही हैं, जहाँ आतंकवादी तैयार हो

रहे हैं, इस तरह के काम चल रहे हैं और इस तरह का साहित्य लिखा जा रहा है, छोटी-छोटी किताबें और पैंफलेट लिखे जा रहे हैं, जिससे लोगों के मन में नफ़रत फैले या सोशल मीडिया पर धर्म के नाम पर पोस्टिंग्स की जा रही हैं, जिससे समाज और ज़्यादा विभाजित हो जाए, झूठ फैलाया जाए; मन खराब किया जाए, तो यह हो सकता है।

या यह हो सकता है कि आप अध्यात्म के नाम पर सिर्फ़ तन पर काम कर रहे हो, जैसे कि जिसको आजकल आप लोग 'योग' बोलते हो, जिसमें मन की सुध ही नहीं ली जाती, बस तन पर काम किया जाता है और वहाँ खुला उद्देश्य भी यही होता है कि यह करो, इससे वज़न कम हो जाएगा और ज़्यादा तुम शारीरिक रूप से आकर्षक लगोगे। कुछ तो खुलेआम कहते हैं कि 'योग इज सेक्सी'। तो उनका तो यह घोषित उद्देश्य भी नहीं है कि वे मन बेहतर करना चाहते हैं, उन्होंने तो खुलेआम घोषणा कर रखी है कि हमें तो तन पर ही काम करना है और यही उनका अध्यात्म है कि तन और ज़्यादा आकर्षक बना लूँ और फिर वे योग की मुद्राओं में और आसनों में, अपना फोटोशूट कराते हैं। एक टाँग ऊपर उठा रखी है, यह सब कर रखा है।

वे सब बड़े शांत और शुद्ध तरीके से रचे हुए आसन थे, जिनका दुरुपयोग किया जा रहा है। उनका दुरुपयोग कई बार तो इस हद तक किया जाता है कि वो फोटोशूट है ही इसलिए, ताकि दर्शकों में कामोत्तेजना बढ़ाई जा सके। आप योग के आसन के नाम पर अपनी इस तरह की फोटो खिंचवा रहे हैं और छाप रहे हैं कि इसको जो भी देखेगा, काम की उत्तेजना बढ़ जाएगी। तो यह तनवाला अध्यात्म है।

झूठे अध्यात्म समझ रहे हो न। एक हुआ झूठे मनवाला अध्यात्म, जहाँ तुम्हें कुछ ऐसी बातें बताई जा रही हैं, जो तुम्हारे मन को बिल्कुल गंदा कर देंगी, जैसे कि तुम्हें यह बता दिया गया कि तमाम तरह की एनर्जीज (ऊर्जा) होती हैं, जो तुम्हारे शरीर से बाहर फैलती रहती हैं। अब यह बात मन के तल पर ही की गई है, इसका वास्तव में शरीर से कोई संबंध नहीं, लेकिन इस बात ने तुम्हारे मन में जगह बना ली और तुम्हारे मन को खराब कर दिया; तुम भूल ही गए कि अध्यात्म का उद्देश्य था मन की सफ़ाई। तुम अब इस चक्कर में लग गए के अच्छा, तो मुझसे एनर्जीज निकल रही हैं और ये हो रहा है, वो हो रहा है।

या तुम्हारे मन में दुनिया को लेकर कोई दो-चार झूठी बातें डाल दी गईं कि ऐसा होता है, वैसा होता है, प्रेतात्माएँ भटकती हैं और मुरदे ऐसे चलाए जा सकते हैं, आदमी

हवा में ऐसे उड़ाया जा सकता है, इस तरह की बातें डाल दी गईं। मन को गंदा किया गया।

अध्यात्म का काम था मन को साफ़ करना, मन को और गंदा कर दिया गया। दूसरा मैंने कहा, तनवाला अध्यात्म, जिसमें मन की बात ही नहीं, सारा काम तन पर है और तीसरा होता है एक, समाज वाला अध्यात्म। समाज वाला अध्यात्म क्या होता है? वो यह होता है कि खूब घोषणा करो कि मुझे फलानी सिद्धि मिल गई है या मुझे फलाने तरीके का मुक्ति, मोक्ष, निर्वाण, प्रबोधन कुछ हो गया है; इसका ताल्लुक न तुम्हारे मन से है, न तन से है, इसका ताल्लुक बस दूसरों को प्रभावित करने से है, ताकि दूसरों में धाक जम जाए और उससे मेरी दुकान चल जाए। खूब बताओ।

बहुत घूम रहे हैं। एन्लाइटनमेंट इज द न्यू फैड (मोक्ष एक नया फैशन है)।

लोग कह रहे हैं कि जब इतना आसान है एन्लाइटेंड (प्रबुद्ध) होना कि मुर्गी मारने और अंडे बेचनेवाले भी एक झटके में एन्लाइटेंड हो जाते हैं, तो हम क्यों नहीं हो सकते? हर मोहल्ले से एन्लाइटेंड लोग निकल रहे हैं। दुनिया जितनी नरक होती जा रही है, एन्लाइटेंड लोग उतना ही बढ़ते जा रहे हैं। ये बात नहीं समझ में आती! दुनिया की जितनी आज बुरी हालत है, उतनी कभी नहीं थी और हर मोहल्ले में एन्लाइटेंड लोग घूम रहे हैं।

और उनको पूरा विश्वास है, पूरा कॉन्फिडेंस, कहते हैं, "हैं न हम।"

कहते, "तुम्हें कैसे पता तुम हो?"

बोले, "हमारे गुरुजी ने बताया।"

पूछा, "तुम्हें गुरुजी की बात पर कैसे भरोसा?"

बोले, "गुरुजी एन्लाइटेंड हैं।"

"यह तुम्हें कैसे भरोसा?"

बोले, "उन्होंने खुद बोला है।"

तो यह जो स्वघोषित एन्लाइटेनमेंट का खेल चल रहा है कि कोई भी आता है और अपनी कहानी सुना जाता है, "मेरा ऐसा हुआ, मेरा वैसा हुआ। मैं जा रहा था, जा रहा था, मैंने कुएँ में झाँककर देखा तो मुझे अपना मुँह नहीं दिखाई दिया तो मैं समझ गया कि मैं एन्लाइटेंड हूँ।"

तीन चीज़ें बहुत तेज़ी से बढ़ रही हैं समाज में, एक तो नरक, जिसका प्रमाण है मानसिक विक्षिप्तता, बीमारियाँ और जिसका प्रमाण है दुनिया भर में प्रकृति, पर्यावरण

के साथ जो बदतमीज़ियाँ हो रही हैं। पिछले पचास सल में सत्तर प्रतिशत से ज़्यादा जीव-जंतु, पेड़-पौधे जो इस दुनिया में थे, हमने उनको खत्म कर दिया। जानते हो इस बात को? तुम इस बात को अपने भीतर थोड़ा बैठने दो। पिछले पचास साल में ही दुनिया से हमने सत्तर प्रतिशत जीवों का सफ़ाया कर दिया है। हम ऐसे भयानक नरक काल में जी रहे हैं, एक यह चीज़। दूसरी चीज़ कि जिसको देखो, वही एन्लाइटेंड हुआ जा रहा है और तीसरी चीज़, नशा बहुत बढ़ रहा है।

मुझे खासतौर पर दूसरी और तीसरी चीज़ में बड़ा गहरा संबंध दिखाई देता है। गाँजे, धतूरे, अफीम, कोकीन के इस्तेमाल का बढ़ना और लोगों को यह लगना कि वो एन्लाइटेंड हैं, इन दोनों में बहुत गहरा संबंध है आपस में। जो भी ज़्यादा धतूरा मार लेता है, उसी को लगने लगता है कि मैं एन्लाइटेंड हूँ, मेरा सूक्ष्म शरीर मेरे स्थूल शरीर से बाहर निकलकर घूम रहा है। ये एन्लाइटेनमेंट का नहीं, नशे का लक्षण है या फिर बहुत गहरे झूठ और कपट और कुटिलता का लक्षण है; या तो आप नशे में हो या फिर आप ज़बरदस्त रूप से कुटिल आदमी हो। तो यह सब चल रहा है अध्यात्म के नाम पर।

इस पूरे खेल में—मनवाला अध्यात्म, समाजवाला अध्यात्म, तनवाला अध्यात्म—इस पूरे खेल में सत्य और आत्मा कहीं नहीं है। जो वास्तविक अध्यात्म, जो असली चीज़ है कि मन को आत्मा की ओर ले जाना है, मन को सफ़ाई की ओर ले जाना है, मन को सरलता, शांति, हलकेपन की ओर ले जाना है, वह अध्यात्म तो गायब ही हो गया।

प्र. : आचार्य जी, पूरी चर्चा की शुरुआत में आपने एक बात कही थी कि अध्यात्म की जो पूरी कोशिश है, वो यह है कि व्यक्ति के मन को शांति की ओर लेकर जाए। पर जब आसपास में आज की दुनिया को देखा जाता है तो आम आदमी शांति तो नहीं चाहता, वह खुशी चाहता है और खुशी को प्राप्त करने का एक बहुत बड़ा माध्यम आजकल अध्यात्म बन गया है, क्योंकि सारी आध्यात्मिक विधियाँ मैंने देखी हैं, अकसर शांति वगैरह की तो बाद में बात करती हैं, पहले वे प्रसन्नता और खुशी की बात करती हैं। तो आम आदमी को शांति चाहिए भी?

आचार्य : नहीं चाहिए न! ये काम गुरु का होता है उसे बताना कि तुम माँग रहे हो खुशी, लेकिन तुम्हें चाहिए है शांति। यह काम गुरु का होता है।

इस युग की सबसे बड़ी त्रासदी ये है कि गुरु भ्रष्ट हैं और इस युग की सबसे बड़ी त्रासदी यह है कि गुरु और व्यापारी और राजनेता, इन तीनों में साँठ-गाँठ हो गई

है। ऐसा पहले कम हुआ था। धर्म और राजनीति तो अतीत में भी हुआ है कि आपस में गुँथ गए थे, इन्होंने आपस में एक भ्रष्ट समझौता कर लिया था, पर अभी जो नई चीज़ हुई है, वो यह है कि गुरु में, बाज़ार में और राजनीति में एक त्रिपक्षीय समझौता हो गया है—ये तीनों अभी एक हैं।

बाज़ार भी चाहती है कि तुम शांति नहीं, खुशी माँगो। राजनेता भी चाहता है कि तुम झूठों में और उत्तेजना में जियो। उसका तो काम ही है उन्माद भड़काना। देखते नहीं हो राजनेता कितना उन्माद भड़काते हैं? जितने दंगे राजनेता करवाते हैं, उतने और कौन करवाता है? दंगों से किसी को नुकसान होता हो तो हो, नेताओं को ज़रूर फायदा होता है।

बाज़ार चाहता है कि तुम खुशी की तलाश में रहो, राजनीति चाहती है कि तुम सच और शांति से दूर रहो और गुरु जब तुमको शांति और सच देने की जगह खुशी देने लग जाए तो समझ लो कि गुरु भी बाज़ार का और राजनीति का एजेंट हो गया।

जहाँ तुम पाओ कि गुरु भी 'हैप्पीनेस' शब्द का इस्तेमाल कर रहा है, वहाँ समझ लेना कि बड़ा भारी घपला है, बड़ा ज़बरदस्त घपला है, क्योंकि यही हैप्पीनेस तो मॉल भी बेच रहा है न, शॉपिंग मॉल। जहाँ तुम पाओ कि गुरु बाँटने का काम कर रहा है, एक पक्ष को दूसरे पक्ष के खिलाफ़ खड़ा करने का काम कर रहा है, तो तुम समझ लेना कि ये गुरु अब राजनेता का गुलाम है या इसने राजनेता के साथ करार कर रखा है, क्योंकि बाँटने का काम तो राजनीति का था, यह गुरु कैसे करने लग गया? यह गुरु नहीं है, यह गुरु की खाल में कुछ और है।

हमेशा ऐसा रहा है कि अध्यात्म बाज़ार को थोड़ा संतुलित करके रखता था, बाज़ार को उसकी सीमाओं में रखता था। बाज़ार से मतलब है मेरा भोग की वृत्ति, आदमी की भोग की वृत्ति। ठीक है न?

आदमी तो चाहता ही है कि बाज़ार की चीज़ें, वस्तुओं का और ज़्यादा भोग करता रहे, करता रहे। अध्यात्म का काम होता था, आदमी की भोग वृत्ति को अंकुश देकर रखना। पर जब तुम पाओ कि गुरु खुद भोग का एक चलता-फिरता विज्ञापन है, तो समझ लो कि ये गुरु नहीं है, यह तो शॉपिंग मॉल का ही एक व्यापारी है। बाज़ार तो चाहती ही है कि तुम भूले रहो कि तुम वास्तव में कौन हो, बाज़ार तो चाहती ही है कि तुम अपने-आपको तन समझो और मन समझो, क्योंकि तन और मन से संबंधित चीज़ें ही बेची जा सकती हैं।

तुमने अगर जान लिया कि तुम पूर्ण हो, प्रकाश हो, सत्य हो, आत्मा हो, तो तुम्हें क्या बेचा जाएगा ? तुम खरीदोगे क्या ? बाज़ार तो चाहता ही है न कि तुममें देह भाव रहे, तुममें पचास तरीके की हीनताओं का भाव रहे।

गुरु का काम था तुम्हारे भीतर से इन सब हीनताओं को हटाकर रखना, गुरु का काम था तुमको बाज़ार से थोड़ा बचाकर रखना। गुरु खुद बाज़ारू हो गया हो, गुरु खुद कपड़ों का और कारों का और बाइकों का और हेलिकॉप्टर्स का और भोग का चलता-फिरता विज्ञापन हो, तो क्या करोगे ?

मैं आम आदमी को बहुत दोष देता हूँ, पर फिर यह भी सोचता हूँ और कितना दोष दूँ ? क्योंकि वह बेचारा तो आम आदमी ही है न। वह नहीं जानता वास्तव में कि खुशी से शांति नहीं मिलती, तो वह खुशी के पीछे-पीछे भागता है। कोई चाहिए उसको ये बताने के लिए कि खुशी से तुझे वो नहीं मिलेगा, जो तू वास्तव में चाहता है और जिस पर दारोमदार था, उत्तरदायित्व था ये बताने का आम आदमी को, उसने ये बताने की जगह बिल्कुल उलटी सीख दे दी। अब क्या करेगा आम आदमी ?

लेकिन फिर मैं ये भी कहता हूँ कि कष्ट जिसको है, कष्ट से बचने की ज़िम्मेदारी भी उसी की है। तो चलो भाई, गुरु महाराज पाखंडी थे, उन्होंने तुमको झूठ-झूठ बता दिया, फालतू बातें सिखा दीं, लेकिन उन फ़ालतू बातों का कष्ट तो तुम्हीं झेल रहे हो न ? एक बार, दो बार किसी ने तुमको मूर्ख बना दिया, अब तो चेत जाओ ! अगर तुम मूर्ख बने ही जा रहे हो, बने ही जा रहे हो, तो फिर तो ज़िम्मेदारी तुम्हारी है।

प्र. : लेकिन कहीं-न-कहीं आज के समय में आम आदमी के मन में यह बात बहुत गहरी बैठ गई है कि शायद बिना आसन जमाए, बिना कुछ ऐसा करे कि कुछ मंत्र का जाप करें या कुछ भी करें, बिना इसके बात नहीं बनेगी। कई बार होता है कि लोग बोलते हैं कि आचार्य जी, बात तो अच्छी कर रहे हैं, पर सिर्फ़ बात से क्या होगा ?

आचार्य : नहीं, सिर्फ़ बात से कुछ नहीं होगा, तुम्हें बता दिया गया एक बार कि तुम्हारा नाम क्या है, अब ये बात तुम्हारे भीतर बैठ जानी चाहिए न या कुछ करके दिखाएँ तुमको ? यह कैसी बात है कि सिर्फ़ बात से क्या होगा ? यह जो तुमने पूरी अपनी शिक्षा ली है, उस शिक्षा में तुम्हें बातें ही तो बताई गई थीं। न लेते शिक्षा कि सिर्फ़ बात से क्या होगा ? इतिहास की पूरी पढ़ाई तुमने करी होगी, उसमें कुछ प्रयोग तो होते नहीं, कोई नुमाइशें भी नहीं होतीं, बातें ही होती हैं; कह दो, इन बातों से क्या होगा ? फिर तो साहित्य भी नहीं रचा जाएगा, उसमें बातें-ही-बातें हैं; बातों से क्या होगा ?

बात का मतलब क्या होता है ? बात की परिभाषा क्या है ? बात का मतलब होता है कि तुम्हारे मन को कुछ आपूर्ति दी जा रही है, तुम्हारे मन में कोई सामग्री पहुँचाई जा रही है, उसको बोलते हैं बात।

वह जो चीज़ है, जो मन को पहुँचाई जा रही है, वो मन को साफ़ भी कर सकती है, मन को गंदा भी कर सकती है। अगर वह मन को साफ़ कर रही है, तो काम हो गया न, बात ने अपना काम कर दिया। ये क्या मूर्खता है कि बातों से क्या होगा ? बातों से नहीं होगा तो किससे होगा ? छलाँग मारनी है ? अब यह ऐसा ही है कि जैसे हम बात कर रहे हैं और तुम कहो कि बातों से क्या होगा। तुम यहाँ बैठे हो, तुम्हें बातों से कुछ नहीं हो रहा क्या ? या क्या चाहते हो कि मैं भी यहाँ कूदने लग जाऊँ और तुम भी सोफे पर कूदने लग जाओ ?

तुम्हारी चेतना है न जो बेचैन है ? और चेतना चलती है विचार पर, ज्ञान पर, चेतना के पास धारणाएँ होती हैं, अपने सिद्धांत होते हैं। चेतना के पास, उदाहरण के लिए, यह मोबाइल फोन या यह मेज़ नहीं होगी; चेतना के पास यह विचार है कि मेरे पास मोबाइल फोन है या मेरे पास मेज़ है। तो चेतना में तो बातें ही होती हैं न। यह मेज़ वस्तु हो सकती है, पर चेतना के पास मेज़ नहीं है। चेतना के पास एक बात है, क्या बात है ? यह मेज़ मेरी है।

तो हम बातों में ही जीते हैं, भाई! कौन कहता है कि बातों से कुछ नहीं होता ?

तुम्हारी चेतना की पूरी सामग्री, द एंटायर कंटेंट ऑफ योर कांशियसनेस व्हिच इज कांशियसनेस इटसेल्फ, वो बातें ही हैं सारी। हम बातों में ही तो जीते हैं।

अच्छा एक बात बताओ। बात ही पूछ रहा हूँ! (हँसते हुए)

तुम्हारे अभी सिर पर एक हथौड़ा मारा जाए और तुम सारी पुरानी बातें भूल जाओ, तो मैं कहूँगा, “हुआ क्या ? बातें ही तो भूल गए हो। बातों से क्या हो रहा था ? बातें ही तो भूले हो ?” उसके बाद तुम्हारी पत्नी तुम्हारे सामने खड़ी होगी, तुम भूल गए उसको। वह आकर बोलेगी, “देखिए, ये मुझे भूल गए।” मैं कहूँगा, “तुम्हें नहीं भूल गए, वह तो एक बात भूल गए हैं।”

तुम बातों में ही जीते हो, भाई। तुम्हारी पत्नी भी एक बात है बस और तुम्हारे दिमाग से अगर वो बात निकल गई, तो तुम तुम नहीं रहे फिर, तुम कुछ और हो गए। स्वयं तुम्हारा अस्तित्व भी तो बस एक बात ही तो है न। ‘मैं हूँ,’ यह क्या है ? यह बात ही तो है और जब तुम गहरी नींद में होते हो तो ‘मैं हूँ’, ये बात भी भूल जाते

हो और अगर तुम उसी गहरी नींद में ज़रा लंबे हो जाओ, कोमा में ही चले जाओ, तो तुम्हारा अस्तित्व ही स्थगित हो जाता है, तुम्हारा होना ही जैसे रुक गया; अब तुम हो ही नहीं।

तो बात है तो तुम हो और बात नहीं है तो तुम हो ही नहीं। तो कौन कह रहा है कि बातों से क्या होगा? बातें ही तो हम हैं। मेरी हस्ती ही एक बात भर है और क्या है? मेरा पूरा संसार ही एक बात भर है और क्या है? तो बातों से ही होना है।

वह बात, लेकिन तुम समझो। वह बात जब तुम समझना नहीं चाहते, तो तुम फिर इधर-उधर के आडंबर करते हो, ये कर लूँगा, वो कर लूँगा, फलाने कुंड में कॉन्सिक्रेटेड वॉटर (पवित्र जल) है, दो हज़ार रुपए का पचास ग्राम मिलता है, वो खरीदूँगा। तुम ये सब करते हो, क्यों? क्योंकि कुल-मिलाकर जो बात है, वह तुम्हें समझनी नहीं है। आखिरी चीज़ बात ही है।

जो लोग कहते हैं न कि शब्दों से क्या होगा, उनको समझाओ कि शब्दों से ही होगा, क्योंकि चेतना चलती है शब्दों और विचारों पर और विचार मानें बात, विचार माने शब्द। विचार ही तो खराब हैं न। बात ही है असली चीज़ और ये खूब चलता है, कहते हैं, "बात बस करते हैं, अनुभव तो कराते नहीं।"

पगले! बात का अनुभव नहीं हो रहा क्या?

कोई तुमसे चिल्लाकर बोले, "अरे! साँप।" तो पसीने क्यों छूट जाते हैं? हवाइयाँ क्यों तैर जाती हैं? किस चीज़ का अनुभव हुआ? साँप का अनुभव हुआ, साँप ने डसा तुम्हें? साँप ने तो डसा नहीं, साँप तो बहुत पीछे है। तो यह बात सुन करके तुम्हारा पूरा चेहरा क्यों बदल गया? क्योंकि बात ही सबकुछ है और समझो, अगर बात नहीं है, तो साँप से भी तुम्हें कोई फ़र्क नहीं पड़ेगा।

तुम सो रहे हो, साँप तुम्हारे ऊपर से लोटकर चला गया। बात नहीं हुई न, विचार नहीं आया साँप का, कोई फ़र्क पड़ा तुमको? तुम जगे हुए हो, जब जगे हुए हो तो तुम्हें विचार आ सकता है। बात माने विचार, बात माने शब्द, शब्द बन जाता है विचार। जब तुम जगे हो, तब साँप तुमसे दूर है मान लो, दूर है अभी, बहुत दूर है, कोई चिल्ला दे, 'साँप!' तो तुम्हारा चेहरा पड़ जाता है लाल। ठीक? जबकि साँप अभी दूर है। बस बात मिली है, तुम्हें साँप नहीं मिला। साँप तो दूर है, लेकिन इस बात भर ने देखो क्या कर डाला। इससे क्या सिद्ध होता है? कि तुम बात में ही जीते हो।

हर व्यक्ति बात में ही जीता है, क्योंकि चेतना माने विचार। ठीक है न? और

अगर तुम सो रहे हो और साँप बिल्कुल आकर तुम्हारे ऊपर लोटकर चला गया, तब भी तुम्हें कुछ नहीं होगा, क्योंकि बात नहीं हुई, विचार ही नहीं आया। तो विचारों को ही तो शुद्ध करना है, विचार ही तो असली समस्या है।

जब तुम कहते हो, "चिंता में रहता हूँ, परेशान हूँ," तो इससे तुम्हारा क्या तात्पर्य है? तुम्हारे घुटने में दर्द है, तुम्हारी नाक में दर्द है, तुम्हारा कान बह रहा है? जब तुम कहते हो कि "मैं आया हूँ और मैं परेशान हूँ।" 'परेशान हूँ', इस बात से क्या आशय है तुम्हारा? कि मन में उलटे-पुलटे विचार चलते रहते हैं, यही तो तुम्हारा आशय है न?

तो मूल समस्या क्या है?

विचार, और विचार माने मन में गलत बात चल रही है। अध्यात्म का काम है उस गलत बात की पूरी जाँच-पड़ताल करके दिखा देना तुमको कि वह बात गलत ही है, तुम्हारे लिए ठीक नहीं है, ताकि तुम गलत बात, सही बात, हर बात से मुक्त हो जाओ। तुम्हारे मन में भरी है गलत बात, अध्यात्म तुम्हें देता है सही बात। वह जो सही बात है, वह ऐसी होती है कि गलत बात को तो काटती ही है और फिर स्वयं भी विलुप्त हो जाती है। यह अध्यात्म का काम है।

तो आइंदा से कोई ऐसी नासमझी की बात न करे कि बातों से क्या होगा, अनुभव कराओ, अनुभव। वह अनुभव भी एक बात ही है और कुछ नहीं है। अंततः जब बात ही होनी है, तो सीधे-सीधे बात कर लो न। यह 'अनुभव-अनुभव' क्या कर रहे हो? बेकार की बात।

जब तुम बोलते हो कि अनुभव कराओ, तो यह भी समझो अच्छे से कि अनुभव जिसको होता है, वह स्वयं एक बात है। ये जो अनुभोक्ता है न, जो अनुभव करता है, वह कौन है? बताओ, कहाँ है तुम्हारे शरीर में वह जो अनुभव करता है? वह भी चेतना का एक बिंदु ही है, जो अनुभव करता है, वह भी एक बात मात्र है, तो क्यों न उसी की बात करें?

वह जो सब बातों में रुचि लेता है, वह जो अनुभव की बात में इतनी रुचि लेता है, मैं क्यों न उसी की बात कर लूँ! तो ये मूर्खतापूर्ण है कहना कि "बातों से क्या होगा? सामने बैठिए, अनुभव कराइए। ये कराइए, वो कराइए।" सर्कस चल रहा है क्या? अनुभव कराइए! जमूरा बनना है? कुछ अनुभव हो, ये हो, वो हो।

भूलो नहीं कि मूल समस्या क्या है, ये बिल्कुल मत भूला करो। मूल समस्या

है चेतना का उपद्रव और उपद्रव होता है हमेशा विचारों में। उन्हीं विचारों में तब्दीली लानी है, अंततः तुमको निर्विचार की तरफ़ ले जान है। ये अध्यात्म का लक्ष्य है। आ रही है बात समझ में?

प्र. : बातों से और ज्ञान से जी चुराने के कारण ही फिर ग्रंथों को नहीं पढ़ते हैं?

आचार्य : इसीलिए नहीं पढ़ते। ग्रंथों को पढ़ते नहीं हैं, इसलिए भी क्योंकि ग्रंथों को पढ़ लिया तो वो अध्यात्म नहीं चला पाओगे, जो तुम चला पा रहे हो। वर्तमान समय में अध्यात्म की जो दुर्दशा है, उसका एक बड़ा कारण यह भी है कि ग्रंथों का बड़ा अपमान कर दिया गया है, आम जनता द्वारा तो किया ही गया है, तथाकथित गुरुओं के द्वारा धर्मग्रंथों का बड़ा अपमान चल रहा है।

अभी कुछ ही दिन पहले किसी ने टिप्पणी लिख करके भेजी। उन्होंने कोई प्रश्न किया था, उस प्रश्न के उत्तर में मैंने श्रीकृष्ण के निष्काम कर्मयोग का उदाहरण देते हुए समझाया। तो वह बोले, "आप कृष्ण की क्यों बात कर रहे हैं? हम कृष्ण से ऊपर क्यों नहीं हो सकते? कृष्ण ने अपनी बात बोली, हम कृष्ण से बेहतर बात क्यों नहीं बोल सकते?" ये जो अपमान है न कि अरे! गीता पढ़ने की ज़रूरत क्या है? अरे! वेद पढ़ने की ज़रूरत क्या है? इसने अध्यात्म को कहीं का नहीं छोड़ा है।

समझ लो कि बड़ी भयावह स्थिति है जब धर्मगुरु ये कह रहा हो कि धर्मग्रंथ पढ़ने की ज़रूरत नहीं है और वो भी बिल्कुल छाती चौड़ी करके कह रहा हो कि न मैंने पढ़े हैं, न भक्तजनों! तुम्हें पढ़ने की ज़रूरत है।

धर्म के केंद्र में तो ग्रंथ ही होते हैं; तुमने ग्रंथ नही पढ़े हैं, तो तुम गुरु कहाँ से हो गए? और उन ग्रंथों में ऐसी क्या बुरी बात लिखी है के तुम दुनिया भर की फ़िज़ूल की चीज़ें तो पढ़ सकते हो, पर धर्मग्रंथ पढ़ने से तुम्हें बहुत एतराज़ है? एतराज़ इसीलिए है, क्योंकि अगर तुमने या तुम्हारे भक्तों और अनुयायियों ने वे ग्रंथ पढ़ लिए तो कम-से-कम तुम्हारे भक्त लोग तुम्हारी बात तो दुबारा सुनेंगे नहीं। तुम्हारी एक-एक बात कृष्ण के खिलाफ़ है, इसलिए तुम चाहते ही नहीं कि कोई गीता पढ़े।

जब गुरु लोग जो बोल रहे हों, वो बात पूरे तरीके से कृष्ण की सीख के खिलाफ़ हो, तो फिर तो गुरुजी की मजबूरी है न कि वे बोलें कि गीता मत पढ़ना और गीता जिसने पढ़ ली, वह तत्काल जान जाएगा कि ये गुरु तो बड़ा मक्कार है, इसीलिए तुम्हें फिर वो गीता पढ़ने ही नहीं देंगे।

प्र. : इस बात पर मैंने देखा है, अकसर लोग ये कहते हैं कि जिद्दू कृष्णमूर्तिजी

थे, उन्होंने भी बहुत बार खुले में ये कहा है कि मैंने कोई धर्मग्रंथ नहीं पढ़ा। साथ में कबीर साहब से भी जुड़ी शायद कुछ कहानियाँ हैं कि वे पढ़े-लिखे नहीं थे, उन्होंने धर्मग्रंथ नहीं पढ़े। बहुत बार ये लोग तर्क देते हैं कि फिर जब···

आचार्य : खुली बात है, जिद्दू कृष्णमूर्ति तो ऐतिहासिक भी नहीं हो गए कि बहुत पुराने हैं, सब जानते हैं कि उनको दस साल, पंद्रह साल धर्मग्रंथ सिर्फ़ पढ़ाए ही नहीं गए थे, घोटाए गए थे, अच्छे तरीके से। जितना बड़े-से-बड़ा विद्वान्, ज्ञानी, स्कॉलर भी नहीं पढ़ता धर्मग्रंथों को, उससे ज़्यादा पढ़े थे कृष्णमूर्ति ने।

थियोसोफिकल सोसाइटी ऐसे ही थोड़ी उनकी परवरिश कर रही थी। परवरिश का क्या मतलब है? उन्हें शिक्षा दी जा रही थी। कौन सी शिक्षा दी जा रही थी? बात ही तो बताई जा रही थी। कौन सी बातें? यही बातें तो बताई जा रही थी। उनको साइंटिस्ट (वैज्ञानिक), एस्ट्रोनॉमर (खगोल विज्ञानी), एस्ट्रोलॉजर (ज्योतिषी), ये सब तो बनाया नहीं जा रहा था।

सोचो तो सही! सात-आठ साल के थे, जब लेडबीटर उन्हें ले आए थे और उसके बाद अगले कम-से-कम पंद्रह-अठारह साल उनकी शिक्षा हुई है। उस शिक्षा में उनको क्या शिक्षा दी गई होगी? थियोसोफिकल सोसाइटी शिक्षा दे रही है, तो क्या शिक्षा दी गई होगी? और उनको, खासतौर पर तैयार किया जा रहा था विश्वगुरु बनने के लिए। तो उन्हें इंजीनियरिंग (अभियांत्रिकी) तो पढ़ाई नहीं जा रही होगी, सीए तो कराया नहीं जा रहा होगा, कौन सी शिक्षा दी जा रही होगी पंद्रह साल तक? उन्हें धर्मग्रंथ ही पढ़ाए गए थे। तो जो मूर्ख सोचते हैं कि जिद्दू कृष्णमूर्ति तो बिना कुछ पढ़े ही ज्ञानी हो गए, वो अपनी मूर्खता को थोड़ी लगाम दें।

अब आते हैं कबीर साहब पर। क्यों भूल जाते हो कबीर साहब और रामानंद महाराज का रिश्ता? इतनी ज़्यादा तलब थी, ऐसी त्वरा, ऐसी जलती हुई उत्कंठा थी नन्हे कबीर में कि क्या करा उन्होंने जा करके? गंगा के घाट पर लेट गए बिल्कुल मुँह अँधेरे, भोर की पहली किरण से पहले, क्यों? पता था कि गुरु आते हैं यहाँ पर।

गुरु उनको शिष्य मानने को पहले तैयार नहीं हो रहे थे; वाराणसी का रिवाज है, जात का कुछ पता नहीं था। तो तरकीब खेली, बोले, गुरु आते हैं स्नान करने के लिए, वहाँ पर जाकर लेट गए और सीढ़ियाँ हैं घाट की, दिखाई नहीं पड़ा गुरु को, उन्होंने उन पर पाँव रख दिया, जब पाँव रख दिया तो बोले, 'राम!' कबीर बोले, "बस शिष्य हो गया मैं आपका।"

तो क्या लगता है, जब गुरु के पास पहुँचे हैं कबीर, जब गुरु द्वारा स्वीकार किए गए हैं कबीर, तो शिक्षा नहीं मिली होगी कबीर साहब को? 'इंगला-पिंगला सुखमन नारी' जब बोलते हैं तो तुम्हें क्या लग रहा है, ये ऐसे बाज़ार में ये सब बातें सुन ली थीं? कहीं से तो जान रहे हैं न ये सब? कभी अवधूतों की बात करते हैं, कभी वेदों की बात करते हैं, 'द्वि' माने द्वैत का इतना उल्लेख करते हैं, इन सबकी जानकारी उन्हें कहाँ से मिली?

तो कौन कहता है कि "नहीं, नहीं, उन्होंने कोई धर्मग्रंथ नहीं पढ़ा, उनको तो बस ऐसे ही ज्ञान मिल गया था?" अकसर उनका एक दोहा है, उसका हवाला दिया जाता है, उसमें वे कह रहे हैं कि मैंने कभी-भी कागज और स्याही छुआ नहीं है। भई! कागज-स्याही नहीं छुआ, ये मैं मान सकता हूँ, पर ये मत भूलो कि यही कबीर साहब गुरु की महत्ता पर सैकड़ों साखियाँ बोलते हैं और कितने ही भजन गाते हैं।

कैसे पता कबीर साहब को कि गुरु इतना आवश्यक होता है? निश्चित रूप से उन्होंने भी अपने गुरु से बहुत कुछ पाया था और गुरु से क्या सीख पायी होगी? फिर पूछ रहा हूँ, कपड़ा बीनने की सीख पायी होगी? अगर कबीर साहब गुरु की महत्ता में इतनी साखियाँ, इतने भजन गाते हैं, तो इसका मतलब स्वयं भी उन्हें अपने गुरु से बहुत मिला है। क्या मिला होगा अपने गुरु से? धर्मग्रंथ ही तो मिले होंगे और क्या मिला होगा?

पर नहीं, हमारे अहंकार को बहुत रुचता है यह कहना कि नहीं, जब उनके पास गुरु नहीं थे और ग्रंथ नहीं पढ़ा, तो हम ग्रंथ क्यों पढ़ें? उन्होंने सब पढ़ा है, बाबा! कौन कह रहा है नहीं पढ़ा?

हाँ, आजकल के जो मक्कार गुरु हैं, इन्होंने ज़रूर कोई ग्रंथ नहीं पढ़ा। ये अगर कहेंगे भी कि इन्होंने पढ़ा है, तो मैं कहूँगा कि तुमसे पढ़ा जाएगा ही नहीं। ज़्यादातर जो प्रचलित गुरु हैं, उन सबको बैठा दो, उन सबने अगर कुल मिलाकर चार पुस्तकें पढ़ी हों तो बहुत बड़ी बात है। उन जैसे आठ-दस को बैठा दो, उन्होंने कुल चार पुस्तकें अगर पढ़ी हों ज़िंदगी में, कोई भी चार पुस्तकें, तो बहुत बड़ी बात है; मैं नहीं कह रहा कि इन्होंने कोई धर्मग्रंथ ही पढ़ा हो, उन्होंने इतिहास, भूगोल, विज्ञान, कहीं कोई पुस्तक पढ़ी हो। ये वे हैं, जिन्होंने कभी कुछ नहीं पढ़ा, यह कुछ नहीं जानते।

और यही इनकी ताकत है कि ये कुछ नहीं जानते, क्योंकि जो आदमी थोड़ा भी जानता है न, उसके भीतर लज्जा उठती है कि मैं कितना कम जानता हूँ। जो थोड़ा

जानता है, उसको इतना तो पता होता है न कि मैं थोड़ा जानता हूँ। जो कुछ नहीं जानता होता है, वह बिल्कुल निर्लज्ज और निरंकुश हो जाता है। वह फिर बहुत धूम मचाता है, वह इतनी धूम मचाता है कि बोल देता है कि वेद-गीता बेकार।

तुम्हारी ईमानदारी ही आख़िरी विधि है।
वह ईमानदारी नहीं तो कोई विधि काम नहीं करेगी
और वह ईमानदारी है, तो शायद किसी और विधि की जरूरत नहीं।

□

36

मन को मुक्ति की ओर कैसे बढ़ाएँ?

शास्त्रकौमुदी, बोधस्थल, 2019

दुःख से बड़ा मित्र तुम्हारा कोई नहीं। भला हो कि तुममें दुःख के प्रति संवेदनशीलता बढ़े, तुम जान पाओ कि आम आदमी— तुम, मैं, सभी—कितने दुःख में जीते हैं। जैसे-जैसे दुःख का एहसास सघन होता जाएगा, वैसे-वैसे मुक्ति की अभीप्सा प्रबल होती जाएगी।

मुमुक्षत्वं किम् ?
'मोक्षो मे भूयाद्' इति इच्छा।

मुमुक्षत्व किसे कहते हैं ?
हमें मोक्ष-प्राप्ति हो, यह इच्छा।

—तत्त्वबोध, अध्याय 1, श्लोक 4

प्रश्नकर्ता : प्रणाम, आचार्य जी। संसार में इतना कुछ है प्राप्त करने और सीखने के लिए—धन-दौलत, नाम, ऐश्वर्य, ऐंद्रिय-भोग सुख, बहुत कुछ है, पर इन सबके बावजूद और इन सबसे परे, श्रेष्ठ शांति और मुक्ति प्राप्त करना भी चाहें, तब भी मन इन्हीं सांसारिक वस्तुओं के पीछे भागता है।

मगर जो व्यक्ति अपनी मुक्ति के प्रति गंभीर है, वो अपने मन की इस दिशा को सांसारिक आकर्षण से खींचकर अंतर्मुखी होने या मुक्ति की ओर बढ़ने के प्रयास की शुरुआत कैसे करे ? और फिर कैसे मन की इस दिशा को मुक्ति की ओर सतत रूप से बनाए भी रखे ?

आचार्य प्रशांत : शुरुआत दुःख से होती है। तुम पूछ रहे हो, "कैसे मन को संसार से मोड़कर मुक्ति की ओर लगाया जाए? और फिर कैसे उसकी दिशा को मुक्ति की ओर ही रखा जाए?" दोनों ही बातें जो तुमने पूछी हैं, उनमें दुःख का बड़ा महत्त्व है।

शरीर का संसार से लिप्त रहना, संसार की ही ओर भागते रहना, संसार से ही पहचान बनाए रखना, ये तो तय है; ये पूर्वनियोजित है। बच्चा पैदा होता है, उसे क्या पता मुक्ति इत्यादि। पर उसे पालना पता है, उसे दूध पता है, उसे मल-मूत्र पता है, उसे ध्वनियाँ पता हैं, उसे दृश्य पता है। अर्थात उसे जो कुछ पता है, वह सब संसार मात्र है।

तो बच्चे का मन किस ओर लगेगा शुरू से ही? संसार की ओर, शरीर की ओर। यही तो दुनिया है और क्या?

इधर को जाएगा ही जाएगा बच्चा, इधर को जाएगा ही जाएगा जीव, फिर मुक्ति की ओर कैसे मुड़े? अगर संसार की ही ओर जाना पूर्वनिर्धारित है, तो फिर मुक्ति की ओर कैसे मुड़े? मुक्ति की ओर मोड़ता है तुमको तुम्हारा दुःख और दुःख मिलेगा ही मिलेगा, क्योंकि जिस वास्ते तुम दुनिया की ओर जाते हो, दुनिया तुमको वो कभी दे ही नहीं सकती।

दुनिया की ओर जाओगे सुख के लिए, सुख मिलेगा ज़रा सा और दुःख मिलेगा भरकर। ले लो सुख! सुख थोड़ा ज़्यादा भी मिल गया, तो सुख के मिट जाने की आशंका हमेशा लगी रहेगी। यह कौन सा सुख है जो अपने साथ आशंका लेकर आया है? यह कौन सा सुख है, जो अपने साथ इतनी सुरक्षा माँगता है कि सुख तभी तक रहेगा, जब तक तुम सुख की देखभाल करो, सुरक्षा करो? और जिस दिन तुमने सुख की देखभाल नहीं की, तुम पाओगे की सुख चला गया।

तो इस सुख में तो बड़ा दुःख छुपा हुआ है। यह दुःख सामने आने लगते हैं और तब तुम कहते हो, "यह जो संसार के साथ मेरा नाता है, मुझे इस नाते से मुक्ति चाहिए। इस नाते में मुझे कुछ नहीं मिल रहा।"

जब तुम अपनी वास्तविक इच्छा के प्रति ज़रा सजग, ज़रा संवेदनशील होते हो, तब तुम मुक्ति की ओर मुड़ते हो।

फिर तुमने पूछा है, "क्या है जो मुझे मुक्ति की ओर लगाए ही रखे?" एक बार मुड़ गए मुक्ति की ओर, पर हम तो यू-टर्न लेना भी खूब जानते हैं। सत्संग में आए तो लगा मुक्ति बड़ी अच्छी चीज़ है, जीवन में दुःख आया तो लगा मुक्ति होनी चाहिए,

लेकिन दुःख के बाद थोड़ा सुख भी आ गया, तो मुक्ति इत्यादि भूल गए। सत्संग खत्म हो गया, तो मुक्ति इत्यादि भूल गए। तो तुम पूछ रहे हो, "मुक्ति की चेष्टा सतत कैसे रहे?" वो सतत ऐसे रहेगी कि तुम भूलते रहो, जितनी बार भूलोगे, उतनी बार पड़ेगा।

जीवन इस मामले में बड़ा इंसाफ़ पसंद है—जितनी बार तुमने मुक्ति को भूला, उतनी बार जीवन का थप्पड़ पड़ा। पलट-पलटकर दुःख आते किसलिए हैं? दुःख आते ही इसलिए हैं, ताकि तुमको याद दिला दें कि 'जिसको' याद रखना था, उसको भूल गए। जिसको भुला देना था, उसको सिर पर बैठाए हुए हो।

दुःख से बड़ा मित्र तुम्हारा कोई नहीं। भला हो कि तुममें दुःख के प्रति संवेदनशीलता बढ़े, तुम जान पाओ कि आम आदमी—तुम, मैं, सभी—कितने दुःख में जीते हैं।

जैसे-जैसे दुःख का एहसास सघन होता जाएगा, वैसे-वैसे मुक्ति की अभीप्सा प्रबल होती जाएगी।

बेईमानी मत करना। डर के कारण दुःख का अलंकरण मत करने लग जाना। दुःख तो जीवन यूँ ही देता है, तो दुःख हुआ सस्ता और मुक्ति बड़ी कीमत माँगती है, हिम्मत माँगती है, तो मुक्ति हुई महँगी। तो फिर हम बेईमानी कर जाते हैं, जैसे कि कोई चीज़ अगर बहुत महँगी लगे, तो हम कह दें कि हमें चाहिए ही नहीं—"सब ठीक चल रहा है।"

सब ठीक चल रहा है, क्योंकि जो चीज़ तुम्हें वास्तव में ठीक कर देगी, वह तुमको बहुत महँगी लग रही है। तुम दाम नहीं देना चाहते। अधिकांश लोग अध्यात्म की ओर यही कहकर नहीं आते कि "हमें ज़रूरत क्या है? न हमें डर है, न हमें दुःख है, क्यों आएँ अध्यात्म की ओर?" डर भी है, दुःख भी है; बेईमानी कर रहे हैं, क्योंकि कीमत अदा नहीं करना चाहते और डरते हैं।

मुक्ति हिम्मत माँगती है न!

अध्यात्म बहुत हिम्मतवर लोगों का ही काम है। डरपोक आदमी तो ऐसे ही रहेगा—थोड़ा पास, थोड़ा दूर; कभी अंदर, कभी बाहर।

प्र. : मैंने जबसे जीवन के असली, मुख्य उद्देश्य को जाना है, तब से मैं खुद को इस पथ पर लाने की सोच रहा हूँ। मेरी मूलभूत आवश्यकताओं को पूरा करने में तीस साल गुज़र गए। अब मैं इस राह पर चलने में कोई विलंब नहीं करना चाहता। कृपया मार्ग दिखाएँ।

आचार्य : एक तरफ़ तो लिख ही रहे हो कि "मैं इस राह पर चलने में कोई विलंब नहीं करना चाहता," और दूसरी ओर कहते हो कि "कृपया राह दिखाएँ।" राह दिख ही रही है, तभी तो कह रहे हो कि इस राह पर चलने में विलंब नहीं करना चाहता। राह पता थी तभी तो यह कह रहे हो कि तीस वर्ष निकाल दिए, राह पर चले नहीं।

कहीं ऐसा तो नहीं कि जैसे तीस वर्ष निकाल दिए, वैसे पाँच-सात-दस वर्ष और निकालने का इरादा हो और इसीलिए जो प्रत्यक्ष राह हो उसकी अनदेखी करके, उससे अनजाने बनकर, मुझसे ही कह रहे हो कि राह दिखाइए।

राह तो सामने है। राह वही है, जिसके बारे में कह रहे हो कि तीस साल उसपर चले नहीं। कौन सी राह है? वही राह जिसपर तीस साल चले नहीं। जिस राह पर तीस साल चले नहीं, उसी राह पर चल दो।

क्या है राह?

जहाँ समय का निवेश नहीं करना चाहिए, वहाँ करना बंद करो। जो काम अज्ञान में करे जा रहे हो, उन कामों को विराम दो। जो रिश्ते तुम्हारी बेहोशी और अँधेरे को और घना करते हैं, उन रिश्तों से बाहर आओ। उन रिश्तों को नया करो। धन का, जीवन का, अपनी ऊर्जा का जो हिस्सा तुम अपनी अवनति की ओर लगाते हो, उसको रोको। यही राह है।

और यह राह तुमको पता है, क्योंकि भलीभाँति जानते हो कि तुम्हारे जीवन में दुःख कहाँ है। जहाँ कहीं तुम्हें दुःख है, भय है, संशय है, जहाँ कहीं तुम्हारे जीवन में पचास तरह के उपद्रव हैं, उस तरफ़ को बढ़ना छोड़ो। यही राह है।

मुक्ति हिम्मत माँगती है। अध्यात्म बहुत हिम्मतवर लोगों का ही काम है। डरपोक आदमी तो ऐसे ही रहेगा—
थोड़ा पास, थोड़ा दूर; कभी अंदर, कभी बाहर।

□

37

कैसे पता चले कि हम मुक्ति के रास्ते पर हैं या नहीं?

अद्वैत शिविर, हैदराबाद, 2019

अच्छी संगति वह है, जो तुम्हें व्यर्थ की संगति से मुक्ति दिला दे और ख़ुद भी कोई नया बंधन न बन जाए। अच्छा शब्द वह है, जो तुम्हारे भीतर के कोलाहल को शांत कर दे और ख़ुद भी नया कोलाहल न बन जाए।

प्रश्नकर्ता : आचार्य जी, कैसे पता चले कि हम मुक्ति के रास्ते पर हैं या नहीं?

आचार्य प्रशांत : बड़े मामूली तरीके से शुरू कर लो। इशारा भर है, इसको पकड़ कर मत बैठ जाना। तुममें से बहुत लोग हॉस्टल इत्यादि में रहे होगे। ऐसा कैसे हो गया कि आज तुम अपने-आपको उतनी भी आज़ादी के साथ अभिव्यक्त नहीं कर पाते जितना तुम आज से दस-बीस साल पहले कर लेते थे? हॉस्टल में तुम अपने-आपको जैसे अभिव्यक्त करते थे, वो कोई आध्यात्मिक मुक्ति की बात नहीं थी, लेकिन वह जो भी चीज़ थी, तुम्हारे पास तो उतनी भी नहीं बची।

ये बड़ा स्थूल इशारा है, पर तुम माँग ही रहे हो इशारा तो इसलिए देना पड़ रहा है। तुम्हारा दो बजे मन करता था पराँठे खाने का, तुम निकल जाते थे। अब पराँठे खाना कोई आध्यात्मिक मुक्ति नहीं है, पर इशारा दे रहा हूँ। अभी हिम्मत है निकल पाने की? बोलो। तुम तो वो भी नहीं कर सकते। जैसे तुम्हारी इच्छा होती थी, तुम वैसे कम-से-कम गालियाँ तो दे लेते थे, बात-बात पर गालियाँ देते थे। अब गालियाँ देना कोई वेद वचन नहीं हैं, कोई धार्मिक ग्रंथों का उद्धरण नहीं हैं, पर तुम्हारे पास तो

अब इतनी भी आज़ादी नहीं बची कि खुलकर गाली दे पाओ। दिल से उठ रही होती हैं गालियाँ और चेहरे पर पुता होता है, जी हजूर! हाँ या न?

जब हॉस्टल में थे तो इतना तो कर पाते थे कि जो पसंद नहीं आता था, उससे दूर रह लेते थे। अभी तो जो पसंद नहीं आते, उन्हीं के साथ घर में भी रह लेते हो, कई बार बिस्तर पर भी रह लेते हो। यहीं से नहीं दिख जाता कि जब इस तल पर भी आज़ादी नहीं है, तो उस तल की आज़ादी की क्या बात करें!

छोटे-छोटे सांसारिक मसलों में भी आज़ादी तुमने अपनी बेच रखी है, आध्यात्मिक आज़ादी कैसे मिल जाएगी? इतनी भी तुमने अपने-आपको आज़ादी दे रखी है कि जो बुरा लगे, उसको उसके मुँह पर ही गाली दे दो? पहले थी तुम्हारे पास। भूलना नहीं, एक समय था, जब आज से कहीं ज़्यादा आज़ाद थे।

तुम जीवन का उपयोग और ज़्यादा आज़ाद होने के लिए नहीं कर रहे हो, तुम क्रमशः अपने ऊपर नए-नए बंधन लादते जा रहे हो। ये जीवन व्यर्थ जा रहा है।

ऐसा भी हो जाता था पहले कि तुम्हारी जेब में दस ही रुपए पड़े हैं और तुम मौज से सो रहे हो, बहुत बार हुआ कि नहीं हुआ? आज तुम्हारे बैंक के खाते में दस लाख पड़ा हो कि चार करोड़ पड़े हों कि दस करोड़ पड़े हों, चैन तुम्हें अभी भी नहीं है। ये तुम्हारी आज़ादी बढ़ रही है? यहाँ ऐसा कोई नहीं बैठा होगा, जो अगर हॉस्टल इत्यादि में रहा हो तो उसने कभी-न-कभी अपनी बाइक में दस रुपए का पेट्रोल न डलवाया हो और फ्यूल पंपवाले से गाली न खाई हो। मैं तो एक बार दो रुपए की बिसलेरी खरीदने गया था। मैंने कहा, कितनी देगा? पूरी तो तू देगा नहीं। ये सब होता था न? मौज में रहते थे। ठीक है, कोई बात नहीं। खाया तो खाया, नहीं खाया तो भी चलेगा। अपनी बाइक है, नहीं है तो किसी और की ले लेंगे यार। हेलमेट तो किसी के पास होता ही नहीं था, एक दर्जन लोगों पर एक और आज तुम्हारे पास घर में दो-दो गाड़ियाँ भी हों तो भी तुम हैरान हो। ये तुम्हारी आज़ादी बढ़ रही है? बढ़ रही हो तो बता दो।

यह सब तुम्हारे कर्मों का अंजाम है और ये सारे कर्म करके तुम बन रहे हो बड़े होशियार। हम इतने होशियार हैं कि यह सब कर रहे हैं। जब हॉस्टल में थे तुम, तो रात में दो बजे तुम बैठ करके दारू पार्टी भी करते थे, तो कोई टोकने भी नहीं आता था, नहीं आता था न? बेटा, अभी तुम दो बजे सत्संग भी करोगे, अध्यात्म भी करोगे, तो घर पर पुलिस तैयार है।

कई तो होते हैं, जब सत्र पूरा होता है दो बजे तो कहते हैं, "आप यहाँ तक तो ले आए, अब आगे का भी मार्ग बता दें।" मैं कहता हूँ, क्या? वह कहते हैं, "दो तो आपने बजवा दिए, अब ये भी बता दें कि सुबह छह बजे तक क्या करना है? शेरनी फाड़ डालेगी और उसको बिल्कुल नहीं यकीन आने का कि हम सत्संग में थे, हमारे चेहरे पर ही नहीं लिखा है सत्संग। उसे पक्का भरोसा है कि संगीता लौट आई है।" ये तुम्हारी आज़ादी बढ़ रही है?

प्र. : आचार्य जी, शुरुआत तो कहीं से करनी पड़ेगी न अब।

आचार्य : संगीता से करो। वह भी ऐसे ही परेशान है। बोलती है, शेर फाड़ डालेगा। उसको पक्का भरोसा है कि मुकुल लौट आया है।

प्र. : एक बात आचार्य जी आपने बोली कि पहले तुम्हारे पास इतनी आज़ादी थी कि तुम कुछ भी करते थे।

आचार्य : मैंने नहीं कहा 'इतनी थी', मैंने कहा 'इतनी तो थी'। अट्लीस्ट दिस मच (कम-से-कम इतना) था।

प्र. : पहले हम जिस एज ग्रुप (आयु वर्ग) में थे तो हम बिना सोचे-समझे भी कुछ कर देते थे, अगर आप कॉलेज परिसर में हैं तो वहाँ इस तरह की चीज़ें होती हैं, कोई इतना नज़र रखनेवाला नहीं होता है, ऊपर से कुछ गलत कर भी दिया तो माफ़ कर दिया जाएगा, इतना नहीं सोचा जाएगा। अब इस उम्र में आकर···

आचार्य : यह तुम्हें किसने बताया कि इस एज (उम्र) में ऐसा करना होता है? यह आज़ादी है?

प्र. : सर, यह तो दुनिया का नियम है।

आचार्य : दुनिया का नियम हम बजाएँगे! और फिर कह रहे हैं, "नहीं, नहीं, यह तो ठीक ही है।" तुम्हें दुनिया के नियमों से चैन मिल रहा है? कर लो इन नियमों का पालन, इनसे अगर तुम तृप्त हो जाते हो तो।

इन नियमों से अगर तृप्त हो जाते हो, तो लोगों की शादियों पर फिर बैचलर पार्टी क्यों मनाते हो? क्योंकि तुम चाहते हो एक दिन को ही सही, वह बैचलरहुड लौट आए, फिर क्यों वह पंजाबी गाना सुनते हो कि लौटा दे मुझे वह हॉस्टल का कमरा? कौन सा है वह गाना? एक दिन के लिए बस वह हॉस्टलवाला कमरा वापस दे दो। काहे को रोते हो?

मेरे साथ के लोगों का हो रहा है ट्वेंटिएथ रीयूनियन (बीसवाँ पुनर्मिलन)। वे

दस दिन से लगे हुए हैं, इसी जुगाड़ में और एक-दूसरे को गाली दे रहे हैं कि रीयूनियन करना था तो थाईलैंड में करते न, पूरी आज़ादी मिलती, दिल्ली में क्या कर रहे हो? और वहाँ पूरी बातचीत चल रही है कि फोन बंद रखेंगे। आधी रात को रीयूनियन शुरू हो रहा है। इस तरह की दारू, उस तरह की दारू, स्क्रीन शॉट ले-लेकर ग्रुप पर डाले जा रहे हैं, जल्दी-जल्दी कि ऐसा होगा, वैसा होगा, पूरी फोड़ ही डालेंगे। तुम दुनिया के नियमों से इतने ही संतुष्ट हो, तो यह एक रात की आज़ादी क्यों माँगते हो?

बात यह है कि तुम कसमसाए हुए हो, तुम रो रहे हो, तुम पल-पल बिलख रहे हो, तुम कहते हो, साल में एक दिन के लिए तो सही, आज़ादी मिल जाए और इसीलिए तुम वापस वो रीयूनियन आई.आई.टी. में कर रहे हो, ताकि तुम्हें बार-बार याद आए कि यहाँ पर कैसे मुक्त घूमा करते थे।

मैं फिर कह रहा हूँ, वह कोई परम मुक्ति नहीं थी, वो कोई आध्यात्मिक आज़ादी नहीं थी, पर वो कम-से-कम तुम्हारी वर्तमान दशा से बेहतर दशा थी। तुम उतने भी आज़ाद नहीं बचे जितने तुम कॉलेज में थे और तुम जैसे-जैसे जीवन में आगे बढ़ते जा रहे हो, जैसे-जैसे तुम अपने-आपको सीनियर (वरिष्ठ) कहते जा रहे हो, तुम अपने-आपको और ज़्यादा बेचते ही जा रहे हो।

प्र. : सर, छोटी-छोटी चीज़ों में भी ईगो (अहंकार) आ जाता है, उसे यह नहीं दिखता कि उसकी आदतें छिन रही हैं।

आचार्य : तुम उसे जिस चीज़ का अभ्यस्त बना देते हो, वह उस चीज़ में लिप्त हो जाती है। तुम ईगो को छोटी चीज़ों का अभ्यस्त बना दोगे, वह छोटी ही चीज़ों में लिप्त रहेगी, उसको तुम बड़े का जायका दो, तो फिर वह छोटी चीज़ों की अवहेलना करे। कुछ बड़ा दो अपने जीवन को तो छोटी चीज़ें अपने आप झड़ जाएँ।

प्र. : बड़ा 'मुक्ति' दें?

आचार्य : और कुछ होता ही नहीं बड़ा।

प्र. : भगत सिंह और महात्मा गांधी ने भारत की आज़ादी के लिए लड़ाई लड़ी थी, क्या यह भी आध्यात्मिक आज़ादी जैसे ही है?

आचार्य : इस तल से तो बेहतर है वह। पर याद रखना कि देश की आज़ादी के लिए भी जिन लोगों ने काम किया और अगर वो सच्चे क्रांतिकारी थे, तो उन्हें भलीभाँति पता था कि देश की आज़ादी, आदमी की आज़ादी की तरफ़ बढ़ा हुआ सिर्फ़ एक कदम है। तुमने नाम लिया भगत सिंह का और महात्मा गांधी का, दोनों ने ही यह बात

साफ़–साफ़ कही है कि देश की आज़ादी कोई आखिरी बात नहीं है, आखिरी बात है आदमी की आज़ादी। देश की आज़ादी सिर्फ़ एक ज़रिया है और देश की आज़ादी से अगर आदमी की आज़ादी नहीं आ रही तो देश की आज़ादी बेकार गई।

प्र. : जी, पर मैं अपनी बात कर रहा था, मैं कुछ बड़ा···

आचार्य : तुम साकार स्वरूप से शुरू करो न। तुम जो अपने प्रतिदिन के बंधन हैं, कम–से–कम उनको काटना शुरू करो। कहीं से तो शुरुआत करो।

प्र. : ध्यान से शुरुआत की जाए?

आचार्य : जहाँ बंधन हो, वहाँ से शुरुआत करो। पीछे से कोई चूहा तुमको काट रहा हो और तुम कहो, "ध्यान से शुरुआत करें?" अरे! चूहे से शुरुआत करो। काटे जा रहा है पीछे, पिछवाड़ा छेद दिया है उसने।

व्यावहारिक बात करना ही नहीं चाहते, क्योंकि व्यावहारिक बात में खतरा होता है, वास्तव में कुछ करना पड़ेगा। कतई ऊँची, आसमानों की बात करो कि "बृहस्पति ग्रह के तीसरे चंद्रमा से शनि के चौथे चंद्रमा तक कैसे पहुँचे, आचार्य जी?" ठीक! और आचार्य जी भी तुम्हारी ही तरह हों तो तुम्हें तरीका भी बताएँ। "नहीं, कुंडलिनी जागरण है उसका तरीका।" ज़मीन की बात करो ही मत!

प्र. : सर, जो चीज़ अज्ञात है, समझ में नहीं आती, उसके प्रति झुक जाना है?

आचार्य : नहीं, तुम अगर अज्ञात के प्रति प्रेम में नहीं पड़ पा रहे हो, तो मैं कह रहा हूँ, तुम्हारे बंधन तो ज्ञात हैं न तुमको? उनसे अप्रेम तो रखो कम–से–कम, कुछ विद्रोह तो रखो, कुछ आग तो जले, थोड़ी मारा–मारी मचे, इधर लात चले, उधर घूसा चले, कुछ मज़ा आए। कुछ गरमा–गरमी ही नहीं है, थोड़ा एक्शन तो दिखाओ।

प्र. : कहने का मतलब है कि घर छोड़कर मुक्ति मिलेगी?

आचार्य : मैं क्यों बोलूँ ऐसा? मेरा घर है? थोड़ी देर पहले अभी खुद ही बोल रहे थे न कि असली बात यह है कि चूहेदानी से खुद भी बाहर आएँगे और दूसरे चूहों को भी बाहर लाएँगे। अब कुछ सोचा और इरादा बदल दिया है। कह रहे हैं, "नहीं, छोड़कर अकेले बाहर निकलेंगे।" पुरानी बात याद आ गई है कोई। "चुहिया ने बहुत सताया था, इसको बाहर लेकर जाऊँगा, ये बाहर भी दुर्गति रखेगी। इसको छोड़ ही जाता हूँ पीछे।" इरादा मत बदलो। खुद भी पाओ और जब तुम्हें मिले तो दूसरों को भी दो।

आज़ादी के प्रति प्रेम चाहिए और जिससे तुम्हें प्रेम हो, उसे आज़ादी चाहिए। दोनों साथ–साथ चलते हैं। प्रेम और मुक्ति अलग–अलग नहीं हैं, इसीलिए भक्तिमार्ग

और ज्ञानमार्ग भी अलग-अलग नहीं हैं।

घर तोड़ने की बात नहीं कर रहा हूँ। तुम और तुम्हारा घर, पूरा खानदान, सब एक ही जेल में बंद हो। मैं जेल तोड़ने की बात कर रहा हूँ। जेल टूटे और सारे कैदी एकसाथ निकल भागो, बल्कि जेल अगर तोड़नी है तो सब कैदियों में एकता होनी चाहिए। स्वार्थी हो जाओगे, कहोगे, अकेले ही निकल भागूँ, तो मुश्किल पड़ेगा। सब एकजुट रहो, सब याद रखो कि हम सब ही कैदी हैं। ये सलाखें किसी एकमात्र के लिए नहीं हैं, ये सलाखें हम सबको घेरे हुए हैं और हम सब मिलकर जब ज़ोर लगाएँगे, तभी ये सलाखें टूटेंगी। आज़ादी सबकी साझी होगी।

अध्यात्म घर नहीं, जेल तोड़ने का नाम है और अध्यात्म में एक की आज़ादी नहीं, पूरे कुनबे की आज़ादी होती है।

डर मत जाना कि वो तो आए थे तीन दिन को, बता गए। अब इसको (अपनी पत्नी को) क्या बताऊँ? ये तो तैयार बैठी है कि केले खत्म हैं और छुन्नू का पोतड़ा।

जिनके लिए काम करते हो, जिनसे तनख्वाह लेते हो, उनके लिए तुमने देखा है कैसे-कैसे तुम तरीके ईजाद कर लेते हो। उनके मकसदों की पूर्ति के लिए तुमने कैसे-कैसे नहीं प्लान बनाए, बनाए कि नहीं? 'डेढ़-डेढ़ सौ स्लाइड' की पी.पी.टी. तुम्हीं ने तैयार करी है, करी है कि नहीं? तब तो बड़े चतुर हो जाते हो। मेरे मालिक की इच्छाएँ पूरी हों, इसके लिए मैं अपनी पूरी बुद्धि और पूरा बल लगा दूँगा। लगा देते हो कि नहीं? कतई मालिक के घोड़े हो जाते हो, जिधर को वह दौड़ाता है, दौड़ते हो।

अपनी आज़ादी के लिए कोई तुम पी.पी.टी. नहीं बना सकते? दूसरों के लिए इतना कुछ कर जाते हो, अपने लिए खुद कुछ नहीं कर सकते? बोलो। जब तुममें ये काबिलीयत है कि तुम दूसरों के लिए इधर से, उधर से, कुछ युक्ति, कुछ उपाय, कुछ जुगाड़ कर ही ले जाते हो, करते हो कि नहीं? कोड लिख जाते हो, उसका बग भी खोज लाते हो—'कहाँ घुसा खटमल?' दस लाख लाइन के प्रोग्राम में तुम घुसकर निकाल लाए बग। बड़े होशियार हो, बड़े काबिल हो! इन सब कामों के लिए बड़े काबिल हो, थोड़ी अपनी काबिलीयत अपनी मुक्ति के लिए भी इस्तेमाल करो भई।

एक पी.पी.टी. ये भी तो बनाओ, "मैं उड़ूँगा कब, कैसे मिलेंगे मुझे पंख?" एक प्रोज़ेक्ट ये भी तो चले या बस वही प्रोज़ेक्ट चलेगा, जो मालिक थमा देता है? अब मालिक माने ऊपरवाला नहीं, गुंसूलाल। घर में इकट्ठा कर रखा है, बैठक में सजाते

हो, आनेवाले को दिखाते हो, ये देखो 'स्टार ऑफ द मंथ' कहलाए थे हम। आहा हा हा! 'स्टार ऑफ द मंथ', अरे वाह!

कुछ अपने लिए भी कर लो। दफ़्तर में तो बड़े कर्मयोगी हो। देखा है, दफ़्तर की मीटिंग में कितने तुम स्मार्ट बन जाते हो। बोलते हो, अच्छा, याह, याह और यहाँ कह रहे हो, "आचार्य जी, मुक्ति मिल सकती है मुझे? कैसे मिलेगी?" (हाथ जोड़कर गिड़गिड़ाने की नकल करते हुए)

तुम्हारी अभी यही फोटो खींचकर दफ़्तर में चिपका देनी चाहिए कि यह इतना नाकाबिल आदमी है कि अपनी मुक्ति के लिए भी पूछ रहा है दूसरों से कि "कुछ होती भी है, मिलेगी कैसे?" और दफ़्तर में यही सूरमा बन जाता है। "आई थिंक दैट स्लाइड इज मिसिंग द पॉइंट, कैन यू गो बैक टू दैट? नो, नो, नो, नो, द वन प्रायर टू दिस, याह!"

अभी तोते उड़े हुए हैं बिल्कुल। कह रहे हैं, "हैं! आज़ादी! ये क्या होती है?" केला कच्चा है कि पका है, कुछ समझ में नहीं आ रहा और दफ़्तर में नाम है तुम्हारा स्वैग राजा। अभी तुमसे कहूँ कि ज़रा अपना-अपना सी.वी. दिखाना। तो ऐसा लगेगा कि रजनीकांत के बाद तुम्हीं हो। "चाँद ज़्यादा काला था, पोता किसने? मैंने। बस एक-दो धब्बे बच गए हैं, वह मेरा रिजॉल्यूशन ऑफ द ईयर है, 2019 खत्म होते-होते वो भी पोत दूँगा।" तब तो तुम इतने बड़े सूरमा हो! और अपनी मुक्ति के लिए कुछ नहीं कर सकते?

दिमाग लगाओ। इतना ज्ञान इकट्ठा करा है दुनियाभर में, किसलिए किया है? उसका सार्थक उपयोग क्या है? यही तो है न कि उसका इस्तेमाल करो अपनी मुक्ति के लिए।

प्र. : आचार्य जी, आपने बोला मुक्ति अल्गोरिदम और इन सब चीज़ों से आगे की बात है, तो लेकिन मतलब कोई उपाय न हो तो यही अल्गोरिदम होता रहता है।

आचार्य : हाँ, तो लगाओ। ये जो यहाँ बैठे हो, ये क्या उपाय नहीं है? उपाय की दिशा सही होनी चाहिए। बंधन के उपाय तयशुदा हैं, मुक्ति के उपाय तुम्हारी सृजनात्मकता से आएँगे। इसीलिए पूछोगे, "बाँधना कैसे है?" तो मैं बता दूँगा। "खोलना कैसे है?" यह कोई नहीं बता सकता। तुम्हें बस खोलने के लिए, उड़ जाने के लिए प्रेरित किया जा सकता है या बाहर का कोई तुम्हें पंछी दिखाया जा सकता है, ताकि तुममें भी हसरत जगे कि जैसे वह उड़ रहा है खुले आसमान में, हम भी उड़ें।

प्र. : सर, हमें अपना कम्यून (समुदाय) बनाना चाहिए?

आचार्य : पता नहीं क्या बनाना चाहिए, तुम जानो। हाँ, कम्यून बनाना चाहिए। (व्यंग्य करते हुए) आचार्य जी ने बताया है, हमें अपना कम्यून बनाना चाहिए। चूहेदानी के भीतर एक कम्यून भी तैयार हो जाएगा। ठीक? क्या समस्या है? तुमने चूहेदानी के भीतर मंदिर, मसजिद, गिरिजे सब खड़े कर रखे हैं, पार्क बना रखे हैं, चूहेदानी के भीतर ही तुमने अपने तीर्थ भी बना लिए हैं, तो चूहेदानी के भीतर तुम एक कम्यून भी बना लोगे, उसमें क्या दिक्कत है?

प्र. : सर, हम अकेले कितनों से लड़ेंगे?

आचार्य : सबको साथ लो। कौन कह रहा है कि अकेले लड़ो?

प्र. : वही तो ग्रुप हो गया न।

आचार्य : अरे तो! उस ग्रुप का प्रयोजन यह नहीं होगा कि चूहेदानी सलामत रह जाए।

संबंध दो तरीके के होते हैं, एक संबंध ऐसा होता है कि दस बंधन पहले ही थे दोनों के ऊपर और दोनों एक-दूसरे का ग्यारहवाँ बंधन बन गए और एक संबंध होता है कि तू मेरी बेड़ियाँ काट, मैं तेरी बेड़ियाँ काटूँगा। सही संबंध बनाओ।

और याद रखना, मैं यह नहीं कह रहा हूँ कि सही व्यक्ति के पास जाओ। मैं कह रहा हूँ, सही संबंध बनाओ, क्योंकि व्यक्ति तो जैसे हैं सो हैं, तुम उनसे सही संबंध बनाओ। तुम उनसे गलत ही संबंध बनाने को उतारू हो तो तुम गुरु से भी गलत संबंध बना सकते हो और तुम्हें सही संबंध बनाना आता है तो तुम दीवारों का भी इस्तेमाल कर लोगे बेड़ियाँ काटने के लिए।

तुम्हारे हाथ में रस्सी बँधी हो तो तुम इस दीवार का भी इस्तेमाल कर सकते हो रस्सी काटने के लिए। अब कहने को दीवार भी बंधन है और रस्सी भी बंधन है, पर बहुत हुए हैं, जिन्होंने रस्सियों को दीवारों से ही घिस-घिसकर काट दिया, जिन्होंने बेड़ियों को बेड़ियों से ही घिस-घिसकर काट दिया। मंशा होनी चाहिए, इरादा और अगर तुम्हारी सही मंशा नहीं है तो तुम्हें सही-से-सही व्यक्ति भी मिल जाए, तुम उसका दुरुपयोग कर लोगे। तुम्हें गुरु मिल गया, तुम गुरु को भी कुछ और बना डालोगे, गुरु को गुरु मानोगे ही नहीं; इरादा ही नहीं है आज़ादी का।

प्र. : आचार्य जी, हर एक नया उपाय बनाया जाए, फिर वह ही बंधन बन जाता है बाद में।

आचार्य : कुछ उपाय ऐसे होते हैं, जो बंधन काटकर मिट जाते हैं। शास्त्र कहते

हैं कि कपूर रोशनी दे जाता है और उसके बाद गंदगी की तरह शेष नहीं रह जाता, रोशनी देकर वह मिट जाता है। अच्छी दवाई बीमारी को मिटा देती है और खुद नई बीमारी नहीं बन जाती। घटिया दवाई पुरानी बीमारी को मिटा देती है और खुद नई बीमारी बन जाती है।

अब इसी से सत्संगति और सद्विचार भी समझ लो क्या होते हैं। अच्छी संगति वो है, जो तुम्हें व्यर्थ की संगति से मुक्ति दिला दे और खुद भी कोई नया बंधन न बन जाए। अच्छा शब्द वो है, जो तुम्हारे भीतर के कोलाहल को शांत कर दे और खुद भी नया कोलाहल न बन जाए।

प्र. : तो अभी उपाय क्या है कि अपने बंधन हरपल देखने चालू करें?

आचार्य : अपने बंधनों को भी देखो और ऐसों की संगति करो, जो बंधन तोड़कर उड़ पाए। उनको देख करके तुम्हें भी याद आता है कि तुम भी उड़ सकते हो। दोनों पर एक साथ नज़र रखो, अपने बंधनों पर और उनके पंखों पर। अपनी बेड़ियों को देखो और उनकी उड़ान को देखो, झटका लगेगा; सिर्फ़ अपनी बेड़ियों को देखोगे, बात नहीं बनेगी। सिर्फ़ उनकी उड़ान को देखोगे, तो भी बात नहीं बनेगी। अंतर दिखना चाहिए, भेद दिखना चाहिए, विरोध दिखना चाहिए, कंट्रास्ट दिखना चाहिए, थोड़ी शर्म आनी चाहिए। हैं तो वही वो भी जो मैं हूँ, तो मैं यहाँ क्या बंधनों में पड़ा हुआ हूँ और वो कैसे उड़ रहे हैं? इतना कैसे फासला आ गया? थोड़ी आग लगनी चाहिए, कह लो कि थोड़ी ईर्ष्या ही उठे, वह ईर्ष्या भी भली है।

प्र. : आचार्य जी, जैसे कोई काम करता है या पढ़ता है, तो वह उपाय ही करता है खुद की मुक्ति का, लेकिन वह बाद में उसका बंधन बन जाता है।

आचार्य : आवश्यक नहीं है। वह तो तुम्हारे ऊपर है कि तुम किस आशय से पढ़ रहे हो। जो मुक्ति को चाहते हुए पढ़ेगा, वो पहली बात तो सही चीज़ ही पढ़ेगा और दूसरी बात, जो पढ़ेगा उसका उपयोग मुक्ति के लिए ही करेगा और जो अपनी बेड़ियों से संतुष्ट है, उसको तुम चाहे संतवाणी थमा दो, चाहे वेद-वेदांत थमा दो, वह अपने सारे ज्ञान का उपयोग अपनी बेड़ियों को जायज़ ठहराने के लिए और अपने बंधनों को बढ़ाने के लिए ही करेगा। मूल बात है, मंशा, नीयत क्या है?

बहुत घूम रहे हैं आध्यात्मिक ज्ञान से भरे हुए, उन्होंने ज्ञान का इस्तेमाल ही अपनी चूहेदानी को और अलंकृत करने के लिए किया है और ऐसे भी हुए हैं, जिनके पास ज्ञान बहुत नहीं था, पर जिनका दिल जल रहा था। दिल में आग थी, आज़ादी

चाहिए थी। वह मंशा हो तो ज्ञान अपने आप उपलब्ध हो जाता है, फिर सही ज्ञान मिलेगा और उतना ही मिलेगा, जितना तुम्हें वास्तव में चाहिए।

प्र. : आचार्य जी, जो लोग मुक्ति के मार्ग पर चलते हैं, उनके लिए जो पहले से ही डॉक्यूमेंटेड अनुभव हैं, क्या वह कसौटी हैं या… ?

आचार्य : कुछ नहीं, बेकार की बात है। जो जेल तोड़कर भाग रहा हो, वह बीच के अनुभवों की परवाह करेगा? तुम्हें पता चलता है कि श्रीमतीजी ने गिरकर सिर फोड़ लिया है अपना और अस्पताल में भर्ती हैं और तुम भगते हो अस्पताल की तरफ़, रास्ते में क्या-क्या मिल रहा है, इसको अपने अनुभवों में दर्ज करोगे क्या? परवाह करोगे? तुम्हें कुछ याद ही नहीं रहेगा। तुम कहोगे, एक बहुत महत्त्वपूर्ण चीज़ है, जिसकी ओर भाग रहा हूँ, बीच का कौन याद रखे। तुम्हें तो यह भी नहीं याद रहेगा कि सामने लाल बत्ती है कि हरी बत्ती है, गाड़ी बढ़ा दोगे।

कौन सा अनुभव, कैसा अनुभव; होते होंगे बहुत अनुभव, उनका महत्त्व क्या? मुक्ति का महत्त्व है या बीच के अनुभवों का महत्त्व है? पर बीच के अनुभवों को बड़ा महिमामंडित किया गया है। कोई बताता है, "अरे! मुक्ति की यात्रा में कानों में घंटियाँ बजती हैं, आँखों के सामने तारे घूमते हैं।" तुम बड़े प्रभावित भी हो जाते हो।

कोई बताता है, "अरे! मुझे तो ऐसा लगा था कि मैंने अपना जिस्म छोड़ दिया है और मैं जाकर इधर-उधर बिना जिस्म के ही भटकने लग गया हूँ। मुझे यही नहीं पता था फिर कि मेरा जिस्म मेरा है या बैल का जिस्म मेरा है; गाय ने बताया।" और ये बातें तुम्हें बिल्कुल श्रद्धा में ले जाती हैं, कहते हो, "अरे गजब! ये अपने जिस्म से बाहर कूद गए?" और ये दो-कौड़ी की बातें हैं।

और जिन्हें मुक्ति की अभीप्सा होगी, वे कभी इन बातों से प्रभावित नहीं होंगे, बल्कि वे समझ जाएँगे कि जो ऐसी बातें कर रहे हैं, वे महाचोर हैं।

जब तुम्हें साधारण दैहिक प्रेम भी हो जाता है और वह रहती है ज़रा दूर के मोहल्ले में और बीच में रेलवे क्रॉसिंग है और तुम चले अपनी साइकिल ले करके उसके मोहल्ले का चक्कर लगाने और क्रॉसिंग का फाटक था बंद, तो तुम ये दर्ज करोगे कि फाटक पर तुम्हें क्या-क्या अनुभव हो रहे थे? बगल में मूँगफली का ठेला था। आहा! उसमें से खुशबू उठ रही थी। मैं सूँघ रहा था, क्या अनुभव था! और मेरे सामने ठीक रेल की चार पटरियाँ थीं। ये सब तुम क्रॉसिंग पर खड़े होकर अनुभव दर्ज करोगे या तुम कहोगे, "क्रॉसिंग बंद है, कोई बात नहीं, फाँद जाऊँगा। आ रही

है रेल, आने दो; मैं तो फाँद जाऊँगा।" बोलो।

साधारण प्रेम में भी तुम्हें सिर्फ़ मंज़िल याद रह जाती है, बीच की बातें बिल्कुल ही भूल जाते हो। भूल जाते हो कि नहीं?

तुलसीदास को साधारण लौकिक प्रेम हुआ था। बरसात की एक रात, देहाग्नि से जलते हुए पहुँच गए पत्नी से मिलने। वह रहती थी दूसरी-तीसरी किसी मंज़िल पर घर की और आधी रात अमावस, धुआँधार पानी वरस रहा है और उन्हें पत्नी से मिलना है, देखा कि ऊपर से कुछ लटक रहा है। बोले, "बढ़िया, इसकी भी हालत लगता है कि मेरे ही जैसी है, अपनी साड़ी लटका दी है इसने मेरे लिए।" जो कुछ भी लटक रहा था, उसको पकड़कर चढ़ गए। जब चढ़ गए तो वह सो रही थी, उसको जगाया जल्दी से, बोले, "आ गया हूँ मैं।"

बोली, "आ कहाँ से गए, दरवाज़ा तो बंद है?"

बोले, "वह तूने लटका रखा था न।"

बोली, "मैं काहे को लटकाऊँगी? तुम्हारे जैसी हूँ क्या? यह लटकानेवाला काम तुम्हारा है।"

"भाई, क्या है?"

जाकर देखा तो अजगर लटक रहा था। बीवी ने सिर पीट लिया। बोली, "तुम इतने अंधे हो गए। कामाग्नि में ऐसे जले कि तुम्हें रस्सी और अजगर में अंतर नहीं पता चला?"

जब तुम कामाग्नि में भी जलते हो, तो रास्ते का तुम्हें कुछ होश नहीं रहता; जो परमात्मा के प्रति प्रेम की आग में जलेगा, उसे बीच के अनुभवों का कोई होश रह जाएगा? पर घूम रहे हैं एक-से-एक ठग, जो बता रहे हैं ऐसा अनुभव और वैसा अनुभव। तुम कहते हो, क्या बात, क्या बात! बाप रे, बाप रे!

अब यही सोचो, तुलसीदास बताते कि अजगर लटक रहा था और उसको छुआ मैंने तो ऐसी ठंडी उसकी देह, कसम से समझ गया कोल्ड ब्लडेड ही होते हैं ये सब और पीले रंग का वो, मोबाइल खोला और रोशनी मारकर चेक किया और काले-काले उसके धब्बे थे। तो फिर तो ये पक्का था कि इस आदमी को अलौकिक प्रेम क्या, लौकिक प्रेम का भी कुछ पता नहीं है। इसे राम से तो क्या ही प्रेम होगा, इसे तो काम से भी प्रेम नहीं है।

प्रेमियों की कहानियाँ सुनी हैं न?

'सोनी महिवाल'। वह घड़ा ही लेकर पार कर जाती थी नदी, मिलने जा रही है। अब उससे कोई पूछे, "कैसा अनुभव हुआ?" तो उसे अनुभव याद होंगे? याद होगा उसे क्या कि पानी ठंडा था कि गरम था?

अरे! नहीं साहब। बाहर क्या चल रहा है, हमें इसका कोई होश नहीं। भीतर ज्वाला धधक रही है, हमें बस इतना पता है।

बाहर की चीज़ों से आकृष्ट हो गए, बाहर की चीज़ों में लिप्त हो गए, बाहर के अनुभव तुम्हें आकर्षक लगने लगे, तो फिर उन्हीं से उलझकर पड़े रहना; असली चीज़ से विमुख हो जाओगे।

प्र. : सर, इस ज्वाला में घी कैसे डाला जाए?

आचार्य : जो चाहिए होता है, जैसे-जैसे उसकी ज़रा झलक मिलती जाती है, बेताबी और बढ़ती जाती है। जो चाहिए, उसकी तरफ़ कदम बढ़ाओ, आग में घी अपने आप पड़ जाएगा। भूखे हो तुम, भूख और बढ़ जाती है न, जब भोजन की खुशबू आती है? तो भूखे हो अगर तुम, तो उधर को बढ़ो जिधर भोजन है। उधर को बढ़ोगे, खुशबू आएगी, भूख और बढ़ेगी, ज्वाला और धधकेगी।

प्र. : आचार्य जी, तो क्या वेद-पुराण पढ़ना सही शुरुआत होगी?

आचार्य : हो सकती है, अगर तुम उनको प्रयोग अपनी मुक्ति के लिए करना चाहो तो। वेद-पुराण सिर्फ़ सफेद कागज और काली स्याही भी रहे आ सकते हैं और वेद-पुराण मुक्ति में सहायक भी हो सकते हैं, तुम्हारी मंशा पर है। अधिकांश लोगों के लिए वेद-पुराण, दुनिया के सारे धर्मग्रंथ कुछ नहीं हैं, बोझ हैं बस। कोई-कोई ही होते हैं, ऐसे आज़ादी के अभिलाषी कि वे वेदों का सम्यक् प्रयोग कर पाते हैं।

प्र. : आचार्य जी, आनंद क्या है?

आचार्य : कोई अवस्था नहीं है। अवस्थाएँ आ रही हैं, जा रही हैं, तुम्हें उनसे फ़र्क नहीं पड़ रहा, यही आनंद है।

प्र. : प्रोग्रामिंग टूटे पहले...

आचार्य : जिसकी प्रोग्रामिंग है, उसकी तो चल रही है; तुम उससे बाहर हो गए हो। तुम्हारी प्रोग्रामिंग कोई कर नहीं सकता। जो प्रोग्राम्ड है, वह प्रोग्राम्ड ही रहेगा, उसकी प्रोग्रामिंग कोई तोड़ नहीं सकता। तो जो प्रोग्राम्ड है, वह अपनी प्रोग्रामिंग के अनुसार चल रहा है, तुम हट गए।

प्र. : आचार्य जी, जब जूनियर (कनिष्ठ) से बात करते हैं, तब अलग होते हैं,

सीनियर (वरिष्ठ) से बात करते हैं तो अलग होते हैं, घर पर मम्मी-पापा से बात करते हैं तो अलग होते हैं, आपके सामने थोड़े अलग हैं; अवस्थाएँ बदलती हैं तो हम बदलते हैं। इसका मतलब हम आनंद में नहीं हैं। तो सबसे बराबर की बात नहीं कर सकते?

आचार्य : बात तो सबसे अलग-अलग ही करोगे। दादा से वही बात थोड़े ही करोगे, जो घर के छोटे बच्चे से करोगे।

प्र. : कंटेंट (सामग्री) बदलना है?

आचार्य : कंटेंट बदले, बात बदले; तुम न बदलो। सब बदले, तुम मत बदलो, तब कुछ बात बनेगी।

***आजादी के प्रति प्रेम चाहिए और जिससे तुम्हें प्रेम हो,
उसे आजादी चाहिए। दोनों साथ-साथ चलते हैं।
प्रेम और मुक्ति अलग-अलग नहीं हैं।***

□

38

कोई आखिरी मुक्ति नहीं होती, जीवन भर सावधान रहो

अद्वैत शिविर, बोधस्थल, 2020

तुम जीवन में बहुत गिरी हुई हालत में हो,
तो भी तुम्हारे पास ऊपर उठने का विकल्प है
और तुम जीवन में बहुत-बहुत ऊपर पहुँच गए,
तो भी तुम्हारे पास नीचे गिरने का विकल्प है।
इसीलिए जब नीचे हो तो श्रद्धा मत खोना और
जब ऊपर हो तो सावधानी मत खोना।

प्रश्नकर्ता : आचार्य जी, जब हम कर्म करते हैं, तो सारे कर्म हम बाहरी दुनिया में ही करते हैं। आपको सुनने के बाद ही हम समझ पाते हैं कि हमें अप्रभावित रहना है, भावनात्मक रूप से जुड़ नहीं जाना है, लेकिन इस बात का फिर बुरा भी लगता है कि जब तक कंडीशनिंग है, आपने बताया कि ऐसा करना आसान नहीं है। पहले यह जैसे छुपा हुआ था, अब वह बता भी दी गई है, उसके बाद भी वहाँ तक नहीं पहुँचा जा रहा है; कहीं-न-कहीं चीज़ों के वशीभूत ही हैं हम। तो यह एकाएक हो सकता है या समय लगेगा वहाँ तक पहुँचने के लिए?

आचार्य प्रशांत : देखो, समय तो लगेगा और समय ही नहीं लगेगा, यह प्रक्रिया तब तक चलती रहेगी, जब तक तुम्हारे लिए समय है।

सवाल समझ रहे हैं या मैं इसी सवाल को दूसरे शब्दों में बोल दूँ थोड़ा

बदलकर? कि जिसको मुक्ति बोलते हैं, उस तक पहुँचने में समय लगता है या एक बार में तुरंत एक झटके से भी हो सकती है?

पहली बात तो अभ्यास की बात है। अपने-आपको यह दिलासा मत दीजिए कि कोई जादू, चमत्कार हो सकता है और तुरंत मुक्ति, निर्वाण जैसा कुछ हो सकता है। नहीं, ऐसा कुछ भी नहीं है। यह पहली बात, ठीक है? कि मेहनत लगनी ही लगनी है।

दूसरी बात, समय लगना है, लेकिन जितना ज़्यादा समय लगेगा, आपके लिए उतना बुरा है; समय लगना है, लेकिन जितना ज़्यादा समय लगाओगे, उतना आपके लिए बुरा है।

तो यह न हो कि आप अपने-आपको यह बहाना दे दें कि समय तो लगता ही है, मेरे चालीस साल लग रहे हैं तो कौन सी बड़ी बात है! यह तो हमें बताया ही गया था न भाई कि काम लंबा है, समय लगता है। तो हमारा कितना लग गया? हमारे चालीस साल लग गए भई! हम चालीस साल से बस ध्यान कर रहे हैं बैठकर, समय लगता है भई!

नहीं, तुम जितना ज़्यादा समय लगा रहे हो, अपनी तकलीफ़ उतनी बढ़ा रहे हो, यह दूसरी बात। तीसरी बात जो इन दोनों बातों से आगे की है, कोई ऐसा बिंदु नहीं आ जाता कि जहाँ पहुँच करके आप कहें कि जितना समय लगना था, लग गया और अब मैं हो गया मुक्त। लगातार, लगातार सतर्कता रखनी ही पड़ती है, क्योंकि आप अपने साथ अपना दुश्मन ले करके चल रहे हो।

जिसकी स्थिति ऐसी हो कि उसे अपने दुश्मन के साथ ही जीना और साथ ही मरना है, वह कैसे असावधान हो सकता है कभी भी? सावधान शब्द से याद आया, जानते हैं सावधान माने क्या होता है? 'स', 'अवधान' और अवधान माने क्या होता है? ध्यान, ऑब्जरवेशन। अवधान माने ध्यान ही होता है। तो सावधानी का मतलब ही होता है ध्यान, तो ध्यान करने का मतलब ही है सावधान रहना। सावधान किसके खिलाफ़ रहना? भाई, दोस्त हो तो सावधानी की ज़रूरत क्या! अगर कहा जा रहा है कि सावधान रहो, तो आशय क्या है सीधा? आसपास कौन है? दुश्मन है। यह कौन सा दुश्मन है, जो हर समय आसपास है?

प्र. : देह, शरीर।

आचार्य : हाँ, इसी के साथ जिए हैं, पैदा हुए थे, मरेंगे। माया इसमें बैठी हुई है। तो अब बताइए कौन सी पूर्ण मुक्ति हो सकती है, जब तक यह शरीर है? पूर्ण मुक्ति नहीं

हो सकती, लेकिन मन को आप ऐसा बना सकते हैं कि उसमें पूर्ण सावधानी रहे। यह बात बहुत बारीक है, एकदम साफ़-साफ़ समझिए। पूर्ण मुक्ति नहीं हो गई, लेकिन प्रेम से और साधना से आपने मन को ऐसा बना लिया कि अब वह सतत सावधान रहता है।

दुश्मन दूर नहीं चला गया है, दुश्मन कहाँ है? दुश्मन यहीं पर है, पर अब सावधानी जैसे आपकी गहरी आदत बन गई है—आदत शब्द अच्छा नहीं है, पर और कुछ कह नहीं सकते—सावधानी अब जैसे अब आपकी गहरी आदत बन गई है; आप जीते भी सावधान हैं, आप सोते भी सावधान हैं, चल भी सावधानी में रहे हैं, रुक भी सावधानी में रहे हैं। इसी सावधानी का, मैंने कहा, दूसरा नाम है प्रेम।

तो दुश्मन तो साथ है, पर अब आप सतत और समग्र रूप से सावधान हैं। सतत माने लगातार, समग्र माने पूरी तरह से, (चारों ओर इशारा करते हुए) इधर से भी, उधर से भी, उधर से भी; हर तरफ़ से सावधान हैं। यह बात समझ आ रही है? तो सावधानी कोई ऐसी चीज़ नहीं है, जो मुक्ति के बाद आपको त्याग देनी है; मुक्ति का मतलब होता है, अब सावधानी स्वभाव हो गई, अभी जिसको मैंने बोला था गहरी आदत।

मुक्ति का क्या मतलब होता है? अब सावधानी स्वभाव हो गई, अब प्रतिपल सावधान हैं; लेकिन फिर भी याद रखो कि माया भाँजी मार सकती है, क्योंकि यह अगर याद नहीं रखा तो सावधानी गिर गई न। तो लगातार सावधान होने का मतलब ही है यह लगातार जानते रहना कि सावधानी की ज़रूरत अभी भी है। कोई बिंदु ऐसा नहीं आएगा, जब आप यह कह दें कि मेरा तो हो गया और मुझे कोई सावधानी नहीं चाहिए; कोई बिंदु नहीं आएगा।

जब तक शरीर है, तब तक माया है। समझ में आ रही है बात? बुरी लग रही है बात? (मुस्कुराते हुए) क्या सोचकर आए थे? सरदार मुक्ति देगा! (हँसी)

मुक्ति एक सतत प्रक्रिया है, कोई बिंदु नहीं है कि आप आज लक्ष्य बनाएँ कि एक जनवरी 2021 को मुक्ति पानी है। समझ में आ रही है बात? आप लक्ष्य बना लें, अच्छी बात है, आपकी गति बढ़ेगी, पर अनंत है अगर मुक्ति, तो उस तक पहुँच कैसे जाओगे! पहुँच तो किसी ऐसी चीज़ तक ही सकते हो न जिसका अंत होता हो। वह मुक्ति जिस तक हम पहुँच गए, कोई बहुत छोटी सी और सस्ती चीज़ होगी। बिल्कुल हो सकता है ऐसा कि आपको लगने लगे कि आप मुक्त वगैरह हो गए, एन्लाइटेंड

हो गए, पर वह बहुत छोटा सा, साधारण सा कुछ होगा, जो आपको मिल गया है।

आपको कुछ पत्थर सा मिल गया है, आपने उसी को हीरा समझ लिया। हीरा अगर वाकई हीरा है तो अनंत मूल्य का होगा और जो अनंत है, उसकी प्राप्ति नहीं हो सकती। अनंत की प्राप्ति के लक्ष्य का फायदा यह होता है कि वह तो नहीं मिलेगा, उसे पाने की कोशिश में आप घिस-घिसकर, घिस-घिसकर खत्म हो जाओगे। यह फायदा होता है और यही तो करना था न—सत्य को पाना नहीं था, अहंकार को मिटाना था। समझ में आ रही है बात?

अहंकार का आखिरी अवशेष तब तक रहता है, जब तक शरीर है, लेकिन स-अवधान रह सकते हैं हम। उसको फिर कहते हैं जीवन-मुक्त हो जाना, कि शरीर तो है, लेकिन हम फिर भी मुक्त हैं। मुक्त हैं, पर किसके साथ? सावधानी के साथ मुक्त हैं।

यह बात अध्यात्म में भी लागू होती है, यह बात तथाकथित मुक्त पुरुषों पर भी लागू होती है—सावधानी हटी, दुर्घटना घटी। इसीलिए पाते हो कि इतने लोग जो घोषित करते थे कि हम तो अब मुक्त हो गए हैं—थोड़ी देर पहले तो मुक्ति में थे, अब जेल में क्यों हो? क्योंकि सावधानी हटी, दुर्घटना घटी।

शरीर जब तक है, तब तक कोई भी मुक्ति अंतिम नहीं होती और ऐसा नहीं है कि मुक्ति होती नहीं है, मुक्ति होती है, लेकिन अंतिम नहीं, फिर मुक्ति के आगे मुक्ति है, मुक्ति के आगे मुक्ति है, अनंत है मुक्ति; मुक्ति पर मुक्ति, समाधि पर समाधि। बढ़ते ही जाना है, बढ़ते ही जाना है। यही मुक्ति का स्वभाव है, क्या? वह बढ़ती ही जाती है, बढ़ती ही जाती है। कोई चाय थोड़े ही है कि पी ली, कटोरा खाली कर दिया; सागर है। तुम पीते जाओ, वह उतना ही शेष रहेगा। मुक्ति ऐसी चीज़ है—तुम पाते जाओ, अभी और बची रहेगी पाने के लिए, अभी और बची रहेगी पाने के लिए।

एक कमरा है, यहाँ फँसे हुए हो, दीवारों पर सिर मार रहे हो, खंभे से टकरा रहे हो। तुम्हें दरवाज़े से बाहर कितनी बार निकलना है? सौ बार भी खंभे से टकरा करके दरवाज़े से अगर एक बार बाहर निकल गए तो निकल गए, बस हो गया, निकल गए। खंभे नहीं जीत सकते, वो अधिक-से-अधिक तुमको सौ बार परेशान कर सकते हैं, लहूलुहान कर सकते हैं; जीत नहीं सकते, जीतोगे तुम्हीं।

तुम्हारी हार सिर्फ़ एक तरीके से हो सकती है, क्या? तुम यहाँ घर बना लो।

घर मत बनाना। यहाँ लड़ना है खंभों से, दीवारों से। यहाँ रहने नहीं आए हैं हम,

यहाँ लड़ने आए हैं। समझ में आ रही है बात?

हार सिर्फ़ एक सूरत में है—(आसपास इशारा करते हुए) यहीं पर गद्दा डाल दिया बढ़िया, इधर रसोई बना ली और उधर दो चुन्नू-मुन्नू खड़े कर दिए। अब काहे को दरवाज़े से निकलोगे बाहर! अब नहीं निकलने के और उस स्थिति में तुम्हारे यह परदे, ये खंभे, ये दीवारें, यह फर्श बहुत साफ़ नज़र आएँगे।

एक कमरा देखो, जिसमें बहुत साफ़-सफ़ाई है, सब बहुत अच्छा-अच्छा, समझ लेना कि यहाँ मुक्ति नहीं होनेवाली, क्योंकि यहाँ पर अब क्या बन चुका है?

प्र. : घर बन चुका है

आचार्य : और कमरा देखो, जहाँ चारों तरफ़ खून के छींटे हैं, साफ़ दिखाई पड़ रहा है कि यहाँ पर रोज़ दीवारों पर सिर मारा जा रहा है, समझ लेना यहाँ पर (मुक्ति) होगी। यह लड़का यहाँ से निकलेगा, किसी-न-किसी दिन निकलेगा, इसका नंबर कभी भी आएगा।

और इसका यह नहीं मतलब है कि जिन्होंने घर बना लिया है, वो बहुत सुख में हैं। मुझे पता है भीतर-ही-भीतर क्या चल रहा होगा। "अच्छा, ठीक है, अब दीवार पर सिर कौन मारे, बड़ा दर्द होता होगा, खून-वून आता होगा तो।" नहीं, सिर फोड़ने में भी जो सुख है, वह सिर फोड़नेवाले ही जानते हैं और यहाँ पर रसोड़ा बना लेने में जो दुःख है, वह रसोड़ेवाले ही जानते हैं। तो उलटा मत सोच लीजिएगा। समझ में आ रही है बात?

क्या करें अगर बना ही लिया है?

प्र. : उसको तोड़ दो।

आचार्य : उसको नहीं तोड़ दो, ऊर्जा उसको तोड़ने में लगानी है या दरवाज़ा खोजने में लगानी है?

प्र. : दरवाज़ा खोजने में।

आचार्य : उसको काहे तोड़ रहे हो, बल्कि अब जब बना ही लिया तो अच्छी बात है, उसमें जो कुछ पक रहा है, खूब खा लो, ताकि बाजुओं में जान आ जाए और फिर जितने पैदा कर दिए हैं, एक को यहाँ (एक कंधे पर) बैठाओ, एक को यहाँ (दूसरे कंधे पर) बैठाओ और उनको साथ ले करके रवाना हो जाओ। समझ में आ रही है बात?

अब उत्तरदायित्व अपने प्रति ही नहीं रह गया; काहे को कुनबा खड़ा किया? अब

कुनबा खड़ा किया है तो कर्तव्य भी निभाना पड़ेगा न। तो अब कर्तव्य क्या है? एक को इस जेब में डालो, एक को इस जेब में डालो, एक को यहाँ कंधे पर बैठाओ और फिर सिर से फोड़ो सबकुछ। अब और मुश्किल होगा, लेकिन क्या करें ऐसा ही है।

प्र. : आचार्य जी, आपने कल समझाया था कि जो दीवारों और खंभों पर सिर मारते रहते हैं, उससे हार होती रहेगी; एक बार दरवाज़े से निकल गए तो मुक्ति हो जाएगी, फिर हार नहीं। अभी-अभी हमने यह भी चर्चा किया कि मुक्ति एक ऐसी चीज़ है, जिसका निरंतर अभ्यास करना पड़ता है, इंसान ने अपनी सावधानी खोई तो वह दोबारा ऐसे काम करने लग जाएगा, जिसमें 'मैं' शामिल हो जाएगा और वह दोबारा साधारण ज़िंदगी जीने लग जाएगा।

तो इसमें तो मुक्ति पाई, गायब हो गई, पाई, गायब हो गई, ऐसा चलता जाएगा ज़िंदगी में। इसमें जीत और हार तो चलती रहेगी, तो इसमें फिर वह बिंदु कहाँ आया कि अगर कोई जीत गया तो कभी हारेगा नहीं? इसमें वह बिंदु तो आया ही नहीं।

आचार्य : उसको अगर बाहर निकल करके मुक्ति प्यारी लगी है तो जिन पाँवों से बाहर निकला है, उन्हीं पाँवों से अंदर नहीं आ जाएगा न। तकलीफ़ सारी यह है कि जब तक तुम्हारे पास पाँव हैं—पाँव माने शरीर—जब तक तुम्हारे पास पाँव हैं, तब तक पाँवों के पास लौटने का विकल्प भी है। जिन पाँवों का इस्तेमाल करके बाहर निकलते हो, उन्हीं का इस्तेमाल करके वापस भी आ जाते हो, इसीलिए उस दिन तक सावधान रहना होगा, जिस दिन तक पाँव हैं। जब पाँव ही नहीं रहे, तब तो ठीक। पाँव हैं तो खतरा है।

और ऐसा बहुत हुआ है कि जिन्हें हम बड़ा आदमी, मुक्त आदमी, एन्लाइटेंड आदमी बोलते हैं, उन्होंने ऐसी-ऐसी भयंकर भूले करी हैं कि पूछो मत। अधिकांशत: वैसी भूलों पर इतिहास ने परदा डाल दिया है, क्योंकि परदा नहीं डालोगे तो उनके माननेवालों को, अनुयायियों को बुरा लगता है कि ये तो हमारे पूजनीय हैं, उन्होंने ऐसी हरकत तो नहीं करी होगी; पर करी हैं।

सावधानी नहीं हटनी चाहिए और यह बड़ी मीठी सावधानी है। मैंने कहा कि दुश्मनों के विरुद्ध सावधानी रखनी है और मैंने साथ-हो-साथ उसको एक और नाम भी दिया न, क्या? प्रेम। तो यह प्रेम की बात है भई! प्रेम बाहर है, तुम यहाँ अंदर क्यों लौटकर आना चाहते हो? और अगर बाहर प्रेम है, तो वह जो प्रेमवाली सावधानी है, उसमें आनंद है या कष्ट है?

प्र. : आनंद है।

आचार्य : देखो, एक सावधानी यह होती है कि चोर, डाकू आनेवाले हैं तो तुम बंदूक लेकर तैयार खड़े हो। यह सावधानी है, इस सावधानी में भीतर क्या रहता है? तनाव रहता है, डर रहता है, कष्ट रहता है, है न? हम जिस सावधानी की बात कर रहे हैं, उसमें क्या है? उसमें प्रेम की मधुरता है। तो वह सावधानी कोई कष्ट की बात नहीं है कि मुक्ति के बाद भी सावधानी रखें तो फिर मुक्ति का फायदा क्या है! अरे, वह बड़ी मीठी सावधानी है, यह फायदा है। वह बहुत अच्छी सावधानी है, उसको रखने में बड़ा रस है।

जैसे कि कोई वास्तविक, अच्छा, सच्चा पुजारी हो और वह लगातार सावधानी रखता हो कि प्रतिमा के सामने दिया बुझना नहीं चाहिए, अखंड जलना चाहिए दिया, यह उसके लिए कष्ट की बात है? किसी ऐसे से मिलो तो उससे पूछना, जैसे कि माँ होती है न कि अगर बच्चा ज़रा सा कुनुख कर दे तो वह जग जाती है। दिया तो कुछ आवाज़ भी नहीं करता, लेकिन यह व्यक्ति दिए को बुझने नहीं देगा। तेल कम हो रहा है, हवा ज़्यादा हो रही है, उसे तुरंत पता चल जाएगा। उसको इसमें कोई दर्द नहीं होता। सावधानी को बुरी बात मत मान लो, सावधानी मीठी बात है, उसमें प्रेम है। वह सावधानी रखो। ठीक है?

और उम्मीद भी मत करो किसी ऐसी घड़ी की कि जब तुम कोई चामत्कारिक दिव्य पुरुष बन जाओगे और कुछ भी इधर-उधर का कर रहे होंगे तुम्हें कुछ नहीं होगा। ऐसी उम्मीद रखकर मैंने कहा तो कि बहुत लोग जेल पहुँच गए। वे अपने-आपको तर्क सब यही देते थे कि हम तो अब शरीर हैं नहीं, हम तो ब्रह्म हैं और ब्रह्म पर तो कोई नियम-कायदा लागू होता नहीं, तो ये दिल माँगे मोर। यह मत कर लेना।

और इस उम्मीद से अगर तुम बढ़ रहे हो मुक्ति की ओर तो यह बड़ी झूठी मुक्ति की ओर बढ़ रहे हो तुम। फिर तो तुम अपनी कामनाएँ पूरी करने के लिए मुक्ति माँग रहे हो, यह कौन सी मुक्ति है!

तुम्हें चमत्कार करने के लिए मुक्ति चाहिए या अपनी धौंस चलाने के लिए मुक्ति चाहिए कि "अब ये साहब, अब ये बड़े आदमी हैं, अब ये मुक्त पुरुष हैं। चलो सब पाँव छुओ।" तो यह कौन सी मुक्ति है भाई कि मेरी मूर्ति लगाई जाए और यह कौन सी मुक्ति है?

इंसान हो, इंसान की तरह रहो, देवी-देवता बनने की कोई ज़रूरत नहीं है और

अच्छे से याद रखो कि यह शरीर जो है जानवर का है. जंगल से आया है। (हथेलियाँ दिखाते हुए) यह देख रहो हो न ये पंजे, यह देख रहे न नाखून और उसके बाद बोल रहे हो मुक्त पुरुष हैं! ये दाँत देखे हैं दो, ये काटने के लिए हैं मांस को, चबाने के लिए, उसके बाद बोल रहे हो कि हम तो शुद्ध मुक्त आत्मा हैं! शुद्ध, मुक्त आत्मा हैं और जाकर बैठे हैं डेंटिस्ट (दंत चिकित्सक) के यहाँ, 'रूट कैनाल कर दो।' तो इन बातों का खयाल रखो, एकदम ही मदहोश मत हो जाओ यह सोच करके कि मेरा तो हो गया।

यह बहुत ही दुर्भाग्य की बात रहती है कि अध्यात्म कहने को तो होता है सच की खोज, लेकिन अध्यात्म के नाम पर जितने झूठ बोले जाते हैं, उसकी कोई इंतिहा नहीं है और सबसे ज़्यादा झूठ उनके द्वारा बोले जाते हैं, जो कहते हैं कि उनको सच मिल गया। यह बात ही गजब है!

अब दाँत में दर्द हो रहा है तो दाँत में अपना करवा रहे हैं और 'हाय-हाय' कर रहे हैं। दर्द कम करने के लिए नशा भी ले रहे हैं और कोई पूछ रहा है कि "तुम तो ब्रह्म हो, तुम क्यों 'हाय-हाय' कर रहे हो?" तो कहेंगे. "हम नहीं कर रहे, शरीर कर रहा है। हम थोड़े ही कर रहे हैं, हम तो साक्षी भर हैं; शरीर कर रहा है।" क्या है ये!

अध्यात्म आपको देवी-देवता, चामत्कारिक या सिद्ध पुरुष बनाने के लिए नहीं है; हम पल-प्रति-पल बेवकूफ़ियों में जीते हैं, हमें हनारी बेवकूफ़ियों के ही विरुद्ध सतर्क करने के लिए है।

बहुत सीधी-साधी बात है इसमें जादू-टोना, लफ्फाजी, इधर-उधर के कारनामे, करतूतें, चमत्कार, यह सब मत जोड़ो, इनका अध्यात्म से कोई संबंध नहीं है।

नहीं माननी न यह बात?

कह रहे हैं, "जब तक वह दिव्य आभा नहीं निकली, तब तक मज़ा ही नहीं आता अध्यात्म का। कुछ तो होना चाहिए न चामत्कारिक!"

प्र. : आचार्य जी, फिर ऐसे लोग मुक्त हो ही कैसे जाते हैं, जो वापस आ सकते हैं?

आचार्य : ऐसा ही होता है बेटा, अब क्या करें!

जो भी कोई जहाँ भी है, वहाँ से उसके लिए सदा दो रास्ते हैं, एक ऊपर का और दुर्भाग्यवश एक नीचे का भी। नीचे गिरने का विकल्प कभी बंद नहीं होनेवाला, इसलिए सावधान रहो। बहुत सीधी बात है, कुछ इसमें जटिल लग रहा है?

तुम जीवन में बहुत गिरी हुई हालत में हो, तो भी तुम्हारे पास ऊपर उठने का

विकल्प है और तुम जीवन में बहुत–बहुत ऊपर पहुँच गए, तो भी तुम्हारे पास नीचे गिरने का विकल्प है। इसीलिए जब नीचे हो तो श्रद्धा मत खोना और जब ऊपर हो तो सावधानी मत खोना।

आ रही है बात समझ में?

अहंकार का आख़िरी अवशेष तब तक रहता है,
जब तक शरीर है, लेकिन सावधान रह सकते हैं हम।
उसको फिर कहते हैं जीवनमुक्त हो जाना, कि शरीर तो है,
लेकिन हम फिर भी मुक्त हैं। मुक्त हैं, पर किसके साथ?
सावधानी के साथ मुक्त हैं।

□

39

ज्ञान का उपयोग नहीं कर पाते?

अद्वैत शिविर, बोधस्थल, 2020

उँगलियाँ जब चटकती हैं तो अच्छा क्यों लगता है? क्योंकि उनमें एक तनाव बैठा था; वैसे ही अहंकार है, उसे भी थोड़ा चटकाइए, अच्छा लगेगा।

आचार्य प्रशांत : आप किसी चीज़ को अस्तित्वमान तभी कह सकते हो, जब वह कहीं-न-कहीं खत्म होती हो। यह जो दीवार है, अगर यह खत्म न हो तो फिर यह दीवार हो नहीं सकती। यह बात सुनने में अजीब लगेगी पर गौर करिए। यह जो दीवार है अगर यह खत्म ही न होती हो तो फिर ये दीवार हो नहीं सकती, फिर आप उसका अनुभव ही नहीं कर पाओगे। किसी भी चीज़ का अनुभव करने के लिए ज़रूरी है कि उसका अंत आता हो। जिस चीज़ का कोई अंत नहीं आता उसका कोई अनुभव नहीं हो सकता। तो फिर हम कह रहे हैं कि वह जो परमात्मा है, जो सत्य है, उसको न ऊपर से पकड़ा जा सकता है, न दाएँ-बाएँ से, न इधर से, न नीचे से न बीच से। सीधे-सीधे फिर ये समझ लो कि वह दीवार जैसा है ही नहीं।

हम जब कहते हैं कोई चीज़ है, अस्ति, उसका अस्तित्व है, तो वास्तव में हम उन्हीं चीज़ों की बात कर रहे हैं, जिनका अस्तित्व इंद्रियों के लिए है। दीवार का अस्तित्व है, क्योंकि दीवार इंद्रियों के अनुभव में आती है। जिस अर्थ में दीवार अस्तित्वमान होती है, सत्य अस्तित्वमान नहीं है। तो फिर हम कहते हैं सत्य कोई वस्तु नहीं होता। वस्तुओं का ही वस्तुगत अस्तित्व होता है। सत्य का कोई अस्तित्व नहीं है,

माने सत्य का कोई वस्तुगत अस्तित्व होता ही नहीं।

लेकिन आम कल्पना में, आम धारणा में यह बात खूब छाई हुई है कि सच भी कुछ होता होगा, मुक्ति भी कुछ होती होगी। यहीं पर सारी गड़बड़ हो जाती है। समझाने वालों ने बार-बार कहा है कि भले ही हम उनका नाम ले रहे हैं पर वो कोई चीज़ें नहीं हैं। सत्य, मुक्ति, प्रेम, आनंद, सरलता ये कोई चीज़ें नहीं होतीं। उन्होंने खूब कहा, पर हमारी कल्पना बड़ी निरंकुश है। वह मानती ही नहीं।

हम उनकी भी बात ऐसे कर लेते हैं, जैसे कि वे चीज़ें हों, जैसे कि वे कोई वस्तुएँ हों। उनके बारे में भी हम ऐसे ही कह देते हैं—सत्य है न, सत्य तक पहुँचना है न। सत्य न हुआ जैसे कोई शिवा ढाबा हो गया कि वहाँ तक पहुँचना है गाड़ी लेकर के। वो है नहीं, क्योंकि वही चीज़ हो सकती है जो कहीं पर समाप्त होती हो, जो उसका कोई अंत आता हो, जैसे ये दीवार हो सकती है, क्योंकि इसका अंत आता है। सत्य का अंत नहीं आता, वह है नहीं। इसलिए उस तक वैसे नहीं पहुँचा जा सकता, जैसे शिवा ढाबा तक पहुँचा जाता है।

पर आप पूछते हो, "मुक्ति का रास्ता बताएँ, आचार्य जी, मुक्ति की विधियाँ बताएँ, आचार्य जी।" अरे दीवार बनाने की विधि हो सकती है, दीवार गिराने की भी विधि हो सकती है। दीवार बनाने की क्या विधि है? मिस्त्री लगाओ, मजदूर लगाओ, पैसे दे दो, सीमेंट लाओ, बालू लाओ, ईंट करो, चिनाई करो, प्लास्टर करो, दीवार बन गई, विधि थी। कोई और विधि भी हो सकती है। जापानी मशीन बुलाओ, वह प्री फैब्रिकेटेड दीवार लाएगी, दीवार आयी और दीवार ही यहाँ पर खड़ी कर दी, दूसरी विधि हो गई। विधियाँ किन पर उपयुक्त हो सकती हैं? वस्तुओं पर। गिराने की भी विधि हो सकती है। गिराने की एक विधि हो सकती है बम लगा दो, एक विधि हो सकती है इस पर हाथी छोड़ दो। पता नहीं कैसी-कैसी विधियाँ हो सकती हैं। पर वे जितनी भी विधियाँ हैं, वे सारी विधियाँ किस पर उपयुक्त होंगी? वस्तुओं पर।

अब आप कहते हो, "मुक्ति की विधि बताइए?" मुक्ति की विधि कहाँ से बता दें? मुक्ति दीवार है? मुक्ति आलूबुखारा है? मुक्ति क्या है? ऊँट है? विधियाँ क्या बताएँ तुमको! पर मुक्ति की विधियाँ माँगी भी जा रही हैं और दी भी जा रही हैं। बाज़ार में खूब बिक रही हैं, "यह ध्यान की विधि है, यह मुक्ति की विधि है, यह सत्य की विधि है, इसकी विधि है।" प्रेम की विधियाँ भी चल रही हैं। नहीं हो सकता; क्योंकि विधि का संबंध हमेशा किससे होता है? वस्तु से होता है; वस्तु हमेशा सीमित होती है।

और किसी चीज़ पर विधि लगाने का यह भी मतलब होता है कि तुमने उसको अपने अहंकार के नीचे कर दिया। अगर तुम दीवार पर अपनी विधि लगा सकते हो तो दीवार बड़ी कि तुम? तुम। अब तुमने अगर सत्य पर भी विधि चला दी तो सत्य बड़ा कि तुम? पर देखो हमारा मानना ये है कि "नहीं, ध्यान की भी विधि हो सकती है।" नहीं हो सकती है। "कोई तरकीब बताइए कि मन शांत हो जाए।" अरे तरकीब लगा-लगा कर ही तो तुम अशांत हुए हो। पर होश नहीं आ रहा, वो अभी भी तरकीब माँग रहे हैं। "जिसका नाम महद यश है।"

महद यश माने? जो बड़े-से-बड़ा है। बड़ी चीज़ की बड़ी कीर्ति होती है। वह बड़े-से-बड़ा है, उसकी इतनी ज़्यादा कीर्ति है, कम-से-कम उनकी नजरों में है, जो होशमंद हैं। जिन्हें बात समझ में आती है उनकी दृष्टि में वो प्रशंसनीय है, सर्वोच्च है, वे उसकी स्तुति करते हैं, वे उसकी वंदना करते हैं। उसे महद यश बोलते हैं और बाकी जो मूर्ख हैं, वे काहे को उसका नाम लें, ध्यान धरें। उन्हें कुछ नहीं मतलब है।

"उसका नाम महद यश है और उसकी कोई प्रतिमा नहीं हो सकती।"

प्रतिम शब्द का अर्थ होता है बराबरी। प्रति माने वैसा ही; प्रति माने बराबरी वाला। जब आप किसी चीज़ की कोई नकल निकालते हो तो आप क्या बोलते हो कि "मैंने इसकी क्या निकाल ली एक?" प्रति निकल ली, तो प्रतिलिपि भी बोल देते हो, फोटोकॉपी बोल रहे हो तो। तो अप्रतिम है वो।

उसके जैसा कोई नहीं हो सकता और ये खूब उद्धृत शब्द हैं श्वेताश्वेतर के—'न तस्य प्रतिमा अस्ति': उसकी कोई उपमा नहीं हो सकती, उसकी कोई छवि नहीं हो सकती। उसकी बराबरी कोई नहीं कर सकता और उसकी कोई मूर्ति नहीं बनाई जा सकती; क्योंकि मूर्ति कैसी होती है? सीमित होती है और वह क्या है? असीमित। सत्य की मूर्ति नहीं हो सकती। हाँ, तुम देवी-देवताओं की मूर्ति बना लो, उसमें कोई दिक्कत नहीं। अवतारों की बना लो, क्योंकि अवतार तो पुरुष हैं, व्यक्ति थे, व्यक्तियों की मूर्ति तो बन ही सकती है। सत्य की कोई मूर्ति नहीं हो सकती, ब्रह्म की कोई मूर्ति नहीं हो सकती।

मूर्तियाँ ठीक हैं, भली बात। तुम्हें कुछ लोगों ने प्रेरणा दी, तो उनकी मूर्ति बना दो; किसी भी मूर्ति को, किसी भी प्रतिमा को सत्य मत मान लेना। इसी तरीके से शब्दों में तुम उपमा देते हो, ठीक है, तुम्हें सत्य के गीत गाने हैं तुम गा लो, लेकिन यह मत समझ लेना कि तुम्हारे गीतों में सत्य समा गया है। तुमने सत्य की महानता में, सत्य

की सेवा में, सत्य के सम्मुख अपने गीत अर्पित किए हैं। इसका यह नहीं मतलब है कि तुम्हारे गीतों में सत्य समा गया है। तुम जाकर के किसी को लड्डू भेंट करो। इसका यह मतलब थोड़े ही है कि तुमने उसको लड्डू भेंट किए और वो लड्डुओं में घुस गया। ऐसा हो सकता है क्या? तो वैसे ही तुमने अगर मुक्ति को गीत भेंट किए तो मुक्ति गीत में थोड़े ही घुसी हुई है। माने शब्दों में सत्य नहीं समा सकता। अधिक-से-अधिक, शब्दों द्वारा तुम सत्य का अपनी दृष्टि से अलंकार कर देते हो। तुम कुछ साज-सज्जा कर देते हो। तुम कुछ रौशनी कर देते हो। तुम कुछ धूमधाम कर देते हो, लेकिन वो धूमधाम कहीं से भी सच को छू नहीं पाती। वो ऐसी सी बात हो गई, जैसे सूरज को कोई दिया दिखा रहा हो। तुम अपनी दृष्टि से तो बड़ा काम कर रहे हो कि "मैंने दीया जलाया, देखो मैं आपको दीया अर्पित कर रहा हूँ!" पर किसको दीया अर्पित कर रहे हो?

इसी तरीके से जब तुम सत्य की प्रशंसा में कुछ कहते हो, तो तुम महद यश की प्रशंसा में कुछ कह रहे हो। जो इतना बड़ा है, इतना बड़ा है, तुम उसकी तारीफ़ कर कैसे ले रहे हो? वास्तव में उसकी प्रशंसा, उसकी स्तुति करना, यह एक तरह का बचपना है।

और इसको ज़्यादा कड़ी दृष्टि से देखा जाए तो यह एक तरह से अपमान भी हो गया। ऐसे समझ लो कि कोई 'भारत रत्न' है और तुम उसको बोल दो कि "ये आ रहे हैं न, ये पद्मश्री हैं।" तो तुमने उसको सम्मान दिया या अपमान कर दिया है? ऐसा ही है। तुम जब सत्य को कहते हो कि सत्य महान् है, तो तुमने 'भारत रत्न' को क्या कह दिया है? पद्मश्री, यह गड़बड़ कर दी न। 'भारत रत्न' को तो तुम फिर भी पद्मश्री बोल सकते हो अपमान नहीं होगा। पर सत्य की जो महिमा है, तुम उसके लिए सही शब्द कभी निकाल ही नहीं सकते। 'भारत रत्न' भी बहुत छोटा शब्द है। तो तुम जिन भी शब्दों का प्रयोग कर रहे हो, वह शब्द अनुपयुक्त हैं, अपर्याप्त हैं, नाकाफ़ी हैं, लेकिन कोई बात नहीं। अब तुम इतना ही कर सकते हो, तो तुमने कर लिया, आरती कर ली, प्रार्थना कर ली। कोई बात नहीं, लेकिन यह कभी मत सोचना कि तुम आरती या प्रार्थना में जो कुछ भी बोल रहे हो, उसमें सत्य समा गया है।

यहाँ तक कि उपनिषदों के श्लोकों में भी सत्य समा नहीं गया। सत्य यहाँ भी नहीं समा गया। ये अधिक-से-अधिक क्या करते हैं? ये थोड़ा सहारा देते हैं। कुछ इशारा कर दिया। ये ऐसे से हैं, जैसे चित्र भर हों। चित्र असली चीज़ तो नहीं होता न।

पर चित्र से तुम्हें कुछ मदद मिल सकती है, किसी को पहचानने में। ये जैसे नक्शा हों। नक्शा मंज़िल तो नहीं हो सकता न। पर मंज़िल तक पहुँचने में मदद दे सकता है। ऐसे हैं उपनिषद्, उपनिषदों में भी सत्य समा नहीं गया। भले ही हम कहते हैं कि वो सत्य से आ रहे हैं। सत्य से आ रहे हैं, लेकिन कोई ये सोचे कि यह जो श्लोक है, इसी में सत्य समा गया है, न! सत्य तक तो तुम अपनी सिर्फ़ बलि देकर ही पहुँच सकते हो। वह निर्णय अगर तुमने नहीं करा है तो उपनिषद् भी तुम्हारी सहायता नहीं कर सकते। उपनिषद् तुम्हें अधिक-से-अधिक बता सकते हैं कि तुम्हें अपना विसर्जन करना होगा। पर तुम अगर वो विसर्जन करने को तैयार नहीं तो अब उपनिषद् तुम्हारी क्या सहायता करेंगे?

एक उसमें और जुड़ा हुआ मुद्दा है। उसकी बराबरी करनेवाला कोई नहीं है। वो अतुल्य है। वह क्या है? अतुल्य है। माने बराबरी पर भी उसकी किसी को मत रख देना और बड़ा अन्याय तब होता है, जब हम उससे ऊपर किसी को रख देते हैं। कह रहे हैं, "अरे अब कोई बातचीत हो रही है, जहाँ पर कोई सात्त्विक चर्चा होगी। वहाँ तक कौन जाए? उससे ज़्यादा ज़रूरी दूसरा काम है।" यह तुमने क्या करा? यह तो छोड़ दो कि तुमने सत्य को अतुल्य माना। तुमने तो सत्य को तुलनात्मक रूप से नीचा भी बना दिया। तुमने किसी और चीज़ को ऊँचा रख दिया। नहीं करते हम ऐसा? अब कहा गया है कि चलिए सत्र में आना है और उपनिषद् का पाठ करके आना है और "उपनिषद् का पाठ कैसे करें? वह बंटू भैया को फोन आ गया। बंटू भैया बता रहे हैं कि कैसे उनको पेचिश लगी हुई है और कौन-कौन सी दवाइयाँ ले रहे हैं।" फिर क्या फायदा? यहाँ आकर के पढ़ रहे हो—'न तस्य प्रतिमा अस्ति।' यहाँ आकर के पढ़ रहे हो कि उससे ऊँचा कोई नहीं है और दिन भर बंटू भैया को तुमने उपनिषदों के ऊपर बैठा रखा था। कोई फायदा है?

प्रश्नकर्ता : ज्ञान तो बहुत अच्छा लगता है सुनने में, लेकिन जैसे ये चेंज (बदलाव) इतना इमीडिएट पॉसिबल (तुरंत संभव) भी नहीं है और हो भी नहीं सकता।

आचार्य : हाँ, मैं जिम (व्यायामशाला) गया था, आज बड़ा अच्छा लग रहा था। एक से एक पहलवान थे, वे वर्जिश कर रहे थे। मैं उनको ऐसे बैठकर देख रहा था, मुझमें क्या चेंज आएगा? हालाँकि सारी स्थितियाँ मौजूद हैं, सारी सामग्री मौजूद है, जिनसे बदलाव आ सकता है। जगह भी है, उपकरण भी हैं। कहते हैं न, माहौल भी है, रिवाज भी है। पर आप वहाँ बैठकर देखें कि "क्या खूबसूरत उसके बाजू हैं, आह-हा-हा

शाबाश! और उसकी पीठ कितनी चौड़ी है!" उससे क्या हो जाएगा? करना तो खुद ही पड़ेगा न, उसका कोई विकल्प नहीं है। कोई भी विकल्प नहीं है। शरीर तक नहीं घटता बिना मेहनत करे, अहंकार तक कैसे घट जाएगा? वो तो बड़ी सूक्ष्म चीज़ है। पर मेहनत कोई नहीं करना चाहता।

अंतर है, अगर सही से सुना है अभी सबकुछ, तो मेहनत कष्टदायी नहीं लगेगी। शारीरिक कष्ट और मानसिक कष्ट में अंतर होता है न। शरीर पर चोट अगर पड़ेगी तो उससे पीड़ा उठेगी-ही-उठेगी। पर मन पर चोट पड़ रही है तो ज़रूरी नहीं उससे अनुभव पीड़ा का ही हो। अगर बात समझ में आ गई है तो फिर वो चोट आनंद भी दे सकती है। शरीर पर पड़ी चोट सिर्फ़ पीड़ा ही देगी, फ़र्क नहीं पड़ता कि आप कौन हैं। शरीर पर चोट पड़ी है तो पीड़ा ही होगी, लेकिन मन पर अगर चोट पड़ रही है तो आनंद भी मिल सकता है।

तो जिस मेहनत की मैं बात कर रहा हूँ, वह ज़रूरी नहीं कि कष्टसाध्य ही हो। वो आनंदप्रद भी हो सकती है कि मेहनत तो कर रहे हैं, पर बड़ा आनंद है। कुछ टूट रहा है भीतर लेकिन बुरा नहीं लग रहा, अच्छा लग रहा है, लगता है। मालिश होती है, तो वह चटकाता है न उँगलियाँ कभी, ज़रूरी है बुरा ही लगे? नहीं न। वैसे ही अहंकार को थोड़ा चटकाइए, अच्छा लगेगा, वह एक तनाव ही है। उँगलियाँ जब चटकती हैं तो अच्छा क्यों लगता है? क्योंकि उनमें एक तनाव बैठा था, जब चटकाया गया तो तनाव घटता है, वैसे ही अहंकार भी एक तनाव है। तो उसको तोड़िए उसको अच्छा लगेगा।

प्र. : बस यही लग रहा है कि जितना बोले हैं, बस शब्दों में ही बातें कर रहे हैं। मतलब मैं एक्सप्लेन (समझाना) भी नहीं कर पा रहा हूँ, उस चीज़ को अभी।

आचार्य : शब्द इतनी हल्की चीज़ भी नहीं होते हैं। कोई गाली देता है तो बिफ़र क्यों जाते हो? शब्द ही तो हैं। हम शब्दों से ही बहुत दुःख पाते हैं और दुःख काटने का तरीका भी शब्द हो सकते हैं। दिन भर रोज़ाना जिन शब्दों में उलझे रहते हो उनको तो कभी नहीं कहते कि 'शब्द ही तो हैं।' और जब यहाँ पर कुछ अलग तरह के शब्दों से रू-ब-रू हो रहे हो, तो कह रहे हो, "शब्द ही तो हैं। शब्द कौन सुने अब?" यह क्या चाल है? यहाँ के जो शब्द हैं, वे सिर्फ़ शब्द हैं और यहाँ से बाहर निकलकर जो शब्द होंगे, उनको फिर गंभीरता से क्यों लेते हो?

एक वीडियो चला करता था टिक-टॉक पर कि दो-तीन लोग होते हैं, वो एक

को मारने जाते हैं। वे मारने जाते हैं आस्तीन वगैरह चढ़ा करके कि 'मारेंगे, मारेंगे!' और जब उसको मारने जाते हैं तो अचानक देखते हैं कि उसके पीछे पंद्रह-बीस पहलवान अचानक खड़े हुए हैं। तो ये नाचना शुरू कर देते हैं तीनों। आप लोगों के सवाल ऐसे ही हैं। जब वे देख लेते हैं कि सामने पहलवान बैठा हुआ है, तो वो नाचना शुरू कर देते हैं, ताकि पीटे न जाएँ। इसका मतलब यह नहीं है कि उनकी नीयत बदल गई है। इसका मतलब यह है कि तुम्हें धोखा दे रहे हैं। यह जो कह रहे हो न कि अब सवाल बचे ही नहीं, बचे हैं, बस सामने पहलवान देखकर उन्होंने नाचना शुरू कर दिया है। पहलवान जैसे ही हटेगा, वे क्या करेंगे फिर से? मारने को उतारू हो जाएँगे। तो यह बहुत पुराना धोखा है कि आचार्य जी आपके सामने आकर तो सवाल बचते ही नहीं।

अजी हाँ! सवाल बचते ही नहीं! सवाल बस समझ जाते हैं कि अभी अगर सामने आ गए तो पीट दिए जाएँगे। तो कहते हैं, "अभी हम सामने आएँ ही क्यों? यही तो जगह है, जहाँ सामने नहीं आना चाहिए।" तो बड़ा बढ़िया था वे टिक-टॉक वाला वीडियो कि तीन जा रहे हैं ऐसे, "आज मार देंगे, आज मार देंगे!" और फिर जो नाचना शुरू करते हैं वे।

नक्शा मंज़िल तो नहीं हो सकता न, पर मंज़िल पर पहुँचने में मदद दे सकता है। ऐसे हैं उपनिषद्, उपनिषदों में भी सत्य समा नहीं गया। सत्य तक तो तुम अपनी सिर्फ़ बलि देकर ही पहुँच सकते हो। वह निर्णय अगर तुमने नहीं करा है तो उपनिषद् भी तुम्हारी सहायता नहीं कर सकते।

□

40

तुम सदा से मुक्त हो

शास्त्रकौमुदी, बोधस्थल, 2017

जिस दिन कह दोगे, "अब हटाओ ये सब दंद-फंद।
अरे, बहुत हो गया फालतू का, अभी हटाओ, नहीं चाहिए।"
उस दिन मुक्त हो। कब कहते हो? तुम जानो।

समस्तं कल्पनामात्रमात्मा मुक्तः सनातनः।
इति विज्ञाय धीरो हि किमभ्यस्यति बालवत्॥

सबकुछ कल्पनामात्र है और आत्मा नित्य मुक्त है,
धीर पुरुष इस बात को जानकर फिर बालक के समान क्या अभ्यास करे।

—अष्टावक्र गीता, अध्याय 18, श्लोक 7

आचार्य प्रशांत : "अर्थात् अज्ञानी के लिए अभ्यास निरर्थक है।" यह जो आखिरी वाक्य था, ये अनुवादक ने अपना श्रमदान किया है। उनकी उपस्थिति भी तो पता चलनी चाहिए न, हम भी कुछ हैं। अष्टावक्र ने नहीं कहा।

सबकुछ कल्पना मात्र है और आत्मा मुक्त है, धीर पुरुष जानता है यह। अब वह क्या ये बचकानी हरकतें करे कि अभ्यास कर रहा है। क्या अभ्यास? कैसा अभ्यास? तभी तो अष्टावक्र ऐसे हैं कि मुझे बिल्कुल तरंगित कर देते हैं, मौज दिला देते हैं। मर रहा हो आदमी, उसको अष्टावक्र सुना दें, वो भी ज़रा लहरा जाएगा; लहर खाकर मरेगा।

सबकुछ आत्मा मात्र है और आत्मा है नित्य मुक्त, धीर पुरुष समझता है यह। अब वह क्या अभ्यास करे। वह क्या कहे कि अभी मैं नैतिकता का अभ्यास करता हूँ, विवेक का अभ्यास करता हूँ कि वैराग्य का अभ्यास करता हूँ कि साधना करता हूँ कि तपस्या करता हूँ। कुछ नहीं।

सबकुछ कल्पना मात्र है, सबकुछ मानसिक है। जो तुम्हें सुझाई दे, जो तुम्हें सुनाई दे, जो तुम्हें दिखाई दे, जो तुम्हें न भी दिखाई दे, जो तुम्हें कल्पना में आता हो और जो तुम्हें लगता हो कि कल्पना से परे है, वह सब मात्र कल्पना है। जिस कुछ को लेकर तुम मन में कोई भी खयाल बना लेते हो, ये खयाल भी कि खयाल नहीं बनाया जा सकता, वह खयाल मात्र है। आत्मा नित्य मुक्त है, उससे खेल लो छुपन-छुपाई, कभी पकड़ न पाओगे, क्योंकि तुम्हारी उँगलियाँ कुछ ऐसी हैं जो मुड़ करके तुम्हें नहीं छू सकतीं। तुम्हारी आँखें ऐसी हैं कि मुड़ करके नहीं देख सकतीं।

आत्मा नित्य मुक्त है, उस पर उँगली न रख पाओगे। वह तुम्हारी उँगली है। कोई उँगली है जो खुद को छू लेती हो? इस उँगली से इसी उँगली को छूकर दिखाना। करिए, कोशिश करिए। जिस बिंदु से छू रहे हैं, उस बिंदु से कहिए कि स्वयं को छूकर दिखाए। छूने के लिए दूरी ज़रूरी है। उँगली का कोई भी बिंदु किसी अन्य बिंदु को छू सकता है शरीर के, स्वयं को नहीं छू सकता।

आत्मा के साथ तुम्हारी मजबूरी यही है। वहाँ द्वैत नहीं है न, दूरी नहीं है, कैसे छू पाओगे? छूने के लिए दूरी ज़रूरी है। हमारी मुलाकातें ऐसी ही होती हैं। हम छूते भी ऐसे ही हैं। हमारा प्रेम भी ऐसा ही है; दूरी न हो तो हो नहीं सकता। छुएँगे तभी जब दूरी है। दूरी न हो, वहाँ छुआ नहीं जाए तो बड़ा बुरा लगता है। "है, छूता नहीं।" आजकल ये गाना चल रहा था। बड़ा अच्छा लगता था सुनने में। "मगर बिछड़े तो याद आया बिछड़ना भी ज़रूरी था।" बड़े जज़्बात में गाया गया था। किसी को धुन याद है उसकी?

प्रश्नकर्ता : मगर बिछड़े तो याद आया बिछड़ना भी ज़रूरी था… (गाते हुए)

आचार्य : तेरी यादों के दरिया का… वाह! क्या बात है! क्या बात है! यहाँ यादों का दरिया है और अष्टावक्र कह रहे हैं कि सारा विश्व कल्पनामात्र है। लो, ये दरिया क्या हुआ? दरिया का तो दलिया कर दिया, उसमें कुछ ठोस छोड़ा ही नहीं।

जो कुछ बहता हो, दरिया हो कि आँसू—काहे को रोती हैं? रो लीजिए, पर याद रखिए कि कल्पना है। इसी सूत्र को पकड़ लीजिए। जीवन बिल्कुल मुक्त हो

जाएगा। आत्मा में स्थापित हो जाएँगी। जो बहता देखें, समझ लीजिए कि कल्पना है। तुम बहाव में न बह जाना। बहने-बहाने में तुम्हारी बहुत गहरी वृत्ति है। जो बहे सो?

प्र. : कल्पना।

आचार्य : और कल्पना कर-करके ही तुम बहाते हो। कल्पना न हो तो बहाव हो सकता है? बहाव न हो तो कल्पना हो सकती है?

"दौड़त-दौड़त दौड़िया जेती मन की दौड़।"

अब बालक के समान क्या अभ्यास करते रहते हो? अभ्यास का मतलब क्या? वही कर रहे हो, पत्थर पर लकीर खींच रहे हो। रगड़े जा रहे हो, रगड़े जा रहे हो। क्या है यह? यह उछलना-कूदना-हिलाना, यही तो अभ्यास है। इसी को तो मना कर रहे हैं अष्टावक्र। तुम्हें लग रहा है और क्या मना कर रहे हैं? तुम्हारे लिए ही कहा गया है। यह हिलना-डुलना बंद करो। हिलना-डुलना सब माया है।

आत्मा नित्य मुक्त है। जो मुक्त है, वह हिलेगा तो जाएगा कहाँ? उसके जाने के लिए जगह ही नहीं है। मुक्त माने सीमाओं से मुक्त। जब सीमा ही नहीं है तो सीमा के पार अनुपस्थिति की जगह ही कहाँ बची जहाँ जाओगे? क्या अभ्यास करते हो? अभ्यास तो उसका जिसके छूटने की कोई संभावना तो हो। आत्मा कोई अभ्यास नहीं होता। कोई तप, कोई साधना, कोई विधि नहीं होती। उससे मुक्ति की कोई संभावना ही नहीं होती।

वास्तव में अभ्यास कर-करके तुम अपनी गहन नास्तिकता का सबूत देते हो। तुम कहते हो, "परमात्मा मिला नहीं था, कोशिश कर रहे हैं, मिल जाएगा। शांति उपलब्ध नहीं थी, कोशिश कर रहे हैं, मिल जाएगी।" यही सब तो होता है अभ्यास। साध रहे हैं अभी, दूरी है अभी। अष्टावक्र कह रहे हैं, "दूरी कैसी? सारी दूरियाँ कल्पनामात्र हैं।" कल्पना को त्याग दो। सपने में जो खोया है, वो सपने में अर्जित नहीं होगा और सपने में अर्जित कर भी लिया तो भी अर्जित क्या किया। उठ जाओ। खोना ही झूठ था तो पाना सच कैसे हो जाएगा?

तुम अष्टावक्र के पास जाओ और कहो, "सत्य पाना है, महाराज।" वे कहेंगे, "खोया कैसे, पहले तो ये समझाओ।" जब खोना झूठ, तो पाना सच कैसे हो सकता है?

पर दुकानें खूब हैं यहाँ पर, जो तुम्हें पाने को शिक्षा दे रही हैं। "ईश्वर की प्राप्ति करो। सत्य का अनुसंधान करो।" खूब सिखाया जा रहा है तुम्हें। "और कुछ

पाने योग्य नहीं है, मात्र परमात्मा पाने योग्य है।"

अष्टावक्र कहेंगे, "हम तुम्हें इन बहानों का आश्रय लेने ही नहीं देंगे। बैठ जाओ तुम यहीं और बताओ कि खोया कैसे।"

अब तुम फँसे, क्योंकि पाने में बड़ी छूट रहती है। क्या छूट रहती है? कि अभी तो तैयारी चल रही है, अभी पाया थोड़े ही है। "हम नदी तब पार करेंगे, जब उसके पास पहुँचेंगे। अभी नदी आयी ही नहीं है।" अष्टावक्र कहते हैं, "आ गई है अभी। अभी करो, अभी है। सत्य स्वभाव है, परनात्मा उपलब्ध है, तुम बताओ कि तुमने पाया कैसे नहीं।"

अब तुम फँसे। तुम तो बड़ी मौज में थे। तुम कहते थे, "परमात्मा तो वैसे ही बड़े-बड़े योगी और ज्ञानी बोल गए हैं कि मिलना है नहीं, बड़े-बड़े तपस्वियों ने सदियों साधना की, तब भी उन्हें नहीं मिला, तो हमें क्या मिल जाएगा? वो जो चाहते थे कि उन्हें मिले, तब नहीं मिला, हम तो खुद ही नहीं चाहते, हमें तो और नहीं मिलेगा।" तो तुम अपनी जान फूले नहीं समाते। तुम कहते हो, "हमें मिलेगा नहीं और मिलने के फलस्वरूप ऐसी शुद्धि जीनी पड़ती है, वह जीने की हम पर कोई अनिवार्यता आएगी नहीं। तो बढ़िया है, अभी मौज करते हैं।"

जैसे छोटे बच्चे होते हैं न। अभी स्कूल (विद्यालय) खुला नहीं, अभी मौज करते हैं। ऐसी तुम्हारी हालत है, जब तुम मोक्ष की बात करते हो कि अभी आया नहीं, चलो अभी मौज करते हैं। छोटे बच्चों को देखा है? एक पीरियड खत्म होता है, अभी दूसरी टीचर (अध्यापिका) आयी नहीं है, बीच में मौज मारते हैं। ऐसे ही हम मौज मार रहे हैं कि अभी मोक्ष आया थोड़े ही है, अभी मौज कर लेते हैं। अभी मोक्ष की तैयारी चल रही है। अष्टावक्र कान पकड़ लेते हैं, कहते हैं कि आ चुका है। टीचर यहीं है, पीछे से देख रही है तुमको। तुम सोच क्या रहे थे? टीचर है नहीं? वो लगातार है। अब तुम फँसे।

यह जो पूरा खेल है, ये कुछ और नहीं है, ढकोसला है, दगाबाज़ी है, अपने को ही धोखा है। हम प्रार्थी हैं, अभ्यर्थी हैं, हम मुमुक्षु हैं, हम अंतरराष्ट्रीय सीकर (साधक) हैं। अच्छा! हमें तो पहली बार पता चला कि आत्मा को जहाज पर बैठकर पकड़ लोगे। उपनिषद् कह गए हैं न कि वह हिलता नहीं, पर वह गतिमान से भी गतिमान है, फास्टर दैन द फास्टेस्ट। तो शायद तुमको लगा कि पुरानी बात है, पहले फास्ट (तेज) के पैमाने कुछ और रहे होंगे, आजकल कुछ और हैं।

पुराने ज़माने में जो फास्ट था, आज वह स्लो (धीमा) माना जाएगा, तो हम ज़रा बोइंग-747 में बैठकर उसको पकड़ ही लेंगे। आत्मा कितनी भी तेज होगी, हज़ार मील प्रति घंटे से तो कम ही तेज भागती होगी।

ये सब बहाने हैं। ये झूठी बातें हैं। बोइंग-747 हो या 1747, आत्मा उससे भी तेज है। प्रकाश की गति से भी तेज है। इतनी तेज इसलिए है, क्योंकि उसे कहीं जाना ही नहीं है। जो कहीं नहीं जाना चाहता, वो हर जगह होता है। नहीं पकड़ पाओगे। नहीं पकड़ पाओगे, क्योंकि उसने तुम्हें पकड़ रखा है, जैसे दो पहलवान कुश्ती कर रहे हों। अब एक दूसरे को पकड़ने की कोशिश कर रहा है। क्यों नहीं पकड़ पाएगा? क्योंकि दूसरे ने पहले को पकड़ रखा है। तुम्हें पकड़ रखा है, तुम उसे कैसे पकड़ पाओगे?

आत्मा तुम्हारे भीतर नहीं है। भीतर-बाहर सब जगह है, तुम्हें घेरे हुए है, तुम्हें पकड़े हुए है। उसकी जकड़ से कभी तुम मुक्त नहीं हो सकते। उसकी जकड़ में ही तुम्हारी मुक्ति है। मज़ा आ रहा है? जिसकी जकड़ से तुम कभी मुक्त नहीं हो सकते, उसकी जकड़ में ही मुक्ति जानना।

बहानों पर मत जाना। मोक्ष का इंतजार मत करना। अष्टावक्र कह रहे हैं, क्या तुम ये बच्चों वाली˙˙कि आज बारिश हो गई, आज स्कूल नहीं जाना होगा। देखा है, बच्चे कैसे खुशी मनाते हैं सुबह-सुबह बारिश हो रही हो तो। कभी-कभी होता है ऐसा बरसात में, सुबह-सुबह मूसलधार। खूब पानी भर गया है स्कूल में भी, रास्ते में भी, बस नहीं आएगी। आज छुट्टी है। "बढ़िया है, मोक्ष टल गया एक दिन। टीचर और स्कूल मोक्ष के लिए ही सबकुछ आमादा है। जिसको देखो, वही मोक्ष लेकर पीछे बैठा हुआ है। खाओ मोक्ष, पियो मोक्ष, पहनों मोक्ष। मोक्ष ब्रेक, मोक्ष की मंचिंग करा देते हैं।" ऐसी तुम्हारी हालत है। जितने दिन मोक्ष से बचे रहे, उतना अच्छा है। एक दिन नहीं बच सकते।

तुममें से कोई ऐसा नहीं है, जो पहले से ही मोक्ष में स्थापित न हो। तो बेईमानी तो न करो और करनी है तो करे जाओ, उससे भी कोई फ़र्क नहीं पड़ता। तुम्हारी बेईमानी से तुम्हारा मोक्ष टल कब रहा है?

मुक्त तुम हो ही। हाँ, अपनी मुक्ति का प्रयोग करके अपने-आपको अमुक्त घोषित करो, वो तुम्हारी मर्ज़ी है, कर लो, पर फिर हमें परेशान मत करो। तुमने खुद चुनी है अमुक्ति, तुमने खुद चुनी है दासता और बंधन। अब रोने मत आना

कि जीवन ने परेशान कर दिया। जीवन ने नहीं परेशान किया। मुक्त तो तुम सदा हो, क्योंकि आत्मा तो सदा नित्य मुक्त है और उसी मुक्ति के कारण तुम ये छूट ले पा रहे हो कि अपने-आपको अमुक्त घोषित किए हो और अमुक्त की तरह व्यवहार करते हो, अमुक्त की तरह जीवन जीते हो। यह तुम्हारी मुक्ति का ही फल है। मुक्त न होते तो इतनी बेअदबी कर पाते?

यह जो तुम इतनी उद्‌दंडता दिखाते हो, ये जो अश्लील आदतें हैं तुम्हारी, यह जो घटिया जीवन है, यह जो परमसत्ता के प्रति अभद्रता है तुम्हारी, यह सबकुछ तुम्हें कैसे उपलब्ध होता? तुम्हें कैसे इसकी छूट मिलती? तुम्हें कौन इसकी अनुज्ञा देता, अगर तुम मुक्त न होते? देखते नहीं हो, सच को लात मारते रहते हो, शांति को ठुकराते रहते हो। मुक्त न होते तो यह सब करके भी साँस कैसे ले पाते?

साँस तो चल ही रही है, भले ही दर्द के साथ चल रही है, पर चल तो रही है। यह यही बताता है कि बड़े मुक्त हो, जैसे चाहते हो, वैसा करते हो। हाँ, उसका परिणाम भी भोगते हो, पर कर तो ले ही जाते हो न? ये तुम्हारे सब मुक्ति के ही परिचायक हैं। मुक्त तुम हो ही, बस अमुक्ति का बहाना है। अमुक्ति के मज़े की आसक्ति हो गई है। घटिया स्वाद ज़बान पर चढ़ गया है, अब जब मुक्ति की याद आती है तो मुक्ति ज़रा फीकी लगती है।

अब वहाँ पीछे कोने में बैठकर बीड़ी पीनी है। साथ बोलो, "ब्रह्म हूँ।" तो कुछ मेल तुम्हें दिखाई नहीं देता। बीड़ी और ब्रह्म एक साथ चलते ही नहीं, तो इसीलिए कहते हो, "ब्रह्म अभी हूँ नहीं, ब्रह्म मुझे होना है। अभी तो क्या हूँ? अभी तो मैं बीड़ीखोर हूँ।"

आत्मा यदि तुम हो तो आत्मा तो बड़ी हल्की है। आत्मा में तो बड़ा तेज है, बड़ा गौरव है और तुम हो अति अकर्मण्य, महा-आलसी। अब अगर आलस बनाए रखना है तो साथ-ही-साथ ये कहना पड़ेगा न कि मैं अभी आत्मा थोड़े ही हूँ। आत्मा तो पानी है, अभी कोशिश जारी है, क्योंकि अगर तुम आत्मा हो तो आलस कैसा? आत्मा के साथ तो आलस्य तो हमने सुना नहीं।

आलस बचाना है तो आत्मा को दूर रखना पड़ेगा, वही करते हो। आलस की गंदी लत लग गई है। पाल ली है तुमने, वो भी है उसी दिन तक जिस दिन तक तुम्हें अपनी मुक्ति का उपयोग करके आलस भी बचाए रखना है। जिस दिन तुम कह दोगे और क्यों कह दोगे? वह भी अकारण ही कहोगे, कोई ऐसा नहीं है

कि मेरे शब्दों से प्रेरित होकर कह दोगे। वह भी तुम्हारी अपनी मौज है, तुम्हारी अपनी मुक्ति है।

जिस दिन कह दोगे, "अब हटाओ ये सब दंद-फंद। अरे, बहुत हो गया फालतू की, अभी हटाओ, नहीं चाहिए।" उस दिन मुक्त हो। कब कहते हो? तुम जानो। न कोई तुम्हें बाध्य कर सकता है, न कोई तुम्हें प्रेरित कर सकता है। ये सारी बातें कि कोई गुरु आकर दिशा दिखा देगा, कोई ग्रंथ आकर रोशनी दे देगा, बेकार की बातें हैं। गुरु और ग्रंथ बहुत हुए, बहुत गए। उनसे कुछ नहीं होता। तुम स्वयं शुद्ध-बुद्ध आत्मा हो, तुम्हें कौन गुरु चाहिए? कौन सा गुरु तुम्हें प्रकाश दे सकता है?

गुरुता स्वयं तुम्हारा स्वभाव है। जिस दिन तुम चाहोगे, उस दिन गुरुता खिलेगी। जिस दिन तक तुम नहीं चाह रहे, दुनिया के सारे गुरु तुम्हारे आगे विफल रहेंगे। आत्मा कोई दो थोड़े ही होती है। कोई अंदर का गुरु, कोई बाहर का गुरु थोड़े ही हो सकता है। जो नित्य है, उसके दो टुकड़े थोड़े ही हो सकते हैं। जो मुक्त है, उसको विभाजित थोड़े ही किया जा सकता है। तुम स्वयं नित्य मुक्त आत्मा हो, तुम्हें कौन क्या बताएगा? तुम्हें कौन राह सुझाएगा?

तुमने अपनी मर्ज़ी से राह छोड़ी थी, तुम अपनी मर्ज़ी से अपनी राह बनाओगे। हर राह तुम्हारी है, हर राह की चाह तुम्हारी है। कोई न तुम्हें पथविमुख होने के लिए विवश कर सकता है और न ही कोई तुमको पथ पर वापस ला सकता है। हर पथ तुम्हारा है। खुला आकाश तुम्हारा है। खुले आकाश में उड़ते-उड़ते तुम्हारा कभी मन कर सकता है कि कभी तुम किसी पथ से ज़रा संयुक्त हो जाओ, मर्ज़ी है तुम्हारी। तुम्हीं आकाश में उड़ते पक्षी हो, तुम्हीं आकाश हो, तुम्हीं वह पथ हो, सब तुम्हारा खेल है। जिस दिन चाहोगे, वह खेल बंद हो जाएगा।

आकाश तुम्हारा है, यह कहना भी ज़रा अपमान है तुम्हारा। तुम स्वयं आकाश हो और जब कहूँ कि तुम स्वयं आकाश हो, तो ये बात भी थोड़ी भद्दी हो गई, क्योंकि मन को गति मिल गई, कल्पना की सीमा आ गई। कहूँ पक्षी, कहूँ आकाश, जो भी कुछ कहूँ, कुछ कहा ही तो। कुछ कहने की आवश्यकता नहीं। सब सुंदर है, सब बढ़िया है, जहाँ हो तुम, वहीं पूरे हो और कहाँ नहीं हो तुम?

अब बताओ, किसको चाहिए मुक्ति और किसको चाहिए शांति? और किसको होना है निर्मल? तुम्हें मलिन कर कौन सकता है? मलिनता तुम्हारी मौज है। विकार और वृत्तियाँ तुम्हारी दासियाँ हैं। जिस दिन तक तुमने इन्हें आज्ञा दे रखी है, जिस दिन

तक तुमने इन्हें सिर पर चढ़ा रखा है, ये उछल–कूद रहे हैं। तुम्हारी अनुमति से आए हैं, तुम्हारी अनुमति से पीछे हट जाएँगे। तुम्हारा ही रूप हैं, तुम्हारे ही अनुचर हैं।

मलिनता तुम्हारी मौज़ है। विकार और वृत्तियाँ तुम्हारी दासियाँ हैं। जिस दिन तक तुमने इन्हें आज्ञा दे रखी है, जिस दिन तक तुमने इन्हें सिर पर चढ़ा रखा है, ये उछल-कूद रहे हैं। तुम्हारी अनुमति से आए हैं, तुम्हारी अनुमति से पीछे हट जाएँगे।

□

41

परमात्मा की सहमति तुम्हारी सहमति में है

शास्त्रकौमुदी, बोधस्थल, 2018

परमात्मा तो गुलाम है तुम्हारा, जैसे बाप बेटे का गुलाम होता है। 'पाछे-पाछे हरि फिरे', जैसे बाप बच्चे के पीछे फिरता है। तुम 'हाँ' तो बोलो!

आचार्य प्रशांत : मुक्ति तो हो ही जानी है। जो हाथ आपको मुक्त करने के लिए आ रहा है, वह आपकी इच्छा की प्रतीक्षा नहीं करेगा, आपकी सहमति का इंतजार करता नहीं बैठेगा, हो जाएगा। पर आप ज़रा सुविधा दें, आप ज़रा स्वीकृति दें तो काम जल्दी बन सकता है। आरंभ में ही हमने कहा था न कि आदमी के पास विकल्प रहते हैं।

अंततः तो मुक्ति है ही। मुक्ति ही आरंभ है और वही अंत है। पर यह जो अंतराल है, यह जो मध्याह्न है, यह कितना लंबा होगा, यह आप पर निर्भर करता है। आदि में भी मुक्ति है और अंत में भी, पर यह मध्य का काल कितना लंबा होगा, वह आप जानो। थोड़ा सहयोग करोगे तो जल्दी होगा। अवधि को छोटा किया जा सकता है और अड़े रहोगे, लड़े रहोगे, चोंच मारोगे, तो बात खिंचेगी। अंत में हारोगे, पर हो सकता है कि दो लाख वर्ष तक तुम सूरमाई झाड़ते ही रह जाओ कि अभी तो लड़ रहे हैं। हारना जब है ही तो दो लाख साल बाद क्या हारोगे? अभी हार जाओ।

परमात्मा कोई घंटा बजाकर आएगा? दिन-प्रति-दिन दैनिक अवसरों में तुम्हें

जो बुलावे आते हैं, वही परमात्मा है। नगाड़े थोड़े ही बजेंगे, निमंत्रण-पत्र थोड़े ही आएगा परमात्मा का। रोज़मर्रा के अवसरों को भुनाना सीखो। यही विवेक है, यही प्रज्ञा है, इसी में होशियारी है। "अब न चूक, चौहान, आखिरी मौका है।" आपकी भाषा में कहूँ तो 'चांस पे डांस'। मिला है मौका तो भुना लो।

यूँ तो बारिश लगातार ही हो रही है, पर ये जो छींटें तुम पर अभी पड़े हैं, कौन जाने, कल पड़ें न पड़ें? अनंत समय से हम सिर्फ़ चूके ही तो हैं, कितना और चूकोगे? जीवन भर मौके गँवाते ही तो आए हो, अभी और गँवाने हैं? परमात्मा का हाथ मदद के लिए प्रस्तुत है, तुम 'हाँ' बोलो। हाथ इत्यादि भी नहीं चाहिए। पिंजड़ा भी वही है, पिंजड़ा ही गल जाएगा, अचानक गायब हो जाएगा। पंछी कहेगा, पिंजड़ा था ही नहीं। हाथ इत्यादि की भी ज़रूरत नहीं पड़ेगी, तुम 'हाँ' बोलो।

और 'हाँ' बोलना मौखिक बात नहीं होती। जीवन तुम्हारा तुम्हारी 'हाँ' का सबूत होना चाहिए। "हाँ, मैंने 'हाँ' बोली और यह मेरे जीवन में परिलक्षित होता है। देखो, मैं कैसे जी रहा हूँ; देखो, मैं कैसे खा रहा हूँ, पी रहा हूँ, कमा रहा हूँ; देखो, मैं कहाँ अब नहीं जाता; देखो, कहाँ अब मैं बार-बार जाता हूँ; देखो कि क्या पढ़ना छोड़ दिया; देखो कि क्या पढ़ना आरंभ किया है। ज़िंदगी सबूत है कि अब मैंने 'हाँ' बोल दी है।" यह थोड़े ही कि यहाँ बैठे 'हाँ' बोली और बाहर गए और मर गए, यानी कि बदल गए।

'हाँ' की गूँज निरंतर रहे, चौबीस घंटे रहे। तुम्हारे उठने-बैठने, चलने-फिरने, ओढ़ने में दिखाई दे कि इसने 'हाँ' बोली है, इसे आज़ादी चाहिए। यह कह रहा है कि "अब बस, बहुत हुआ या तो सच्चाई या तो कुछ नहीं। ये झूठा और व्यर्थ का जीवन नहीं जीना। असली चीज़ दो। दाम चुकाने को तैयार हूँ और ज़िंदगी देखो मेरी, अब मैं दाम चुका रहा हूँ। अब जेब बाँधकर नहीं बैठा हूँ। अब देखो, दाम चुकाए। बोलो, क्या दाम चुकाना है? अहंकार अर्पण करूँ? विचार अर्पण करूँ? धारणा अर्पण करूँ? बोलो, क्या अर्पित करूँ? अपनी ही आहुति दे दूँ? बोलो, क्या दाम है? चुकाऊँगा।"

समय दो, समय, तुम्हारे पास बहुत सारा है। चौबीस घंटे हैं दिन के, वह दिया करो, वही दाम है और वह दाम तुम दे तो रहे ही हो; सत्य को नहीं दे रहे तो किसी और को दे रहे हो। चौबीस घंटे तो सबके पास होते हैं न? इधर नहीं देते तो उधर देते हो। जीवन को प्रमाण बनाओ। दिखाओ कि समय कहाँ दे रहे हो।

परमात्मा तो गुलाम है तुम्हारा, जैसे बाप बेटे का गुलाम होता है। 'पाछे-पाछे हरि फिरे', जैसे बाप बच्चे के पीछे फिरता है। तुम 'हाँ' तो बोलो!

समय दो, समय तुम्हारे पास बहुत सारा है। चौबीस घंटे हैं दिन के, वह दिया करो, वही दाम है और वह दाम तुम दे तो रहे ही हो; सत्य को नहीं दे रहे तो किसी और को दे रहे हो। जीवन को प्रमाण बनाओ। दिखाओ कि समय कहाँ दे रहे हो।

□

प्रशांत अद्वैत संस्था

'प्रशांत अद्वैत संस्था' आचार्य प्रशांत द्वारा स्थापित और नेतृत्वप्राप्त एक गैर-लाभकारी संस्था है। संस्था की स्थापना असत्य—जोकि प्रत्येक मनुष्य के भीतर बसा हुआ है तथा समाज में भी व्याप्त और प्रचलित है—को नष्ट करने के लक्ष्य से किया गया है। साथ ही संस्था लोगों को स्वयं के प्रति तथा अपने जीवन के प्रति वैज्ञानिक एवं आध्यात्मिक दृष्टिकोण अपनाने को प्रेरित करती है।

संस्था का संचालन किस प्रकार होता है?

संस्था आचार्य प्रशांत की शिक्षाओं का विभिन्न माध्यमों से प्रचार करती है। संस्था इन शिक्षाओं से जुड़े आध्यात्मिक शिविर, ऑनलाइन पाठ्यक्रम, व्याख्यान तथा सम्मेलन भी आयोजित करती है। आचार्य प्रशांतजी की पचास से अधिक वेदांतिक ग्रंथों पर व्याख्याएँ उपलब्ध हैं। उपनिषद् और गीता ही नहीं, आचार्य प्रशांत संतों व अन्य कालातीत विषयों पर भी व्याख्यान दे चुके हैं।

इन सभी सत्रों को रिकॉर्ड किया जाता है और इन पर आधारित विविध बोध सामग्री, जैसे कि शैक्षिक पाठ्यक्रम इत्यादि, निर्मित किए जाते हैं, ताकि यह संदेश सुगमता से दूर-दूर तक पहुँचाया जा सके।

सामग्री कहाँ उपलब्ध है?

• **मोबाइल ऐप** : आचार्य प्रशांत द्वारा बोध सहित्य एवं व्याख्याएँ अत्यंत तीव्र गति से उपलब्ध कराई जा रही हैं। संस्था इस सामग्री के एकीकरण, प्रतिलेखन तथा प्रकाशन करने की भूमिका निभाती है। संस्था विशेष ध्यान यह भी रखती है कि इस कार्य के दौरान आचार्यजी के संदेशों का मूल रूप विकृत न हो, ताकि आनेवाली सदियाँ भी इनका शुद्धतम रूप में लाभ उठा सकें। सार्वजनिक उपयोग हेतु आचार्य प्रशांत के सारे पाठ्यक्रम एवं पुस्तकें सुगम रूप में संस्था के मोबाइल ऐप पर संगृहीत

हैं। सत्य के साधकों तक विशुद्ध ज्ञान पहुँचाने हेतु यह मोबाइल ऐप एक कालातीत स्रोत बना रहेगा।

• **वेबसाइट** : आचार्य प्रशांत द्वारा निर्मित पाठ्यक्रम तथा पुस्तकें संस्था के वेबसाइट www.solutions.acharyaprashant.org पर भी उपलब्ध हैं।

• **सोशल मीडिया** : सार्वजनिक उपयोग के लिए संस्था आचार्य प्रशांत के यूट्यूब, फेसबुक, इंस्टाग्राम और ट्विटर आदि सोशल मीडिया चैनल्स पर भी भारी मात्रा में बोध साहित्य तथा वीडियोज़ उपलब्ध करवाती है।

संस्था के कार्य से सर्वाधिक लाभान्वित वर्ग निम्नलिखित हैं—

• **पशु-पक्षी, वनस्पति तथा अन्य गैर-मानव जीव** : आज के समय में पशु-पक्षियों तथा वनस्पति को सबसे बड़ा खतरा मानव जाति के अज्ञान से है। मनुष्य का पर्यावरण के प्रति यह अज्ञान मूलतः स्वयं के शरीर तथा मन के अज्ञान से पैदा होता है। अतः मनुष्य के मन का सुधार ही प्रकृति को बचाने का सबसे उचित उपाय है। यह कहा जा सकता है कि आचार्य प्रशांत के कार्यों की वजह से लाखों जानवरों की जानें बची हैं, विशेष रूप से उन जानवरों की जो आमतौर पर भोजन के लिए मारे जाते है, जैसे—मुरगा, बकरा, भेड़, गाय, भैंस, मछली आदि। इसके अतिरिक्त, बड़ी तादाद में जंगली जानवरों की जान भी बची है। आचार्यजी के प्रयासों से प्रेरित होकर लाखों लोगों ने शाकाहार अथवा विशुद्ध शाकाहार को अपनाया है तथा एक सजग जीवन-शैली अपनाई है, जिसमें पर्यावरण के प्रति जागृति तथा न्यूनतम कार्बन पदचिह्न का प्रमुख स्थान है। आचार्य प्रशांत को वीगन मूवमेंट (विशुद्ध शाकाहार आंदोलन) का एक प्रमुख चेहरा भी माना जाता है।

• **युवा-वर्ग** : आज का युवा, विशेषतः भारत का युवा-वर्ग, घर-परिवार, समाज, मीडिया, आर्थिक व्यवस्था इत्यादि से संस्कारित होने के कारण भिन्न-भिन्न चुनौतियों का सामना कर रहा है। इस वजह से उसके सामने शारीरिक संबंध, प्रेम, अस्तित्व इत्यादि को लेकर तरह-तरह की दुविधाएँ खड़ी हो गई हैं। वे एक नाजुक स्थिति में हैं, जहाँ सम्यक् निर्णय लेना मुश्किल हो गया है तथा गलत चुनाव करना बहुत आसान। आचार्य प्रशांत ने युवाओं की इन दुविधाओं को संबोधित करने में अनूठा किरदार निभाया है। देश के कई युवा आचार्य प्रशांत के शुक्रगुजार हैं कि उन्होंने अहम मौकों पर उनका मार्गदर्शन किया है और गलत निर्णय लेने से बचाया है।

• **महिलाएँ** : दुनिया भर में, खासकर भारत में महिलाओं को मानव जाति का

एक अशक्त अंश समझा गया है। हालाँकि सामाजिक, राजनीतिक तथा आर्थिक नीतियों के माध्यम से उन्हें सबल बनाने की कोशिश की गई है, लेकिन आंतरिक स्पष्टता एवं स्वायतता की गैर-मौजूदगी में यह प्रयास सफल नहीं हो सकते। आचार्य प्रशांत ने महिलाओं को अपनी असली पहचान के प्रति जाग्रत् किया है, उन्होंने यह दिखाया है कि न तो वे शरीर मात्र हैं और न ही केवल एक समाज-संस्कृत मन। स्कूली बालिकाओं से लेकर अधेड़ उम्र की गृहिणियों तक आज अनगिनत महिलाएँ आचार्य प्रशांत की शुक्रगुजार हैं। उनकी शिक्षाओं से उन्हें स्वायतता, स्पष्टता और साहस मिला है जिससे वे बाहरी शोषण एवं भीतरी कमज़ोरी का सामने करने में सक्षम हुई हैं।

• **आध्यात्मिक साधक :** आज के समाज में एक बड़ा वर्ग है, जिसके लिए अध्यात्म केवल एक मनोरंजन का माध्यम है। इसके अतिरिक्त एक ऐसा वर्ग है, जिसके लिए अध्यात्म पुराने अंधविश्वासों को बनाए रखने के लिए सम्मानजनक नाममात्र है। फिर कुछ लोग ऐसे भी हैं, जो अपने जीवन की कटु सच्चाइयों से दूर भागने के लिए अध्यात्म की ओर आते हैं। इन्हें किसी सतही उपाय की खोज रहती है, जिसमें किसी प्रकार की क्रियाएँ, कर्मकांड अथवा आसन शामिल हों। आचार्य प्रशांत इन सभी प्रकार के जिज्ञासुओं को इनकी मूर्च्छित अवस्थाओं से बाहर लाने के लिए प्रचलित हैं। इन सभी से भिन्न वह बिरला साधक है, जिसने मन की गहराइयों में प्रवेश करने की खूब कोशिश की है, जो अपनी मुक्ति के लिए कठोर श्रम करने के लिए तैयार है, जो बंधनों से हताश है और मुक्ति की कीमत अदा करने को तैयार है। आचार्य प्रशांत ऐसे साधकों के लिए एक सच्चे मित्र बन जाते हैं।

पिछले कुछ वर्षों में विभिन वर्गों से बड़ी तादाद में स्वयंसेवक संस्था से जुड़े हैं। इन्होंने आचार्य प्रशांत के द्वारा दिए बोधज्ञान का प्रचार करने में निरंतर श्रम लगाया है। संस्था ने विभिन्न माध्यमों से तकरीबन एक करोड़ से अधिक लोगों के जीवन को प्रभावित किया है। आनेवाले समय में निश्चित ही यह आँकड़ा कई गुना बढ़नेवाला है।

संस्था के बारे में और अधिक जानकारी हेतु acharyaprashant.org पर जाएँ। संस्था के पाठ्यक्रमों के बारे में जानकारी solutions.acharyaprashant.org पर उपलब्ध है। अन्य किसी विषय के संबंध में संस्था से requests@advait.org.in पर संपर्क करें।

□□□